⊙邰勇夫 著

中国第一推销员

中国社会科学出版社

图书在版编目(CIP)数据

中国第一推销员／郤勇夫著．—北京：中国社会科学出版社，2009.1

ISBN 978 - 7 - 5004 - 7537 - 8

Ⅰ．中… Ⅱ．郤… Ⅲ．自传体小说 – 中国 – 当代 Ⅳ．I247.5

中国版本图书馆 CIP 数据核字（2008）第 208741 号

选题策划 郎丰君
责任编辑 丰 君
责任校对 王应来
责任印制 戴 宽
封面设计 鼎盛巅峰

出版发行 **中国社会科学出版社**

社 址 北京鼓楼西大街甲 158 号 邮 编 100720
电 话 010 – 84029450(邮购) 传 真 010 – 84017153
网 址 http://www.csspw.cn
经 销 新华书店
印刷装订 三河君旺印装有限公司
版 次 2009 年 1 月第 1 版 印 次 2009 年 1 月第 1 次印刷
开 本 710×1000 1/16
印 张 27.25
字 数 432 千字
定 价 38.00 元

内容简介

中国改革开放 30 年，做过推销的人数以千万，很多人发了大财成了大企业的老板、CEO 或者是直销业、寿险业的巨头。但"中国最伟大的推销员"、"中国第一推销员"、"中国推销员之父"……这一系列的光环却落在了一位被老板炒鱿鱼、一脚踢出门外的推销员邵勇夫的头上。

15 年走南闯北的推销路凯歌高奏，业绩斐然。就在邵勇夫一次性推销了 16 个火车皮微波炉，创造了中国小家电销售史上一次性成交额之最的 2000 年，他却被老板炒鱿鱼了。邵勇夫遭遇到了比"金融海啸"危机下的大学生"就业寒流"还要恐怖的人生危机。

在邵勇夫万念俱灰、濒临绝望之时，他想到他的人生信条：说你行你就行，说你不行我更要行。于是，邵勇夫推销起了他做推销员的诚信精神和他曾经创造的无数推销神话：一句对自己产品充满信心的承诺"就是好！"为企业签下了全年的合同；用两条瘦腿为内蒙古大草原梳了三年梳子，销售额从全厂倒数第一直线上升至名列前茅；凭着比别人多走一家客户，多打一个电话，多流一点汗水，多超前一小会儿，一次性推销了 16 个火车皮的微波炉；进入新世纪，他用一篇小故事为一家企业讲来两个亿的销售额！

他凭着一份根植于心的责任，千方百计地维护消费者利益，凭着一个小小推销员瘦弱的肩膀，让企业一次次从类似"三鹿事件"的种种导致企业一夜坍塌的危机中化险为夷。

本书是中国第一本描写推销员职场生涯和创业传奇的自传体纪实报告文学。作者历经 10 年风雨书写的该部著作，以透视笔法展示了改革开放 30 年中国企业的风雨变迁和一个推销员的人生、爱情和创业故事，整部作品气势恢宏，感人至深。著名评论家《文艺报》主编张凌认为：这是一部当代中国推销员的英雄史诗。

目前本书部分章节已被《北京晚报》、《天津日报》、《南方都市报》、上海《新闻晚报》、《楚天都市报》、《天府早报》、《南国早报》等 30 多家报刊连载，中华人民共和国人力资源和社会保障部《职业》杂志、《作家文摘》、《中华读书报》、《中外书摘》、《商界》、《家庭》、《知音》、湖南卫视、美国《侨报》等中外 500 多家新闻媒体予以报道，成为中国高校学子、职场营销人员以及创业者们广为传诵的推销秘籍和励志宝典。

为帮助广大大学生抵御"金融海啸"危机下"就业寒流"，2008年11月27日，中华人民共和国人力资源和社会保障部《职业》杂志社启动"大中专院校学生就业、创业指导校园巡讲活动"，邀请《职业》专家团就业指导专家邰勇夫先生为甘肃多所高校大学生做职场励志的全国首场巡讲，反响热烈，盛况空前。

同学们为邰勇夫先生的精彩演讲喝彩。

讲座现场座无虚席，后门也被热心听众占上了。

邰勇夫 2008 年 11 月 29 日在武汉大学为来自全国 200 多家著名企业的老总们做主题演讲。

2002 年文化名城兰州市人民在甘肃省政府大礼堂为推销英雄邰勇夫先生举办盛大报告会。

邰勇夫先生做全国巡回报告会，为企业家们讲述企业可持续发展的诚信营销。

邰勇夫：我们的人生规划要遵从科学发展观，符合两型社会的要求：干一行爱一行，珍爱上苍赋于我们的每一份工作，任何一份对社会有益的工作都会成就我们，都会赢得社会的尊重！

▲
邝勇夫先生为湖南大学等中南地区著名高校学子们讲述：爱情、事业、财富等人生的种种好机会都是可以设计可以创造的。

邝勇夫先生为南京大学等华东地区的高校同学们做精彩演讲：在工作中学习工作，在创业中学习创业，推销自己，成就梦想。

邰勇夫先生应邀做客华东交通大学
孔目湖论坛，为广大大学生们讲述
推销传奇，畅谈人生随想。

邸勇夫先生为中学生们演讲：成就
人生靠创造性的工作，创造性的工
作靠勤勉学习，唯有终生学习，才
会拥有无穷创造力，拥有了无穷创
造力，我们的人生才会永远立于不
败之地！

邸勇夫先生的推销故事与励志人生，
让高中生们听得两眼铮铮，热血沸
腾。

美国的一位哲学家说，一盎司的忠诚抵得过一磅重的聪明。邰勇夫说："如果再加上一盎司的创造呢？敬业加创造性地工作没有做不好的事业。"

邰勇夫先生为广大读者演讲：占三尺地盘就要放万丈光彩。

邰勇夫先生风尘仆仆巡讲高校校园，为大学生做就业、创业指导。

Contents

目录

序 一
推销推出新人生

这是一个推销的时代。这个时代，比以往任何时候都更讲究推销。

自从我们的社会走向开放，推销便如海潮般向我们涌来。摊贩们的大声吆喝，商店门口的大幅红布标语，街头明亮的霓虹灯箱，路边耸立着的巨大广告牌，空中飘荡着的巨型气球，电台播出的动人音律，电视上播放的动感画面，甚至在T形台上晃动的曼妙人体，全都在极尽推销之能事。我们被迅速淹没在推销之海中了。

目前，中国的销售大军据说有一个亿。它包括了制造业、商业、服务业等各行各业的销售人员、直销人员、寿险代理，还包括报刊影视出版物等各类传媒的发行人员、广告人员，政府对外招商引资的公务人员……这是一支何等庞大的队伍。

我们虽然早已习惯于无时不有无处不在的推销，但真正精通这个行当的人并不多。因此，教人如何学推销的书便多如牛毛。一些不懂推销和营销的人，竟煞有介事地编出一本又一本关于推销和营销的书。这是近年来中国最奇怪的现象之一。

中国有庞大的销售大军，有大量教人学推销的书籍，但却鲜有描写推销人员生活的文字。毋庸置疑，推销员是被我们忽视的群体。我们太专注于成功的企业家、发财的老板、走红的明星等，我们的视线被高耸的大楼、豪华的别墅、气派的轿车、显赫的名声所吸引，对那些背着大大的行囊，搭乘拥挤的火车，住低档客栈的推销员不屑一顾。没有人注意到这一弥足重要的事实：正是这些一年四季栉风沐雨、拖着两条瘦腿四处跋涉、在人前吃尽白眼的推销员，把产品铺散在一个个消费空白的地区，才最终实现了巨额利润，企业得以发展，企业家获得了成功，老板发了大财，经济得到了刺激，国家走上了强盛。

　　由于国内反映推销员真实生活的书籍实在太少，邝勇夫的这部纪实体裁的长篇巨著便显得尤足珍贵。

　　这本书可能是中国第一本描写推销员职场生涯和情感生活的书吧！对于大众，欲了解仍带些许神秘色彩的推销员群体的生活，这是一个小小的窗口。各行各业的人们，读一读这本书，都是很有裨益的。现在垄断性行业越来越少，什么都市场化，生存的压力越来越大，人们渐渐懂得，生存需要意志，也需要知识和技巧。这两点，在邝勇夫的书里，都有出神入化的描述。邝勇夫的可爱，在于他的坚守信念，他的顽强勇毅，他的坚韧不拔，他做人做事的诚信原则。他读过大学，当过工程师，也当过大学老师，但他最爱的是推销事业。他真是一个奇人。但在一般人眼里，很不好理解，简直智商低下。他被人打过，被人骗过，被人敌视过，也被人讥笑和看轻过。由于长年奔波，居无定所，食无定时，他得了严重的胃病。而最严重的打击，莫过于曾经深爱的妻子离开了他，他与掌上明珠般的女儿也不得不骨肉分离。但他就是爱干推销，死心塌地要干这个行当，什么挫折也不能改变他，他决心要在这个行当里干出名堂来，吃多少苦都认了。这是他的生命力之所在，让人敬佩的地方。事实上，他真地做出了很大的成绩，一度创造了推销神话，让人不得不佩服，不得不刮目相看。建议抱有一腔热血打天下的年轻人，好好读读这本书吧。

　　我们还应赞赏邝勇夫的，是他做人方面的品行。即使受了骗，吃了苦，遭到克扣，遇到冷落，他也不存报复之心、雪恨之念。他总是向前看，为了开拓新事业，忘掉别人强加给他的苦难。这反映了他的善良和忠厚，也反映了他的宽阔胸襟。你看，老婆红杏出墙，他没有记恨人家；与老婆离婚了，他还送她金项链，帮她汗流浃背地推煤——这样的前夫也实在少见。对压制排挤过他的同事，在人家落难的时候，他没有幸灾乐祸，反而倾力相助——这样的为人，唯有好人才做得到的。

　　邝勇夫作为推销员，曾为好多家企业服务过。他的推销生涯反映了珠三角企业的变化，现实是无情的——产权在变迁，企业领导人在更替，企业领导的作风和管理方式也在不断地变化着。每当发生这些变化，销售部门总是首当其冲受到冲击，推销员的差旅费报销、工资发放、奖金提成大受影响。

企业人事的频繁变动和产权的次第变迁，正反映了珠江三角洲的企业在动荡中不断发展的状态。所以，对于研究企业发展的人，这本书也是有参考价值的。

邰勇夫不仅是一个优秀的推销员，也是一个传媒策划的高手。他没费一枪一弹，用一篇小故事给企业讲来了两个亿。中国有无数为企业承担品牌推广、营销策划的文化传播或顾问咨询公司，试问哪一家公司哪一位故作高深的师爷有如此创举？他也许应该想想当"将军"了，考虑怎样把自己的推销事业做大，比如自己成立专业推销公司，建立一个为企业培训推销人员、营销经理的专门学校。他在生意场上摸爬滚打惯了，真地该尝试一下自己当老板的滋味了。

读完此书的读者定能有所得益。既然我们所处的是一个推销的时代，在别人不断向你兜售各种思想和产品的情况下，你也可以考虑向别人推销一点什么。我们刚出生的时候，那第一声啼哭，就是向世人做的广告："请注意，鄙人已来到世上，成为社会一分子了！"现在是商业社会，把这种本能加强一下吧。

——《家庭》杂志副总编　王冠清

序 二
诚信宣言书

当人们都在用疑虑的目光审视对方的诚信而变得人人自危、相互防范的时候，在诚信危机橙色、红色预警频频闪亮的时候，走出了这样一位推销员，他推销好产品，推销让企业家成功的智慧，更自觉担当社会责任，他就是邰勇夫。

与邰勇夫先生神交已久。先是他寄给我的一本记录着他的人生奋斗经历的纪实小说吸引了我，使用的方式还是他的专长：推销。当电话中传来了一个底气十足、声音洪亮又充满自信的陌生声音时，我在不经意间已被这个名叫邰勇夫的推销员的个人魅力所吸引——"黄老师您好！我用两腿做笔、血汗做墨、大地做纸，一步一个脚印、历经十年风雨书写了一部推销员的真情故事！希望您能够在《中外书摘》杂志上向广大读者推荐。"

这让我连犹豫的余地都不可能有了，我当即回答："请你用最快的方式把书寄给我。"

当中国的各界名人都想到应该在写书上亮相时，一位默默无闻的"小人物"也来赶此"热闹"了。他不像名人们一开始就能以其显赫声名奠定畅销书的基础，他得比一般名人有更曲折的经历，有更打动人的情感，当然还得有更生动的描写。这一切邰勇夫都做到了。这本以一个推销员的奋斗经历为主线的纪实文学让我看到了一个活生生的推销员形象。随着作者生动的叙述，让我不由自主地进入这个原本很陌生的推销员的世界，为书中主人公起伏迭宕的人生经历和创业路上的曲折艰辛而关切、同情、愤怒、喜悦、感叹、激动。我几乎是一口气读完全书的，并且立即决定摘用该书的部分章节，刊发在《中外书摘》杂志上。

这篇书摘刊出后受到了《中外书摘》杂志读者的普遍好评。一位美国好莱坞的制片商也曾打来电话表示对这本书的浓厚兴趣。与此同时，各地的报刊、网站也都以不同的形式推介或连载该书内容。一时间邰勇夫的名字不胫而走。这部书以自传纪实的形式真实记录了中国推销员的生存状态，塑造了一个活生生的中国推销员的形象，为中国当代文学人物画廊增添了一个不可多得的栩栩如生的人物形象。

邰勇夫以一个普通推销员的身份写就的优秀作品使人不由得想起了"生活是文学创作的源泉"的至理名言。

因书中故事是从社会生活中提炼而成，故时有思想的火花闪现。而蕴涵其中的经营理念、商业智慧甚至超越了职业的局限，让不同职业的人都能从中得益。作者在写作时对读者的定位是面向社会底层读者，然而这本书却让社会各阶层的人喜欢，香港《大公报》的总编辑在书报摊上寻找这本书；中国人民解放军的将军在北京图书大厦买到这本书，马上命令他的政治部主任，"一定要请这本书的作者邰勇夫来给部队做一次报告"；台湾一位退了休的老师读了这本书，专程从台湾飞到湖南拜访邰勇夫……当然他们首先是读故事，同时他们的社会实践又决定了他们更能从一些平凡而真实的故事，而不是某些枯燥的说教中接受有益的教诲。当他们读惯了时下一些耳提面命教导你成功的"励志"类图书后，读这样一本贴近现实，贴近读者心灵的书时，当有清风拂面的感觉。

读邰勇夫的作品会有多方面的感受，这些已被多数人所传扬。我想到了被人说及较少的一点：他对自己所选择的职业——推销员的喜爱。我曾惊讶于他情愿放弃政府公务员和大学教师那种比较稳定、也符合"高尚职业"标准的工作，而甘于面对一个充满艰辛、动荡又前途莫测的职业。我佩服他超越世俗观念的勇气。中国也许不在乎少了个政府公务员或大学教师的邰勇夫，却也许很在乎少了一个"第一推销员"的邰勇夫。他在选择推销员的职业时一定是在这个吵吵嚷嚷、充满了浮躁心态的世界里，倾听了发自心灵深处的汩汩诉求。选择职业是追求财富的需求，也是追求精神愉悦的需要。人们往往记住了前者而忘记了后者。试想如果一个人每天8小时面对的是深感痛苦的工作，那么高薪带给他的快乐也就很有限了。而任何一种创造性劳动都基于对工作的喜爱，并由此产生的如痴如醉的工作状态。如果我们的社会环境都有利于每个人找到他们真正适宜、喜爱的工作，我们的社会进步将是何等可观！

　　从邸勇夫的作品中我们会感受到他发自内心地对诚信的呼唤。这种呼唤，更多的是在控诉、鞭挞社会上的各种丑恶现象中发出的，这种揭露比颂扬有更大的感化力量。书中揭露了中国直销业一位借官方背景和"催眠术"来招摇撞骗的大师，人们对他的谎言都已经习惯，宁可信其有不可信其无，明知被他骗了还要感恩戴德、顶礼膜拜。这是极其可悲与可怕的现象。我们从书中感受到了一种沉重的忧患意识。

——《中外书摘》杂志主编　黄亨

序 三
书写美丽的人生与美丽的事业

当时我正在忙着一部电视剧剧本的定稿工作，桌上的电话突然恼人地响了起来。

竟是一个陌生人的声音，带着东北腔，极其熟稔的口吻。没容我多问什么，他已嗓音洪亮地说了一大通，用典型的推销口吻极力推销着他写的一本什么书，其中充斥着在我当时看来简直有些恬不知耻的自我吹嘘和炫耀。

我压下心中的厌烦，让他先不要再作空洞的吹嘘，还是说说他那本书的具体内容。我一边听他说着关于他推销生活的种种经历，一边在脑海里搜索着电视剧是否曾有过类似的题材。出于职业的敏感，我意识到关于他所讲到的内容，的确是当今电视剧所鲜有涉及的。我于是让他先将书稿寄来，答应看看再说后话。他余兴未尽然而也还算如愿地应允了。

让我真正改变了对邰勇夫先生的印象，是读完他的这本书稿之后。我从书中窥见了一个未曾真正知晓的世界，认识了一个处于特殊生存状态下的推销员群体。他们终日奔波于大江南北，穿行于酷暑严寒，隐忍过世间最无奈的胯下之羞辱，饱尝过天下最由衷的成功之狂喜，真是集天上地下、酸甜苦辣于一身！

实事求是地说，推销员的确也是良莠不齐的，但平心而论其素质之参差其实和所有社会群体相比又有什么质的区别呢？然而人们对于推销员却似乎有着更多的不屑和歧视。这种不屑和歧视于我们的生活之中几乎无处不在，尽管也许我们早已熟视无睹，但"谢绝推销"这样的醒目标志，不是常年赫然张贴在许多单位和居民小区的大门之外吗？

然而，你可以谢绝推销，可你总不能谢绝生活；你可以拒绝令你不快的"骚扰"，可你总不能拒绝真诚备至的服务。邰勇夫式的推销员你是不可能谢绝、更不可能拒绝的，因为他们的那种执著分明饱含着一分可对天可对地的真诚与信用，他们实实在在地把推销变成了一种与人方便的服务与体贴！

读读邰勇夫这部"用我的两条腿做笔，用我的血汗做墨，用苍茫辽阔的大地做纸，用我艰辛的步履一步一步、历经十年风雨写出来的"中国推销员的真情故事吧。你会看到一个历尽艰辛和磨难的推销员，是怎样用他感天动地的信念与执著，用他淌流如河的泪水和热汗，将推销这个令众多人们侧目而视的行业，活生生书写成为一桩充满高尚理想和人性光辉的美丽事业！

联想到这些年屡禁不止的假冒伪劣商品，无孔不入的商业欺诈，我和我的领导很快达成共识：为中国最庞大的职业群体树立一个邰勇夫式的榜样人物，具有重大现实意义。这些年我们一味地追求经济的高速发展，大厦越盖越高，富丽堂皇的新城市一片片崛起，却出现了一片片精神的废墟，人们唯利是图到了极点。二战后，日本小学生每天免费喝一袋牛奶，喝得一代比一代更健康、更聪明，我们以"三鹿"为代表的奶业却让全国数十万婴幼儿患上肾结石……这是多么可怕又是多么可悲，"三鹿事件"让每一位中国公民蒙羞。谁会知道我们每天必吃的大米、蔬菜、鸡蛋，鸡鸭鱼、猪牛羊肉是否也暗藏凶险，有一天大面积引发某种不治之症，让我们深陷灭顶之灾？为了维护社会公共道德，为了社会可持续发展，我们该弘扬一种精神了。

这不仅仅是一部记述推销员生活的纪实文学作品，更是一部对于坚韧、勤奋、敬业、诚信、理想的颂歌和礼赞！

——国家一级编剧　徐阿李

第一章
初做推销员

1986 年 10 月，这是我结婚成家有了女儿小诗诗之后第一次远征归来，回到我日夜眷恋的家。我的这个家，是个仅有一间不足 10 平方米的卧室，要在走廊过道里生火做饭的极其简陋的小屋。不过，有这样一间小屋，能够遮风避雨，夫妻俩能够恩恩爱爱地生养女儿，能够下了班之后读书、学习，炒几个爱吃的小菜，支上个餐桌，喝上瓶啤酒，那也是其乐无穷，赛得过天上人间了！我深深地爱着这个家，深深地爱着妻子和女儿——尽管我和妻子经常闹别扭，甚至吵个天翻地覆！

我敲开望眼欲穿的家门，一眼看见妻子和女儿，像喝了杯最醇的美酒，心都醉了。我一时忘了放下肩上背着的沉重的大行李，便蹲下身，张开双臂，一连声地呼喊着女儿："小诗诗！小诗诗来呀，让爸爸抱抱。"

玩得正欢的小诗诗被突然出现在门前陌生的我吓得停止了咯咯的欢笑，用那双可爱的黑眼珠儿迟疑地盯了我一会儿，反身扑向妈妈的怀抱。妻子吴春芳苗条的身上穿着件鲜艳的连衣裙，雪白的胳膊抱起胖胖的小诗诗。一股温馨弥漫开来，令我想起小时候爸的书箱子里珍藏的一帧纪念抗美援朝胜利的歌片，那歌片的正面即是一幅动人的画面：一个美丽娴静的少妇，抱着一个可爱的胖娃娃，胖娃娃的一双小手正放飞着一只雪白的鸽子……吴春芳伤心地掉下了一串泪珠，嗔怪地说："小诗诗认生，这半年，你在外边，若不是有个小诗诗，我真不知道怎么过！"

我无所谓地放下行李，十分兴奋地说："这趟收获可大了，学了个新专业。联合设计结束，每人发了 1000 元钱的奖金，还又每人发了 200 元钱去九寨沟旅游，我没去，这钱就省下了！"

我把钱从口袋里掏出来，如数地交给妻子。

妻子是这个家的主宰，是我的女皇！

　　我到公共厕所洗过澡回到小屋。小诗诗已经在大床旁的摇篮里睡熟了，那熟睡的模样十分可爱，胖胖的小脚丫攀着摇篮的栏杆，两只小手抱着玩具小狗，似乎生怕小狗跑掉，红嘟嘟的小嘴一努一努的，听妈说，那叫睡婆婆教，就是孩子在梦乡中，有位万能的神婆在教孩子做游戏。妻已经坐在大床上了，一边轻轻地晃着摇篮，一边情深意切地期盼着我。与妻子离别了半年，竟然有些陌生了，像初入洞房时那样紧张心跳，我上床，无意间触摸到了妻子的腿，尽管天气很热，但妻子的腿好凉爽！我有点羞怯，有意与妻子拉开了足有 10 厘米的距离。前不久，我左眼上眼皮生了颗麦粒肿，去医院做手术，那医生问我有女朋友了吗？当我得知医生是担心我万一手术后留下疤痕影响找对象时，便十二分果断地说："没事，小孩都有了，即使留下个疤瘌眼儿也不要紧！"我根本就没有意料到我未来的婚姻生活会有那么多撕心裂肺的变故。妻子笑了："都老夫老妻了，还害羞啊？"在妻子的鼓励之下，我扑进做梦都在想念的妻子馨香的怀抱。

　　我突然想起应该到厂里报个到，联合设计的技术资料还在自己的旅行袋里。于是从妻子的怀抱里挣脱了出来，跳下床说："快下班了，我先去趟厂里！"我爱工作胜过一切，我爱坐火车、爱出差、爱晚上加班设计图纸、爱领导给我出其不意地布置新任务……厂子在郊区，路边的晚稻成熟了，一片片金黄。虽然已是晚秋，但马路两旁和郊外的小山、田埂上的树木、竹林、野草仍旧一片绿色，天气竟和东北的初夏那般风和日丽，江南的秋天真好、真美！我走进工厂大门，厂里的人们对我投以羡慕的目光。在总工程师办公室，刘总笑吟吟地对我说："这次回来，要挑大梁啊！"说得我心里热乎乎的。我有一个新发现，平日不苟言笑的人事科蒋科长对我很留意。我知道蒋科长城府极深，绝对不会轻易地对哪一位表露出好感。但蒋科长那双专注的目光变得越来越热切，不能不说那是在向我暗送一个令我心动、令我欣喜若狂的信息。那个时候，到处都在讲领导干部知识化、专业化、年轻化，我想会不会是……我脸红心跳，那感觉就像少年时代在遥远的东北山区考试考了第一名，听到老师说我将来能上大学当工程师时一样的喜悦和振奋。

　　不过，我除了对知识、对工作、对新的未知世界的热爱之外，没有一丝一毫诸如当科长、当厂长之类的雄心壮志。拿破仑有句格言"不想当将军的士兵不是好士兵"，那么我恰恰就是位从没想过当将军的兵，但我想当一名好兵，一名出色的工程师。也许，童年的理想至今都在影响着我。我是在遥远的东北山区农村长大的，那时候我对长大后美好未来的憧憬是："我长大了娶个小媳妇，种一片红高粱，养一头小肥猪……"接下来，我又意外地发现：过去没有与我讲过一句话、打过一声招呼的老厂长也对我产生了兴趣，见了面主动朝我点了下头，就那一下足以使我热血沸腾、欣喜若狂。一时激动，我竟然闯入了老厂长庄严的大办公室，向厂长提出了一连串的建议：我说日本是科技立国，我们重型机械厂要技术开发立厂；我还说厂里应该走在市场的前边，开发机场设备、港口设备、集装箱起重设备。后来的情况说明，当初我提出的这些建议都是颇有远见的。

　　我讲完之后，老厂长用欣赏的眼光注视了我良久，我后来在记忆中数过，大概长达9秒钟。过后，老厂长说："很好！你的口才很好，既懂技术，又能讲，看来我厂人事部门的选择没错！近几天，人事科蒋科长要找你认真地谈一次话，准备给你一个很重要的职位干，相信你能够胜任，而且一定会干得不错！"

　　干什么呢？我懵然不知。但有一点是肯定的，那就是等待我的又将是一个全新的工作、全新的天地！为此一点，就值得我为之兴奋、为之欢腾雀跃。我兴冲冲地回到家，还从小卖铺拎回了一瓶当地产的金蕾牌啤酒。我想告诉妻子这个振奋人心的好消息，偏巧妻子带小诗诗回娘家了。我又跑到岳父岳母家，当着岳父岳母的面，向正在给小诗诗洗澡的妻子吴春芳炫耀："春芳，想当初，我去参加全国联合设计，你对我那么大的意见，临走，你还跟我吵架，气得我一路心不宁！这回，你说怎么样？"

　　我激动得脸红心跳，春芳却说："你玩个痛快呗，公费旅游了峨眉山。"

　　我扫兴得直跺脚，连声哀叹："哎哎，你低估了！你低估了！这是一次对我，对我们的女儿，对我们的这个家都有着极其重要意义的活动——掌握了一个新专业，开拓了一个新领域，这简直就是哥伦布发现美洲新大陆……"

　　我看到女儿小诗诗被我的神态举动和高声说话的声音给惊呆了，便抱起刚刚洗完澡裹着条大毛巾的小诗诗，边亲边拍着说："别怕啊，小诗诗，爸爸在为你奋斗，爸爸决不让女儿将来在人前提起她爸爸的时候感到汗颜！"

女儿小诗诗笑了，笑得很好看，冲我一连串地喊着："爸爸，爸爸……"

吴春芳从我的手中夺过小诗诗，说："还不是为了你自己寻开心！"

我急了，说："怎么就对你讲不通呢？告诉你吧，这次回来，总工程师要我挑大梁，厂长要给我一个重要的工作干，过几天人事科蒋科长就要找我谈话了！"

在一旁坐着抽烟喝茶的岳父大人插了一句："那是的，老厂长该退二线了，当厂长都有可能！"

我像真有那样一回事似的说："当厂长别的我倒不怕，就担心让我上台当着全厂几千号职工的面讲话，那样我会语无伦次。在全国联合设计组时，每次开会我都千方百计地逃避发言，一旦躲不过，我只会附和前面某位同志的发言，说对对对或者是这样是这样。"

岳父岳母和吴春芳都笑了。

我说："春芳，这些天我要进行演说训练，你做我的听众啊。"

我和吴春芳每人推着辆自行车回我们的小家，诗诗给外婆留下了。我一手推车一手握着想象中的麦克风边走边练习演讲："春芳听着啊，邬勇夫厂长或是主管技术的副厂长、副总工程师讲话了——全厂职工同志们，你们好，日本靠科技立国，咱们重型机械厂要靠技术开发立厂，赶超世界先进水平。嗯嗯，现在给上级领导汇报工作了——各位领导，各位来宾，请允许我代表重机厂全体职工……"

一阵轰轰隆隆的雷声，天上压下一片浓重的乌云，淹没了星星、淹没了月亮，一场暴雨就要来了。

我催吴春芳说："快，骑上车你在前边，我殿后。"

吴春芳执拗地不动，"不，一块走！还没听完邬勇夫厂长的讲话呢。"

我急了，"快走吧，回家讲。你看看天！"大滴的雨点已经落下来了，狂风吹得吴春芳的长发呼啦啦地飘，像面旗帜。但她仍原地不动。我只好骑上车，吴春芳也骑上车，我快，她也快；我慢，她也慢，一定要坚持与我并排前进。前边的路愈走愈窄了，一面是围墙，一面是排水沟。我猛然刹住车，吴春芳马上跳下来，撒娇地望着我："讲，我还没听够呢！"

大雨劈头盖脸地砸下来了……

我们双双赶回家时都变成了落汤鸡。

我有预感：我的人生将出现重大转折。我像小孩盼望过年那样祈盼着。

几天后，人事科蒋科长终于找我谈话了，并且给我开好了调令，原来是要我离开技术科到销售科去做推销员。我听了后，脸都气白了，这是我始料未及的。搞技术的工程师凭什么去做推销员呢？刘总工程师已经让我在技术科挑大梁了，这不是对我的贬低吗？那个时候，整个社会尊重的是知识，企业看重的是科技，销售部门在人们眼里都是些不懂技术、油腔滑调的二流子才去的地方。我气急败坏地去找老厂长。

老厂长穿厂里的工作服，戴厂里的蓝色工作帽，有一双精明的眼睛，他掐灭手上的烟头说："你以为推销员随便可以当吗？要有法人委托书的，可以代表我厂长说话的！"

我心怦怦跳，心里想着做推销员还真不一般，可以代表厂长说话，那么就是厂长代表了！我有自知之明，做厂长我可能不行，做厂长代表，我会胜任。

老厂长语重心长："我们的企业正面临着转轨变型，从计划经济向市场经济过渡。国家给的生产指标越来越少了，要企业自己去寻找市场。你知道世界上一流的大企业吗？那里都是要一流的工程师去从事推销。"

"那我到销售科，具体做什么？"

老厂长语气庄严、充满神圣感地说："谈判。你到了销售科，我马上就要你去上海宝钢、四川攀钢、东北鞍钢几家大用户去投标！甚至还要你去参加国际工程项目的投标！"

我强烈的好奇心被老厂长煽动起来了，而且一发不可收拾。我要去搞推销，去做一名推销员，去全国乃至全世界的大工程项目去谈判！谈判，多么神圣的词啊！过去只是在小说、电影中看到过战争双方的高级军事首脑们的谈判，那是关于战争与和平的谈判，像国共两党的"重庆谈判"，像中朝与美国佬的"板门店谈判"。今天呢，我要代表一个企业去谈判了！我当天就骑着岳父给买的凤凰牌自行车跑到市新华书店买回了一摞关于市场营销和卡耐基成功学方面的书。在过道里正炒菜做饭的吴春芳闻悉便大吵大闹："郜勇夫，你是不是不想要这个家了，啊?！"

我不吱声，咣！一只准备丢掉的塑料碗砸了。

"说呀，你到底想不想要这个家?!"

我双手捂上耳朵，咣！一只早已经磕掉了漆锈出了洞的搪瓷碗砸了。

"你说呀你说呀，你你你……我瞎了眼了，啊——!"

我把录音机的歌声放大。叮——咣！叮——咣！新碗新盆雨点般往地上倾泻了……左邻右舍纷纷前来观战。

我急了，冲出门，狠狠地推了一把吴春芳，她被推倒在地。这下可闯了大祸，吴春芳跳起来追着我打，男人经打，女人无论怎样攥紧小拳头打都不觉得疼，吴春芳的手反而被打疼了。她气愤之极，举起只小塑料凳朝我头上猛砸了一下，这一下让我到医院缝了六针，缠上绷带。第二天上班，别人问我怎么回事，我说不小心油瓶子掉下来把头砸了。问的人忍俊不禁："怎么你们家的油瓶子都放在上面?"

唉，怎么会想到，一个柔情似水的女孩结了婚、做了妈妈竟然变成了母夜叉!

第二章
相 亲

1983 年 9 月，爸的老同事曾伯伯带我去相亲，我见了吴春芳的父母，毕恭毕敬地鞠了一个躬，遵照曾伯伯的教导甜甜地称呼："吴爸爸、吴妈妈。"吴爸爸大个、长脖子、瘦长脸，总戴顶黑呢子帽，五十多岁，说一口湖南口音的普通话："沈阳、哈尔滨、佳木诗（斯）我都去过。东北人吃大楂子、苞米面和生吃大葱。你和春芳谈，我们不干预。至于家庭情况，我当了十几年副厂长，两袖清风！"吴妈妈是位贤妻良母，很和善，总是笑眯眯的，炒了一盘花生米，那花生米是用盐裹着炒的，炒得又香又脆，然后又端上两碗湖南人爱喝的甜豆腐脑。

曾伯伯一个劲儿地推销我，抚摸着我的肩膀，夸奖我是个如何勤奋、如何好学的一个好伢子！说得吴爸爸、吴妈妈望着未来的女婿眉开眼笑，心满意足。吴春芳从里间出来，不敢正视我；我也只是用眼角来鉴赏自己未来的妻子，春芳圆脸，抿着樱红的小嘴，雪白而细腻的皮肤晃得我心慌意乱，黑绸衬衣胸前有个蝴蝶结，挺苗条，是个跳舞的身材。也许这就是缘分，一切都是那么顺理成章。那天晚上吴春芳送我回去，见了我爸妈，然后我又送吴春芳回去。吴爸爸吴妈妈怕太晚了，这样送来送去不安全，便留下了我。我睡在吴春芳房间里的长沙发上，沉浸在闺房里的馨香之中，心神摇荡。不过，我很纯，纯得就像个傻瓜蛋。即使与正值豆蔻年华的吴春芳同盖一床被子，也不敢轻举妄动越雷池半步。

一周后，我家请吴家吃了顿饭，这门亲事就定下了。我与吴春芳谈得情投意合，都恨不得把心扒出来给对方吃了。那天我们穿过一片稻田，到郊外长满茶树的小山上去玩，我在前，吴春芳在后。吴春芳从田埂上的蒿草上摘了许多毛刺，悄悄地往我的头上扔。绿茸茸的毛刺扎在我的头上，就黏上了。我假装不知道，吴春芳就在后边咔咔地笑。后来我们来到山上，肩并肩坐在树荫下，吴春芳热了，卷起裤腿，露出很长的一段又白又嫩的小腿，我看着，心里痒痒的，就想用手去抚摸，但又不敢，就假装说："我量量你的小腿有多粗啊。"吴春芳没有拒绝，还瞅着我微笑着，我便折了根细长的草茎轻轻地去量她的小腿，那小腿真可爱，细腻柔软，我的手一旦触摸到就一阵心跳加速……最后，吴春芳提议到南岳衡山做一次旅游。那时已是深秋，旅游的人寥寥无几，南岳大庙整个招待所里就我和吴春芳两位客人。我们各开了一个房间，吴春芳害怕，要我陪伴着她，不过要睡在离她最远的一张床上。我无论如何也睡不着，心里总想着姑娘那迷人的小腿。夜半更深我悄悄地摸到吴春芳的床上，吴春芳也醒着，竟然没有拒绝，只说："我有点害怕……"

那是我生平第一次体验一位青春女子冰肌雪肤般美丽迷人的胴体。过分的恐慌，还没来得及怎么样就不行了。我心灰意冷，沮丧万分，轻轻地抚摸着春芳撩人的胴体，感觉着那是座高山，而自己是平地里一棵丑陋矮小的灌木……乘火车返回时，我默默无语，怀疑自己是否不行，甚至怀疑将来做爸爸的可能都没有。因为我从少年时代起就有个难以启齿的坏毛病，早就听人说，那种坏毛病会影响以后的婚姻生活，还会影响生育。我越想越怕……吴春芳依偎着我，用手绢给我擦去眼角上的眼屎，对着我的耳边悄悄地说："干吗那么不高兴，结婚还一定要干那事呀？"

我笑了，趁没人注意，吻了她一下，说："你真好，你将来能像我妈年轻时那样就行！"

"你妈年轻是啥样？给我讲讲。"吴春芳整个倒在我的怀里。还好，那天火车上人不多，尽是空位，没人在意我们这对情侣的喁喁细语。

"妈勤劳，对爸忠贞不渝。在我5岁那年，我们全家回到东北老家。我爸扛枪杆出身，农村的活儿一窍不通，都是妈带着爸和哥哥们去山沟里开荒。我那时小，就帮他们往地里撒种子。我迷恋那黑油油的土地，春天只带上去一小口袋种子，秋天收获的玉米、土豆要套上个大牛车往家拉！夏天的时候，妈常到山沟里的小溪旁洗衣服，那洗衣服的方式挺原始，用一根木棒捶打放在石板上的湿衣服，那声音今天想来真好听，传得很远、很远，还能听见回音。衣服洗完了，妈就把我脱得光溜溜的，摁在小河里洗呀、搓呀，搓得好疼！冬天了，妈就给一家人缝缝补补，穿坏了的大衣服，改成小的，小的不能穿了，又拆了拼成大衣服……对了，你看我穿的毛衣。"我敞开外衣，露出里面的一件黑毛衣，吴春芳用手摸摸："太旧了。"

"你猜有多少年?"

"10 年?"

"30 年了，听我妈说，是我爸在部队挣薪俸那年买的。原来是红的，后来拆了织、织了拆，不断地补毛线，成了五颜六色的花毛衣。最后一次，我上大学那年，我妈把它染了。"

"等我给你织件新的吧!"吴春芳深情地说。

这个时候，吴春芳在我的心目中，像花仙子一样，即使一万年不洗澡、不刷牙，也只有芳香、美丽、温柔、善良和无边的爱……婚后才知道：无论多么美丽温柔善良的女人也说粗话也发脾气，也要每天进厕所；后来还知道，越是美若天仙的女人越是有可能被勾引、被诱惑。

第三章
世上最好听的歌

　　那个时候，企业技术人才奇缺，像株洲重型机械厂这样一家几千人的大厂，具有大学本科文凭的工程技术人员仅5名，恢复高考后的大学生只有我一个。所以，我的工学士学位证书，刘总还以为那要读了研究生才能拿到。吴爸爸有个推理：重型机械厂的厂长是中专生，总工程师是解放前的技校生，现在的几位工农兵学员都列为第三梯队（由上级主管部门指定的后备厂长或书记），那么他的女婿用不了两年至少是个厂长。

　　我的全部家当是两箱子书和一个被电热毯烧了几个洞的铺盖卷。承蒙岳父岳母帮助，跟厂里要了套住房，他们还掏出一笔当时来说为数不少的款子，买了彩电、冰箱、家具，还有一辆凤凰牌自行车……我决心在重型机械厂好好干出个样子来！那阵子，是我来株洲后的第一个春天，我对什么都感到新鲜无比，那蔚蓝的天空，自由飞翔的小鸟，湿润温暖的空气，路旁的法国梧桐，市郊农民的庭院、菜田、鱼塘，一簇簇枝叶茂盛的竹林……我新婚燕尔，与娇妻缠缠绵绵，事实证明我少年时代的坏毛病丝毫也没有影响我甜蜜幸福的婚姻生活。其实，我那坏毛病也没啥，现在我完全可以公布于众：就是爱做梦娶媳妇，以及由于做梦娶媳妇引发的一系列莫明其妙既兴奋又紧张然后疲软的情况……我系着吴春芳给买的鲜红领带，穿着件双排扣很合身的灰色西装，每天骑着崭新的凤凰牌自行车，耳畔响着厂部广播喇叭播送的雄壮有力震撼人心的"我们工人有力量，嘿，我们工人有力量……"的嘹亮歌声，穿梭在上下班的人流中，我的心中充满着阳光！

　　婚后，我和吴春芳常常为一些小事闹矛盾，比如我带她回去探望爸妈，我坚持走小路，小路近，而且两旁有郊区菜农种植的各种蔬菜，还有自然生长的美人蕉、棕榈树……我喜欢欣赏这些只有在靠近亚热带的地方才能欣赏到的植物，但小路穿过机车段成排的铁路线时，要扛着自行车；吴春芳坚持走大路，大路好走，但要绕个大圈子。两个人都坚持自己选择的路线，互不相让。再比如小两口上菜市场买四季豆之类的蔬菜，我图省时间，往秤盘里大把大把地抓，本来都称好了，钱也付了，吴春芳过来把已经秤好的四季豆往小贩的摊上一扔，骂我是个"宝"，然后一根一根地往秤盘里选，每选一根还要认真地翻过来覆过去地仔细看，就差没在放大镜下边照了。我们常常因此而欢欢乐乐地手挽着手出去，却一前一后地撅着嘴、鼓着腮回来。春芳怀了诗诗，肚子一天天大起来。原来看别的大肚子女人，哪怕是很熟的同事都觉得很丑陋，唯独发现自己的妻子怀孕反而更娇媚，更楚楚动人了。吴妈妈向我恭喜："多好呀，就要做爸爸了。"

我出差到山东青岛开会，为怀孕的妻子买了串大葡萄，那时市场经济刚刚开始，在株洲还买不到青岛的大葡萄。正逢三伏天，怕葡萄腐烂，火车上我把它敞开放在茶几上晾着。路过泰安时，同行的伙伴纷纷下车上泰山旅游，我怕葡萄带不到家，没有去。吴春芳看到我从山东带回来的大葡萄，又惊又喜，洗干净后首先拿了一颗最大的葡萄粒子放到我的嘴上，我咽了口唾沫，把嘴躲到一旁："你自己吃吧，我在路上拣快要烂的尝过了。"

也许正是因为吃了那串又大又水灵的青岛葡萄的缘故，吴春芳生了个又白又胖8斤重的大诗诗。女儿生下来"啊啊"的啼哭，我在产房外面听了心都醉了，那声音太好听、太动人了——什么邓丽君、徐小凤、毛阿敏那些红歌星的歌声此时都黯然失色了！第二天，护士从育婴室用小车为年轻的父母们推出一排婴孩，我第一眼就认出了那个明显比别的婴孩白胖、饱满的是自己的女儿——诗诗！

吴春芳坐月子，开始在医院，一日三餐大鱼大肉，营养丰富。吴妈妈亲手做，我送。晚上要陪伴到半夜，甚至就坐在妻子床边的一张小椅子上打瞌睡。有位只有老母亲来照顾的产妇，生了孩子之后丈夫连个音讯都没有，看着幸福娇宠的吴春芳，羡慕得偷偷落眼泪。但我费尽心力，并不讨好，一会儿送来的鸡咸了，一会儿鱼淡了；一会儿粥又太烫了，我出去搅和一下，尝了尝，感觉差不多了，喂给吴春芳，吴春芳尝了一口，眼睛一瞪，把盛粥的碗用力一推，溅了我一脸，嚷着说太凉了！小诗诗回到家后夜里总是哭，吴春芳睡不着觉，我就两手托着小诗诗像摇篮那样摇啊摇啊，有时直摇到鸡叫天明，心里只觉得甜，一点都不累……但吴春芳对我仍不放松，给诗诗洗尿布、洗澡，半夜里起来给诗诗把尿，都要我来干。我发了脾气："这都是女人干的！"

吴春芳说："男女平等，你还老观念啊，你去看看左邻右舍！"

我住的那层楼都是年轻夫妇，夏天天气炎热，我每次下班回来，一上楼层，首先映入眼帘的就是一双双明晃晃、耀眼夺目、千姿百态的少妇们的大白腿。我两只眼睛想躲都没处躲，整个楼层的年轻主妇都聚在楼梯口，坐在小板凳上，摇着扇子，乘凉聊天，而她们的丈夫，一个个都在挥汗如雨，有的在洗一家人的衣物，有的在热气腾腾的厨房里煮饭炒菜……我想：这怎么能算是男女平等呢？生了小孩，女的可以请产假，可以在家休息一到两年，而男的要工作，全家人的荣辱兴衰也都寄托在男人的事业上，而男人们却被应该是女人多做一些的家务所困扰着。

诗诗满两个月的时候，刘总把我叫去："现在有一个很重要的工作，厂里决定由你去干。"

我的心突突地跳，每当领导分配给我新的工作时，我都这样激动。

"全国30家企业出人出钱与华西交通大学联合更新设计起重机，我们厂是副组长厂，派你去参加设计，并担任联合设计组副组长！怎么样？"刘总和蔼地笑着："我相信你这位读过研究生的是能够胜任的。"

我惊慌失措："我……没有读过研究生。"

"工学士嘛！"

"工学士，大学本科毕业就拿得到。"

刘总仍坚持着说："一样的，你有这个水平！"

我上大学学的是农机，尽管在重型机械厂干了一年半了，先是在车间里做工艺员，然后在总工办做质量管理，对起重机的技术图纸，我还没有认真看过呢，怎么敢去参加全国的起重机联合设计，而且又是去担任联合设计的副组长呢？

但这是一次机会，一次跨入一个新行业、新领域的机会，对新知识强烈的渴望战胜了我的怯懦和不安。我终于镇定了下来，充满感激之情地对刘总说："谢谢刘总对我的信任！我去。"

　　刘总很关切地问我："家能脱得开吗？你爱人刚生了小孩。"

　　"没事！"再也没我这样义无反顾的了。

　　吃晚饭时，我像摸中了头等彩券似的，把去华西交通大学参加全国联合设计这样一件振奋人心的好消息告诉吴春芳："春芳，回去偷瓶酒来！"

　　春芳嗔怪地说："我爸都发现了，说酒柜里的酒都让大老鼠给叼走了！"

　　我脸红了，有些紧张："是不是啊？"

　　吴春芳从床底下拉出一整箱"常德大曲"，说："喝吧，我哥结婚办酒席剩下的全给你拿来了。"

　　我欢欣无比，倒了一小盅酒，举向吴春芳："来，为我、为你、为我们的小诗诗庆贺一下——厂里派我去四川峨眉山华西交通大学参加全国起重机联合设计！"吴春芳听了脸色骤变，把饭碗"咣"地往地下一摔，摔得粉碎，抱起正熟睡着的小诗诗就走。我以为她赌气到娘家去了，便收拾行李。夜深了，我正想去岳父岳母家看看，妈抱着"哇哇"哭的小诗诗由爸爸陪着走进门来。原来吴春芳一气之下把小诗诗送到了爸妈那里放到客厅的沙发上就扭头走了，爸妈以为出了什么事，吓得慌慌张张地摸着黑赶来了。我气得浑身直哆嗦。春芳回来见哇哇直哭的小诗诗，接过孩子心疼地流下了眼泪。经爸妈好生劝说，吴春芳终于同意我去参加联合设计了。

　　临行那天，吴春芳抱着小诗诗送我很远，掉着眼泪跟我商量："小诗诗让我妈带，我陪你一块去玩好不？"

　　我说："不行，那能行吗？我是去干事业，哪能带老婆去玩啊！"

第四章
天生我才做推销

　　我在销售科干了一年，由于吴春芳把我告到了厂工会，说我不管家不管孩子老想往外跑，销售科始终也没有让我去参加上海宝钢、四川攀钢、东北鞍钢乃至国际工程项目轰轰烈烈的招标会。只是负责在厂内招待客户和技术方面的谈判。刚开始与客户见面的时候，脸红心跳，不知从何谈起，手脚都不知往哪放，要多尴尬有多尴尬。后来经历的场面多了，我突然惊奇地发现：我也能够侃侃而谈，我也能够即兴发表精彩的演说，我也能够令客户心悦诚服。看起来，人的潜力是无穷的，只要你肯挖掘。谈判出效益，给武钢生产的 16 台非标起重机原来的合同定价是每台 12 万元，经我逐条审核非标项目，12 万元成本都不够。我与客户联系重新签订补充协议，增收非标费每台 5 万元，这件事引起老厂长的高度重视。于是，老厂长对我赏识的目光越来越多了，而且每次绝不是 9 秒钟，最后的一次我数过，足有 20 秒！那时国有企业的领导还是老八路作风，十分注意在群众中的影响，客户来了陪吃饭陪喝酒，厂长科长一般不参与，由我这位销售工程师全权负责接待。厂办仅有的一台丰田面包车成了我的专车，每天小车来小车去，陪客户出入大酒店，远方来的客户还要陪着到韶山毛主席故居去参观。

　　那时我不注意小节，自认为我懂技术我嗓门洪亮我能侃得头头是道，有客户来了，我赶忙招待，倒茶——客户 A、B、C 每人一杯，小个子郑科长的杯子空着我没给倒；敬烟——客户 A、B、C，郑科长的手伸得长长的我没敬。郑科长悻悻的："我的呢?!"

　　我莫名其妙："郑科长，您……您哪儿不舒服?"

　　"茶！烟！"

　　我当着客户的面傻乎乎地强词夺理："郑科长，咱不是一家人嘛，还讲啥客气?"

宴请客户，我给各位斟啤酒，以顺手为原则：从我自己的杯子斟起，"咕嘟咕嘟"客户 A、B、C，最后科长，斟啤酒不得要领斟得泡沫四溢，轮到郑科长那只杯子我就不是斟酒了，而是高举着啤酒瓶"飞流急下三千尺，疑是银河落九天"，"咕咚咕咚"灌得酒花飞溅，把科长的眼睛还给迷了。席间我喧宾夺主与客户"咣咣"碰杯，郑科长没发言呢，我首先大言不惭："各位来宾，我代表厂长……"

老厂长文化不高，工人阶级出身，但虚怀若谷，在老厂长面前我怎么样不拘小节都没事，只要你能干，你能把生意谈成。那个时候，国家计划指标已经减少了一半，要靠企业自己去寻找市场了，用当时的话来讲叫企业转轨变型，于是我成了重型机械厂的台柱子、老厂长的红人。因此也就有点忘乎所以，导致我犯了"错误"，改变了我后来的人生道路……

每次看到周围的推销员们兴冲冲地出差、风尘仆仆地归来，神侃什么大型订货会、大型招标会的见闻，我都眼馋得不得了，为此我常怪吴春芳："都是你，让我只能蹲在厂里面。"这天，厂里终于给了我一个出差的任务，让我和厂办谭秘书到全国几大重点用户拍产品照片，以备编制产品目录和工厂简介。那时候我还不懂，对于企业，编制策划产品目录和工厂简介是一个多么重要的工作，这工作干好了，做推销事半功倍。当时让我兴奋不已的仅仅是可以去趟广州，厂办主任同意我们到广州后顺便去深圳玩玩。那个时候，人们对深圳还是个谜，厂里几千人，只有一位党校毕业的"第三梯队"去过那地方。一谈到深圳，不外乎就是那里的电视节目好看，有女人的美腿，有女人的肥臀，还有女人的肚脐窝，住在宾馆里会有小姐打电话来问你寂寞不寂寞……那时候谁要胆敢在众人面前讲这些会被唾沫星子淹死。

我们旅行的第一站是北京的首都钢铁公司。找到首钢，谭秘书亮出介绍信说我们来贵公司拍照片。原以为对方会热情接待，对方接了很长时间的电话，我腿都站酸了，谭秘书口渴得直咽唾液，眼巴巴地盯着对方，盼着他早一点把话讲完，对方终于放下了电话，又去接待什么公司、什么部门的领导，把我们两位来访者冷落了一下午。下班时间到了，对方那位主任或者是秘书的同志才想到了我们："对不起呀，我们公司不允许随便进去拍照片！"我俩恳求再三，仍是那句话。我们灰溜溜地走出办公大楼，谭秘书连连地骂着：

"他妈的，他妈的！"在旅馆里，我们两人左思右想，想不出个高招来，谭秘书说："算了，我们找其他用户去拍，不是还有武钢、韶钢、广钢嘛？"我做推销的天赋这时候就显露出来了，石破天惊地说："那不行，一定要拍首钢的，首钢有影响，对我们具有广告意义。据说我们第一台起重机就是给首钢制造的。这些年没有来往了，我们要利用这次机会把首钢争取过来。"

"那就看你的了，我是他妈的没辙了！"谭秘书早早地在床上躺下了。我想看看电视，谭秘书一个劲儿地干涉："算了，别看了，我从来不看那个玩意儿，没一个好节目。"

第二天，吃过早饭，我给首钢设备处打了个电话，几句话把客户放倒："喂，我姓郁，是株洲重型机械厂的工程师。这次我们来走访贵公司，是为您排忧解难的，了解一下我们的产品在贵公司的使用情况。同时想听听贵公司对我们生产厂家的意见。"

电话撂下不久，旅馆外面来了辆小轿车在鸣喇叭，设备处的处长亲自来接我们了。首钢的照片顺利地拍成了，其他几家客户也是如此，不提拍照片，而是上门为用户排忧解难。还好，一路上都没有太大的忧要排、太大的难要解，只是一些使用、维修方面的小常识，我给他们的驾驶员和设备管理人员讲课、一本正经地检查设备时，谭秘书就趁机抢拍产品照片，任务完成得异乎寻常地顺利，而且一路都是小车接小车送，客户请吃饭。谭秘书对我刮目相看："行啊你，不愧是大学本科生！"最后，我们来到广州钢铁厂，遇到个天大的麻烦。厂长、设备处长亲自在中国大酒店设宴，请我和谭秘书为他们的国家重点工程项目解决一个重大问题，有一台非标桥式起重机属需方责任，把一个参数搞错了，设备安装上去后，发现高出屋面梁182毫米。工期紧张，重新订货已经来不及了，正准备求厂家帮助改造，恰好让我们赶上了。谭秘书尴尬得无地自容，埋怨都是我搞砸了锅："谁让你一路上全是一个腔调，像做广告似的，什么上门服务、急用户之所急、想用户之所想。人家没提你就算了！"

我的营销意识、服务意识超前20年。我十分严肃地说："怎么能算了呢？一路宣传，扩大我厂影响，提高我厂知名度，为用户解决问题，这是我们共同的责任！"

谭秘书说："你还教训起我来了，今天遇到这问题，你能给人家解决吗?"

我对这事心里也没底，不过，我还是硬着头皮答应到现场去看看，万一解决不了，就请示厂里来人，在我的意念中，为客户服务是厂方义不容辞的责任。尽管我们坐的是豪华带空调的皇冠牌轿车，谭秘书却像是被人押赴刑场一样地不情愿。我到现场看过之后，觉得改造是可行的，但要认真设计，晚上由用户出钱送我们住进大酒店的高级套房。谭秘书洗了个澡，往床上一躺，说了句："你解决不了的话，明早我可就溜了!"然后鼾声如雷。第二天，钢厂的皇冠牌轿车接我们的时候，我的改造方案设计出来了，后来广钢按此方案改造好的起重机投产后运转良好，为此，广州钢铁厂给株洲重型机械厂写了一封热情洋溢的感谢信，但那时，我已经远远地离开该厂了。

我们又来到深圳，我买了份深圳市交通图，顶着北回归线上空夏天的炎炎烈日，东奔西跑，我要对深圳的机械工业做一次全方位的考察。谭秘书对我的想法和举动惊异不已，一个劲儿咋舌："我说你是不是要当厂长啊!"

我说："我是推销员，是厂长代表，不能没有当厂长的责任!"

谭秘书哪儿也不去，他说"我可没那份当厂长的责任啊"，就守在旅馆里瞪着牛眼看电视。说来也怪，这一路上他都是早早地睡大觉，没半点闲心去看电视。来到深圳，他一反常态，连续两个晚上没睡觉，守着电视机专看讲粤语的香港台，最后大失所望："他妈的，看了两天两晚，也没见一个全裸的光屁股的女人!"然后又要求我一起住一晚大酒店。这一晚更令他大失所望。那电话像个哑巴，一晚也没响一下，直到第二天中午 12 点，那电话终于响了，谭秘书兴奋无比，像孩子那样欢腾雀跃，扑过去用双手抱起电话，那电话里果真是小姐的声音，那声音甜甜的软软的，令石头都会融化。遗憾的是电话里的小姐不是问寂寞不寂寞，而是催促我们到总服务台去续交住宿费。于是谭秘书对深圳这个迷人的特区索然寡味，一连串地骂着脏话。

我在这 3 天里，走遍了深圳市所有带"机械"两字的工厂和公司，靠的是两条腿，除非万不得已，比如罗湖到蛇口相距太远了，只好搭公共汽车。有家金属结构厂，生意冷落，正待找米下锅。我来此调研，发现这个厂正适合生产小型起重机。那个时候，起重机的市场供不应求，我在厂里几乎天天遇到被拒之门外的小型起重机的客户，如果株洲重型机械厂与这家金属结构厂联营，共同开发沿海市场，进而挺进国际市场，肯定大有作为。金属结构厂的厂长也挺有兴趣，亲自驾车带着我从火车站接来了一个劲儿发牢骚说白来一趟深圳的谭秘书，在深圳湾大酒店要了一桌丰盛的酒菜，谭秘书听说要谈有关联营的事情，吓得不敢动筷子，神色紧张地示意我跟他到厕所里有话说。我们找了半天，也没见有厕所。我询问一位服务员，那服务员指给我们一个"洗手间"。我俩犹犹豫豫地走过去，推开门，一股芳香扑面而来，门旁立着个年轻、英俊的服务生彬彬有礼地做了个优美的手势："请!"

谭秘书慌了，我也愣住了，进厕所拉屎撒尿咋还请什么呢？莫不是进了专备美国总统来华访问入住的总统套房？于是，我们狼狈不堪地退了出来，逃到僻静处，像做了贼似的胆战心惊。谭秘书拿出厂办秘书的派头："邝勇夫，一路上我都没说什么，只表扬了你一句你就不得了了，现在我要代表厂长批评你了。像联营这样大的事情，你怎么能够轻易地去谈呢？你是不是太狂妄了？"

我紧张的心情松弛了下来，说："我还以为你遇到了问寂寞不寂寞的小姐了呢! 我们只是试谈，摸摸底，非正式的谈判!"

"那要打电话请示一下厂长。"

"用不着，对工厂有利的事，我们都不妨试试，试得成更好，试不成就拉倒，何必那么紧张。"

"如果一旦谈成了，厂里却不同意呢？"

"我是厂长代表，知道吗？我的建议老厂长会认真对待认真考虑的!"

"那我不参加谈判，出了事你自己负责。"

"好，天大的事，我顶着!"

……

回厂后，老厂长退居二线了，但对我的想法很赞同，说这对株洲重型机械厂是一次机遇，我就写了《与深圳特区金属结构厂联营的可行性设想》。我无论如何也没有想到，我这份《可行性设想》在重型机械厂掀起了那么大的风波。本来，谭秘书把我们两人的差旅费都已经到财务科报销了，一路上因为打着"为用户服务"的大旗，所到之处都是小车接小车送，客户请吃饭，我们每人还节余了50元的差旅费（当时出差伙食补助每天只有4元钱，每餐只能吃两个包子或吃碗面条）。吴春芳用这 50 元给小诗诗买了辆三轮童车。小诗诗骑着三轮车兴奋得挥舞着小手，"咯咯"地笑个不停。

　　我那天把《可行性设想》交给了刚调来的、在全市、全省都很有名气的"改革厂长"。"改革厂长"看过之后，一张春风得意的脸马上阴沉下来，当着办公室很多人的面敲打着桌子，"谁同意你去深圳了？你怎么不去中国台湾、不去美国呢？"当即指示财务科把谭秘书已经报销了的差旅费又拿出来重新审核，广州至深圳的差旅费不予报销，并扣了我们每人 3 天的工资，同意我们前去深圳玩玩的厂办主任也给撤换了。谭秘书见了一个劲儿地抱怨："你小子，到深圳玩玩就算了，你唯恐别人不知道，还向厂长汇报，这下完了吧？"我还挺着脖子不服气："咋的！推销员嘛，不就是要推销嘛！"谭秘书说："人家推销员是让你推销产品！"我硬犟："不对，推销员推销的应该是我们这个企业，我们这个品牌！"我为我自己悟出的现代营销理念不为新任的"改革厂长"和同事们理解而深感遗憾。岳父大人得知此事后，再也不抱他的乘龙快婿肯定是厂长的希望了，开始喋喋不休地说起了风凉话，而且以点带面，一概否定："大学生没个有本事的！"

　　我不服气："大学生都没本事，国家还办大学干什么？"

　　吴春芳狠狠地瞪了我一眼，那天是在岳父家吃晚饭，吴春芳的哥哥、嫂子、姐姐、姐夫围了一大桌，桌中间是一只火锅，里面炖着条大活鱼。我夹了那火锅里仅有的一个鱼泡，岳父大人明明看见了，还一个劲儿地用筷子在火锅里面翻来翻去："鱼泡呢？谁这么嘴快！"春芳的嫂子在旁边瞅着我窃窃地笑。我脸红了，那顿晚饭没吃饱我就气愤地走了。

　　厂长的态度决定一个人在厂里的命运，尤其是小个子郑科长对我一直抱有成见，我成了销售科可有可无的人，全厂职工普调一级工资，我只长了半级。有一天，郑科长很严肃地对我敲警钟："你要注意啊，别犯了错误。"我丈二和尚摸不着头脑："我犯什么错误？"

　　郑科长说："你和深圳那家厂谈联营，利用工厂名义，个人捞介绍费，那可就严重了！"

　　在此之前我还没听说过"介绍费"这个词呢。听了这无中生有的话，我差点气晕过去。我曾是全心全意地为工厂的前途着想，反而遭这种无端的怀疑。更令我无法忍受的是，不久厂里开全国订货会，地点是市宾馆。那天郑科长在一楼会务组给销售科全体人员布置工作，谁谁负责一楼客户，谁谁负责二楼客户，唯独没我的份。我急着喊："科长，我负责哪一楼的客户？"小个子科长白了我一眼，指着地下说："你负责地下！"我还信以为真，跑遍了宾馆的主楼、副楼，到处询问："先生，你们这有地下吗？小姐，贵宾馆哪栋楼有地下？"小姐先生们都被我问蒙了，原来市宾馆根本就没有地下室！若干年后我把这段遭遇讲给一位智者，智者说："人家'改革厂长'刚刚上任，要树立自己的威信。你个愣头青，怎么能比厂长还要高明呢？不整你整谁去！再说了，高学历的人不见得有胸怀。"

这期间，吴春芳迷恋上了麻将牌，每天晚上在娘家一玩就是大半夜。我挺严肃地警告："不分昼夜地玩麻将是堕落！"

吴春芳不以为然："你看人家都这样玩！"

"都这样玩就都是堕落。"

吴春芳似乎很有道理："都堕落那就不是堕落！"

我无可奈何地一声长叹："什么也没有比无知更可怕！"

那天晚上，我看书看到下半夜，还没见吴春芳回来，便把门在屋里插上了，等她回来敲门，我装作听不见。吴春芳推开窗子往屋里扔窗台上晾的鞋子，我从床上跳下来，指着吴春芳骂道："你别进来，你去嫁给麻将牌吧！"

吴春芳气咻咻地回娘家去了，很快又回来了，岳父岳母也都来了。吴春芳把门撞开，岳父闯进来，手指着我："郜勇夫，你混蛋！在厂里混得不愉快，回来对老婆撒气，你算什么东西？"

小诗诗被惊醒了，吓得"哇哇"直哭，岳母急忙抱起小诗诗，哄着："噢，别哭，别哭。"一边数落着我："你也是的，春芳也没到别处去玩，在家里玩玩怕什么？"

我愤愤地说："还像不像个女人，不管孩子，不管丈夫，一玩玩半宿！"

吴春芳蹦着高喊："你封建，你封建！"

……

第二天，那是1987年的12月25日，很快就要过元旦了。我向小个子科长请了五天假就走了。到哪儿去了呢？我谁也没告诉。

第五章
祸起"一刀切"

这天傍晚 7 点多钟，当夜幕降临的时候，在柳州火车站熙熙攘攘的人流中，出现了我疲惫不堪的身影。我上了开往湛江的火车。我把手提包放到行李架上，挎包放到坐席靠窗口那一侧当枕头，躺下便迷迷糊糊地睡着了。我做了个梦，梦见少年时代在东北大山里去邻村读书的情景。

那是莽莽林海中的山间小路，我背着书包在小路上疾行，不时地回头，尾随着我的是一匹野狼。

我快走，狼也跟着快走，我慢走，狼也慢走，我停下来，狼也停下来，我与狼对峙……

四季交替，崇山峻岭由树木苍翠变成白雪皑皑，少年的我穿戴由单变成棉，野狼的皮毛由青变灰，那野狼始终跟踪着我，形影不离。

德高望重的老校长站在讲台上讲："学了知识装进自己的脑袋，小偷偷不去，这是谁也偷不去永远属于自己的财富！"

我隔着遥远的时空，向老校长汇报："老师你好！我现在脑袋里装的是中国起重机这样一个大行业！我在读万卷书，行万里路啊！我是既懂技术又懂销售的中国第一推销员啊！"

老校长和当年的伙伴们举着山花在向我招手："郤勇夫，祝贺你，你不愧是咱东北大山里最要强的学生！"

这天，我去了柳州起重机厂。我想做像旧中国上海滩那样的掮客，西装革履，出入社交场，伴着靡靡之音"今宵离别后，何日君再来，喝完了这杯，请进点小菜，人生难得几回醉，不欢更何待……"与美若天仙的交际花翩翩起舞，一笔又一笔的大买卖飞进我的皮包！柳州起重机厂对我这位找上门来的"掮客"很有兴趣，生意还没给人家拉来一桩呢，厂长就在大酒店隆重款待我，吃火红的大螃蟹。这里离海南不远了，我想去海南给他们拉笔大买卖，顺便去看看听说要上起重机项目的海南机械厂。

"咣啷"一声火车在一个小站开动，我突然惊醒：不好！行李架上的手提包不翼而飞，那里面装着我几年来辛辛苦苦从全国42家同行厂收集来的技术资料（那个时候同行厂之间在技术上互通有无，资料共享）。这些东西对小偷来讲一钱不值，对我可是价值连城！

我慌了，连连地喊着："我的包呢？"没有人理。火车开动了，我沮丧至极："我——的——包——呢？"

一位年纪与我相仿的大高个充满同情地凑过来，坐到我的对面。

"算了，喊也没用，那小偷早就下车跑了。——你到海南吗？"

"你怎么会知道？"我很吃惊，我并没有跟谁说自己要去什么地方啊！

"这节车厢几乎全是上海南的。"

"怎么会这么多的人？"

"这你还不知道！海南要建大特区，比深圳还特，吸引了全国各地的人才，都想去那里工作。"

"我还真地不知道呢！"

大高个很吃惊，"这你都不知道？那你去干什么？"

"我只是听同行厂的朋友说，海南机械厂要上起重机，我想去看看。"

"写信联系过吗？"

"没有。"

大高个神情活跃了起来，似乎很有优越感地拿出一张填好的人才交流表："你看，我先写了信，海南人才交流中心就寄来了一张表，单位也同意我出来了。"

我与他很快就彼此信任，结成去海南岛的旅伴了。大高个叫吴天明，来自西安一家飞机制造厂，西北工业大学机械制造专业毕业的大学生。到了海安码头，我才发现想去海南找工作的何止我和吴天明，这里黑压压地云集了一大片，成千上万张面孔都是那么英俊，那么漂亮，那么年轻！全中国的大学生、研究生都涌到这里来了，大家都热情地谈论着海南、向往着海南，仿佛海南是金岛、银岛……

过了琼州海峡，便进入了夏天，迎接我们的是岛上的椰树和满街跑的呱儿呸儿车（简易的三轮摩托，以马达发出的声响称之）。呸儿呸儿车把我们带进了同一家旅馆，我和吴天明住在一起。天色还早，我要去海南机械厂，吴天明也要同去，他说他也直接找用人单位。

位于海口市中心的海南机械厂虽然厂房简陋，但是吸引来的年轻求职者不断。进厂大门登记时，守门的师傅告诉我们："你们二位是第 1321、1322 名大陆来的大学生了。"

厂长接待了我们。吴天明拿出一大堆证件，大学文凭、工作证，过去搞过的什么发明、什么创造的获奖证书。我这些东西在火车上全丢了，什么也拿不出，只好谈自己的业务简历。厂长似乎对我更感兴趣，问我们两位是什么关系。

吴天明赶紧说："我们是老乡，是同学，还是最要好的朋友！"

我说："是，我们希望能在一块工作。"

厂长犹豫了一下，面有难色地说："我只能留下你们一位。"

吴天明转身走了，我追出门去，拉住吴天明悄声说："还是你留下吧，我本来也没打算找工作，只想来海南做全国起重机行业的捐客，那种自由的推销员。"

我拉吴天明又回到厂长办公室。

厂长说："我只能留下你邝勇夫。我们正在找你这样既懂技术又会搞销售的人才呢，只是你的朋友吴天明——实在对不起！纯粹搞技术的我们已经有很多了。邝勇夫你明天来办手续吧。条件是先聘用 3 个月，然后正式办调转。"

我意外地找到了工作，成了海南特区急需引进的专业技术人才。当我办好了聘用手续要离开海口的那天晚上，仍没找到工作的吴天明心灰意冷，掉了眼泪，比我在火车上丢了包还难过。他说如果找不到工作真不知道怎么回西安见领导和同事，因为他跟我不同，他来之前已经央求单位领导在海南寄给他的那张"人才交流表"的单位意见栏里签了"同意"并盖了章。

我赶回株洲，重型机械厂正在实施厂长的第二套改革方案。第一套改革方案半年前实施后，一批老的科室领导被国有企业长期以来惯用的"一刀切"像切韭菜那样齐刷刷地切下来做了普通科员，包括刘总工程师，又齐刷刷

"一刀切"地启用了一批新人。当时曾在全市引起强烈反响，电视、报纸进行了系列报道。这第二套改革方案的主要内容是：原来的科长升为部长，车间主任升为分厂厂长，原来的行政科升为生活服务总公司，下设房产科、膳食科、总务科。原来我的两个邻居，一个烧锅炉，一个自来水管道维修工，他们都曾羡慕我是大学生，是正式的国家干部，见了我总是自愧弗如地直不起腰杆。这次见面不同往昔了，两位都腰杆子挺得倍儿直。一个当了膳食科的科长，一个当了总务科的科长，他们原来的工作由农民工取代。我找到厂长，提出要去海南机械厂受聘。厂长脸黑黑地说："不行，你才干几年，就想调走？"我也觉得挺惭愧："那我怎么办？在销售科没事干，要不，我还回技术部门搞产品开发吧？"

"你没那本事，不行！"

我自尊心受到了伤害，那时，我还没学会忍耐，我争辩道："不行？不行我能当全国联合设计组的副组长！不行，我一次谈判为重型机械厂增收 80 多万元非标费！不行，我京广线跑了一趟，吸引来那么多的大客户（那次，我和厂办谭秘书沿京广线拍产品照片回厂后，前来订购起重机的客户蜂拥而至，都说：'难得有你们这样急用户之所急、想用户之所想的厂家！'）！你说我不行，让我走好了！"

"我这又不是开旅店，说走就走。"

我托老厂长，老厂长给市工业局罗局长挂了个电话，罗局长就写了张条子给我。我把这张条子送给重型机械厂的"改革厂长"，"改革厂长"看了条子，在我面前第一次和颜悦色，而且追悔莫及："小邰，你有这层关系，怎么不早说呢？其实你很有才干，你去吧，到海南干得好就干，干不好再回来，我给你个厂长助理或者是总工程师干干。"

海南受聘就这样轻而易举地成功了，而且厂里还连续发了我 3 个月的工资。

那几天，吴春芳在娘家玩麻将玩得走火入魔，不吃饭，不睡觉，甚至不上班。妈曾嘱咐我："算了，你别管了，她愿意玩就玩，你常不在家，她又是在娘家玩。"所以我也没再说她。已经两岁的小诗诗正咿呀学语，不太清晰地唱着从日本动画片上学来的歌："我要我的爸爸，我的好爸爸，只要我见到他，就让他回家……"

我背上行装，与我的小诗诗挥泪告别，是岳母大人领着小诗诗送了我一程，特意嘱咐："邰勇夫，这次去了要好好干，别像在这里似的，干不下去了。"

我很感激，但这话却又刺伤了我的心。我在哪里不是好好干呢？回想在重型机械厂三年的工作，搞产品工艺、科技情报、质量管理、新产品开发、产品销售，围绕着产品干了一个循环，哪一项工作我不是尽心尽力地好好干了呢？刘总工程师就曾夸奖过我："邰勇夫工作积极主动，不像有的人那样属算盘珠子的，拨一下，动一下。"然而，我确是在重型机械厂干不下去了。看来，这好好干的"好好"两个字要重新认识，怪不得在大学读书时，有位老知青同学说："干工作你光好好干不行，要会干。"怎么才算"会干"呢？

说假话？阿谀奉承？不行，那样我做不来，我只能做一个正直的人，积极向上不断进取的人，哪怕我在世人眼里多么的卑微，多么的落魄，被人小看，我也要这样坚持。这个时候我隐隐地感觉到，重机厂的"一刀切"把刘总、老厂长这样的一大批脚踏实地还不到退休年龄的"革命老黄牛"给切了，也把重机厂的大动脉给切了，势必要大出血。这些老领导虽然没有大学文凭，但他们实事求是尊重科学尊重人才。新启用的"知识化、专业化"有大学本科文凭、有工程师职称的"改革厂长"真地就没感觉到他讲什么科学，他讲的科学就是跑关系，争取市领导、省领导、部领导支持，玩命膨胀无限上项目，上千万的重复的铁路专线建起来了，上百万的生产线引进了，大厂房、大办公楼也盖起来了，可产品的质量、利润却一路下滑……

我走后听说：

改革厂长立下誓言，1988年产品要创部优（国家名优产品，分国优、部优、省优）。全厂震动不小，纷纷献计献策……

厂长自有主张，经过一番上下活动，更加胸有成竹，亲自出马来到国家某部委质量处。

处长表态了："你们厂的质量管理不及格啊！"

厂长从口袋里抽出了一张条子，"这是某某厅长之托。请您关照。"

处长摇摇头，"用户对你们厂的产品质量意见很大！"

厂长马上又送了一张条子，"这是XX……就是副省长家的那位，是我们的老领导、老上级！"

处长认真地看了一下条子，不知如何是好。

"嘀……"电话响了，"这个厂我去过，产品质量还是过得硬的。"

"首长，您不知道！"

"我清楚得很！"

处长急了，"首长，用户在一家大报上披露了，几十万元的设备，用户还没使用，就成了一堆废铁，而且……"

"不要而且，要考虑中国的国情！"

"不行，他们的产品因为质量问题出了人命！"

……

"部优"没评上，"改革厂长"大刀阔斧实施第三轮改革。第一轮改革老的下去新的上来，第二轮改革刚提拔上来的中层干部统统官升一级，腾出来的位置又提拔了一拨新人，一时间官满为患，有文凭的提拔完了，就破格录用没文凭的。车间里的一位班组长执行了一次上岗前列队训话，点名点到谁谁就像日本兵那样"咔嚓"一个立正然后挺胸腆肚喊："嘿！"于是"改革厂长"大力表彰，这位班组长就一步登天荣升为企管办主任。第三轮改革，坚守在车间第一线的生产工人已经所剩无几，没办法再提拔谁了……"改革厂长"左思右想把守厂门的本厂保卫科人员全撤，请来一队荷枪实弹的武警官兵，围墙上全部拉上铁丝网，每天上下班的铃声换成嘹亮军号。第四轮改革"轰隆"一声巨响，把刚建好的大厂门推倒重建。新厂门富丽堂皇，厂大门上的"株洲重型机械厂"一字万元请全国著名书法大家挥毫泼墨，客户来了一看那大厂门，再看那字，都以为误入书斋学府，因为那字是一般人看不懂的篆书！

这样的改革，企业会有什么前途呢？

第六章
海南梦

　　海南机械厂在岛上历史最为悠久，主要为岛上的橡胶工业、食品工业提供配件，或者是修修补补，始终没有定型的拳头产品。厂长把希望寄托在我的身上。我来那天，厂长亲自开车到码头接我，我上班的第一天就被委以设计组组长的重任。五名组员都来自大陆（海南人把内地叫大陆），一个学位最高的是上海交通大学毕业的硕士生叫关凌晨，伙伴们都叫他天亮；一个华南理工大学毕业的本科生李永明，长头发，一付悲天悯人、愤世嫉俗的模样，大家都叫他亚瑟；一个是广西轻工业学院毕业的本科生，叫刘德全，小时候得过小儿麻痹症，一只腿长，一只腿短，29 岁还没有女朋友。另两个小姐一个叫刘丽，一个叫张艳，都是吃麻辣的川妹子。

　　两位小姐最令人关注。这里每天上班首先在一楼的厂党委办公室门前点名。全厂几百号人的眼睛原本东张西望，或者觉得还没睡够正迷迷糊糊地瞅着地、望着天，或者贼眉鼠眼寻找机会等点完名就溜出去喝茶，或者干第二职业、第三职业……总之这无数双眼睛像自由分子的布朗运动。但一旦大门口出现两位川妹子，几百双眼睛"唰"地像聚光灯一样从各个角落投射过去。两位小姐打扮得花枝招展，戴着太阳镜，穿着高跟鞋。刘丽头上还顶着个极时髦的草帽，像时装模特一样款款地穿过院子，很准时地走到点名者的面前，一个声音很甜、很细："到！"一个声音很粗、很憨："到！"

　　厂里拉了个大业务，三亚港务局要制造 6 台 100 吨的大龙门吊，每台定价 200 万元，半年内交货，如果做得成，够海南机械厂 500 名职工一年吃的了。亚瑟、张艳要去广州、厦门等地考察一下，看看实物，天亮是硕士生，计算机玩得好，说："你们愿意去你们去，我会算，什么都算得出。"于是他白天算，晚上算，算了一个星期，也没算出个结果来！工期不等人，我说你们不要算了，也不要去参观了，我出方案，大家分工就是了。我在株洲重型机械厂干了三年，而且参加过全国的联合设计，全国同行厂我都调研过，对起重机我了如指掌。我只用了3天，总体方案出笼了，然后大家分头去设计，一个月的时间，全套图纸都出来了。后来矗立在三亚港那6台庞然的钢铁巨物，成了我们6位闯海南的大学生的纪念碑！

从那以后，大家都对我刮目相看了。天亮称我为"老哥"，亚瑟和二位小姐称我为"老邰"。刘德全有些不合群，而且喜欢用传话来讨好川妹子，大家都尽量避免和他接触。我在6个大学生中，是唯一结了婚、有了家庭的，生活方面训练有素，买了电炉炒锅，每个星期天都炖鱼、包饺子，请大家聚会。食堂的伙食不太好，大家都像个馋猫，那次我炖鱼，把从食堂要来的醋精当醋放了，炖了一锅酸鱼。我要扔，天亮尝了尝，咂咂嘴巴，说别扔，好吃，吃鱼就要这酸味，然后把大家都叫来，包括那两位小姐。一阵风卷残云，那一锅酸鱼连根鱼骨头都没剩下……

一位四川自贡来的女孩，圆圆的脸蛋白里透红，关凌晨说她长得像布娃娃。布娃娃在海口市一中找了份做英语老师的工作，月薪250元不提供食宿，她临时寄宿在张艳和刘丽宿舍里，张艳和刘丽每天很晚才回来，有时彻夜不归，布娃娃就在我的房间里等，一等等到大半夜，还有几次等到天亮，布娃娃这样一位青春靓丽的女孩侧身睡在我的床上，裙摆下的两条美丽的小腿那样诱人，臀部像山峰一样高高地隆起，我坐在地下小板凳上打盹儿无动于衷，那时候全世界的女人我只爱妻子吴春芳。

天亮和亚瑟喜欢找我聊天。布娃娃不来打扰我的时候，我喜欢没事就早早睡觉，天亮和亚瑟经常把我从蚊帐里拉出来："走，哪有这么早就睡的，出去聊天。"于是，我们顶着月亮、迎着海风漫步在椰子树下，亚瑟说："我他妈有个危险的动机，憋了我多少年了。"我问是什么动机，他又不肯说。天亮很开朗，手舞足蹈地说："我的动机就是来海南欣赏美丽的热带风光和海口市这美丽的夜景！"他毕业本来是分配在北京一家机电部所属的研究所的，后来费了很大的周折改派来海南。

那天唯有我和亚瑟两个人在东湖边长椅上聊天，聊到下半夜两点了，亚瑟有些冲动，终于要透露他那个危险的动机了。他说："邰勇夫，我拿你当知己！"

　　我在迷离的夜色中，诚恳地点点头。

　　"你可不要跟任何人讲啊！"他那双眼睛像天上的星星一闪一闪的。

　　"嗯！"

　　"咱们俩同岁，在我们的少年时代，我们都干着同样的事情。"

　　"什么事呢？"

　　"走'五一'道路啊，离开那么可爱的学校，离开那么可爱的书本，去学军、学农、学工，他妈的上山开荒！你知道那个时候，在我们地球的那一侧出现了什么样的人间奇迹吗？"

　　"我不记得了！"

　　"嘻……这样大的事，你都不记得了。那个时候，美国的宇航员登上了月球！"

　　"噢……请原谅，那会儿我生活在东北的大山里，那是知识的荒漠，没有电灯，听不到中央人民广播电台之声，更看不到一页印刷物。"

　　"唉……算了，我不说了。"

　　亚瑟满腹心事地望着茫茫夜空，不再言语了。天亮呢，整日想他在大学里读书的女朋友，想得发疯，他说他人生最大的遗憾就是在学校读研究生时，没找个安全的地方和女朋友干那事。星期天，天亮号召大家去赶海，说赶海也许有艳遇，像《青春之歌》中的于永泽在海边抱住了正欲投海的林道静那样。于是，我、天亮、亚瑟一连去了几个星期天，还有意坐在远离海边的沙滩上，期待着跳海的林道静。跳海的林道静没遇到，跳海的于永泽倒是让我们给遇到了。那天，有个高个子男青年就在海边上走啊走，脸色苍白，神情沮丧，走到很远的地方，在我们的眼里已经变成一个小黑点了，就向茫茫的大海扑去……天亮第一个叫："不好，有人跳海了！"然后就拼命地向那高个男青年跳海的地方跑去。高个男青年被我们救上来了，我猛然发现他竟然是我初来海南时在火车上认识的旅伴大高个吴天明！他万念俱灰地说："你们不该救我，我多年的追求，原来都是徒劳的。所以人生对我已经没有意义了！"

　　恢复高考那一年，吴天明以优异的成绩考上了西北工业大学，毕业后在国家航天部所属的飞机制造厂里干得有模有样，搞了一大堆小发明小专利，满腔热情地跑来海南，他那些引以为荣的东西却没人欣赏，最后连饭碗都没找到。他的自尊心、他的人格受到了残酷无情的伤害。于是他失去了自信，认为自己黔驴技穷。我安慰他说："吴天明，你无论如何不能去死，你有那么坚强的毅力，考取了名牌大学，又搞了那么多的发明创造，为什么就不能忍耐一下，慢慢地寻找机会？退一万步，即使我们暂时怀才不遇，为什么没有毅力学学别人的样子去摆摊、卖报，甚至当乞丐，难道讨饭的比我们还要顽强吗？"

吴天明在海滩上晒干了衣裤，情绪有些好转，我们给他留下了地址、电话号码，让他没事来玩。吴天明道了谢，走了，走得有气无力，像踩在棉花上，我就冲他喊："吴天明，坚强些，面对现实，无非是换一种活法，就当是好玩吧！"

海口市中心有块地方叫三角池，一侧是港务局客运站，一侧是东湖公园，另一侧是东湖宾馆。那时，这里最热闹，每晚都会云集成百上千来自全国各地的大学生，在这里唱歌，弹吉他，发表演说，交流信息，认老乡，寻知己，找对象，暂时没找到工作，但又雷打不动死不回头的大学生在这里卖"人才饼"、"人才馄饨"，卖《海南开发报》。卖报的女大学生常常在这里被用人单位或个体大老板聘去做公关小姐，或者做情人、做二奶，在这里曾经诞生一首用西北民歌《信天游》曲子唱的《海南梦》：

"海南，海南我爱你，今生今世属于你，一路走一路瞧，路边一家公司开业了，那经理的年龄比我小，个头跟我一样高。我走上前去把自己来推销，我有大学本科文凭，经理你要不要？经理听了把头摇……"

我晚饭后常常来这里看热闹，那时候，全世界都在注目海南，海南经济要参与国际大循环，首先从全国涌来的是求职的大学生、工程师、专家学者，之后是来做生意的个体户、小商贩，再后是全国各地的厂长、经理，再然后就是全国各省、市、县的政府考察团。海口市的十几家大宾馆往往一夜之间各楼层挂满了小牌牌，这个办事处，那个联络站，比比皆是。海南的报纸上天天有整版套红的广告，这个公司隆重开业，那个公司隆重志庆，海南岛就要腾飞了。我初来海南时曾有过的设想再次复燃，我要全面了解海南，像走遍深圳市的机械工业那样，把海南岛近中期要上马的工程项目摸透，然后像旧中国上海滩上的掮客那样，做柳州起重机厂等内地企业的驻海南代理。我把我的宏伟设想万分激动地讲给天亮和亚瑟听，说"五一"放假，就开始做环岛旅游加调研。天亮赞成，说："老哥，你真行，这主意我老关咋就想不出呢？"

亚瑟不屑一顾："我来海南有我危险的、听了让你们胆战心惊、目瞪口呆的动机。从这点上，我们不是同路人。谢谢！彼人对调研、代理商一概没兴趣。"

"五一"放假的前一天，我买了40袋方便面，油炸了5斤海南市场上最便宜的海鱼，节日那天早早地起来，猛拍正酣睡着的天亮的屁股："起来！"

天亮临阵气馁："哎呀！老哥呀，昨晚我才发现已经身无分文了。今天早晨的两根油条钱都要跟你借了。"

"我借你50元，超支部分算我的。"

"那好！"天亮精神抖擞地跳了起来，以迅雷不及掩耳之势，穿衣、刷牙、洗脸、上厕所，一手提着裤子，一手提上包："走！"于是天亮唱着《海南梦》："一路走一路瞧，路边的一家公司开业了，那经理的年龄比我小，个头跟我一样高。我走上前去把自己来推销，我有大学本科文凭，经理你要不要？"我就唱："向前，向前，向前，我们的队伍向太阳……"开始了环海南岛考察。

那天，我们两个人的鼻子起了明显的变化，被海边的阳光晒得像煮熟了的海蟹腿。我们在文昌、三亚没进饭店，只在最低档的旅馆里泡方便面。前几天有油炸鱼，吃得还挺香，具有野餐的风味，后来油炸鱼让猫叼走了，只吃方便面，吃得天亮直皱眉，一个劲儿向我恳求："哎呀——老哥呀，咱们还是到……到饭店好好吃一顿，喝点酒吧。"

我说："不行，吃方便面就不错了，创业难，别想着享受。等我们的设想成功，拉到一笔大业务，那个时候咱们就到南方大酒店喝早茶，吃消夜，把亚瑟、刘德全和两位小姐都请来！"

天亮馋得直舔嘴唇："哎呀，我的妈呀！那要等多久啊？"

我信心十足："这次就能够成功！"

我们又直奔海南八所，那里有东方港和铁路公司，据报道也将进行大规模的改造。在东方港我们遇到了一笔大买卖：10台非标起重设备正在寻找制造商。我和天亮紧张得心跳加速，这笔大买卖如果拉下来，我们每人至少能赚1万元介绍费。我小心翼翼，甚至屏着呼吸跟甲方代表谈判，甲方代表是工程总指挥，海南本土人。谈判进行得很顺利，总指挥也希望我们多赚点钱。最后达成意向：10台非标起重设备由我和天亮组织技工在现场施工。这样做，我们就不是赚一万两万的介绍费了，而是十万二十万的纯利。有了这样一大笔钱，我们就可以下海，就可以在海南创办自己的公司。至于办什么公司，我和天亮在厕所里发生了一点小分歧，我说咱们就办起重机制造公司，天亮对加工业没兴趣，说搞计算机软件开发最有前途。我做着这样那样的美梦，都有些飘飘然了，于是在甲方招待我们的酒宴上，觥筹交错之间，我说了一句话，唉！就那一句话，使这桩到手的大买卖毁于一旦。我说（尽管我说的是事实）："海南工业落后，目前在海南能够搞起重机设计制造的非我莫属。"总指挥听了这话，马上脸色一沉："这样说，没了你这样一位湖南株洲重型机械厂来的人才，我们海南岛就不会发展了？"结果酒宴不欢而散。

　　路上，天亮一个劲儿地抱怨："煮熟的鸭子飞了，老哥你也真是，谈生意要注意人家的自尊心。"我也非常惋惜，后悔不迭，但我硬挺："不怕，没有他港务局，还有铁路公司，咱们有专业、有本事，走遍天下都不怕！"

　　清晨，我们来到铁路公司。员工们正在大院里做广播体操。传达室的老师傅指着后排正在做广播体操的一位中年男人说："你们去找他吧，他是设备科的丑科长。"

　　我和天亮来到丑科长的身旁，一左一右也跟着他做起了广播体操。我边做广播体操边与丑科长搭话："您好，丑科长。"

　　天亮也配合我冲丑科长龇牙笑笑。

　　丑科长莫名其妙："找我吗？"

　　我赶紧说："我俩是海南机械厂的工程师。听说您近期有改造项目，想请教您要配起重机吗？"

　　丑科长说："我们正在求购两台大龙门吊。不过，我们要专业起重机厂的。"

　　我拍胸脯："我是参加过全国起重机联合设计的专家，对全国的45家专业生产厂都熟。"

丑科长问："株洲重型机械厂你熟吗？"

我说："何止熟，我原来就是那个厂的厂长代表。不过我建议您选用柳州起重机厂的，近，运输方便，还有人家对客户热情，我去过那厂。你去谈生意，不管生意成不成，人家厂长先请你去大酒店吃顿大螃蟹，这厂你上哪找去？"

丑科长对大螃蟹没兴趣："你别在这煽动我了，我们海南岛还没大螃蟹吃！"

我顺杆爬："那好，我们去了不吃大螃蟹，要厂长请您专吃他们柳州当地的特产行不？"

广播体操早已经做完了。操场上只剩下我们三个人仍在不停地做着转体运动，丑科长突然发现人们已经散去，便挥手："得得得，我准备订购株洲重型机械厂的了，人家那是大厂，全国排同行业老大。他们销售科科长和我见过面。"

丑科长给我和天亮每人留下一张名片，走了。

游说失败，我和天亮研究起丑科长留下的名片："丑柳州……"

关凌晨笑了："咋起这么个名，丑柳州，人家天生就与柳州过不去，要丑柳州呢！怎么能去订购柳州的大龙门吊啊？"

我总结经验："关键是我那大螃蟹的诱饵投错了。唉……丑柳州他一定要去订株洲！"

傍晚，我们到田野散步，走进一个黎族家的小院，欣赏黎族人住的茅草房，又迎头看着椰树上成串的青绿色的椰子流口水。茅草房里走出个黎族老大娘，拿着砍刀向我们慈爱地笑着，非常敏捷地爬上笔直的椰树，砍下两只最大的椰子，然后下来把椰子砍开个口，用椰子皮削了两把小铲子，抱给我们每人一个。我挺感激，掏出二元钱给老大娘，老大娘坚决不要，回茅草房里去了。我说："黎族大娘这样好！"天亮"咕嘟咕嘟"仰脖喝完了椰子汁，吃完了椰肉，把椰子壳往远处一丢，说："缺少商品意识！"

我说："这真叫好心不得好报！"

天亮说："你再好的心，赚不到钱，你就穷困落后吧，就没人瞧得起你！"

我若有所思，说："假如说可以骗而不去骗，可以偷而不去偷，那是什么呢?"

"那叫白痴,叫傻帽!"

"那么,以后还要不要拾金不昧?"

"我如果是市长,我要天天向市民宣传拾金不昧;我如果是生意人,我拾了金子,先把它藏起来,去投资建个大工厂,先创造了剩余价值再说!"

我骂天亮:"你那是混蛋逻辑!"

此行一无所获,我们两个人的肤色经一路的暴晒成了真正的热带人的颜色了,黝黑黝黑的像是印第安人。

在海口下车时车站对面一家门面吸引了我:"株洲重型机械厂劳服公司海南经营部"。

谁这样超前啊?我拉着垂头丧气、早没了出发时那样亢奋的天亮一进门,与老领导小个子郑科长邂逅了。

我惊讶道:"科长,您怎么也来海南了?"

小个子科长满腹牢骚:"那个'改革厂长'也是你们什么名牌大学毕业,把你挤走了,又把我们这些老的一刀切全赶下台,说我们不懂'X+Y',可就是我们这些不懂'X+Y'的土八路把那间街道居委会办的小厂变成了现在的全国同行业老大。小邸,你是有能力的,那个'改革厂长'留不住人才。以后帮我拉业务。"

我和天亮出了门,我猛拍大腿:"有了有了,铁路公司的业务有希望了。"

天亮听了我的想法之后大笑不止:"丑株洲!对对,就请你们小个子科长去丑化株洲重型机械厂……"

我想:不管这笔业务是介绍给小个子科长的株洲重型机械厂服务公司来做,还是柳州起重机厂来做都有我们的份,给铁路公司布下个天罗地网!

我们马不停蹄领着小个子科长租了一辆小面包直奔铁路公司……

小个子科长是老供销,挺讲究穿戴,穿着一身板板正正的中山装,戴顶呢子帽,见了丑柳州,小个子科长就滔滔不绝地"丑"起株洲重型机械厂了:"大厂?那是过去,现在徒有虚名!价格贵,质量稀烂,对客户也没我们在的时候负责。不信你去看看,连顿饭都懒得招待你。现在的'改革厂长'不是办企业而是下来走过场跑官的。一心想当官的人能搞好企业吗?"

丑柳州听得聚精会神。

小个子科长压低声音，目光变得格外亲切神秘："你跟我们服务公司做有回扣！何乐而不为呢！"

丑柳州明显地心动了。

丑柳州送我们出门，小个子科长与丑柳州握手道别时，用力捏了捏对方的手，眼神里暗示："咱们私下再谈。"我敏感地意料到：小个子科长想过河拆桥，把我和天亮甩掉。

我不失时机地拐进卫生间，丑科长向小个子科长挥挥手后也钻进了卫生间，他和我一样面对小便池解腰带，却听不到"哗啦哗啦"之声。

"哎！我问你，他们株洲重型机械厂服务公司有没有国家颁发的生产许可证？"丑科长说。

我说："你也可以考虑一下柳州起重机厂，他们是专业厂，什么证都会有，而且价格便宜。"

丑科长若有所思。

我又说："我老科长他们株洲重型机械厂服务公司，质量标准、生产工艺都是大厂的，搞技术的也都是大厂退下来的，不会有什么问题。两个方案您都权衡一下嘛。"

丑科长和我突然意识到我们解裤带并没有实际意义，心照不宣地又都系上了。

丑科长说："谢谢你的建议啊！"

我说："没啥，我要对您负责。"

再次回到海口，我第一件事就是跑去电信局给柳州起重机厂打电话："海南铁路公司要两台大龙门吊，我已经为你们铺好路了，火速出击——肯定成！"

这笔生意最终给柳州起重机厂做成了，那天柳州起重机厂的厂长来海南在大酒店宴请我和天亮，然后送了我一个大红包，我和天亮每人赚了1500元钱。做掮客的第一笔买卖成功，我立即写了份《联合株洲工业企业界在海南设立窗口之设想》，寄给了曾帮过我忙的株洲市工业局罗局长。又和天亮往全国各地发了五封信，很快五家厂都回了信，都给我们寄来了大红聘书，聘我和天亮为这五家厂的驻海南总代理，报酬按拉到的业务提成。

"五一"节之后，来海南机械厂的6名大学生走了3个，一个是上班就捣蒜打瞌睡的刘丽，据说她去了一家大酒店当职业歌手，每月工资2500港币；一个就是刘德全，原单位的党委书记和人事科长硬把他接了回去。再一个就是亚瑟，他失踪了，谁也不知道他的下落。美丽的布娃娃也不再光顾我这了。

我做掮客赚了1500块钱，想给妻子和女儿买点什么，逛了几次商场也没打定主意买什么。最后想来想去，把钱全寄给吴春芳了，结果忘了留伙食费，第二天买两根油条的钱都没了。尽管饿了一个上午，肚子咕咕叫，但心里特别满足，我想自己在外边可以苦点，可不能让妻子、女儿在家受了委屈。尽管在家时，和妻子吵吵闹闹，可是一旦分开，又想，想得令人心疼，尤其想可爱的女儿小诗诗……

这天，我收到了一封株洲市政府的来信。信上说：

邰勇夫同志：

　　你的《联合株洲市工业企业界在海南设立窗口之设想》，得到了市政府有关领导的高度重视。市政府决定：近期将组织考察团赴海南进行全方位考察，您的有关设想，市政府曾市长要亲自与您面谈，请在海口等候，如外出，请及时来电报，以免误事。

　　　　谨致

　　敬礼！

　　　　　　　　　　　　　　　　　　　　　　　株洲市政府秘书处

　　　　　　　　　　　　　　　　　　　　　　　1988 年 6 月 28 日

天亮为我欢欣雀跃："老哥，在湖南株洲，'改革厂长'你高攀不上；来海南，市长大人要亲自找你面谈！"

我振奋无比，我想这是一次机会，在海南做内地企业的总代理，大掮客，一展宏图，在这里起飞！那个时候，我也要在我的名片上印上一连串的头衔：什么这个厂的厂长代表、那个公司的总经理驻海南助理，还将有一个最响的头衔——湖南省株洲市人民政府驻海南联络官，西装革履出入社交场的掮客梦就将实现了！那阵，我也像天亮一样，天天唱"海南海南我爱你，今生今世属于你……"后边的歌词忘了，就"啦啦啦"个没完。

不久，市政府考察团来了，曾市长亲自打电话来邀请我。在南方大酒店小会客厅，我还是第一次见到那么多的政府官员——市长、经委主任、计委主任、工业局长、报社记者……我很紧张，心突突地跳，那个时候我虽然已经学会了侃侃而谈，但只能一对一、一对二……一对十个人以上就打怵怯场语无伦次了。但我还是脸红心跳地把自己的宏伟设想讲清楚了：立足海南，放眼世界，把株洲的产品打入沿海，打入东南亚！临别，市长握着我的手说："就这样定了，我们市政府在海南的窗口建立起来，就请你做联络员了！"我高兴得一晚没睡觉，做联络员多好啊，那是官商！正好我3个月的聘期已经满了，海口市人事局也为我发了商调函。于是，我跟厂长说回去办调转手续，便一去不归。我在家苦苦地等待了3个月，市政府在海南设窗口的计划搁浅了。我的宏伟设想也落了空！我只好办调转手续前往海南报到。但赶到海南，人事局已经在头一天把我的人事档案退回去了，说已经发了电报，停止调转。

我急了："这是怎么回事？"

人事局的干部说："那要问你自己了，海南机械厂对你不错，可是你怎么能把海南的业务拉到柳州去做呢？"

我的心一下子凉了，这将意味着什么呢？——意味着我现在两处落空，工作丢了，铁饭碗砸了！我走上了绝路，与我们在海边救上来的大个子吴天明同样的命运了，今后我也要自谋生路，做生意或者去做苦力、拾垃圾、当乞丐……人啊，就是这样，在你没有身临其境的时候，总觉得那没啥，不算一回事；一旦这事落在自己头上了，又怕了。我那个时候，还真怕那国家干部的铁饭碗砸了，什么做代理商啊、捐客啊，我都不再去想了，心里只有担忧，似乎天要塌下来了。回株洲的那天，天亮赶到码头送我。天亮哭了："老哥呀，想不到我们这么快就分手了！"我脸色灰白，十分落魄……

第七章
"铁饭碗"启示录

在株洲下了火车，我紧张得没敢先回家，先去市人事局转了一圈，然后硬着头皮去找帮过我忙的市工业局罗局长。人事局的一位干部吓我说："与你一样的先前有一个，这边调出了，那边又不要了，现在这个人还在社会上游荡，成了无业游民。"唉！那个时候就是愚蠢，自以为聪明的我也是猪脑壳，若干年后，那个时候的无业游民很多成了大老板，那个时候抱着个铁饭碗自鸣得意的，后来纷纷下岗……后来的事实证明：做公务员也好，做游走江湖的小商贩也好，做老板也好，做打工仔也好，唯有不断学习，不断创新才是铁饭碗，否则即使是铁饭碗也会被氧化被锈蚀最后烂掉。

我回到家，迎接我的是女儿小诗诗。小诗诗正和邻居家的小孩玩耍，见了我像小燕子似的一路喊着朝我跑来："爸爸！爸爸！"

我抱起小诗诗，小诗诗高了，重了，会说了很多话，而且说得很清楚了。我亲了亲小诗诗，问："妈妈呢?"

"妈妈在外婆家打麻将。"

"去叫你妈妈回来。"

小诗诗一路跑着高呼："妈妈，妈妈，爸爸回来喽，爸爸回来喽。"

岳父岳母家现在就在斜对面了。我临上海南之前调的房子，很近，只几步路。吴春芳牵着小诗诗过来了，见我把行李都带回来了，便问："怎么回事，没去海南报到?"

"出了个麻烦，档案给退回来了。"

"这不是两头落空吗? 看你这回怎么办！"

那会儿天还热，我洗过澡，推出自行车，说："走，先去我爸妈家！"我后边载着吴春芳，前边载着小诗诗，沿着那条不知和春芳怄了多少次气的近路稳稳地骑着自行车。我不无感慨地说："春芳，我有个想法。"

"什么想法？"

"人家说友谊能够使人相互提高，我觉得……"

小诗诗打断了我的话："爸爸、爸爸，那是什么？"小诗诗指着小路旁菜田里木架子上吊着的苦瓜。

"那是苦瓜。"

"噢，苦瓜，那个呢？"

"那叫扁豆。"

"扁豆，那个呢？"

我正要回答，小诗诗连连摆手："爸爸，你别说，你别说，我想起来了，那是茄子，那是油菜，那是竹子，那是……那是树，是绿颜色的柏树……"

春芳问："刚才你说什么了？"

"我觉得婚姻，更能够使人相互提高，我不知道你怎么样，我是觉得结婚这三年来，我学会了很多。"

"说说，都学会了什么？"

"学会了骑车载人，再也不会挺宽阔的马路偏偏与唯一的一块小石头过不去，非从上边碾过去不可。"

吴春芳在背后笑了，笑出了眼泪，"还有呢？"

"还有学会了买菜，学会了讨价还价，现在我到市场可不是见了菜就买了，我都是先围着市场转几圈，做一番市场调查，然后根据质量、价格，择优录取，还要讲讲价钱，他说两元，我说一元五吧，他说一元五，我就说一元，最后他讲不行，那我就走人，看他怎么反应，也许他会主动叫住你：'行行，一元就一元吧！'如果他不吱声，走两步再回来，算了，就买你的菜了！怎么样？"

吴春芳第一次表扬起我了："有进步，还有什么提高？"

"多了，关键是学会了生活。我爸妈他们楼上住着位老教授，学问虽高，可是不会生活。那年他买了只煺了毛的光鸡，特意跑到我家借了砂锅，请教我妈如何炖。他回去把鸡放进砂锅，遵照我妈告诉他的要放多少水，放多少佐料，盖上盖子，炖来炖去，他觉得奇怪：'别人炖鸡是越炖越香，我炖鸡怎么越炖越臭呢？'他跑下来问我妈，我妈上去揭开锅盖一看，你说怎么回事？——鸡没开膛，连肠带肚子带鸡屎一块炖上了！"

吴春芳笑了一阵说："那老教授怎么那么没用呢？"

"不但没用，人家还自以为是，引以为荣呢！"

"这有什么荣啊，连鸡都不会炖？"

"生活上的无知，等于专心于事业了嘛！如果记者采访，一定会把这原本是笑料的东西作为光辉事迹来大加赞美呢！"

"爸爸、妈妈，火车！"小诗诗欢呼着。

前边是机务段了，要穿过一大排铁路线，吴春芳抱起小诗诗，我扛自行车。

吴春芳又开始抱怨了："你怎么提高，也改变不了你的犟脾气，非走这小路，放着大路不走！"

"哎，为什么一定要走大路呢？那既绕远又拥挤。这小路多好，幽静，不受干扰，还节省时间……"

"爷爷奶奶开门！"每次回来，都是小诗诗首先跑上楼，用两只小胖手拍门，妈听了赶紧开门，爸见了小诗诗，赶紧放下手中的俄语教科书。

"小诗诗想爷爷了没有？"爸爸问。

"想了，好想好想的。"

"小诗诗想奶奶了没有？"妈妈问。

"想了，好想好想的。"

"哪里想？"

小诗诗指着自己的胸口，"这里想。"

"小诗诗想吃什么？"

"想吃饺子。"

差不多每次回来，家里都是包饺子。包饺子全家人都动手。我、爸、妈、吴春芳包，小诗诗呢，也一定要把小手洗得干干净净，帮着揉面团。这是一家三代人最和睦、最快乐的时光。每次回来，借包饺子的机会，妈都要数落我："满天下跑啊，怎么跑也跑不够，像你大哥、二哥他们多好，老老实实地干工作，尽受表扬，年年评先进。"

我有三个哥哥，大哥二哥运气好，落实政策那年，都随爸回到了城市，进了工厂。唯有三哥讨了个农村姑娘做老婆，生了一大串孩子，没能返城，长期留在东北农村里了。哥哥们都老实，都循着约定俗成的路子去生活，别人给碗面就吃碗面，别人给个馒头就吃个馒头，从不挑剔，有一天企业突然垮了、下岗了，没人给馒头吃了，给粥喝了，也会心安理得地饿着，因为大家都饿着嘛。哥哥们信奉天塌大家死的古训。唯有我不安分，总想闯一条新路子，感受一种新奇的人生。吃过晚饭，大哥大嫂领着儿子女儿来了，二哥二嫂也领着他们唯一的千金来了，除了三哥仍在遥远的东北，全家人合家欢乐。妈说："现在有多好，我这一辈子也没有现在这样好，想吃什么就吃什么，过去在农村，一年也吃不上一顿饺子，你们都快知足吧！"

家里人一多，爸就躲进卧室里去学外语。老人 70 岁了，从 8 岁就学日语，十几岁跟俄罗斯矿工学俄语。学俄语那会儿正是满洲国。日本人知道了，会当作反满抗日分子杀头的。"文化大革命"那会儿，学俄语会打成苏修特务。爸学了一辈子日语、俄语，只是在东北光复时作为我党我军的联络官与苏军和战败投降的日军联系时派上过重要用场，建国后就再也没用上了，但爸一生都孜孜不倦地学习。

吴春芳向全家人披露我了："这下郜勇夫跑不成了，海南把他的档案都给退回来了！"

爸妈和哥哥都急了："怎么回事？工作别丢了，那是铁饭碗啊！"

我这才向全家人宣布："车到山前必有路，我一下火车就给市工业局罗局长打了个电话，罗局长推荐我到全市效益最好的企业——株洲内燃机厂搞新产品开发！"

吴春芳松了口气，眼里第一次流露出对丈夫的敬佩："我还以为你工作丢了呢！"

我神气十足地说："就凭诗诗她爸爸，工作能丢吗？你说呢，小诗诗？"

小诗诗专会捧爸爸的场："爸爸是工程师！爸爸是推销员！"

我快乐无比地抱起小诗诗，得意地说："对了，爸爸是工程师，是推销员，是最能干的推销员！"

第八章
驰骋天下

　　我被分配在内燃机厂研究所，做我的老本行机械工程师。研究所的工程师们，都在配合农民发明家老田搞他的一项专利。老田20世纪70年代在乡下战天斗地农业学大寨，与人合伙扛着台柴油机摇摇晃晃满地跑着搞灌溉。他就想：这柴油机的重量能不能减轻一半？于是后来震撼中国科技界的伟大设想就在一个仅初中文化的普通农民反复琢磨中诞生了：把曲轴与活塞之间的连杆取消——发明无连杆柴油机。老田把他的发明做成了木模型！

　　老田也是个推销的天才，他就知道，在当时来讲，要实现自己的发明创造唯一的途径是找政府，他走访的第一家客户是公社革委会。公社革委会的同志刚刚听说老田把生产队的柴油机大卸八块："好哇你，破坏农业学大寨。"当即把老田扣押了。晚上趁看押的民兵打盹，老田抱着他的木模型跳窗而逃。他直奔省革命委员会。那时云集在信访接待站的都是些呼天喊地蒙受冤假错案者。接待人员一见来访的就烦："什么成分？""贫下中农！""贫下中农更不应该跑出来给大好形势抹黑啊。""我不是抹黑，我是搞发明！"他把木模型给接待人员看。接待人员有敏锐的政治眼光，马上把老田推荐给领导，于是老田成了"文化大革命"的新生事物红遍了天——泥腿子发明家！

　　省革委会一张红头文件下边一律开绿灯：高等学府，给老田配备第一流的教授；科研院所，给老田配备第一流的专家。以老田为中心逐个企业地去搞一个需要投资千万的发明创造，搞一家垮一家。改革开放，老田农转非进了城，破格提拔为工程师，无连杆没成功又搞双连杆，双连杆失败了又在搞能够平地起飞直奔火星的宇宙客车……

　　我是推销员，我就知道搞新产品开发首先要考虑的是市场，不是技术多么尖端，也不是填补世界空白就好。我埋头于现有产品的改进，别说，经我小打小闹改进的Z1105型柴油机，后来在市场上热销了好几年。

　　我对面办公桌负责标准化工作的小黄每天莫名其妙地冲我笑。

　　这天我问他："小黄你老是笑什么?"

　　小黄摇头："邰勇夫，别看你是本科生，我是大专生，你是工程师，我是助工，但你不如我呀。"

　　我挺纳闷："我怎么不如你呀?"

　　小黄说："我老婆她们单位好啊，每月有啤酒发，我每天都可以喝上半瓶啤酒。"

　　我说："为什么不喝一瓶呢?"

　　小黄叹息："喝一瓶不够，一个月只发15瓶，每天只够半瓶。"

　　我忍俊不禁："半瓶啤酒你就这样满足?"

　　1989年，全国小型农用柴油机市场滑坡。株洲内燃机厂的主导产品S195型柴油机大量积压，从效益最好的企业，一下子跌入亏损大户! 赵厂长召开了一次又一次的紧急会议，市长亲自率扭亏增盈工作队进驻工厂，仍一筹莫展。我找到赵厂长毛遂自荐，从研究所工程师的岗位上到销售科又一次做起了推销员，我想这次我会如愿以偿地驰骋天下了!

　　姓唐的销售科长是个酒鬼，办公室的柜子里放着酒瓶，随时拿出来喝上一口，与客户谈业务，谈着谈着，突然叫客户等等，转身拿出酒瓶子像做贼似的喝上一口，然后转身抹着嘴巴接着谈。我来销售科报到，本想与唐科长交流交流，唐科长没兴趣，连着喝了几口酒把我带到隔壁的外省组。外省组已经有两个推销员，一个叫刘南北，40多岁，1.78米的个头，风度翩翩，是从一家大型农机配件厂调来的推销高手;另一位是个刚刚入厂门的小青年，18岁，满脸稚气，叫侯小陶。唐科长说："外省组暂定你们三个，你们要选个组长。"

　　刘南北说："不用选了，谁干不一样，你科长定就是了。"

　　唐科长正色道："你以为开玩笑? 要下红头文件的，对内是组长，对外是副科长，享受副科级待遇的!"

　　刘南北盯着我说："那我就选这位研究所来的工程师了，有学历，当厂长都够格!"

　　我推辞："不要选我，我刚来，对农机市场不熟，还是老刘当我们的组长吧。"

侯小陶一会看看刘南北，一会看看我，说："选你们俩哪一位，我都没意见。"

唐科长拍板了："就由侯小陶当你们外省组的组长了。"

我们三个人都愣了，侯小陶很久才反应过来，说："科长，我怎么能行？合同我都没签过。"

唐科长喝了几口酒："就这么定了，怎么干，你们商量个方案出来，由侯小陶交给我。"

商量的结果，刘南北和我去走访外省客户。那时，我的小家庭已经从株洲重型机械厂搬迁到内燃机厂了。赵厂长特意给了我一套一室一厅，有厕所、厨房的住房。房子简单地装修了一下，新置了一套沙发和全自动洗衣机，阳台上放了几盆花。吴春芳尚沉浸在乔迁新居的喜悦之中，每天下班后早早地跑回家，到幼儿园接小诗诗，炒菜做饭，第一次像个家庭主妇的样子了。

我下班回家，饭菜已经摆在桌子上了，热气腾腾的，满屋是诱人食欲的饭菜香。女儿见爸爸回来了，张大嘴巴"啊啊"地冲着桌上的菜做着贪吃的样子，然后笑着喊："爸爸，快吃饭。"吴春芳还给我买了瓶啤酒。我喝着啤酒，吃着菜，兴奋地对妻子说："我要去为内燃机厂的万马牌柴油机打天下了，继续做我的推销员！"

妻子一听，脸色顿时沉下来，把饭碗往桌上一撂，筷子一摔，抱起小诗诗气咻咻地回娘家去了，一顿欢乐的晚餐就这样停止了。

第二天清晨，太阳还没有出来的时候，我背上个登山包，提着一可乐瓶白开水上路了。刘南北早到了一步，在火车站钟楼下边等着，他身旁跟着送他的妻子。刘南北妻子挺漂亮，说话露出一口雪白的牙齿。我说："刘大嫂，你真行，老刘经常出差，你还来送。"

刘大嫂微笑着，那微笑的样子很妩媚，很温柔。她说："有什么办法啊，他跑了十多年了，家里上有老，下有小，全靠我一个人。上次他出差，我胆结石犯了，疼得我呀，满地滚。床上呢，躺着个半身不遂的老公公，孩子要上学，我真是叫天天不应，叫地地不灵啊！——行啊，我也想得通，老刘愿意跑，就叫他跑吧，反正也跑不了几年了。"一番话说得我好感动。

正值大热天，那时火车上还没有空调，人又特别拥挤，火车里面热得喘不过气来。那时买张卧铺票比登天还难，在途中即使能够补到，我也舍不得，因为如果不坐卧铺，回厂报销有 70% 的卧铺补助。我们上了火车常常要站上几个小时，甚至站全程。我们就这样沿着铁路线，武汉、郑州、邯郸、石家庄，直到北京；然后又挺进东北、廊坊、唐山、山海关……

虽然吃尽了千辛万苦，不断地落空，一无所获，却十分愉快。我坐上火车，不管多么辛苦，总感觉有一种神圣感。我把这种感觉说给刘南北，刘南北一笑，说："我可没什么神圣感，我只觉得像是出海打鱼。也许这次会遇到强台风，也许会触暗礁，也许会遇到其它什么麻烦！"

我们的聊天引起了对面的两位女大学生的兴趣，戴眼镜的女大学生好奇地问："你们是便衣警察？"

我和刘南北两人相视而笑。刘南北盯着其中的一位长相漂亮的"披肩发"说："你们二位小姐猜猜看：什么人走遍千山万水，什么人访遍千家万户，什么人吃尽千辛万苦，什么人想尽千方百计？"

"披肩发"想了想说："我想是搞人口普查的吧！"

刘南北摇摇头："不对！"

"眼镜"抢着说："间谍！"

我笑了，像是炫耀我们是市长、是明星那样神圣无比地告诉两位女大学生："我们是推销员！"

两位女大学生笑得前仰后合："对，推销员！我们怎么没有想到呢！"

这时，列车上在广播找人："株洲内燃机厂的刘南北、邰勇夫二位同志请注意，5 号车厢 101、102 号座位上，有两位旅客要找你们求购万马牌 S195 型柴油机。"刘南北愣了："谁找我们？"他又看看自己的座位号，"我们这不就是 5 号车厢 101、102 号座位吗？"我捅了他一下，小声说："这是我做的免费广告！"广播还在继续找人，两位女大学生也突然醒悟了，笑出了眼泪。

"披肩发"两只很好看的眼睛里闪着好奇的光芒："你们一定有许许多多的故事，给我们讲讲好吗？"

刘南北嬉皮笑脸："给你们讲啊——"他先嘿嘿地笑了一阵，讲道："有次在武汉碰见一对年轻夫妇挤公共汽车，女的打扮得漂漂亮亮，空着手；男的怀里抱着个孩子，身后背着个挺沉重的大书包。那书包带吧，正勒在他脖子上，把那男的勒得喘不上气来，就叫那女的，孩子你抱会儿吧，我实在不行了，再一会就勒死了！那女的一跺脚，眼一瞪，你们猜她说什么？"

刘南北冲两位女大学生坏笑着，两位女大学生茫然地摇头，刘南北捅破谜底说："她说啊，'这时候你装熊了，晚上怎么那么有劲儿呢？'没完！说得满车的人都笑了。那女的还一个劲儿地喊：'晚上怎么那么有劲儿呢？晚上怎么那么有劲儿呢？'"

刘南北的故事不堪入耳，我阻止道："算了，算了，你别讲这个了，我给你们讲一个吧。——你们爱听什么故事？"

"披肩发"说："讲一个比较真实一点的爱情故事。"

我想了想，想起个在北大荒国有农场时听说过的故事，就讲给两位女大学生听："有这样一个男人，年轻的时候，在海滨无意之中认识了一位美丽的姑娘，两个人彼此都有了爱心。他们在沙滩上、在月光下徜徉，看大海日出，看潮起潮落……他们分别了，各奔东西，都走向很遥远、很遥远的地方。男人已经深深地爱上了那位美丽的姑娘，是怎样的一种爱恋呢？——刻骨铭心的爱、矢志不渝的爱。几十年过去了，男人已经老了，但仍不忘年轻时在海滨认识的那位美丽的姑娘。这天，老人又一次来到那海滨，在沙滩上散步，追忆着过去。就在这时，奇迹出现了，老人当年爱过的那位美丽的姑娘也来到了海滨，也在沙滩上散步，也在追忆着过去。他们苦苦地思恋了一辈子，终于又在这海滨重逢了。两位老人在沙滩上坐下来，相互诉说着离别后各自的遭遇，蒙受的苦难，最后他们像年轻的恋人一样，闭上眼睛紧紧地、紧紧地拥抱在一起，他们要亲吻了，那是他们有生以来第一次亲吻啊！但就在这两张饱经沧桑的、炽热如火的嘴唇相互吻合的那一瞬间，两个老人的心脏同时停止了跳动……"

两位女大学生相视而笑，"披肩发"说："这故事挺凄美！""眼镜"说："不过，我怀疑它的真实性。"

我说："这是真事。我原来在北大荒工作时，听农场的老职工讲的，那男的年轻的时候被打成右派，后来落实政策了，就去找他年轻时的女朋友，终于在他们曾经相识、相恋的那个海滨找到了她，可是他们都已经风烛残年，都有严重的心脏病，经不起那一阵感情冲动，于是就在他们相爱过的海滨一同走了。"

两位女大学生泪光闪闪了，"披肩发"心情沉重地说："这是一幕人生悲剧，听了让人心里难受。再讲个吧，讲一个更为动人的、最好是您的亲身经历。"

这时，火车进入武昌站了。两个女大学生要下车了，"披肩发"向我说："听你讲故事，我们都不想下车了。"

一位年轻的解放军军官冲两位女大学生无奈地说："我听推销员讲故事都坐过站了！"

刘南北开怀大笑："那太好了，解放军同志，两位同学，都别下车了，帮我们去搞推销。"

解放军军官笑着说："等我转业了，说不定跟你们一样去做推销。"

"披肩发"说："等大学毕业我会去找你们。"

我和刘南北每人送了他们一张名片，两位女大学生和解放军军官高兴地下车了。等火车开动时，刘南北仍回味着："两个女大学生挺漂亮啊！那位军人都听入迷了。"我不客气地说："老刘，我跟你讲，人家是文文静静的女大学生，怎么能给人家讲那么粗俗的故事呢？"刘南北嘿嘿地笑着："你不知道，你老外，年轻人好奇就愿意听这个。"

我说："那不行，我们推销员要履行社会责任。"

刘南北瞪大眼睛："小邰你行啊，我做了这么多年的推销，真就没有人给我讲过什么叫责任。"

火车到郑州，我们下了火车，在候车室厕所我们洗脸刷牙，又在站前一家脏兮兮、臭烘烘、满地垃圾的饭店里每人买了一碗面条。我只吃了几口，就跑出饭店，深深地吸了一口街上稍微清新一点的空气，对随后出来的刘南北说："这跟厕所差不多，我担心传染上乙肝。"刘南北不做声，脸色煞白，额头上冒出汗珠，捂着肚子蹲了一会儿，匆匆地跑去公共厕所。等他回来的时候，脸色好了，说："我刚才一阵肚子痛，恶心！"这时，我也突然一阵肚子痛，恶心，也赶紧跑进厕所，上吐下泻一通，出来后也没事了。我们没有顾得上去找害得我们食物中毒的那家饭店算账，便一路打听，找到了河南省农机公司。刘南北说他认识这里的经理，找了几个办公室，他认识的经理没找到。我们就来到业务科，刘南北说他有经验，让我看他的。刘南北从密码箱里抽出一份万马牌柴油机的宣传单，预先拿在手上。进了门，满屋的人都充满疑惑地盯着我们，刘南北慌了，不知所措地直奔一位女同志，凑过去，伏在办公桌上，撅着个屁股与那位女同志近距离地小声说话，女同志先是一惊，然后看了一眼刘南北的宣传单，连连摇头："不要不要不要……我们不要！"

我们失望地走出来，在街上徘徊。我说："我还以为你们认识呢，凑那么近，把人家吓了一跳！"刘南北红着脸说："那你咋谈？没熟人，一个也不认识。"我说："落落大方，不卑不亢。叫声同志，您好！请问我们可以找您领导谈谈吗？如果她说我就是领导你谈吧，或者她说那位是领导，你去跟他谈吧。那你就把胸脯挺起来，信心十足，主动上前去握手或者行注目礼，您好领导，我们是株洲内燃机厂的推销员，今天我们专程赶来拜访贵公司、拜访您……"

刘南北笑了，说："你还真行。这样吧，凡是我找不到熟人的客户都由你来谈！"

我们沿着铁路线，晚上，坐火车兼睡觉；白天，下火车谈业务。我们把这一次走访客户当是播种了，只要勤于耕耘，肯定会有收获。

暮色中，我和刘南北斗志昂扬地来到邯郸，在火车站我们就发现满城的广告条幅，这里正在召开全国钢材订货会。我们在火车上的美好设想就将得以实施，刘南北说这个城市的农机公司女业务主管是他的老客户，过去每逢订货会期间，他们出去跳舞都跳得如胶似漆、难舍难离，这次绝对出师得利会拉到一笔大合同！为了确保明天第一时间赶到农机公司顺利地找到他的舞伴拉下订单，火车站广场上争先恐后拉我们去住店的一概拒绝，我们要住离农机公司最近的旅馆。转了三次公共汽车，终于找到了农机公司。这时夜色已深，令我意想不到的是连续找了几条街的旅馆，全部客满，我们一狠心一咬牙干脆住一晚大宾馆算了。遗憾的是大宾馆更是客满为患，加床都没有了。

我们正垂头丧气，黑暗中一辆烂中巴迎面驶来……司机见我们背着行囊风尘仆仆的样子就停下车问我们去火车站吗？我们想起下火车时有那么多拉客的，就想再回火车站碰碰运气。烂中巴内一团漆黑，车子七拐八拐在城区内乱蹿，路灯下有人招手也不停，我有点紧张，那阵儿社会治安很差，抢劫凶杀案件一路上时有所闻。我偷窥了一下前后，发现车厢内形势险峻，前面除了司机之外有两名大汉，后边有三名大汉，我和刘南北腹背受敌，黑暗中我感觉到了他们也在观察着我们，而且目光凶悍。车子又一次拐进了一条幽深的巷子，我虚张声势："老刘，刀呐?!"刘南北也被目前的险象吓破了胆，便配合我："在手上握着呢！枪呐？"我有意放大嗓门："在屁股上别着呢！只是子弹就六发了！"我们就这样"枪啊、刀啊、子弹啊"想借此吓退图谋不轨者。烂中巴不知转了多少个圈子，最后非常不甘心地把我们甩在火车站广场一溜烟地逃了。

我们吓出了一身冷汗。今夜真是活见鬼，下火车时蜂拥而来的拉客者一个也不见了，附近的旅馆也全部客满。我们只有露宿了，为了明天农机公司上班后的第一时间见到刘南北的舞伴，我们又搭上一辆人力三轮车，返回农机公司。

我们就在农机公司的屋檐下铺张报纸席地而坐，吃着烧鸡喝着啤酒聊着天，我们都确信无疑：我俩是我们株洲内燃机厂的功臣，厂长会重视我们，厂里的800名员工会爱戴我们，我俩应该是我们厂最可爱的人！我俩互相推举又互相谦让。

"如果咱俩当科长肯定比那个酒鬼科长强一百倍！"

"那是！"

"老刘你是老供销，你来当科长，我做你的副手。"

"不不，小邵你是大学生是工程师，应该你当科长，我当副科长！"

"你当科长！"

"你当科长！"

……

我们越争越投机，刘南北问："哎，你搞过婚外恋吗？"

"没有。只有过一个女朋友，但仅仅是友谊，一种挺高尚、挺纯洁的友谊。"

"没睡过觉?"

"手都没有碰过。"

"这只能说你没用。"

"那你有过婚外恋?"

刘南北诡谲地笑了。

我们睡着了。我在做梦，梦见我在家里和妻儿团聚，外边下大雨了，还伴有滚滚雷声，眼看着家的小屋漏雨了，床铺彩电都淋湿了，妻儿惊惶失措，我就到处找接雨水的盆子，但就是找不到，我一急醒了：我和刘南北正浸泡在漫天雨水中……

离开邯郸的前一天，刘南北到舞会潇洒了半晚，回来后兴奋地告诉我："哈！妙极了，我向前她也向前，两个人都向前……"然后他压低声音对我说："那是个挺漂亮、挺性感的少妇，她说她要报复一下她老公！"刘南北文化不高，谈判技巧不够高明，但英俊潇洒，舞跳得特别好，走到哪，跳到哪。在舞会上，无论多么漂亮、多么雍容华贵的女士，他都敢走上前去，朝人家裸露在外迷人的香肩上一拍，"哎！"当女士嗔怒地扭过头来，正要发作之时，一见到面前风流倜傥充满男性魅力的刘南北时，目光立刻变软了，像中了魔一样，伴随着他翩翩步入舞池。

第九章
远征归来挨批斗

　　我们仅仅 17 天的旅行，走了 13 个城市、23 家客户，结识了 56 位农机公司的总经理、副总经理或者是科长、副科长、业务主办。我们风尘仆仆、胜利凯旋，都十分自信地认为我们是内燃机厂最可爱的人！唐科长见了我们马上通知全科开会。刘南北准备做全面汇报，我数着手里厚厚的一摞客户名片，准备做补充发言。开会的人都到齐了，黑压压的，办公室里挤满了，几位仓库的保管员和装运工站在走廊里，刘南北和我像将要上台唱主角的演员一样，心情振奋，激动无比。我们要向大家宣布这 17 天的旅行发现的新大陆：小型柴油机市场潜力很大，滑坡是表面现象，关键是要投入人力去开发，去主动地接触客户。我和刘南北准备向唐科长、向赵厂长请缨，外省市场我们俩包了，你就放心大胆地让我们经年累月南征北战、纵横全国吧！

　　唐科长抱着个酒瓶子，一只手不停地抠着脚指头，"好了，好了。"他"咕嘟咕嘟"地喝了一通酒，"开会了，开会了。我首先表扬外省组的小侯，侯科长！这次跟我去深圳，收了 3 万元货款回来，为咱们内燃机厂立了一大功。"

　　小侯脸红红的，有些坐立不安。唐科长横扫了一眼我和刘南北，又喝了一口酒："刘南北、郜勇夫这次出差一去就二三十天……"

　　我纠正："17 天。"

　　唐科长说："就是二三十天，有你说话的时候！"他一连着又灌了几口酒，抹了下嘴巴，打了个嗝，接着说："刘南北和郜勇夫这次一去二三十天，差旅费用了 2000 多元。"

　　我纠正："差旅费我们两个人 1160 元。"

　　唐科长把酒瓶子往办公桌上一蹾："我说了，有你说话的时候，——差旅费用了两三千元，就拿回来了一个代销 10 台柴油机的合同。"

刘南北若无其事、虔诚无比地听着。我抢着补充道："还有走访了23家客户，其中5家有希望近期订货，6家要进一步加强联系……"

唐科长瞪圆了眼珠子："现在是我说还是你说！"唐科长狠狠地一拍桌子："现在让你们俩当着全科人的面，坦白交代这二三十天是干什么去了！是旅游去了，还是做生意去啦？你刘南北是走到哪，玩到哪，跳到哪，舞跳得倒是不赖，工作干得怎么样？你可是刚来内燃机厂啊！"

刘南北始终不做声，一副毕恭毕敬的样子，我忍不住了，"呼"地跳了起来，气得直抖，声音发颤："你你你唐科长——你让我莫明其妙，你是开科务会还是在开批斗会。"

唐科长冷冷地笑了，喝了几口酒，"我就是要你郜勇夫坦白交代，你们二三十天，花着公家的钱，到底是干什么去了？"

我理直气壮："走访外省客户，推销万马牌柴油机，是你唐科长同意我们才去的。"

"你把合同拿来，你推销了几台？你说呀！我这里要的人是干实事的，不要夸夸其谈的。"

刘南北仍不做声，似乎与他毫不相干。我参加工作以来第一次发了这样大的火，冲上去，一把揪住唐科长的衬衣领口说："走，我们去找厂长，找书记，找工会主席讲理去。有你这样说话的吗？"说着用力一拽，我没料到我还真有力量，竟然像拎小鸡一样把唐科长从椅子上提了起来。唐科长当着众多下属的面，哪里受过这等委屈，举起酒瓶子就朝我砸了过来。我一低头，那酒瓶子紧贴着我的头皮飞过去，"咣"的一声砸到墙壁上，又"哗啦"一声落了满地的碎玻璃片和酒水。唐科长的手背划出了几滴血珠。刘南北这时才站起来，拉开我，把我推到隔壁，说："想不到你在客户面前能说会道，回厂里来却这样沉不住气。"我仍火冒三丈，说："姓唐的凭他是科长，就可以随便整人啊？不干了！没见过这种鸟科长，赶上'文化大革命'开批斗会了！"

那边唐科长像宰猪一样号叫，捂着划破了一点儿皮的手，特意把沁出来的血珠往白衬衣上蹭，命令下属去找保卫科长，自己又去找厂长、找书记，一桩小事闹得满城风雨，全厂上下都得知刚来不久的郜勇夫跟科长打架！岳父大人也知道了，当着吴春芳的面，把我训了一顿："在哪儿你都干不好，重型机械厂干了个遍，又跑海南，在海南你倒干下去呀，还是干不下去，不吸取教训，刚到内燃机厂又跟科长打架！我看你呀，那大学白读了。"

吴春芳那阵正跟我闹别扭，"呸呸"地往地上吐唾沫："知识分子，知识闷子吧！读书读屁眼里去了。"在场的有大姨子、大舅哥、大舅嫂，我脸上红一阵白一阵，真想说："怎么的？这说明我有本事，你们随便想去哪儿人家还不要呢！"

我找到赵厂长，把一路上的艰辛做了详细的汇报，还拿出一摞53张名片。赵厂长安慰我："小邸，都怪我这位厂长没做好工作，他唐科长主要是对我这个厂长有意见，你又是我引进的人才，是局长推荐来的，我把你安排在销售科，你是大学生，是工程师，水平比他高，他肯定有些误会。不过不要紧，你只管干你的，最近厂里要派个人去河北催一笔拖了两年的货款，去了几次了，都没要来。20万，数字不小啊！唐科长提议让你去，你能去试试吗？"我想都没想，只要领导给任务，我就热血沸腾。我说："行，我去！"

我准备出差的这几天，吴春芳始终没有回来，小诗诗又不在家。我寂寞难耐，看书看不进去，睡觉又睡不着，我开始后悔没能够学会跳舞，如果像刘南北那样也许很快活。这天晚上，我一个人来到市中心的奔龙公园，买了张二元的舞票，走进水上露天舞厅。这里响着激昂的舞曲，彩灯闪烁，年轻的小伙、姑娘们翩翩起舞。我默默地坐着，只能看人家跳，心里痒痒的，我真想请一位漂亮的女士随着那歌、那曲，优美地跳个华尔兹或者是探戈，或者是伦巴，或者是……可惜我一个也不会，只能木讷地坐在那里。一对挺漂亮的女士，也许是姐妹俩吧，姐姐带着个小女孩，每次跳完一个曲子，都是微笑地坐到我的旁边，姐妹俩互相谈论着什么，做姐姐的挺伤感，总是哀叹："我这命也许就这样！"做妹妹的不停地安慰："以后会好起来的，我替你算过命，真的，姐姐！"舞曲又响起来了，妹妹被一位男士邀去了，姐姐守着那小女孩，小女孩嚷着："妈妈，我都困了。"姐姐瞥了瞥身旁始终孤独一人的我，似乎是对小女孩，又似乎是提醒我："快了，再等一会儿就散场了！"我真想跟那女人说几句话，说声"您好！"或者没话找话地恭维几句："您的舞跳得真好！"或者更冒昧地问："怎么没有和小孩爸爸一块来呀？"我几次都想这么说，但都没说出口，最后那妹妹来了，挺奇怪地看了看我，拉起姐姐跳着迪斯科进入舞池。这时候的曲子，节奏特快，声音特响。除了我和身旁坐着的小女孩外，所有的人都歇斯底里地去蹦，去跳，去狂欢。

我问那个呆呆的小女孩："小朋友，几岁了？"

"8岁。"小女孩露出豁牙齿，小手捂着耳朵。

"爸爸呢？"

"爸爸跟妈妈吵架了。"

"为什么吵架呢？"

"因为爸爸天天玩麻将，还输钱……"

"你爸爸是做什么的？"

"我爸爸是当老师的。"

……

第二天，我背上行李，灌了一可乐瓶的白开水，又一次踏上了征程。在火车站，刘南北来为我送行说："郜勇夫，唐科长是有意刁难你，他让你5天就回来。那笔款厂里不知去了多少人要了，都没要回来，5天时间，你能行吗？别上了他的圈套。"

我心里也没底，是啊，能行吗？如果此行又一无所获，那么唐科长肯定又会大做文章，拼命排挤了！不过，这世上任何一件事，你只要去做就有可能实现，你不去做就永远没有实现的可能。凡是别人不敢为的，我还真地愿意去试试。一路上，我都暗自窃喜：这条路，看上去关卡林立，戒备森严，一般的人都会望而却步，偏偏就有那样一个像我一样愣头愣脑的傻瓜蛋，或者叫稀里糊涂的乡巴佬，也许他胆大妄为，也许他根本就不知道，硬着头皮、愣头愣脑地闯过去——偏偏就在那一瞬间，那守关卡的正好在打盹，或者正在交接班，一时疏忽，那人竟然如入无人之境般闯过去了！那里就是一个天堂，就是一千零一夜中那个阿里巴巴发现的藏有金银财富的神洞！

第十章
一句"就是好"救活企业

河北那家农机公司挺远，下了火车足有十多公里的路程，坐三轮车我怕厂里不给报销，只好顶着大太阳，凭着两条腿，背着行李大汗淋漓地一路打听一路寻找，终于找到了，可是经理和业务主管都去郑州参加河南省农机订货会去了，要5天后才能回来。我着急了：唐科长真能扯淡，限定我5天时间催回货款，5天后人家才能回来！是在这里等候呢？还是……

我迅速地作出了决定：赶往郑州，代表株洲内燃机厂参加河南省农机订货会。这样的自作主张，很有可能费力不讨好。这时的我是怎样想的呢？出于对企业的主人翁责任感？出于好胜？似乎都是又似乎什么都不是。我是这样一类人：好胜、积极、热爱工作，仿佛工作就是人生追求的目标、人生的乐趣！哪怕你给我最微薄的薪水，最简陋的住房，只求你让我工作，给我干好工作、做出成绩的机会就足够了。我赶到郑州的这天，河南省农机订货会刚好开幕。会场内外人山人海，天上飘动的大气球上拖着的、大厦上垂挂下来的全是花花绿绿的商品广告。会场内，河南某个厂的锣鼓队刚停，陕西某个厂的唢呐又响了，唢呐住了，东北某个厂又扭起了大秧歌，大秧歌正要喘息一下，广东某个厂的耍狮子、湖北某个厂的舞龙灯又同时开始了……反正这些厂使尽浑身解数，拼命地做广告，拼命地招徕客户，这就是竞争，这就是商战！会场外，到处是乡镇企业、个体企业摆的小摊，水泵、碾米机、榨油机等各种农副产品加工机械，琳琅满目。我想进入会场办理参加订货会的手续，会场已经封锁，门卫不让进，说非订货会邀请的厂家一律谢绝入内。我只好学着小商贩的样子，在会场外找了块空地，用红砖头在水泥地上写道："万马牌内燃机厂愿为您的事业尽心尽力、竭诚服务！"然后铺上张报纸，在上边摆上产品样本、图片、自己的名片，然后垂手而立，毕恭毕敬地对来往的每一位客户行注目礼。失望得很！会场外边没有谁对我的万马牌柴油机感兴趣，腿都酸了，脚站麻了，坐在行李上歇一会儿；一阵风刮过，刮走了产品样本、图片和我的名片，追上去捡回来；一阵雨袭来，我又支起雨伞，继续摆摊。

噢，我发现了一线希望——黑龙江农垦农机公司！这是位傲慢无比的黑脸大汉的胳肢窝下夹着的皮包上的烫金字。我主动走上去套近乎："黑龙江农垦农机公司的大老板！"

黑脸大汉愣了，"哎？你咋知道我是黑龙江农垦农机公司的？"

我煞有介事："嗨，咱们常见面嘛！"

黑脸大汉眼盯着我，咧着嘴想了一会儿，"是挺面熟，是挺面熟，我这个人大大咧咧，不过认识我的人可是老鼻子了！哥们儿贵姓？"

"免贵姓邰，叫邰勇夫，是株洲万马牌内燃机厂的推销员。您贵姓？"

黑脸大汉甩给我一张名片："姓孟。"

"姓孟？——哈！孟大哥，我舅母也姓孟，天下姓孟一家人啊！攀起来，咱哥俩又是亲戚又是老乡。我原来在北大荒农垦二师十一团。"

遗憾的是孟大哥对这些没兴趣："拉倒吧，哥们你可真会套近乎，有啥事你就直说吧。"

我马上送上我厂的产品图片，恳求道："孟大哥，请大力支持！"

"不行，你们万马牌柴油机我们都没听说过，我要的是名牌。"

"孟大哥，只是过去我们很少接触，其实，我们万马牌内燃机厂在湖南、湖北、广东、广西影响很大，东南亚客商点名都要我们的万马牌柴油机呢！"

孟大哥不屑一顾："拉倒吧，咱老乡可真是烟袋不济——嘴好！"我碰了一鼻子灰。孟大哥推开我，夹着皮包神气十足地走向大厦。毕竟是大客户，凶神恶煞般的门卫对他点头哈腰……

我又去坚持摆我的地摊。一位披肩发、穿紫色碎花套裙的姑娘从我的小摊前走过。我马上送去注目礼——有希望、有反应，注目礼吸引了姑娘。她停住脚步，正在看着我摊上摆的产品样本。我心"嘭嘭"地跳着，姑娘说出了我的名字："您——您是邰勇夫吧？"

我愣住了："你？你怎么会知道？"

姑娘灿然地笑了："您忘了，在火车上，听过您讲故事的！"

我突然记起来了，站在我面前的正是上次与刘南北出差在火车上听我讲故事的那位女大学生。

"噢，太巧了！那位戴眼镜的同学呢？"

"我们都毕业了，她去了东北，我分配在河南了。"

"在哪工作？"

姑娘指了指自己胸前戴的小牌牌。我看清了，小牌牌上写着："河南省农机订货会工作人员"。我高兴极了："太好了，太好了！就请你帮忙了，我要参加订货会。"

姑娘沉吟了片刻，挺调皮地说："行，不过呢，是要有条件的！"

我想：好啊，刚毕业就充满了铜臭！我顺手从衣袋里掏出 100 元钱，十分认真地说："真的对不起！原来没有打算参加订货会的，钱带得不多。先收下，以后再好好感谢您！"

姑娘的脸红了，红得楚楚动人。一双睫毛很密很长的大眼睛闪动着，似乎就要涌出眼泪了："瞧您，从门缝里看人，把人都看扁了。我可不是这个意思，我是说让您继续给我讲故事，我喜欢听您的故事。"

我很尴尬，慌忙地收起钱，说："真对不起！请原谅，我说着玩的。上次我和我的伙伴刘南北还不知道您的芳名呢。"

姑娘温和地说："您别这样客气，我叫梁文，请邰先生跟我来吧。"

梁文帮我拿到了代表证，住进了大厦十三层的一间客房。我住的这栋楼都是订货会的需方代表，我如鱼得水，抱上一摞产品图片，挨个房间去叩门。有一位竞争对手，从无锡来的推销员也采取了与我同样的推销战术，他从楼下往上，我从楼上往下，逐层楼、逐个房间地去叩门，拜访客户。这需要耐力，需要容忍，有些客户挺客气、挺友好，要货也好，不要货也好，都请我们进屋聊聊；有些客户叫就不那样客气了，刚刚叩开门，听说是来推销的——"嘭"把门猛地一关，如果躲闪不及，不夹断手指也要撞破了额头。那位无锡来的是位老推销员，许多客户都是他的老关系，所以他连连获胜，不断地拉到订单，每每与我碰头，总拿出一副不可一世、神气十足的样子来。他和我同时来到一个房门前，那无锡的推销员抢着去叩门，还用身体阻拦着，仿佛那房间的叩门权是他独家专有一样。门终于被叩开了，门缝里探出个头，正是刚才在大厦外面我认识的那位黑龙江农垦农机公司的老孟。无锡的推销员亮出产品图片，刚说出"柴油机"……老孟连连摆手，"不要不要！"——"嘭"地把门一关，无锡那位推销员躲闪不及，额头碰了个红印子，眼看着肿起个包，他没有作声，只是叹了口气，用手揉着额头灰溜溜地走了。我又来尝试了，"咚咚咚"门终于又开了，老孟一见是我，傲慢的黑脸上露出喜色："你来得正是时候，正好凑一桌。"

我走进房间，房间里的茶几上已经摆好了一副麻将牌。有两个客户正等在这里。我为难了，我还从来没摸过麻将呢！我灵机一动："孟大哥，我给你找个人来玩吧。"

"行行。"老孟拿出一张百元的钞票像指使仆人那样："去，顺便给我破成零的上来。"

我遵命，为老孟找来牌友，就是我的竞争对手，无锡来的老推销员！老推销员张大嘴巴，以为我犯了神经病，我非常友好地说："真的，你去吧，陪你刚才拜访的孟老板玩玩牌，生意肯定会成！"说完，我从十三层下来，大厦内的商务中心已经关门了，我气喘吁吁地跑到很远的一家烟摊，自己掏钱买了两包国产的名牌烟，才找开了那百元的钞票。我回到楼上，毕恭毕敬地把找散的零钱送还给老孟，同时又把那两包国产名牌烟敬给老孟。老孟接过那烟，没说声"谢谢"，也没看上一眼便"啪啪"甩给其他的两位客户，嘴巴一撇："杂牌子，我哪抽这玩意儿。"说着从怀里掏出一盒大中华，每人分送一支，然后自己叼上一支，"啪啪"用进口的名牌打火机点着，深深地吸了一口，悠然自得地吐出一缕烟，两只穿着皮鞋的脚伸得长长的，有节奏地敲打着茶几腿，眼睛望着天花板，漫不经心地说："你那万马牌的柴油机咋样？靠得住不？"

我把胸脯拍得嘭嘭响："我们万马牌柴油机已经生产20年了，如果靠不住，能生产到今天吗？况且小弟是工程师，优良的售后服务保证您满意。"

老孟开始摆自己这一方的麻将牌了，紧接着进入酣战。他忘了自己刚才说了什么，也忘了我刚才回答了什么。我耐着性子，眼巴巴地盯着他们玩了一圈又一圈。老孟终于赢了，高兴得又是跺脚又是捶桌子。我赶紧边陪着他笑，边说着言不由衷的恭维话："咱们孟大哥的手气不赖，我有个预测，孟大哥要发达了!"

老孟这才想起旁边还有位穷追不舍的推销员,他突然表现出无与伦比的慷慨:"好,好,我说老弟啊,你就写上点吧。不然,我就不够哥们意思了。"

"写多少?"我飞快地铺好合同纸,垫好复写纸,拿出圆珠笔。

"随你,一万两万台的都行。"

一万两万台?这么大的量我反而犹豫了,迟迟不敢下笔:"那……孟大哥,货款,货款你能……"

"货发出后,凭铁路运单托收承付。"那时,企业信誉良好,在订货会上仅凭一面之交,就可以签合同,就可以发货。我半信半疑地正要下笔,老孟突然跳了起来说:"慢着,"他两眼瞪得像牛眼,注视着我,"你那万马牌质量到底咋样?"

我心一哆嗦,差一点这样说:"质量嘛,挺好吧,可以吧,过得去吧,生产柴油机二十多年了,不是最好也不会很差吧……"就在我想这么模棱两可地回答之时,老孟热情洋溢的脸上开始降温、冷却了,眼看着就将失去最后的信心了,我力挽狂澜,坚定地说:"好,我那万马牌柴油机质量就是好!"

"行了,既然你对你那万马牌那么有信心,我们明年的计划全部用你们的万马牌了!写两万台吧,每月发两千台,货款我马上办电汇过去。"要知道,两万台是我们内燃机厂一年的生产量啊!

我乘势进军,餐桌上,我向周围同桌吃饭的人推销;客房里,我向同房间的人推销。说来也巧,住我同一个房间的人正好是我来河北催款要找的那家农机公司的经理。我这种穷追不舍、忘我工作的精神把这家农机公司的经理感动得赞叹不已,那经理信誓旦旦:"小郜,你厂里那20万货款,这次我要以最快、最令你满意的形式——办银行汇票给你,而且还要订你200台柴油机。"

订货会的最后一天,我吃过晚饭,在房间里小憩,眼皮像挂上了秤砣,一个劲儿往下垂。我咬牙坚持着,不让自己睡着,我要等一会儿,估计客户们都回房间了,再做一次轮番轰炸。我把反反复复地登门走访客户比作战场上出动轰炸机对敌方阵地进行狂轰滥炸。我雄心勃勃,要不惜一切代价用自己的两条腿,一张嘴让来自全国各地的客户都知道我的万马牌柴油机,而且要让他们记牢，争取有一天铺天盖地凡有柴油机的地方都有万马牌！我迷迷糊糊、昏昏欲睡，有人敲门，我竟然没有感觉到。电话铃响了，我一跃而起，用双手抱起电话，再也没有比这更使我兴奋的事了。"喂，是，我是邸勇夫。我是本次订货会的'共军'——供方代表。我们的产品是万马牌柴油机，欢迎您……"对方的电话放下了，敲门声复又响起。我急忙拉开门，手里拿好产品宣传单，在门旁恭候。敲门的人进来了，我彬彬有礼："请进，我们是万马牌内燃机厂，为您提供万马牌……"

进来的人是梁文！梁文今天穿的是眼下正时兴的超短裙，头上襟着个蓝色的发卡，黑亮的眸子闪着热情的光彩。她见我已经成了推销迷了，逢人便推销，忍俊不禁，露出一对那么漂亮的酒窝。

"我是梁文啊！"

我这才如梦方醒："噢，是梁文，真对不起，我还以为是客户呢！"

梁文充满敬佩地注视着我，说："你也该休息休息了，不能老是推销啊！"

我把手上的宣传单和合同纸往床上一丢，说："那么今天晚上休息，走，梁小姐，我请你出去喝咖啡。"

这些天，梁文一旦有空，就在会务组的一楼给我打电话，问房间里有没有其他人。我说有，她就邀我下来出去散散步；如果房间里没有别的人，她就从一楼乘电梯跑上十三楼和我聊天，谈人生、谈爱情，我们都觉得挺愉快。这会儿我们下楼，电梯人多，梁文建议："我们走楼梯吧？"我欣然同意。梁文走里侧，我走外侧，每次在拐角处，梁文都停下来，等我绕过来同时下楼。我挺随意地问："小梁，男朋友做什么？"问过之后，挺后悔，觉得不该这样问人家，太冒昧，凭什么要问人家男朋友呢？但梁文没有介意，也很随便地告诉我："分配在报社了。和我同岁，生日比我小，没有什么阅历，仍像个孩子。"

"你们什么时候结婚？"

梁文停下来，吃惊地瞪着我，"怎么？你还盼我结婚呐？"

我解释说："我的意思是等您举行婚礼的时候，一定给我发个请帖来，我要送上一份厚礼，好感谢您对我、对我们内燃机厂的支持。"

"那倒不必，能听您讲故事就够了，今天还讲，好吧？"

我想了想说:"好!"

"不是编的吧?"

"是真的,故事的主人公就住在我父母家的楼上,是位老教授,浙江硖石人,是 30 年代的大诗人徐志摩的表弟。"

"太好了,徐志摩的表弟,我特喜欢读徐志摩的诗!"梁文轻轻地朗诵起徐志摩的诗:"轻轻地我走了,正如我轻轻地来;我轻轻地招手,作别西天的云彩。"

我们走进酒吧,服务生送来两杯咖啡,在柔柔的灯光下,伴着音乐我娓娓地讲述着:"那是一个遥远的春天,当田野里飞出第一对美丽的蝴蝶,爱,像一颗强有力的种子,在他的心田里萌动了,他想能够像表哥徐志摩那般风流倜傥、英俊飘逸、仕女如云。16 岁,父母做主,给他娶了个大他两岁的富商之女,洞房花烛夜,他心旌摇荡,揭去妻子头上的红盖头,他大失所望,这哪里是他渴望的颜如玉啊!悲愤之极,他出走了。50 年代,他在北京一所大学任教,他深深地爱上了一位仅听过他一次大课的女大学生。女大学生对他也颇有好感。但他们之间仅限于目光传情,从来也没有在一起说过话。有一次,天赐良机,周末在大礼堂看电影时,两个人对号入座,竟然对到相邻的两个座位上。他心慌意乱,既有抵制不住的喜悦,更有不敢越雷池半步的胆怯。他感觉着,女大学生的身体在向他这一边倾斜。他窥视到女大学生那美丽的手安然地放在靠近他的扶手上,离他那么近,似乎是等待着什么。那是露天剧场,晚风习习吹来。送来那么迷人的芳香。噢!这习习晚风是从女大学生美丽的面庞上吹拂过来的呀!他轻轻地有点儿贪婪地呼吸着,似乎醉了。他的心狂跳着,他左手试探着……终于有了一个大胆的举动,把手也轻轻地放在了扶手上。两只手距离那么近,大概只有一毫米吧。"

梁文"咻咻"地笑,说:"你亲眼看见了?"

我第一次在女孩面前调侃:"可惜,那时候我还不存在。不过,可以想象。"

梁文催促道:"接着讲。"

"反正再一次冒险,再一次试探,只要越过那一毫米,肯定会牢牢地抓住那只美丽的小手,因为那小手没有一点退却的意思,实实在在是放在那里鼓励他大胆些，再大胆些……电影结束了，他头脑中一片混乱。周围观众都离开了座位，女大学生有意在座位上停留了一会儿，还红着脸注视了他一眼，走了。他仍呆坐在那里，哪怕他笑一下，问候一句，说声'你好'。遗憾的是他没有，最后两个人各奔东西……"

梁文笑道："又是刻骨铭心的爱，是吧？"

我喝了口茶，叹了口气："老人现在还孑然一身。直到70年代，老人对长沙马王堆汉墓发生了兴趣，他参与了马王堆出土医书的整理、考证，对其中的养生方术做了大量的研究。研究结果表明，如果没有天灾人祸，社会环境优良，养生得法，人类的平均寿命应该是300岁。那么当时68岁的他正值人生的鼎盛之年，还应该热烈地去追求爱、寻找爱。像年轻人那样与情侣在公园的长椅上互相依偎，在柳阴下散步，在沙滩上相互追逐，卿卿我我，耳鬓厮磨。于是，他刊登了一则征婚广告：'欲求30岁以下，有生育能力的未婚女士为偶。'他收到了来自天南地北的50多封来信，这里面有30多岁的农村妇女，有40多岁的大学老师，有50多岁的机关干部。他谁也没看中，最后他看中了一位来自东北鞍山的22岁的女孩。女孩从照片上看很漂亮、很迷人，正是他少年时代所渴望的颜如玉！女孩在应征信上说：'我愿意把我少女的纯情无私地献给您！'他感动了，给女孩回了信并寄去了路费。不久，女孩来了，他们结婚了。女孩在桌子上的玻璃板下边用硬币排成了'忠诚'，少年的血在老人的身上复苏了，他充满了活力，找政协帮忙，要了套住房，给女孩安排了工作。女孩在他的怀里撒娇的时候，他向女孩提出了一个请求：'我们生个孩子吧！'女孩说：'可以，你要把你全部的积蓄都给我……'老人震惊了，与女孩分居了。不久，女孩领来了一个称作表哥的男人，他被取而代之，被赶出家门。老人可怜巴巴的像个无家可归的孩子，在街上徘徊，常常靠在电线杆上一个人苦思冥想，最后发出了这样一句人生感叹：'爱情可遇不可求啊！'"

梁文眼里已经泪光闪闪了："这老人怪不幸的！"

我喝了口咖啡，叹了口气："有什么办法呢？命运对有些人就是这样不公平。"

"你信命吗？"梁文又专注地盯着我，桌子下边的腿挪了一下，正触在我的腿上。时值炎热的夏天，梁文穿短裙，我穿短裤，两条接触到一块的腿都是裸着的。我想躲开，但又不情愿。我偷窥了一眼她那双凝脂般美丽动人的腿，感觉到了一阵温柔。我突然转变了话题："梁小姐，您说，中国老一辈妇女的传统美德还要不要继承？尤其是像您这样受过高等教育的。"

她想了想，桌子下边的腿挪开了，但很快又贴上了，而且贴得更紧了，我感觉到她腿上出了汗、湿漉漉的。她说："我觉得，女人终归是女人，服侍丈夫，生养孩子，这是女人的天职！"

我恋恋地、轻轻地挪开了腿，心里有一种难言的苦痛。我发现她那双眼睛温情似水，她梦呓般地低语着："我真希望与一位比我大的、成熟的男人相濡以沫，哪怕他有老婆、有孩子，我只愿意听他讲故事，听一生，听一世……"

我慌了，紧张地说："小梁，我……我并不成熟啊，完全是个十足的孩子，只是对未来充满好奇，是好奇心引导我人生。"

她久久地直视着我，说："这样的人生才有意思。"

那一晚，我失眠了。我有些内疚，我检讨自己是否已越轨，我绝不能忘记自己已是有妻室、有女儿的男人，而且女儿那样可爱。第二天梁文再上楼来与我聊天时，我有意将房间的门敞开……

这次订货会，我不仅收回了 20 万货款，还签到了 23000 多台柴油机的合同，让内燃机厂 365 天日夜加班都供不应求！

第十一章
中秋节没有月亮

我回到家，正是天蒙蒙亮的时候，我多么希望推开门，就会见到熟睡的妻女啊！然而，我失望了，室内空荡荡的，席梦思床上，写字台上，所有的家电、家具上都落了层厚厚的灰。我丢下行李，重新锁上了房门，到自行车棚里推出自己的凤凰牌自行车。第一次和刘南北出差之前，这自行车还是锃光瓦亮的新车子，一个月的风吹雨淋，无人照管，已变得锈迹斑斑，两个车胎的气门芯也被人拔走了。我挺心疼，这要积攒半年的工资才能买下来啊！但我想：用这点损失为厂里换回 20 万货款，签到 23000 多台柴油机的合同——值得！看来，只要努力拼搏，对自己、对自己推销的产品有足够的信心就能够成为一名优秀的推销员！

我骑自行车到岳父岳母家。岳母正哄着小诗诗吃早饭，岳父和吴春芳都不在家。岳母告诉我："春芳昨夜没回来。"小诗诗眼泪汪汪地向我诉苦："爸爸，我想妈妈了，我要妈妈……"

我很生气，说："家里没有，这里也没有，丢下孩子到哪里去了呢？"

岳母说："你去你爸爸店里看看，可能是在那儿吧。"

前年，岳父在重型机械厂犯了经济案子，判了三年刑。吴春芳在外贸工作的大姐帮法医买了辆进口免税的摩托车外加一箱平价名牌香烟，买下个监外保医。保医的头一年被广东韶关的一家新上马的钢厂聘去当供应科长；第二年与人合伙办了个工矿配件厂，把韶关的那家钢厂的配件生意接下来了 200多万。没想到做了一辈子发财梦的岳父大人犯了经济案、判了刑反而梦想成真发了笔横财！第三年又给那家钢厂在株洲办了个购销部。曾经是我提议让吴春芳去帮助岳父搞财务，学点经营之道。

我又跨上自行车跑到位于市中心的岳父办的购销部，这里半开着卷帘门。我弯下腰钻进去，里面乌烟瘴气，一群男女蜡黄着脸围着麻将桌酣战。里面有岳父，有吴春芳。我十分气愤，退出卷帘门，挺严厉地喊："吴春芳！"里面没人应，我又喊了一声："吴春芳！"

春芳在里边答应了："哎，来了来了，等一会儿。"

拖了足有半个小时，吴春芳提着个挺时尚的月牙形手袋，满面倦容地钻了出来。我说："你可真够用功的，如果把这劲头用在学习上、工作上、料理家务和侍候孩子上，你该多好！"

吴春芳理直气壮："准你满天下跑，就不准我出来玩玩？"

"我满天下跑，是工作。"

"工作，说得好听。谁知你在外边都干些啥？人家都说，现在搞供销的，十个有九个在外边嫖。"

来往的行人，都扭过头来看我们。我火气上来了："你小声点好不好？唯恐天下不知啊？"

"怕什么，反正都不认识！"

我突然有了一个新发现：吴春芳的两只上眼皮绽出了一条小缝。我知道那是经手术割出来的双眼皮，我好生讨厌："挺好的眼睛，非要割条缝，好看吗？"

吴春芳从手袋里掏出镜子照照，发现的确不那么好看，特假。她脸红了，说："不是给你看的。"

回家的路上，经过内燃机厂办公楼，吴春芳突然停下来，执意要到我的办公室看看，我起初莫名其妙，玩麻将玩得天昏地暗，怎么对我工作的办公室发生了兴趣？我陪她进了我的办公室，她又跟我要办公桌抽屉的钥匙，原来她要检查我抽屉里的隐私，我想起抽屉里正好有一封梁文情意缠绵的来信，我怕她误会，死活没有给她钥匙，后来她确信无疑地认为我抽屉里有鬼。

这天是星期天，我把小诗诗从外婆那里接了回来。我要吴春芳打扫房间，自己提着篮子上街买菜，然后系上白围裙下厨房烧菜做饭。这家务劳动虽然琐碎，但其乐无穷，无怪在大学读书时那些北京、上海的老知青无论功课多么紧，也要用煤油炉自己烧菜吃，说那不仅仅是为了吃了顺口，更主要的目的是寻求一种生活情趣。我时而厨房，时而抽空跑到客厅教导小诗诗写作业，小诗诗已经会写"爱学习、爱劳动，做一个好孩子"了，时而我又向吴春芳发表批评意见："服侍丈夫、养育孩子是女人的天职，我不要求你服侍我，我只要求你管好这个家，带好小诗诗。女人最忌的是没心！"

吴春芳一边用拖把擦地，一边不服气地说："我没心，你还没肺呢！"

我说："你看到过哪一个好女人彻夜在外玩麻将的？我早就说过，玩麻将不是好事。我不相信你爸爸那个店铺日夜玩麻将牌，能做成什么生意，除非从事赌业。"

吴春芳罢工了，把拖把一丢："你别说得那么难听好不好！你在外边怎么样，鬼才知道呢？"

我放好了饭桌，端上来了四个菜：一个粉蒸排骨，一个辣椒炒肉，一个白菜苔，一个小诗诗最爱吃的炒土豆丝。客厅内充满了饭菜香。我宣布停战："好了，好了，现在吃饭。"我突然想喝啤酒，从抽屉里翻出了一元二角五分钱，往吴春芳手里一塞，恳求道："去，给我买瓶啤酒，我真有点累了。"

"累是你自己找的！"吴春芳报怨着，但还是去了。吃过午饭，吴春芳说到爸爸的店里去做笔账，很快就回来。结果下半夜3点多了，还没见她回来。我已经顾不得发脾气了。明早8点钟上班后，我要向唐科长汇报工作，然后乘胜进军，远征东北……

唐科长现在一反常态对我格外器重，那天看到我收回来的20万元货款和签回来的23000多台柴油机合同，目光大放异彩，给我倒了一杯酒让我跟他一口干掉，然后朝我肩膀上狠狠地捶了一拳，说："给你放半个月假，回去好好陪陪老婆。"

我说："不用了。工作就是我的游乐场，只要你让我不停地去奋斗，就是对我最大的奖赏！"

出差的那天，我正在打点行装，往可乐瓶里灌凉开水时，吴春芳回来了。我喜出望外，一把将她揽到怀里，像欣赏一幅画似的，一边细细地端详着她一边说："让我好好看看。我老婆真美，而且越来越美。尤其是有了小诗诗，做了母亲那天起，更美了。小诗诗呢？"

吴春芳说："放我妈那儿了。"

我松开吴春芳说："你又去跳舞玩麻将了吧？我不许你再跳舞再玩麻将。你要守好这个家，培育好小诗诗。我为万马柴油机厂闯天下也是为老婆闯天下，为女儿闯天下。"

吴春芳有些异样地盯着我，像是最后通牒："你别再出差了，好好陪我，我不去打麻将也不去跳舞了。"

让我不做什么都行，唯独不让我出差不行，我妥协了："好了好了，你去玩吧，我绝不可以不出差！"

吴春芳抱怨道："你就爱跑啊，没差出还要申请出差！你看你原来研究所的同事小黄，人家有差都不出，天天陪着老婆孩子。"

我笑了："小黄？就是总笑我不如他的那个小黄？他能跟我比吗？他是每天喝半瓶啤酒就高呼万岁的人。我呢？我要每天喝半瓶茅台，半瓶威士忌，半瓶 XO 巴拿马！我要做一名全中国最优秀、全世界最成功的推销员！"

吴春芳："哼，放着工程师不做，去做推销员，人家都以为你搞技术不行呢！"

"在重型机械厂刚做推销员时我也这样想啊，是人家老厂长有先见之明，你看着吧，若干年之后，不仅要有大学文凭，还要是各方面都优秀的精英人物才有资格去做推销员。"

这时候，小诗诗被外婆送回来了。小诗诗好奇地盯着我："爸爸，推销员都干什么呀？"

我抱起女儿想了想，说："推销员啊，就是为群众解决实际困难，也就是像雷锋叔叔那样为人民服务，而且要完全彻底地提供最令人满意的最忠实的服务。"

小诗诗一副天真的小模样："噢……推销员就是做雷锋叔叔！"

吴春芳对我撒娇："你带我和诗诗去游泳。"

阳光照耀下的湘江，女儿在沙滩上玩耍。我像以往一样，横渡湘江在对岸小憩了一会儿又游回来。穿泳衣的吴春芳袒露着冰肌雪肤般的身体欣喜地从岸上趟水来迎接我。吸引了对对情侣惊美的目光。渐渐地那目光淡了、失望了，江水浸没了吴春芳的胸部……

我游到吴春芳处，停住了。吴春芳攀着我的双肩，闭上双眼，悄声说："来，抱抱我……"

我轻轻地吻了她一下，吴春芳情意缠绵地说："抱我，用点力！"我又深深地吻了她一下。

吴春芳仍乞求着："抱我，抱我呀！"

我知道，吴春芳是想像周围那些情侣一样在水里亲热个够，我不耐烦，甩下吴春芳："都老夫老妻了，要亲回家亲去！"我自顾自朝岸上走去，我感觉到了身后吴春芳幽怨的眼神……

一个炎热的夏天过去了，我走了大半个中国。内燃机厂的销售形势转败为胜。我最后一次远征归来，正值中秋。我从北京买了两盒月饼，下了火车径直奔往岳父岳母家，我要接春芳和小诗诗回我们自己的那个小家欢度中秋。我要把这一个夏天的艰辛和创造讲给春芳和小诗诗听——这个夏天，我创造了一个奇迹啊！我订到的几万台柴油机合同救活了令市长都头疼的、奄奄一息的内燃机厂！我在岳父岳母家吃过晚饭，给了岳父一盒月饼和一条名牌香烟，这总共用了60元钱，是我半个月的工资收入。然而岳父无动于衷，连看都没看一眼。吴春芳的哥哥、嫂子们都聚在这里。岳母刚刚收拾好桌上的碗筷，吴春芳便摆上麻将，喊她爸爸、哥哥、嫂子们来玩。我拉着吴春芳的手："今天是中秋，别玩了，咱们回去赏月、吃月饼。我买了这月饼可是高档的，你从来没有尝过的。"

吴春芳抽出手，不太自然地笑着："在这里不也一样过中秋吗？"

"不，一定回去！"我坚持着，"我要给你讲讲这个夏天！"

"有什么好讲的？"

"我要给你讲在这样一个夏天，一个推销员创造的奇迹，创造的伟业！"

我提着给春芳、诗诗留下的一盒月饼，硬拉着吴春芳："走，我去抱诗诗。"

吴春芳又挣脱了："算了，我怪累的。"

"我骑车带你。"

岳母也劝吴春芳："回去吧，家扔得这么久了，回去看看。"

吴春芳极不情愿地看着我："那……那你明天要骑车送我回来！"

"明天星期天，我要带你和诗诗到公园去玩，然后到我父母家包饺子。"

"不！我要回来。"

我有些火了："这是你的家，还是内燃机厂是你的家？"

"这里！"

"你混蛋！"我无可奈何地骂道。

僵持了很久，小诗诗都在床上睡着了，吴春芳的哥哥嫂子也来劝，吴春芳终于答应回家了。这时已经是深夜 11 点了。夜很静，天上漫布着灰色的云团，像铺了层烂棉絮。月亮偶尔从云隙间露出来一下，便又被大片大片的乌云遮住了。我骑上车，春芳轻盈地跳上车后座，揽住我的腰，说："好点骑啊！"我说："你放心吧，现在可不像刚结婚那会儿了，挺宽阔的马路，偏偏躲不过一颗小石头。"

吴春芳在后边咯咯地笑。

我愈加显示我的车技，自行车骑得特慢，我仰望夜空，期盼着天上那片乌云快点飘过去。我说："哎，春芳，我有一种感受。"

"啥感受？你快说，我要趴在你背上睡了。"

"别急，别急，今天是中秋夜，等那乌云飘过去我再告诉你。"

月亮终于露出来了，而且还拽出颗明亮的小星星。我说："告诉你啊，刚认识你的时候，我把你看做月亮，把我自己呢，看做月亮旁边的那颗小星星，我想我这一生都伴随着你，围绕着你。"

吴春芳睡意没了，也随我仰望天上的月亮，但月亮又藏起来了。我继续说："现在啊，我仍把月亮比作你，但月亮旁边的那颗小星星，我把它比作我们的女儿小诗诗了。"

自行车几乎原地停下了，突然失去了平衡，吴春芳慌乱中跳下车，我一个人左拐右拐，刚刚找回平衡，后边冲上来一辆摩托车。骑摩托车的人猛然甩出一块砖头，正击中我的头，我连人带车栽进路旁齐腰深的排水沟……当我睁开双眼时，发现自己在附近的医院，医生正在为我包扎伤口。我一脸的鲜血，一身的污水，我懵懵懂懂地问医生："春芳呢？是不是出了车祸？"

民警来了，告诉我一个残酷的、无论如何也想不到的事实："你知道是谁袭击了你吗？"

我摇头。

"是你爱人的男朋友！"

"我爱人的男朋友？我爱人怎么会有男朋友？"

民警说："你要提防点儿，是你爱人在舞会上认识的，在你出差的这段时间，他们经常在一起玩麻将。"

天在旋，地在转，这怎么会呢？这怎么可能呢？然而就是这样不可能发生的事情发生在了我的头上！本来已经从床上站立起来的我，像堵墙那样坍塌了。后来，我不知道自己是怎样挣扎着爬起来，又怎样离开那些好奇心多于同情心、喜欢看热闹而唯恐别人不倒霉的袖手旁观者的。我咬着牙，忍着一身的疼痛，推着摔得变了形的自行车，形单影只、一瘸一拐地朝内燃机厂的家走去。天上布满了乌云，中秋节的月亮无影无踪了，一阵阴冷的风迎面袭来，我瑟瑟发抖。我从东北回来，几乎是站了一路，经受了刚才那样一场劫难，我筋疲力尽，真想就此倒下，再也不肯爬起来了……

第十二章
职场怪圈

　　然而，给我致命一击的还不是妻子的背叛。我回厂里后，销售科的唐科长已经被免职了。但后来发生的事情是我始料未及的。新换上来的两个胡科长，一个大胡，一个小胡。大胡是正科长，是原来的厂党委办公室主任，人老成稳重，绝不像唐科长那样不拘小节；小胡是副科长，过去在车间里当装配工，后来在供销科当了两年的供销员，企业改革，供销科一分为二，提拔为供应科的副科长。小胡比我小两岁，少年得志，企业深化改革又提拔为正科级的销售科副科长。大胡科长在家坐镇，人很随和，对下属是否遵守上下班时间，是否在上班时间到别的科室去吹牛聊天，到市场买菜，公出是否游山玩水，他一概不闻不问，但对一些细节问题却很注重，甚至耿耿于怀。我和刘南北后来在哈尔滨南北农机企业联合体订货会上，又签到几千台柴油机的购销合同没有引起他太大的兴趣，引起他关注的是开完了订货会，你郗勇夫为什么与刘南北兵分两路，没有一道回厂？还有你郗勇夫为什么给北大荒垦区的客户拍加急电报，除了业务上的事还加了句："请向某某处长致意。"我一再说明那某某处长是我老同学，现在是直接管那家客户的上级领导。大胡科长说："这就更不应该了，给客户拍电报是公事，给老同学致意是私事，公私不能兼顾，这是原则问题，要注意影响。"

　　小胡科长由副科级的副科长提升为正科级的副科长，与我和刘南北较上了劲，张口闭口："你们外省组没一个行的。"刘南北听了没有任何反应，像没听见一样，我听了马上反驳："外省组一个也不行，那两三万台柴油机的合同是你订的？"

　　那天，为了准备参加全国农机产品订货会，厂里召开销售工作会议。赵厂长在会上提到我，说："郗勇夫在销售科干了三个月，尚无成绩，再给一个月的时间，如果再无成绩，就调离销售科。"

　　我气坏了，这是怎么回事？赵厂长也会突然信口开河？按我以往的脾气，当时就会站起来大声抗议，但我忍了。几天闷闷不乐，无精打采。刘南北安慰我："小郜，有许多事情是说不清、道不明的！"

　　我说："不行！我要把我们外省组三个月的工作写份总结，汇报给厂长、书记、工会主席、总工程师、销售科长，咱们不能不明不白的，有成绩就是有成绩！"

　　刘南北说："有了成绩都是领导的，以后引以为戒，别再玩命干就是了。"

　　全国农机订货会赵厂长亲自出马，销售科、供应科、配套科、计划科几乎倾巢而出，还从车间里临时抽去几名全厂最漂亮的女工，内燃机厂一支前所未有的浩浩荡荡的销售大军开拔了。销售科的大胡科长仍在家坐镇。我这位负责外省业务的推销员出人意料地留在厂里。我整日翻弄着一大堆来自全国各地邀我在全国订货会上面谈的电报、信函而坐立不安。刘南北这次去了，但他的任务不是在订货会上拉业务，而是为这支由赵厂长率队的销售大军做后勤，比如排队订火车票，找宾馆订房间。临走时，他哀哀地望着我："我劝你一句，工作别太积极了，适可而止。不然，人家还以为我们有什么路子可得，其实我们能得到什么呢？连句表扬的话都没有！"

　　我参加工作以来，第一次这样清闲，上班没人管也没人问，装模作样地看会儿报纸、喝杯茶，消磨一会儿时间，然后就上四楼和搞技术的伙伴们闲聊天。四楼的科室，在我来此工作一年的时间里，已经调整了三次：研究所、工艺科，二者合一为技术科，然后又一分为二为设计科、工艺科。据说这是由于企业改革上边要求不断深化，不断地推陈出新……工艺科现在有6名老工程师。杨工，1966年昆明工学院毕业的大学生，搞热处理工艺的，每天趴在桌子上看武侠小说；陈工，1965年南京航空学院毕业的大专生，搞冲模夹具的，每天趴在桌子上鼾声如雷；卓工，1964年哈尔滨军工学院毕业的大学生，搞金属切削加工工艺的，每天唯有卓工忙，忙什么呢？在办公室桌上不断地调整姿势，全神贯注地搞与金属切削加工工艺毫不相干的篆刻。据说卓工搞篆刻很有成绩，曾获得过全市篆刻比赛特等奖；最惹人发笑的是徐工，1962年毕业的老中专生，一身肥肉，体态臃肿高大，屁股底下的椅子被他压得"咯吱咯吱"直响，随时都有可能散架，他一不喝茶，二不看报，三不打眈儿，整日坐在那里无休止地左右轮换着挠两只肥胖的胳膊，那挠痒痒的动作特轻且特慢，我相信那绝对像隔靴搔痒般不会有任何感觉；从贵州大山沟里的军工企业调来的总工艺师兼工艺科科长的关工，因为推广工艺标准化、规范化、制度化，得罪了一大批散漫成性、懒惰成性的人。向厂长打他小报告的人与日俱增。现在他工艺科长的职给免了，只挂了个总工艺师的空衔，和我一样整日无所事事，下了班就玩麻将，晚上在外边挑灯夜战，而且选在人来人往的厂大门口，一战就是大半夜。逢人就说："你知道姜太公吗？姜太公钓鱼用直钩，意不在钓鱼！"

赵厂长率队的销售大军风尘仆仆，凯旋而归，全厂上下都以为他们战绩赫赫。可一打听，此次订货会仅订了40台柴油机！其中有20台是天天嘀咕"外省组没一个行的"那位小胡科长拉的业务。但这20台要凭电报发货，如果没有电报，那么就永远也不要发货，实际上是个空合同！

我的冷板凳坐不住了，我要找赵厂长谈，如果全国农机订货会让我去，绝不止20台，而是2000台，20000台！我有满腔热忱，我有把万马牌柴油机铺天盖地推销到全中国每个角落的雄心壮志。3个月，一个夏天的奔波，我已经为内燃机厂建立了一个布满全国的销售网络，到这样一个关键的收网捕鱼的时刻，你把我邰勇夫冷落了，吃亏的是企业，不是我个人！

星期天，我第一次找到赵厂长家。实际上在此之前，我已经找厂党委书记谈过了，把我这一个夏天的奔波做了全面细致入微的汇报。李书记平易近人，在厂党委书记办公室足足谈了两个小时。李书记面部表情十分丰富，随着我的叙述，时而同情，时而惋惜，时而愤愤不平，时而又为之喜悦，时而由衷地赞美。我每讲一句话，他都郑重其事地"嗯"一声，点一下头。我感动了，越谈越激动，最后要彻底敞开心扉，把自己家庭的苦恼、妻子的背叛一股脑儿讲了出来。我停顿了一下，想喝点茶水润润干渴的嗓子再讲，这时我才发现李书记仍在那里垂着头，有节奏地"嗯"点一下头，"嗯"点一下头……

我吃惊地喊了一声："李书记！你没事吧？"李书记如梦方醒，嘴里淌出一溜人在酣睡时才能淌出来的口水，"啊，你讲你讲，我听着呢！"

……

　　我叩开赵厂长家的门，心里面想着的是过去在大学读书时一位老同学讲的话："你光好好干，不行，要会干！"怎么算是会干呢？我是不是应该买点礼物？总之要学会讨领导喜欢，不然将一事无成，也许一辈子受排挤。赵厂长没在家，接待我的是赵厂长的爱人李老师。李老师刚从市场买回一只活鸡，要杀了中午吃。但有些缩手缩脚，一手拿菜刀，一手提着鸡不知怎么下手。我主动请缨："李老师，让我来吧！"

　　李老师有点不信任："你行吗？要留鸡血的。"

　　"您放心，保证您满意。"

　　我抢过李老师手中的菜刀和鸡，一只手握住鸡翅膀，空出中指和食指捏住鸡冠子，另一只手把鸡脖子上的毛拔掉，对准预备好的小碗，顺手一刀，把鸡腿往上一提，鲜红的鸡血像小喷泉似的注入小碗……

　　李老师满意地笑了："挺内行！坐下歇会儿吧，老赵一会儿就回来，中午在这儿吃饭。"其实这技艺也是结婚成家后让吴春芳给训练出来的。

　　赵厂长回来了，见我在这儿，意想不到地欣喜。拉住我的手，握了又握。几个跟踪而来找厂长的，还没来得及说话，赵厂长便向他们挥手道："今天我要与这位郜勇夫同志——咱们内燃机厂的金牌推销员认真地讨论问题，至关重要，请你们改天到厂里找我好了。"来人都被赶走了，李老师把防盗门也关上了，笑着对我说："这下好了，谁也不会来干扰了，你们好好谈谈吧。"

　　我流露出一脸的委屈和愤怒！赵厂长为我泡了一杯茶，削了一只苹果，关切地说："你的苦衷，我都知道了，不就是老婆跑了吗？你还年轻，好姑娘有的是，要找一个能够理解你的，要有知识、有修养。这事包在我身上。"

　　我说："不，这些我能够忍受，使我不能够忍受的是，上次厂里开销售工作会议，您凭什么说我郜勇夫干了3个月没有成绩呢？这也罢，这次全国农机订货会，厂里去了30多人，连管仓库的师傅都去了，唯独我这位负责外省业务的主管推销员冷落在厂里，我不明白，难道我们的国有企业是真的干得多不如干得少，干得少不如不干，不干不如捣蛋吗？"我说这些是有所指的，厂试验室有两位试验工，一位姓黄一位姓占，姓黄的师傅兢兢业业，任劳任怨，每天有干不完的工作，姓占的师傅每天梳着大背头，西装领带，身上还喷着香水，来试验室往凳子上垫张当日的报纸，坐下来跷着二郎腿抽烟喝茶。

两个人后来的命运却颠了个个儿。任劳任怨的黄师傅气不过偷了些零配件出去卖，关进了拘留所；吊儿郎当每天啥也不干的占师傅进了供应科做采购，据说去江浙一带的乡镇企业采购零配件，包吃、包住、包女人还有巨额回扣。

赵厂长笑了，十分抱歉地说："这事是误会了，都怪我没能及时和你谈。咱们厂扭亏为盈、转败为胜这要归功于市委市政府的正确领导及现场办公，咱们要做无名英雄。两个胡对你的意见特别大，千方百计要把你从销售科排挤出去，做了几次工作，都没做通。那么好，就叫两个胡试试看，这次全国订货会一败涂地，连我这位厂长都丢了面子。明年的生产任务全靠你和刘南北这一个夏天拉到的合同了。这次全国农机订货会上，有40多家客户来找你郜勇夫，要厂里马上发货执行合同，各车间现在已经加班加点了。你这3个月为内燃机厂立了一大功，我召开全厂大会，对你要特别嘉奖！"

我心头一热，脸上的委屈、愤怒烟消云散，眼里涌出了泪水："赵厂长，有您这样一句话，我就满足了。你让我继续从事推销，就是对我最大的嘉奖！我想到广东、福建沿海去考察一下那里的市场，还有，我想与广州、深圳所有经营机电产品的进出口公司和各国驻华的商务办事处取得联系，通过他们扩大出口。"

赵厂长面有难色："我想，你能不能等一等，先忍耐一下，两个胡……"

我有些冲动了："赵厂长，我真不理解，两个胡不过刚来销售科当科长，为什么对我也抱有那么大成见？"

赵厂长说："这难讲，讲不清，就像是一个怪圈！你知道我们厂的关工吧？是我引进的高级工程师，也像你一样，很热情，也很能干。我任命他当总工艺师兼工艺科长，我是尽了我最大的努力，使你们这些有理想、有抱负的同志干出一番事业来！可是行不通啊，这企业散漫惯了，已经形成了一种沉重的惰性，关工现在四处碰壁，很好的愿望就是实现不了。有人还跑到市里面告我的黑状，说我吃了老关的贿赂才把他调到厂里的。我恐怕也干不下去了。"

"为什么？"我吃惊至极。

赵厂长苦苦地笑了："这也是说不清的，如果有人要整你，可以小事化大，如果有人要保你，可以大事化小，小事化了……"

　　就在我与赵厂长谈话的第二天，市里来了工作组，宣布赵厂长有经济问题，停职审查，厂长暂时由刚调来不久的邓副厂长代理。我仍想着为内燃机厂继续奔波。夏天过去了，收获的季节伴随着秋天来了，怎么能坐在厂里呢？我写了一份《开发沿海及东南亚市场的设想》交给了代理厂长。代理厂长对我挺有好感，认真地看了我的设想，说："我知道你郜勇夫，3 个月签了两万多台柴油机的合同，明年的生产任务都是你拉的。赵厂长对你很欣赏，我也如此。不过，我要跟李书记商量商量，给你个挑大梁的工作！"我从来没有这样激动过，我几乎忘记了妻子对我的伤害，下了班兴冲冲地跑回父母家，向爸妈报喜："爸、妈，内燃机厂的代理厂长说了，准备要我挑大梁呢！"

　　爸妈看我从来也不戴帽子，怎么买了顶帽子戴着呢？摘下来一看，吓了一跳，头上缠着染着血的绷带！妈问："这是咋整的？"

　　我想撒谎："是……房上的油……"我想说又是房上的油瓶子掉下来把头砸了，我的心里一阵难过、屈辱、愤怒。我说："是春芳……春芳那个混蛋！"

　　妈问："又打架了？"

　　"不是打架，你们不要为这事难过，是我出差时，她勾引上了一个小流氓！"

　　妈急了："到底咋回事，说清楚点。我们也好去找她爹妈说说！"

　　我靠在沙发上，讲了中秋节那个不幸的夜晚。全家人都怔住了，爸灰白着脸，不知怎样应付这事才好。妈气红了眼睛："哎……我这儿子，中秋节，这都半个多月了，你才回来讲！"

第十三章
妻儿离散

我离婚了。法院判决，小诗诗由吴春芳抚养。小诗诗由妈妈牵着，她知道爸爸妈妈之间出现了无法跨越的鸿沟。她一步一回头哀哀地喊着："爸爸，再见，爸爸，再见，爸爸，你想我的时候就来外婆家看我！"

我追上去，抱起小诗诗，和小诗诗贴着脸，泪如泉涌："还是跟爸爸吧！爸爸背着你出差！"

小诗诗眼里闪着泪光："那我想妈妈了怎么办？在妈妈那里过几年，等我长大了的时候，爸爸你再来接我，好不？"

我怨恨地盯着吴春芳，说："以后要照顾好小诗诗，别再玩麻将了！"

吴春芳低着头，羞愧地说："想玩也玩不成了，诗诗她外公办的经销部亏损了五十多万，人家厂方不给再办了，麻将牌也给派出所没收了。"

"这好，还有什么要我帮你的吗？"

"……有。"

"什么？"

"要不，算了吧，我找我哥吧。"

"你说吧，我们有共同的女儿诗诗，总避免不了要来往。"

"我想求你，帮我推几周煤，一周三次。"

"推什么煤？"

"厂里承包，搞优化组合了。我和几个富余下来的女工暂时分配到锅炉房推煤，卸炉渣，她们都有丈夫或者男朋友来帮忙，我……"

"你不是在资料室吗？"原来吴春芳倒三班，我在重型机械厂时，刘总工程师考虑我经常出差，特意到吴春芳那间小厂找熟人帮忙，给吴春芳调到厂资料室做长白班，而且干净、清闲，有大量的时间可以用来学习，可惜吴春芳不爱惜，迷恋上了麻将牌，天天迟到，甚至旷工。

吴春芳嗫嚅着："人家不用我了。"

我帮吴春芳推煤，有时是白班，有时是晚班。晚班要睡一觉之后的下半夜两点。那正是睡意正浓的时候，我自从考上大学后，一直也没有再干这种体力劳动了，乍一干真受不了。推煤那活又脏又累，尤其从锅炉里往外捅炉渣，那炉渣通红，离近了，烤人，火星飞溅到裸露的四肢上，一烫一个泡（如果把全身保护起来，穿上工作衣、工作裤，又闷又热，气都喘不过来）；离远了，使多大劲也很难捅下一块。后来，我摸索出了一个办法，这办法真灵，先站在比较远的炉火烤不到的地方，端好钢钎，对准炉底口，憋足了劲，突然一跃而起冲上去拼命一捅，不要看，撒腿就往后撤，效果好的话，等跑远了的时候，就会听到"轰隆"一声，火光一闪，煤渣一泻而出，只那么几次就装满了一车。效果不好的时候，没有捅准，或者是炉渣太坚实，冲上去，像击剑运动员那样拼命一击，撒腿跑回来，却连个火星都没有，就这样惹得吴春芳和锅炉房值班的人哈哈大笑。

每次做完晚班，吴春芳都请我到厂里新分配给她的宿舍里去吃夜宵，喝啤酒。每次都可以看到小诗诗在床上熟睡时可爱的模样。有一次小诗诗突然醒了，见了我高兴地跳了起来："爸爸，你来看我和妈妈了？"我要走了，小诗诗拦住我："爸爸，你别走了，就在妈妈这里住吧。人家幼儿园的小朋友说我没爸爸，我说有，就是有！"

我每次都是跟诗诗撒个谎，才能离开吴春芳的宿舍。最后那次推煤，吴春芳给我做了几个好吃的菜，糖醋排骨，红烧鸡腿……临别，吴春芳依依不舍："勇夫，我对不起你，都怪我鬼迷心窍。你能原谅我的话，就别走了。我们还——让我们重新开始吧！"

我想起中秋夜那致命的一击，想起吴春芳撇下翻进排水沟里受了伤的我而不顾，心里就泛起一阵阵怒火。我竭力忍耐着，冷静地说："我也想过，咱们之间，多少年来，太缺少共同点了。那时候定亲、结婚，都是出于一时冲动。我想咱们都还年轻，就再做一次重新的选择吧！"

吴春芳说："如果选择好了就好，选择得不好呢？不是后悔一辈子吗？"

我说："人生要冒险！"

吴春芳说："我怕小诗诗感情上受伤害。"

我埋怨道："如果你早想到诗诗，也许就不至于如此了。"

是啊，诗诗怎么办，诗诗怎么办呢？小诗诗在梦里面哭喊着："我要爸爸，也要妈妈。我要爸爸，也要妈妈……"

人世间，有那么多的灾难，那么多的不幸，昨天如此，今天如此，明天会好些吗？小诗诗将来独立于人生会是怎么样呢？也许很幸福，也许还不如我，甚至不如爸妈，也许像有些人醉眼惺忪地说的那样：明天是什么？是地球大爆炸，是世界的末日！那么小诗诗的幸福就在于今天，就在于此时，就在于父母都守在她的身旁，精心呵护着她，给她温暖，给她以父爱、母爱……但我又想：人世间的灾难、不幸是客观的，是不以人的意志为转移的，就像唐山大地震，使得那么多幸福美满的家庭破碎了，那么多善良的、生龙活虎的人一夜之间死掉了，谁愿意地震呢？谁想到地震呢？旧的灾难和不幸过去了，新的灾难和不幸又会接踵而至。人生的幸福就在于坚持，勇敢地走下去，无论命运怎样捉弄你！事实不也是这样吗？曾经横扫中国的政治风暴，反右、"文化大革命"，有那么多人，专家、学者、明星、高干、平民，受不了灾难和不幸的冲击，结果没有活下来。如果他们能够勇敢地、顽强地像爸妈这样的平凡小人物一样活下来呢？活到改革开放那个灿烂的春天呢？20世纪80年代，这可能是中国历史上最美好的一段时光，人人扬眉吐气、人人心情欢畅。种种迹象表明，这一页翻过去，苦难的中国老百姓也许又会经历种种阵痛、种种磨难，国有企业倒闭之风正在由北往南渐进，无数的人们在沉湎于麻将，麻将能振奋一个民族的精神吗？更可怕的是，一些知识精英们、一些塑造人类灵魂的工程师们，他们在空前绝后地颠覆，应该颠覆的正在被颠覆着，不该颠覆的也被摧枯拉朽，原来全社会号召学习雷锋、学习焦裕禄，现在突然时兴学习狼，把狼作为图腾来让人们顶礼膜拜。中国老百姓世世代代给孩子们讲的凶残、贪婪、自私、嗜血成性、掠夺成性的"大灰狼"现在成了模范，取代了象征人类和平的鸽子。先是台湾学者、大学教授来大陆讲学在台上学狼叫，学狼跑，学狼攻击弱小生命，学狼围剿庞然大物，学狼血腥吞噬异类种群时的无情和贪得无厌，大陆一所所名牌高校的学者们也斯文扫地，凶相毕露地给莘莘学子传授狼道。狼的阴森恐怖正弥漫着中国企业界、教育界……那么小诗诗在幼小的时候，经受这样一次风浪、经受一次感情的伤害，也许会变得更坚强、更勇敢，将来独立于人生的时候，能够承受得住各种各样的屈辱和厄运的打击，把所有的大灰狼拒之门外，最后会更幸福，那幸福也许比幼年在父母怀抱里的幸福更珍贵，更值得！

我轻轻地吻着熟睡中的小诗诗，心里默默地念叨着："小诗诗，爸爸也许很自私对不起你！"我还是走了，临别我送给吴春芳一个挺贵重的礼物，给吴春芳买了 15 克重、含金量 99.99% 的纯金项链。我含着眼泪给吴春芳戴上："结婚时，我没给你买什么，那时候没钱，这个留作纪念吧！"

我把痛苦强压在心底，我要全力以赴，为内燃机厂干一番事业！我满怀希望又一次找到代理厂长，代理厂长的态度和上次竟然大相径庭。代理厂长说："关于你的问题……"

"问题？——怎么成了问题呢？"我皱起眉头想。

"关于你的问题，我已经调查过了，问了很多人，你这个人呢，当个开路先锋可以，很有点开拓精神！"

"这还差不多，这是褒义。"我心里热乎乎。

"但是呢，你这个人有点儿个人英雄主义，有点儿与众不同，有点儿爱出风头，有点儿爱夸夸其谈，据说在火车上还给人家女大学生讲爱情故事，据说你和爱人的关系也处不好，离婚了！"我毕竟吃了一连串的苦头，毕竟有了那么一点点忍耐精神了。我心里虽然火辣辣地难受，很想说：这些与工作，与做推销员有什么关系呢？但我仍强作镇定，不声不响地听着。最后厂长说了："不行，推销员是企业的形象，是否继续用你，我不能不再很好地考虑一下。"

我笑了，但笑得像哭。这还有什么好说的呢？你认为你自己行，你说你为内燃机厂奔波了一个夏天，拉下了那么多的合同，人家不承认，不买账，说你不行，你又有什么办法呢？我心灰意冷地离开了代理厂长的办公室。

第十四章
征 婚

我最难忍受的是没有什么让我去为之奋斗为之献身了，不再去推销，每天闲在厂里无所事事，那么与死了差不多。在婚姻问题上，我要再来一次选择，婚姻也许会使人的命运有所转机。我不会跳舞，不能像刘南北那样从容地跑到舞会上去找女朋友。怎么找呢？等，苦苦期待？我忍受不了那份漫长的孤独和寂寞！我想写好一封现成的信，专门到大街上去寻觅，见有漂亮女孩，就把这封信塞给她，我只敢这样想不敢这样去做。青春年少时，我曾做过这样的梦：写好一封情书叠成小船，让它在小河里漂啊漂，漂到一位正在小河旁洗衣服的女孩插在水里的两条可爱的小腿之间，女孩从水里捞起载着情书的小船，回眸远远地遥望着我……

我在晚报上刊登了一则征婚广告。一个月的时间里，收到了70封应征信。第一个约会的对象是幼儿园的音乐老师，叫李丹，24岁，身高1.68米，幼师毕业，曾在某音乐学院声乐系进修两年，现在市艺术幼儿园当老师。她的信写得很热烈："某先生：无意中读了您的广告，我似乎觉得您就是我期待很久、很久的白马王子。这一瞬间，我有一种被您所拥有的感觉。您也许会笑我自作多情。我欣赏您丰富多彩的人生阅历，更欣赏您的拼搏精神！我渴望有您这样令我太爱太爱的纯正朴实的丈夫，有一个温馨的家。至于我的美貌，虽说不如西施，但比东施强千倍、万倍！"

看来现代社会的广告就是好，只几天时间，最合适的婚姻选择不期而至！

我给李丹打去电话："喂，您好。我找李丹。您是李丹吗？我是……我是在报上刊登征婚广告的那位。"

电话里的女孩激情似火："你好，下班之后我买菜到你家里做。我们一块吃晚饭，你家里洗澡方便吧？给我买一瓶沐浴露。"

我心怦怦跳："我们还是先约个地方见见面，您也要考虑一下，我毕竟是离过婚的男人。您也要征求一下您父母的意见。"

女孩："我只听我自己的，只要我认准了的，我就飞蛾扑火！"

我犹豫了一会儿："那……我去接你吧。你几点下班？"

"5点半，不过我要回宿舍把睡衣带上。"

"那好，就6点吧，我准时在您幼儿园大门口等您。"

女孩在电话里撒娇："你如果不来，我就等你一万年！"

我骑上屡遭磨难的破自行车，提前半个小时赶到市艺术幼儿园的大门口。我等啊等，心里既有那么几分甜蜜，又有些不安。幼儿园接小孩的家长进进出出，每个在我面前走过的人都好奇地瞟我一眼。6点了，约会的时间到了，孩子们都已经走光了，幼儿园的老师们陆陆续续地走出来了。噢，终于款款地走出位年轻姑娘，她在认真地审视着倚着自行车的我。我一阵心跳，这就是李丹吗？高挑的身材，一双会说话的眼睛！她穿着白色的短裙，一双修长的、像芭蕾舞演员那样美丽动人的长腿，会是她吗？她多像是位歌星啊！但愿是她，就是她，不会错的！我正要说：你就是李丹，对吧？面前这位美丽的歌星眼光暗了，完全是陌生人那样飘然而去了。又走出一位姑娘，这姑娘也挺好奇地盯了我一眼，我心里一跳，祈祷上帝千万别是这位姑娘。这位与刚才那位"歌星"相比，那歌星是白天鹅，这位就是丑小鸭。我一厢情愿地坚定不移地喜欢上了那歌星、那白天鹅！但奇怪得很，这位丑小鸭两眼盯着我不放，我不吱声，就是不吱声，像尊铜像那般冷峻无情，丑小鸭宽容地一笑走开了。

我看了下手表，已经过了25分钟。我有点急了，把自行车靠在附近的围墙上，用手指梳了梳蓬乱的头发，在幼儿园的门前慢慢地来回走动着，不时地往幼儿园里观看，已经没有人再出来了。看门的老伯锁上了大门，我挺失望。想走，但又不甘心，明明电话里约好了6点，女方的态度那样真诚：如果我不来她就要等我一万年！我心里正在犯嘀咕，那美丽迷人的"歌星"——白天鹅又飘了回来。这次她目不斜视，旁若无人，穿着那小巧的高跟皮鞋"咔噔咔噔"径直走向门卫室，敲敲窗子。看门的老伯探出头来，他们讲了阵什么，说着的时候，那"歌星"还窥视了我几眼，然后又走进幼儿园。

我又看看手表，已经过了 45 分钟。我的期待、我的热情、我的不安，统统化作了烟、化作了雾飘走了。看门的老伯在门卫室的窗口向我喊："你找谁呀？"

我走近老伯："我找幼儿园的李丹老师，她走了吗？"

老人惊愕地打量着我："你是哪的？"

我一阵心跳，像做了贼似的，"我……我……"

"刚才出去又进来的那个不就是你要找的李丹吗？"

我欣喜若狂，真的是她！——那美丽迷人的"歌星"复而又踅了回来，走出幼儿园。我不顾一切地迎上去："李丹！"

李丹停住了，眯起深藏在像扇面一样张开着的浓密的眼睫毛下的一双美丽至极的大眼睛，努起红唇，像拨浪鼓似的摇头："不，不对，我不是李丹，我不是李丹，我不是……"

那看门的老伯望望我，又望望李丹，一脸的迷惑。李丹扭着头有意避开我，像逃避瘟神一样匆匆地走了。老伯似乎猜出了点儿什么，一双老眼里闪出慈祥的光芒，对仍木讷在那里的我同情地说："看来，她是不愿意见你！"

我十分狼狈地推起自行车，心灰意冷地走了。我想李丹为什么不愿意见我呢？我相信我的长相，浓眉大眼，五官端正，认真地打扮打扮，也是挺英俊、挺潇洒的，不足的只是有点习惯性驼背，有点瘦，但你永远也想不到，就在这看上去有点瘦的躯体里面蕴藏着的生命之火是惊人的旺盛！我突然注意到自己这身打扮太寒酸，太不讲究了，上身是十分廉价的十元钱一件的 T 恤衫，下身的灰色长裤皱巴巴的，还是结婚时吴春芳请裁缝做的，那阵正时兴喇叭口状的裤腿，现在早不时兴了，只有最土气的乡巴佬才穿这样的裤子！看来，这位李丹是以貌取人，以穿着打扮取人，庸俗、市侩，只能说她没眼光！

我又选中了在一家变电站工作的女工。信写得十分简单："某女，23 岁，身高 1.66 米，有短暂的婚史，无孩子，中专毕业，长相不会令您失望。如有意请信寄电力局宿舍，金玲收转。"我寄去一封热情洋溢的信。5 天后，金玲回信了，把她的电话号码告诉了我。那天，我与她联系好了，下午 2 点半在市郊桃子坡变电站大门外见面。金玲在电话中的声音柔如细柳，像一只唯恐受惊的小鹿："告诉你啊，不要把人家给吓跑了！"

我回答："放心吧，我不是老虎。"

金玲在电话中说："你不是老虎，那……那会是狼吗？"

"如果我是狼的话，那我是不吃羊的狼。"

金玲在电话里笑了，笑得很好听，很像她的名字。

我放下电话，满怀希望地蹬着我的破自行车直奔十多公里外的桃子坡变电站。这正是农民收割晚稻的季节，秋高气爽，鸟儿自由飞翔在蓝天上。这是我有生以来第一次为了爱情，为了寻觅佳侣而奔波呢！过去我对爱情、婚姻的态度是：苦苦奋斗，在事业上有所成功，美丽的姑娘会主动找上门来向我表白爱情，像神话故事那样，仙女下凡与我巧结良缘。可惜，我所渴望的巧结良缘，命运没有恩赐给我。我不甘心，我要像以往搞推销那样努力去追寻。桃子坡变电站，深藏在一个山坳上，这里十分僻静，高高的围墙，上边拉着电网，里面高压线杆林立，蜘蛛网似的电缆伸向四面八方，大铁门半开着，门卫室里响着收录机播放的歌声。我在大门外转了转，看看表，还差5分钟，怕被门卫室里的人看见，就躲进大门附近的一簇灌木丛后边悄悄地等待着。两点半，那么准时地从半开着的大铁门里闪出了她。她穿着天蓝色的衬衣，黑色的长裙，高挑的身材，一头乌黑闪亮的披肩发，用一只绿色的发箍襟着。高挺的鼻梁，一双黑亮的眸子热切地闪烁着、寻觅着……

我从灌木丛后边闪了出来，微笑着："金玲一定就是你了？"

金玲定定地凝视着我，我不敢正视，两只眼睛茫然地盯着别的什么地方，也许是树木、绿叶或盛开的美人蕉，但始终围绕着她，用眼角的余光审视着她、欣赏着她、品评着她。她轻轻地咬着下嘴唇的牙齿，整洁、晶莹、宛如细贝。金玲垂下眼睑，似乎有意逃避我的目光，"别那样看人家，我问你……"她娇嗔地说。

远处山下有人冒出来了，金玲牵了一下我的衣角，躲进灌木丛。这里幽静宜人，没有人会来干扰，只有树上的知了不停地欢叫。秋天的阳光暖融融地洒下来，我们面对面，彼此距离很近，能够感觉到对方的呼吸。我幻想着：与面前这位金玲小姐在柳阴下散步，在公园的长椅上相互依偎，在盛大的婚礼上向亲朋、来宾们频频举杯。人们都在赞美着我们这对天造地设的佳侣。

从山下走来的人过去了，我问："刚才你要问我什么？"

"你有钱吗？"我的心凉了半截，刚才的幻觉一下子消失了。

"你要多少钱？"

金玲那双水灵灵的大眼睛闪动着，那里面映着蓝天、白云，还有婉转啁啾的小鸟。她想了想说："至少要买一套好一点的家具吧？还有冰箱、彩电，1万来块钱，你有吗？"我吓了一跳，自己手上现在连10元钱都没有，与吴春芳去办离婚手续的那50元诉讼费还是借的呢。如果靠现在的170元的月工资收入，不吃不喝，也要积累6年，而且还有小诗诗每月50元的抚养费呢！这些是我没有想过的，但我没有示弱，我总觉得自己比腰缠万贯的大亨富有，同时也是为了报复她一下——唯利是图，开口就是钱！

"1万块钱算什么！"

金玲眼里闪出光芒："别吹牛，你现在都有什么家产？有摩托车吗？"

"摩托车算什么！"

"有住房吗？"

"住房算什么？"

"是你自己的吗？"

"住公家的不一样吗？将来自己到郊外盖栋别墅！"

金玲灿烂地笑了："你别吹，我会调查的。"

我不吱声，心里有些发慌。是啊，如果这位金玲小姐真的去家里调查，发现我是个穷光蛋，那样我不成了骗婚了吗？我马上说了实话："我在跟你开玩笑，其实，我家徒四壁，一无所有！"

金玲反而不相信了："你不会家徒四壁，更不会一无所有。"

我叹了口气，换了个话题："其实谈这些还过早，咱们还是先了解一下吧。关于我的情况，我在征婚广告上和写给你的信上都介绍清楚了。我想知道一些你的情况，比如您是什么原因导致离婚的？"

金玲脸色骤变，眼里溢满了泪水。她用手捂起面孔，嘤嘤地哭了："不要问！谁要你问这些了？"

我不知所措，围着她急得团团转："别哭，别哭了。怪我不好，我再也不问了，行吗？"

　　金玲破涕为笑，我也笑了，顺手从口袋里掏出一块干净的餐巾纸，想替她擦去脸上的泪水。金玲淘气地打了我一下："去，用不着你！"扭过脸去掏出个小手绢来，为自己擦干了眼泪，然后下了逐客令："你去吧，我要回去了。"

　　金玲绕过灌木丛，左右看看，跑回大铁门，一闪身，不见了。我骑上自行车走了。我想这件事不会有什么结果，因为她太看中钱，再说她比第一个约见的"歌星"还要漂亮，漂亮女人心都高，这是无疑的。

　　这天我早早地回到内燃机厂的家，自从和吴春芳离婚以来，我很少回去，都是在父母家里吃住。我不敢进自己的家门，那以往的温馨，以往的吵闹，以往吴春芳守在客厅里看电视，我坐在席梦思床上靠着松软的床背给女儿讲故事的情景永远地消失了；以往摆满了彩电、冰箱、家具的房间已变得空荡荡，只剩下一张床和一张写字台，书和大量的技术资料都散放在客厅里，堆得像座小山。我回来，远远地觉得自己的窗口亮着灯，以为是吴春芳带女儿回来了，等走近了，才发现那亮着的灯是邻居家的窗口，自己的窗口仍是黑洞洞的，没有一点声息。我走进家门，似乎是走进了一个阴森森的古墓，我甚至有点害怕，像儿时惧怕黑暗一样。我怕孤独，怕寂寞。我不断地安慰着自己，要面对现实、正视现实，现实是逃脱不了的，是不以人的意志为转移的。人世间，不论是多么幸运的人，都免不了要蒙受生老病死、悲欢离合，有谁例外呢？有谁因此而倒下再也不起来了呢？没有，无论他是多么软弱的人，都挣扎着活着，只要活着就有希望、就有前途！

　　我摸索着拉开灯，捡起地上的一本《世界地图》，那上面尽是小诗诗用圆珠笔画的圈圈道道，为这我曾经教训过女儿，女儿为这哭过："爸爸我再也不乱画了，乱画不是好孩子。"现在看着小诗诗乱画的圈圈道道，反而倍感亲切。我连续翻着，欣赏着女儿留下的充满童真的笔迹。墙角，有一个很大的牛皮纸资料袋，那里是我与吴春芳相识、相爱以来互相通的书信。有几次，我想把那些信连同牛皮纸资料袋付之一炬，将过去彻底遗忘，但总又下不了这个决心。我颓然地往床上一躺，试图使自己平静下来，但做不到，我那颗曾是那么火热、那么坚毅的心，此刻变得那么脆弱，似乎是吹糖人的小贩吹起来的泡泡，只要轻轻一碰，就会破碎。我嘴里默念着：不怕孤独，不怕寂寞……啊！那份孤独，那份寂寞，像大兵压境，像排山倒海，像铺天盖地席卷而来的飓风！睡梦中，似乎听到有人在敲门。我开始以为是幻觉，墙上的挂钟敲了 12 下，这样晚了，有谁会来呢？我没在意，翻了一下身，迷迷糊糊地又睡着了。那敲门声仍隐隐约约地响着，邻居的开门声，邻居大姐在说话，那话语很不耐烦："是那个门，神经兮兮的！"

"笃笃笃"这次敲门声十分清晰，我迅速地支起身子侧耳倾听，我的心一阵狂跳，我希望回来的是吴春芳，还有女儿。吴春芳如果这个时候回来，我一定会原谅她，与她重归于好。假如倒退一步，与吴春芳结婚以来，少一点工作上的热情，少一点儿出差，像刚来内燃机厂在研究所工作时总说我不如他的同事小黄，他负责标准化，每年一度的全国标准化会议，他都让给别人去，他只满足于每天喝半瓶啤酒，终日与妻儿厮守，星期天带着妻儿去郊外垂钓，其乐融融。如果我也这样，吴春芳也许就不会迷恋上麻将牌，也许不会被小流氓勾引。

敲门声停了一会儿，又响了："笃笃笃。"我一阵狂喜，我断定：一定是吴春芳，一定是小诗诗。我也没有顾得上穿好外衣，只穿着内裤就跳下了床，拉开了门，顺手拉亮了电灯。灯光下，我愣住了，进门的不是吴春芳，是我无论如何也想不到的金玲！金玲莞尔一笑："我要给你来个突然袭击，看你是不是撒谎。"金玲毫无顾忌地屋里屋外转了一圈，厨房、阳台也看了看，然后在我的面前站定，忽闪着一双美丽的眼睛，挑衅似地说："原来果真如此，一无所有家徒四壁！还跟我吹牛呢，1 万块钱算什么？摩托车算什么，我看你呀，穷光蛋一个！"

我被激怒了，说："不见得，你怎么知道我一无所有？请你看看我这房子里的书和技术资料。这上千本书都是我一个字一个字啃过的，那些技术图纸也都是我亲手设计的，我有知识，就凭这个，我是工程师也是出色的推销员，在海南岛，有我设计的 100 吨的大龙门吊。如果你再有机会，可以到东北、中原去看看，那里的农民都使用的万马牌柴油机，是本人在一个酷热的夏天，凭着一张嘴两条腿创造的奇迹！"

金玲这才注意起堆在客厅里像山一样的书和捆成卷的技术资料。那里手册就有《起重机设计手册》、《柴油机手册》、《机械设计手册》，还有《康熙辞典》、《说文解字》、《大百科全书》、《史记》、《中国通史》、《中国思想史》、《世界史》，中外文学名著……金玲蹲下身，捡起一张图纸，见那图纸的标题框里的设计人都签有我的名字。金玲那双挑衅的眼神消失了，目光变得柔和了，妩媚地笑着说："我走了，你能送我吗？用你的……用你的摩托！"我说："行！"我穿好外衣，送金玲出门，从自行车棚里推出了我的那辆破自行车。

金玲咯咯地笑，"原来这就是你的摩托车啊！"我骑上自行车，金玲轻盈地跳上后座，小心翼翼地揽着我的腰，我带着她在寂静的大街上，一路走着，一路说笑着……

我与金玲迅速地投入了爱河，金玲每连续上3天班，休息3天，金玲上班时，我每晚8点钟准时到桃子坡变电站大门外的灌木丛后边等她，她也分秒不差地从变电站的大铁门后边闪出来，有几次门卫把大铁门上了锁，金玲就攀上大铁门从顶上跳出来，敏捷得像条大野猫。这天我们又在灌木丛后边幽会了。金玲如醉如痴："我的心整个的被你偷走了！自从那晚你送我回家，我完全变了一个人，单位里的同事都感觉出来了，他们说我：'金玲你怎么又爱唱又爱笑了呢？'"

"是吗？你不嫌我是个穷光蛋了吗？"

"你不是穷光蛋，你比谁都富有，你比谁都有力量，谁家姑娘摊着你这样一个丈夫，那是一生的幸福！"

"我不够英俊，不够潇洒啊！"

"我没这样说，不过，你给人的第一印象是一般，但接触长了，发现你有一股魔力，那么强烈地吸引着我，使我无法摆脱，我真不明白，你原来的妻子怎么会有外心呢？哎呀！快别那样，快别那样看我……怪吓人的！"金玲捂起面孔，转过身去，甩给了我一头乌黑、柔软、散发着阵阵馨香的秀发。

我抚摸着她的秀发，她似乎有些颤抖。突然，她猛然转过身来，两手攀住我的双肩，扬起脸，眯起眼睛，努起一张那么美丽、那么红润、那么生动的嘴唇……接下来开始变天了，风雨肆虐，扫荡着残秋。我们仍在灌木丛后相约，我们躲在雨伞下面，解开胸怀，紧紧地抱在一块，互相如饥似渴地感觉着对方的心跳，对方的体温。我痛苦冰冷的心被金玲缠绵的情怀融化了。

那天晚上，金玲来了，说："天冷了，以后再别去桃子坡等我了。我休息的时候过来。"她帮我收拾了房间，把散乱的书籍、技术资料都分门别类地整理好了，然后紧紧地贴着我坐下了，妩媚地笑着。我窥视着她裸露在裙摆下边丰腴笔直的双腿，金玲似乎感觉到了，脸颊绯红，两只迷人的大眼睛充满了柔情，那丰盈的胸脯急剧地起伏着……那一晚，金玲在我的怀抱中幸福无比地呻吟着、扭动着，后来哭了，说她命苦，说她有生以来第一次这样甜蜜，她怕这份期盼已久的爱情说不定哪一天会突然失去！

第二天，一个意想不到的事情发生了。内燃机厂的李书记把我叫到他的办公室，给我泡了杯茶，说："小郜，听说你在谈恋爱？"我有些忐忑不安，想掩饰，但李书记洞察秋毫："是电力局的一个姓金的女职工吧？"我非常奇怪，书记怎么会知道呢？

"你能谈谈你们是怎么相识的吗？"

我不情愿地说："没有这个必要吧！"

李书记说："现在已经出问题了！"我的心一阵狂跳，一阵紧缩，我感觉着书记那双并不犀利的目光像把刀那样无情地剥着我的脸皮："小金的丈夫和电力局的女工委员找到厂里来了！"

"什么？她……她还没和她的丈夫离婚？"当天深夜，我从外边回来。在一片黑暗中，我推开房门，刚进屋，门还没来得及关，突然从背后闪进一个人影，把我吓了一跳！拉开灯一看，是一个高大威猛的汉子。汉子用背把我的房门"咔嚓"一声靠上，怒视着惊魂未定的我，从怀里掏出一把寒光闪闪的菜刀来，怒吼道："你搞我老婆！"我感觉到了这人就是金玲的丈夫。起初，我惊惶失措，想大喊救命。转念一想，事到临头，那菜刀下来我即刻一命呜呼，喊救命也没用，顺其自然吧！我说："你来找我麻烦，对不起！要怪都怪你和我一样，没有爱护好自己的妻子，妻子是要像哄小孩那样哄着的。"汉子手中的菜刀"哐啷"一声落在地上，蹲下身"唔唔"地哭了……

我为内燃机厂苦苦地奔波了一个夏天，打开了东北和中原广阔的市场，使内燃机厂的销售形势转败为胜，这样一个事实，很少有人知道，很少有人谈起。但我离了婚，老婆跟着小流氓跑了，而我又搞了市电力局的一个有夫之妇却轰动了全厂。于是，我恨不得像冬眠的动物那样躲在家里不吃不喝睡上一年两年，等人们忘记了我的存在时再醒来。这时，市政府要从厂里借调一个各方面能力较强的干部到经委参加市机械工业志的编纂，厂里便委派了我。在经委修志，除每周一碰头外，其余时间自己安排。那天，我到空压机厂去收集资料，在工厂大门口，围着一群人，人群中"大"字形平躺着一个年轻人。无论人们怎样劝说，他就是不起来。后来，厂长的桑塔纳要出去，司机拼命地鸣喇叭，年轻人仍赖在地上不动，而且闭上眼睛，像电影上的革命志士一样视死如归。旁观的人告诉我："厂里的工程技术人员都快走光了，年轻人是刚分配来不久的大学生，他也要调去广东珠江三角洲，厂长不放。"

　　这是 1990 年 12 月的一天，我的脑子里突然闪出一个念头：去广东的珠江三角洲！本来，我在经委好好干，是可以正式调入经委机关的，经委主任就是原来的工业局罗局长，对我印象一直挺好，还表扬过我。我没兴趣，机关里面人浮于事。坐在我对面办公的小谢，是个老机关了，原来在经委生产科做调度，是中专生，跟我同龄。一张白面孔，说话办事慢吞吞，火上房不着急，但一心一意想当官儿。经常对我发牢骚："这工作我一天也不愿意干……背时啊背时，要不是到这里来，就要提生产科的副科长了！"

　　我把修志工作看得很神圣，对小谢的牢骚实在没兴趣，但为了照顾同事关系，还是尽量瞪大眼睛，洗耳恭听，我说："当个小科长那么重要吗？"

　　小谢那么神圣、那么不容亵渎地板起面孔："小科长？经委的科长相当于所属各局的副局长，相当于所属企业的厂长、经理！你以为小科长那么容易当啊？"

　　我说："既然那么不容易当，我也不想当！"

　　小谢觉得我不可理喻："哎……你怎么像生活在真空？一个男人在事业上不成功，有谁会瞧得起你？"

　　我说："一个男人的成功，不一定非得当科长，我坚信，成功的路有千条万条，比如把我们的志修得很出色，有世代相传的价值，那不也同样是成功吗？"

　　小谢不吱声了，过一会儿又忍不住了，愤愤地说："我爱人那个厂的厂长欺人太甚，本来我爱人在厂办，这次给下到仓库当保管了！他真地没把经委放在眼里，如果我不是在修志办这个清水衙门，量他也不敢！"

　　我越发觉得在政府机关里工作的人城府太深，在厂办工作和在仓库当保管员不都一样吗？都不用倒三班，都不用出力流汗，都是挺轻松的。然而，小谢说："从厂办下到仓库，这是丢面子的事，这分明是他厂长没把我姓谢的放在眼里，有那么一天，我会叫他厂长刮目相看的！"

　　"你怎样叫他厂长刮目相看？"我好奇地问。

　　小谢唉声叹气地说："这就看运气了，慢慢熬呗，苦熬它十年八年，凭资历也得给你个正科级呀！"

　　我觉得小谢活得挺可怜、挺悲哀，据说他在经委机关经常挨领导的批评，原因都是一些鸡毛蒜皮的事，比如带着小孩来上班，在机关办公室天天练毛笔字。周围的那些爱议论人的男人女人们一旦谈起他，都会嗤之以鼻，说小谢这人有点"阿弥陀佛"，"阿弥陀佛"是古印度的梵语，是一句包含了世间所有的祝福语，大致意思是祝福你长寿，祝福你光明智慧。一般人不懂它的准确含义，就把"阿弥陀佛"当作"可有可无"、"稀里糊涂"来解释。不管领导批评也好，周围的人谈论也好，小谢都相当顽强地做着升正科级或者副科级的美梦！

　　我买好火车票的那天晚上，已经是下半夜了。我睡前忘了锁门，也忘了关灯。金玲轻手轻脚地闪进了我的房间，悄悄地坐在我的床头上。我醒来发现了她，从被窝里支起身子，本想骂她一顿：你为什么骗我？但见金玲一脸的真诚，心就软了。金玲今天穿了条红色的牛仔裤，滚圆的臀部绷得紧紧的。金玲脱掉鞋子，把两只脚藏进我的被窝，两只眼睛久久地盯着我，说："我已经向法院第二次提出离婚了。"

　　我无奈地说："我不能破坏你的家庭，也不希望让这个世界上多一个与我同样倒霉的男人！"

　　"我那个家庭用不着谁来破坏，其实早已名存实亡了。他与你完全不是一回事……"说着，金玲又嘤嘤地哭了。我终于下定决心："那么好吧，不过，你没有离婚之前，我们不要接触！"

　　金玲停止了哭泣，嗔怪地瞪着我："你怕了？胆小鬼！"被窝里那双柔软的小脚伸到了我的怀里。我抚摸着，很快那双冰冷的小脚就变得温暖了。金玲的脸颊也变得红扑扑的了。她说："春节，我们就结婚，那时候，我会领一大笔年终奖。忘了告诉你，我们电力局的福利好，经常发奖金，发物资，你不是喜欢喝点酒吗？我那屋里，什么酒都有！还有，结了婚，你搬到我那去住，我那房子大，二室一厅，一间做咱们的卧室，一间做你的书房……"

时值冬日，屋外凄风冷雨；屋里尽管没有生火，却温暖如春。金玲的小手在被窝里战战兢兢地摸索着，眼睛里充满了柔情和期盼。她与我又一次相拥在一起了。她梦呓般地细语："我渴望有个孩子，你已经有一个女儿，我再给你生个男孩！现在就要，我算过了，现在要，肯定是男孩……"

我说："我准备走了，去广东珠江三角洲！"

"去多久，什么时候回来？"

"半年，也许一年！"金玲睁开痴迷的眼睛："干什么要那么久？"

"我想去做我的推销员，听说在那片土地上，工厂星罗棋布，新产品层出不穷，用人不拘一格，而且很多都是投资几千万甚至上亿元的大型企业！"

金玲那双柔情似水的大眼睛，黯然失神了，突然从我的怀抱里挣脱了出来，迅速地穿好衣裤，理了理头发，说："一去半年，我受不了，我会，我会……"

我惴惴不安地问："你会怎样呢？"

"我受不了那份寂寞。"金玲头也不回地走了。

第十五章
"不干胶先生"

1990年12月18日，这天对广东人来说，是个吉祥如意的日子——实发！天刚蒙蒙亮的时候，我来到了平生连想都没有想到过的顺德县，这里当时称作珠江三角洲的四小虎之一。刚踏上这片陌生的土地，感觉这里气候好，大冬天，艳阳高照，暖洋洋的，然后发现这里的街上进口摩托车多，多得就像株洲满街蜂拥的自行车，再发现这里的大酒店多，每个小镇上都有几家豪华的够星级的大酒店。进了酒店，不用吃什么，只坐一坐，喝杯茶，就惬意无比！那天，我在路边的大排档喝了碗当时还不习惯的肉片粥，在厕所里洗了把脸（广东的厕所比内地的干净），8点钟的时候，我还在县人才交流中心与称作斌哥的主任交谈，10点钟的时候，我便成为顺峰胶粘带厂的派驻湖南办事处的推销员了。厂长只跟我谈了5分钟的话："我先试用你三个月，这三个月每天补助45元，住宿费、交通费实报实销，月薪450元，推销奖在超出工厂规定的底价部分三七开，工厂拿三，推销员拿七！我不要求你推销得多，也不希望你一无所获，只要你有一点点成绩，我就把你调来，让你当长沙办事处的经理，怎么样？"

我想不到这样顺利地在顺德找到了工作。厂里借了我600元的差旅费，在厂里接受了五天的业务培训，便去湖南了。上了火车我清点一下口袋里的钱，我原来从家带的100元旅费只剩下几毛钱了，如果不是找到了工作，连购回程的火车票钱都没有了。

长沙办事处的陈主任40多岁，矮墩墩、胖乎乎的，一张黑脸上长着双老鼠眼。对我这位新推销员的到来，表现得不冷不热，倒是我挺热情，一会儿打听胶粘带在湖南市场的销售情况，一会儿提出各种销售设想，后来要求给几张盖有工厂合同章的空白合同。陈主任说："你先跑吧，跑到客户再来拿合同。不过这生意不是那么好做，头3个月你拉不到业务，3个月之后厂里不负责你的工资奖金和差旅费，你就没办法混下去了。只有自己炒自己的鱿鱼了!"

这是一次挑战，一次人生的考验。3个月啊，中间还有元旦、春节两个中国人最看重的节日，我能行吗？我要勇敢地去尝试一下，反正3个月内给差旅费，而且株洲的修志工作我还在干着，只每周一次碰头会，其余时间自由安排，这得天独厚的条件还只是我有呢! 我首先跑湖南的醴陵，醴陵有陶瓷厂，有大大小小100多家的花炮厂，这些厂的产品包装都用胶粘带封口。我用绳索穿了两串胶粘带，像电影上的八路军战士挎弹药袋那样左右交叉挎在肩上，逐家厂地上门推销。每进一家厂，不用说话，人家就知道："推销胶粘带的来了!"醴陵日杂公司的女经理给我起了个外号，叫"不干胶先生"。

花炮厂都是各乡各村办的企业，遍布在醴陵的山山水水，我不知道我哪来那么大的干劲，每天早上7点从家里赶往长途汽车站，乘一个半小时的汽车，9点多钟赶到醴陵，然后用两条腿翻山越岭。有时还要挽起裤腿，趟过湍急的河流，往往一走就是几十里、甚至近百里。中午的12点到下午2点正是各厂的午休时间，那么我就把这两个小时都花费在路上，一边走一边吃着从路边店买来的面包或者蛋糕，充当午饭。晚上6点又赶回醴陵，乘最后一班车回家。那个时候正逢湖南的冬季，既冷又下雨，很少能见到太阳，道路泥泞，每日回来，两只皮鞋都灌满了泥水，第二天鞋子还没干，又穿上走了。我心里热乎乎的，充满着神圣感，偶尔遇到一瞬间的雨过天晴，我驻足欣赏斜阳、彩虹和黛色的远山……我情不自禁地大声呼喊："推销员郜勇夫来了!"

远山在回荡："推销员郜勇夫来了——来了——来了——了了了……"

全国在醴陵相互竞争的胶粘带厂有十多家，往往你进门，他出门；你出去，他进来。我的销售策略是，把价格压到最低，利用价格上的优势击败同行，然后再把价格渐渐地提上去；再就是不怕吃闭门羹，你越是不理我，我越是要硬着头皮千方百计地去接近你。一次不行，两次，两次不行，三次、四次、五次……一个少见的晴朗的午后，我从一家屡次登门屡遭婉拒的白兔潭花炮厂出来，身后的供应科长在向他办公室里的人们夸奖我："看到没有? 这才叫敬业，这才叫推销员呢!"

醴陵十家最大的花炮厂，被我攻下来了七家。那阵，随着我玩命奔走的脚步，顺峰胶粘带厂销售科的通知板上，每天都有这样的发货信息：

"湖南醴陵 10 件。"

"湖南醴陵 50 件。"

"湖南醴陵 100 件。"

……

推销员的生活，艰辛、紧张而又有很大风险。那天我从醴陵城外急急忙忙地赶往城中心的长途汽车站。天下着雨，我在公路的右侧踏着烂泥一跳一滑地行走，公路的左侧，一个 30 多岁的大汉披着雨衣，吃力地踩着自行车，与我同行，我时跑，时走，那骑着自行车的人竟然总也超不过我，也许那骑车人察觉了有人在与他比赛，于是也暗暗地加油，我与他你追我赶，那骑车人还时不时地向我挤挤眼睛，这时后边开上来了一辆长途大巴，长途大巴开得很慢，那开车的司机鬼引路似的放着右边的挺宽阔的路而不走，偏偏往左边挤，眼看着长途大巴赶上了那位骑车人，并挡住了他的身影，只听得"咔——吧"一声响，停了，我盼着与那骑车人继续赛跑，但那骑车人再也没露面，我心头一沉，急忙横过马路，跑到长途大巴的左侧一看，那骑车人已经栽倒在公路旁了，满鼻孔是血。刚才还闪着光彩的红扑扑的脸已经变成了紫黑。长途大巴的左前灯被撞碎了，凹陷了进去，司机请来了路旁一家诊所的女医生，那女医生戴着听诊器，摩挲着双手，浑身上下抖个不停。有个大胆的过路人，摸摸那骑车人的脉，摇摇头说："完了，没救了！"

噢，明天就是大年三十了，骑车人也许正在为明天的合家欢乐、吃年饭而奔波呢！然而，这无情的交通事故……推销员常年在外，四处奔波，受害于交通事故的几率应该说是最大的，我真有点儿害怕，走路紧紧靠右，听到汽车声，赶紧停下来，躲到一个安全的地方！

过年了，我去看女儿小诗诗。小诗诗正在外婆家的门前看邻居家的男孩子放鞭炮。小诗诗好奇心强，渴望听到那惊天动地的一声爆响，但又害怕，男孩子要放了，她闭上眼睛，慌忙地喊着："等一会儿，等一会儿！"她用两只小胖手捂起耳朵——"啪"的一声响，红色的纸屑四处飞溅，小诗诗松开手，跳着、笑着、欢呼着："哎，哎！过年喽，过年喽——！"

我喊了声："小诗诗！"小诗诗张开双臂像只小燕子似的飞来了，我蹲下身，小诗诗搂住我的脖子："爸爸，你到哪里去了？怎么这么久才来看我?"

"爸爸上广东了。"

"广东？广东在哪里啊？"

"在中国的最南边，要坐一夜的火车。"

"那里好不?"

"好，那里尽是大工厂、大酒店。以后爸爸带你去玩，好不?"

"那……妈妈也去!"

我不吱声了。吴春芳来了，她仍像过去那样，似乎我们之间根本就没有发生过那样一桩不愉快的事情。她一阵欣喜，但又由于久别后有一种陌生感，而有些难为情："给你钥匙，带诗诗到我那边去吧，一会我就过去。"

我说："给带点好吃的菜，好喝的酒，好吗？"

吴春芳温柔地笑了。

我牵着小诗诗的手回吴春芳的宿舍，那栋宿舍楼正面有个门，侧面有个门。我来这里不想让邻居们看到，便走侧门。小诗诗松开我的手，往正门边跑边喊："爸爸，咱们比赛，看谁先到家!"

这是一个愉快的除夕夜。我在吴春芳的宿舍门前还放了一挂"大地红"（醴陵生产的鞭炮），"大地红"最后一响，爆出来一副对联："迎新春春光灿烂，辞旧岁岁月峥嵘。"电视开始播放中央电视台的春节晚会时，吴春芳过来了，带来了我爱喝的葡萄酒，爱吃的腊鱼、腊鸡，带来了满屋子的春意和温馨。尽管是冬天，尽管室内没取暖的火炉，我感到浑身暖融融的。小诗诗好动地在床上翻来翻去，突然想起什么，跑到我身边，凑近我的耳朵，小声说："爸爸，告诉你喽，你不要告诉妈妈啊，那天有个叔叔来这里和妈妈聊天……"

吴春芳已经听见了，急忙掩饰道："那是住隔壁的同事。"

我有几分醋意："我才不信呢，说不定，说不定……"

我没再说下去，有滋有味地喝着美酒，吃着菜，欣赏着电视里的春节晚会。在这样美好的夜晚，我不想回首那段痛苦的往事，我想把那忘掉，我想和吴春芳重归于好，我爱小诗诗，也爱吴春芳，尽管我们的知识、兴趣、理想存在着那样大的差异，我仍眷恋着吴春芳，也许在一起生活久了的缘故，互相适应了，连对方的气味都习惯了。刚与吴春芳结婚时，我不喜欢吃吴春芳做的饭菜，总喜欢回去吃妈做的饭菜。现在呢，我不习惯吃妈做的饭菜而喜欢吃吴春芳做的饭菜了。吴春芳说："我姐和我姐夫来了，他们对你抱有很大的希望呢！"

"什么希望？"

"复婚呗，我姐说，离了婚，还来帮着推煤，还给买金项链，那说明，还有感情。"

我突然想起来了我做"不干胶先生"的使命，迫不及待地问："你姐姐还在烟厂，你姐夫还在外贸吗？"

"嗯，干得都挺好，尤其是我姐夫。"

我眼睛一亮，抓起吴春芳的手："好，太好了！走，去看看你姐姐和你姐夫，再给你爸妈拜个年！"

吴春芳挺吃惊："干吗要这样急？"

我背起小诗诗："走吧，咱们合作，帮我去推销！"

我们来到吴春芳的娘家。吴爸爸、吴妈妈，吴春芳的姐姐、姐夫都在。吴爸爸见了我，故意把那脸拉得老长："你还来干什么？"

我尴尬地笑了："来……来看看您——还有吴妈妈、姐姐、姐夫。"

诗诗从我的背上溜下来，挺神圣地喊着："爸爸去了广东，那里尽是大工厂、大酒店。"

吴爸爸冷冷地"哼"了一声，春芳的姐夫挺关心地问："那你原来的工作怎么办？"

我说："两边的工作都干，这一边的工作是修志，那一边的工作是推销，都是自由活动，不用到单位去上班，完全可以同时搞。"

春芳的姐姐挺佩服："能拿双份工资，这样干——要得！"

吴妈妈笑吟吟地送来了瓜子和各种糖果，她脸上有一种歉意，似乎以往吴春芳的过错都在她这位做母亲的身上。我拿出一卷胶粘带给春芳的姐姐、姐夫看，说："我想请姐姐、姐夫帮个忙，我现在推销的就是这个，你们烟厂、外贸都用得着。"

春芳的姐姐、姐夫答应试试看，要我过完春节后去常德。吴爸爸听说有生意做，立刻来了精神，特意过来拿起那卷胶粘带，眯起眼睛左看右看："这东西，好推销，凡要纸箱包装的都用这封口嘛？不过，卖这一卷能赚多少钱？"

我说："工厂规定的底价是一卷三块四，超出部分三七开，工厂拿三，个人拿七。"

吴爸爸叹息："哎，再年轻五年，我非去广东干推销不可！"

唉……人啊，说变就变，那时，吴爸爸经常指桑骂槐："大学生没一个有本事的——赚不到钱！"我那个时候听了就反感，现在回想起来，人家说得对！你是大学生、研究生、博士生，创造不出属于自己的那份价值，那不就是没用吗？我无论如何也料想不到，自己在什么时候骨子里也灌满了"铜臭"。初五的那天，我就赶去醴陵市日杂公司，给我起外号"不干胶先生"的女经理见了我："哇——我们刚刚上班，你这位'不干胶先生'就来了！"

我说："一万年太久，只争朝夕。"

过完年，我去了趟常德，吴春芳的姐夫帮忙在外贸拉了笔大业务，订购600箱胶粘带，正好要装一个6吨加长的东风大货车。于是我在顺峰胶粘带厂轰动了，试用期间就整车地往外拖货，这在胶粘带厂是一大奇闻。3个月满，我推销了20多万元产值的胶粘带，而且货款全部回笼。按厂里业务费提成的规定，我个人所得将是15000元！这比我1982年大学毕业，参加工作8年的工资总和还要多。我为之振奋，我凯旋而归，厂长热情地握住我的手说："祝贺你推销成功！"

这里是这样的，你有本事，你销售量大，全厂的人都对你另眼相看。到饭堂打饭，师傅为你多加菜，到财务报销差旅费，科长、厂长只看看金额的总数，具体的每一张发票根本不去审，大笔一挥签上字，拿去报吧。3个月的工资、差旅费报销后剩下了8000元钱，实际上我出差住的旅店都很便宜，最多不过8元钱一晚，在株洲住在家里，费用就省下来了。

我找到厂长说："我的工作调转，请厂长考虑，我3个月的试用期，简直是地下活动，一旦被单位发现，会除名的！"

厂长慢悠悠地说："你先干着，我会考虑的。不过，我要让你知道我感兴趣的是两种人：一种是企业离不开你的那样一种人；另一种是你离不开企业的那样一种人，你衡量一下，你来我厂能够成为哪一种人呢？"

我热血沸腾，充满自信，也没有认真地思索一下，就拍胸脯说："我要做第一种人，企业离不开的那样一种人！"

厂长微笑着鼓励我："好好干吧！"

我踌躇满志地走了。又是 3 个月，我又拉了 20 多万的订单，我找到厂长："厂长，这次该考虑我的调转了吧？"

厂长沉吟着狡黠地说："嗯，实际上企业离得开任何一个人，包括我这位厂长，走了张三有李四，走了李四有王二麻子；我最需要的是离不开企业的那样一种人，也就是断了后路，砸了铁饭碗的那样一种人。"

我犹豫了，这不是希望我长期这样干下去，不要工作了吗？如果有这种勇气的话，两年前就不从海南退回株洲了。厂长安慰我："你不要过于担忧，我经营企业的手段是顺乎人性——打个比方吧，狗是贪吃骨头的，我就利用狗贪吃骨头的本性，不断地给狗扔骨头，而且一次比一次增多，引诱狗奔向一个预定的圈套，那圈套就是企业的效益。也许把人比喻成狗，很不合适，不过你也可以把我比作狗，我也同样贪吃骨头，有我的欲望！"

我愤愤然，觉得这种比喻是贬低人格，我想：我是人，不是狗。

况且，我做推销员的目的不仅是要赚大钱，游圣徐霞客"大丈夫当朝碧海而暮苍梧"的雄心壮志时刻都在影响着我。当然，我游历的不是名川大山，是现代社会的市场。我一气之下，我想回株洲。但内地的国有企业尽管施行了一套又一套的改革，仍是玩花架子换汤不换药。企业没前途，我又能有什么作为呢？难道像内燃机厂小黄那样满足于喝半瓶啤酒，像经委小谢那样把命运寄托给经委主任，毫无希望地指望有朝一日混上个正科级或者是副科级吗？

实际上株洲所有国有企业包括内燃机厂目前的处境是：1/3 亏损，1/3 微利，1/3 不亏不盈，而且亏损面在不断扩大，上级领导部门正准备对国有企业做最彻底的"一刀切"，不管经营好坏，除了个别大型国企，中小企业准备全部卖掉或宣布破产。小黄那半瓶啤酒不可能再喝下去了；不管领导批评也好，周围的人说他"阿弥陀佛"也好，相当顽强地做着有那样一天被领导重视升为正科级或者副科级美梦的小谢已经永远也见不到了。小谢从修志办调到经委财务科，据说小谢眼看就要升副科级了，偏偏他主管的财务账出了点小问题，领导对他有些微词。那天领导临时开了个无足轻重的小会，通知开会的人偏偏把小谢给忘了。这下小谢疑神疑鬼了，为啥偏偏没通知我呀？我那晋升副科级的事……完了完了我完了，这一辈子都完了！小谢万念俱灰，爬上窗子从五楼上跳了下去！

不管那么多，我要先把我应该得到的 15000 元业务费提成拿到手再说。我找到财务，财务说已经给你提了，要到长沙办事处的陈主任那里去领。我回到长沙办事处，黑脸老鼠眼的陈主任今天推明天，明天推后天，推得我冒火了，狠狠地一拍桌子："你到底给不给？"

陈主任黑脸变成了紫脸，也一拍桌子："有点成绩，你就翘尾巴了？你拉的业务，没厂里配合，我不同意给你发货，你还不是空的吗？"

"这我不管，厂里规定的，谁拉到的业务，货款回去了，就要给谁提成！"

陈主任说："我给你发红包。"

"发红包？"我大声抗议："我自己凭血汗赚来的钱，凭什么要你给发红包？"

陈经理丝毫不示弱，而且理直气壮："办事处主任是我还是你？"

我马上打电话给厂长，厂长在电话中说："不要斤斤计较，你刚来，要忍让一下，在我这里，外地人要付出十二分的努力才能得到当地人八分努力同等的回报。这在哪里都一样。"

我就听不得这个，什么外地人当地人，谁有本事，谁英雄。我又打电话给吴科长，吴科长在电话中说："你在株洲的国有企业一个月拿几个钱？陈主任给你发红包就不错了。"

我只好忍气吞声，接了陈主任发的红包。我那 15000 元的提成换得的红包只 500 元！办事处另外一位比较能干的推销员汤剑，26 岁，师专毕业，也是从湖南来的。汤剑是胶粘带厂最早派驻长沙的，他拿下了湘西几家大卷烟厂。他很佩服我，他说他和最早的几位推销员刚来湖南时，可没你邝勇夫这样能干，他们在头 3 个月业务也不熟，根本不知道什么单位要胶粘带，就那样盲目地乱闯，闯累了，闯腻了，就泄气了，整天住大宾馆，逛舞厅，找女人，反正头 3 个月既有工资又有差旅费嘛。那 3 个月他一共报销了 16000 元，比我多报销了一倍——尽管那 3 个月他的销售成绩是零。那天晚上，他邀我到街上去散步，他悄声告诉我："陈主任是在敲你的竹杠。他是销售科吴科长的老同学。我的业务费在他手上就有 29000 多元，那是我苦苦奋斗一年的血汗啊！他妈的他一点业务能力也没有，就凭着他是当地人，是吴科长的老同学，来这里坐享其成，吸咱们的血！"

我说："那你为什么忍气吞声不找他要呢？"

汤剑在路灯下，眨着眼睛说："以前我身孤力单，现在有你就好了，咱们联合起来，与他陈主任斗。厂长曾经表过态，业务费至少要给我们业务员个人 70%，其余 30% 留做办事处的管理费和房租。"

"那好！"我真诚地握住汤剑的手，说："我们合作。"

几天后，吴科长来了，吴科长组织办事处的四位推销员开会，让大家发表意见。那汤剑向我使使眼色，我便第一个开炮："吴科长，我们是给顺德的胶粘带厂打工，不是给办事处的陈主任打工，他陈主任没有理由扣下我们辛辛苦苦用血汗挣来的业务费。这样干没积极性！你陈主任要扣下一部分作为办事处的管理费、房租，这可以。但你要有个明确的分配制度，一切按制度办事。什么发红包，少来那套，你成了二老板了？好了，说多了都是废话，你至少要给我们 70%！"

陈主任眯着那双老鼠眼，坐在床上，用手交换着搓那两只熊掌般的大脚，鼓着腮帮，他反而满肚子委屈。吴科长 40 多岁，很瘦，小白脸，一双纤细的小手像鸡爪子，但有一双精明的眼睛，他做过一家华侨商店的经理，赚了七八十万元，也称得上是腰缠万贯。但后来不知道怎么变得两手空空，只好到胶粘带厂做了打工仔，他侧着耳朵倾听着我发表意见，时而还点下头，似乎很同情。我说完了，向汤剑使眼色，让汤剑声援，这时的汤剑反而装起糊涂来了。吴科长让他发表意见，他虔诚地笑着摇头："我没任何意见。"我心里冒火：娘的，你装枪我放，然后说没意见，你拿我老邰当二百五啊！另一个业务员叫梁近开，是顺德本地人，紫嘴唇，闪动着一双很漂亮的黑眼珠，不声不响地吸着"万宝路"，别看他才 19 岁，据汤剑说他 16 岁就开始闯荡江湖，在安徽办沙发厂，也曾经是拥有十几万的小老板，后来因为走私香烟翻了船，弄得身无分文。不过，他还行，仍带有农村孩子的朴实，自己开展了一些业务关系。吴科长最后表态了："我希望办事处的各位能够精诚团结，同舟共济，不要斤斤计较，至于业务费提成，厂里只能给办事处，要提给个人，我这科长早不干了。出来搞推销多好。至于办事处给推销员分红嘛，我无权干预，厂长也无权干预，全权委托给各办事处的主任了！有意见可以提出不干！"

我泄气了，无精打采。开完了会，大家出去聚餐，吴科长一杯啤酒下肚，口若悬河，大说特说起女人。他说他每年要去澳门六次，澳门那真是花花世界，菲律宾女人、韩国女人、泰国女人、法国的金发女郎，什么样的女人你都享受得到，他说他在那里做过一夜皇帝，吃饭、睡觉、冲凉，有成群的娇如细柳、艳如桃花的妃子伺候，那都是职业女人，做你一夜妻子，绝对让你过得舒舒服服，让你流连忘返……说得唾液横飞，说得汤剑、梁近开两个小青年眼睛发直，口水直咽。

吴科长见我闷闷不乐，拍着我的肩膀说："老郜，好好干，凭你的能力，在广东会发财的。有了钱，也去玩玩女人，对这方面的事情，咱们厂长一向的态度是：不反对，也不支持，只要你进了派出所，别让厂里来领人就行了！"

我恶心得要吐，恨不得往那张丑陋、淫荡、无耻的瘦脸上吐一口唾沫，再狠狠地扇他一个嘴巴！——赚了钱干什么不好？领着老婆孩子好好过日子，买栋房子，干点实业，而他却去嫖女人，在内地嫖还不够，还要到澳门去嫖洋女人。据说他不仅嫖，还赌，他过春节一个三十晚上就输了一栋楼！吃饭的时候，汤剑起身到洗手间，捅了我一下，我正想着向他发泄一通，就跟随着他进了洗手间。我开口就骂："你小子混蛋，开始怎么讲了？你把我给卖了。"

汤剑示意我小声点，然后鬼头鬼脑地说："老郜，跟他们要斗智，不能直着来，实话对你讲吧，别看我拉了那么多业务一分钱没提，但我有钱，有的是钱。"说着他还把胳膊窝里夹着的皮夹拉开给我看，里面的钱确实不少，都是一百元一张的票子，有厚厚的两沓。

"你怎么搞这么多钱？"

汤剑闪了闪眼睛，那意思似乎是说："天机不可泄露，老兄你自己领会吧!"

我始终笃信：做人要坚持原则，该干的干，不该干的永远也不能干。我终于明白了汤剑今天上客户的当、明天上客户的当；今天丢货、明天丢货的真实原因了。听吴科长说："汤剑干了一年，推销了 50 万元的货，只收回来 20 万元货款，拖欠的 30 万元，要么公司垮了，要么客户找不到了……"后来，汤剑还是告诉我了他赚钱的诀窍："卖 10 件货再丢 10 件货不就有了？"

我今天修志，明天去推销胶粘带，后天又去推销皮革，对了，在此期间，我在顺德的另一家乡镇企业迅发合成皮革厂又找了份做推销员的工作。那天我冒昧地闯进该厂总经理办公室求职，何总看了我的简历，让我谈谈销售经验，我说："我最成功的经验就是一家一家地走，走第一家没拉到订单，那么相信第二家一定会有希望，走第一百家失败了，那么坚信第一百零一家我会成功，就这样充满信心地走下去……"

何总若有所思："如果第一百零一家又落空了呢？"

"那我再回过头来，从第一家重新走起，一次不行，两次；两次不行，三次；三次不行，四次、五次……直到有客户说行！"

何总仍有些迷惘："直到最后还是没有客户说行呢？"

我坦率地说："那就是你厂里的问题了。或者是你的产品质量不行，或者是你的花色品种不行，或者……就是您领导与市场有意过不去——价位定得太高、政策太离谱。"

何总开怀大笑，说："好好，我就是需要你这样的人才！"当即同意我正式调来，还马上给我办了商调函，然后开着宝马车请我到顺德最高档的大酒店吃饭。

现在的我是拿四个单位的工资：内燃机厂每月工资奖金 200 元照发不误，在经委修志每月补助 75 元，顺德的胶粘带厂试用期满后每月有 97 元的底薪，迅发厂保 3 个月的工资，每月 380 元，出差补助每天 25 元，拉到业务，另有提成。这还是顺峰胶粘带厂的厂长给我的启发：企业没了张三有李四，没了李四有王二麻子！那么我在珠江三角洲，也同样没你胶粘带厂还有别的什么厂！参加工作以来，我从来没有像今天这样紧张，这样充实，这样丰富多彩。我这个时候越发觉得做梦都想当科长的小谢死得多么可怜：当那科长又怎样呢？即使是当了经委主任又怎样呢？那官再大也只是管一个科室或者一个经委！我郤勇夫无名小卒，但负责四个单位的工作，而且跨省，相距千山万水……唉！庸人啊庸人，但愿小谢在天之灵会发现外面的世界有多精彩！

又一个夏天来到了，烈日炎炎，顺峰胶粘带厂的业务在醴陵仍有些欠款。我做人的原则是正直、负责，哪怕这个世界颠倒了，我郤勇夫还是我直立的郤勇夫。既然很快就要办好调转手续，将全身心地为迅发皮革厂推销合成革了，那么原来的胶粘带业务一定要做好收尾工作，把没收回的货款全部收回来，然后，写个清单给胶粘带厂和办事处，再把业务关系全部转交给办事处。我带着梁近开赶到醴陵，翻山越岭，逐家厂地走。日杂公司是我第一家也是最熟悉的客户，3个月前发的一批货至今没有付款，我相信我的观察和判断不会有误，他们不应该是那种毫无信义可言的骗子公司。给我起外号叫"不干胶先生"的女经理见面就说："你们厂办来的两次银行托收我们都给拒付了！"

我吓出了一身冷汗，哆嗦着说："为什么？"

女经理带我到仓库，指着堆放整齐的一码码货品说："你看，这就是你推销的不干胶。"

我放眼望去，所有纸箱上已经封好口的胶粘带两端全部翘起，在穿堂风中呼啦啦地迎风飘扬，像体育盛会上的一面面小彩旗……我马上打电话给厂里，负责发货的小姐说："发给日杂公司的货本来就是次品，肯定会有些问题啦。"

我火冒三丈，电话里如果不是小姐的话，我肯定会骂脏话："这是我辛辛苦苦开发的第一家客户，人家还帮我介绍过许多关系，你坑骗人家等于坑骗自己，我要向厂长告你！"

发货小姐说："要告你去告你们办事处的陈主任，是陈主任让我发次品嘛。"

又是陈主任！我知道：他这样做提成高，正品每卷给推销员的底价是3.4元，次品每卷是1.4元，这批货如果能够蒙骗过关，他陈主任就能赚上万元，我为陈主任感到悲哀。我一阵虚脱，浑身像散了架一样难受。那时，我正患感冒。一种为客户负责的正义感支撑着我随女经理回到她的办公室。我坐下来面对女经理，拿出盖有厂方合同章的空白协议书，冷静地说："这样吧，我代表厂方向您道歉，并签订如下协议：同意拒付货款，供方赔偿需方一定损失，重新发货，并保证是正品。"

签完合同，我马上从附近的一家没有付款的客户那里给日杂公司调来了正品货，女经理脸上的阴云消散了，重新袒露出以往的热情和开朗，宽宏地说："相信你——'不干胶先生'。"

离开日杂公司，我们搭乘了一段手扶拖拉机又徒步走了十多里路，我两条腿像灌了铅似的疲惫不堪，头晕，恶心，总感觉着天在转，地在陷，浑身冷得——在火一样的太阳下，竟然瑟瑟发抖，上牙打下牙……我走进了一家乡镇卫生院，大夫给我试体温，目瞪口呆，认为体温计出了毛病，又换了根体温计甩了又甩再次一试，读数和原来的一样——39.9℃。大夫惊奇地问："同志，你有多大年纪？"

"33 岁。"

"啊！"大夫张开的嘴巴闭不上了，"你……33 岁？——高烧 39.9℃，人却这样精神十足，没有倒下？——你要住院啊！"

我摇头："不！我不能住院，更不能倒下，我现在有三个单位的工作要干啊！"说三个单位时，我劲头十足，充满得意。

我打了一针，吃了药，投宿在一家花炮厂的招待所。那一晚，我睡得很累，很乏，一连串沉重烦人的幻觉！我似乎是在漫无边际的水里游泳，那水很稠，像糨糊，又很脏，脏得像郊区菜农沤的大粪坑。我真累啊！几乎是奄奄一息了，那脏水就要灌进我嘴里了……我似乎是在一条小路上艰难地行走，脚上生了烂疮，每走一步都钻心的疼痛，我咬着牙一步一步地往前挪，脚上的烂疮血肉模糊，时而和鞋底粘连在一起，时而又撕开……那每迈出的一步不是用米来度量，也不是用尺来度量，而是用手指来度量，那每一步只能挪出一指、两指、一拃两拃……噢，那是我考大学那年，两只脚烂了，脚趾甲全烂掉了，我忍着刀割似的伤痛，赶去县城中学请教数学题时走的那条冰雪覆盖的小路啊！

我一觉醒来，出了一身的臭汗，床垫都浸透了。我到冲凉房洗了澡，简直是奇迹——我活动一下四肢，浑身变得非常轻松，头脑变得格外清醒，高烧退了，感冒好了！梁近开说："老邰，你昨夜说了一宿的梦话啊，有时还大喊大叫，好恐怖，好吓人的！"

这时候，天刚蒙蒙亮。我穿好衣服，背上行装，对小梁说："走！早晨8点钟上班前赶到另一家客户！"

一路上，我俩边走边聊天。

梁近开说："老邰，你够朋友，这么多的业务关系都介绍给了我。我现在亏钱了，欠几万元的账，若像当年，我一定会出钱给你老邰找个漂亮的妞来玩玩。"

"你小小的年纪，也玩过妞?"

"玩的多了。"

"以后别再玩了，那叫嫖，好好干，赚点钱，娶个老婆，世界上有许许多多美好的事物，不是只有嫖才令人愉快。比如看场电影、旅游，陪着老婆逛商场，带着你的宝宝到公园拍照片，给你的妻子买件漂亮的时装，还有，干一桩你从来也没有干过的工作，跳进一个崭新的行业，感受一种全新的生活……"

第十六章
神女峰的传说

这期间，只要我推销回来，都去吴春芳那里。吴春芳给了我一把钥匙，这只是一间8平方米的小屋子，摆上床、放上家具、冰箱、彩电……屋里就更加窄小了。我们都有重归于好的愿望。吴春芳也变得贤惠温柔了，差不多每次我回来，吴春芳都在走廊里做饭、炒菜，小诗诗跑进跑出地和邻居家的孩子们玩耍。吃饭的时候，没地方摆放桌子，就从家具上抽出两只抽屉摞起来，顶上再放一块玻璃板，放上菜，饭碗没地方放，只能端在手上。我现在的工资收入比过去多了五六倍，想吃什么就吃什么，想喝什么就喝什么，我从副食店搬回来了10箱啤酒，可以尽情地喝，用不着像内燃机厂的同事小黄那样，一天只喝半瓶啤酒。一家三口围着一平方尺大小的"桌子"吃着、喝着、说笑着……

那天吴春芳突然问："邰勇夫，我们什么时候去办手续？"

我一时没明白："什么手续？"

"复婚啊！"

我不吱声了，只闷着头喝杯子里的啤酒，这啤酒是名牌，比一般的啤酒就是不同，喝上一口令人飘然若仙……我说："我希望我的妻子是这样的，像许许多多神话故事中的那样美好，那样忠贞不渝。我出差到过鞍山的千山，千山上有个望夫石！那年到四川搞联合设计回来的时候，坐船游三峡，长江岸上有一座神女峰，都有一个相同的故事。"

一听讲故事，小诗诗立刻兴高采烈，"爸爸，你讲啊，我就愿意听爸爸讲故事，极好听的！"

我讲道："说是有一对恩爱夫妻，他们和我们一样，也有一个漂亮的小女孩。"

小诗诗抢着问："那小女孩是不是也叫诗诗？"

我笑了，搂过小诗诗，"对对，就叫诗诗。有一天，丈夫走了，背着行装，背着干粮，也许和我一样，到很遥远的地方去赚钱，去寻找前途！妻子守着家园，守着他们美丽的小女孩，每天到山上去望啊、盼啊，盼着丈夫早日归来，可是她的丈夫一去不归，妻子望穿了双眼，后来变成了石头……"

吴春芳就是不喜欢听这些："那你找你那样忠贞不渝的妻子去吧。我不配，以后别再来了。"

小诗诗扑到我的怀里抱住我，说："不，不！爸爸一定要来，一定要来。"然后又跟我商量："爸爸，你别再走了，啊！"这天晚上，我留下来睡在春芳这。我穿着内衣内裤，避免与前妻肌肤相亲。半夜里，只听得咕咚一声，小诗诗滚到地下啦！我赶紧去抱小诗诗，生怕小诗诗摔着。黑暗中，诗诗没哭，竟然自己爬起来去找痰盂，说道："爸爸，我尿尿。"

我一阵欣喜，摇醒酣睡中的春芳，告诉她："我们的女儿长大了！"

春天来了，我担心女儿还有春芳被蚊虫叮咬或发生意外，第二天我就帮吴春芳把她宿舍装上了纱窗、纱门，还有防盗门。在我忙着这些活计的时候，阳光灿烂，春风和煦，小诗诗在院子里、在她的小书桌上一会儿朗诵着儿歌，一会儿又一笔一画地写字，春芳在收拾刚刚买来的新鲜的菜蔬，准备着一餐美味佳肴。如果没有发生那样一桩不愉快往事，该是多么其乐融融啊！我已经办好了调往广东顺德的调转手续，晚上9点钟的火车。吴春芳牵着小诗诗依依不舍地送我很远，还落了眼泪。小诗诗哀哀地望着我，一副无可奈何的模样。那个时候，小诗诗开始换牙了，不时地用小手去触摸还没有生出新牙的豁牙床。我嘱咐吴春芳："注意小诗诗换牙，经常到口腔医院请医生看看……"

我走出很远了，小诗诗仍在喊："爸爸，再见！"

唉……吴春芳令我失望，她仍改不了玩麻将。妈希望我们重归于好，给我买了毛线让春芳给我织件毛裤，半年了，一条裤腿还没织好，我只有拿回去请母亲织了。

第十七章
战旗不倒

　　我为迅发合成皮革厂的业务，先跑了趟武汉，然后跑了趟福建。这年的皮革生意意想不到的难做。在武汉，我先到大商场的鞋帽柜、皮件柜，向营业员询问哪些皮鞋、皮件是本地产的。营业员热情地向我推荐，我这位顾客很特别，不关心价格，也不看款式，更不分男装女装，而且不看物，只看包装，我把那包装上的生产厂家、地址、电话号码飞快地往手上记录，营业员终于不耐烦了："不买算了，不许记！"

　　我换一家大商场继续记录。然后就按着手上密密麻麻的记录逐家走访武汉的皮鞋厂，走遍了武汉三镇，一个订单也没拉到。我又按着与旅伴闲聊得到的信息转战福建。福州、蒲田、泉州、陈棣、石狮、厦门，那一线的皮件厂、鞋厂比比皆是，成千上万，我租了辆摩托，又是一家一家地跑……

　　那是厦门的一家鞋厂的大门，如狼似虎的保安拦住了正要闯进去的我："你找谁？"

　　"找你们总经理！"

　　"什么事？"

　　"什么事跟你说也没用。"

　　"去去去，不让进！"

　　我心里在骂：看家狗。但表面上还是赔着笑脸："我是来推销皮革的。"

　　"我们不要！"

　　"你也不是总经理，你怎么知道不要？"

　　"不要就是不要，去去去。"保安要用武力驱赶了，拿出警棍。

　　我仍在苦苦求情："我还是给你们老板打个电话吧？"说着就去拿门卫的电话。

　　那保安按住电话："不许动！"

　　我只好走了，走了十几步，发现路旁小店里有公用电话，于是兴奋地跑过去，拨通电话："喂，我找老板，找厂长或者是总经理，我是广东迅发皮革厂的推销员。今天特意慕名而来向您推荐我厂的皮革。——嗨，多了，各种颜色、各种花纹、各种厚度、各种不同的手感，应有尽有，任你选择！"

　　电话里的高经理邀我进办公室谈。我终于进了大门，那保安再也不如狼似虎了，而且朝我像摇头摆尾的狗似的点头哈腰："对不起！先生。"

　　在这家鞋厂豪华的总经理办公室，佩戴着金项链、金手链、金戒指的总经理兴趣十足地翻看着我带来的皮革样品，时而还拿放大镜来照一照。我饥渴地喝着茶，充满希望地盯着，脑子里面幻想着：这位鞋厂老板看准了这一种样品或者是那一种样品，然后说："好了，这种我要1万码，这一种可以多要一点，要2万——不！要10万码吧！"那样的话，我就可以凯旋而归了，就有脸面昂首阔步地走进迅发厂的大门了！然而，老板把我的皮革样品全部还给了我，说："我听说过你们厂，过去也联系过。不过，我这里积压了30多万码从香港进口的皮革，花色品种比你这个还多，质量也比你这个强，价格呢，比你厂的要便宜20％！——你能帮我推销出去吗？我可以给你30％的回扣！"

　　30％？是迅发厂0.5％的60倍！唉……我摇摇头失望地走了。

　　我两手空空，只带着调转手续垂头丧气地回到顺德迅发厂。在工厂的大门口，我脚底发软，犹豫了好一阵才一咬牙，硬着头皮闯进去了。在写字楼的总经理办公室，见了何总，很觉得过意不去。何总反而安慰我："别急，哪有一来就拉到业务的！你去先把调转手续办好吧。只要肯努力，相信你在迅发厂会成功的！"

　　到县人事局报到，人事干部看了我的简历，很惊讶："才30出头，就走了这么多地方！"

　　我担心那人事干部反感，急忙说："以后再不走了，死也不走了，就在顺德安家。"

　　无论如何也想不到人事干部却说："哎，那不要，那不要，你还没到40岁嘛，以后你还应该去香港，去澳门，甚至去美国，去澳大利亚，去你想要去的任何地方……"

迅发厂是一家合资企业，员工 100 人，但年产值达 1.6 亿。前两年由台湾人承包，台湾老板赚了一大笔钱。今年是中方管理的第一年，何总准备以销售取胜，从全国各地引进了 18 名推销员，这些推销员都有大学文凭，除了我之外全都是二十几岁生龙活虎的小青年。何厂长给我们这些大学生推销员的住宿条件很优越，全都住写字楼的三楼，整个三楼装修豪华，像五星级宾馆的客房。这三楼中间靠南是大厅，可以跳舞，可以聚会，每次推销员们出差归来都在这里席地而坐，喝着茶，彻夜聊天，畅谈发财的美梦。靠北是一间小厅，放着个大彩电，两侧是客房，客房内装有空调，有卫生间，席梦思床，备有蚊帐、被子、毛巾毯，我从家带来的一套行李成了多余之物，我被安置在大厅与小厅之间的客房里，位于三楼的中心，所以我每次出差归来，都会马上引来周围的伙伴。伙伴们一见我风尘仆仆地背着行李走进房间，马上就一个接一个地鱼贯而入，试探着问："哎！——怎么样？"

我明知他们问的是什么，所以我像被人揭短似地挺气愤，便有意装作不知道："什么怎么样？"

大家异口同声："拉到业务了吗？"

我有点酸溜溜了："干吗那么喜欢关心别人的事情?!"

伙伴们还是忍不住要猜，不然他们这一晚会睡不着觉了。"1000？2000？……1 万码？2 万码？"伙伴们有的表现出自卑，有的表现出明显的嫉妒："你老邰这次一定拉了大笔订单！"

我又好气又好笑，终于忍俊不禁："没有，一码也没有，真的没有！"

伙伴们一下子就放松了，那个长得像瘦猴似的广东小青年黄杏良开始吹牛了："我这次订了 3000 码！何总跟我谈过了，准备要我当科长，我今年要买一辆'大白鲨'（进口摩托车）。"实际上那个时候一辆"大白鲨"要 3 万元，而 3000 码的皮革，业务费提成还不足 100 元，相差 300 倍，但其他的推销员业务成绩都是零，那么黄杏良便是三楼的推销王子了！他正在为他的"大白鲨"洋洋自得，胡老邪从楼下跑上来，大声喊："爆炸新闻！——尹少军昆明的大客户来了，正在一楼跟何老总要订 100 万码的皮革合同。"

尹少军"嘭"地推开门："老邪，你别瞎吹，是真的还是假的？"问话的时候，尹少军激动得直哆嗦，如果这事是真的，他会一下子跳起来；如果这事是假的，那么他就惨了，十有八九会从三楼窗子上跳下去……

老邪说："我什么时候说过谎了？何老总要你下去呢！"

尹少军马上变得欣喜若狂，连着做了几个欢乐的舞蹈动作，向三楼的伙伴们用手指弹了个响，跳跃着飞下楼去。大家都止住了笑，眼巴巴的，一个个都蔫了，整整一个下午，三楼上都鸦雀无声。那天夜里，尹少军的宿舍，第一次高朋满座。

尹少军神采飞扬、神气活现："嗨！做生意，不是哪一个人都可以做的！——你们知道吗？坦白地对你们讲吧，大学毕业两年，我在西北的厂里没正经上过一天班，全和我那哥们儿研究推销术了，消费者心理学、市场学、公共关系、厚黑学……你们读过吗？"

胡老邪说："怪不得，人家尹少军有功底，你们都不行啊，我早就对易红说过了，三楼的推销员，尹少军准得冠军。"

被大家称作"卖花姑娘"的易红说："你啥时候对我讲了？我只听你说尹少军不行，不是搞推销的料，像个没头的苍蝇到处乱撞。"

大家又都笑了，尹少军吹起欢乐的口哨，旋出门，大厅里灯火辉煌，舞曲响了，尹少军挽起易红那纤纤玉手，两个人舞姿优美、潇洒，平时一副黑社会小丑模样的尹少军已经是王子了，那"卖花姑娘"一般可怜兮兮的易红小姐已经是雍容华贵的公主了。欢乐的大厅里，晴天里一声霹雳，李开运手举着一份合同，大声地向大家不合时宜地宣布："你们看，你们看，尹少军的这份合同，100万码的合同，这是唬人的空合同！"

大厅里一下子静止了，舞停了，音乐停了，尹少军撒开美女爱英雄那般情意缠绵的易红小姐，张大惶恐不安的眼睛。

李开运闪动着精明的圆眼睛，当众朗诵道："合成革，200万码，单价优惠50%，凭需方电报分期发货至明年年底，首批货1000码试用！——尹少军你上当了，人家半价要了你1000码后，第二批货永远也不给你来电报，或者来电报说你的皮革质量不好，那么你这200万码不就泡汤了吗？"

尹少军呆了那么一会儿，神情沮丧地吹起悲伤的口哨，独自一人走向大厅的落地窗……

我最后一次出征，已经超过两个试用期算6个月了，厂里不再借支差旅费，也不再给报销了，我把来迅发皮革厂 6 个月的底薪 1800 元全部从存折里取出来，做最后一次拼搏。

这是 1991 年夏天的江苏无锡，全国鞋帽春季订货会在这里召开。我对这次订货会抱有无限希望，出差那天我对何总拍胸脯，过去在湖南株洲内燃机厂我就是在订货会上逐层楼逐个房间地叩门拉到大笔订单的。我自信推销皮革走订货会道路是条捷径！老板对我仍抱有无限希望，我在老板的心目中、在全厂所有人的心目中，是从湖南株洲引进的经验丰富的国企大厂的推销高手。在厂里时，穿一身名牌的办公室卿主任对我常有微词："你看邰勇夫那德性，还推销高手呢，穿的裤子皱巴巴还挽着个裤腿，胡子也不刮，我们厂的皮革他能推销出去一码才怪呢！"我与卿主任是死对头，他小看我，我还瞧不起他呢！小头小脸小身材，那手小得像鸡爪子，因为他找了个当地有钱的富婆同居，就时不时地向我们传授他的生财之道："想发财还不容易，陪有钱的太太们玩麻将，守在一旁帮着出点子。"

我说："那不就是做哈巴狗嘛！"

"哈巴狗咋的？既轻松又享受还有钱赚！总比你推销皮革一码都推不出去好。"

……

这次我一定要拉到订单，我一定要推销出去不只一码而是几万码、几十万码皮革，扬眉吐气，让那个富婆的"哈巴狗"卿主任刮目相看。这时的订货会无论规模有多么大只要交钱就可以买到代表证自由出入。只是宾馆旅社招待所全部客满，于是我就找了家房东，住一晚 15 元还免费提供三餐饭。房东大嫂挺好，每晚我饥肠辘辘地回来，她都为我准备好了饭菜，我在订货会上一无所获，拖着沉重的双腿归来，心灰意冷，精神被无望折磨得已近崩溃，房东家跟女儿诗诗一样大的小姑娘就天真烂漫地跑过来给我唱"没有花香，没有树高，我是一棵无人知道的小草……"使我在心神疲惫中渐渐得以慰藉。

每天我要奔走举办订货会的三至五个大宾馆，所有的客房都无需像几年前推销柴油机那样逐个地叩门，现在前来参加订货会的供需双方都大敞着门，还有美丽的迎宾小姐妩媚地朝我微笑欢迎。我走访的全是订货会的供方单位，每进一家单位他们都对我热情无比，敬茶、敬烟、递名片，以为我是进货的。

　　为了不至于被他们扫地出门，我煞有介事地看样品问价钱，谈熟了我再亮出我推销的皮革样品。有的挺好留下我的名片，有的立马就冷落了，巴不得我马上滚出去好腾出地方来接待那些腰缠万贯真正是来看样订货的商家。我把希望寄托在万一，万一留下我名片的会再找我，万一这家鞋帽企业管采购的老总也来了，万一又看准了我推销的皮革拉下个几万码的大订单。我就为了这"万一"逐个宾馆地走，逐个客房地访，走一家没有我那个"万一"，走十家没有我那个"万一"，走一百家仍没有我想得要哭的那个"万一"，于是我一头扎进福建陈棣村。

　　据说，这是500年前，一艘大木船漂洋过海，从古代阿拉伯载来的村庄，是犹太人的后裔。做生意是他们的天赋，一村人都姓丁，20世纪80年代制作假药闻名全国。90年代全村家家办鞋厂，村民们个个腰缠万贯，虽西装革履但灰头土脸，村中的一条小街是全国著名的陈棣皮革批发大市场，人流熙熙攘攘，光天化日之下，做皮革交易的村民们就那样用透明的大塑料袋装着一捆捆的巨额现金拎在手上招摇过市……我从厂里出来已近一个月了，每天都渴望拉到笔大生意好向老板汇报战绩。一路上，我时时都在心里面向老板检讨："老板，真对不起！今天又没向您汇报，原因是还没推销出去一码皮革呢，没成绩我无颜面对您！明天，明天一定会成功，那时我一起向您汇报这一路的情况。"

　　我背着行囊像个前来探险的外星人在陈棣村的村头登陆了。我先是雇了辆摩托车一家一户地走，走了多少家记不清，只是两盒名片都派送完了。前一晚在泉州的旅馆里，旅伴告诉我："去陈棣小心啊，当地人野蛮且团结，整死个外地人，案都没办法破。"在陈棣下中巴车的那一瞬间，我曾担惊受怕，唯恐在这个谜一样的小村遭遇不测。但从清晨转到傍晚除了没推销出去一码皮革外倒没发现任何身临险境的迹象。于是我放宽了心，这和全国其他地方一样，有乡政府有派出所，而且比其他地方的治安还要好。我又从皮革大市场的东端访起，第一家老板叫丁有明，老婆侄儿侄女外甥外甥女是他的店员，一看便知全是刚刚走出泥土地的农民，年轻姑娘打着赤脚，与传统乡下人不一样的就是手指上都套着大钻戒，丁有明两只手腕上的金镯那简直就是古代武夫护腕的铠甲。我暂时没有暴露我是哪个厂的推销员，我想先逐家考察一下实力然后再说。临出门时无意间留下最后一张名片，就这张名片一会儿给我惹下个天大的麻烦。

出了丁有明的门我逐家走访到最后一家皮革批发商叫丁有亮，丁有明与丁有亮我想他们也许是哥俩。丁有亮告诉我他们只是同一个祖宗。丁有亮带我参观了他的皮革大仓库，只存货就有上千万元。然后带我到他装修得富丽堂皇像座宫殿似的私家别墅楼顶亭子下一边吹海风，一边喝功夫茶。那茶特浓，喝下几盅我便头晕，我正为我发现的大客户飘飘然，我甚至想先给老板打个电话说生意有希望了，让丁有亮也跟老板说两句。东头的丁有明一干人马找我来了，开始说请我吃饭，出了丁有亮的家门便把我绑架了。丁有明的侄儿和外甥一左一右把我押到一家旅馆，吓得我两腿筛糠，想大声呼救却像梦魇一般喊不出，丁有明把手上的大哥大递给我："给你厂老板打电话，你厂还欠我一万元钱呢，不给货就退钱！不然你别想走。"

唉！一路推销，一路落空，终于给何总打去个电话，不是汇报赫赫战绩却是在陈棣村做了俘虏！做俘虏的那几天，丁老板给我的待遇不错，每天100元补助，吃饭丁老板请客，住旅馆丁老板掏钱，很晚了，坐在我床上看电视的"女服务员"仍不走，我说"我要睡觉了"，"服务员"小女孩马上为我铺好被子，但她没有要走的意思，而是脱掉了外衣，露出刚刚发育成熟的双乳。我马上联想到妓女这样一个职业，我严肃地向她声明："我不需要啊！"小女孩哀哀地望着我："不用你给小费。"我说："不用我给小费我也不要。"小女孩掉眼泪了，恳求着我："大哥啊，就让我陪陪你，反正是丁老板给我小费。"看小女孩的样子只有十五六岁，我一阵阵心酸。我同意她陪我，但要穿上衣服。我与小女孩同床异梦，寂寞难耐时我给小女孩看手相，那是一双砍柴的手，伤痕累累……

我又一次一无所获地归来，在厂门口犹豫再三，我不甘心失败，心一横："再做一次努力！"我扭转头，从顺德沿着广珠公路，顶着炎炎烈日，背着行李，一步一步地走到珠海、深圳，然后又沿广深公路一步一步地走向广州，沿途数百家皮件厂、制鞋厂几乎全访了，仍然是一码皮革也没有销出去，过度的疲劳和失望，我得了肠胃病，吃不进，排不出，痛苦万分，但我仍坚持着，我这样问自己：你还能站立吗？回答是：能。你还能行走吗？回答是：

能。你还能喘息吗？回答是：能！能！太能了！那么就走下去！我就这样无望地走下去，在无望中寻找希望，那已经不叫推销了，是殉难，是赴汤蹈火，是"风萧萧兮易水寒，壮士一去兮不复还"。

烈日下，国道上，我感觉到已经不是我一个人孤独地行走，我似乎是一支战斗方队的排头兵，在激昂的军乐伴奏下战鼓咚咚，冒着枪林弹雨，披荆斩棘地前进，我的身边不断地有战友倒下，我似乎也身负重伤，但我不倒，就是不倒，始终都保持军容整齐、迈着正步……

我最后一次推销归来的时候，累到了胃出血，住进医院天天打吊针。何总来医院看我，说："老邵，你的拼搏精神感动了全厂所有员工，你身体不好，病好后搞你的老本行吧！"

"干什么？"我问。

"机械工程师，我们的设备管理、设备维修正用得着你呀，工资也不会少，至少比搞推销稳定。"

"我不想干别的，就做推销员。"

迅发厂的推销，以悲壮惨烈的失败而告终，出院后，我战略转移——跳槽了！

第十八章
电话里面淘机会

我在顺德电话号码本上选了一家厂，打电话联系："晶华微波炉厂吗？我要人事部。您是人事部吗？我找部长，——啊，部长您好，您厂要推销员吗？啊，不要？对不起！那……那算了。"放下电话，我不甘心，又拿起电话："喂，部长您好，我是一流推销员！非常希望能到贵公司任职……噢……目前不缺人，谢谢！"放下电话想了想我仍不服输，再次拿起电话："喂，我找厂长，就是一把手，——噢，对对，就是罗钧，我找罗厂长。——啊，您就是，太荣幸了，我叫邬勇夫，是位能干的推销员，怎么样开拓市场，怎么样打败竞争对手，孙悟空有七十二般变化，我有1234567……七十二条锦囊高招！真诚地希望加盟贵公司，在您的麾下冲锋陷阵，再创辉煌！……好，谢谢您给我这样好的机会，我马上过去！"

在公用电话亭排队的打工仔们羡慕得要命："啧啧，人家打一个电话就找份工作！"

我朝他们笑笑："打电话吧。电话里好机会多多，好工作无数！"

其中一位后来成为打工作家的小青年可怜兮兮地恳求我："请您教教我们在电话里面找工作的技巧行吗？"

我给他留下我的联系方式，拍拍他的肩膀说："以后找机会吧！"

我来到晶华微波炉厂，这是一家现代化的大企业，比我以往工作过的任何一家厂都有气派。我进入豪华的写字楼，里边有冷气，在炎热的夏天，舒服至极。总台小姐漂亮、礼貌，给我要找的罗钧厂长拨通了电话，罗钧厂长亲自出来接我进厂长办公室。那天我穿西装，系金利来领带，风度翩翩。罗厂长近50岁的样子，穿戴平常，上身是印着标志的工厂制服，脚上打赤脚穿的是一双乡里人穿的塑料凉鞋，人挺和蔼，讲一口很好的普通话，看不出他就是这家中国最大、在全世界排前几位的微波炉厂的厂长！谁也不会想到，改革开放之前，他还是位背负青天、脚踏黄泥巴的普通农民，改革开放后，便参观考察了全世界发达国家的微波炉制造业。罗厂长说："我厂的微波炉主要是出口，从今年开始开发国内市场，正需要像你这样的一个人，做我的业务主管，负责外省业务，不过呢，要常出差，很辛苦的。"

我说："辛苦不怕，干推销就是一种拼搏，体力的拼搏，意志的拼搏！"

罗厂长说："还有，就是要掌握一些推销技巧。"

"对！智慧的拼搏！"

看上去，罗厂长对我很满意，我心里振奋无比，好家伙，一来就要我做业务主管，这就是神奇的珠江三角洲。

罗厂长说："你的有关学历、职称的证明文件都有吧？"

"有！都放在家里了，不过我有复印件。"

罗厂长沉吟了片刻，态度突然改变了："不行，不行，你至少要把大学文凭和职称证明押在我这，不然，我不敢用你！"

我没有理解罗厂长的意思："有什么不敢用的？"

罗厂长说："如果你借了差旅费一去不归怎么办？"

我的自尊心受不了了："我怎么能带你几千块钱差旅费跑呢？"

"我这里已经发生了几起了，也是你们内地来的，借了 3000 元钱，头三天还有电话，第四天就失踪了。"

我气不打一处来："那样的话，您谁也别用了，因为任何一个人都有成为骗子的可能，那么您也别干您的厂长了，即使是您也有失误的可能，也有自欺欺人的时候，您的微波炉厂干脆关门停厂，只有这样才最安全，最可靠，最有把握，然而，真的那样做的话，大家谁也别从娘肚子里生出来，只要你生下来，就要求生存，就要有风险，吃饭有噎着的风险，睡觉有突然发生地震的风险，走路有跌倒了摔断胳膊、摔断腿的风险……"

我越说越激动，越说嗓门越高，人事部长劝阻道："好了，不要发脾气，做推销员要忍耐嘛！"

我站起来冲罗厂长最后摊牌："您要信得过我就留下来，信不过就别浪费您的唾沫星了。"

罗厂长支支吾吾，也没肯定说要，也没肯定说不要。我不耐烦了："算了算了，信不过就算了！"我气呼呼地走了。

走出厂大门，我在报摊上发现了一则消毒碗柜的半版套红广告，生产的厂家叫乐家日用电器厂，地点正好也在顺德，那时我还不知道消毒碗柜是干什么用的，就怀着一颗好奇心登门拜访。这是家100多人的小厂，生产的产品是臭氧消毒的电子消毒碗柜。首先接待我的是张副厂长，张副厂长管供销，跟我的年龄差不多，原来是中山医科大学教生物的大学讲师。他听我神侃了一段我的推销生涯，很欣赏，又找来陈厂长。陈厂长是60年代毕业的大学生，从遥远的贵州大山沟里的三线企业招聘到这里，为镇上开发了电子消毒碗柜。其实，这电子消毒碗柜很简单，只是一个用塑料注成形的碗橱，内部再装一个臭氧发生器和用电阻丝缠成的加热器，就成了一项专利，还成了1990年北京亚运会上的指定产品。为此，镇上创办了这样一个厂，年销售额2000万，比当时内地一家千人大厂的销售额还要高。

陈厂长脸总是阴阴的，但对我这位找上门来要求做推销员的求职者还是挺感兴趣，说我蛮精神，蛮有活力，他与张副厂长交换了一下意见，马上拍了板："你明天就来上班吧，熟悉一下产品，先跟张厂长跑跑推销，月薪嘛，头3个月，给你500，以后再加，推销有提成！"

第二天，我就悄悄地背着迅发厂的伙伴们来乐家日用电器厂报到了。厂里给我安排了一间单人房，隔壁是梅县山区来的保安，这保安爱听一首歌，半宿半宿地放录音，吵得我睡不着觉，那歌乍一听怪声怪气，听了让人心烦，可那保安却听得津津有味，晚上12点多总算住了声，大清早睡意正浓之际，他又放上了，一边放着，还一边像牙疼那样哼唧着。我几次想敲墙壁都忍下了。后来时间长了，我也习惯了，那歌听起来也不那么讨厌了，细细品来是一个女人在哭泣，充满幽怨、离愁，我竟然有了兴趣，连连敲着木板墙："喂，老兄，这是什么歌？"

"这是我们家乡的老歌，唱了几世几代了。"

"唱的都是什么？"

"老公出海闯南洋了，妻子在思念她的老公，盼老公早日归来，可是她的老公一去不归，是生是死，没了音讯……"

"噢……是这样。"

　　我想起自己曾经拥有的那个妻、那个家，和自己的女儿——小诗诗。那天，我忍不住给吴春芳打了一个长途电话，那是晚上，电话打到距吴春芳娘家最近的邻居家，热情的邻居喊来了吴春芳，从电话里听得出吴春芳很激动，再下来是小诗诗兴奋地喊爸爸，遗憾的是没容我说什么，电话便断了，再拨怎么也拨不通了。后来，吴春芳来了封信，说她很后悔，在一起的时候没有尽到做妻子的责任，没有很好地照顾我，还说她曾为我做过占卜，当祈祷我在外面生意兴旺、发财之时，那用来占卜的烛光便分外明亮……我想把那信再找出来读读，但我不敢找，我怕读了那封信受不了，心会疼的！人生就是这样充满烦恼，充满苦痛吗？我又开始相信命运了，似乎人一生下来，命运之神就给你安排了一个层次、一个人生的轨迹，无论你怎样挣扎，怎样奋斗，你总是逃脱不了那个层次，那个人生的轨迹。是啊，从我刚刚懂事那天起，我耳畔常常响的就是妈哀哀的悲歌。那个时候，家乡的那个偏远的山区农村，上至白发苍苍，下至开裤裆都不认识自己的名字，但都会口口声声地讲"千万不要忘记阶级斗争"！整个少年时代，我受尽了人世间的屈辱。现在已经11月份了，很快就要过年了，少年时，我像所有的孩子一样，盼望着过年，但又惧怕过年。过年，在孩子们的心目中，是一年当中最快乐、最美好的时刻，杀年猪，包饺子，放花炮，穿新衣，糊个大纸灯笼挨家挨户地去拜年……可也就在这过年的时刻，爸会被村上的民兵连长，或者是治保主任押着去扫大街，刨结满了冰的井沿儿！而现在过年呢？只我一个人，孤零零地一个人，一个鳏夫，一个在外漂泊的游子！

第十九章
寻访消费领袖

在乐家厂车间里熟悉了一下产品，我便借了 2000 元差旅费，首先到珠江三角洲的城市推销。我走了许多家百货商场和五金交电公司，失望得很，没有一家同意购销我的电子消毒碗柜，只同意少量地搞点代销。我想起了原来在火车上认识的女大学生梁文，在河南曾经热情地帮助我推销万马牌柴油机，后来听说她结婚了，调到珠海的九州公司，我试着拨通了电话，幸运得很，接电话的正是她！我高兴极了，真想放下电话马上去看她，好好聊聊天，但电话中的梁文，并不像我想象得那样热情：

"对不起！我要下班了，明天你来吧。"

"您几点下班？"

"5 点半。"

我看了看表，——还不到 4 点！

第二天，我来到九州公司，在人事部找到了梁文。梁文已经是九州公司人事部的主管了，身份变了，人也变了，曾经有过的女孩子的开朗、热情荡然无存。她坐在厚重、象征权威的老板台后边，一脸的冷漠，与两年前判若两人。

"九州公司是直属中央国务院侨办的，正厅级，人员已经超编，不准备再……"

我解释道："我不是来求职的，只是来看看你。"

"坐吧！"她用手一指墙边的沙发，像是命令。我遵旨坐下了。"啪！"一盒香烟和一只打火机准确无误地掷在我面前的茶几上。"怎么样？——当经理了吧？"

"没有——推销员。"

"还是干你的推销员？"

"对，只是原来给株洲的国有企业推销柴油机，现在给顺德的乡镇企业推销家电。"

"什么家电？——彩电还是冰箱？"

"都不是，电子消毒碗柜，也就是现代碗橱。"我从挎包里抽出一张产品图片递上去，梁文没看，顺手把图片丢在老板台的角落上："这东西，我不感兴趣，也不懂。"

我悻悻地告别了梁文，我后悔，不应该来拜访她，人啊，就是这样，此一时彼一时。况且，现在已经是狼图腾的时代了，谁还会念念不忘昔日的友谊？我在街上徘徊，心里很伤感，也为自己不过是个小推销员而深感自卑。那又怎么样呢？不干吗？——不可能，命运已经把自己推上了这样一条人生的轨迹，这样一个不可逾越的层次，那么只有干下去，奋斗下去……工作的激情，能够启发人的灵感。我跑到电信局买了本珠海市电话号码簿，回到旅馆，按电话号码簿逐个打电话，这办法真灵，拨到第三个电话，对方是一家幼儿园的女园长，女园长说："你来吧，我们正要买消毒碗柜，但不知道买什么样的好！"

我按女园长在电话中指示的路线，找到这家幼儿园。正好女园长也是东北人，老乡见老乡，谈起来格外亲切。女园长说："我们过去都是蒸汽消毒，你这臭氧消毒……"

我说得头头是道："园长，臭氧消毒好处多，比如吧，你蒸汽消毒，属高温消毒，只能局限于陶瓷或者是金属餐具，但对木制品，塑料制品就无能为力了。因为木制品或者是塑料制品一遇高温就变形了。"

幼儿园食堂的师傅凑过来连连摆手："不要，不要，我们都用不锈钢餐具，没塑料的。"

女园长动摇了："是啊，连小朋友用的小勺子都是不锈钢的。"

正巧，一个小男孩在用小嘴咬一个塑料奶瓶，我借题发挥："你看，多叫人不放心，这塑料奶瓶您能用高温来消毒吗？"女园长又倾向于我了："是的，邰先生说得对，问题是臭氧消毒是否有作用？"

我十分肯定地回答："有作用，您要更新观念！传统的消毒方法是高温，现代消毒已经远远不止高温了，像臭氧啊，微波啊，您也许感觉过，雨过天晴，松涛起伏的森林，浪花拍岸的海滨，那空气有多新鲜，有多甜美，您知道是谁的功劳吗？——臭氧！"女园长终于被我说服了，"好好，相信你的广告，给送两台大的，幼儿园用；送台小的，我家里用"。一听说园长家里要买，幼儿园的阿姨们都争先恐后地找我登记：

"我要一台。"

"给我也送一台来吧！"

……

我来往于深圳、珠海，穿梭于广州、东莞、中山。我背着行李一个城市、一个城市地走，每到一个城市先找地方打电话，每打 10 个电话至少有一家有兴趣面谈。后来我电话也不打了，逢大厦酒店必访，差不多联系到一小车货的时候，就回厂，张副厂长对我特别支持，为我配备了一台 1.5 吨双排座丰田小货车，每次送货都是张副厂长帮着装货。司机室里有空调，有音响，每次送货听着歌，欣赏着珠江三角洲美丽的风光，那歌好听至极："我是一只小小小小鸟，想要飞却怎么样也飞不高，我寻寻觅觅、寻寻觅觅……"

这第一个率先消费的顾客，我称他们为消费领袖，我的消费领袖有星级酒店的老总，有股票交易所的经理，有党校校长，有影视明星……他们极具影响力，他们会带动一大片，他们的同事、亲朋好友、左邻右舍……在深圳，在电话中的一位女士的引导下，我来到远离闹市的郊外，拐过一座青山，我恍若步入仙境：一片湖光山色，碧草如茵、回廊曲径、亭台楼阁……银河度假村的餐厅部女经理看了我的产品图片，说："我只想要一台，我家里用，你能送来吗？"我为女经理把这一台消毒碗柜送货上门时，就不只这一台了，小货车上的货她全留下了，最后一位气喘吁吁赶来的姐妹还没有买到，竟冲着女经理动了气："你呀你，好事总把我丢下！"途经一家大公司的门口，正逢这家大公司卜班，我马上叫司机停车，我跳卜来从车上抱下一台电子消毒碗柜，向众人展销："女士们，先生们，现代家庭必备现代碗橱，请欣赏乐家牌电子消毒碗柜……"

特区人对新事物特别容易接受，往往一小车货还没送达目的地，就被我煽起强烈购买欲望的顾客们抢购一空……途中吃饭，司机主张进大排档，我一概否定："不！哪儿豪华到哪里去吃，我请客！"进了豪华的大酒店，刚刚入座，我像个阔佬那样："喂，小姐，请您老板过来，好吗？"

老板来了，毕恭毕敬："先生，有何指教？"

我送上产品图片："给您提一个会使您的酒店生意更兴旺、更发达的建议——您用我们乐家牌电子消毒碗柜，对餐具消毒、存放、烘干一体化，同时还能够清除室内的霉味，取代您的那些容易受污染的木头碗柜，您看好不好？"

老板看看图片上新颖美观的电子消毒碗柜，又看看自己餐厅里与豪华优雅的环境极不相称的木头碗柜，想了想："嗯，那就有劳先生给送两台来先试试吧！"

我与司机酒足饭饱，要服务小姐买单，服务小姐说："不用了，老板请客。"

我婉言谢绝说："谢谢！我们是为您服务的，不能白吃白喝。"

酒店老总亲自出来了："那就五折吧！"

中国大酒店、深圳银河旅游中心、东莞邮电局、珠海工商银行、深圳海关都是最早使用我推销的乐家牌消毒碗柜的。每当我送货上门时，觉得自己像一位老人。那是小时候，在遥远的大兴安岭，每年冰雪消融、春天来到的时候，从山上就会下来一位驼背的卖菜子的老人。那老人戴着顶灰色的长毛貉皮帽子，身穿褪了色的黑色小棉袄，腰上束着根粗糙的野猪皮带，脚上穿的是用鹿皮缝制的靴子。老人每年来得都像候鸟那样准时，老人从布口袋里给妈称菜籽的是一只小酒盅，那菜籽都是老人精心筛选出来的，子粒饱满，油光闪亮。老人给妈称菜籽的时候，总是那样诚恳地笑着，唯恐妈吃了亏，每一盅都装得溜溜满……

我在乐家厂第一个月直销了 10 万元消毒碗柜，靠直销夺得当月销售冠军。那一年，年销售额如果能达到 80 万元就可以评为镇先进工作者，奖励一次港澳游。厂里的财务科长、办公室主任都夸我能干，说搞推销还是要工程师啊——素质高，有文化。

第二十章
107 国道历险记

时值年末，元旦将至，张副厂长要我转战长沙、北京，进而挺进东北市场。正好当时有一车货要送到株洲建设百货商场，厂里要我随货同行，顺路押车。我背上行装，穿上家里刚邮寄来的妈给我织好的毛线裤，押车上路。尽管这仅仅是一辆卡车，一辆破烂不堪刚送过生猪、充满猪屎、猪尿气味的 6 吨加长的东风车，但我却有那么一种率领百万雄师挥戈北上一般的神圣感觉。我头脑里闪现着的是一连串类似电视、电影里面的镜头：大厦林立，我背着登山包，沿着大街一家大厦一家大厦地推销，这城市不断地变幻着，长沙、武汉、郑州、北京……我把乐家牌电子消毒碗柜送往千家万户，有大杂院，有新起的住宅楼，有豪华的别墅，有三口之家，有四代同堂……白云、蓝天做陪衬，一挂鞭炮"噼叭"炸响，一对新人由欢天喜地的男女老少簇拥着入洞房，我抱着台乐家牌电子消毒碗柜赶来，向新郎新娘贺喜，我的乐家牌赢得一阵阵喝彩……

这车是四川偏远山区来广州送货的返程车，司机一个姓张，一个姓李，都是生平首次来广州送货，进了广州城，如同进了迷宫。本来下午 3 点就进了广州，在城里绕来绕去，满城灯火了，还没有绕出去。我急了，想发脾气，想像位将军训斥属下耽误军机那样骂娘。但终于还是忍住了，作为将军是要体恤下属的。我招手叫了辆摩托，付了 10 元小费，才算把车引出城去，拐上了北上的 107 国道。路上，不断地有年轻女人招手拦车，有的还特意把裙摆掠起来，暴露出大腿和里边的三角内裤。在一个前不着村，后不着店的地方，有一个大胆的广西妹竟然跑到路中央，车只好停下来了，我打开车门，广西妹也不问是否同意，就爬上司机室，挤在我和司机之间。

我问："你到哪儿啊？"

广西妹回答："前边！"

车开了，广西妹搭车原来根本就没有"前边"，没话找话，向两位司机和我卖弄风情，不时地撩起裙摆来扇风，里边连内裤都没穿。车上的三个男人都洁身如玉，尤其那两位司机担心空气也会传播性病，回家不好向老婆交代，停下车，连哄带劝硬是把广西妹推下车。两位司机又有点不忍心了，送了广西妹100元钱，劝她回家……

车开了，张司机愤愤地说："卖淫，吸毒，坑蒙拐骗，啥东西都出来了！"

李司机说："我们这代人真他妈的不幸！"

此时的我正满怀豪情，我说："放心吧，天塌不下来，等天塌下来那天，人类已经进化到可以自由地遨游太空了！"

从厂里出发到这会儿，除开在广州耽搁的时间，5个小时的路程，已经收了19次过路、过桥费了。其中有几处正在大兴土木，营建收费的关卡，下一次再从这里经过，过桥费、过路费就要翻一番了！车子进入山区了，仍有路卡，这些路卡不收费，但可以随意罚款。有公安局的检查站、工商局的检查站、税务局的检查站、交通局的检查站，还有四局联合检查站，检查一次比一次苛刻，一次比一次难对付，有的要发票，有的要合同，有的要货主单位的营业执照。后来又遇到一支公安巡逻队，他们爬上大货车，脚穿大皮靴在纸箱上踏来踏去，我越是恳求："同志您轻点，这货怕压。"巡逻队同志越是玩命踩。歪戴着大盖帽的巡逻队队长还命令车上的检查人员拆产品包装，硬说里边有走私货。我苦苦求情，一口一个"老总"地央求着："老总您手下千万留情，这是商品，拆散包装就没法卖了！"一个穿制服的家伙向我示眼神，用手指做着数钞票的样子启发我，我装看不见，并动了怒大喊大叫起来："混账王八蛋，你们再乱来我控告你们！"被检查的司机们都聚拢过来围观，在我的货车上玩命践踏的巡逻队纷纷跳下车，一个接一个地溜了。那歪戴大盖帽的队长不甘心，硬是从驾驶室里面搜出了两条张司机在广州买的香烟没收了事。我们的大货车终于再次上路了。两个司机挺解恨，说骂得好！不过，这些公安巡逻队还算是好的。几年后，我在内蒙古呼和浩特遭遇了一位片警，险些让我丢了性命！

下半夜，漆黑的国道两旁全是荒山野岭，没有村庄，也没有关卡。我正要闭上眼睛睡上一觉，突然"噗"的一声响，左前轮车胎突然爆了！车子停下来，两个司机骂骂咧咧地下来换车胎。我抱着套在脖子上的挎包下来观看，那车胎上扎进了一根大铁钉。这地方正处在一个山坳，十分僻静，黑暗中不时地传来猫头鹰的怪叫，令人头皮发麻。眼看车胎就要换好了，黑暗中突然一只手拧住了我的胳膊，又一把杀猪刀抵住了我的胸膛，接着是一连串的怒喝："不许动！不许动！"16名手持棍棒、年轻剽悍的山民把我和两名司机团团围住，这些山民腰扎武装带，斜挎"驳克枪"，或者叫"王八匣子"之类的短枪，真像小说、电影中描写的一般。我终于明白了自己遭遇了什么。我身上携有这次出差用的3000元公款，还有这一车货。我是率师北上为乐家牌消毒碗柜开拓疆土的将军，绝不能有失体面，使公家的钱物在我的手上被劫。我紧紧地抱住挎包，头一低，像头公牛一样，朝我面前的一名山民的小肚子上猛撞过去，那山民被我撞倒了，我趁乱夺路便跑，拼命地跑，边跑边大声呼喊："土匪抢劫了！土匪抢劫了！"

喊也是白喊，狼图腾的时代不就是公然掠夺吗？这剽悍的山民，他们手中没有权力没有资本，也只能这样行狼道，只是他们抢错了对象，应该抢劫那些弘扬狼道的大学教授和学者们才对，让他们在这里组成狼团队与剽悍的土匪们进行一场殊死搏杀，免得总在讲坛上学狼叫误导莘莘学子。过往的车辆发现有情况，都唯恐躲之不及，加大油门呼啸而过……山民对我前后左右围追堵截，像围猎一头受了伤孤立无援的野鹿，土匪的大棒像冰雹一样劈头盖脸地袭来，一棒朝我的头上砸来，我用胳膊一挡，"咔"，棒子折断了；又一棒打来，我头一偏，打在肩上。我甩下怀里抱着的挎包，趁山民争抢我的挎包时，我又跑，只听得"嘭"的一声枪响，我好像被击中了，从国道上像断了线的风筝栽下立陡的悬崖，先是重重地摔在山坡上，又沿着山坡滚下深谷……

往下滚的时候，我还听见国道上的山民在用棒子"咣咣"地打两个司机。司机被打得一个劲儿喊"老爷饶命"！那声音越来越小、越来越小，最后什么也听不见了，我只觉得一片黑暗，以为自己一定是死了，正沿着死亡隧道滑向一个遥不可知的天国。这多像小说、电影中描写的旧中国跨越沙漠的商队——突然遭遇土匪袭击，骆驼队四处奔逃，随着枪响，骆驼一个接一个地倒下——那样惊心动魄。我滚到山谷下的一片阴冷潮湿的坟地，我睁开眼睛，发现几团鬼火在坟地上游荡着。我感觉到了冷，感觉到了坟地上散发出来的腥味，我用受了伤的手触触脸。噢，我确信自己没死，仍活着，我想站立起来，但两条腿被打得已经难以把身体支撑起来了。我的左前臂断了，右食指断了，肩胛骨可能是碎了。娘的，钻心的疼！我摸了下身的隐蔽处，那里我备了一个带拉链的口袋，我的身份证，公款都安然地藏在里面。我甩给山民的挎包里，只有吃饭剩下的一点零钱，我担心国道上那一车货和两个司机的安全，我要去报案。我咬着牙，忍着一身的疼痛，艰难地往山上爬，山坡上长满了带刺的灌木。我有生以来在这里第一次亲身感受到了披荆斩棘的滋味。那山坡很陡、很滑，那带刺的灌木时而挂住我的衣服，时而挂住我的裤角，时而刺痛了我的脸，时而又刮伤了我的手。我向上顽强地爬啊、爬啊……

少年时代，在东北大山里，最早点燃我理想火种的语文老师曾经借给我一本关于人类学的书，那书中说人的拉丁文含义是进取、探索的意思。我边爬边想：人的伟大与光辉就在于此吧！哪怕尚有一口气，就永不停息地追求和探索，永不停息地往上爬。

我终于爬上了国道。我拦车，但没有一辆车子停下来。我怕再次遭遇上土匪，就在路边的排水沟沿着国道往前爬。这会儿我的腿好些了，能够挣扎着站起来往前走了。我估计着已经走到出事地点了，但车子已经不见了。我焦急不安，唯恐车上的十几万元的消毒碗柜被土匪抢去。天蒙蒙亮的时候，我终于摸到了一个小镇上的派出所。在派出所我与我的一车货和两个司机不期而遇。司机正在向派出所报案，说货主失踪，是死是活很难预料。他们突然见到满脸是血、遍体是伤、衣裤都被挂成了碎片的我，百感交集。姓张的胖司机抱住我呜呜地痛哭："我们总算活着见面了！"姓李的司机比较冷静，说："我们先送邰先生去医院吧！"

我对自己的伤毫不介意："不了，把货先送到目的地再说！"

我忍受着伤痛，把货安全地送到株洲建设百货商场，见到商场的老总葛经理时，我终于坚持不住了，眼前一黑，晕倒了……

第二十一章
我想有个家

我在株洲骨伤科医院的病床上醒来的时候，发现床头柜上放着热气腾腾的炖排骨，还有香蕉、苹果，这是谁送来的呢？"爸爸！爸爸！"噢，是女儿小诗诗来了，还有吴春芳。小诗诗打扮得好漂亮，头上还系着朵大红花。我欢乐至极，连连地喊着："小诗诗，小诗诗，爸爸的小宝贝，快过来呀！"小诗诗凑近我，看着我手上、胳膊上、肩上缠的绷带，心疼得掉下眼泪，说："爸爸，你疼吗？"

"不疼了，看到爸爸的小宝贝，哪儿都不疼了，来，和爸爸贴脸，亲亲爸爸。"小诗诗和我亲昵着，吴春芳坐在对面的空床上，悄悄地抹眼泪。我说："你怎么来了？"

吴春芳说："看你呗。"

小诗诗告诉我："这是妈妈给你炖的排骨。"

我说："你还来看我？"

吴春芳说："你最后一次离开我，连封信都没有，我给你家打电话，你爸妈也不知道你到底在哪，我等啊、盼啊，夜里一听到脚步声我就以为是你回来了，结果不是，一次次地失望，我的心都碎了！"

我内心的隐痛仍然没有消失，板着面孔说："你真会那样想我？"

吴春芳说："我真地想和你重归于好，真的，真的，你在外边，我为你祈祷，我问你在外边能发财不，那烛光就分外地亮，我问我们能和好不，那烛光就暗下来了……"

吴春芳捂起面孔，泣不成声了。我心彻底地软了，我冰冷的心融化了，我想这次下定决心，把过去那幕不堪回首的往事遗忘，永远不提了，不想了，一切都重新开始。等回广东时带着吴春芳，带着小诗诗，全家人一起回去。在那里重建一个家，一个温馨无比的家，这时候，我甚至想起了那首歌："我想有个家，一个不需要多大的地方，在我受伤的时候，我会想到它……" 我试图用缠着绷带的手去抚摸吴春芳那久违了的手，这双手曾经属于我。我们初恋时，这双小手总与我捉迷藏躲来躲去，现在她又在躲，吴春芳把手藏到身后："别……别动！"

我吓了一跳，小诗诗把小嘴凑近我的耳朵："爸爸，有一件事不知道告不告诉你。"

我说："什么事，告诉爸爸吧！"

"爸爸，你要先答应我不要生气啊。"

"好，爸爸不生气。"

"妈妈和一个姓王的叔叔办了酒席，结婚了！"

"什么?!" 像五雷轰顶，我浑身都在战栗，"你你你……你那么容易就看中一个男人？他对你好吗？他对小诗诗好吗？他会不会又是一个小流氓？"

"他不是小流氓，是一个老老实实的普通工人。"

我仰天长叹："你只能做一个普通工人的妻子，他有技术吗？他有文化吗？他能够养得起家吗？老老实实就好了吗？也许他没用，是个笨蛋！——你总是不理解我，我结婚以后，我拼命地学习、工作、四处奔波，为了什么？还不是为了家庭，一个男人如果碌碌无为，那么这个家庭就永远没有希望，就永远得不到尊重。你倒好，那次算作失误，那么这次呢？这样匆匆忙忙，这样轻率就嫁给了一个人，你以后受穷、受气，活该！"

我搂过小诗诗，平生以来第一次这样悲痛欲绝。

小诗诗虽然是个孩子，但她反而安慰我："爸爸，你别哭了，你不是答应我不生气了吗？大人都是不哭脸的。"

我极力忍耐着："小诗诗，爸爸好想你好想你啊！"

小诗诗说："想我就来看我，妈妈说，送我去铁一小读书。你到铁一小看我，好不，爸爸？"

"好！好！"

爸、妈两位老人给我送饭来的时候，吴春芳牵着小诗诗走了。我久久地目送着一步一回头喊"爸爸再见"的小诗诗和一去不复返的曾经属于我的妻子。两个人在一起生活了 5 年，有了一个共同的女儿，尽管在一起时经常吵吵闹闹，甚至出现了那样一件不堪回首的事，但相互习惯、相互适应了，相互感觉对方做的饭菜好吃，对方的气息好闻……我恨自己软弱，恨自己儿女情长，我要有所作为，我要成为最出色的推销员！我试图战胜自己。我去新华书店，选购了一套书：《林肯传》、《丘吉尔传》、《拿破仑传》、《巴顿传》，我想从这些世界级的伟人身上汲取人生奋斗的勇气和力量。

春节，我是和女儿小诗诗在爸妈家过的。我深深地为自己没有尽到做父亲的责任而内疚。小诗诗两个月的时候，我去了四川峨眉参加全国起重机联合设计；小诗诗两岁的时候，我去了海南；小诗诗四岁，我离了婚，去了广东的珠江三角洲。小诗诗很乖，她知道爸爸妈妈之间竖起了一道不可逾越的高墙，奶奶问她："在奶奶家想妈妈不？"她说："不想！""爸爸好，还是妈妈好？""爸爸好！"然后又小声对奶奶说："奶奶，别告诉我爸爸，爸爸妈妈都好，我想爸爸，也想妈妈。"再问爸爸妈妈之间的事，就撅起小嘴："别问了，我会哭脸的。"说着便眼泪汪汪了。

命运为什么这样残酷呢？我一切一切的努力，一切一切的追求，都是有益于妻儿、有益于家庭的，然而家庭却分崩离析……

春节一闪即逝，我送女儿回外婆家，仍走当年与吴春芳常走的那条小路。这小路穿过京广铁路线，我每次出差归来，火车经过这条小路时，我都要早早地做好准备，甚至调换个靠车窗的位置，一往情深地望着这条小路。小路变迁了，以往那竹林，那小山早已经夷为平地，正在修建一座现代化的立交桥，一条高速公路将从这桥上通过。世事沧桑，当年就是在这条小路上与吴春芳相亲相爱的啊！小路上，我与女儿手牵着手，边走边聊天。

小诗诗说："爸爸，现在我小，跟着妈妈，等长大了，就跟着爸爸，是不是？"

我说："是，爸爸为你赚钱，买套房子，等你上中学的时候，就和爸爸住在一起，爸爸供你上学，等你参加工作，成了好漂亮好漂亮的大小姐的时候，爸爸就给你做饭、守家……"

小诗诗的外婆家到了，我停下脚步，最后吻了一下女儿："小诗诗，爸爸就送你到这了。去看外婆在家没有，如果在家，就出来告诉爸爸一声，爸爸好放心啊！"

小诗诗很听话，"咚咚咚"跑进外婆家，一会儿又推门出来，向我挥舞着小手，"爸爸，外婆在家，你回去吧，爸爸你想我了，就来看我——啊!"

我是坐飞机回广东的，这是我有生以来第一次坐飞机，飞机慢慢启动，在机场上缓缓地滑行，滑至跑道，突然加速，呜——起飞了，树木、房舍、农田、河流一下子落在脚下，变得愈来愈小，飞机钻出云层，头上是亮瓦瓦的蓝天，脚下是浩瀚的云海，那云海白浪滚滚，气象万千……烦恼、忧愁、苦闷、失意，一切的不愉快，一股脑儿统统地抛在了脚下! 这时，我突然感到了人生的壮美! 少年时代在遥远的东北大山里，我就梦想着坐飞机。少年时代的梦五彩斑斓，梦想着坐飞机，梦想着上大学，梦想着去当一名不同凡响的人物，梦想着讨一个城里的、有学问的姑娘做妻子。春暖花开，我带着美丽的娇妻，穿着华丽的盛装，回到东北故乡的山坡上采映山红，采玫瑰花，梦想着那美丽的娇妻不小心，那温柔得像面团似的小手被玫瑰花的刺扎破了，我心疼地去轻轻地吻娇妻手上的伤口……

其实，我的伤并没有完全好，左前臂只要稍微一用力，就又酸又痛，右食指握拳时总是直着，不能弯曲，像根木头。我庆幸自己的两条腿没有被土匪打断，后来回忆，我的两条腿反而把土匪的大棒拦腰折断了一根，是妈给织的毛线裤保护了我的双腿。推销员只要能走，能讲，即使两只胳膊都残废了，也不要紧。我想回厂里报了医药费，领了工资奖金，马上投入战斗。我要继续在珠江三角洲推销。我要跑遍广州、深圳、珠海……所有城市的大酒店、大排档、大公司，我要把我的名片像雪片似的撒向千家万户。那片经济活跃、繁华无比的土地是一个潜力无穷的大市场啊，谁占领了珠江三角洲，谁就能够占领全国、占领全世界!

在株洲骨伤科医院住院期间，我的左前臂和右手都上了夹板，又用绷带吊在胸前，洗脸刷牙上厕所解裤子都要爸妈和哥哥们来帮忙，但我一分钟也没有忘记我推销的使命。我向医生、护士、病友们推销消毒碗柜，我一边向他们神侃107国道遭遇土匪抢劫的历险记，一边向他们介绍消毒碗柜多么多么好。这对我比吃止痛片打麻醉针都见效，只要一谈消毒碗柜我就会忘了渗入骨髓的疼痛。人说伤筋动骨100天，我7天就出院回家了。我两只胳膊不能动，但嘴能讲、腿能走，我让爸妈帮我把消毒碗柜的产品图片黏在一张硬纸片上，再把硬纸片用毛线挂在我的脖子上。然后我去株洲、长沙的酒店、餐馆推销，走在街上，行人都用惊奇的眼光来注视我这位缠着绷带胸前吊着胳膊又吊着个纸牌的推销员，我也不介意，正好我可以向行人做广告："看一看瞧一瞧，乐家牌消毒碗柜……"

一家大饭店的经理被我感动了："看看，人家这才叫推销员呢！"但他对我推销的消毒碗柜没兴趣，竟然说："这玩意儿没用，从医学观点说，人体对各种病菌都有免疫力，用了这玩意儿，人体免疫力降低反而更容易被病菌感染。"

我说："那你们最好连碗筷都不要刷，张三用了给李四，李四用了给王二麻子，为人民做好事儿，增强人民免疫力，您的饭店最好改名叫提高免疫力大饭店！"

经理用刚刚挖过鼻孔的长指甲剔着牙，吐口浓痰，说："对，其实不干不净吃了没病！"

这样不讲卫生的坏习惯怎么让他们改变呢？内地市场怎么推广呢？我苦苦地思索，似乎有一种预感，我的思索会有一个好结果，真的，就在广州白云机场，飞机一落地的那一瞬间，我的脑海里爆发出了一个灵感，于是，一个对整个消毒碗柜行业有着巨大推动力的推广方案诞生了！我为此振奋无比，我要马上向乐家厂的张副厂长、陈厂长汇报。按此方案执行，乐家牌消毒碗柜将在全国市场获得辉煌的成功。我心里默默地喊着：推销就是创造！

第二十二章
策划政府

我风尘仆仆，激情满怀地赶回顺德乐家厂。张副厂长见了我，亲热地握住我的手，说："我正要去看你呢！"

陈厂长见了我起初也表示关心："怎么样，没有残废吧？"

我斗志昂扬地说："没事，照样搞推销。我这腿经打，车匪路霸的大棒没打断我的腿，反而把他们的大棒打成两截了！我这是天生做推销员的腿，打不断，走不烂！"

在场的人都笑了，陈厂长说："那就好，那就好。"

我报销了差旅费，把没用完的1500元公款全部返还给财务了。我要住院期间的工资，想领完工资就把我惊天动地、改写消毒碗柜市场前景的伟大设想汇报给两位厂长。

张副厂长说："工资肯定要给，你把货安全地送到了株洲，还要争取给你一份奖金！"

陈厂长说："不行，那怎么能行呢？因为病休一概没有工资发，何况奖金了。"

我说："可我是工伤啊！"

陈厂长说："工伤也不行，我们不是吃大锅饭的国有企业！"

我动气了，"假如我在路上因公牺牲，你什么也不管了吗？"

陈厂长马上变了脸色，说："如果你因公牺牲，我给你开追悼会，给你送葬！"

我那颗火热的心登时凉了，我想骂上一句："真是狼心，你比旧社会的周扒皮心还黑！"我想说：我为你乐家厂卖命，胳膊断了，手指骨碎了，肩胛骨被打裂了，你赔偿我损失好了！但转念一想，不值得，与其那样为了几千元钱浪费时间，不如卷起铺盖跳槽。我知道另一家消毒碗柜厂正在招聘推销员，我这样想着，陈厂长又黑着面孔说："你有意见的话，可以走人！"

我一声没吭，回宿舍，卷起铺盖就走了。我走后听说，张副厂长到处找我，厂办主任和财务科长都为我打抱不平。还听说，陈厂长刚刚说完"如果你因公牺牲，我给你开追悼会，给你送葬"这话的一周后，他因公出差，在广州白云机场刚刚飞上天，地上，送他上飞机的老伴、儿子、女儿一家人在往回赶的路上横遭车祸……我因此沉痛了好长一段时间，也许这是我的错，不该惹陈厂长说那样绝情的话，信佛的人和老年人都说："人太绝情会遭报应的。"

我去了顺德康美电器厂，这家厂生产的也是电子消毒碗柜，只是消毒原理不同，采用高温消毒，这家厂当时的规模比乐家厂小，几年后，乐家厂垮了，康美厂从一个街道办的小五金厂，一跃成为中国最大的专业生产消毒碗柜的康美电器城！我径直来到康美厂，办公室的主任问我什么事，我说我想做推销员！主任让我去找人事主管或者销售部，我说："不，我要见厂长，我寻找到了一个杠杆，可以撬动地球的杠杆！这个地球就是全中国的消毒碗柜市场！"

主任说："你把怎么样撬动市场的方案写出来，我替你转交厂长。"

我说："不用，只一句话，保你康美消毒柜红遍天下！"

主任审视了我一眼，似乎看出我不同凡响，便给厂长打了个电话，然后带我到厂长办公室。厂长姓苏，十分谦恭。我说出了我的推销方案："策划政府机构为我们的推销服务！就是走各地卫生防疫站、卫生局，为了老百姓的健康，争取政府参与推广康美消毒碗柜！"苏厂长拍案叫绝："好！好！这个方案太好了，请你来做我们厂的推销员，跑东北片怎么样？"

我兴奋至极，东北是我的故乡，有我的母校，有我少年时代的伙伴和大学同学。我像以往任何一次跳槽、任何一次接受一项新的工作一样，热血沸腾，充满信心，我到销售部报到，要求参观一下工厂，销售部长说："不行，推销员不允许进车间。"据说目前有许多厂都要上电子消毒碗柜，都在了解这方面的技术情报，尤其是车间里的生产工艺。

我提出了一个具体的销售设想，销售部长说："不行，你那设想要与负责东北片的梁科长商量过后才能实施。"

我要求自己单枪匹马负责一个片区的市场，销售部长说："那更不行，你要服从东北片梁科长的统一指挥。"

我要求借3000元钱差旅费，马上奔赴东北，大展宏图，销售部长说："不行，3000元钱多了，只能借你1000元。"

我屈指一算，1000元只够往返一次的路费，我小心翼翼地问："我去了，马上就回吗？"销售部长皱起眉头，"怎么能去了就回呢？我们的制度是出差一次至少一个半月。"

"那这1000元钱……"

"因为你刚来嘛，你要理解。"

我联想到在乐家厂刚刚受到的那份窝囊气，禁不住火冒三丈，把借支单往销售部长的桌上一丢："你信得过就用，不相信就别用！"

正好，这一出戏被苏厂长看到了，苏厂长要过借支单大笔一挥，我终于拿到了足够的差旅费。这次远征东北，我减了一半的热情，我有些自怜。奋斗了多少年的大学生、工程师，推销过起重机、柴油机，做过不干胶先生、皮革先生，今天独立地做一个乡镇企业的推销员反而没资格，而只能去做所谓科长的打工仔，打工仔的打工仔。岂有此理！到了沈阳，春寒料峭，大街上还结着冰，这座古老的城市，我是第三次来了，前两次都是来看少年时代的朋友孙子力。那还是在东北大兴安岭林海雪原中的官草村，有年春天，从辽宁搬来一家姓孙的新户，户主50多岁，据说是摘掉帽子的右派，戴副1000度的近视眼镜。老右派是部活辞典，我那时是村子里有名的书迷，怀里钉着个大口袋，里面装着书，哲学、历史、政治、经济学，无所不读，遇到不懂的就请教老右派，老右派有问必答，他是我少年时代最好的老师。这样我便和孙老师的儿子孙子力成了朋友。孙子力和我同龄，但个头被生活的重负压得硬是长不起来，至今仍矮我一头。那时他们家的活，无论家里、外头全靠他，上山砍柴，到生产队挣工分，家里做饭烙玉米面大饼子，秋天和我一同到山上去采集山货，全靠他。那次，我们躺在山坡上晒太阳，孙子力向我透露了他的家世。"哎，邰勇夫，你知道我姓啥吗？"

"姓孙呗。"我还以为我的少年伙伴没话找话。

孙子力悲伤地说："其实我姓卢，我祖父年轻的时候是个穷山东棒子，吃糠咽菜，那可是真正的吃糠咽菜啊，拉下的那屎啊，大风一吹就吹跑了。我祖父给一个恶霸抬轿子，那恶霸残忍、凶悍，有一回，我祖父忍无可忍，一扁担把那恶霸给打死了。这样我祖父成了被通缉的罪犯。我祖父跑了几天几夜，来到一个小镇上，正逢清朝政府的军校在小镇上招生。那考试很简单，只要你能够写出自己的名字。我祖父只会写'卢'字，后边的两个字怎么也想不起怎样写了。一着急，加上几天几夜没吃东西了，他头一晕，就要倒下了。就在这身子一歪的时刻，他眼前突然一亮，发现对面一家店铺的门匾上写着：'永祥商行'，那不正是自己的名字吗？我祖父在考卷上歪歪斜斜地写上了'卢永祥'，就被军校——那时叫武备学堂录取了。后来，我祖父成了叱咤风云的大军阀——两江督办。上海滩最大的流氓头子，一个叫黄金荣的一旦听到我祖父的威名，便吓得屁滚尿流……"讲完了这段传奇故事，孙子力又后悔了："邰勇夫，你可千万千万不要对别人讲啊，我爸就是因为我祖父被打成右派，我们家也是因为我祖父下放到农村的。其实，我祖父都死了50多年了。"

我和孙子力在那个穷困的小山沟苦苦地煎熬了8年，少年人的理想、志向就要泯灭了。1978年那个光辉灿烂的金色秋天，我俩所在的那个公社头号新闻就是出了两个大学生！一个是"历史反革命"的儿子，一个是老右派的儿子。在等待入学通知书那段令人焦灼不安的时光里，我们俩在山坡上砍柴，一天只砍那么几捆，就再也没心思砍了，坐下来，背靠着朝阳的山坡，畅谈未来，编织美好动人的明天，我们相互勉励：要奋斗一辈子，考上大学，再考研究生、博士生……

我找到孙子力家，在家的只有他的妻子和女儿。这是大杂院里的一间小屋，进门要低下头才能通过，那天正巧下雨，炕上放着两只洗脸盆接雨水，找厕所要走出去半里地。我连续三天去了三次，都没见着孙子力。最后一次孙子力的妻子抱着女儿领我去找，在一个蒙着厚窗帘的小屋子里终于找到了！这里聚集着一群赌鬼，一个个已经疲惫不堪，脸上挂着一层白霜，手指蜡黄，没有一点血色，一旦出牌的时候，一个个顷刻间眼珠子突然变得贼亮。我突然来临，使孙子力如梦方醒，似乎重返人间一般，把手里的牌一摊，忘情地握住我的手："勇夫，是你来了，太好了，太好了，你要不来呀，我至少还要奋战三天三夜。"

那天，在孙子力那晦暗、狭小的斗室里面，我们谈了一宿。孙子力今年考了研究生，这是他人生最后一次拼搏，遗憾的是只差 10 分没考取，更为遗憾的是他彻底地泄气了。"唉……勇夫，咱们过去在东北大山里，心比天高，想当科学家，想当大学者，其实咱们太渺小了，比咱们能耐的人太多了，咱们没办法与他们竞争，咱们算啥呀？想当官儿，没靠山！想发财，没路子。兢兢业业，半生过去了，一事无成，连个像样儿的住房都没有，于是我想开了……"

"想开了什么呢？"我问。

"醉生梦死呗！"

我感到震惊，人怎么说变就变呢？我叹息着。我不甘心让自己曾经是那样富有理想、朝气蓬勃的少年时代的朋友就此沉沦下去。我说："子力，尽管我们一切努力都失败了，但我们少年时代立下的志向，永远不能丧失，只要一息尚存，就要奋斗、拼搏！中国有这样一个古老的神话：刑天挥舞着盾斧与黄帝争高低，被黄帝砍掉了脑袋，刑天就用两只乳头做眼睛，用脐当嘴，继续与黄帝搏斗……"

"那会怎样呢？只能以更惨重的失败而告终！勇夫，你对美好未来的执著追求，我敬佩，但命运咱们谁也把握不了啊！我祖父那样一个贫穷没文化的山东汉子，能够成为威震上海滩的大督军；我父亲满肚子才华，一生却不得志。"

对这些，我也深深地陷入了迷惘，每个人的背后似乎真的有一只巨大无形的手，牢牢地掌握着你，无论你怎样挣扎、怎样努力，都逃脱不了那只无形的巨手的掌控！与其兢兢业业像个苦行僧，真的不如随波逐流。但江山易改，本性难移啊。我与生俱来就是这样的性格：就像那勤劳的农人，无论蒙受水灾、旱灾、虫灾，虽颗粒无收，仍然去耕种、锄榜……

在沈阳的广东康美厂东北办事处，我和办事处的梁科长按我的策划去找当地卫生防疫站，见了站长先是梁科长讲，梁科长的普通话讲不好，讲了半天人家也没听懂，还以为我们是上门治疗性病的，我便侃侃而谈。站长仍感到大惑不解："你们走错门了吧？搞推销去商场，我们这是防疫站。"我说：

"我们是想请求政府支持，为了大众的健康，推广使用康美牌消毒碗柜！"站长摇头："那更不行，那怎么能行呢，政府不能参与经商，对不起啊！"

出了防疫站，梁科长说："公开谈不行了，到站长家里去谈，打5000元钱红包，肯定搞定。"

可是怎么去找站长家啊？我和梁科长研究了半天，决定做一次特工——跟踪站长。我们就在卫生防疫站的门前等，怕被人发现，我装作看报纸，梁科长去买了副墨镜戴上。春寒料峭，冻得我们直哆嗦，终于等到了下班，但站长没有出来，我们继续坚守，附近小餐馆飘来饭菜香，肚子饿得咕咕叫也不敢去吃饭，唯恐前功尽弃。日落天黑、星斗满天，站长总算被我们等出来了，他上了一辆桑塔纳，我们赶紧拦了辆面的（收费比的士便宜些的小中巴），请司机帮我们跟上。司机挺配合，在大街上左拐右转，穷追不舍。桑塔纳进了一个生活区大院，我们的面的被门卫拦住了，问我们找谁，我们支支吾吾一时回答不上来，只好溜了。梁科长就怪我："×！名片也没要一张。"我望着黑魆魆的大院高墙说："别着急，咱们想办法，翻墙进去！"

那墙有一人多高，梁科长瘦小个矮，我让他踩我的肩膀攀上去，然后再拉我。可是他不行，站在我肩上两腿筛糠。我就鼓励他："别怕，勇敢点儿，往上蹿，蹿啊！"我用力一挺，想助他一臂之力，他却咕咚摔下来了……我们狼狈不堪，正准备采取新的办法攀越大墙，刷，一道雪亮的手电筒光柱把我们罩住。那阵，这片大院里正接二连三地发生居民家被盗事件。我们被逮个正着，当作嫌疑人被保安扭送派出所，路上我大喊冤枉，因此还挨了保安一脚。派出所所长查看了我们的身份证，我和梁科长如实坦白交代。梁科长坦白的时候还委屈地哭了，说都怪老邰，非要去联系防疫站，还说这一招能让我们东北办事处每位业务员都发财，发个头吧！都进派出所了。我更是吓得两腿筛糠、面如土色，唯恐蒙受冤假错案，把我们关进拘留所一关没完。拘留所里的黑暗常有耳闻，好端端的大活人进去住几天出来时就没了人形。我越想越怕甚至考虑怎么样写遗书了。派出所所长却呵呵笑了，他说："这是好事，政府应该支持，我带你们去找卫生局，跟局长谈。明天吧，局长是我老战友，到他单位去谈。"

就是这位派出所所长帮我们打通了当地的卫生局，由卫生局牵头在沈阳市最有名的玫瑰大酒店召开了一次规模盛大的康美牌消毒碗柜推广会，参会的代表都是各个区县的卫生防疫站站长，沈阳市各大宾馆主管后勤的经理，还有学校、厂矿、机关的食堂科长及各大商场的家电部经理等。当地卫生局还发了红头文件：要求全市餐饮业、学校、企事业、政府机关食堂等必须配备消毒器具，并推荐使用康美牌消毒碗柜。那一天，我把召开推广会的大酒店用巨幅彩色布标包裹起来，空中飘着大气球，广告语是我精心策划的："为了您一家人的健康，康美碗柜献给您真情厚爱！"为了避免与专用消毒器具的混淆，我有意把消毒两字去了。经这样一宣传，老百姓终于知道了：消毒柜就是最时兴的现代碗橱啊！我还把我少年时代的朋友孙子力请来参加了我组织的盛宴。我与孙子力碰杯时，孙子力脸激动得通红，说："勇夫，祝贺你，找到了你自己的事业！"厂里销售部长来电话询问我这位新派去的推销员郜勇夫怎么样？梁科长和我的新同事们一致说好，而且说，这位新来的推销员有水平、有能力！康美厂驻其他各省办事处也效仿我在东北办事处的做法，一时间全国各地的卫生局或是防疫站差不多都发了这样的红头文件：推广或强制性要求餐饮业使用某某牌消毒碗柜。消毒碗柜终于得以走向亿万家庭……

其实，办事处的梁科长是个只有 18 岁的小青年，来东北半年除了这次推广会倾注了全部热情外，每天彻夜赌博，输赢一次上万元，只是因为这个小青年是顺德本地人。那天厂里发来一车皮的货，而办事处的房子只能容纳一半，我提醒他："你要提前再联系一处仓库，不然一车皮的货都送到办事处，装不下的话，你就措手不及了！"小青年根本没把这放在心上，一连五大卡车的货，一股脑儿都送到办事处，结果只装下了两车，其余三车没地方放了，卡车司机一个劲儿地叫嚷："快卸快卸，不然要加收运输费！"小青年一筹莫展，两个来路不明的个体户自告奋勇："老板，把货卸我们那儿吧，我们不要你一分钱仓租费。"

小青年手一挥，什么也没想："行！"

结果这五大卡车的货卸了三处，每一处卸了多少，小青年蒙然不知。我心细，把每个车装了多少，每个仓库卸了多少都记在一张硬纸片上。事后，我把这张硬纸片很负责地给了小青年，小青年竟然把它丢失了。后来，这成了一团糊涂账。如果为了混日子，这是最好不过的，如果想做个大骗子、想做条贪得无厌的大灰狼，趁机捞一把，那更是机会难得。我始终信守一条：凭本事吃饭，凭能力赚钱，我要独立地开创一个市场，让自己的才能有所发挥。我再也无法稳住我那颗不安分的心了，我要回广东，再一次寻找机会。在沈阳康美厂办事处的第 102 天，我提出辞职。

第二十三章
车厢里惊触女模特儿

我从东北回到株洲。火车快要到达株洲的时候，我内心一阵酸楚，泪眼汪汪了！噢，这里有我饱经忧患的父母，有我亲爱的女儿小诗诗，在这里我曾经有个家，有个妻……而今，在这个城市里面我又有了一线希望——易灿辉，一个玫瑰色的梦！在东北那102天，每当想起易灿辉，我心里就会泛起阵阵温暖。易灿辉是3个多月前我从广州去东北时在火车上偶然相识的。那天在广州站，火车快要开动的时候，我的对面似乎上来了一位女士，只觉得一片雪亮，因为我一门想着心事，没在意，我正在被女人所困扰。我渴望女人，渴望爱情。我面前的雪亮移动了一下，我抬头一看，惊愕得张大了嘴巴。这是一个时髦的年轻女人。她只穿着背心和牛仔短裤，赤裸着臂膀，腰际间露着一圈迷人的月色，肚脐窝深深的，美丽光鲜的长腿……我想把目光移开，但办不到，她穿在款式新颖的凉鞋里的美丽的小脚涂着银色的花趾甲油，一头乌黑笔直的披肩发。从那双眼睛里流露着的文静、流露着的教养……我坚信：她尽管穿着那样暴露但她一定是个好女人！

我情不自禁地关切起这位女人："您穿这身儿，一会儿您会受不了的！"

"不会吧！每次我都是坐飞机或者坐卧铺，这次走得急，没来得及订票。"随着火车飞快地运行，车厢里越来越冷，我开始抱紧自己只穿着T恤衫的上身。衣帽勾上有我一件外衣，我想把它让给对面的她，我就装着自己不冷，一点都不冷。我见她两只纤手，也模仿着我的样子，抱着自己雪亮的臂膀。

我说："怎么样？受不了了吧。"

她牙齿在咯咯打架，嘴上却说："没事，没事。"她的两条长腿，也开始颤抖了，我第一次对一个陌生的、漂亮的女人献殷勤，我大胆地从衣帽勾上拿下我的外衣，为她披上，无意之中，触摸到了她那双惊人心魂的、神圣不可侵犯的美腿。我的手像被触了高压电，心剧烈地跳着，只等她怒目圆睁地痛斥：“流氓!”我想向她解释：“对不起，我真的不是有意的。”她没有在意，一连串地说着：“谢谢! 谢谢!”并往窗口挪了一下，我不由自主地坐到了她的身旁，我找到了理由，在我的行李里面有一块毛巾毯，我想把它拿出来，盖在我和她的腿上，我犹豫很久，终于付诸实施。她感激地冲我笑笑。我的裤腿是挽起的，火车晃动，她那双盖在毛巾毯下圣洁的美腿也晃动了一下，正触在我的腿上，两条接触在一起的腿都是裸着的，我一阵心跳，只一瞬间，她把腿挪开了。我恋恋不舍，悄悄地追上去，我想就这样贴着，相互厮守着。我一阵心慌意乱，又把腿躲开了，只一会儿，那双美腿又主动地追逐过来了，这次贴得更紧了……

　　列车上的空调越开越冷，“呼呼”地响着。有旅客向列车员提出抗议，但无济于事。女人皱着眉，“嗞嗞”地抽着冷气对我说：“座席底下有风!”我想了想，不情愿地说：“不然，这样吧，你把腿放到坐席上。”我正要忍痛割爱地坐到对面座位上去，她打了个冷战，两条美腿悄无声息地落到了我的怀抱……我一阵晕眩，我的怀抱中拥有了一双美丽女人的大腿，这是我自离婚后做了无数次的梦，那双美腿在我的怀抱中乖乖地躺着，那么温顺。我双手在毛巾毯下面轻轻地捂着，像捂着一对可爱至极的小鸟，唯恐不小心小鸟被惊飞，偏偏这双可爱的美腿挪动了一下，惊扰了我最敏感之处……上帝啊，但愿她没有察觉! 我希望火车就这样不停地开下去，开到地老天荒，开到海枯石烂，让我永远拥抱着这双美丽的长腿，双双变成化石。言谈中，她向我透露：她26岁，大学毕业，服装模特儿，芳名易灿辉，在长沙一家礼仪公司任职。火车到长沙，她下车了，分手时给我留了电话和BP机号码，然后向我挥挥手：“拜拜!”

　　从东北回到株洲，我下火车是清晨5点，赶到家还不到6点。天还黑着，家的那栋楼只有一门三楼敞着窗子亮着灯，里边闪着爸的身影。爸已经起来了，早睡早起是爸一生一世的习惯。过去在东北农村，爸每天半夜2点就起来打扫院子，劈木柴，房前房后地走动。爸走路脚特重，“噗嗵噗嗵”地把全家人都从睡梦中震醒。尽管干了许许多多的活，往往吃力不讨好，挨妈的骂。妈爱挑剔，说爸干的活没一件让人称心如意的。爸现在呢，每天5点钟起来，烧开水、煮稀饭。稀饭煮好了，天还早，就到阳台上练气功。等妈起来了，该吃早餐了，那稀饭又凉了，又要加热。妈就训人："以后你记着，起来先练你的气功，然后再煮稀饭。"妈天天这样教训，爸天天改不过来。

爸是天下最老实的人，一生勤劳，循规蹈矩，从不在背地里讲别人坏话，人说老实人一生平安，其实并不然。"文化大革命"，在东北古老的大山沟，爸被乡里乡亲拉去批斗，他们把爸按在球门前跪下，小腿肚子上压上沉重的车轴，双手还要做投降状举起个牛车轮毂。村里有名的铁脚，爸的干亲，就像今天那些不讲诚信只讲狼道的商人、贪官一样，昨天爸还请他到家里喝酒，一夜之间便翻脸不认人了。他在距爸10米远处起跑、加速……噗！爸被当作足球来射门！那天晚上，爸挨打过后一路爬回来，爸怕妈担忧，悄悄地爬进堂屋，摸到水缸舀了瓢水，先把脸上的血迹洗了，见了妈坚强地站立起来，说着"没事没事，他们可好了，一个指头都没碰我"，人却倒下了……爸一生多灾多难。作为老干部，总算有了一个和平安定的生活环境，可是物价飞涨：米价由原来的1角6分涨到现在的8角，油价由原来的9角涨到现在的4元，而且仍在直线上升！那200多元的离休费只抵原来的30多元用了。爸妈生活节俭，每天粗茶淡饭，竟还能够积攒下一些钱来。我每每想到这些，心里就一阵阵酸楚。我常常想：将来接爸妈到广东的大酒店喝喝早茶，那是爸妈一生也没有享受过的！我敲开门，爸妈又惊又喜。妈从床上下来，不住地埋怨道："你呀，你呀，3个多月咋连封信都不来？叫人惦着。"爸说："你大哥老是过来问你有信没。现在外边乱，听说抢劫、绑票的啥都有，怕你出事。"

我放下背包，说："没事，外边再乱，比起您当年冒着枪林弹雨打冲锋还是安全多了吧？"

妈说："没见你这样的，老婆跑丢了，家也跑散了。我一想起小诗诗就难过，跟着个后爹，会好吗？"

"有什么办法呢？我也没想到会这样，我还不是为了活得更好、更愉快、更富有！"

妈说："算了吧，好好找个地方，干你的工程师，安个家。"

我说："有的时候，我也想安定下来，但现在能让你安定下来吗？我原来工作过的重型机械厂、内燃机厂都要垮了，连续几个月发不出工资！只有奔波才会有希望！"这时全中国的国有企业正在像中风似的一个接着一个地垮台。我工作过的内燃机厂，有一位 30 年工龄的女工，丈夫瘫痪在床上，厂子连续半年没发工资，女儿考上了大学，却拿不出一分钱来送女儿去读书，叫天天不应、呼地地不灵，这位女工从 5 楼上跳了下去……

我从口袋里掏出 6000 元钱，交给爸。爸是我最忠实的钱物保管员，爸数了数钱："你一共存了 6.8 万元钱了。"

我挺高兴，这里面有 3 万元是从迅发皮革厂赚的。说来也怪，我在迅发厂拼死拼活奔波了 7 个月，一码皮革也没卖出去，而在我走了大半年之后，在我去东北之前，倒有福建的皮革批发商们接二连三地来找我了。迅发厂的何总告诉我："一位福建的皮革商背着 100 万现金来厂里进货，他拿着你一摞名片给我数，你看你们厂的邰勇夫先生每次来我那里都给我留下一张名片，1 张、2 张、3 张……一共数了 23 张（有的是我寄样品时寄给他的）！他被你的精神感动了，觉得不买你邰勇夫推销的皮革他一生都不安宁。"尽管我已离厂，但我联系来的客户，迅发厂的何总仍给我提成，而且还鼓励我继续做，可以兼职。皮革市场经过一年的低谷后逐渐回升。

我到家的当天，就给易灿辉打了电话，她正好在家，我说我从东北回来了，我能请你到酒店坐坐吗？她欣然答应了，说："就是你吧，别人请我是不会去的！"从电话中听得出，她很高兴。我赶紧去长沙，找到我们约定的大酒店，她已经等在那里了，她穿件紫红色的连衣裙，原来的披肩发不见了，脑后挽了个发髻。她描了眉，涂了眼影，从大堂沙发上站起，微笑着迎候我的时候，裙摆飞旋，风情万种，婀娜多姿。

我们走进酒店，坐了下来。我明知故问："哎，就你一个人吗？"

"是啊，你还希望有谁来吗？"

"比如你的男朋友。"

她笑了："请你帮我介绍一个男朋友吧。——你呢，也只有你一个人？"

我伤感地摇摇头："不，还有一位。"

她茫然四顾："在哪儿？"

我说："你看不见，她与我形影不离、亲密无间。她的名字叫孤独，叫寂寞！"

她笑了："你真幽默。"

我说："我说的都是真话，我是一个推销员，长年漂泊，四海为家，每天都是在跟陌生人交谈，谈的都是业务。我担心，将有一天我会丧失爱的本能，爱的语言……"

我在长沙买了一套大房子，三房一厅，在6楼，前后是山，挺幽静，空气也十分新鲜。这是为我梦中的妻子买的。我把房子装修了，安装了电话，买了家电和家具，还做了不锈钢的防盗门窗。我做这防盗门窗，倒不是为了防盗，而是……我想与梦中的妻子共同生一个可爱的男孩或是女孩。我想那可爱的小宝宝肯定淘气，到处爬，担心在楼上，对孩子不安全。我想女人想得发疯，甚至幻想发生一次洪水，一场战争，我逃难到一座荒岛上，荒岛上只有一个绝色美人和我，那绝色美人就是我在火车上萍水相逢的女模特儿——易灿辉。我不停地欣赏着自己的新房子，幻想着它应该拥有的女主人。易灿辉终于来了，她穿的是黑色短裙，杏黄色的汗衫，两条修长、健美的大腿湿漉漉的，头上那曾经挽起的发髻又放开了，变成了黑亮笔直的披肩发，两个乳房鼓鼓的，透露着温馨。她进了我的新房子，赞叹不已："哇噻！这么宽敞。"然后她就坐在擦得非常干净的木地板上，两只迷人的眼睛含情脉脉地注视着我。我面对面紧挨着她坐下来，也专注地盯着她。我说："在东北时给你打了几次电话，很难拨通，一旦拨通了，又找不到你人！"

易灿辉说："是吗？都怪你运气不好，偏偏我不在的时候，你打来电话。"

我说："你希望我来电话吗？"易灿辉的目光变得更温柔了，轻声说："何止希望，我还想过这位邰先生怎么把我给忘了？"

我注意起易灿辉那双柔软、纤长的小手，起先我有点害怕，心突突地跳，小心翼翼地说："我看看你的手，行吗？"易灿辉把双手很大方地伸给了我，说："你会看手相吗？"

我说："不会。不过，我曾看过许多人的手相，富贵人的手相与讨饭人的手相绝对不一样。"

易灿辉微笑着说："那你看我是富贵人的手相呢，还是讨饭人的手相呢？"

我捧起那双小手，感觉很神圣，心跳得更厉害了。我想说几句戏言，但又说不出，心里只觉得堵得慌。易灿辉催促道："说话呀！怎么不说话呢？"

我鼓起勇气，声音很小地说："这双小手送给我行吗？"

　　易灿辉随着我越握越紧的手，目光柔情似水，身体朝我慢慢地倾斜着。我像是梦呓："一万年前也好像是在另外一个星球吧？你我在一起幸福地生活，生儿育女男耕女织，我最后一次赶着耕牛在暮色下归来，我都看到我们家的炊烟了，你正在烧火做饭期待着我归来，一场洪水把我冲走了……于是我找你，找我们幸福的家园，找了几世几代，终于在今天、在这个星球上的人世间找到了！"易灿辉昔日的圣洁，像冰雪融化在穿堂而过的夏风中了。她倒入我的怀抱。我轻轻地吻着她发烫的脸颊、红润的嘴唇，我热血喷涌，像原始野人那样举行庆典，我把易灿辉举过头顶，我狂呼："我回家了！"易灿辉那双美丽的眼睛，深情地注视着我，鼓励着我。我们双双倒在木地板上热烈地爱抚着，发狂地互相吸吮着。我终于不再是独身了。我觉得过去那段独身生涯，是苦役，是死亡，而今天的此时此刻，我拥着她，爱着她——我的美神，是生，是一个漂泊在外的游子，饥寒交迫，赶往快乐温馨的家园。我与她热烈地吻、热烈地爱，爱得再也没有比这更痛快淋漓的了。

　　如火如荼地爱过之后，我们冲了凉，重新坐下来，赤裸着沐浴着夏风。我双手抱起易灿辉的双肩，再次细细地端详着她的眼睛，她的睫毛，她的肤色……我想着：我终于寻找到了爱情，终于又有了一个更美好的家，更迷人的妻子。我的心里突然掠过一丝阴影，易灿辉在我以往的心目中是至高无上、神圣无比、无半点瑕疵的女神，是灿烂的太阳，可是我刚刚感觉到了，作为未婚女子，性生活比我这位有过婚史的男人更老练，更富有经验……她会是一个放荡的女人吗？我想问，又羞于启齿。易灿辉从我探询的目光中猜测出了我的心思，她一边吻着我，一边小声说："对不起！我没有告诉过你，我上大学的时候和一个比我大20岁、有老婆孩子的男人睡过觉。不过，我那是不顾一切发了疯似的爱啊！我为他怀过一个孩子……你讨厌了吗？你会骂我是个烂女人吗？"我的心顿时冷却了，这是我从未想到过的。今天，我要突然面对这样一个现实，一个美丽的女人，一个女大学生，女模特儿，但她有一段不正常的男女关系！易灿辉在盯着我，热切地等待着我的回答。我默不作声，心在隐隐地痛，甚至开始后悔，降温……刚才不该、不该那样冲动，我恨不得打自己一个嘴巴，骂自己无耻、下流、没出息，竟在烂女人的面前打了败仗。易灿辉那双美丽的眼睛开始泛红了、潮湿了，泪水终于忍不住像断了线的珍珠那样成串涌出，她抽泣着说："其实，你不该招惹我，我们也不该相识，告诉你吧，我貌似强悍，其实我的心是不堪一击的。我总以为我会这样的幸运，会找到一个我爱他，他也同样爱我，而且不把我的过去视为不可饶恕的罪过的男人。我曾经把你看得很高尚，有知识，有胸怀！我与你一样，更想有一个温暖的家。"

人啊，无怪是万物之灵，总要不断地去迎接新的挑战，不断地去包容过去所不能包容的事物。这美丽的女人，这很有才华的女大学生、女模特儿，在她还是一个女孩子的时候，就献身给了爱。为了爱，为了人世间最美好、最神圣的爱，她蒙受了那么多的污言秽语和身心的苦痛。什么叫作伟大？什么叫作勇于牺牲和献身？我那冷却的心又渐渐地温暖了起来。我又一次紧紧地抱住易灿辉那赤裸着的身体，深深地吻着她说："我爱你，哪怕你跟 100 个男人睡过觉，哪怕你怀过 100 个孩子，我都爱你，爱你，爱你天长地久！"她幸福地笑了，脸上仍挂着泪珠，梦呓般喃喃地说："我更爱你，爱你地久天长。我愿意做你的……对了，我告诉你呀，我是上得厅堂，下得厨房的女人，我会做很好吃的饭菜，真的！"

我高兴地说："那太好了，说明我很有福分，你呀，就做我的小保姆吧！"

易灿辉娇嗔地努起小嘴，用两只纤长的手指堵住我的嘴，说："是这样，但你不能说得这样直啊！"

"——你还没有听我说完呢！你做我的小保姆，我做你的男仆；你做我的女皇，我为你出征，为你开天辟地，创造幸福家园！"

我是古希腊神话中的大力士神，易灿辉是大地，我一旦脱离大地就奄奄一息、日薄西山……接下来的一段日子里，每隔三四天，或者是一个礼拜，易灿辉偶然来一下，和我亲热一番，便匆匆地离去。她离去之时，我便朝思暮想，想得好苦，盼得好累，夜里也睡不好，于是头昏脑涨，疲惫不堪。我猜想着易灿辉是怎样一个女人呢？在一起的时候，她那包里 BP 机一个劲儿地响，响过一个又一个，她还向我泄露了机密：说请她去夜总会、去大酒店的男人能够排成队。——她是一个交际花？她是个风流女？是个……我不敢往下想。我盼不到易灿辉来，就去打电话；电话找不到就 Call 她的 BP 机。一旦听到易灿辉很迅速地回机，听到她那格外温柔的声音，我的心就坦然了，甚至感激得涌出了眼泪，晚上便会甜美地睡个好觉，似乎拥抱着易灿辉。那晚，我做了一个梦，那梦是她幻化的，是她的魂！——那是一座很好看的山，山上开满了花，那花瓣是粉红的，花蕊是金黄色的，娇艳无比。醒来之后，我觉得好开心。我默默自语：哎，亲爱的，我想跟你说，我不希望你是我的情人，我希望你是我一生一世的妻子。似乎你说过一句"好玩"，什么是好玩？我想，你我风雨同舟，同甘共苦，相爱至地老天荒，那才叫好玩。那时我们都老了，让你我手牵着手，到公园去散步，回首往事，回想咱们风风雨雨相亲相爱的一生，回想咱们一见钟情，想得死去活来。那天负气，想最后给你打个电话，然后失踪，结果，你不期而至，你那样快地走来了，我认真地看了你好久，我怕认错了人，因为在此之前，我在阳台上遥望，每过来一个打着花伞的女士，或者是身高跟你差不多的姗姗走来的小姐，我都曾误认为是你！等走近了，才发现那一个又一个打着花伞的都不是你！你知道我有多么失望、多么寒心吗？你好怪，第二次见面，你比第一次美；第三次见面，你又比第二次美。越接触，你越可爱、越好看！自从那天我们干了那件相濡以沫、如火如荼的事之后，我希望你我相爱之心永存！你说：将来，让我们回想这些往事，该多好玩？

这天的黄昏，一阵摩托车响，易灿辉终于被我盼来了。我大喜过望，她刚一进门，还没顾得上换鞋子，我便抱住她，如饥似渴地吻她的眼睛、脸颊、红唇、脖颈……疯狂地爱过之后，易灿辉陪我干下了一杯酒，脸变得红扑扑的。然后，她又匆匆地走了，又分手了。我又被遗忘在原来的那个沉寂的世界了。这天下午，我给易灿辉 Call 了 20 遍 BP 机，都没有回音。晚上，似乎又听到易灿辉在门外喊"老邰，老邰！"我欣喜若狂地推开门，门外黑洞洞的。我大失所望，我又在心里默默地自言自语了：你是个鬼精灵，时隐时现，也不知你都去了哪里，那么忙吗？如果真的那样，我愿意为你洗衣、做饭，甚至为你擦皮鞋，只要你用那双迷人的眼睛多看看我，多向我妖媚地笑笑，说说话。我不要这样短暂的爱恋，那是排遣孤独，暂时地忘掉孤独，但伴随而来的是更长久的孤独和寂寞，那更可怕！我要有个妻子，真心爱我的妻子，哪怕她忙，哪怕离别一个月、两个月、半年，但我心里有她，她心里有我——啊！啊！思念之潮像狂涛骇浪一样再次朝我袭来……

又连着几天，没见到易灿辉，打 BP 机，也没有她的回机。我心慌意乱，神情沮丧，不知怎么活。我想着：小的时候，在遥远的东北家乡，家里那房梁上有好多燕巢。小燕子秋去春来，生育子女，燕妈妈孵小燕子的时候，燕爸爸负责燕妈妈的饮食，飞进飞出，为它的妻子不断地衔来小虫子、水珠……就像人类的丈夫照料怀孕的妻子那样精心，那样关怀备至。小燕子孵出来了，燕爸爸、燕妈妈兴奋不已，在那燕窝上相互拍打着翅膀，庆贺着它们的孩子出世。小两口更忙了，互相轮换着，一只守护着它们的孩子，一只出去觅食。有一天发生了意外，燕爸爸出事了，它歪歪斜斜地飞回来，把那从很遥远的山里，或者是田野里衔来的小虫子给了燕妈妈，尽了最后的一份责任便从房梁上栽了下来。它受了重伤，翅膀折断了，伤口上冒着血，那是被鸟枪的钢砂子击中的。燕妈妈悲痛欲绝，围绕着奄奄一息的燕爸爸哀哀地叫着，很凄惨，很令人心疼。孩子时的我把那燕爸爸埋在我家房后的杏树下，为燕爸爸造了一座墓，安葬燕爸爸的时候，燕妈妈在我的头上飞来飞去，揪心地鸣叫着……

我伤感至极，我也不知道自己为什么突然变得这样脆弱。购新房的喜悦已荡然无存，易灿辉占据了我全部的胸怀，我心里不住地诉说着：我爱上了你，魂魄被你勾走了，我 24 小时之内每一分钟都在为了想你而活着，想得好惨好可怕，我生命的全部意义就在于等待忙忙碌碌的你，明天或者后天来临的那一段极短暂的时刻，拼命地抱你、吻你、亲你，恨不能把你含到嘴里，然后你离去了，又是一片黑暗，我生命的意义又没了，又去苦苦地等待，等待下一个明天、后天……唉！再也无法忍受这种每天、每时、每刻都在苦苦地思念，然而又要三五天，甚至一周才能匆匆地相会一次的爱恋了。最后一次，易灿辉一个月也没有音讯。看来，我的爱恋落空了，大房子白买了。难道说我与女人无缘吗？地球上有几十亿女人，难道说没有一个能够属于我吗？

我悲哀地想：我的命运会不会像我给梁文讲过的原来住爸妈家楼上的老教授那样不幸，对爱情苦苦追求了一生，最后一个人孤独地走了，没有任何亲人相送。老人去世的前些天，我曾上楼去拜访过他，老人是我的忘年交。在那之前，我每次回到株洲，都去找老人聊聊天。老人在浙江碳石有一笔尚待继承的祖传遗产，那次我问老人："何时回归故里？"已经 78 岁高龄的老教授认真地说："等我这部 50 万字的养生学专著写完，还要解决个人问题。要找一个谈得来的、年轻一点的人……婚介所正在帮我物色，据说有位大学老师，过几天见面。"我不知道一生都与爱情无缘的老教授与人世告别前是否见到了那位大学女教师？

我不甘心，我想走遍天涯，努力去寻找人世间的真情！我预订了去广州的火车票，试图从这种爱恋的深渊苦海中挣脱出来。临行前，我又 Call 了易灿辉，易灿辉终于回机了，她说她刚刚出差回来。我很伤心，很痛苦，在电话中说："我觉得，我对你一片真诚，天天盼你、天天 Call 你，可你对我——不如我对你的一半，甚至十分之一都没有！"

易灿辉在电话中意想不到地生硬："是吗？"

我真想把电话负气地一摔，但我没有那份勇气。我几乎在恳求："你来送一送我，还有一个小时，你打的士来，我在火车站，我马上就要上火车去广东！"

易灿辉在电话中一连串地说："不去不去不去，我太累了。你走吧，到广东后再打电话给我。"我伤感至极，几乎带着哭腔："你心好冷酷！人都说湘女多情，我看你无情无义！"

易灿辉说："是吗？那就算了呗，你大可挥剑斩情丝，不必拖泥带水，藕断丝连！"电话放下了，我的心似乎被戳了一刀，鲜血泪泪地流……

我带着无限的失落和哀愁进了站台，上了火车，我有气无力地躺在卧铺上想看书，看不下去；想与对面那个挺漂亮，而且总想寻找话题与我聊天的年轻女人说说话，没心思。我想起柳永的那首古诗："寒蝉凄切，对长亭晚，骤雨初歇。都门帐饮无绪，留恋处，兰舟催发。执手相看泪眼，竟无语凝咽……"我执何人之手？看何人泪眼啊！胃隐隐地痛，已经痛了几天了，我没在意。夜深了，卧铺车厢里熄了灯之后，我想到厕所里蹲一会儿，也许这样会使胃痛减轻。我皱着眉头，抚着胸口，走进厕所。蹲了半个小时，什么也没有。胃仍在痛，我只好起身，系好裤子，刚出厕所门，突然冒出一身冷汗，胃一阵剧痛，眼前一黑，竟然倒下了。大概这样持续了半小时，没有人发现我，也没有人帮助我，最后我自己勉强地挣扎起来，咬着牙，摸回自己的卧铺，往卧铺上一躺，胃痛难忍。我想：这也许是胃出血，或者是胃穿孔，也许自己就要完了，就要与生命告别了。我挣扎着从包里的日记本上撕下一页纸，写道：列车员同志，我可能要在火车上病倒了，万一我不行了，请打电话 0731……BP 机 1278511735，找易灿辉。她是我的……我又犹豫了，她是我的什么呢？她会赶来看我吗？会伤心地在我的病床前或者在我的灵柩前落几滴眼泪吗？那样的话，我死而无憾。——可是……我又想：即使她能够来，在这苍茫的大地上，又到哪里寻找一个浪迹天涯者的灵柩呢？而且死了就死了，至多被人扔进火葬场，哪里还会有灵柩呢？在广东的一条高速公路上，在天蒙蒙亮的时候，我曾经亲眼目睹过这样一个悲惨的场面：一个外地人，也许与我从事的是同样的职业——推销员，被过往的车辆一瞬间碾成了肉饼……

我在火车上痛苦了一个晚上，天亮到了广州，我苍白着脸，背上行李，弯曲着身子，像从战场上溃退下来的伤兵。我一面艰难地挪动着脚步，一面鼓励着自己：生当做人杰，死亦为鬼雄！不倒、不倒，就是不倒，挺住，挺住啊！

我终于走出了火车站，住进了一家酒店，房价是 380 元。在长沙买了大房子之后，身上的钱已经所剩无几了，但我没力量去选择了，只好住进去。没吃早饭，也没喝一口水，在酒店里昏睡了一个上午。下午到附近的一家医院看门诊，医生说："你这是胃出血，要住院的。"我不想住院，一是身上没钱，二是我要急于找一家厂干我的推销，干我的事业，闯出一个新天地，只有那样，我才能够去见易灿辉，去见我的……无论怎样，她都是我的太阳！

第二十四章
找工作的客栈

　　我在酒店里死了一天一晚，终于又活过来了！我的胃痛彻底消除，浑身轻松自如，我心里连连欢呼着："我去找工作，我去做推销员喽！"我首先想到的是在深圳推销乐家牌电子消毒碗柜时的客户，华侨城的办公室朱主任。那次，我向朱主任推销乐家牌电子消毒碗柜，我那极有感染力、娓娓动人的宣传，我送货上门，把那消毒碗柜一台一台地从一楼抱上十楼，那种吃苦耐劳的精神，深得朱主任的喜爱。当时朱主任向周围的同事们夸奖我说："看见没有，这才叫优秀的推销员！"然后又对我说："如果我当老总，一定要聘请你来做我们的推销员！"

　　我来到深圳，给朱主任拨去电话，开始我还想：这位朱主任也许早已把我忘了。拨通电话后，那边朱主任对我的声音果然莫明其妙："您是哪一位？"

　　我激动无比地自我介绍："我叫郗勇夫，也许您忘了，但我记得您曾经鼓励我的一句话，正是为了这句话，我才跑来深圳找您！您还记得几个月前跑到您华侨城办公室向您推销乐家牌电子消毒碗柜的那位推销员吗？您说如果您当老总，一定会聘我去做您公司的推销员！"

　　电话里的朱主任高兴极了："啊，是你，太好了，我不仅没忘了你，而且还常常想起你呐！我现在办了一家公司，生产工艺品，非常希望你做我的推销员。"

　　我赶去华侨城。几个月前的朱主任现在的朱总请我参观了他的工厂和样品陈列室。遗憾的是，工厂目前的规模太小，市场仅局限在珠江三角洲。而我要驰骋天下，要闯遍全中国每一个角落！

　　第二家公司是我无意间在《羊城晚报》广告栏里发现的，那是昔日的黄埔军校所在地——广州黄埔岛上的一家游艇制造公司。我乘水上巴士来到岛上，立刻被岛上迷人的景色所吸引，岛上的天空像被海水冲洗过那样湛蓝，空气清新无比，满岛的香蕉林和荔枝树。在香蕉林中幽静的小径上行走，头上一串串的香蕉，举手可摘。记得小时候，在遥远的东北家乡，邻居家的老爷爷从广州女儿家探亲回来，笑吟吟地送给我一只青皮的带着满身黑斑的小香蕉。我剥开皮，乳白色的香蕉瓤立刻散发出令人口水直淌、沁人心脾的香味，那香味足足馋了我二十几年啊！今天吃香蕉就像小时候在东北家乡吃樱桃，后来在海南吃椰子那样随便。那时在海口，我常和伙伴天亮、亚瑟晚上爬到房子上在月光下摘椰子……这家游艇厂的老板是香港人，小时候在汕头卖豆腐，由卖豆腐起家，成了阔商。我谈了自己的业务经历，谈了自己的销售设想，香港老板十分感兴趣，当即拍板："等一周后，你可以来做我的业务主管。不过，要系上领带，穿上西装，胡子每天要刮……"

我参观了生产车间。车间内正在建造两艘玻璃钢船，一艘是旅游艇，称之为水上别墅；一艘是快速客运船，称为水上巴士。我开始浮想连翩：幻想着亲手驾着这游艇，组织一支浩浩荡荡的船队，乘风破浪，游遍全中国的江河湖泊，而且还要带上娇妻。从这当年孙中山领导国民革命号率师北上的出发圣地——黄埔岛，沿珠江进入南海，然后挺进长江、黄河、松花江、黑龙江，还有少年时代曾采过山货的那座大山下的美丽镜泊湖。让少年时代的乡亲们、伙伴们看看我这位走出东北大山白桦林远征到中国最南的英雄少年带回来的娇艳、美丽的南国女郎……

这天正逢广东省人才集市，我也跑来了。在大厅内转了一圈，又找到了三家厂做推销员的工作。一家是家具厂，一家是时装厂，一家是家用电器厂。三家厂，三个崭新的天地！如果我能够有三次生命，或者像孙悟空那样会分身术，三家厂我都要去尝试一下。就这样，我连续应聘了数家公司，都异乎寻常得顺利，但都要等候通知才能够去上班。这段日子里，我为了节省时间，早一点落实工作，出门一概打的士，加上住了几晚大酒店，口袋里的钱已经所剩无几了。我只好跑到暨南大学的校园招待所，住进8人一间的最低档的客房。第二天早晨，天刚蒙蒙亮的时候，我去厕所，正蹲在那，隔壁厕所里传来极细小、极微弱的声音："喂，你是318房的吗？"我很反感，蹲厕所讲什么话？再说你管人家住哪个房间呢？那讨厌的声音又响了，"喂，你是318房的吗？"这次声音更低了，更微弱了，像是做贼心虚，或者是受了伤几天没吃饭又被黑社会组织围追堵截穷途末路似的。我浑身一激灵，紧张了起来："你问这干什么？"

那声音变得缓和了："没什么，没什么。"我提上裤子，心里骂着：讨厌鬼！便走了。

回到房间里，紧随着我跟踪进来一位浑身湿漉漉 30 多岁的比我还要瘦的男人。男人朝我眨了眨眼，坐到我床头的椅子上，长长地叹了口气，仍旧是厕所里那微弱细小的声音，声音里夹带着上海口音："在外边亭子里了，保安不让，不断地来骚扰，还拿警棍来指指点点。后来我在芭蕉树下藏了差不多半宿，天一闪亮，我就跳墙进来，在厕所里蹲了一个多小时，就等这 318 房有人出来开门，好进来歇会儿。——你也是来找工作的吧？"

我挺惊奇，也觉得十分有趣："你怎么看得出我也是来找工作的？"

"住这房间里的都是来广东求职的。我和另外三个伙伴住这一个月了，弹尽粮绝，住店钱都没了。"说话之间又从门外闪进来两个小青年，他们背着铺盖，"他们两个是西北来的，一个是学电子计算机的大学生，一个是刚刚拿到会计证的高中毕业生，还有一位……"他巡视了一下房间，指着一个只穿着件小内裤、浑身白白胖胖睡得正香的大男人说："就他运气好，十晚没交宿费了，服务员还没发现。"

这赤条条、白白胖胖的大男人一个鲤鱼打挺从床上坐起来，揉着惺忪的眼睛，用四川话说："莫吵莫吵，别叫服务员听见！"

瘦男人说："他是英文硕士！"

英文硕士似乎唯恐别人不信任，马上从枕头底下拿出一摞各种学历、学位、职称的证明文件给我看。那硕士学位的文凭是英文的，瘦男人介绍说："他这英文硕士学位是美国名牌大学授予的！"

我由衷地赞叹道："哎哟，这样高的学历——你应该去美国啊！"

英文硕士摇头叹息道："唉，美国方面怀疑我有移民倾向，结果没去成！"他又指着上海口音的瘦男人说："他也不一般，上海名牌大学的古典文学硕士，英语六级。英语六级是非英文专业的最高级别！"

我更为惊奇地环顾左右，然后专注地盯着面前的这位灰溜溜，甚至可用贼眉鼠眼来形容的英文六级的古典文学硕士，连连呼喊："想不到，我们这间陋屋，人才济济！"整个房间里的人都被我喊醒了，大家互相自我介绍，有来自山东艺术学院声乐系毕业的歌唱家，有来自海南准备跳槽进珠江三角洲的工艺美术师。江西来的一位中学老师说："这房间我来住过几次了，这是找工作的客栈！"

客栈里爆发起了一阵笑声，但那古典文学硕士和那两位西北来的小青年已经没有力气笑了，他们已经饥肠辘辘，吃5角钱一袋的方便面都吃不起了。他们全靠周围的伙伴施舍度日，谁给个面包就吃个面包，谁给个盒饭就吃个盒饭，没人想起他们的时候，就躺在床上，哀哀地望着天花板了。后来床铺也绝对没有给他们躺的可乘之机了，招待所的保安凶神恶煞般地将他们驱赶出门，于是，他们只好流落街头。接下来，我也将面临这种危机了，我的口袋已经差不多空了，而先后找妥的几家厂打电话询问时，仍让我再等一段时间。我开始担忧了，万一最后落空，连回湖南的车票钱都是问题了。

晚上，我在街头徘徊，突然有人喊我："老邰！邰勇夫！"我回头一看，不由地一阵惊喜——是原来迅发厂的伙伴李开运风尘仆仆地朝我走来。

我迎上前去，猛拍李开运的肩膀："好啊，天下之大，我们竟然在这里见面了！"

李开运一双圆眼睛快活地闪烁着，他送给我一张名片，我接过一看，笑了："你也不在迅发厂了。"

李开运："这已经是离开迅发厂后的第五家单位了。——妈的，刚离开顺德北滘那个鸟食品厂，我给那个香港老板辛辛苦苦跑了3个月，推销冷冻食品，跑遍了广州市的大小酒店、食品商场，业务刚刚有些进展，我自己还搭进了一些差旅费，没一点事就把我给炒了。不过，反而好了，我现在自己做老板了，租了间大仓库，还雇了两个送货的，帮我推销桂林辣椒酱和邵阳甜藠头！咱们做推销员是万能专业，在珠江三角洲永远不会失业！——哎，你老邰现在怎么样？"

我说："好工作难找，如果明天再找不到合适的单位，我就随便找家厂先干着了。"

李开运："今晚上到我那里去住，只是我现在没钱请你吃饭，我已经一天没吃饭了。"

"怎么这么惨?"

李开运说:"没钱用了,今天一大早去深圳,想把手上的一点儿原始股卖出去,火车开着开着,前边'轰隆'一声眼看着一座山体就滑下来了,幸亏没把火车埋上,不然再没机会见你老邵了。那火车就往回退,退着退着'轰隆'一声后边又滑坡了!我口袋里没一分钱,就一步一步地往回走。这不,从早晨8点一直走到现在正好12个小时!多亏咱是做推销员的,不然早倒下了。"

我笑个不停:"这事咋就让你给碰上了呢?走吧,去大排档,我请你吃饭。"

李开运忙啊,我请他吃饭本想好好聊聊天,他屁股上的BP机响个不停,不时地要嚼着饭菜跑去给他的客户回电话。李开运对前途的憧憬比我乐观,他不断地给自己下达硬性指标:"下半年我要闯进一个从来也没干过的新行业、新领域,只许成功不许失败,第一目标保守数字赚200万,明年力争在这个数字上翻一番——400万!5年成为千万富翁!10年之后……包玉刚第二,我李开运第一!"最后我结账买单时,他象征性地摸了半天口袋:"我买我买!"尽管没摸出一分钱来。

我回招待所把房退了,随李开运来到他做"老板"的地方,这是个黑洞洞没有窗子密不透风的大仓库。在成堆的货品中间,放着张小行军床,一篷脏得黑乎乎的烂蚊帐。里边睡着李开运从家乡请来的两个打工仔。

李开运找来几张报纸铺在水泥地上:"老邵,坐啊。我去烧水泡茶。"李开运走路时很响,他脚上穿的军用皮鞋已经掉底了……

李开运端了两杯茶回来,笑嘻嘻地说:"我李开运在这片土地上奋斗8年了,也该开运了!"

我俩屁股下边垫着报纸背靠着用整箱的货品垒起的墙壁席地而坐,他给我讲着他的故事:李开运的父亲是韶关一家大型冶金建筑公司连续30年的劳模,得了硅肺病,每天打一针就是100元。原来公费,国企改革后,改革的方式比我原来的株洲重型机械厂还绝,几天一换老总,每一任老总都无一例外地深谙狼道,卖一批设备捞把肥油就走人,几任"大灰狼"老总换下来,上亿资产变卖得所剩无几,设备全盘引进堪称一流的现代化大型冶金建筑公司不可救药地垮了，父亲的公费医疗就没了保障，全部压在了李开运的肩头。李开运送父亲去北京住院，给父亲买 5 元的盒饭，自己吃 5 角钱只有米饭没有菜的盒饭。上火车时，母亲给父子俩买了两罐可乐，父亲舍不得喝，他更舍不得喝，那罐仅 3 元钱的可乐又从北京原封不动地带了回来，李开运的小弟馋得直淌口水拿起来要喝，李开运从小弟的嘴巴上夺下来："去，送楼下杂货店代销。"小弟遵命，李开运反复叮嘱："要及时回笼货款啊！"那两罐可乐其中的一罐被一位来内地省亲的台湾人买下喝了，喝了之后上吐下泻，连着拉了 3 天肚子。台湾人向当地防疫站投诉，代销李开运那罐可乐的杂货店给封了，还要店主赔偿台湾人医药费、精神损失费 2 万元。店主喊冤，找来李开运这位"可乐供应商"让他澄清事实，李开运如实坦白交代，台湾人受了感动称赞李开运是忠孝之人，不仅赔偿金不要了，还投资给李开运来广州开了这家批发店！

聊着聊着睡着了，一张薄薄的军用毯盖在我俩的身上。一会儿被李开运扯过去，一会儿又被我扯过来……

后来我被冻醒了，瑟瑟发抖。我听到鼓风机轰隆轰隆的声响，墙壁上结霜了。

我摇醒李开运："你住的这是啥地方啊？"

李开运迷迷糊糊："冷藏库，多好，比空调还爽！"

我把军用毯全扯了过来："你爽吧，我要冻死了。"

天一闪亮，我便逃出李开运做"老板"的大仓库，钻进一家酒店喝早茶。我从服务小姐推过来的小车上拿了几个点心，又要了一瓶啤酒，正津津有味地吃着喝着。突然一声爆响，寻声望去，是一个珠光宝气的富婆把一只啤酒瓶子猛然摔在地上，冲陪她喝茶的小男人大发雌威："跪下，给我爬过去！"

那小男人穿着一身得体名牌，马上遵命跪到地上匍匐着从碎啤酒瓶上像条哈巴狗似的爬了过去，待他站起来时，他的手掌上、膝盖上鲜血直流……

那富婆从小巧的鳄鱼皮包里拿出厚厚的一沓钱甩给小男人扬长而去。

小男人坐下来没事似的喝茶。

我看清了，这位小男人不就是原来迅发厂的同事卿主任吗？

我凑过去，想为卿主任打抱不平："卿主任，那女的凭什么欺负咱们！"

卿主任用鲜血淋淋的手边数钱边得意："嘿嘿，老邰你一边呆着去，这没你事。她没欺负我，就往地下跪这么一把——50000元到手了！这可能是你邰勇夫苦干一年还要运气好才能赚到的吧？"

钞票上染上了血，卿主任一点儿都不痛苦，把钱揣进西装口袋对我笑："看到了吧？这钱来得多容易。干推销？打死我都不会去干。"

我从酒店里出来，被一个大广告牌吸引住，我记下了广告上的电话号码，便跑到电信局顺利地拨通了这家由香港办的大公司的电话。我谈了自己的情况，对方很感兴趣，问我姓什么、叫什么。我说："我姓邰，叫邰勇夫。"怎么也没有想到，对方竟然知道我："我知道，我打电话找你几次了，找不到人。你可以马上来上班，让你独立地去开展一个地区的业务，怎么样？"

"好，太好了！只是我不知道，您怎么会认识我呢？"

"你不是来过的吗？"

我仔细地想了想，自己什么时候去过这家在路边广告牌上刚刚发现的公司呢？对方在电话中说："就是你来过的晶华厨具厂！"

我的心"怦怦"地跳了起来，我想起曾经去晶华厂求职时，与那位罗厂长不欢而散的情景，说："晶华？——您在广告牌上登的广告不是叫香港成功家电集团公司吗？"

"对呀，晶华原来是合资，现在是香港独资了，所以改用总公司的名称了。这样以总公司的名义开发市场，产品品种多，更有利于你们推销员。你当初批评我的话很正确，怕风险就别办企业，我现在的用人政策是：用人不疑，疑人不用！"

第二十五章
美丽流星

　　我到新公司报到后，马上给易灿辉写了信，很快便收到了她的回信。信上说，她已经到了深圳，在深圳的一家大酒店公关部任职。我很高兴，马上按信上的电话号码打电话给易灿辉。她在电话中声音很温柔，很甜美。她说："自从你走后，在我没来深圳之前，我每天晚上都在等你的电话，可总也等不到。我就想，是不是因为你临走之前我没送你便生气了呢？可想而知，我也在想你、念你、担心你。一直到收到你的信，得知你在火车上病了，却还要在外边奔波，你让我心疼。你给我的那份深爱，令我好感动，你给了我前所未有的全新的感受！"我听了这些，激动得流出了眼泪。易灿辉在我的生活中出现，照亮了我的人生，使我觉得人生光辉灿烂，充满希望。在东北那102天的日日夜夜，我常常想起易灿辉，有几次我甚至难以克制自己的感情，我想写信向易灿辉表白自己的心迹，但又不敢，那时候，我把易灿辉看得很高，像星星、像月亮，我怕万一求爱不成，火车上那一夜的友谊也因此毁于一旦，那将是令人遗憾终生的。这个夏天，在长沙，我梦寐以求的那份爱，突然降临了，而且像闪电般来之迅猛！

　　我在电话中约好，第二天赶到深圳去看她，易灿辉欣然同意了，这更令我振奋无比，恨不得马上飞到深圳，在月光下，在海边沙滩上，和易灿辉尽情地畅谈一番。这次在广东找工作，我又有了许多新的感想，新的人生体会，我要讲给易灿辉听……我觉得：要闯荡世界，首先要闯出自我，战胜自我，这个"自我"啊，往往很狭隘，很拘谨！比如这次在广州暨南大学招待所里的那间"找工作客栈"结识的伙伴们，他们为什么迟迟找不到工作又白白地消耗在那里呢？原因是有的心太高，一心一意地想着高薪，想来广东发大财；有的暂没遇到机会、专业又不好，但又不肯回去，怕回去给人家笑话，说："人活着一半是给别人活的，没找到工作，无颜见江东父老兄弟啊！"

第二天，又是个大热天，烈日炎炎，在广州购买到深圳的火车票的人排成了足有几百米的长龙，而且前边不断地有人插进来。我排了2个小时，长龙终于有所缩短，但突然间，旁边的一条长龙解散了，人们马上拥了过来，插在我的前边，两条长龙拧在了一块。购当天的火车票看来根本没指望了，而我无论如何要在当天易灿辉下班前赶到她打工的酒店，这时，手机还只是少数老板拥有，下了班就没办法联系到她了，我只好到票贩子手上买了张高价票。到了深圳，我乘了一程公共汽车，离酒店还很远，想乘的士，又没有，我就不顾烈日的暴晒，大汗淋漓地一路小跑。今天晚上我要和易灿辉一起吃饭，和她一起到海边散步。我想早一点和她成立一个美满的家庭，争取多赚些钱，在广东再买套房。在长沙有房，我就可以把广东的货拿到湖南去推销，把湖南的货拿到广东来推销，来回跑，来回都有据点，都有市场，那么我就是真正的商人。生意成功，我就和易灿辉在广州的中国大酒店举办盛大的婚礼！

赶到那家酒店的时候，谢天谢地！5点15分，离易灿辉下班的时间还有15分钟。我气喘吁吁地问总台：“小姐，请帮我找易灿辉，好吗？”

总台小姐定定地审视着我：“你是哪里来的？”

“我要找易灿辉。”

总台小姐仍穷追不舍：“你是哪里来的？”

我发火了：“我要找易灿辉，哪里来的不关你的事！”

“那算了，你也不要问我，不关我事！”

我急了，强做出一副笑脸：“对不起！小姐，我是易灿辉的男朋友，是她的爱人，总可以了吧？”

“找她干什么？”

我哭笑不得：“爱人之间的事情难道还要告诉你吗？”

“她已经出去了，刚刚出去的。”

我大失所望，一屁股坐在沙发上，这个时候，我才感到筋疲力尽、饥渴难耐。总台小姐给了我一张纸条，我展开纸条，上边写着：“老邰，真对不起！我一直在这里等你，但5点半酒店要我去参加公司举办的庆‘七一’歌咏比赛。如果你不马上离开深圳，明天上午可以到南方大厦A座1014房去找我。易灿辉。"

我这才松了口气，但很急切地渴望见到易灿辉。我拖着疲惫不堪的两条腿，等不及明天就找到了南方大厦 A 座 1014 房。但那冷冰冰的铁门，无论怎样敲，都毫无情面地紧锁着。我只好在附近找了家旅馆住进去，这是个双人房，与我同住一室的是位精神矍铄的老人，老人很爱谈话，见面就问："从哪里来啊？""顺德！""做什么工作？""——啊，打工仔！""打工仔？做厂长、做经理都是打工仔！"

这句话使我忘掉了疲惫，忘掉了沮丧，一时来了激情："对！您说得很对！您老在哪儿工作？""我离休了，来深圳做考察，了解一下市场信息。"说话的时候，老人始终站在地上，一会儿弯弯腰，一会儿揉揉膝盖。

"离休了，还来考察？"

"这人啊，就像是一架机器，不能停下来。停下来齿轮就该生锈了。原来在政府，现在给一家公司当顾问，跟你一样，也是打工，小老弟，你具体在做什么呀？"

"做推销员。"

"推销什么？"

"几个月前在珠江三角洲推销电子消毒碗柜，现在又要去推销微波炉了。以后也许去推销彩电、冰箱，也许去推销时装，推销鞋帽，反正看好什么就去推销什么！"

老人目光炯炯，神采飞扬，说："对，这就像经营企业，胃里消化着一个，眼睛里还要盯住一个！"

我与老人越谈越投机，谈了半宿，第二天早饭后，仍谈得津津有味，从生意谈到个人命运。老人说："我常常告诫我那些儿女们，事业不顺的时候，不要怨天尤人，更不要心灰意冷，要乐观，要勤奋，要热爱生命，一切成败得失都让它顺其自然，世界上许许多多的事情都不会想怎样就怎样的！"

我似有所悟，我觉得这次深圳之行——值得。我情不自禁地谈了自己的遭遇，我渴望爱情，这次来深圳就是来看女朋友的，但那女朋友失约了。老人安慰我："也许她真的有事，你不妨明天再去看看。"

我按照约定时间再来到南方大厦 A 座 1014 房敲门了，前一天傍晚在海湾大酒店遭遇的总台小姐穿着睡衣出来了："敲死啊！"

我说："对不起！我找易灿辉。"

"她昨晚没回来。"总台小姐"咣啷"一声关了铁门。我靠在临街的矮墙上等。从楼上俯瞰，街上车水马龙，城市开始了一天的喧闹，大自然的太阳升起来了，我心中的太阳却沉落了。不时地有上上下下的人好奇地看我两眼。总台小姐打扮得漂漂亮亮地走出铁门进入电梯，电梯门合拢的那一瞬间，冷冷地看了我一眼。

我心灰意冷地回到旅馆，正在看电视的老人见我回来马上把电视关小，很关心地望着我。我痛苦地摇头，眼里闪出泪光。

老人很同情："小老弟，不要难过，事业为重，你还年轻，有机会遇到合适的，我帮你介绍一个。"

我挥泪与老人告别："我走了。"

老人从日历牌上撕下一张纸，写上自己的名字和电话给我："我叫董德普，这是我家里电话，以后保持联系。"

我出了旅馆很远了，老人仍站在阳台上朝我挥手。

第二十六章
四省"总督"

　　成功电器集团公司是珠江三角洲上的一家大企业，年产微波炉 200 万台，在亚洲是最大的微波炉厂。上层管理人员除了罗厂长外，其余都是香港员工。我想：香港员工一定很公正、很文明、很有修养。在我还没有正式录取成为成功厂员工的第一天，要接受香港总公司市场部经理的考察。首先人事先生通知我在 3 号会议室等候。我已经接受过很多次这样的考察了。心里十分坦然，就像一名优秀的演员在上台演出前那样一种感觉。市场部经理来了，这是位二十五六岁的小姐，但那走路的姿态绝对不能用娉婷、婀娜、姗姗……这样一些美好的语汇来形容。她脸拉得很长，如临大敌，那走路的英姿像香港警察或者像鬼子进村时的正步走。不过她手上没有端着上了刺刀的三八大盖枪，而是端着个大记录本。她给了我一张名片，名片上的名字叫李淑女。

　　李小姐坐在我的对面，审视了一下我填的求职表，突然往我的面前一摔，狠狠地瞪着我。平常人发怒瞪人是眼球往外凸，李小姐不是，是往里凹，从那凹进眼窝里的眼球上折射出一道阴森的光，那光是蓝幽幽的，像沉沉夜色中深山老林里的狼眼，她瞪了我一阵，突然声色俱厉，似乎她对面的我不是求职者，而是受审的罪犯，或者是突然被发现的窃贼、间谍。

　　"你来干什么？"

　　我莫明其妙："我是来求职啊。"

　　李小姐把手上的大记录本往桌上狠劲一摔："你系（是）来求职吗？你搞了好几个厂，来我这里你就会同时推销几家厂的产品，一只脚踏几条船，系（是）不系（是）？"

　　我无从回答，我怎么也想不到香港小姐如此专横，也会强加于人某种无中生有的罪名。香港人对中国内地 20 多年前掀起的那场史无前例的"文化大革命"比内地人还要深恶痛绝，可是这位李小姐待人的态度跟"文化大革命"

造反派头头有什么不同？平心而论，我来此求职和原来到那些厂一样，真的是一心赴实而来的，平白无故地蒙受伤害，心里真不是滋味。我想反唇相讥：你怎么知道我会一只脚踏几条船，你难道比我更了解我吗？但我没有这样说，而是异常冷静地说："一只脚踏几条船少了，我想一只脚踏一百条船，可惜，我没那个能力，我只能干好一家厂的推销，多半家厂都照顾不过来，您刚才过高地估计我了。"

李小姐脸上毫无理由的怒容收敛了，口气稍微缓和了些，说："好了，我再问你，你有什么推销手段？"

我说："我没手段，我只靠意志、体力和对聘用单位的责任感！"

"就这些？"

"就这些！"

"嗯——哼！"香港小姐耸耸肩，两手一摊："好了，你上班吧！"

那天中午，我拿着饭卡，第一次到饭堂吃饭，我若无其事地走上台阶，正要进门，曾经接待过我的人事先生从门里窜出来，如狼似虎，眼珠子瞪得像牛眼，手指头点着我的鼻子，声嘶力竭："滚出去！"

这多像当年的日本鬼子对中国劳工喊"八格牙鲁"啊？我吓出了一身冷汗，但不知所以然："我来吃饭啊。"

"滚出去！"

我看看表，已经 12 点了，我并没有来早啊，这时吃饭的铃声响了，上千名 D 级、F 级员工带着满身的臭汗蜂拥而至，人事先生不再管我了，我这才注意到，我的手表比饭堂的铃声快了半分钟。这里吃饭是有极严的规矩的，前门进，后门出，水泥地上画着两道黄线，前门后门黄线两侧都有保安，谁无意之中脚踩了黄线保安冲过来"啪"就是一耳光。提前半分钟进饭堂者警告，警告两次者开除，那人事先生和保安就像过去电影小说中描写的资本家的狗腿子，怒目金刚般监视着全厂员工。

吃过午饭，我正躺在宿舍床上犹豫：这样恶劣的企业氛围值不值得我在这里干？"咣！"从门外撞进个人来，此人二十七八岁，小个、大分头、戴副眼镜，扛着个旅行袋。

他把旅行袋往另一张床铺上一撂，笑嘻嘻地说："哈，昨晚在福建花 100

块玩了个小姐，是你们东北的，体验生活嘛。你叫郤勇夫是不?"

"叭叭"他甩给我两袋小食品。我赶紧从床上坐起来打招呼: "你好!"

小个子自我介绍: "我叫杨建初，比你早来几天，下午开会给推销员分片。你没去找领导活动活动?"

我说: "罗厂长的意思让我管新疆。"

杨建初: "哎，你可别去别去，那地方少数民族地区，路途遥远，市场不好，没意思。"

我说: "我跟罗厂长说了，希望跑湖南。"

杨建初: "对! 听说你家在湖南，住在家里搞推销，每天睡大觉，一台销不出去也有一天 90 块钱补助，给省长做都不干!"

我问: "你想管哪儿?"

杨建初: "随他分吧，台湾来的港方厂长、中方厂长我都一一拜访了，不会给我太差的地方。"

下午上班时间快到了，我说: "走吧，早点过去。"

杨建初: "等等，别忙别忙。"杨建初从旅行袋里拿出个小收音机来，"叽里咕噜"调台，选定一个正在播放歌曲的波段上，把声音调大: "怎么样? ——五波段——半价——150 块，卖给你了!"

我一时措手不及: "我我我……我没想过要买这个。"

杨建初: "哎，帮帮我帮帮我，我现在是一分钱也没了。"见我不置可否，杨建初"哗——"把身上的西装脱下来，说: "外加这件西装怎么样?"

我十分为难: "你那西装我穿不下。这样吧……"我解腰带从内裤暗口袋里抽出 100 元，说: "我钱也不多了，先借你 100 块应急。"

杨建初收了我的 100 元钱，说: "谢谢! 谢谢! 算你给我放高利贷了，等我还你 200 元!"

下午开会，香港又派来了一位管销售的潘先生，据说潘先生是哈佛大学的毕业生，在美国从事过市场营销，很有水平，大家都想一睹潘先生的风采，早早地在会议室围着椭圆形长桌坐好，恭候着潘先生光临。我和杨建初挨着，杨建初抱来了一摞"好新闻"的获奖证书，给领导和新老推销员们传看……

潘先生在香港李小姐和人事先生的陪同下，昂首挺胸步入会议室。这人矮小粗壮，40多岁，一副颇自得样，和李小姐一样一副蛮横的神态。他要推销员们依次做自我介绍，但往往做自我介绍的人刚刚报过姓名，还没容人家自我介绍下去的时候，他已经在那里"叽里呱啦"用夹着英语单词的广东话长篇宏论了。他那宏论的特点是东一锄头西一棒子，一会儿问人家你懂什么叫推销，一会儿又讲美国人的购物意识，一会儿又讲你们叫我讲的市场营销，在北京大学第一流的教授那里都听不到。

罗厂长给推销员讲话了，人家是土生土长的当地人，没读过大学，可能只有小学文化，但人家是没有文凭有水平，首先问："在座的有没有听不懂广东话的？"

我举手："有！"

罗厂长："那好，我就讲普通话了。新来的推销员邰勇夫负责湖南、广西、贵州、云南四省市场。"

推销员们一片惊叹："哇——四省总督！"

罗厂长："杨建初，名牌大学毕业，新闻记者……"

杨建初举手请缨："我去新疆！那地方我熟，自治区领导是我校友，新疆军区司令员是我老乡。"

罗厂长："行，那么新疆就给杨建初了。我们成功主导产品是微波炉，在国内目前还没有哪一家能够与我们竞争，但微波炉整体市场在国内还没有启动，推广起来有很大难度，我希望大家都能够成为一名出色的推销员，一名成功的商人！"

我拍案叫绝：推销员——商人，商人——推销员！我这还是第一次听说把推销员和商人联系在了一块，成为成功公司的推销员，——不！——推销商！我感到无比光荣！接下去，罗厂长说了句至理名言，那话更有水平："推销员是接受NO的专家，把一个又一个的NO变成YES是推销员的神圣职责！"

潘先生正式讲话了，他讲广东话，我一句也听不懂，全靠身旁的一位本地推销员小声给我翻译："潘先生是香港总公司驻中国市场的巡视员，兼我们的销售科长，潘先生要我们用两个字来概括市场推广。"

推销员们一个接着一个回答，潘先生都摇头说"NO"。潘先生审视着每一个人，当目光扫向我和不断给我做翻译的本地推销员时，眼珠瞪得滚圆，吓得我俩赶紧拉开距离。我起立惊惶失措地回答："人！"

潘先生瞪圆的眼珠子变小了，像发疯那样振臂高呼："OK！OK！"接着他又冲我说广东话，我听不懂，愣愣的，身旁的本地推销员想为我翻译，潘先生又瞪了他一眼改用普通话："为什么是人呢？你具体点儿说。"

我回答："市场推广是做人的工作，让人们接受你的好创意，好产品；同时，作为我们推销员，推广产品的过程就是一个做人的过程，让客户满意，赢得客户的信任。所以，市场推广用一个字来概括，那么就应该是'人'！"

在一片掌声中，我坐下了。

推销员的顶头上司周部长发言了，周部长叽里呱啦、义愤填膺、仇恨满腔地用广东话说了一大通，说的什么我听不懂，但从那神态上看得出是说罗厂长对我和杨建初两位新推销员过于信赖，过于偏爱，还说我进厂门第一天就没完没了地打长途电话（实际上那天仅仅是接了一个易灿辉从深圳打来的电话）。

最后的结果是管四川的老推销员割出重庆来让给我，我把云南让给那位本地的老推销员。

何厂长又公布了推销员的出差待遇，这待遇比我以前干过的那几个厂都好，每天吃住90元，交通费一概实报实销，可以乘飞机，可以坐软卧，销售提成3%。除此之外，每月还有200元底薪，新推销员头3个月还给每月600元的补助。看来，"人挪活、树挪死"这句话还真有道理。

晚上，如愿以偿的杨建初在宿舍里手舞足蹈："我抱着咱们成功牌微波炉啊，上边防哨卡去推销，慰问咱们的亲人——金珠玛米雅格都！"

第二十七章
女儿改名

我借了差旅费，背上行装出征了。在广州至长沙的火车上，我微笑着面对周围的旅客，开始履行我四省"总督"的使命了："先生。"先生没理我。"小姐！"那小姐一脸的戒备，把脸扭向窗外，我"嘿嘿"地笑了两声："各位朋友，坐火车闲着无聊咱们玩玩扑克吧。"

先生脸上露出笑容，小姐回过头来响应。我拿出一副成功牌微波炉的广告扑克边洗牌边宣传："90 年代三大件首屈一指微波炉。"

小姐问："微波炉是干什么的？"

我说："做菜做饭用的号称烹调机器人……这牌上有介绍，您来洗牌吧！"

小姐一边洗牌一边认真地观看。

一路上玩得热热闹闹，我的广告不断："调主——烹调机器人，王上——成功牌微波炉，甩了——无油无烟煮食悠悠，枪毙——3 分钟炒盘排骨，加分——8 分钟炖好一只鸡……"

第一站是株洲。这天，是星期六，艳阳高照，白云朵朵。时值 9 月，秋高气爽，鸿雁南飞。我去看女儿小诗诗。我先去吴春芳的单身宿舍，那熟悉的房门紧紧地锁着，防盗门生锈了，我亲手钉的纱窗纱门都发霉了，我又趴在窗子上往里边看，里面还是昔日的样子，但人去楼空。邻居们十分同情地告诉我："你爱人和小诗诗半年前就不在这儿住了……"邻居可能还想说什么，见我一脸的伤感，没再说下去……我以前接女儿的时候，听女儿说过，她将要上铁一小读书。这个城市有两个铁一小，一个是铁路一小，一个是铁道部机车工厂的一小。两个铁一小我都去了，询问了他们的校长、教导主任、一年级的班主任，都说没有郁诗诗这样一位小同学。我失望至极，但又不甘心就此离去，最后还是跑到距吴春芳现在的家最近的电力机车工厂一小。我逐个教室地从门口往教室里细细地观望，一位老师疑惑地盯着我："你找哪一个？"

"啊，对不起！我找我的女儿，但我不知道我的女儿是否在这里读书。"

"你女儿叫什么？"

"邰诗诗。"

那老师皱皱眉："不是跟你讲过了吗？这没有这样一位小同学，怎么回事，连自己的女儿在哪上学都不知道？哎，还有这样做父亲的。"

我很尴尬，涨红了脸。我仍执拗地逐个教室反反复复地往里看，其中有一个门牌上写着一年级二班的教室是空的。我想女儿会不会就在这个班上呢？我放眼往操场上望去，发现一块水泥坪上有一群孩子在那里由老师指导着涂涂抹抹。我快步奔去，原来孩子们是在把水泥坪当画板，在老师的指导下上美术课呢。坪上画满了房子、大树、花朵、小鸟……

在这群孩子们当中，我突然发现了自己的女儿小诗诗，我兴奋至极，连连地喊着："小诗诗，小诗诗！"

小诗诗抬起头，一双晶亮似乎闪着泪光的大眼睛盯了我好久，才怯怯地喊了声："爸爸！"然后又垂下头，在坪上画她的图画。我又喊："小诗诗，快来！"

小诗诗低着头，怯怯地走向我。我紧紧地抱起小诗诗，惊喜地说："小诗诗，见了爸爸怎么像不认识一样？把爸爸忘了吗？"

小诗诗流下了一串眼泪，委屈地说："爸爸，我已经不叫邰诗诗了，妈妈给我改了名。"

我一阵紧张："妈妈给你改了什么名字？"

"吴天棋！"

我松了口气，随了吴春芳的姓，我觉得也可以，但还是刺疼了我的心，我有些泪眼模糊了，我一边吻着女儿的脸蛋，一边说："以后在爸爸这里，还叫邰诗诗，啊！"

小诗诗答应着："嗯。"

我领小诗诗回家。路上小诗诗不时地回头看一眼，一边走一边对我说："爸爸，妈妈带我搬到姓王的叔叔家了。"

我问："那姓王的叔叔好吗？"

小诗诗又泪光闪闪了："不好，一点也不好！那天吃饭，他还用毛巾抽我，说土豆丝都让你吃了！为这，妈妈跟他吵架了。"

上了公共汽车，小诗诗仍不时地透过车窗往后边看，我挺奇怪，问："小诗诗，总往后看什么？"

小诗诗嗫嚅着，小声说："妈妈……"我顺着小诗诗的目光看去，果然，吴春芳扶着自行车，立在马路边上正朝我一往情深地凝视着！我想招招手，问候一声。但公共汽车已经开动了。吴春芳的影子渐渐模糊不清了……这个星期天，我和女儿在家里玩了一天，教女儿做作业，给女儿讲故事，再也没有比这更快乐的事了。女儿已经学会了拼音，能够朗诵语文课本上注有拼音的歌谣了！

第二天，我送小诗诗上学，在学校门口，父女俩分别时，小诗诗说："爸爸，现在我小，跟着妈妈，等长大了，就跟着爸爸，好不？"

我坚定地说："好！好！爸那个时候给你建个大房子，爸供你读书，上大学。"

小诗诗望着我，灿烂地笑了，不停地挥舞着小手，喊着："爸爸，再见！爸爸，再见！"

第二十八章
在黑暗的长廊中摸索

那阵儿，湖南的天气很热。我首先在长沙开展业务，我把原来厂里在长沙外设仓库的存货微波炉铺给各大商场让他们代销。因为微波炉不仅在长沙在全国还没有被广大消费者认识，人们对它还十分陌生。

我背着台微波炉走进一家大商场，沿着滚动电梯上了一层又一层，最后爬楼梯又上了几层，终于来到门上写有"家电商场经理室"的门前。

这家大商场的家电经理看了我的微波炉直摇头："代销也不要，没地方放，太超前了！"

又一家大商场的总经理办公室。总经理被我感动了："好家伙，背着台大彩电，走天下！"

"不！"我回答："这不是彩电，这是微波炉！"

总经理一脸的茫然，"微波炉？派什么用场的？——烤火？"

我四处奔走，试图像在珠江三角洲推销乐家牌消毒碗柜那样搞直销。我走访朋友，走访熟人，哪怕是去医院门诊，乘公共汽车，逢人便推荐微波炉。那天在电视台广告部，本来这里的人对微波炉尚不知为何物，经我一宣传，广告部6个人每人买了一台我推销的微波炉！这小小的成功，使我更加有了信心。大概人到了一定的年龄，所有不切实际的幻想就都没有了。过去，我总觉得：一个人在一个小小的单位里有所建树，有所成绩，哪怕当上了厂长，当上了总经理，当上了总工程师，那都算不得什么，要在一个大的范围内，至少是一个省、一个国家，乃至半个世界，一鸣惊人，那才算成功。现在不是了，我觉得：一个人无论在哪个位置上，都有一个广阔的天地，任你扬鞭驰骋，你是身份显赫的高官，运筹帷幄之中，决胜于千里之外。那么我呢，一个小小的，普普通通的，没有多少人知晓的推销员同样可以施展雄才大略，励精图治，创造人间伟业！

　　我住在株洲爸妈家，每天跑长沙，早晨去，晚上归。每天都是一身黏糊糊的臭汗，每天都是筋疲力尽，口干舌燥，但我乐此不疲。然而我忽略了一个细节：我毕竟是刚刚到一个新厂，毕竟是一个为外资厂打工的小小推销员，在广东的外资厂，每一名普通的员工，说句难听之言，与当年"文化大革命"期间的地、富、反、坏、右、走资派接受革命群众监督差不了多少！那外资厂森严的高墙，如狼似虎的保安，动辄炒你鱿鱼的老板、上司、领班——是工厂，也是监狱，父母来看儿子、妻子来看丈夫、弟弟妹妹来看哥哥姐姐，不能进厂门，不能进宿舍，只能在高墙外见面，那比探监还屈辱！生产线上的打工妹有多少不堪夜以继日的加班而又不给加班费的野蛮压榨，精神崩溃，而被老板一脚踢出门外……我把这一切都忘了，我连续9天没顾得往厂里打电话，我是想：我是成功公司的员工，我很光荣，我受雇于你，我就要对你负责任，为你也是为我自己创造财富，我把自己与成功公司紧密地联系在了一起，成为一个整体，这也叫主人翁精神吧！第9天，我在电信局拨通了公司的电话，我要找直接管推销员的营业部周部长。周部长在电话中的声音是咬着牙才能发出来的那样一种声音："9天没你的电话，你都想干什么！香港潘先生对你意见很大，你违反了公司规矩，你卖了6台微波炉为什么收现金？"

　　我一时气得直哆嗦，我想申辩，这9天，我走访了各大报社、电视台、广告公司，各大百货商场，除此之外，还直接去各大机关、厂矿企业宣传微波炉搞直销，卖那6台微波炉也是请示过罗厂长的，而且货款已经电汇给厂里了，你姓周的狗眼看人低，把我这位忠心耿耿地为你成功公司卖命的郗勇夫当作贼，你6台微波炉不过5000多元，值得我携款而逃吗？但没容我说出这些来，对方周部长的电话就"咔嚓"一声放下了。我马上写了一份详细的工作汇报，传真给罗厂长、潘先生、李小姐、周部长。我曾经对潘先生抱有很大的希望，因为在厂里时，潘先生曾说："我不管你本地人也好，你东北人也好，都是我的同胞！"他潘先生会公正的。第二天，我又拨通电话给潘先生，潘先生在电话中也是以周部长同样的口气说："你不守规矩，香港总公司曾向我问过几次新推销员的情况，别人都有电话回来，只有你没有，你叫我怎么向总公司交代？这也是为你好，你有家属，万一你的家人来找你，你去向不明，我怎么向你的家人交代呢？"

这后几句话我听着还挺顺心，我感激涕零："谢谢你！潘先生，我发回去的传真你看过了吗？"

"还没有。"

我又打电话给罗厂长，罗厂长依然如故，声音很和气。罗厂长说："你不要总在长沙。重庆、遵义、贵阳、桂林、柳州、南宁都要去，现在马上就去，多走些地方。"

我心里坦然了，罗厂长信任我！我马上去买了重庆的火车票。

重庆街头。晨雾弥漫，车水马龙。我背着一台微波炉在人行道上东张西望，想找人问路。骑自行车上班的人匆匆而过，无暇理我，终于等来一位行人，我忙上前询问："同志，请问本市最大最高的百货商场怎么走？"

行人摇摇头，冷漠地过去了。

又过来一个人，我换了个称呼："先生，请问，最大的百货商场……"

来人极不耐烦："不知道不知道。"匆匆而过。

我总结了问路的经验：行色匆忙者不问，面相不善者不问，背着大行李赶路的外地人更不用问。过来一位慈眉善目的老人家。我迎上前去："老大爷，问个路可以吗？"

老大爷停下来，侧起耳朵："你说，你说吧。"

"重庆最大的百货商场怎样走？"

老大爷："什么？同志你大点儿声。"

"最大的，百——货——商——场——！"

一位骑着自行车赶去上班的女士远远地停下来，关注着我。老大爷听清了，但也不知道路，但又诚心地想帮助我，指着远处的警亭："走，我领你去问问，民警同志一定知道百货商场怎么走。"

上班的女士走上前来热心地为我指点："这样走，往前吧，一个交通岗，两个交通岗，第三个交通岗，往右就是你要找的重庆最大的百货商场了。"

"谢谢您！"我充满感激之情朝着女士指引的方向走去。迷雾中渐渐显露出一座大商厦，我欣喜万分，脚下飘荡着迷雾，背着台微波炉的我似腾云驾雾般小跑起来。

漂亮年轻的女柜长有先见之明，看了我的产品图片，说："可以试销一下，引导消费嘛。"女柜长领我去见他们的谢经理。谢经理傲慢得不可一世："叫你们老总过来跟我谈吧。"

我脸上热了一下，直言不讳地说："我们的成功牌微波炉给你代销，能销您商场赚钱，不能销我们拿走。况且我们成功是大厂，是世界级的名牌产品！"

谢经理板着面孔，旁若无人。我只好把微波炉收起来包装好，讪讪地道别："那么好吧！有机会我再来。希望有一天，我们的成功牌微波炉会非常幸运地进入贵大厦。再……再见！"

谢经理没理我，看一眼都没有。

早晨下了火车就开始不停地奔波，日落黄昏，我走访完了重庆各大商场主管业务的经理们。突然感觉到还有件什么事没办，什么事呢？肚子一阵咕咕叫，突然想起来了，午饭忘了吃！这里和长沙一样，成功的微波炉、暖风机都只能搞代销。住下旅店，我第一件事就是打电话给公司。这次，我吸取教训，过去之所以吃了那么多的苦头，也是因为自己太直、太诚恳，总想有了惊人业绩再向领导汇报。其实有业绩要汇报，没业绩时更要汇报，反正电话费都是公司报销，有事没事的3天一个电话、6天一个传真，这样领导放心。公司接电话的是潘先生。潘先生像打连珠炮似地劈头盖脸地说："你在湖南发来的传真我看过了，我不希望再看到你这样的汇报，通篇都是广告，都是代销，不要搞代销，搞代销谁都可以搞，我要你干什么？更不要搞广告，我叫你为公司做买卖，知道吗？你就只管买和卖，公司把产品给了你，不要你买，只要你卖，谁给钱，就给谁货！"

我一时蒙了："潘先生，您的话我怎么不明白，我完全是按罗厂长的批示那样干的。"

电话又响了："罗厂长是中国方面的厂长，我是代表香港方面的，代表总公司的，都像你那样，把货铺给商场搞代销，我怎么向香港方面交代？"

我几乎带有几分哭腔了："潘先生，从目前的情况看，我们成功的微波炉、暖风机只能搞代销！"

"真是这样吗？"

"你让我说真话还是说假话？"

"说真话。"

"好！不搞代销，没办法干，你永远也别想打开中国内地的市场。"

"那你就别干了！"对方电话挂了。

我茫然不知所措，我沮丧至极，悲愤至极，长沙、重庆，我奔波了半个多月，付出了那么多的精力，结局却是这样——难道成功公司又干不下去了？是啊，他潘先生只准你卖，可是又没有人来买，怎么办？就是街头上卖冰棍的小贩还要不断地吆喝，"冰——棍！"你微波炉、暖风机再好，消费者尚不识货，商场不肯购销，你不去宣传、不去做广告，行吗？我一气之下到民航预购了一张直达广州的飞机票，准备回厂交差，报了销后辞职另寻出路。我心灰意冷，胃病又发作了，胀饱、胸闷，每天只能用电热杯熬点稀饭，就着涪陵榨菜，勉强喝几口。我越想越觉得没有出路，回想起自己少年、童年在东北大山跟随父母那段颠沛流离的生活，越发想不通！我刚刚懂事那天起，我耳畔常常回响的便是母亲哀哀的悲歌。爸忠诚、坦白、无私，解放战争时期，爸做过东北民族联军的财粮员，背着全团人马的钱财跨越国民党军队的封锁线，子弹在脑瓜皮上嗖嗖乱飞；新中国成立后，爸做过人民空军的军需科长、做过国营大厂的供销科长、做过市财政局的局长……没给公家遗失过一分钱，更没有占过公家一分钱便宜。爸对党的话、对组织的话，从来都是无比的虔诚，干了半辈子革命，最后退职回乡监督改造。至今我还记得这样一个片断，柳树枝上结满了一串串的柳絮，我摘那绿茸茸的柳絮，欢乐至极。我幼小的心灵中鼓荡着春风、鼓荡着一种神秘莫测的、不可知的、对遥远的一种美好事物的无限神往……爸赶着辆"吱扭吱扭"响的破牛车，从村子外边进来了，爸戴着顶狗皮帽子，两只帽耳朵系在后边，穿着件补丁摞补丁的破棉衣。脸上永远挂着层白霜，跨坐在牛车辕上，一手抓着缰绳，一手摇着柳条，心事重重地准备着向公社、生产大队两级组织坦白交代已经交代了100次、1000次的历史问题。每年过年，还要被村上的民兵连长传去扫大街，刨井沿上结的冰……妈经常对村邻们哀怨："俺们掌柜的（东北方言：丈夫）撇家撇老婆跟着共产党干了半辈子革命，我守了半辈子活寡，最后成功了倒成了敌人！"爸在那最黑暗、最痛苦的年代，实在无路可走了，一个人曾去过新疆的大戈壁，想在那找一块人迹罕至的地方，搭个窝棚，开垦一片土地，过那种野人的自由生活；也曾经一个人在那样一个冬天冒着被判死刑的危险，从结了冰的图们江溜到朝鲜去，找当年抗日联军的老战友、入党介绍人，证明自己没有当过日本特务。爸一口流利的朝鲜话，一身朝鲜族的装扮，在朝鲜停留的那些天，没有被当地任何人看出破绽。遗憾的是能够证明爸当年历史问题的抗联老战友已经失踪多年了，据说是因为言论问题被人装进麻袋用铁丝扎上口塞进了冰窟窿……

我就这样躺在床上想啊、想啊，苦苦地回忆反思着，不吃不喝，晚上做梦都是噩梦。就在我感觉穷途末路、前途一片黑暗的时候，客房里的电话响了，我有气无力地摸过电话，电话里出现了一个女孩温柔的声音。女孩充满关切并带有几分担心地说："喂，您好，我是服务台。您有什么事需要帮助吗？"

在人生的绝境中，突然有人关心，而且是位女孩。我止不住地涌出了泪水，我说："唉……我现在是被两个猎人围剿的羔羊，四面楚歌、危机四伏！"电话中的女孩慌了，听得见她在为我紧张得心跳，她压低嗓音："要我帮你报警吗？"我忍不住笑了："不不，围剿我的猎人是失败和孤独！我不知道，我的命运为什么这样残酷，我渴望爱情，爱情偏偏与我无缘；我渴望成功，成功偏偏对我板起面孔。"电话里出现一阵女孩们的叽叽喳喳。看来，几天来我的反常已经引起服务员的关注。女孩"嘘"了一声，在电话中说："您不要太悲观，有什么想不开的就对我们讲讲。"在电话中，我对这位陌生的女孩，像决堤的河水那样倾诉起我的遭遇……

女孩在电话中听完我的倾诉，长长地叹了口气，安慰我说："你微波炉销不出去，上司至多炒你鱿鱼，炒了再换个地方呗，没必要那么想不开！再说，天涯何处无芳草。"

我黑暗的心中突然洞开了一扇窗口。那窗口越来越亮，越来越亮，蓦地，跳进来一个鲜活的充满希望的太阳！——今天的中国，是一个改革开放的年代！怎么会忘了呢？怎么会忘了这样一个事实呢？在珠江三角洲，大企业一家挨一家，东方不亮西方亮，推销微波炉不成，我还可以去推销别的。一股神奇的力量在我的身上升腾了起来，我一骨碌，从躺了三天三夜的木板床上跳下来，我问电话中的女孩："请问小姐芳名?"女孩犹豫了一会儿，还是告诉了我："我叫李虹。"我感激地说："谢谢你! 李虹小姐，是你提醒了我，才使我从困惑中解脱!"

我又给罗厂长打了电话，罗厂长鼓励我好好干下去，销售方式可以随市场情况灵活变通，潘先生不让代销，你就搞点铺销。于是我把飞回广州的机票退了。临走，我到服务台前向女孩告别，但那里有几位服务小姐，我不知道哪位是给我打电话的李虹，其中的一位样子十分文静，没有穿酒店工作服的女孩深情地注视了我一眼，我问："你就是李虹小姐吗?"女孩白白净净、胖乎乎的圆脸一下子就红了，慌忙地否认："不不不，我不是。"但还是透露了真情："我只是希望您平安无事!"

第二十九章
长征路

重庆火车站，售票窗前堵得水泄不通，成千上万的人聚集在这里，一个紧贴一个，那长长的排队买票的队伍只见不断地加宽、不断地加长，但总不见它往前挪动一下。我夹在队伍的中间，周围弥漫着汗臭、脚臭，前边的人还不时地放着臭屁，天热得透不过气来。我在火车站广场上兜圈子，找不到票贩子的踪迹便试图贿赂车站上来来往往的工作人员，我一次又一次迎上前去小声套近乎："买微波炉不，我按厂价打折给您，只求您帮我买张票。"

无论男人还是女人都像全世界的人欠下了他们的血泪债一样，任我怎样暗示，全是一副冷面孔，我想他们是不是也听了教授学者们讲狼道了？

我不甘失败，我始终相信，人都有善良的一面，慈悲的一面，只是我这样做目的性太强，让人家唯恐躲之不及。我换个方式套近乎也许一箭双雕："嗨，微波炉有奖问答！"我每逢车站上穿制服的工作人员就笑脸相迎派送他们一张印有"微波炉有奖问答题"的宣传单，一些工作人员好奇地停下来询问："啥子是微波炉嘛？"我故作遗憾地说："您在铁路上做如此神圣的工作连微波炉都不知道？90 年代三大件啊！"

这样还真吸引了一位铁路员工，是值班站长。他笑着送我一张名片，"我们铁路上的就一定要知道你卖的微波炉？等有时间可以聊聊，但火车票实在没办法，爱莫能助啊！"

我只好去搭长途班车了。

从重庆到遵义，是一路的盘山路。公路两旁崇山峻岭，不时可见半山腰上稀稀落落的几块巴掌大的田地，由于干旱，庄稼长得面黄肌瘦。途中经过的村庄破破烂烂，低矮的茅草房前，立着几个孩子或者是成年人，蓬头垢面，似乎耳朵上都结着厚厚的、脏兮兮的痂……长途班车左拐右拐，上山下山，一路尘土，一路颠簸，车行不久，我就开始呕吐，胃里的食物吐净了，就吐黄水；黄水吐没了，就干呕，呕得我奄奄一息，濒临死亡！天蒙蒙亮的时候，车子钻出了一个万丈深谷停下了。我以为痛苦的旅途终于到头了，哪曾想是车子出了故障！我从车子上艰难地爬下来，试图呼吸一下新鲜空气，但徒劳无益，一点也没有减轻头晕和恶心。只是有了一个意外的发现，一块硕大的凌空而起的石崖上镂刻着三个大字："娄山关！"我放眼望去：千峰万仞，峭壁绝立，若斧似戟，直刺苍穹……像是一片被突然凝固了的古战场。毛泽东，当年就是在这里写下了"雄关漫道真如铁，而今迈步从头越"。这里是当年红军二万五千里长征的里程碑。我激动地想：我推销员邰勇夫的足迹与当年中国工农红军震撼世界的二万五千里长征的路线在这里会师了！我眼前的古战场似乎突然复活了，千军万马、红旗猎猎……

到了遵义，我有气无力地找了家最近的旅馆，从旅馆的镜子中发现自己一身的尘土，两只眼睛像两只黑洞，脸色苍白得可怕。我担心自己会在这里病倒，会在这里死去。我万没想到洗了个热水澡之后，我竟然变得一身轻松，头也不晕了，胃里一阵快乐的咕咕叫，引发了十分诱人的食欲。去饭店吃了饭，喝了瓶啤酒，浑身上下奇迹般地升腾起了推销的热情和力量。我看了离下午下班还有一段时间，便在遵义走了几家大商场，给商场的经理们留下名片和成功产品的图片，当天夜里又上了火车。火车上没座位，拥挤不堪。去柳州乘的是慢车，又是夜间，不断地有窃贼成群结伙地上车骚扰旅客，公开在摸旅客的腰包，摘熟睡女人的金项链，没人敢呼喊。面对这些窃狼，乘警和列车员都不见了踪影。有个家伙从我身旁走过的时候，还拍了拍我装钱的暗口袋，紧靠着我身旁的是一位从贵州山区里出来的老猎人，老猎人是出来找女儿的，他的两个女儿都被人贩子拐卖到了河南。老猎人抱着根扁担，他与我订了攻守同盟，共同防备窃贼的骚扰。老猎人说他会武功，在贵州山区曾只身一人战胜过群狼……唉！就凭这样震虎豹慑豺狼的一位孤胆英雄，亲爱的女儿却被人贩子拐卖了！

我对前途满怀希望，我想无论多么艰苦、多么险恶，就这样一路走下去，怀化、桂林、柳州、南宁、北海，还有中越边境的凭祥……那么多的城市，那么多的商场，不信就搞不到一张购销的合同！

在南宁正准备回顺德时，潘先生电话里命令我："赶紧飞去重庆，海军的一家公司正等着你要货呢，100％打款进货，至少要我们厂一个火车皮的暖风机！"

踏破铁鞋无觅处，得来全不费工夫！我赶紧飞去重庆，出了机场口，一位漂亮的小姐举着个纸牌在接我，小姐开着辆面包车把我接到重庆一家火锅城，热情款待我的老板是一位退休的海军上校。海军上校请我大汗淋漓地吃完麻辣烫，又带我去参观他的公司。他的公司有30多人，全是从乡下招来的年轻人，主要以维修为主，上校现在想拓展业务范围，不仅做生产厂家的维修中心，还要做厂家的销售总代理，但上校十分谨慎，对我的成功牌暖风机、成功牌微波炉论证再三，结果是：100％打款，而且付现金，但只购一台我手上提着的暖风机样机！

我在重庆港登上游轮，游轮一声长鸣，缓缓起锚，沿长江顺流而下。

游三峡，饱览长江两岸风光，这是我过去梦寐以求的，然而我却高兴不起来，一路推销失败心灰意冷、愁绪万千……我对人生陷入一种宿命的观点。自从干上推销这一行，我就孤身只影、步履维艰，胃除了见到客户侃侃地谈业务不疼，其他时间都疼，晚上做梦都会梦见有人在撕扯我的胃，火辣辣地疼！途经神女峰，女播音员动情地讲述起神女峰古老的传说，那个盼夫归来盼穿双眼变成石头的远古美女吸引着旅客蜂拥到甲板上，尤其是那些情侣们争相拍照。

我心更惆怅，我渴望有一个美丽的女人，她期待我归来，期待我成功，然而我被爱情遗弃又遗忘了，每天迎接我的都是陌生的环境陌生的客户，谈的都是不成功的业务，没有一丝一毫情感的交流，我担心有那样一天，对美丽女人的爱意我都不会表达了！我的心也会像那远古美女一样变成了石头。在鬼城游轮靠岸的一个小时，我随波逐流上鬼城游了一遭。游客们抽签儿占卜，我也抽了一签儿，我想这签儿准的话，说："邰勇夫，你的奔波是徒劳无益的，你的推销事业不会成功，你这一生都不会有爱你的美丽女人了！"那么我情愿死去，马上投江义无反顾。

活着！人说好死不如赖活着，活着就会有希望，我把那签儿丢掉了。我那船舱里除我之外那一伙旅客都不是一般人物，说不定就潜伏着某种机会，我曾忍着胃痛偷听了他们的谈话。他们是重庆市商贸委的领导，他们在做三峡工程综合开发可行性论证。争取与他们靠近！遗憾的是游船在鬼城起锚后，他们没再上来。我又动摇了，想回顺德后另谋出路，去顺德短短的两年，做推销员这已经是第五家厂了。这是推销的时代，人家做推销都有钱赚，我做推销总是面临这样一个怪圈：市场好领导不好，领导好市场又不好，领导好市场也好，领导可能就该换人了……我痛苦不堪地在甲板上徘徊，几个旅客在那里用扑克牌赌博，一个小青年忍不住诱惑也去参与。当我第一次转回来的时候，小青年唉声叹气说输了仅有的 100 元；第二次转回来的时候，小青年上衣没了，后悔不迭地说新买的上衣输了；再转回来时，小青年打赤脚愁眉不展说鞋子也输了；最后他上下净光只剩下一条短裤在江风的吹拂下抱着双肩瑟瑟发抖……令我啼笑皆非。但他仍贪心十足想寻找机会赢！我目前的处境不是与小青年有过之无不及吗？吴春芳嫁人了，可爱的女儿也改了名，我现在一败涂地！

　　游轮又一声长鸣，把我从痛苦的梦中唤醒，舱口外一片黑暗，过葛洲坝船闸了，游轮正在缓缓地上升……蓦地，两岸万家灯火！我细细观望，像儿时数天上的星星：一盏、两盏……一户、两户……一幅粉红色的窗帘，映出一位窈窕淑女抱着孩子的身影，她一定是在期盼着丈夫的归来吧！泪水模糊了我的双眼。

第三十章
第一上帝

我这次湖南、重庆、贵州、广西绕了一个大圈子，吃尽了苦头，签了20份合同，真的就没有一份是购销，全是铺底销售。我风尘仆仆地回到成功厂，营业部的办公室就在大门口，我首先进了营业部，刚放下行李，还没来得及喘口气、喝杯茶，香港的潘先生、营业部的周部长，还有潘先生的女秘书梁秀英就传我开会汇报工作。梁秀英负责记录，潘先生、周部长像审讯犯人一样审问我：

"你为什么不搞购销？"

"你这铺底销售20多万，货款什么时候能回？你知不知道我们有个推销员已经被公安局抓回来了，现在正拘押在派出所呢！"

"告诉你，你记下来，我们厂现在最大的王八蛋已经半年没有音讯了。我限他7天之内回厂，不然第8天，我让他断手！"

接着是"啪啪啪"，潘先生手里摇着把明晃晃的匕首。匕首锋利的刀尖冲着我往桌子上一个劲儿地猛敲。如果真的有阴曹地府的话，香港来的潘先生就是阴曹地府里的判官、阎王，当地的周部长就像是小鬼或者帮凶、狗腿子。说来也怪，我来这个厂始终保持着对工作兢兢业业、认真负责的态度，可是这位营业部的周部长就是看我不顺眼。我刚来厂报到时，曾经打了一个市内电话，仅3分钟，周部长马上汇报给了罗厂长，因此罗厂长特意点过我："没事，少打电话！"当时让我心里沉重了好儿大。我没办法回答潘先生的审讯，干脆不吱声。上半年，在康美厂东北办事处推销消毒碗柜时，结识了一位朋友——一家厨具店的经理老袁。老袁40多岁，小个，瘦瘦的。每次去，他都与我交流人生经验：

"邰勇夫啊，做人得学会忍耐，明明这事不公平，明明这事是欺负咱哥们儿的，你别吱声，装鼠迷，装二百五。等没人在场的时候，你蹦高骂吧——

我×你奶奶，我×你祖宗，你混蛋，你是狗娘养的！如果有人来了，你赶紧住口，假装唱歌，在练嗓子，等人过去了，你再骂，骂得更凶，更狠——你是兔崽子，你是狗杂种，我×你八辈子祖宗！"我想到这些忍不住发笑，"扑哧"一声笑出了声，而且笑声不止。潘先生、周部长、梁秀英都愣住了。周部长对潘先生说："我们说了这么多，他根本就没有听进去！"

梁秀英不无同情地对潘先生说："算了吧，邰勇夫工作很努力，他刚回来，大概坐了一晚火车，还没有休息。"

潘先生似乎与这事无关了，抬起屁股去对另外一个推销员咆哮、恐吓、威胁。他在骂："你们推销员全是骗子！"不过，没有用他那把寒光闪闪的匕首，而是不时地举起个电热锅的内胆拼命地拍打着桌子，那样子狰狞得可怕……周部长起身走了，只有女秘书很同情地注视着疲惫的我，说："大家都一样，这里的工作很难干啊！"

我这才认真地看了一眼梁秀英。梁秀英白净脸，大眼睛，穿的那双鞋子像两条船。我好奇地问："您从哪里来啊？"

"株洲。"

"株洲？——我也从株洲来，咱们是老乡啊！"

梁秀英眼里流露出欣喜的眼神："是吗？那太好了，我也刚来，请你以后在工作上多支持！"

这个厂的宿舍是四层楼，一、二、三层是 D、F 级员工，全是车间里的工人，条件比较差，20 多人挤一间，夏天热得像蒸笼；四层楼住的是 C 级员工，C 级员工都是写字楼的部门主管和工程师们，条件比较好，两人一间屋，屋里有空调。推销员在这个厂是 D 级员工，相当于车间里的班组长。但我和杨建初都是有大学文凭有中级职称的，便享受了 C 级待遇住进了四楼，这样条件好多了，也有幸和四楼的工程师们成了朋友。我的株洲老乡梁秀英恰好就住在我的对面。

这天晚上，我房间的门敞开着，我正躺在床上看书，梁秀英打着毛线衣，出现在我的门口。我忙从床上坐起来，向梁秀英打招呼："你好，梁小姐，这么能干，还会打毛衣！"

梁秀英撇了一下嘴："哪个女人不会打毛衣？"我想说：我原来的妻子吴

春芳就不会，她会跳舞，会玩麻将，给我织件毛线裤织了半年一半都没织上，要不是我妈给我织好，穿在腿上，去年冬天那次挨土匪大棒，两条腿非被打断不可！我盯着梁秀英飞快地打着毛线衣的两只手，万分羡慕。梁秀英说："我一直以为你是东北人，想不到你来自株洲！"

我说："老家是东北，东北大山里的一个小山沟。"

梁秀英说："哇——不简单啊！从中国的最北来到中国的最南。"

我说："我这人童心不泯，完全是好奇心引导我来到这片土地上，也完全是出于好奇心干起推销这个职业！干推销太难，也许我不该走这条路，你看今天我汇报工作，那简直就是被法警押着在被告席上接受审判！"

梁秀英关切地说："你也不要太介意，刚来时我也不习惯，你别看潘先生、李小姐他们香港人都是高级职员，也有名牌大学的学历，但品德素质很差。他们对我们这些内地来的雇员横挑鼻子竖挑眼，今天炒这个，明天炒那个，他们自己更是相互倾轧，在写字楼里经常相互飞纸条，那纸条上的言辞什么样粗俗的下流话都有！"

一切又都出乎意料的顺利，我签的 12 份铺底销售的合同，罗厂长都签了字，潘先生也只好认同了。其中有 16 个商场给发了货，发了货就会有希望。报销差旅费时，周部长、潘先生、罗厂长、财务科都通行无阻，一万多元的差旅费说报就报，而且潘先生看从广州到长沙的飞机票很便宜，还特别召集营业部全体人员宣布："邰勇夫去长沙、重庆坐飞机坐头等舱；坐火车坐软卧；市内交通一概打的士！"

不过，后来的情况证明：潘先生说话是从来不算数的，他心情好的那一瞬间，什么票子拿来都大笔一挥，"反正也不是我的钱——报！"一旦那一瞬间他心情不是那么太好，马上召集全体推销员开会，无事生非地把你的报销单据展示给大家，有意侮辱："你们看你们看，是不是这位先生特殊找小姐买避孕套也要给他报啊？"

罗厂长嘱咐我好好干，要求我抓紧时间，在厂里停留的时间不要太久。这也是我求之不得的，因为一出厂门，每天就有 90 元的补助，在家住上 3 天就等于当时在株洲工作一个月的工资收入了。我设想在湖南打广告，本来厂里给我的广告费计划是 8 万元，这已经在销售会议上由罗厂长宣布了的，但这事具体去做还要请示市场部的李小姐。那天，李小姐正在训斥她的下属。原因很简单，只是在她回香港期间，下属没经过她签字便发给某位推销员5张产品宣传单。这宣传单原本是推销员可以随意派发的，她却小题大做，十分严肃地要求下属把5张宣传单马上追回，可那位推销员已经出差去新疆了，难道还要乘飞机或者是坐火车去趟新疆去追那5张宣传单吗？下属们一个个垂首而立，噤若寒蝉。李小姐像个凶悍的老太婆那样骂够了，迈着正步走去洗手间那会儿，我来了，笑着揶揄市场部的几位伙伴："你们呐，简直是刁婆婆手下的童养媳！"

伙伴们愤愤地骂道："哪里是童养媳，——太监，太监都不如！""虐待狂，她在香港肯定被黑社会轮奸过！"

李小姐迈着正步又走回来了，广告部马上鸦雀无声了。伙伴们各就各位，有事无事的都装作十分忙碌。我提出在湖南做广告，李小姐明明知道我不懂广东话，她偏偏讲那广东话。

我说："对不起！我听不懂，请您讲普通话。"

李小姐说："我系（是）说，你打报告没有？"

"报告没回厂就寄给你了嘛！连同湖南各大报的广告价目表、报样、发行量。"

"系（是）吗？"李小姐翻她的文件柜，翻了许久，总算都翻出来了。李小姐说："我要问你，你在湖南销了多少台微波炉和暖风机？"

"到目前为止，销了6台微波炉1台暖风机样品。"

"那不行，不能做。"

"为什么？"

"因为你那块市场还没有业绩。"

"6台微波炉1台暖风机不是业绩？这业绩虽小但说明有市场，有市场就值得大做特做广告，引导消费嘛。再说湖南地区大部分人对微波炉、对我们成功牌并不了解，根本就不知道微波炉是干什么用的，你不宣传行吗？"

"好了好了。"李小姐抓起电话，又是一大串广东话。电话刚放下，潘先生就像一名日本兵那样怒气冲冲地闯了进来，看那令人心惊胆战的架势，简直是要拉我去刑场。他冲我咆哮："你又是广告广告，我叫你做买卖，我已经对李小姐说了几次了，你是推销员，不是广告员，也没有要你搞广告策划。李小姐没权力指挥你，你也不能找李小姐。你属于营业部，营业部属于我。我再也不希望李小姐向我投诉你了！"然后就是语无伦次，车轱辘话、磨豆腐话，搞得我像被五雷轰顶一般晕头转向，无所适从。这就是香港资本家的管理——很正规、很按程序地向广告部请示做广告。而且还明明在销售会议上宣布了的拨给我的广告费是8万元，你或者说行，或者说不行就完了，结果引起这么多的麻烦、纠葛，还要横遭训斥！我一气之下索性走开了，从此再也不去找李小姐或者是潘先生请示什么了，那是自讨没趣。下了班，我的心情很紧张，很烦躁，本来不会吸烟的我，也去买了一包烟，连着抽了好几支。回到四楼宿舍，见对面房间的门开着，便往屋里望了一眼，梁秀英正在屋里看书。她看那书是英文原版。梁秀英似乎感觉到了我，放下手中的书，热情地朝我打招呼："郜勇夫，请进来坐坐吧。"

屋里收拾得很干净，充满着女人的气息。开始，我不好意思进去，便靠在门口，长长地叹了口气，说："人都说，客户是上帝。我感觉着，做推销员面临的是两个上帝，而最难应付的是老板——做推销员的第一上帝！"

梁秀英朗声笑了，说："好啊，这是你郜勇夫在市场营销方面的独创——两个上帝的学说！"自己的观点有人欣赏，尤其是欣赏我的人是梁秀英这样的女硕士，我心里油然升腾起一股满足感。我瞥见梁秀英的房间里立着一个玻璃门的大书橱。从孩童时代起，书对我就有一种特殊的魔力，童年，在东北大山里那座古老的大茅草房里，劳作了一天的爸在油灯下，吹着十分抒情的口哨，翻他的大书箱子，本来我已经在火炕上进入梦乡了，但会顷刻之间醒来，两手托着下巴，眼睛专注地盯着爸手里翻阅的一本又一本的书。书上的字我还不认识，但我感觉得到，那里边有一个美好的、迷人的世界，直到爸把书又重新放进书箱，盖好箱子盖，我才恋恋不舍地合上我的双眼，继续做我童年的美梦。梁秀英房间里的大书橱，吸引了我的两只脚，使我不由自主地走进她那有一股馨香气息的房间，我停在她的书橱前浏览了一下，书橱里除了一摞摞的书籍之外，还摆放着一块石头。我莫明其妙，梁秀英告诉我："这可不是一般的石头，是几亿年前的古生物化石。"

我说："你是学英语的，怎么对化石有兴趣？"

梁秀英说："我父亲是一位地质工作者，小的时候常带我去寻找化石。"梁秀英给我倒了杯茶，那是她自己用过的杯子，杯子边缘上似乎有她的唇香，一股温柔向我袭来……

第三十一章
促销有方

这时节，已经是 11 月底了，湖南的气候仍是艳阳天。我第二次出差走了长沙、株洲、湘潭几个城市的大商场。我推销的成功牌微波炉、暖风机仍像个丑小鸭那样在柜台的角落上放着，落了层厚厚的灰尘，无人问津。我悲哀地想：成功厂的推销员真的又将以失败而告终了。

在我上次看过女儿之后，爸妈夜夜做梦：说他们的孙女小诗诗备受后爸欺凌。于是爸妈把小诗诗接了过来，在这边的子弟小学读书了，每天爸妈都要去接送。我这次回株洲爸妈家，一进门就见到了女儿在安然地做作业，欣喜万分！但女儿却撅起小嘴儿，委屈地对我讲："爸爸，青少年宫少儿舞蹈班到学校里招生选上我了，爷爷奶奶却不让我去，别的同学想去人家还不要哩。"

我好一阵难过，别人家的孩子有爸爸妈妈陪着，今天上这个班明天上那个班，作为我这个推销员的女儿却办不到。我只能安慰女儿："爷爷奶奶年纪大了身体不好，没办法经常到那样远的青少年宫接你送你。你好好学习吧，把功课学好了一样有前途。"

这天在我的推销生涯中出现了奇迹。株洲百货大楼的经理打电话告诉我，说我的微波炉一台没动，暖风机开始动了，昨天零售了 30 台，叫我做好准备补货。那天下雨了，是湖南入冬以来第一场雨，按以往的经验，这是天气变冷的开始。我来到株洲百货大楼的家电柜，这里选购各种类型取暖器的人络绎不绝，人们对完美生活的追求就是这样——永不满足。20 世纪 50 年代，湖南城里人在炎热的夏天，乘凉的方式是摇把芭蕉扇，厨房里放个大木盆，盛满水，孩子们放学归来，脱光了坐在水里泡着；七八十年代有了吊扇、台扇；进入 90 年代，居民们开始安装空调器。从古至今，湖南人不管冬天是多么寒冷，哪怕手生了冻疮，也总是开着窗子、开着门，让北风呼啸着穿堂而过。

如今有了空调、取暖器，湖南人突然变得比北方人还惧怕寒冷了。

　　家电柜上，各种类型的取暖器排列得满满的，我推销的那种成功牌像个小音箱似的暖风机放在最不引人注意的角落里，却不断地有人过问。我与柜台长商量一下，亲手把那暖风机从角落里移到柜台上最为明显、最为引人注目的位置上，插上电源，使暖风机不停地摇摆，不停地向围观的顾客们送去温柔的暖风……

　　这效果很好，立刻就有无数双手伸过来，感觉着暖风。我用极清晰、极响亮的普通话向顾客们宣传："女士们、先生们，欢迎您选购成功牌暖风机，本机采用目前世界上最先进的发热元件，热效率高，居室升温快，用起来安全可靠不易引起火灾。"

　　有位戴眼镜的男顾客问："你是厂家的吧?"

　　我毫不隐瞒："是的，我是成功产品的推销员!"

　　戴眼镜的顾客立刻没有了兴趣："怪不得，是你厂的产品嘛，当然你会说好了。"

　　我说："我说好，是真好呢，还是假好，我想您会分析。做广告不见得都是吹牛，因为消费者有教授、有学者，什么样有水平的人都有。如果我吹牛，谁会相信呢?"

　　那位戴眼镜的顾客挺满意，点了点头。我又从柜台里拿出一台新的暖风机给顾客们边示范边解说。戴眼镜的顾客终于信服了。说："对对，有道理，有道理。"

　　一位美丽的少妇牵着个小朋友挤进来，少妇说："你这种暖风机就是太小了。"

　　我说："对呀，小巧玲珑是成功牌暖风机的一大特点，很适合小朋友做作业、洗澡的时候取暖。"

　　少妇说："那么小，能有用吗?"

　　我微笑着说："您那，得更新观念，你看手机多小，但用起来多方便。"

　　围观的人越来越多，有人要买了，那戴眼镜的顾客唯恐落后："我就买你这种了。"

　　少妇一双好看的眼睛冲我笑着："都是你会说，本来我们不想买什么取暖器，经你这一宣传，我们就买你两台成功牌了!"

一个老先生感激地说:"我来这柜台上几次了，就是拿不定主意买哪种，今天亏你介绍，我也买你这种了。"临走老先生还一定要我一张名片。柜台上像刮起了一阵风，成功牌暖风机一台接一台在我的手中试好、包装好，流向不断涌来的顾客们的手中。我发现，刚才很高兴、很激动地买了我一台成功牌暖风机并要了我一张名片的老先生始终站在人群外围，远远地笑眯眯地观望着我，似乎对我的宣传仍余兴未消……老先生挺面熟，但我顾不得想了。第二天，我就挺进长沙。我想成功牌暖风机在株洲能够得到消费者的青睐，那么在省会长沙一定会风行一时!

在长沙我只铺过一个商场——长沙大厦，但这里的销售情况并不理想，成功牌暖风机上柜一个月只销了 7 台。我又连续走访了几家大商场，都对我的成功牌没兴趣，说不好销，就是代销，人家也不要，只韶山路百货大楼家电商场的刘泽民经理有兴趣试销。如果送货上门也行。我到柜台上一看，这里集国产、进口暖风机之大成，柜台上排列得满满的可谓琳琅满目。这可不像在株洲，株洲到目前为止，采用陶瓷发热元件的暖风机只成功一家，这里用陶瓷片做发热元件的暖风机有十多家，香港、中国台湾、日本的产品都涌进来了。而且人家那外观、造型、颜色、表面质量都优于我的成功牌! 我有些动摇了，不过，我转而一想，正是因为这一切，我才完全应该迎难而上接受挑战! 我的成功牌在这里站住了脚，那么就等于在两军对垒的一场争夺战中占领了一个制高点，就可以全面地打开省会长沙的市场。长沙的市场打开了，那么就意味着什么呢? 我想到这些，我像一个英勇善战的士兵或者是将军出征那样雄赳赳气昂昂了。我自己到仓库扛来一箱暖风机，这一箱是 6 台。正当柜台前人多的旺市，我突然在柜台上亮出我的成功牌，这次我把暖风机插上电源，打开开关，用双手举向众多的顾客。

"成功牌暖风机——冬天里的一把火! 会使您的家庭居室在寒冷的冬天里温暖如春。"

融融的春意扫向一张张冻得冰冷的脸上，立刻绽放出了欣慰无比的笑容。这效果妙极了，6 台暖风机 5 分钟之内全部销出。我又雇了一辆人力车提来 30 台，两个小时之后，我正像一名电视台的节目主持人那样热情洋溢、神采飞扬地宣传我的成功牌，发货柜上的营业员朝我喊："你的成功牌又没货了！"

已经开好了票的顾客连连抱怨："这不是逗把（湖南方言：戏弄人之意）吗？你的成功牌这样好、那样好，结果没有货！"

我对今冬的暖风机销售大战完全有了获胜的把握，马上往厂里给罗厂长拨通了电话："罗厂长，我们的成功牌在湖南大有市场，关键是要在柜台上促销。"罗厂长在电话中说："好，这个建议很好！你可以在当地请促销小姐站柜台。"

我抑制不住内心的兴奋："请厂里马上发两车货来，一车到长沙，一车到株洲！"

罗厂长在电话中非常支持："马上给你发货，明天……后天一定到货。"

罗厂长的支持，给我加了把劲，走起路来备觉踏实，那神气劲儿绝不比骑那大白鲨摩托或者开私家小车的逊色！我一口气又在长沙建立了东塘百货大楼、中山路百货大楼、五一路百货大楼、湖南商场，加上原来的长沙大厦、中山商业大厦、韶山路百货大楼共 7 家销售网点。暖风机在长沙竞争激烈，广东、上海、浙江、江苏、四川近百家厂商都在长沙争夺市场，全是销后付款，而且要送货上门。我单枪匹马一个人送货上门，当搬运工、站柜台、当营业员、谈业务、扩大市场。我给东塘百货大楼顶风冒雨送来了 30 台，我在柜台上像株洲百货大楼那样做广告宣传，吸引来的顾客又是人山人海，很多顾客已经认识我了，说："你又在这里演说了？我走了几家商场，看来只有买你的成功牌了！"

从此全中国的厂家自己站柜台促销争夺终端市场就从我这首开先河了，如果有学者研究中国企业营销史，请记住：1992 年 12 月在湖南这个细雨蒙蒙的日子里，我这位其貌不扬的家电推销员的创举。

我现在开始巡回站柜台，每家商场站两个小时，累得口干舌燥，常常是中午饭晚上吃，晚上饭半夜吃，但我乐此不疲、干劲冲天。那天长沙城里出了一桩火灾事故，活活烧死了两个青春女子，据说是电暖器引起的火灾，我便借此发挥："女士们，先生们，就在昨天晚上，发生了一起悲惨的火灾事故，两个活泼、美丽的年轻姑娘被活活地烧死了，各位知道是什么原因造成的火灾吗？——就是由于选用电暖器不当而造成的！"

听的人鸦雀无声，全神贯注，而且人越聚越多，都想听听在这品种繁多的电暖器中究竟选哪一种最为安全可靠。我的脸上充满着悲伤和无限的惋惜，"如果那两个女孩选用的是这种成功牌陶瓷片发热的暖风机，她们就会度过一个安全、温暖的夜晚，今天是星期日，也许她们和大家一样，也在欢欢乐乐地逛商场呢！"

许多顾客被我的宣传深深地感染了，有的窃窃地笑，说："怪不得，他是厂家的，王婆卖瓜自卖自夸。"

我诚恳地说："不对！我可不是您经常见到的那种卖狗皮膏药小贩，我是在全世界都享有盛名的香港第一号电器集团的推销员。推销员的职责是为您服务，为您解决现实生活和工作中遇到的实际困难，无论您买不买，我都有责任为您购买到称心如意的商品做向导。"

我那滔滔不绝的产品宣传，你信也好，不信也好，只要我在哪一家商场里出现，哪里就有人争先抢购成功牌暖风机。那暖风机经我的手一台接着一台，有时是成双成对，有时干脆就是一整箱6台，而我一旦走开，那里的生意就像落花流水般冷落了。所以我不停地奔走。长沙的公共汽车拥挤不堪，那天，我夹着公文包，紧靠着车门，车到站，车门突然一开，我从车上摔了下来。我在冰冷的马路上躺了很久，忍受了很久，才挣扎着爬起来，带着一身的泥水继续奔走，不停地运转。这天，当我又一次运转到东塘百货大楼时，我惊讶地发现：柜台上，我的成功牌暖风机样品都撤了下来。我问营业员，营业员说："你那成功牌销得多，退得也多，昨天销了50台，退了30台，有的不摇头，有的没暖风，质量太差劲！"听了这个消息，我差点瘫倒，我担心其他几个商场也会出现这种情况。我马上到各大商场巡回一周，我所担心的事情终于发生了，成功牌暖风机质量差，平均每10台便有2台有故障。我跑到株洲百货大楼，株洲百货大楼柜台上的成功牌暖风机的样品没有一台能够连续工作下来的，销售仅仅一个月，就换了7台样机，刚刚换上去的新样机摇头时不断地发出"咔咔"的响声……

至今为止，我以往对外资厂的迷信彻底丧失了，看上去那么正规，那么森严，那么无情，那么气派的香港大公司的产品原来也是一塌糊涂、糟糕透顶！后来更为严重的问题出现了，成功微波炉所谓进口日本名厂的零部件被一个日本留学生发现是早被淘汰的废旧零件。奸商！十足的奸商！我发现自己在为奸商骗人、坑人。怎么办？——还干不干下去？这天厂里来电话告诉我，北京有人打电话找了我几次，让我回个电话，这是谁来的电话呢？我在北京没有什么熟人朋友啊！我迷惑不解地拨通了北京的电话，接电话的是位老人，但声音洪亮口齿清晰："谁呀！"

"我是邰勇夫，是您找我吗？"

"是啊，是啊，我给你打了几次电话，我说小邰，现在怎么样？"——这人是谁呢？怎么这样热情？

"对不起！我有点记不起了，您是……"

"你的顾客，在株洲百货大楼买过你一台成功牌暖风机的！在深圳我们不是还聊过半宿吗？"

我终于想起来了，是董德普老先生！我又惊又喜，一时又很难为情，上次人家买了我一台暖风机，又要了我一张名片，竟然把人家当陌生人了！我以为又是由于质量问题，老先生找我投诉的。电话里响起了老先生的声音："是这样，上次在深圳我没跟你多说，我是国家轻工部一家直属公司的顾问，我觉得你是一个很优秀的推销员，我把你这位成功厂的推销员推荐给了董事长，董事长对你很感兴趣。想聘你做我们的市场部经理，薪水不会比你们广东低，福利也好，你是不是能够来一趟？"

我有点不相信："您的公司有多大？"

"一年的成交额十多个亿。"

我说："我能行吗？"

"你行，你很行！难得有你这样的人才，现在内地要与沿海竞争，要与全世界竞争，就需要你这样负责、肯干、富有开拓精神和无穷创造力的年轻人！"

我的心里热乎乎的，这是对我人生价值的充分肯定，如果在几年前，甚至在半年前，我都会撂下电话马上打道回厂，辞掉成功厂的职务奔赴北京，不管怎样，对自己是否有利，是否有前途，至少可以享受一下那份新奇，品味一种新的人生感觉。可我眼下毕竟35岁了，35岁和34岁、33岁截然不同。两年前，我在皮革厂和那些二十几岁的刚毕业的大学生们朝夕相处，谈论理想、谈论人生，我一点也不觉得自己比他们大十来岁。我现在变得深沉了、稳重了，对人生的重大决策不轻而易举地变动了。我摸索出了一条经验：人生需要勤奋、需要创新，更需要坚韧、忍辱负重！我要千百倍地珍爱自己的精力，如果这个时候离开成功厂，那么这半年的血汗又要付诸东流了。我相信在一个单位，选择一个职业，一个岗位，一份工作，持久地干下去总会成功的！人人不都是渴望机会的光临，渴望有牢牢抓住机会的绝招吗？其实，我们根本就没必要为那些转瞬即逝的机会而追悔莫及，干好我们手中的工作，不要轻言放弃，把工作做到极致，那就是我们人生最好把握的机会。就目前而言，唯一令我担忧的是产品质量问题，我是这样推断的：你的产品质量再差、再糟糕，但你成功公司并没有倒闭，而且很兴旺。《羊城晚报》上报道：成功已收购了广东一家年产值 20 亿的集团公司，还要在羊城盖一座 80 层的成功大厦。成功已成为中国目前最大的家电集团公司了。既然你成功可以生存，我为什么就不能够在成功生存下去呢？

我想好了，还是在这里干下去，只要你老板不炒我鱿鱼！这个短暂的顿挫之后，我又一次勇敢地、顽强地挺立了起来，在长沙、株洲、湘潭、岳阳各大商场循环站柜台，不停地运转、奔波，充满信心地宣传我的成功牌。当顾客们蜂拥而至，抢购我的暖风机时，退货的也来了。有的顾客挺好，小声商量，唯恐影响了我的生意；有的顾客不管那么多，来了就大吵大闹："你这什么产品？用了两天就他妈的烂了？"

我第一次表现出了极大的忍耐力，我热情相迎，不慌不忙地应付："对不起！本公司由于某种原因，近期产品的质量的确不尽如人意，但本公司历来不允许让我们的消费者蒙受任何损失，属产品质量问题，只要包装完好，一概包换，哪怕 1000 台、1 万台有问题，也同样换。我相信，100 台里面总不可能全是有问题的，如果换了之后还不行，那么一律退钱给您！"

这年的冬天，我在长沙、株洲站柜台促销，整个春节都是在柜台上和营业员陪伴着数以千万计的顾客们度过的。站柜台也有着无穷的乐趣。你会接触到形形色色的购买者，年三十的前一天，消费者像潮水一样涌来，那腰缠万贯的大款，携着年轻美丽的太太，来购买我的暖风机，不问价，也不试，交了钱提起来就走。有的一看成功牌暖风机单价标得好——198，"好，来两台！"

太太说："要这干啥？咱们家的空调不是冷暖两用的吗？"

丈夫说："你看看，这多吉利，要——久——发。"

我笑了："对，明天过年了，恭贺您夫妇两人天长地久，事业发达！"

又来了一个年轻人，看上去是位老师。老师在柜台前转来转去，把柜台上的各种取暖器逐个认真地鉴赏、比较了一番，最后把注意力集中在成功暖暖风机上，用手操作一下按键，又把暖风机提起来试试轻重，然后用手、眼，甚至用耳朵感觉发出的热风，从最近拉到最远，直到感觉不到热风而止。那细致入微的程度令人惊叹不已。他似乎下定了决心，向我索要产品说明书，看着看着似乎又矛盾了，摇头叹息。经我介绍了一番，年轻人又有了信心，看神色，似乎很满意，但只维持了几秒钟，忽然又冷落了下来："您这不是名牌……"

我肯定地说："是名牌，中国乃至亚洲目前最大的微波炉厂就是成功！"

教师说："我可没听说过。"

"当然了，就微波炉而言，我们大多数消费者还不了解是干什么用的；在国外，尤其在欧洲成功牌微波炉的知名度很高。"

教师还是拿不定主意，又开始重复地在柜台前一台一台地比较……晚上，他终于又来了，挽着他挺着大肚子的妻子来了，他把成功牌暖风机指给妻子看："就这种！"

妻子说："你看好了，就行呗。"

我窃窃地笑，真逗，做了全面的市场调查，可能还认真地作了可行性论证，然后把太太请来作决策。教师终于买下了成功牌暖风机守护着太太回他那个温暖的家去了。我望着这对小夫妻恩恩爱爱的背影，心里一阵怅然……这样的夜晚，商场关门后，我自己将去哪里呢？——孤单一人到酒店要上一个菜、一瓶啤酒、一碗饭，然后去那样一家冰冷的、肮脏的、散发着霉味的、蹲厕所头上会不时地往下滴水的低档招待所。我想：我像歌里唱的——不回家的人，流浪的人！

第三十二章
天上星辰

　　这一年的春节，天气意想不到的好。三十还细雨蒙蒙，冷风嗖嗖。大年初一，漫天的阴云却豁然开朗，露出了蓝瓦瓦的艳阳天。初二那天，阳光灿烂，我赶紧到株洲百货大楼站柜台。上午 10 点多，来了位穿紫红色皮夹克、佩火红色狐皮毛领、身材颀长的女顾客。我只顾宣传产品，从柜台内笑脸相迎："您好！小姐，想买成功牌暖风机吗?"

　　女顾客笑了，白皙的面颊露出一对酒窝："邰勇夫，你成推销明星了，见人就推销!"

　　我恍然认出了这是成功厂的同事！我高兴地喊着："梁秀英，是你。太好了！回来过年?"

　　"是啊，我回到家里，最令我感到震惊的就是我家和我家的邻居买的全是成功牌暖风机，他们都说成功厂的推销员好。买成功的产品质量有保证，有问题可以包退包换!"

　　我说："今天中午请你吃饭!"

　　梁秀英说："吃饭免了，你可以请我去庆云夜总会听音乐。"

　　我欣然答应了。我们约定晚上 8 点在庆云大厅内见面。这仅仅相距 9 个小时，我却度时如年，像孩子渴望过年那样期盼着晚上 8 点钟的到来。我提前半个小时赶到庆云大厅，那快乐的时刻正一分一秒地逼近、逼近……哦，她来了！她匆匆地走进玻璃大门，仍穿着那件紫红色的皮夹克，很漂亮、很动人的扎成马尾状的秀发，白皙的脸上增加了一副秀气的金丝红圈眼镜。在厂里时，我曾发现她偶尔戴一下这样的眼镜。我欣喜若狂，我想用我整个生命来呼喊："梁秀英!"我甚至流出了眼泪，然而，梁秀英并没有走向我，而径直走向正开启着的电梯间。我愕然了，张大嘴巴，电梯门关了，门上的指示灯一连串地闪过：1、2、3、4……这一瞬间，我像在大沙漠上经过漫长的跋涉，饥渴交加，奄奄一息，正处在绝望之中，突然发现了绿洲！我使出全身的力气，挣扎着，奔向那绿洲。然而，那绿洲很快消失了，原来那只是海市蜃楼。于是，我垮了，无力地倒下了……我痛苦、彷徨，不知所措，脸色变得苍白。我不知道自己凭什么会这样呢？人家梁秀英赴我的约会，完全是由于我们是一个厂里的同事，在广东叫工友。突然，有一个温柔至极的声音在轻轻地呼唤我的名字："邰勇夫。"

梁秀英悄然出现在我的面前，那紫红色的皮夹克换成了绿色的尼子外套，扎成马尾状的秀发变成了齐耳短发。我长长地舒了口气，像被劫持的人质意外获得营救一样惊喜交集："我还以为你不来了呢。"

梁秀英抱歉道："我去剪了个发，来迟了一会儿。"

我们步入夜总会，找了个幽静的　隅，坐下来，向服务生要了两杯清茶。这时，大幕徐徐开启，展现在我们面前的是庞大的乐队。男士一律的黑色燕尾服，女士一律的天鹅绒长裙。音乐轻轻奏起，令人遐想、令人神思、令人心潮起伏……梁秀英不断地提醒我：这是贝多芬的命运交响曲，这是莫扎特的小夜曲……

随着音乐、随着梁秀英的指点，我开始做梦了，那是玫瑰色的梦，梁秀英化作了月中嫦娥，穿着蝉翼样透明的婚纱，洁白的脸颊涨满红潮，美丽清纯的眸子含情脉脉，一次次地从天际间朝我飘来……我偷觑了一眼身边的梁秀英，唯恐她感觉到我在想入非非。她的右手就放在我旁边的扶手上，整个身子也靠近我这一侧……我嗅到了她身上的体香，但我不敢胡思乱想，我在想："爱情往往很短暂，只有友谊才能够地久天长。"

从庆云酒店出来，我们沿着大街边散步边聊天。

我说："在这个城市我工作了四年，换了三个工作单位，先是起重机然后柴油机，围绕着这两个产品，我都干了一个循环，从设计到生产，到质量管理，到销售，到用户服务……最后搞了一年这个城市的地方志编纂，原来的岳父大人因此对我嗤之以鼻，'哼，在哪你都干不长！'我呢？还引以为荣，别人想这样跳来跳去还办不到呢！"

梁秀英笑了。

"我常常为我那些不声不响的老同事们悲哀，他们都是从参加工作到结婚生孩子、到退休、到最后告别人世都是在一块巴掌大的天底下默默地来默默地去。"

梁秀英说："你是多姿多彩的人生。不过，你要有一个长远的人生规划。你的目标是什么？"

"年薪百万的打工皇帝！"

梁秀英对我刮目而视："要不……到我那去坐会儿吧。"

"去您家？"

梁秀英顺手指了一下："不远。我在设计院的宿舍还没退呢，就在前边。领导说给我留着，一直留到我在外边干腻了回来上班。"

我说："你们设计院对你不错，人走了，宿舍还给留着。"

梁秀英微笑着："我在我们设计院也是著名人物啊！"

我猜测："劳模？"

梁秀英说："那倒不是，是著名的……是那些很痞的喜欢对女人想入非非的男同事给我起的著名雅号。"

"能告诉我吗？"

"'处'级干部。"

我没明白其中的含义，傻傻地说："那您至少也是设计院的党委书记或者是院长吧？"

梁秀英有点伤感："唉……不瞒你说，男人对我来讲到目前为止还是一个完全陌生的符号，恋爱的滋味我还没享受过呢。"

这样说的时候她热情地注视着我。

我说："怎么会呢？您这样漂亮，又是硕士，追求您的不排成队才怪呢！"

"可是找不到感觉啊。"

我傻傻地问："啥叫找不到感觉？"

黑暗中梁秀英两只热情的眸子闪着晶亮的光，她说得很大胆，令我吃惊："就是……我想要的那样一种感觉。有时候我自暴自弃，这一生不结婚了，找个健康智商高的男人，生个非婚孩子算了。"

我慌了："那可不好，那可不好，还是要有一个家庭，有家多幸福啊！"

梁秀英说："那倒也是。我现在只想生个孩子给我妈妈，我妈妈天天盼有个外孙子抱。"

梁秀英的宿舍到了。楼道里，一团黑暗。梁秀英在前边引路，我在后边深一脚浅一脚地摸索着，我心"怦怦"地跳，今晚我与梁秀英也许会发生点什么。梁秀英停在一个门前，说着"都回家过年了"，掏出钥匙插进锁孔，却拧不开。

我正想帮着开门，梁秀英小声说："嘘——里边有人。"

房间里传出一个男人粗重的喘息和一个年轻女人愉悦的吟唤……

梁秀英一副无奈的样子："咱们走吧，真扫兴！"

我们从楼道里出来。梁秀英告诉我："你说这女孩有多怪？和我一个宿舍的，刚刚毕业的大学生，长得比我漂亮多了，皮肤那才白呢，偏偏爱上了一个穷的士司机，那的士司机又矮又丑又没文化家里还有老婆孩了。今晚这样的事让我遇到几次。我怎么也没想到，过年这女孩都不回家了。"

回到大街上，已经深夜两点了，我为梁秀英拦了一辆的士。梁秀英与我告别的那一瞬间，我们面对面，彼此贴得很近，让我感觉到了她的鼻息，她说："回厂喝你的庆功酒。"

我说："好，你要给我唱支歌！"

梁秀英说："没问题，我可是拿过美声唱法大奖的！"

的士开走了，我上了公共汽车。梁秀英的音容笑貌怎么也挥之不去。我时时刻刻都在梦想的女人就是梁秀英这样的，可是在梁秀英面前我总像矮了一截，有点儿自卑，不敢往深里想。初八那天我飞回成功厂，其他推销员都已到了。营业部内人声鼎沸。我一进门，香港的潘先生迎过来，第一次表现得和颜悦色："阿夫，怎么样？销了多少？"

我有些忐忑不安，从各位推销员兴奋的脸上猜测，大家的生意都特别好，我有些羞于出口："初步统计，至春节为止，各大商场实销暖风机两万台……"

这成了爆炸性新闻，全体推销员都惊愕了。这一年暖风机市场竞争激烈，加上产品质量未尽人意，山东、辽宁更有消费者投诉到中国消费者协会。其他推销员最多的只不过销了 2000 台，有的只推销了几百台就败下阵来。很快，我在湖南推销两万台暖风机的新闻传遍了写字楼。大家都说："郜勇夫发了，仅仅一个冬天奖金就要拿 20 多万！"严格地讲，我的奖金应该是 30 万。别的推销员都是几个月一领，因为领奖金很麻烦，首先由周部长做表，再由潘先生签字，然后经罗厂长审批，最后才能拿到财务核算。周部长是我的天敌，几次找他做表，他都拖起来没完，当时我想算了，年底一块领吧。结果年底一算 30 多万，潘先生一看，"不行！你怎么能这样多嘛。"这么扣、那么扣，反正他有理由。反反复复领了一个月，总算领到手了，少了一半还多——12 万！领到奖金这天恰好是周末，也正好是我的生日。我从刚刚领到的 12 万奖金中拿出 3000 元在仙泉大酒店宴请各位朋友。朋友们举杯向我祝福：

"邰勇夫，祝你生日快乐！祝你明天更美好、更如意！"

我环视着一张张青春焕发、朝气蓬勃的面孔，这些是来自全国各地的大学生、研究生，其中还有一位是武汉大学的教授。朋友们催促我："干呐！"

我想了想说："不，等等，明天不一定更美好，也许很差劲，也许老板炒我鱿鱼，也许蒙受什么其它方面的不幸！"

梁秀英说："老邰，别太悲观！"

我说："从我个人的命运，还有许许多多的其他朋友的人生经验得知：人生蒙受的苦难要多于幸福、多于快乐，就像我们中华民族上下五千年的历史一样，太平、祥和的日子总是短暂的，不期而遇的灾难却是漫长的。我们祈祷明天更美好，不如激励自己坚定信心，无论明天怎么样不幸，我们都能够承担得起，都能够迎难而上。来，还是让我们能够承受得起一切灾难，一切人世间的不幸，干上一杯吧！"

梁秀英第一个干尽了杯中酒，白净的脸上立刻泛起了红晕。往日从不化妆的她，今天还特意化了淡妆。吃完饭大家边喝茶边唱歌，梁秀英从伙伴们手里接过麦克风，说为大家唱首英语歌。大伙拼命鼓掌。梁秀英甩了下秀发，停顿了一会儿，开始唱了，唱得十分投入，但大家一听，她是把中国的流行歌翻译成英语唱的——

"一人做梦太凄凉，

两个人不会彷徨，

三辈子都是为你守候，

寂寞也无妨，

再没有谁能让我朝思暮想。

我的心永远一样，

我要跟着你到你想去的地方。"

有人向我挤眼睛："士为知己者死，女为悦己者容。听懂了吗？——是为你郗勇夫唱的！"

我慌得脸红心跳，"别瞎扯！"在我的心目中，人家梁秀英——美丽又大方，给香港的公司总部打电话，说流利的英语，那可是天上的星辰啊！不过，我听说男人与女人在爱情与友谊之间有一块圣土！

第三十三章
逃 亡

　　我有生以来第一次拿到了这么多的奖金，我激动得睡不着觉。我想起小时候，在东北大山里刨药材。那时，我常常幻想一镐头刨下去，刨出个阿里巴巴喊芝麻开门的神洞，洞里面藏着金银财宝。这藏着金银财宝的神洞，我今天在广东珠江三角洲终于发现了。搞推销就是开启那神洞的金钥匙。我甜美地筹划着：湖南已经有了套房子，以后再到武汉、北京、大连的海滨花园买房子。房子不用大，一室一厅就行，都配上电话、传真、电脑……这样一路走下去各大城市都有我的办事处，那才叫真正的推销商！

　　第二天，我到银行把12万元现金取出来，全是100元一张的票子，像砖头那样厚，总共有12垛。这么多的钱怎么带回去呢？我颇费了一番脑筋，最后想出一条妙计：到商店买来了针和线，将衬裤和贴身的裤衩的裤角部分缝起来，把12垛钱像手榴弹那样往夹层里塞了一圈，再将裤腰部分缝在一起，封了口，然后穿上，系上腰带，试着在房间里行走了一圈，——挺隐蔽，只是裤裆里面鼓鼓的，穿上外衣就不太明显了。相信不会引来打劫的土匪或者是小偷。不过，要少喝水，尽量避免上厕所。但我这用辛勤汗水换得的12万元，已经危在旦夕，随时有可能被一双比小偷、比强盗更残忍、更无情的黑手强行夺走。我借了差旅费，背上行李出差，刚刚走出厂大门不远，守门的保安就追了上来："没有毛仁凤的放行条，你们推销员不许出厂。"

　　我纳闷："毛仁凤？《红岩》小说有个毛仁凤，我们厂什么时候有个毛仁凤？别开玩笑了，我差旅费都借好了。"说着仍要走。

　　保安揪住我不放："不行不行，谁给你开玩笑了，毛仁凤先生是香港总部派来的督察。"

　　我只好背着行李返回营业部，这才发现气氛不同寻常。20多名推销员列队等候传唤，伙伴们神色紧张两腿不停地筛糠。

周部长对我横眉立眼："邰勇夫你想逃跑啊？毛仁凤先生过来清查账目你不知道？把外协仓账本准备好，马上轮到你了——写字楼 3 号会议室。"

我放下行李无所谓地说："没做亏心事不怕鬼叫门，对账就对账呗。"

我准备好账本，神情振奋，每次潘先生出来传唤，我都把目光投向潘先生，希望早一点得到证明我是最清白的。潘先生不断地出来点名，总是轮不到我。最后剩下我一个人了，我前边受审的伙伴刚哭丧着脸回来，我不等潘先生传唤，就抱着账本光明磊落、昂首阔步地走上写字楼 3 号会议室。

我自投罗网，其实他们已经把我给忘了，潘先生与毛仁凤一边收拾文件一边嘀嘀咕咕地用英语交谈。突然见到我，潘先生怒火万丈地咆哮："杨建初已经两个月没电话了，你知道吗？"

我莫名其妙："我怎么会知道？"

潘先生说："他和你住一个房间，你们不是打得火热嘛？"

我把账本往他们面前一摊："请审查账嘛！"

毛仁凤看上去文质彬彬，说起话来比《红岩》小说里疯狂残害我党地下工作者的毛仁凤还要狰狞："不用看，你那账全是假的！"

我说："那你们可以去商场、去外协仓库一笔一笔地对嘛！"

毛仁凤耸耸肩，"谁有时间？"

潘先生假装慈悲："我保不了你了，把你上交督察处置！"

毛仁凤一脸的铁青："你们大陆'文化大革命'有套口号，叫坦白从宽，抗拒从严，你给我老实坦白，做了几笔假账贪污多少公款！"

我抗议："你有什么证据说我贪污？我要告你们诬陷！"

潘先生说："你贪污了给客户的所有回扣。"

我气愤极了，几乎流出了眼泪："天地良心！我怎么会贪污给客户的回扣呢？那样做不是堵我自己的路嘛？再说你不给，客户都会跟你要，现在谁不知道销广东货有回扣？你想隐瞒都隐瞒不了。"

潘先生恶狠狠地叫道："好，好，你没有贪污，那么你把客户签字的收条交出来呀！"

我理直气壮："哪一位国营商场的经理收了厂方的回扣会写收条，按中国的法律，那叫索贿，你厂方是行贿，是犯法，你懂吗？"

毛仁凤噼噼啪啪地敲击电话按键:"不要跟他啰嗦!——喂,派出所吗?来人,先把郜勇夫扣起来再说!"

我吓得几乎要瘫倒了,早有所闻这间大厂的香港老板是靠黑社会起家!潘先生说:"郜勇夫,把刚领的奖金退给财务就没你事了。"

我脸色苍白地说:"存折在宿舍呢我去拿。"

实际上12万元的现金就在我的裤裆里藏着呢,这是我用生命换来的血汗钱,凭啥拱手退给老板!我出了毛仁凤的"审讯室",一路跑回宿舍,气喘吁吁地跑上四楼破门而入。我什么也没要,行李、宝贵的书籍都不要了,只用双手摸了摸裤裆,确信无疑裤裆里的12万元推销奖没有不翼而飞时,从床底下找出条行李绳,来到窗口,往下一望,吓得我头晕目眩,这要是摔下去必死无疑!但死也要捍卫我的合法权益人身自由。我把行李绳的一端系牢在窗框上,另一端甩出楼外,然后冒险沿着行李绳往下溜,溜到还有一层楼高的时候,绳索到头了,我正想踩住脚下敞开着的一扇窗子,但来不及了,楼上有人在"咣咣"地踢门:"郜勇夫,郜勇夫,毛仁凤督察叫你呐!"我顾不得生与死了,双眼一闭像自由落体那样垂直跳了下去……

当我两脚落在扎扎实实的厂区外的土地上时,我生平第一次感受到了什么叫作自由!我像从牢笼里放飞的小鸟,跑上附近的105国道,跳上一辆开往广州的空调大巴,至此,越"狱"成功,我全身心地放松了……不过,我还是后怕,老板完全可以诬陷我贪污,把我先关进拘留所,关上一年半年,也许真的就没有地方去说理。因为给客户的回扣只有我们推销员一个人经手,是给了还是没给,只有天知地知客户知我知。国营大商场的经理们,一旦电话里有人追问,他们绝对不会承认。前几天,我曾经去镇上的拘留所探望正在被拘留的郑义,给他送了两条烟。郑义与我一样,也在顺德一家电器厂做负责湖南业务的推销员。去年初我到长沙推销,就见长沙各大商场门前都悬挂着蓝底白字的大条幅:"某某牌家庭熨衣机学雷锋展销月"。每家商场一进门都会有一个靓丽的女大学生肩挎彩带在展台上为广大顾客学雷锋义务熨衣,熨衣不要钱,顾客纷至沓来……我正兴趣十足地观望,我所钦佩的策划者——儒者风范的推销员郑义就笑容可掬地迎了上来与我握手,"久仰久仰!"郑义请我吃饭,妻子作陪,郑义妻子是个美人,一双黑葡萄般晶莹的眼珠楚楚动人，时不时用那纤细洁白的玉指为郑义擦拭一下眼角，抿一下头发，郑义畅谈自己的宏伟设想时，美妻仰视着郑义，满眼的柔情，满眼的崇拜，小手还搭在丈夫的肩上……此情此景令我羡慕不已。

郑义带我去他的销售中心，就是长沙梓元路 29 号两层楼三个单元的大门面，大厅里张灯结彩陈列着他们厂里的产品，给顾客介绍产品的小营业员个个都是俊男靓女，动听的歌声中人来人往热闹非凡。后来的日子里，梓元路 29 号成了我来长沙的落脚点。我推销的产品也拿过来给郑义代销，别说，我的货在郑义这里比一些大商场销得还要好。郑义的促销活动不断翻新，商铺门前过往的行人都忍不住进来看看。美妻管财务，每次结了货款，郑义就带我去附近的餐馆，边喝啤酒、边神采飞扬地告诉我他又攻下了几个山头炸平了几座碉堡，建立了几家新客户，然后就确信无疑地认定：我们从事的职业是天下最好的职业——多好！老板给货自己开店做生意，市长都不见得比我们做推销员好！我们成了无所不谈的莫逆之交。有几次我来这里，卷帘门落着只开着条缝，我就猫腰钻进去，郑义不在家，只有郑义的美妻与一位小青年密切交谈。等到郑义风尘仆仆地归来，郑义的美妻当着我的面抱住丈夫的一张可爱的胖脸，左边亲一口右边亲一口，然后像千年等一回那般细细端详、细细品味……

不久前，发生了一件意想不到的事：郑义的美妻跟着一个小赌徒携款私奔了！给郑义留下了一堆欠债，谁会想到呢？在此之前郑义是长沙某大学的校长秘书，美妻是在校女大学生，他们情深意笃的师生恋情曾令我落泪不止！最近郑义回厂，我俩正在小蓬莱酒店喝茶聊天被我们共同的推销事业陶醉着，外边一阵警车响，警察出现了，开始我们还兴趣十足，准备看一场警察逮捕犯罪团伙的惊险场面，郑义还拍手称快呢，"犯罪团伙该抓该抓！"然而，该抓的不是别人，竟然是与我同命相怜的推销员伙伴郑义。郑义被老板关进了拘留所里蹲了一个月，恨不得寻死！拘留所里阴森可怕，犯人打犯人残酷无情，四面墙壁上齐人高的地方都是血印子，犯人在里面吃，在里面拉，拉过后也没有水冲洗，臭气熏天。郑义远在张家口退休的父母、下岗的兄弟姐妹们东拼西凑集资 5 万元给老板，郑义才得以从拘留所里放出来，但人瘦了一圈，精神彻底垮了。

想不到，郑义的遭遇也落到了我的头上。

我来到广州火车站，时刻担心着毛仁凤会派人拦截，我心惊胆战地去售票处买票，长长的队伍，从售票窗口排到火车站广场边上，看来今天连站票都不会买到了。我只好去广场上转悠，希望能在票贩子手上买张高价票。那时在广州火车站广场上从票贩子手中买高价票是相当冒险的事情。我的朋友李开运就因为与票贩子谈好了价跟着票贩子去僻静处拿票的时候，票贩子收了钱转眼不认账，还"咣"地朝李开运的鼻子上重重地给了一拳。李开运为了报这一拳之仇至今练拳不止。我看过《上海滩》，看过《教父》，我喜欢冒险，喜欢那份刺激，渴望也有那么一拳朝我鼻梁上砸来，但我会在那一拳还没有光临之际，我侧身一闪，一个扫堂腿，让他来个嘴啃泥。

我在广场上背着手转悠，票贩子像嗅到血腥味的鲨鱼那般三五成群地尾随上来："卧铺票啊卧铺票。"我装作不经意地问"到长沙多少钱？" "300元。" "100元还差不多。" "120元。" "不要不要。"那票贩子躲过警察，兜了个圈子又盯上来了，"100元就100元了，走啊。" "我不去就在这拿票！"我有意往人多的地方靠，心想万一不测我就大喊大叫。"不行，抓着会罚款的，这有便衣！" "我不管，反正我不会跟你去。"票贩子妥协了，他目不斜视，从我身边擦身而过之际，"嗖"地把一张火车票塞到了我手上，远远地回过头来睃着我，希望我也学着他的样子把车票钱悄悄地塞到他手上。这人多的地方我担心会有毛仁凤派来缉拿我的便衣警察，我又往人少的地方溜，票贩子鬼头鬼脑地尾随着我，我很配合票贩子，我走着走着突然转身，向票贩子径直走去，与他擦身而过之际，"嗖"地把手里的东西塞给他。票贩子接到的不是钱，还是那张原封不动的火车票。我说："假的！"我歪打正着，那张火车票果真就是假的。票贩子溜了。

我找了个僻静的地方守株待兔，"呼啦啦"围上来一群大汉，个个穿着都不错，看上去至少都有博士文凭："老板，给点饭钱啊！"我裤裆里揣着12万元现金。我虚张声势："警卫员保镖，打发这几个讨饭的！"把他们吓跑了，我却如同惊弓之鸟，把票贩子们全当成了冲着我裤裆里的12万元现金来的抢劫犯。

咦，走上来了一位抱着婴儿的良家妇女。"要卧铺票吗先生？"我没还价，也没对车票的真伪作详细考证，结果上了火车，同一张卧铺我和一位旅客争，他说是他的，我说是我的，最后列车长过来为我们裁决，真票假票做得天衣无缝，车长就问我们票的来源。他说他的是在酒店订的，我说我的是在广场上买的。列车长没收了我的票："行了，你这张肯定是假的！"

我被驱赶出卧铺车厢，补了张站票……

第三十四章
摆地摊

我在火车上站了一路，途经株洲时我没敢下火车，我怕毛仁凤已经动用警力在爸妈家为我布下了天罗地网，我不幸被捕的场面绝对不能让爸妈看到，那样爸妈会为我担惊受怕，他们的大半生都是在战争、动乱中度过的，我希望上苍馈赠爸妈的好日子尽可能再长一些。我想回长沙的大房子隐藏一段时间听听风声再说。在长沙火车站下了火车回到我那大房子所处的小区，正值无数惊险小说、电影中开始出现跟踪、绑架的午夜时分，我心怦怦跳。这时我尚未发现，其实在黑暗中已经有一个黑衣大汉骑着辆摩托悄悄地跟踪着我，我走进楼洞，黑衣大汉也跟着进了楼洞……

我摸上六楼进了我那久违的大房子，霉味扑鼻，我推开所有的窗子，按亮电灯。满屋厚厚的灰尘，墙壁、沙发上都起了霉。我身后突然有人说话，那声音像从幽谷里发出的声音，一直跟踪我的黑衣大汉不知在什么时候站在了我的背后："别动！我总算逮到你了。"

我吓了一跳："你你你……你是谁？"

黑衣大汉送了我一张名片："我姓赖，就住你楼下。是你们成功厂湖南第一家客户！国营大商场没进你货的时候我就进你们厂的货了。"

我松了口气，握住赖老板的手："您好！赖老板！"

赖老板拉着我："走走，出去找个地方。咱们边喝边谈，我还要请你帮帮忙。"

赖老板在楼下小店请我喝啤酒。

赖老板说："去年年初，就是你的前任姓周的，现在做营业部部长的那个。他来鼓动我进成功牌微波炉。我想试试看，就进了30台。第二天，我店子刚开门，就来人全买走了。紧接着又来了两个人，说要一次性买600台给职工搞福利，我还真信了，就东拼西凑还向银行贷了一笔款，一共借了60万元现金，专门跑趟你们厂，找姓周的一次性进了 600 台成功牌微波炉，结果积压了，到现在一台也没卖出去。打电话找那两个人，那两个人说他们也上当了，说是一个广东人要的货，还给了 800 元订金，那人现在没了，打手机也说已停机。我就知道这是你们周部长为了升主管赚提成有意搞的骗局！行啊，就算我帮了他一把吧。春节前我又去了趟你们厂，请周部长帮我把货退了，这个混蛋翻脸不认人说没有这个先例，做买卖哪有往回退的！你看，我现在钱也没了，老婆也飞了，只有仓库里卖不出去的一堆死货。"

我义愤填膺："怎么能这样呢？推销员要绝对忠诚地为客户负责，更不能骗人家！唉……不过，你要是早点找我就好了。"

赖老板恳求我："现在不也一样嘛，你就帮我想想办法。"

我不管那么多了，也不怕毛仁凤将我捉拿归案了，客户的利益高于一切。我答应了赖老板的请求，说："行啊，它那么大的外资企业不肯承担，那么我就用我一个小推销员的瘦肩膀来承担了，谁让你是我的客户又是我的邻居了呢！"

我为赖老板用行李车拖着台微波炉走街串巷，到厂矿、学校、机关、军营的生活区摆地摊。这天是星期天，我在一家大厂的门前摆了一天地摊。

许多人对微波炉还不懂是做什么用的，一听说"炉"，那么就坚定不移地认定是烤火炉了。既然是个烤火炉，有什么必要花上千元去买呢？有位胳膊窝里夹着本技术手册，看上去挺有学问的先生来了，他左看右看，还用手敲敲微波炉的壳子，然后十分惊奇地问："这是什么材料，做得这么精致，几千度的高温能受得了吗？"

我愣了："干嘛要几千度的高温啊？"

"——热处理啊！"

我哭笑不得："这是现代厨具，是做菜做饭用的微波炉，不是你们厂里用的炼钢炉！"

"啊啊，是做菜做饭用的。"那位先生脸红了一下，但产生了浓厚的兴趣，只是不敢轻举妄动，因为这完全是桩新鲜事，与吆喝着收购破烂、收购酒瓶子、卖小菜、卖袜子内裤之类的小商贩们为伍者叫卖的竟然是同冰箱、彩电同样高档的商品。我一再向人们解释："我们厂家与消费者直接见面，没有中间环节，而且送货上门，这对广大消费者是最有利的!"但人们不理解，有人竟然认为我是推销假货的江湖骗子，一定要求我拿出身份证、工作证来，我掏出自己的身份证和工作证给他们看，他们还是不信任，说身份证和工作证可以伪造。终于来了位"第一个敢吃螃蟹"的顾客，他说他一直都在想买一台微波炉，如果价钱合适的话，他可以马上抱一台回去，我说："那您今天真幸运，可以比各大商场便宜300元钱买一台质量绝对让您放心的成功牌微波炉!"有人在惊呼："便宜300元?——真的假的?"

我说："成功推销员说的话还会有假吗?300元钱足够您一家人一年的油盐醋钱了。人都说事业成功靠机会，这购物也要靠机会。"然后我大声吆喝："少花300元买成功牌微波炉——机不可失，失不再来了!"给我伴唱的是身旁的小贩们的齐声叫喊："收——破烂呐!""收废纸、酒瓶儿啊!""有茄子黄瓜小菜卖啊!"……

人们都在鼓励那位顾客："是啊，真是好机会。你买吧，买回去试着好用的话，我们也买。"那位顾客是砍价的高手，对我说："便宜300元，少了，厂价应该比这还低。"

我想鼓励他一下，万事开头难嘛，宁可自己亏这一台了。于是我真诚地说："好吧!在厂价基础上给你八折，那两折算我成功推销员赠送给您的了!"围观的人一片惊呼："好哇，人家拿你当市长、当省长、当明星了，还不掏钱把微波炉抱回去!"那人突然变得惊惶失措，连连说："这么便宜——次品吧?"像躲避瘟疫那样逃之夭夭。围观的人都笑了，有人说："看到没有?你太优惠了，他还不敢要呢。"

"谁不敢要?谁不敢要?"随着这叫嚷，从人群外挤进个人来，这人一脸的专横，乜斜着眼睛看看微波炉，也不问价、也不问这是干什么用的，甩了我一张名片，让我往他家送一台去，如果好的话，他们单位将每人买一台。我用行李车拖着一台微波炉给这位先生送货上门，转了两次公共汽车，转车的路段坑坑洼洼，行李车没法走，我连车带微波炉抱着走。那先生家住九楼，没有电梯，我从一楼抱到九楼，20公斤重，这位先生连喘息一下都不让，跟在后面像个监工："快点、快点，还往上、还往上，上啊!"终于进了他的家门，我累得"呼哧呼哧"直喘，又给他安装好、调试好，出了一身大汗。这位先生没给我倒杯茶，更没说声谢谢。我微笑道："这台微波炉很不错，您认真地阅读一下说明书吧。——只收您800元。""800元？""是啊，按厂价给您八折。""×！你给我还八折。"那人脸色骤变，二话没说，把装微波炉的空包装箱用脚一踢："好了，你拿走，我不要！"然后，叼上一支香烟神气十足地说："哼！我买彩电、冰箱都是半价，有人白送还找不上门呢。你呀……"他无限惋惜地摇摇头。

我火冒三丈：这不是耍弄人吗？我真的想痛骂他一顿，但又一想自己是推销员，便强忍怒火，把微波炉不声不响地包装好，重新捆绑到行李车上，面对这位专横跋扈的先生强作欢颜，说："没事！向您推荐我们的产品是我的义务，至于您买不买，那是您的权力，是您的自由。今天您买下了是我的成功，您没买也是我的成功，因为在这个世界上又多了一个您知道了我们的产品、知道了我们的品牌。"出门时我还隆重地道了声"谢谢！"

这一天的销售成绩是零，待我筋疲力尽地摸回我的人房子时，夜已经很深了。

第二天，我又到一所大学摆地摊。大学教授，尤其是年轻的大学老师们对微波炉颇有好感，说微波炉用起来方便，快捷，烹调出来的食物也特别好吃。在发达国家家家用，宾馆的客房小轿车上都装有微波炉。我刚刚把微波炉亮出来，就围上一大群年轻老师，议论着要买，偏偏这时候来了个捣乱者，他高额头，50多岁，一看便知是位教授。教授挤进人群，看是微波炉，眼睛突然一亮，从上衣口袋里摸出个眼镜来，用手绢擦了又擦，然后认认真真地戴上，几乎是趴在微波炉上细细地观看，那神态、那架势似乎是在显微镜上观察微生物。他观察了好一会儿，直起腰，扬起脸来连连地说："这个好，这个好，应该买。我早就想买了！"——买就买吧，他没有那么痛快，在这众多的围观者面前，像在讲台上发表学术报告那样，用洪亮的嗓门做起了关于购买微波炉的可行性分析："第一，电不行，微波炉功率太大，会烧电表；第二，这东西买回去若坏了呢？"教授开始义愤填膺、唾液横飞："厂家都是说的比唱的好听，什么保修一年，长期维修服务。别听那个，都是扯淡，都是骗人的；第三，据说微波炉做菜并不好吃，光是热热菜，花上千元，买台微波炉，不划算；第四，这东西属高档商品，都是在大商场里销售，怎么会突然跑到小摊上来了呢？人家外国的家电推销员是走街串户，我也见过，但这是中国，目前还令人担心，假如我买了伪劣商品到哪里去投诉？第五……"

他滔滔不绝地列举了20多条微波炉不可买的道理，直到把所有想买微波炉的人全给煽动跑了为止。

我气愤至极，说："您不买算了，说那么多不累吗？"

教授眼睛一瞪："谁说不买了？我是在论证是否可买。——我买一台！"教授终于顺利地从口袋里掏出一叠钱来。然后又翻了半天眼睛，屈指数着："张老师、王教授、梁主任、小丁、小刘……五个、六个……还有退休的李老，他平日不出来，早就对我说过要买台微波炉了。"最后，他十分果断地把手一挥："你去雇辆车，给我送30台来吧。我们教研室至少每人一台！"

胜利的喜悦坚定了我摆摊直销的信心。我跑到长沙五一广场的旗帜社印了两条大红条幅。一条上书："成功牌微波炉厂价直销——天下首家！"另一条上写："走最少的路，花最少的钱，买最称心如意的成功牌微波炉！"接下来，我扯着这样两条大条幅，挺进省政府大院、电信局大院、水电厅大院、省军区大院……

冬天了，湖南的冬天阴雨连绵寒气逼人，我在长沙国防科大军人服务社门口摆摊，有人过来我就滔滔不绝、激情澎湃地宣传我的微波炉如何好，忘了寒冷。没人的时候我就被寒冷包围着冻得直打哆嗦，两手插袖筒里面来回小跑，嘴里面还嗞嗞地吸着冷气，样子很狼狈，过往的科大老师们就为我叹息："太辛苦了，这事我可干不了！"有的陪着他们的孩子从我面前走过，就给他们的孩子小声讲："看着没有？要好好学习啊，长大当爱迪生那样的大发明家，不然也会像他那样摆小摊！"

我心里就对他们偷着笑："你们错了！你们只知道是爱迪生发明了电灯吧？但你们知道把电灯的光明推销给了全人类的人是谁啊？就是数不清的跟我一样的推销员！你们以为我是在摆小摊啊？我是在一砖一石地构筑我人生理想的大厦。"

我这样的精神感动了许多顾客，还促成了一桩美好姻缘。

那些天，我挺进出入都要证件都要严格盘查的军区大院摆摊设点儿。在大院里搞这样规模盛大的商业宣传，我是第一位也是仅此一位，大院执勤的警卫战士过来了："不行不行，谁让你这么搞的！"我就满脸堆笑地迎上去，凑近他们的耳朵悄声说："我是谁谁的朋友！"他们就不管了。省军区后勤部上校协理员是我大院里的第一位直销客户。她用了我推销给她的微波炉尝到了甜头，也被我的精神所感动，马上动员她的老同事、老部下每人买了一台。星期天我来摆摊设点，协理员阿姨做我的义务促销员，每来一位顾客她都认识，她为我做宣传还为我做担保："好着呢！买吧，我用了真方便。——没事，放心吧，人家是中国最大的微波炉厂，有问题你找我。"

我抱着微波炉一家一户地去送货上门，我的微笑、我的注目礼、我的谦卑、我的热情服务，还有我动辄与人家过后不记仇的抬杠，使我成了大院里的新闻人物：他们买彩电买冰箱也来找我咨询，有什么苦衷也向我倾诉。我发现协理员阿姨家里只有子女没有父亲，我忍不住就问："阿姨，您家叔叔在哪儿工作？"不曾想，犯了协理员阿姨的忌，阿姨脸色暗淡了下来，但还是告诉了我："离婚了！"我马上投入关注："阿姨，您还没退休、您还年轻、您应该找一个。"阿姨向我袒露心迹："唉！没合适的！"

新调来的一位上校王参谋，每天傍晚牵着已经读大学的儿子在大院里散步，路经我的微波炉地摊就对我歆羡不已："我看你一天好辛苦啊！天这样冷，冻得你直哆嗦。将来我儿子大学毕业也干你这行我可心疼。"我乐观地说："我还真希望您这样高大英俊的宝贝儿子将来加入我们推销员的行列，跟您说吧，干推销锻炼人，能够领略常人领略不到的风光！"王参谋的宝贝儿子被我感染了："爸，毕了业，我还真想去广东干推销！"我说："好，到时候我帮你推荐！"王参谋与我成了莫逆之交，与我推心置腹："儿子是我的命根子，我们父子相依为命啊，儿子三岁，她妈就去世了。"

我古道热肠油然而生。那天晚上，我给协理员阿姨激动地打去电话："阿姨，请您来酒店喝茶！"然后又给王参谋打去电话："王参谋，请您来酒店坐坐。"协理员阿姨和王参谋都来了，他们一见如故，谈来谈去过去还是同一个部队的老战友。最后走时两个人上了同一辆的士……我望着他们离去的背影，我的眼前出现了这样的幻影：白云、蓝天作陪衬，一挂鞭炮"噼叭"炸响，一对新郎新娘由欢天喜地的男女老少簇拥着入洞房，我抱着一台成功牌微波炉赶来，向新郎新娘贺喜，我的成功牌赢得一阵阵喝彩……

　　个体户赖老板积压的 600 台微波炉半个月之内被我销售一空。当我把货款一分不差地交到他手上时，赖老板数了数，从中抽出一沓送给我："老邰，这些是我给你的提成。"

　　我想把提成退给赖老板："算了吧，你现在欠了很多债。"

　　赖老板按住我的手说："我可不是你在广东遭遇过的那些黑心老板，我也曾经是奸商，但奸商也是讲双赢的。你放心吧，这一批死货处理了，我会东山再起！你是我最敬佩的推销员，你看这才几天，那 600 台微波炉全让你帮我卖了。"

　　这在当时可称作商业奇迹，那时微波炉市场在国内刚刚起步，在南京那样大的城市，各大商场零售微波炉的总和一天只卖一台，在长沙最大的商场一年的微波炉零售最多不超过 20 台。我这 600 多台微波炉的顾客有大学老师、潇湘电影制片厂的导演、湖南医科大学获国际大奖搞试管婴儿的著名教授，还有一位——我送货上门时，有卫兵向我敬礼并"咔嚓"一个立正。

第三十五章
孤胆取义

四处摆地摊的日子里，我唯恐被熟人发现举报给香港总公司的毛仁凤，走路的时候我往往走着走着猛然回头，看有没有人跟踪，我还时常提心吊胆地去各大商场门前偷看有没有张贴关于我的通缉令。唉！在这样一个没有战火、没有硝烟的和平年代，我这样一位老老实实尽职尽责的推销员却要像个贼似的东躲西藏。我担心我那饱经忧患的父母受到惊吓，这天我在夜幕的掩蔽下悄悄潜回株洲的爸妈家。

女儿小诗诗正在平静地做作业，爸妈果然正在为我着急。

妈说："你可回来了，你们厂子天天来电话找你！你爸正要上长沙去找你呐！"

爸很严肃："不要干违法的事啊，给人家做推销要丁是丁，卯是卯。"

妈说："你爸管了一辈子钱财物，可是人家一辈子光明磊落从不占公家便宜。"

我说："爸、妈，你们放心吧，儿子是那种小人吗？现在是他香港老板讹咱们，派过来个毛仁凤，不分青红皂白也不查账就说你贪污，辛辛苦苦领到的奖金还要你退回去，一点道理都不讲。"

爸说："脚正不怕鞋歪，有法律，他讹咱们可以告他！但咱们不能对不起他，把账弄清楚了，该收的货款给人家收回去，该退的货给人家退回去！不能撒手不管。"

爸妈他们哪里知道，现在广东很多厂子的做法都是先斩后奏，不管你有没有问题先把你扣起来再说，派出所谁财大气粗就听谁使唤。最后事实哪怕澄清了，你被扣压的委屈跟谁去诉说？万一在拘留所里出现了意外，谁有精力旷日持久地去跟财大气粗的企业老板打官司呢？

思前想后，第二天我还是忍辱负重地为成功厂在我手上的遗留问题出征了。开往长沙的大巴上，我坐在前排，望着车窗外的旷野，有一种悲壮感，有点儿像圣经故事里的耶稣那样去蒙难，去送上门让香港的毛仁风把我钉到十字架上！

我首先要去长沙市楼层最高、场面最大的中山商业大厦，去催收货款。仅仅1.8万元，这已经是第101次上门催款了（包括电话联系）。我用我的真诚，打动了一个又一个的上帝，唯有长沙中山商业大厦这个上帝，我费尽心思，却无论怎样努力也感动不了。起初，我刚来湖南推销成功产品时，一下火车就看准了这家全城最高、全省最高的商业大楼。经我百折不挠、反反复复来了七七四十九次，好话说尽，经理总算开了龙口，恩准我的成功牌微波炉进入这家我曾抱有无限希望的最高商业大厦，原来公司规定：微波炉铺销只限10台以内。我冒着被炒鱿鱼的风险破例一次性铺给这家最高商业大厦15台微波炉。

半年的时间过去了，春节前，我信心十足地去了这家最高的商业大厦，在柜台前正逢几个顾客向营业员求购成功牌微波炉，营业员说没货。我心中一阵负罪感，怪自己顾此失彼，一个冬天光顾销暖风机了，没来得及给人家补货。唉！唉！我差点就要狠狠地扇自己一个耳光了，跑到19楼的仓库一看：除了两台样品放在柜台上，其余的13台都原封不动地在仓库里睡大觉呢！我马上跑到柜台上对营业员说："仓库里有货，你为什么不去提出来卖给顾客呢？"

那营业员是位半老徐娘。她当着众多顾客的面没睡醒似的那样打着哈欠，伸个懒腰，露出一圈肥肚皮，不耐烦地推说道："柜台长不在，我管那事做什么嘛！"

我恳求道："柜台长不在，你就给提嘛。帮帮忙，求您了，好吗？"

营业员两臂一叉，抱着肩膀说："我可没有那卵劲儿，搬不动那卵家伙！"

我说："你搬不动，我来做搬运，好吗？"

要买微波炉的顾客也说好话："是啊，我们自己去提也行，不劳您费力。"

营业员终于动了菩萨心肠，不过是有代价的，她说："那好吧——你得请客！"

请客就请客，这顾客们等着要买微波炉的关键时刻，就是让我给她磕个响头也在所不惜。原来柜台上只有两个营业员，都没精打采，到了饭店，营业员的弟兄、姐妹、朋友、七大姑八大姨都瞪着贪婪无比的眼珠子来了，围了满满两大桌，足有二十几人，吃的战斗力极强，一阵风卷残云、狼吞虎咽，就差没把盘子吞肚里去了！吃完了，嘴巴一抹，连声谢都没有，抬腿就撤。在他们看来：厂家是孙子，商家是爷爷，孙子请爷爷府上的衙役吃喝，不仅是应该，更是人家赏你做孙子的面子！那15台微波炉终于销完了，收款时，那叫层层扒皮啊！营业员要好处费，不然把你的货摆到最不引人注意的角落里去；柜台长要销售奖，不然把你的货从柜台上撤下来；经理要回扣，不然你就拿不到款，拿不到款，你那货就相当于给这家最高的商业大厦上贡了。过去臣民给皇帝上贡，会赏赐金银财宝、绫罗绸缎，还会赏赐个美丽的公主做老婆；给这家最高的商业大厦上贡几万、几十万，没人赏赐你一丝笑容，还会说你活该倒霉，是个鳖宝（湖南的骂人话）！因为这是国营商场，钱进不了私人的腰包……

我找经理要款腿跑断、嘴磨烂，气得我直骂娘、直跺脚。但还是要千般忍、万般忍，把痛苦不堪的眼泪往自己的肚子里咽！那天，我请来了两个漂亮的小姐做微波炉烹调的表演。小姐唇红齿白，一笑两个酒窝，像出水芙蓉美艳无比，经理见了小姐，顿时眉开眼笑。我乘机进言：“老总（其实是部门经理，我有意在两位小姐面前给他升了一级），什么时候付我款啊？”

“老总”得意得神采飞扬，在我送上来的发票上大笔一挥：“拿去，现在就付你！”两位小姐在一旁跟我配合得惟妙惟肖：“哇——老总好气派哟！”

最后一道关是财务。那财务是位年轻小姐，也许是生理周期的缘故，酸溜溜的总是不耐烦。我第一次去找，她皱紧眉头，嘴巴直咂：“啧啧，烦躁哩——不齿你（湖南方言：不理你）！”第二次去找，她绷着面孔，旁若无人。我百般恳求，她丹唇微启：“早给你汇了！”我一时间心花怒放，万分感激，但又一转念：那张过五关斩六将、被层层剥皮的发票，经核算员做单、柜台长签字、经理签字、总经理审批……尚在我自己手上，她怎么那么痛快就把款汇去了呢？我谨小慎微地递上发票，可怜巴巴地乞求：“小姐，请您千万收好发票，把款及时地汇给我厂。”财务小姐发脾气了，咂着嘴巴：“啧啧，你神经啊！说给你汇了就是给你汇了嘛！”她顺手接过发票，往抽屉里一丢，掏出个嘀嘀响的 BP 机小跑着回电话去了。我马上跑去电信局往厂里打电话，厂里财务说没见那笔款。我又回头去找，那财务小姐可能失恋了，黑着个脸，把满腔的怒火烧到我头上："发票没来，给你付个鬼啊！"我急得嘴唇直哆嗦："发票我刚刚给你了，明明是你自己放你抽屉里了！你怎么你……这样不负责任！"我眼泪都流出来了。那财务眼珠一瞪："哈！你教训我呀，没时间齿你，就是不齿你！"

我气得七窍生烟，一次次幻想着跳起来，狠狠地给她一拳，或者扇她一个耳光，把她的鼻子打塌、脸打歪！唉……受气的推销员，我只能抹把眼泪，小声哀求："别着急，您慢慢找，等您不忙的时候我再来。"

流亡中的我，为也许正撒下天罗地网捉拿我归案的成功厂进行了一场空前绝后的收款大决战，顶着财务小姐的白眼，冒着她那像吞了苍蝇般讨厌我的神情，还有酸溜溜的像打机关枪般泼洒过来的"不齿你就是不齿你"，我勇敢地大义凛然地往财务小姐的面前一坐，而且坐得很近，扬着脸全面迎接她的怒容还有她在说"不齿你就是不齿你"时飞溅出的唾沫星，我心里高唱义勇军进行曲："冒着敌人的炮火，前进，前进，前进进……"她扭转身到背后的桌上办公，我也跟着转过去，她换到另一个办公室，我也跟到另一个办公室，她赌气进女厕所不出来，我就在男厕所门口等，她下班我也下班还跟随其后送她一程，第二天她感冒了，冲我打了个喷嚏，喷了我一脸鼻涕，我脸没顾得擦，颠儿颠儿地一路小跑着下楼去为她买感冒药，呼哧呼哧地跑上楼来，办公室的热水瓶空了，我又无比殷勤地去开水房为她打开水……最后一次，第 201 次上门时（这期间成功厂那一边出奇的宁静，始终没派人来接替我或查我的账），货款终于要到手了。当我从这位脾气极坏的财务小姐手中拿到银行汇票时，本想对她以最解气的方式说声"永别"，然后扬长而去，决不回头。但拿到汇票的那一瞬间，积聚了很久的怨气烟消云散，"永别"变成了真诚的"谢谢"，还"咔嚓"一个立正，敬了一个隆重的军礼："万分感谢！我终于创下了收款吉尼斯纪录。"

经理和财务小姐第一次笑了，财务小姐笑得挺好看。我终于发现，无论他们的商场有多么大，多么高不可攀，他们也不是铁板一块，人也很善良，只是他们身不由己，被一种风气左右着，人们不都是在学狼吗？你露出善良的本性像个小羊那样，你立马就会被大灰狼吞噬。

　　我把汇票用特快专递寄给成功厂财务部，已经是傍晚了，我没顾得吃饭，又十万火急地上了开往岳阳的火车。我要赶在毛仁凤将我捉拿归案之前把岳阳商业大厦 10 箱没销完的暖风机运回长沙。深夜 12 点多钟赶到岳阳，路上已经没有公共汽车和中巴了。火车站附近也有很多旅店、招待所，但我长期以来的习惯是：在联系业务的单位附近下榻，这样可以节省时间。我叫了辆摩托车，讲好价钱是一担米（湖南赌桌上的黑话，当时是 10 元）。到了目的地我口袋里没零钱，给了他一张 100 元，摩托车手没给我找钱就要跑。我拦住他要钱，摩托车手说："讲好了，一担米嘛！"

　　我说："一担米 10 块！"

　　摩托车手瞪起眼睛，蛮横地说："是 100 元！"我一时怒起，胆也大了，也不管他是流氓也好，歹徒也好，手里是否有凶器也好，扑上去死死地抓住他非常粗壮的手腕："你胆大包天，找钱来！"这一声怒吼的同时，我还把手往屁股后边摸一摸，那样子似乎是在摸刀或者是在摸手枪。这一招儿果然奏效，企图敲竹杠的摩托车手连连赔笑道："好了好了，找给你找给你……"

　　第二天，在长途汽车站托运 10 箱货。货随人走，花钱不多，又安全，我感到挺满意，可是司机对我说："给两包烟钱吧。"我理直气壮："我已经交了托运费，你凭什么要两包烟钱！"司机讪讪地笑了："那到了长沙，有你好看的。"

　　我不解，光天化日之下会有什么好看不好看的呢？等到了长沙汽车站，意料不到的事情果然出现：汽车还没停下来，"呼啦啦"便像蝗虫般糊上来一群又一群的搬运工，有的扒着车窗子往里爬，有的踩着车窗子或者是从公共汽车后面的扶梯往车顶的货架上攀，那车顶货架上装的是我的 10 箱货啊！我以为又遇到 107 国道上打劫的土匪了，大声地喊叫着："干什么？你们干什么？"

　　这些人看上去都是乡下人，但个个都是身强力壮、粗野无比。他们像是争抢食物的难民，不要命地往车顶上爬，边爬边向我横眉立眼地示威："叫什么叫？谁又没抢你的，帮你搬运还不行！"仅 10 箱货，争着要搬运的有 30 多人！这些人是明目张胆地敲诈。我早有耳闻，只是没想到会在省会城市最大的长途客运站光天化日之下发生。他们是粘边就赖，哪怕摸一下你的货，也要钱，而且会无限升级，甚至趁乱把你的货搞丢、搞散……车子尚未停稳，我就不顾一切地从车上跳下来，顺手拾起一根竹竿，朝着蜂拥着往车顶上爬的所谓"搬运工"挥舞着，恐吓道："不准动！不准动！"

这些人还是不顾一切地往车上爬，有两个已经爬上货架开始解捆绑货物的绳索了。司机看着我得意地笑了："怎么样？我没骗你吧，这就是你舍不得两包烟招来的麻烦！"

我围绕着车子，转着圈，用竹竿"咣咣"地敲打这些"搬运工"们，一个个纷纷被打落下来，摇着手，捂着头，跳着脚，龇牙咧嘴疼得"嗷嗷"叫……这真是一场战斗，我稍有退让，或者胆怯，这车子顶上的10箱货便会被他们瓜分完毕！有几个被打的恶棍朝我扑来了，我迅速地爬上车顶，站到货架上，挥舞着竹竿，像电影《英雄儿女》中的战斗英雄王成那样，抱着爆破筒，面对潮水般围上来的鬼子兵怒吼："你们来吧，老子跟你们同归于尽。接我的大部队就要来了。这批货是给省公安厅送的，你们知道吗？公安厅比公安局还大，一会儿来接我的是公安厅的警车，一个连的武警押运。如果你们还敢胡来，把你们都毙了！"这一阵儿乱棒追打，一阵虚张声势的呼喊，还真把这些人给镇住了。最后我从车顶上跳下来，命令司机："你给我看着，丢一箱货，你就别想再握方向盘了！"我匆匆地跑到车站广场，雇了辆烂三轮车。当三轮车装上货，开出汽车站时，那些"搬运工"们才知道被我给唬了："还警车呢！——烂三轮。"

他们喊："揍他，抓住他，别让他跑了！"

这些"搬运工"们张牙舞爪地追了我一阵，烂三轮加大油门，屁股上冒出一股浓烟，呛得他们睁不开眼睛，便作鸟兽散。

烂三轮载着我和我用生命从"搬运工"手中抢救回来的10箱暖风机开进我租赁的长沙成功厂外协仓库。我心一阵狂跳，我预料到迟早会发生的事终于出现了。

香港的毛仁凤、潘先生、狗腿子似的周部长比我早来了一步，他们见了仓库黄主任和仓管员们，周部长就牛皮哄哄地说："我们是顺德成功厂的，这是我们香港总公司的毛仁凤督察和中国方面的巡视员潘先生，我们来盘点库存。"

黄主任说："我们不是每月有报表寄给你们吗?"

周部长说："那有假。"

黄主任严词拒绝："我不管你是毛仁凤还是戴笠，要盘点可以，但必须是你们厂的邰勇夫来，我们只认邰勇夫，别人来，恕不接待。"

他们正面面相觑，一筹莫展。

我跳下三轮车铤而走险，闭着眼睛埋着头和司机往仓库里搬货，我那样子有点像掩耳盗铃，路经三位凶神恶煞时，周部长一眼发现了我，喊了一声："邰勇夫!"我两腿筛糠似地怀里抱着的一箱货也落在了地上，我想起"砍头只当风吹帽的无数革命先烈"，已经差不多吓趴下的我猛然像革命志士那样大义凛然："你们查吧，除了销售出去的库存全在这，少一台暖风机或者微波炉，你们可以向法院起诉，本人甘愿坐牢!"

意想不到的是毛仁凤、潘先生都笑容可掬，像在电影上看到的日本鬼子哄中国小孩那样"米西米西"地拍我肩膀，毛仁凤说："你经手的客户对你评价都很高。长沙友谊商店总经理胡子敬说：'我们已经号召本商场的全体员工向你们香港成功电器集团的推销员邰勇夫同志学习!'香港董事会主席说你给公司挣了面子。好好干吧，你离厂这一个月算出差，给你双份补助。老板还要亲自过来为你庆功呢!"

我热血沸腾了!我像当年爸落实政策恢复党籍那样激动得热泪盈眶，我差点儿高呼："老板啊，我的上帝……"

第三十六章
撒谎孩子的故事新编

又是一个明媚的春天！每当春天，我的心情就格外激动、格外振奋。只是湖南的春天多雨，下个不停，往往会把人的心情搞坏。我有我内心的春天，那春天是遥远的东北故乡的春天。那里春天的来临，大约是在清明节。这一天，人们都要去上坟。在山间的小路上，在野草丛生的坟地里，祭奠完祖先的朝鲜族男人、女人们便跳起舞，唱起他们古老的民歌《刀拉吉（桔梗）》。突然的一夜之间，山绿了，水绿了，山上开满了映山红。那时，母亲就带着我收拾房前屋后的田园，栽种各种蔬菜了。最早栽下的是蒜，接下来从刚刚解冻融化的土壤里冒出来的青绿是葱，四处飘荡着泥土香。老母鸡在田园里"咯咯"地叫，小肥猪在田园里懒洋洋地晒太阳，半空中飞舞着成双成对的蝴蝶，开始解冻的河边的柳条林中，孩子们鼓起小嘴，吹响了令人心醉的柳笛……

1994 年，东北的老同学来信邀我回母校参加校庆，据说 78 届同班同学中，都干得不错，除了出国的，有一半是科长以上级别的干部，职位最高的在东北的一个省会城市当上了市长。当我在电话中告诉老同学我现在在广东珠江三角洲顺德县某某镇的成功厂做推销员时，老同学竟然在电话中大惑不解地喊道："老邰，你是怎么搞的——那镇上的一个小企业有多大，我想不会比东北乡村里的砖瓦厂大吧？怎么连个厂长都没混上，仅仅做个微不足道的小小推销员？"

那老同学怎么会知道：珠三角小镇上的企业，仅成功厂一家的年工业产值就达 15 亿，只在我一名小小推销员手中控制的商品就在 1000 万元，我邰勇夫是推销员、是商人！长沙城各大商场的门前都悬挂着我定做的大横幅，上书红底金字："九十年代三大件首屈一指——成功牌微波炉"。我在各大商场都请了促销小姐，向顾客们做微波炉烹调表演。商场的广播不断地广播着我撰写的广告词："中国最伟大的建筑是长城，中国最长的河流是长江，中国规模最大的微波炉厂是成功！女士们，先生们，在这明媚的春光里，当您在琳琅满目的柜台前浏览之时，一定会有点茫然，不知买什么最好，吃、穿、住、行……快乐地、健康地、甜蜜蜜地吃永远都是第一位的。长沙各大商场，成功电器集团公司向您推荐成功牌微波炉……"我又回到各大商场展销成功牌微波炉，一连数天，看的人多，买的人少，即使有人买，也都迷信进口的。长沙最大的商场是韶山路百货大楼。我在这里挎着大红彩带亲自做宣传，嗓子都讲哑了，天天喝"胖大海"，也只卖出了 3 台微波炉。促销小姐沉不住气了，我说："不要急，展销的目的不能只看到销多少，而是让广大消费者知道、认识成功牌微波炉！"话是这样讲，如果在展销期间收效不大，一些费用回厂后肯定不好报销，尤其那香港的李小姐、潘先生那样苛毒，那样不近人情。

这天是星期天，韶山路百货大楼人山人海，突然来了很多人吵吵嚷嚷地要买微波炉，他们在国产微波炉和进口微波炉之间犹豫不决，我真诚地不掺半点水分地宣传介绍国产成功牌微波炉比进口的具有哪些优势："第一，我们成功牌微波炉价格比进口的便宜；第二，成功牌微波炉关键零部件也是进口日本著名厂商的；第三，质量有问题包换，售后服务有保障……"

顾客往往有一种逆反心理，你越是说国产的如何好，他越是倾向于进口的，一致认为进口的就是好！顾客领袖与我争辩："不行，你们成功牌的落后了，人家比你那尽管贵一倍还多，但人家那叫双重微波！"

眼看我的宣传就要最后破产，从顾客中挤进一个人来，这人竟然是我过去在顺德迅发皮革厂的推销员伙伴胡老邪。我正要与老邪打招呼，老邪不认识我似地板着面孔对顾客领袖说："双重微波算什么，人家成功牌微波炉啊，已经进入了联合国总部，进入了美国总统府，凭什么？人家成功是全世界最先进的球体微波，双重微波早被淘汰了。"

顾客领袖一愣一愣地："什么叫球体微波？"

一位专家模样的顾客说："是啊，我是科技大学微波教研室主任，连我都没听说过什么球体微波……"

老邪煞有介事地说："球体微波就是那个球……肾球、保龄球、地球的那个球，你早晨早点起来上阳台好好看看那个太阳球从遥远的东方冉冉升起光芒四射……就知道怎么回事了，不过微波球你看不见，就像气功大师发功似的，看不见摸不着但能把火车掀下钢轨，反正成功牌球体微波炉烹饪的食物滋阴补肾壮阳、和谐夫妻生活、延年益寿。"

老邪说完这番谎言，从腰带上抽出个手机来按了几下，一会儿就从人群外挤进来一拨来路不明的抢购者，手里挥舞着一沓沓现金高声喊着：

"我买成功球体微波炉！"

"我买成功肾球！"

"我买成功地球！"

"我买成功太阳球！"

……

顾客们仍在犹豫，老邪又按了几下手机，又进来一拨抢购者，吵嚷着："我买成功啊我买球！"成功是什么，买什么球，看样子他们并不知道。谎言发挥了作用，众多顾客都坚定不移地购买起国产成功牌"球体"微波炉了，就连那位对"球体"微波半信半疑的专家也决定选购成功牌微波炉。

我的展销终于有了转机，我欣喜地拉住了胡老邪的手："你是从哪里冒出来的？走走走，咱们找个地方好好聊聊。"

在华天大酒店，我与老邪喝茶聊天。

老邪说："你呀，太真实，太啰嗦。人类的致命弱点是什么？你研究过吗？你掌握了吗？——宁愿相信谎言，不去接受真理。所以你没必要那么认真，那么诚实地去讲成功牌怎么好、为什么好，好到了美国总统克林顿、联合国秘书长安南买微波炉都一定要成功牌，这不就行了？"

我认真地问："你那个球体微波炉到底是怎么回事？"

"杜撰的，这是中国著名营销大师的成功策划，叫作炒概念。"

我心里一沉，若有所思："难道我们要去做那个喊狼来了的撒谎孩子？"

胡老邪肯定地回答："对！那撒谎孩子的故事现在要这样讲！那孩子本来很忠诚，一心一意地守护着主人的羊群，羊群一天天地壮大，那每一头羊啊，被他精心牧养得膘肥体壮，但他得到了什么呢？每年过年，主人赏他一段羊尾巴或者是一块羊屁股，连一根羊骨头都舍不得给，叫人家一无所得，叫人家饿死冻死！于是他有了想法，贪心是人的本性，谁不想有别墅、有汽车、有娇艳无比的情人或者是老婆啊！于是这忠实的孩子不忠实了，开始学着撒谎了。有一天在山上牧羊的时候，他就做了一次撒谎演习，大声地喊叫：狼来了，狼来了，狼叼走了羊啊！等人们赶来的时候，发现羊群安然无恙。后来，他连续做了几次这样的撒谎演习，人们不再来了，就是羊主人听了也不来了，任那孩子喊着好玩吧。最后，那孩子贪心十足，把主人的羊全部卖了，把卖羊所得的巨额赃款全部存进了瑞士银行，然后坐在山坡上哇哇地哭喊：狼来了，狼来了呀！"

我突然警觉起来："老邪你讲这故事是什么意思？两年不见，你变得老奸巨猾，诡计多端了?!"

老邪那双藏在镜片后边的两只贼眼狡黠地眨着："我想与你郤兄合办一家公司，把成功在你手上的存货全部吞掉，作为资本，怎么样？"

我震怒了："好哇，你老邪善者不来，来者不善。告诉你吧，我没有那么大的胃口，我只能做一个忠实的牧羊人。"

老邪诡谲地笑了笑，无奈地说："你呀，忠诚得近乎迂腐！你过去推销胶粘带的伙伴，有个叫汤剑的，你还记得吗？"

我想起了那位曾怂恿我推销 10 件货，丢 10 件的那个汤剑。我说："怎么样？"

"人家携巨款出逃，现在开宝马车，在深圳盖了栋别墅，光装修就花了 60万！你呢？——你不要以你的忠诚和正直为荣，你所效忠的老板也许是个偷税漏税的诈骗犯，也许是个走私贩毒的黑社会老大，也许是个无耻贪官，你拼命地为他们奋斗，也许是在为他们洗黑钱！——你在长沙的那个叫郑义的朋友我也认识，他有多不幸啊！老婆携款跟着小流氓跑了，他回厂后，老板没有一句安慰的话，只为区区几万元欠款还通知派出所把他扣起来了。你知道那位老板是怎样发起来的吗？——他原本是广东一家国有企业的老总，检察院正要起诉他贪污受贿挪用公款时，他拿了几千万公款出逃，几年后，摇身一变，成为来内地投资的港商，公安局的局长成了他的座上客！"

听了这些，我想哭泣，但我还是坚信：一片繁荣的珠江三角洲，隐藏着罪恶、腐败，但也孕育着美好和希望！不是么？那次在乐家厂，被土匪打劫受了伤，姓陈的厂长不给报销住院费、不给住院期间的工资，还恶言恶语地赶我走，这事惊动了当地的镇政府，镇政府党委办的主任亲自出面干预，厂里的张副厂长、行政办主任、财务科长都为我打抱不平。

我说："你不要讲了，应该怎么样做人，我有我的原则。"

老邪亮出一封信函，说："那么好吧，成功公司在湖南的业务已经全权由我来接管了。这是成功公司由潘先生签字的通告！各大商场可能都已经接到这个通告了。你呢，被香港的潘先生炒了！——不过，你不要怪我，我是诚心诚意地维护你老郜的利益，才想与你合作共同对付不义的老板。"

这怎么会呢？然而你信也好，不信也好，这是事实，在广东珠江三角洲，老板炒你的鱿鱼，用不着任何理由，也用不着承担任何责任！珠三角发达、繁荣、大企业连成了片，但所有的千奇百怪也都是从这里往全国蔓延的，二奶村、小姐一条街、商业行贿、打工不给钱、大学教授和学者们在讲坛上学狼叫……

刚才在商场率先挥舞着现金抢购"球体"微波炉的几位顾客，抱着刚买的微波炉找胡老邪来了，老邪冲他们发脾气："谁让你们送这来了？送仓库去！"

几位顾客走了，老邪对我神秘地笑了笑说："看到没有？这是我请的托儿！"

第三十七章
年薪 68 万

　　一个朝霞满天的早晨，我背上行装走了。我坚信：天无绝人之路，好人永远一生平安。我才 35 岁，我身体健康，有摧不垮的意志，我自信可以奔波到 45 岁、55 岁……75 岁！我要把推销作为自己的终身职业！不过，我也开始思索了，为什么自从走上推销这条路蒙受了这么多的苦难呢？难道真的像老邪所说的那样忠诚得近乎迂腐？——不，就是要忠诚，永远不能玩邪的，永远做企业忠实的牧羊人。只是要学点人生的计谋！学会保护自己！我在人流熙攘的大街上一边想着，一边有点茫然地走着。我突然有了一个发现：大街上的行人，有人对我指指点点，驻足而视，是两个年轻漂亮的女士，与我走照面的时候，竟然毫无顾忌地用纤纤玉指戳我的鼻子尖，用长沙话说："哇，终于见到你这匹鬼了！"

　　我十分恼火："谁是鬼呀！"

　　两个小姐都笑了，笑得很妩媚，说："你不是逢人便推销你那成功牌微波炉的那匹鬼吗？我们正在找你，我们单位领导要每个职工发一台你那个鬼牌子的微波炉！"

　　我怒气顿消，抱歉道："谢谢！二位小姐，遗憾的是我现在……"

　　两位女士说："那不要紧的，只要是你推销的，无论什么牌子的都行！"我激动无比，眼里闪出了泪花，浑身充满了力量，我想："我赢得了消费者，我赢得了市场！"

　　刚离开胡老邪那会儿，得知自己被炒了，心是冰冷的，脸色苍白，似乎周围所有的人，认识的也好，不认识的也好，都在嘲笑我，都在朝我挤眉弄眼，窃窃私语，说着世界上最刻毒的话。我想回东北老家，在当年爸妈带着哥哥们在北山沟小溪旁开垦过的土地上，去种玉米，种土豆，种火红火红的高粱；我想去长沙的一所商专，那所商专曾聘请我去做市场营销专业的讲师，我甚至想去四川峨眉山皈依佛门……

最后，我决定：再去广东找工作。天生我材必有用，一定会有更好的企业欣赏我，聘用我。广州、顺德、东莞、深圳一路找下去！当天晚上，我便上了开往广州的火车。在卧铺车厢里我迷迷糊糊地睡着了，在梦中，我回到了童年，我怀着十足的好奇心，沿着故乡的小路，跑出家园，来到旷野，呼吸着山野间清新的沁人肺腑的空气。我贪玩极了，一会儿追寻一对美丽的蝴蝶，一会儿捕捉一只蜻蜓，一会儿呢，又去清澈见底的山溪里去捉那小鱼小虾，那小溪汩汩地流淌，唱着欢乐的歌，奔向江河。我忘了归家，忘了母亲的呼唤，一路就这样孤独又十分快乐地走下去，走进森林，走进大山！这大山里啊，绿草萋萋，阳光灿烂，飘荡着野果子醉人的芳香，鸟儿在歌唱，猴子在树上跳来蹿去，小山羊、大白兔、刺猬等小动物们在自由地嬉耍，老虎、狮子、山猪、大象都在懒懒地晒太阳……突然，天气骤变，一道闪电，一声炸雷，从遥远的天际间，黑压压潮水般的狼群奔突而来，只见狼群过处，尸横遍野、田园荒芜、森林被毁、太阳没有了光芒、空气中布满了血腥，大象、猛虎、豹子、山猪……所有弱小动物无一幸存全部变成了白骨。我手无寸铁，无处可退，无处藏身，我悲痛欲绝地大喊救命，可是谁能够来救我呢？——爸妈？爸妈已经衰老了；妻子？妻子早已分手了；女儿小诗诗？小诗诗才 8岁。后来我无论如何也想不到，我竟然喊起了梁秀英："秀英，快来救救我啊！"

整个卧铺车厢里的旅客都被我的大声呼喊给惊醒了，列车长、乘警也急匆匆地赶过来了……

在广州下火车那天，正好又是每月一次的广东省大型人才集市。集市外边，抱着大红学历证书前来找工作的人络绎不绝。推销假文凭的不法商贩公开叫卖，买一张北京大学的文凭只要 300 元，硕士文凭翻一番 600 元。只要你敢拿去冒充，美国哈佛大学的文凭都可以买到！集市内人山人海，广东顺德的一家全国著名的空调集团又在现场招聘，排场很大，横空悬挂着巨幅广告："某空调集团招聘推销精英。"这家大型企业的内情，我早有所闻，他们就像当年毛主席讲两条路线斗争：年年讲、月月讲、天天讲——年年招聘、月月招聘、天天招聘。据说这家大企业的推销员就像走马灯似的，走访客户，今天是张推销员，明天是李推销员。他们的推销员不叫推销员，叫营销代表，而且分三级：上一个级别的营销代表可以把下一级别的当儿子，我想这正好给我提供了机会：我先去当孙子，然后当儿子，最后争取混上个爷爷。我热血沸腾了，奋力挤进水泄不通的人群，来到人事先生面前毛遂自荐。人事先生瞥了我一眼，说："唔，我们公司可是要求精英人物加盟啊，对人才的素质要求很高。"

我想我这位老推销员所具备的素质应该使对方满意吧！我故作矜持地请教："怎么样是高素质啊？"

人事先生说："比如年龄，我们要求 28 岁以下——请问先生贵庚？"

周围年轻的求职者盯着我窃窃地笑，人事先生的嘴角上露出明显的蔑视，我脸上一阵发烧，反唇相讥："本人 35 岁，我想不会比你爷爷年龄大！"

我在人才市场上终于联系上了一家单位，同意我到公司总部面试。这家厂是东莞一家彩电集团。那天，我早晨 8 点第一个赶到这家彩电集团，面试的是营销公司副总经理，是个女的，30 多岁，冬瓜脸，姓楚，后来听说是单身女郎，山东人。我这位实战经验丰富有文化的推销员要接受山东大妞的面试了。我挺振奋，准备着侃侃而谈。我相信我丰富的营销经验一定会打动她，一定会令她震惊，令她刮目相看！和我一样前来面试的一共 6 人，那 5 人都比我年轻。尽管我是第一个来的，但首先被点名进入楚总办公室接受面试的不是我，而是其中的一位小帅哥。楚总与这位小帅哥一谈就是一上午。一般面试的场合都十分严肃，但从楚总办公室里不时地传出不合时宜的浪笑。下午接着面试，我想这回该是我这位推销老将了吧？令人失望，仍不是我，我在接待室内等到了下班，也没轮到面试。最后，楚总出来，说："你的资料我看过了，我只是要看看你这位自称是第一流的金牌推销员，用不用你，回去等通知吧。"

唉！这就是我满怀希望大清早从广州赶过来的最后结局，这哪里是招聘推销员，是戏弄人，是恶作剧，是山东大妞在招小白脸，我想如果是原来迅发厂那位专做富婆哈巴狗的卿主任前来应聘准成！

我又像几年前那样来到顺德，沿着广珠公路一路找工作。见桂洲镇一家生产微波炉的大厂，我走到门卫室，给销售老总打了个电话。接电话的又是位女士，讲纯正的普通话。她说她姓马。我说："马经理，马总，您好，我想做你厂的推销员，有没有可能?"电话中的马经理响亮地回答："有可能，不过，请问你原来做什么?"我说："我原来做推销员，是位经验丰富的老推销员。"

马经理说："原来做过推销员的，我们正好不要!"

我忙进一步说："我原来在成功厂也做微波炉推销，干了 3 年!"

马经理说："同行厂的推销员我们就更不要了!"电话"咔嚓"一声撂下了。

我不服输，像头倔牛那样又闯进了一家大厂。这家厂是我初来顺德时干过 85 天的胶粘带厂。当时这家厂的老板对我说："我的经营理念是给狗扔骨头。"这次老板换了，新老板是位博士。博士说："你在这个厂鼎鼎有名啊，干了 3 个月就创造了辉煌的业绩。我现在的管理方式是狼撵兔子。"老板的"狼撵兔子"令我毛骨悚然，来时在火车上梦见的黑压压潮水般的狼群果真应验了!"狼撵兔子"是 MBA 大师们推出的新狼道，正在珠三角的企业界风行无阻。若干年后，我在内蒙古推销梅花产品时，认识一位家住包头本地的推销员小蔡，小蔡是珠江三角洲一家继成功厂之后迅速膨胀起来的微波炉厂的外聘业务员（厂方在销售地聘用的员工，不回厂，在居住地开展业务，厂方不承担差旅费，只付微薄工资），27 岁，大专学历，有一双黑亮活泼的大眼睛，那天客户请吃饭，小蔡与我连干三杯便向我宣战："老邰哥，对不起了!老板给我下达了硬指标，这个月一定要把你们梅花牌微波炉扫荡出去，不然我不仅拿不到基本工资，还要被炒鱿鱼。"后来的这家微波炉厂对营销人员的管理方式就是"狼撵兔子"，每个月按上个月完成的销售额定本月份的销售指标，指标越定越高。连续 3 个月完不成，那么你就前功尽弃走人吧!他们春节从不放假，没有休息，每天都要求你有成绩。小蔡妻子是下岗女工，小孩尚在襁褓之中，那天晚上吃完饭自己掏钱请客户去夜总会谈业务谈到下半夜两点，打摩托回家途中，与一辆疾驰而来的"皇冠 3.0"正面相撞，因公罹难。厂方只甩给死者家属 3 万元，一个生龙活虎的年轻人，硬是被老板的"狼撵兔子"给撵得命归西天!死者的家属想打官司，但没有依据，因为做这家全国著名大企业的员工入厂时只填一张员工卡，要求员工怎么样遵守厂规厂纪，还要缴纳违约金，员工只有为老板打工的责任，老板对员工除了一点微薄的工资，不负任何责任，死了活该，给3万元已经很不错了，我们只要你的销售业绩，并没让你半夜骑摩托兜风。

最后有一家湖南株洲很有名气的生产腊肉的大企业，招聘常驻广东的推销员。我想能做上这家湖南企业常驻广东的推销员也不错。原来到湖南推销广东货，这回反过来在广东推销湖南货，也许待遇比广东的企业好！于是，我去面谈了一下，那更离谱，就不用说那位经理对人多么不尊重了，那经理至少有工商硕士文凭，书读多了，"你好请坐"不会说了！那么我替她说吧："您好！嘿嘿，我……请坐。"我自己找了把椅子坐下了。经理沉默很久终于发出话来同意用我做推销员了，但没有工资，没有奖金，更没有差旅费，一切费用都要自理不说，还要我投资购买1万元的腊肉，令我哭笑不得！这倒是一个推销产品的高招，现在到处下岗，在全国骗一两万名推销员，每人投资1万元，招聘两万名推销员，销售额就是两万万——两个亿！天啊！发明了这样的高招，不用推销，光招聘推销员就行了。

这是多么高明的营销啊！美国管理大师德鲁克先生说："市场营销的目标是使推销成为多余。"这家生产腊肉的大企业真的不用再推销了，但却是以坑骗下岗员工为前提的。

一连串的失败，使我心灰意冷。这天，我在顺德容奇镇的一家酒店吃了个煲仔饭，喝了瓶啤酒，啤酒喝着喝着，头有点晕，这一晕，脑子猛然一亮！——我要回成功厂，去当面质问潘先生：我全心全意为你成功厂卖命，在湖南广大消费者和商家中已经建立起良好的信誉，你凭什么炒我的鱿鱼！但是，我现在一想起要去见潘先生，心头上就像压了块石头，我真的不愿意见那个穷凶极恶的家伙。不过，我已经习惯了，这个人越是令人打怵，越是令人从心眼儿里厌恶，甚至明知见了面会当头挨一棒，那么也一定要见！不然，就别做推销员了。

回到厂里，一切都在我的意料之外，炒我鱿鱼的潘先生反而被香港老板炒了。工厂的性质由原来的香港独资变成了股份制，罗厂长任总经理并亲自主管销售。梁秀英现在做罗厂长的秘书了。我进总经理办公室时，梁秀英正在飞快地打电脑，电脑屏幕上出现了一行令我吃惊的文字："任命郜勇夫……"梁秀英瞥见了我，笑着点头示意，并悄声说："你回来的正好，潘先生、李小姐都被老板炒了，周部长也走了。公司的老板们对你很信任，罗厂长特别提名要重用你！"

我坐下来，不解地问："为什么这样呢？"

梁秀英说："公司董事会派专员对你做了调查，你经手的客户对你评价都很高。长沙韶山路百货大楼的刘泽民经理、友谊商店的胡子敬总经理都说：'我们已经号召本商场的全体员工向你们广东成功电器集团的推销员郜勇夫同志学习！'董事会的老板们看了关于你在商场促销的录像带都非常感动，说你给公司挣回了面子，树立了公司的形象。"

我似乎不相信自己的耳朵，往梁秀英的面前凑近了些小声问："这是真的吗？这么说，不会炒我的鱿鱼了？"

梁秀英深深地注视着我说："你不要太自卑，对你自己要像你搞推销那样充满信心。——以你丰富的人生阅历和成功的营销经验而言，你比那些MBA硕士还硕士！"

罗厂长见了我，非常高兴："我正要打电话通知你回来，你在湖南的业务暂由刚来的业务员小胡接管。经过我们几年来的辛勤培育，全国的微波炉市场终于解冻了！去年我们成功牌在全国的销量平均每月1万台，今年1—5月平均每月10万台，而且还在呈直线上升！我现在请你回来交给你一个重要的任务，你先在全国范围内跑一趟，摸摸底，然后组建一个新的市场推广部，公司已任命你为经理，年薪68万元人民币！由你招聘你的业务员，并尽快拿出一套推广方案来！"

我生平第一次得到这样的器重，按捺着心跳，迫使自己不要因为过分的激动而诚惶诚恐。——我是一位从来也没有想过要当将军的兵啊！我将背上行装，踏上更遥远、更漫长的征程，这次我想自己首先要去目前为止还没有去过的大西北和青藏高原。我想：那里离天上的星辰最近！苍凉的黄土高坡，千里沙漠，一望无际的大戈壁，戴着冰雪白冠的天山，还有天山上的雪莲，美丽的青海湖和神秘的布达拉宫……都在等待着我这位远涉者的到来。临行的前一天晚上，梁秀英来房间里看我，送了我一本美国人写的《营销管理》。我接过书，这使我比得到68万元的年薪待遇还要激动。我说："这叫我怎么谢你呢?"

梁秀英微笑着说:"出差回来,给我带件小礼物就行了,用你的心!"

我真诚地说:"好!咱们厂里的先生都说你像天上的星辰,可望而不可即,那么我就到世界上最高、离你最近的地方,去精心寻找你最喜欢的、最珍爱的礼物。"

梁秀英笑了:"我可没那么高,是你在抬举我吧。不过,我倒是很想拜你老邹为师,跟你一块去闯天下!"

说这话时,梁秀英与我面对面地坐着,距离我很近,一双纤长的巧手放在膝盖上,隆起的胸部随着均匀的呼吸轻轻地起伏着,一双清纯的大眼睛专注地盯着我,我心如鹿撞,我不知道自己哪来的一鼓勇气,张开双臂,猛地把梁秀英抱了起来,猝不及防的梁秀英一时间懵了,我像个婴儿般的把脸埋进她柔软的怀里,被她的体香陶醉了,那是田野的气息啊!她无力地呻吟,我已经吻到她的肌肤了。然而好景不长,她突然像只机灵的大白兔那样挣脱了。她一边整理着被我弄皱了的衣裙,一边慌忙地向我道歉:"对不起!对不起!这都怪我……怪我啊!"

待我们平静下来,拉开距离重新坐下来的时候,我像犯了错误的小学生向老师做检讨那样低声说:"其实,我只是想抱抱你、吻吻你。"

梁秀英喃喃低语:"我何尝不想?但你把我吓死了,不能这样鲁莽啊!"

第三十八章
海市蜃楼

　　这次，我从广州乘飞机经成都转机直赴拉萨。我要做的第一件事就是要在这离星辰最近的地方寻找秀英她最喜欢、最珍爱的圣物。古人说：精诚所至，金石为开。在拉萨下了飞机住进宾馆，放下行李我就出去了。离开宾馆时，服务员小姐曾告诫我："刚下飞机您要休息一下再出去，不然高原反应……"

　　我现在什么也不顾，只想着我的事业、我的秀英，我现在把我厂里的同事梁秀英小姐一厢情愿地称作秀英了，也不知道人家是否真的愿意嫁我为妻。我心里默念着，秀英，你知道吗？我现在正在去布达拉宫的路上，我要去朝拜，去为你寻求圣物！我想给秀英买件藏族姑娘的服装、藏族的工艺品、好吃的西藏特产、印度进口的首饰、尼泊尔进口的红宝石，红宝石是藏族小伙子送给姑娘的爱情信物——不行，绝对不行！那样会使人家尴尬，让人家收也不是，不收也不是，因为现在我们还仅仅是朋友，是很谈得来的朋友，是知音。那天，我到她房间，跟她聊天，我说："每次出差回来，跟你聊一会，我就觉得非常充实、非常振奋。"她说："我也有同感！"她还说过："你比我们研究生还研究生！"——不行，我不能这样胡思乱想，更不能鲁莽，有这样一个莫逆之交，这样一个知音，足矣！

　　噢，布达拉宫就在眼前，它肃穆、庄严、巍峨，笼罩着一片神秘、古老的雾霭。这是通往天堂的门户，成千上万的朝拜者们匍匐在地，虔诚地祷告着、祈求着，我祈求什么呢？——送给秀英的一件小礼物，这里离天上的星辰最近！也许正是我的虔诚感动了神灵，我发现附近的建筑工地上围拢着一群民工，他们在争看着什么。我好奇地凑了过去，原来他们在看一块石头，一块在常人看上去普普通通的石头，那上面有一个清晰的图案，是一条完整的鱼。我马上想起秀英的玻璃书橱里不是收藏着一块小化石吗？这一定也是一块珍贵的古生物化石！

　　这些民工都操四川口音，我向他们双手抱拳拱拱手："各位四川老乡，多谢了！这块石头送给我吧。"民工们挺好说话："行啊，你拿去吧，只要你抱得起。不过要给我们买条烟抽。"我顺手掏出100元钱给了他们，他们一哄而散："走啊，下馆子去了！"我抱起石头，好重，足有30斤！我怕民工们反悔，抱着大石头飞跑，穿过一条大街，拐进一条小巷，又在一家大商场里转了一圈，从商场二楼门出来走上过街天桥，确信无人跟踪才敢喘口气慢慢往回走……从新疆到西安的火车上，我认识了西北石油局的古生物专家杨教授，经杨教授鉴定：这是比恐龙时代还要早1亿年的二叠纪古鳕鱼化石。学者告诉我这块石头至少能卖10万元，我说就是100万也不卖，我要送给秀英——我亲爱的女朋友。为了这块大石头，我差点牺牲。当我回到我下榻的宾馆门口时，我只觉得一阵天旋地转，我刚想起出去时宾馆服务员的告诫，便扑通一声抱着大石头倒下了……

　　两个月后，当我走完全国31个省市，完成了国内市场考察，怀里抱着送给秀英的圣物，还有我在途中拟订的全年销售成功牌微波炉200万台的营销方案凯旋，准备马上招兵买马组建新的市场推广部的时候，任何人都不会想到的事情已经发生了：我为之苦苦奋斗了三年，在全国、全世界显赫一时的成功电器集团公司像海市蜃楼一样地消失了，好端端的一个大厂子，产品刚刚开始走俏，突然转手卖给了老外。罗钧厂长走了，我的秀英也远走高飞了，我在她住过的宿舍门前，伫立了很久很久，最后我疯了一样一头把门撞开，屋子里空空如也，一片狼藉，地上的垃圾里面，有一只杯子，那杯子正是秀英给我泡过茶的，我在这只杯子上感觉过秀英的唇香；还有一块小石头，我惊奇地发现这块小石头正是梁秀英书橱里的那块化石……我像受伤的野兽那样嚎叫起来："梁秀英——我跟你做一个纯粹的朋友、没有任何非分之想的朋友、聊天的朋友、说话的朋友……都不行吗！"——"扑通！"我把经过千辛万苦从西藏布达拉宫捡回来的两亿年前的古鳕鱼化石扔进窗外的水塘……

第三十九章
我想堕落

　　我气急败坏，怨天尤人，诅咒命运太不公平。我做梦都想与梁秀英那样美丽又大方的姑娘朝夕相处、形影不离，每天说不完的情话、讲不完的故事……丘比特的神箭要么射偏要么射得有气无力，总与我不沾边。我接连摔了两只酒瓶子，想把我自己也当酒瓶子摔了，我想……我想……堕落！我想……我想……找个场所发泄！

　　我没去过那地方，想请个朋友陪我去。在成功厂的同事除了我心仪已久的梁秀英没有谁是我的朋友。我来广东后学会了一条处世原则——尽量避免与同事交朋友。因为同事之间做朋友很容易泄露彼此的一些想法和言论，本来这想法和言论是很好的或者是随意说着好玩的，一旦传到老板或上司的耳朵里也许就变了味，因此你也许就陷入灭顶之灾。改革开放十几年大的环境解放了，人们可以畅所欲言，但小的环境比如企业内部尤其是广东的老板厂、台湾厂比"文化大革命"比"反右"有过之而无不及，就像个封建小王朝，甚至就是个小奴隶社会。同事之间、员工与上司之间，关系特别紧张，人说这叫写字楼政治。唉……打工多难啊！做最底层的小员工都要有政治家的宏韬大略，才能在一个企业里面存活。我现在的朋友还是过去在迅发皮革厂时的朋友。尹少军时而在这个厂时而在那个厂，神出鬼没两三个月一跳槽，每跳一次槽都卷走一批货款，见了我的面还总是捶胸顿足，说自己这辈子错就错在心不够黑手不够毒，假如有来世一定做世界上最坏的坏蛋！找他陪我去堕落是最合适的，他对黑道熟悉而且会武功。但他来无踪去无影，给他厂里打去电话，接电话的也许是他的前老板，我问尹少军在吗？对方马上像发现了重大敌情，咄咄逼人："你是谁？找他什么事？"吓得我赶紧放下电话，唯恐110警车接踵而来。

　　我只好去找天天都在做千万富豪梦的李开运了。

　　李开运在广州做副食批发本来已经打开了局面，凭着他那两只一个月穿破两双正宗军用皮靴的铁脚，走遍了广州大小酒店、杂货铺，眼看着他那成为千万富翁的梦想就将踏上一个台阶时，突然间，李开运赖以成就梦想的那片臭气熏天、蚊蝇遍野的垃圾堆上搭建的副食批发市场开来了推土机，轰隆隆顷刻之间夷为平地。上次出差前李开运突然出现在我的面前，连连猛拍大腿："唉！那批发市场哪怕再晚拆半年、晚拆几个月我也就真的发了，你知道最后那些天我数票子都数不过来呀！"李开运又来顺德打工了，就在成功厂的旁边，是间生产排风扇的小厂，待遇很苛刻。李开运很乐观，说待遇差点不要紧，只要有市场。通过排风扇我可以闯进建材行业，建材行业大着呢，等跑熟了市场有点小小积累再去做老板！那些天，我们每晚都出去散步，到江边去聊天，　聊聊到凌晨两点。每次经过三洪奇桥下的一家灯红酒绿的康乐中心时，我们都有点心跳、有点神秘感。透过大玻璃窗望得见里边美女如云，个个长发飘飘，袒露着酥胸，裸着肉感十足的大白腿、光可鉴人的大白背，让人没办法不发痴、不发呆、不淌口水……我打电话给李开运："开运，我做打工皇帝的美梦和你做老板的美梦一样地破产了，我苦苦奋斗了三年，湖南、四川、贵州、广西的微波炉的市场终于被我这两条腿一张嘴给趟开了，但好好的一家大企业说消失就消失了，海市蜃楼一样！"

　　李开运不相信："是不是？那么大的成功集团说没就没了？"

　　我流着眼泪调侃："是啊，咱俩都是一样的命运，广州那个大批发市场就因为你就要梦想成真时却一夜之间夷为平地，这微波炉厂就因为我郜勇夫终于做上年薪 68 万的打工皇帝时老板却把它卖了！"

　　李开运哈哈大笑，听得出是流着眼泪笑的。笑了一阵，他嘘唏着："唉！咱们都是苦命人啊！"

　　我说："你过来，咱们都活得太辛苦，也去堕落一把，我请你吃饭然后去康乐中心玩小姐！"

　　李开运迟疑着说："那地方那地方……"最后一咬牙："好，我舍命陪君子了。"

　　我俩在小蓬莱酒店吃了饭，连着干了几瓶啤酒，气壮如牛。我们喷着酒气、醉醺醺地奔往康乐中心。那神秘的充满诱惑的康乐中心就在眼前了，美丽的袒胸露背的迎宾小姐已经朝我们抛媚眼了……

我起初还鼓励李开运做鬼也要做风流鬼啊！距离康乐中心仅有一步之遥时我却突然打起退堂鼓了，这回该李开运鼓励我了："进去呀，怕什么？皇帝也找小姐啊！"我似乎发现了可怕的陷阱往后退却，我说："这里边一定挺黑，别给他们宰了吧。"李开运挥了下拳头说："没事，自从出差挨过一次打，我每天都在练沙袋，早晨200下，晚上200下，我这已经变成铁拳了！你只管大胆地朝里闯吧！"我说："不不不，我不用你做保镖。今天是我请你，我买单，你进去潇洒吧，我在外边给你盯着，万一有情况我马上去报警。"

李开运说："那你先进。"

我说："你打头，你会说本地话。"

"你先进！"

"你先进！"

……

推来推去我们节节败退。我们又来到往日聊天的河边上，仰望明月、沐浴海风。沉默良久，李开运振奋起来了，两手握拳挥动了一下，说："老邸，古希腊有句名言：农人供养商人，商人创建城市。中国的上海、香港，美国的好莱坞、华盛顿那都是商人创建的。告诉你吧老邸，我广州那个辣椒酱生意如果不垮，就不会再回顺德打工，不回顺德打工就不会进入今天我这个新行业。我这个行业发财的人大把，今年我要赚……少点吧，头一年，争取赚200万！明年赚1000万！"

我说："我只想做打工皇帝，找一个美丽的女人做妻子。唉……等吧，这么多年都等了，再等上10年，我相信会有美丽的女人爱我们的！"

第四十章
诚信宣言

我又去找工作了，从《羊城晚报》的"揾工（广东方言：找工）跳槽"栏目里，我惊喜地发现东莞市常平镇小博士奶业集团招聘销售部经理，我刚好有了两个月零三天的成功集团公司市场推广部经理的任职资历，我可以大胆地去应聘。这家奶业集团生产的全国闻名的"小博士"牌酸奶，年销售额过亿元，从未打过广告，但产品非常畅销。

我被通知来小博士应聘，小博士老板花重金从香港请了人力资源专家，对来自全国上千名应聘者进行考核，第一关是智商测验，30分钟之内要做300道题目，那题目花样繁多，猜谜语、在纷乱的图形中寻找规律；第二关是专家面试，提出的问题玄而又玄，使我平生第一次感觉到了什么叫专家，当代的营销专家们原来就是把常识说成经典，比如问你什么叫推销？你回答吧，这样一个再简单不过的问题无论你怎样回答，他都摇头说"No、No"，后来我从包里拿出本新买的百科全书，一字不差地读给专家听，专家仍玩命摇头说"No、No、No"……我的专家考核结果是：智商低下，仪表一般，口才好、表达能力强，有丰富的营销经验。我想这下完了，营销经验再丰富也没用，智商低下就是弱智，谁会用弱智者去做经理啊？怎么也没有想到：来自全国一千多名的应聘者被留下来的只有我和一位叫作郑俊的高智商没有业务经历的年轻大学生！第二天老板找我和郑俊分别谈话，然后人事主管让我起立、举手向老板宣誓："效忠企业，效忠老板！"信誓旦旦过后，我有点害怕，可不要误入歧途，我怎么感觉着像加入了黑社会或者是国外间谍组织。

上任前，我们被临时安排在与写字楼相连的公共宿舍。房间内幽暗、零乱、被子蚊帐等物品一团漆黑，枕头底下掖着份叫作《龙虎豹》的境外流传进来的性杂志，里边的插图不堪入目。郑俊住我头上的床铺，他悄悄地告诉我："老板干过公安局的刑侦，对全国各省、市设的销售办事处施行国民党军统特务式的管理，特务头是老板的三弟……"

门口有人走过，郑俊赶紧住了声，我把房门关严了，我们研究起刚刚发给我们的《小博士全国办事处管理制度》："办事处之间不许交流，不许通电话，有事'三哥'亲自召见，办事处内部施行互相监督，互相举报，举报者公司给予重奖。"

郑俊老道地笑了："打小报告有重奖。"

我说："你不像没做过业务的。"

郑俊说："做过，在重庆卖过3年国内十大名牌衬衣，我可以打折给你。"

我说："你真行，来找工作也没忘了推销，你的专家考核不是没有业务经验吗？"

郑俊一副狡黠的样子："我这人给人的印象总是足智多谋，如果再给人家一副老江湖的样子老板敢录用我吗？"

我笑了："难怪你的专家考核是高智商！"

郑俊说："适者生存啊！"

走廊过道传来脚步响，郑俊高声朗读起办事处管理制度："办事处之间不许交流，不许通电话……"

门外有人传唤："邰勇夫，'三哥'叫你过去。"

我颠儿颠儿地跑进销售老总"三哥"的办公室。仰在老板椅上的"三哥"胖得滚圆，那放在老板台上的手掌像是大馒头，沉甸甸的厚眼皮下边的一双老鼠眼闪烁着奸诈和多疑。恭立在"三哥"身旁的人事主管拿着我填写的履历表讯问："邰勇夫，这张表你填写的都是真实的吗？"

我说："当然是真的了。"

人事主管说："公司派人去顺德了解你的情况，你干过的几家厂对你评价都很高，只是有两个月的空白，你为什么没有填写？"

"对不起！那两个月我在找工作。"

人事主管测谎似的注视了我一会，说："不能撒谎，对'三哥'要绝对忠诚！"

为了求职成功，得到老板的信任，我像希特勒的党卫军士兵那样举起手臂再次宣誓："效忠企业！效忠'三哥'！"

"三哥"说："行了，你出差吧，我任命你为山东办事处经理。"

尽管没用我做销售部经理我仍兴奋异常："好！我借差旅费马上去买飞机票。"

人事主管说："已经给你买好了，明天上午9点的。"

我说："谢谢！"我伸手等着拿机票。

人事主管却说："这个不能先给你，明早公司派车送你到机场，换了登机牌再给你。差旅费到办事处财务那里去借。"

我不解其意傻傻地坚持："不用送不用送，把机票给我自己走就行了。"

人事主管说："这是公司制度。"

我回房间里收拾行李时，郑俊神神秘秘地告诉我他刚刚打探到的信息："从厂部到办事处之间老板实行封闭通道，让你没有机会中途退掉机票携票款逃跑与外界接触。每逢'三哥'过生日，各办事处成员都要向'三哥'祝寿、表忠心。'三哥'手下有3名审计专员，是副总经理级，行踪诡秘，常常会神不知、鬼不觉地从天而降，对全国某一个办事处进行突击审查，老邹你可要小心啊！"

第二天清晨，我走马上任奔赴山东，公司派奔驰送我上路时，郑俊在车窗外眼巴巴地盯着我，想道个别但见到司机一副虎视眈眈的样子，没敢。路上，司机顺口说："老板没用他，一会就会要他走人，这也问、那也问，不该知道的也想知道。"

以往乘飞机我都情绪高昂，像战士出征、驰骋疆场那样充满神圣感，这次却像是在走钢丝，随时随地都有可能栽跟头。好在我从小就特爱看我党地下工作者的电影、小说，曾无数次想象过自己也身临其境，充当《战斗在敌人心脏里》、《永不消逝的电波》等影片中的英雄人物。这次就过把瘾吧！

小博士济南办事处设在东城居民小区中的一栋陈旧楼房的一层，三房一厅，客厅内杂乱无章，乱似鸡窝，地上竟然扔着用过的避孕套。新官上任三把火，我首先给办事处全体人员开会：业务员有湖南衡阳来的刘步云，本地聘请的孙姐；内勤人员有长得像阿拉伯人的会计小张，出纳韩小姐，老板从厂里委派来的保管老王。

我像模像样地清了两声嗓子，有生以来第一次发表领导讲话："我们大家要精诚团结，厂里的办事处管理制度要求我们互相监督，互相举报，打小报告者有奖。我想这样不利于团结，有问题咱们内部解决。我对大家提出几点要求：吸取前任经理的教训，今后不准往办事处带不明真相的女人，更不许过夜；讲究卫生，轮流值日，上班时间不准穿拖鞋！"

我目光扫向几位穿拖鞋的脚，那是和我一样住在办事处的老王、刘步云。他们赶紧去把鞋子换了。

我提出一个行动指南："用勤奋开拓市场，用真诚打动客户！明天开始，我首先走刘步云的胶东那条线，然后走孙姐的鲁北鲁南线，帮你们开拓市场，提成算你们的。"

孙姐忙说："那干啥？对半分。"

我光明磊落绝不像原来顺峰胶粘带厂长沙办事处陈主任那样心黑。我说："不用，厂里有我的工资奖金。"

散了会我率领他们大扫除。擦窗的擦窗，抹桌子的抹桌子，扫地的扫地……我清理最脏的卫生间。

会计小张与出纳韩小姐小声嘀咕："邰经理说还是挺能说，就不知道谈业务咋样？"

刘步云与保管老王嘀咕："你那个账本怎么能给会计呢？"

老王："他要啊，说要改数字。"

刘步云："账是随便改的吗？你完了完了，出了问题你兜着走。"

老王急得哭哭唧唧……

这阵我关注的还是销售业绩，对仓库账目我还没顾得上过问。孙姐围着我转，一口一个邰经理地叫着。总是抢我要干的活，说"邰经理，你一边歇着去，这些活我包了。晚上到我家吃饭。啊！"亲热的样子让我难以接受。

凌晨3点，我准时醒来，边穿衣服边叫醒睡在另一张床上的刘步云："出发，就选你去了100次也没谈下生意的烟台。"

刘步云有点打怵："老邰啊，烟台那条饮料批发街上都认识我这张面孔了，见了我都烦了，换个地方吧！"

我说："不，就去那儿！"

大巴上，刘步云告诉我："老王没文化，加减乘除混合运算都不会。"

我皱眉头："谁请他来做的仓库保管？"

刘步云说："老板派来的，就因为他是厂里的老工人，老板信得过。"

我无奈地摇头："赶上'文化大革命'让手上有老茧的文盲上大学了。"

刘步云说："老邵，你要小心姓孙的那个娘们，别看她叫你叫得那么亲热，还请你去她家吃饭，那是个笑里藏刀的女人。"

我说："行了行了，不利于团结的话就别说了。"

前边座位上是一位年轻女孩。刘步云冲我笑笑跑到前边紧挨着女孩坐下了。刘步云与女孩搭讪，女孩送了他一片口香糖，刘步云嚼着口香糖回头冲我眨眼睛……

我们来到烟台饮料批发一条街。我和刘步云沿街转了一个来回，看准了一家较有规模的门面，我要进去，刘步云往一旁躲闪。刘步云说："就这家，在这条街上生意做得最大，因此也就最牛，老板姓姚，总板着一张苦瓜脸，我来了无数次，都无功而返，我不想再去丢脸了。"

我指着附近的一家小餐馆："你在餐馆里等着我，我去试试。"

我进了姚老板的饮料批发店，姚老板面相冷峻，属于不易说服，对新品牌不轻易接受的那种。我恭恭敬敬地递上名片："您好！姚老板，我是小博士奶业集团山东办事处经理，过来看看。"

姚老板收下名片，看都没看就一脸不屑地说："你们那产品不行，没知名度。"

我说："我们小博士是新牌子，产品有特色，一般没实力的经销商带着款找上门来我们还免谈呢。"

姚老板脸色仍铁板一块，不理不睬。

我放弃了谈生意的主题，四下观望，想找点儿值得赞美的东西：穿在姚老板二郎腿脚上的鞋子？不行，那鞋子既不是鳄鱼皮也不是什么名牌；赞美老板穿在身上的西装？不行，那西装太平常，腌菜似的皱皱巴巴……

我围着店铺转了一圈，没发现什么值得赞美的，便旁敲侧击给他提点建议："姚老板，你货进得都不错，美中不足的是你有我有大家都有，应该找一个主打品牌独家拥有。人说'一招鲜吃遍天'，经营商品也应该这样——与众不同有自己的独到之处。"

姚老板心有所动，对我的话开始用心听。

我说："小博士乳酸奶味纯，口感好，营养丰富，对青少年儿童……"

姚老板与我抬杠了："行哩，你那个小博士胜过王母娘娘的琼浆玉液，青少年儿童喝了都能当国家主席不就得了嘛？"

我说："不不，姚老板，该怎么样就怎么样，我们小博士乳酸奶原料取自青藏高原的牦牛奶！"

姚老板说："牦牛奶算啥？昨天来一个推销非洲犀牛奶哩。"

我笑笑停止争辩，找了把椅子坐下来静观时机。姚老板的儿子放学回来了，小男孩气喘吁吁地喊着："爸爸，我渴了，我喝水！"

姚老板正要给儿子找水，我笑着把小男孩拉到怀里，说："来，喝叔叔厂里的小博士奶，又解渴又好喝。"

小男孩"咕嘟咕嘟"地把我送的一瓶小博士奶一口气喝完，嚷着："真好喝啊，我还喝！"

我又给了小男孩两瓶，小男孩喝了个够。我送给老板一瓶："怎么样？小朋友都说我们的小博士奶好喝，您也尝尝。"

姚老板摆摆手："不喝不喝，我从来不喝这东西。"

老板娘回来了，小男孩扑到妈妈怀里，为我做广告："妈妈——叔叔厂里的小博士奶真好喝！"

我把剩下的小博士奶连同礼品袋都送给了小男孩，小男孩高兴极了。我对小男孩笑着说："给妈妈也尝尝。"

老板娘摆摆手："不喝不喝，我喝不习惯。"

我做出要走的样子，说："小朋友再见！"又对老板娘说："小朋友这样喜欢，您应该选择我们的小博士奶。"

老板娘默认了："你问俺们孩子他爹吧，他说进就进。"

我又笑对姚老板那副铁面孔，姚老板仍阴沉着脸，但妥协了："送600件来吧，款我这就给你办。"

我把一张1万元的银行汇票塞给刘步云，刘步云惊呼："行啊你郁经理！"

烟台附近的一个小县城。我和刘步云打一辆的士在大街上转了一圈又一圈，访了十多家门面，他们都摇头："我们不搞批发，零售要不了太多的货。"

我们招手上了一辆公共汽车，准备离开这个县城。公共汽车出了县城，抛锚了。这时已近傍晚。我不甘心一无所获，拉着刘步云下车，上了一辆人力三轮车在街上慢慢游……一辆满载饮料的大货车从我们身旁驶过，我赶紧命令三轮车："快！跟上大货车！"

三轮车夫拼命蹬车，跟踪着大货车拐弯抹角来到一家副食店门前，我十分得意："怎么样？仅仅是再坚持了一次便'踏破铁鞋无觅处，得来全不费工夫'。"

在这里，我们与店老板一拍即合，收了预付货款，店老板请我们到渔村吃海鲜。夜幕下的渔村小餐馆，窗外可见月光下的大海、渔船、渔网……听得见海涛拍岸的"哗哗"声响。

餐桌上摆满了用洗面盆盛装的海鱼、海虾、大螃蟹，客户陪着我们推杯换盏喝的是烟台名酒"一根柱"。

我问："这酒怎么叫'一根柱'啊？"

客户说："一会儿你就会有感觉。"

酒意正酣，门口进来了三位性感十足的渔家妹子。

客户朝我鬼笑："郜经理，有感觉了吧？玩玩？"

我知道了这"一根柱"的含义，原来也是狼道，引诱无耻男人去做色狼！我急忙挥手："我们不玩这个，忍了。"

三位渔家妹子退下了。我感叹："多好的妹子！要不是干这行给我做妻子我都会喜欢。"

刘步云说："这算啥？"

我认真起来："假如这里边有你的妹妹，你怎么想？"

刘步云说："别说是我妹妹，就是我女儿我也没办法，这是她们自己的选择。"

我说："你希望你女儿将来长大了干啥？"

刘步云说："那是她自己的事情，至于我这位父亲嘛，希望她是狐狸精，希望她是个超级巨骗！"

……

我们胜利归来，可仓库出事了。刘步云拉着哭丧着脸、抱着账本的老王过来见我。刘步云一脸的怒气："郜经理，你看看他这个豆腐账，比过去农村生产队的账都要乱，一团糊涂，那个会计小张说怎么改就怎么改，他小张没通过你郜经理签字，私自提货，提多少货账上没体现，他老王自己还没数。"

我急了，一拍桌子："老王！没我签字你怎么能给货呢？"

老王："他说他请示'三哥'了。"

我说："那要有'三哥'的批条，没'三哥'的批条，你擅自付货你要坐牢的！"

老王急得像热锅上的蚂蚁团团转。

我说："就因为你是老员工，老板信任你，才派你过来管仓库，管仓库就要做好原始记录，怎么能叫张会计给你记账呢，还允许他随便改，这叫渎职！这叫犯罪！懂吗？"

老王蹲在地上呜呜地哭了。

我说："行了行了，老王你哭什么？哭能解决问题吗？你好好回忆，他张会计私自提了几次货，一共提了多少？"

老王甩了一摊鼻涕，站起身小声嘟囔："郜经理，我那有笔账。"

老王从仓库那边抱过来一个上了锁的木箱，用衣袖扫了几下箱盖，开锁，掀开箱盖，箱子里是一排排拧着盖子的玻璃瓶，每个玻璃瓶上都贴着某某客户的标签。老王拿出个贴有"张会计"标签的玻璃瓶给我看，说："这是张会计提走的货，反正是这些，一共多少我不知道。"

我摇摇玻璃瓶，里边"刷拉刷拉"响，在灯光的照耀下，玻璃瓶里显现出的是五谷杂粮：黄豆粒、玉米粒、高粱粒、稻谷粒，还有仔粒饱满的南瓜子……

我和刘步云忍不住笑得死去活来。我招集办事处全体人员开第二次会议，我在办公桌上陈列好了老王的原始记录——排玻璃瓶和仓库账本。会计小张一副做贼心虚的样子，刘步云幸灾乐祸挺解恨，业务员孙姐给我倒了杯茶，紧挨着我坐定，黏糊糊笑容可掬，老王有椅子不坐，像个囚徒似的蹲在门口。

我脸色沉重："经过今天盘点，库存实物与老王的这个真正的原始记录相符，在此我表扬老王。老王没文化，加减乘除都不会算，但老王敬业诚实，唯独这个由咱们会计小张帮老王记的账本是假账、糊涂账！小张有文化、大学本科会计专业毕业，应了……应了我女儿的母亲过去经常骂我的话：'读书——读屁眼里去了！'"

刘步云笑了，出纳员韩小姐也忍不住笑了。

孙姐像是我的副手："别笑别笑，听咱郁经理的。"

我说："不要笑，这事令人心痛！——小张，你老实坦白，你私自提走的4.6万元货拿哪儿去了！"

小张低头不语。

我说："好了，给你一次机会，限你3天之内，把货退回来，没货的话把货款交给出纳平账！否则……"

"丁零零……"电话突然响了，我正要伸手去接，就近拿起电话的韩小姐小声说："'三哥'找张会计。"

小张接听电话，脸色异常神秘："嗯，嗯，'三哥'放心，我……听您的。"

大家云里雾里。我走马上任一个月了，只有我不断地给"三哥"打电话、发传真汇报工作，可是"三哥"打电话从不找我，一定要找手脚并不老实的张会计。我没想那么多，慷慨激昂地继续我的讲话："君子生财有道，别人的财物、老板的财物，即使可以逃脱法律的制裁，也不要挖空心思地去占有，做人要有原则，不是自己的东西占为己有心里能安生吗？我给大家讲一个我自己的少年故事吧。"

"那是20世纪70年代，在遥远的东北小山沟，我正值壮年的父亲和3个年轻力壮的哥哥每天起五更爬半夜参加生产队的集体劳动，一年干到头年底分红每个工分还要倒找生产队的钱。这一年，我家里买盒火柴的2分钱都要靠我这位孩子去赚了。母亲养的几只瘦鸡和圈里的两头瘦壳郎猪，还有秋后漫山遍野的山货都是我这位少年推销员进城推销的商品。寒夜2点起来，背上推销的商品，怀里揣上本《钢铁是怎样炼成的》，摸着黑，从我家住的那个偏远山沟到县城走5个小时的山路，天蒙蒙亮的时候最早赶到集上，满怀希望等待着顾客，眼睫毛、狗皮帽的毛上都结满了冰霜，但我心里是热乎乎的，那时候城里人特啬，我那只心爱的芦花大公鸡，我要价一块八，他们会砍价砍到九毛，然后还起哄，'卖不卖？卖的话我们给你包圆儿了！'我坚持不卖，希望有一个酗酒的醉汉，歪歪斜斜地朝我走来，'行啊，一块八就一块八。'然后甩下钱拎起我心爱的芦花大公鸡就走……这样慷慨的醉汉我一个也没遇到过，倒是有一次在牡丹江百货大楼门前兜售葵花籽，一毛钱一杯，来了两个趾高气扬的年轻人，买了我两杯葵花籽，甩下 2 元钱没等我找钱就扬长而去，我袋子里的葵花籽已经卖空了，他们还没有回来，我就等，寒风凛冽，脚冻得像猫咬，我就一边等他们一边在百货大楼的门前转着圈子小跑……暮色降临，我还要赶晚班的火车到县城，再从县城走 5 个小时的山路步行回家，那两个年轻人终于出现了，我大喜过望，举起要找给他们的一元八毛钱，兴奋地呼喊：'找你钱，同志！'两个年轻人在人群中发现了我，像警察追捕逃犯一样，猛扑过来，一把从我手里夺过找给他们的钱，其中一位'啪'地给了我一个嘴巴，另一个'咣'地给了我重重的一脚……那一晚，我没有赶上回去的火车，在冰冷的火车站售票大厅里，与乞丐、疯人们为伴，抱着《钢铁是怎样炼成的》，含着屈辱的眼泪，尽管伤心、委屈，脸上印着鲜明的五个手指头的印迹，火辣辣的难受，但毕竟把应该找给人家的钱找给了人家，不然我这一生都不会安宁！"

大家都感动了。出纳韩小姐欷歔着，掏出手绢擦眼泪。小张会计脸红红的："邰经理，邰老，你这是在批评我呢，我私自提走那 4.8 万元的货，下午就拿回来，卖了的付现金。"

我带头鼓掌："这就好！我们都是些小人物，管不了别人，但可以管理好我们自己，让那些贪官污吏奸商们贪去，即使暂时逃脱法律，迟早会身败名裂遗臭万年。我们推销员是今天这个时代的社会主力军，有一个新名词，把咱们叫作营销新生产力！咱们中国推销员多少人？——8000 万！比中国人民解放军多，而且是用现代科学文化知识武装起来的一支大军，未来的市长、省长，未来的国家领导人都将从我们这支推销员大军里面诞生！让我们来弘扬诚信，倡导敬业！"

刘步云在那边持反对态度："×！"

我骂刘步云娘了："你那个臭思想我要批判。你是公民不？你食人间烟火不？你生活在这个社会环境中，就有义务像保护公共卫生、保护自然环境那样保护人类的社会生存环境，尔虞我诈，坑蒙拐骗，唯利是图，小姐卖身，官员卖权，十块八块就可治好的小感冒让你上 B 超、让你住院、让你花上三五千元，推销员推销伪劣产品……比他娘的艾滋病对人类的危害还要大！难道我说得不对吗？你难道就没听说过假酒毒死人、毒大米毒死人一系列恶性事件吗？你还在那×！"

　　大家都忍不住笑了。刘步云也嘿嘿笑："我说的是反话嘛！你以为我品行那么低劣？——是气的！"

第四十一章
遭遇陷阱

通往沂蒙山区的逶迤山路，一辆陈旧老式的大巴在行驶。我靠车窗和孙姐并排坐着，我一边敷衍着孙姐的絮叨，一边欣赏着窗外的沂蒙风光。我耳畔响起隆隆炮声……当年老区人民支援前线的情景不断地在我眼前闪过：天上有国民党飞机狂轰滥炸，地上头扎白毛巾、手推独轮小车、肩扛单架的民众川流不息。

孙姐喋喋不休："你别看我老公大我20多岁，花心，泡姐可有本事了，当着我的面还勾引女人呢！邰经理，我给你介绍一个，我女儿，今年16岁，漂亮，1.68米，在夜总会做歌手，还是黄花妹子呢！"

我从战火纷飞的年代回到现实中："得得，那样我不成了拐骗少女了！"

"男的比女的大个20多岁不算大。——邰经理，给你看看我照片。"孙姐说着从包里掏出本影集，展示给我，我不好意思不看。影集里一张张风韵犹存、穿泳衣或泡浴缸的半裸体女人令我脸红心跳、躁动不安……

我和孙姐考察完了沂蒙山下的临沂小商品批发大市场，正是吃晚饭的时间。孙姐说："走吧，到咱们小博士总代理李老板那里去。"

我说："晚一点邀他出来到酒店谈吧。"

孙姐给我介绍经验了："邰经理，赶在吃饭时候去联系业务，饭钱省下了，赶在晚上去联系业务住宿费钱也省下了，还有得赚。"

我哭笑不得："孙姐，以后你可不能这样啊，这样有损企业形象。"

晚上在酒店接待完客户来访，已经很晚了，孙姐拾起我换下来的内裤和脏袜子，要去给我洗了。我慌忙谢绝："不用不用，一会儿我自己洗。"

孙姐仍坚持，还从自己的包里拿出她要更换的内衣内裤并掀开另一张床的床罩："反正我也要洗就一块洗了呗。"

我赶紧说："不用不用，你去再开间房。"

孙姐说："还开房干啥呀？没事，大酒店没人来查房。"

我一阵紧张，怕得要命，我的前任经理就是因为与办事处在当地聘请的女员工风流了一晚，被女员工的丈夫纠集黑社会绑架，毒打了一顿，勒索去了5万元，还用阉猪刀把并不过长的包皮割去了一大截。虽然前几天和刘步云在渔村干了一瓶"一根柱"，酒劲现在仍骚扰着我，但我坚定如铁："没人查房也不行，男女有别。"

看我十分严肃，孙姐就说："算了，一会儿我出去找一家便宜的旅馆，我在这洗个澡就走。"孙姐洗完澡，从卫生间里出来，只在背上披了条浴巾，整个前身朝我袒露无遗，两只丰硕的奶子晃动着……我又气又急，转过身，声色俱厉地吼道："你马上给我穿好衣服出去！"

孙姐穿好衣服悻悻地走了。

回到办事处，手下的人都热情地向我打招呼，尤其是会计小张格外亲密："邰经理，邰老！今晚节目怎么安排？"

我没心思，一路上被孙姐气得脸煞白。我问大家："孙姐没回来？"

韩小姐说："她来电话了，说身体不好，休息几天再来上班。"

刘步云一副诡秘的神情："怎么样？缠上了吧？"

传真机"嘟噜噜"响，一页传真纸渐渐输出。韩小姐扯下传真给我："邰经理，厂里通知你回厂开会。"

我纳闷：怎么刚来一个月就要我回厂开会？

"丁零零"电话响了，韩小姐接电话后喊仓库保管："老王，找你！"

老王跑过来对电话机"嗯嗯啊啊"一阵……

"丁零零"电话又响了，韩小姐喊会计："张会计找你的！"

张会计接电话"好好，是是……"一阵。

我问韩小姐："谁呀？"

韩小姐小声说："公司派来了一个姓吴的审计专员，来了几天了，住在酒店总来电话就是不见人。"

"丁零零"电话又响了，出纳小姐接听喊刘步云："刘哥，找你！"

然后向我眨眼睛："还是那个吴专员。"

我从刘步云手上夺过电话，冲电话里的吴专员说："吴专员，有什么指示请过来说！干吗那么神出鬼没？"

吴专员在电话中只一句："你忙你的！"电话放了。

我似乎感觉到了有那么一点不祥，但我没有防备，只携带一只小密码箱准备回厂，其余价值2000多元的衣物书籍都留在了办事处。我走的那天，吴专员才从"地下"冒出来了，公开地来到办事处，他问我买好回公司的机票了吗？我说买好了。他问哪一个航班，还一定要亲自看看，我给他看过了飞机票，他冷冷地向我摆摆手说："祝你一路顺风！"

飞机上，我思考了一路：怎么样向老板述职，要解决哪些上任经理遗留下来的老问题，怎么样击败竞争对手，进而全面占领山东市场。我想我的设想一定会赢得老板的重视，从而老板倍加赏识我这位在全国上千名应聘者当中精挑细选出的佼佼者。下了飞机，远远地就看到机场出口处有一位穿小博士厂服的人举着写有"邰勇夫"的纸牌迎接，我从口袋里摸出把小梳子，认真地梳理了一下头发，端正了一下衣领，走路的姿势也作出了些许调整，以一副高级白领的神态走向接我的人。接我的人引领我上了一辆车，令我失望，这车可不是一个月前送我去济南时的那辆奔驰，而是一辆破旧不堪影响市容市貌的工具车。

回到小博士，我匆匆上楼，写字楼的员工们拿着餐具敲打着碗筷与我擦身而过匆匆下楼。我与郑俊意外相遇，我俩互相击掌。

我问："郑俊！——你怎么还在厂里？"

郑俊左右看看发现没人注意我俩，摇头叹息："一言难尽。走吧，吃饭去。"

我说："等一会儿，我请你出去喝啤酒。我先去向'三哥'汇报一下工作。"

在"三哥"的销售老总办公室，我侃侃而谈，旁听的还有人事主管。我汇报完了，原以为我会得到"三哥"或是人事主管的赞美。未曾想"三哥"的一脸横肉绷得紧紧的，一双老鼠眼恶毒地注视着我，人事主管面色严峻，仿佛他们面临大敌，严阵以待。"三哥"阴森森地说："你都交代完了吗？"

我感觉到有点不对头，门口还有两名穿黑制服的保安走来走去，我心怦怦地跳，一阵毛骨悚然，我想起电影《战斗在敌人心脏里》，于是坦然相对，正气凛然地回答："我是在向你——老板——汇报工作、述职，怎么能叫作交代，我交代什么？"

"三哥"一拍桌子，"你贪污多少公款！"人事主管马上从公文夹里抽出一份传真件，"三哥"把传真件拿过去往我的面前一摔，"你自己看！"我把传真件扫了一眼，孙姐的一行诬陷之词赫然纸上："郜勇夫贪污给临沂总代理的回扣1200元。"

令我震惊！我短短一个月的任期，她竟然会整理我厚厚的一份材料——至少有两万字——奇才，整人的奇才！事情的真相是这样的：我用应付给孙姐客户的1200元回扣遂客户心愿买了一台影碟机送给了他，依我以往的经验，这样灵活变通，客户喜欢，回扣才有意义，否则你一味地回扣现金，客户就会以为这是他应该得到的，他的胃口就会不断地加大，回扣2%他会跟你争3%、4%……一旦得不到满足，他就会另寻厂商。结果这位孙姐诬陷我贪污。我气得浑身发抖，我申辩："'三哥'你往办事处打电话，出纳可以给我作证，那1200元钱是我给客户买了一台影碟机。"

"三哥"不听我申辩，一口咬定："你就是贪污！写检查，老老实实坦白交代这一个月你都干了些什么！"

夜深了，我回到那个破烂不堪的公共宿舍，脸色苍白浑身战栗，聪明的郑俊意料到了我所遭遇的一切，他心情也特别压抑，我去山东后，他始终困在厂里，每月300元钱生活费，无休止地接受老板考察。

我说："你在这耗着有啥意义？"

他悄声说："我发现了一桩谜案的蛛丝马迹。东北总代理高老头，当年为这家厂立下汗马功劳，年销售额过亿。盖了栋别墅买了部车，老板疑心了。一天晚上，正值冬季凄风苦雨，高老头父子驾车回家，刚下车，背后就追上来一辆看不清牌照的警车，几个彪形大汉从车上跳下来把父子俩挟持上警车便像外星人一样消失了，警方接到报案一路拦截，封锁了哈尔滨、长春、沈阳机场均告失败。同一天晚上的同一时刻，东北某空军基地正在空中执行任务的飞行员发现椭圆形碟状发光物，通体透明，把夜空照得如同白昼，从地面升起后，向太空大熊星座方向飞去……过了三个月，高老头的儿子从天而降，奇妆异服，大男人穿了件三点式，双腕结有血痂，但失去记忆近乎白痴，高老头蒸发了……后来传言：高老头挪用货款畏罪自杀了。"

　　我俩想出去边散步边聊，通过铁栅栏中间开着的小门时，郑俊出去了我被保安拦住了。我愤怒得大喊大叫："我为什么不能出去？"仍坚持朝外走，保安哐当一声把小铁门锁了，出出进进的员工也受了牵连，外边的进不来，里边的出不去。大家都呆望着我，郑俊在铁门外一脸的同情，但谁也不敢说什么。

　　这个珠江三角洲小镇喧闹的街上，穿各种颜色工衣的年轻打工者来来往往。马路的那一边灯红酒绿——发廊、酒楼、康乐中心歌舞升平……这一边的小博士集团围墙高耸，墙壁顶端还拉着铁丝网，任我抗议，任我狂怒地叫喊，老板的大铁门紧紧地把我关在厂里。两天之后，我倾尽所囊，还了公司的借款，但公司应该付给我的工资奖金和招待客户的费用没付我一分钱，就把我赶出了公司的大门……我悲愤至极，郑俊送我到车站，离别那一刻，我紧紧地握住他的手："你要保重，这是狼窝不可久留。"

　　他左右看看，悄声对我说："放心吧，有一天我会告诉你实情的！"

　　郑俊变得神秘起来，他是来打工还是有其他目的？

　　在回株洲的火车上，我睡在卧铺车厢里，又梦见了潮水般涌来的狼群，这些狼群被当年纳粹德国第一号吹鼓手戈培尔的骷髅煽动着，疯狂地掠夺着……我绝望地呼喊："戈培尔，你鼓动希特勒屠杀人类，你又在煽动狼毁灭地球！"全车厢的旅客又都被我喊醒了，都在嚷："怎么了？怎么了？"

　　我回家了，回到爸妈的身旁。每次回家都能碰到来找妈聊天的朱婶见了我心疼地说："哟，勇夫瘦了，快叫你妈做点好吃的吧，炖只鸡。"两年前在长沙买的大房子一直空在那里，我不敢去住。我仍像儿时惧怕黑暗那样害怕孤独、害怕寂寞，我如同行尸走肉，没了灵魂、没了思想、没了感觉、麻木不仁，爸妈住的是三楼，我常常爬上四楼、五楼去敲门，有几次都是爸妈唤醒了我："勇夫，勇夫啊，家在这儿！"爸比妈大一岁，爸已经75岁高龄了，他们经历了战争、饥饿、生离死别，老两口恩重如山，每天互相搀扶着在阳光下散步，会引来无数双年轻夫妇欣羡的目光。刚回来的那些日子里，我每天爬到附近的一座山上去，躺在山坡上仰望蓝天、仰望白云……我要爱人，我要幸福地生活，我要与爱人像爸妈那样风雨同舟……我去省会长沙找工作，我想找一份稳定的职业，在长沙成个家！

　　我在长沙找妥了两份做大学老师的工作：一份是地处长沙井弯子的轻工专科学校教模具设计，另一份是女子大学教市场营销。两所大学面对面，中间隔一条马路。两所大学的校长都认为我是人才，对我寄予厚望。

第四十二章
希望与绝望

　　1996年10月的一天，我正在长沙的大房子里备课。这套大房子被我打扫得一尘不染，时兴的家具、家电都是现成的，只少一位贤惠、美丽的妻子相依。安装后始终沉默着的电话突然响了，电话中传来一位广东人的声音："喂，我找郤勇夫。"我的心一阵紧张，是谁找我啊？我已经离开广东一年了，离开后没有和广东任何一家企业再联系过。只是前一天晚上，我做了一个梦，梦见我又回到了广东顺德昔日的成功厂。我似乎隔着一道透明的屏障眼巴巴地望着过去的推销员同事和罗钧厂长，看着他们忙忙碌碌地准备着出差、准备着远行，令我眼馋、令我神往……

　　我谨慎地说："您有事吗？我可以帮您转告。"

　　电话中说："我是顺德梅花电器集团公司营销部，我姓龙，想请郤勇夫来做我们的推销员，他想来吗？"

　　我已经在两所大学任教一个学期了，按课时拿薪水，我的课排得特满，两所大学来回跑，每月的收入也不薄，我想在长沙找一个美丽、善良、有文化的姑娘做爱人，建立一个幸福之家。我严谨的教学态度和对工作极端负责的精神，已经深得两所大学的领导、同事、同学们的认同。我给女大的同学们讲大课，面对一片风华正茂的女大学生们，我汗流满面。女学生们问我："郤老师，您为什么那么紧张啊？"

　　我说："新学期开学，我亲眼目睹了新同学的爸爸妈妈送女儿入学的场面，排那样长的队缴纳学费，女儿吧，都打扮得漂漂亮亮，可是爸爸妈妈穿得都那样朴素，还有从遥远山区里来的，父亲挑着担子……我感觉压力很大，唯恐课讲得不好对不起各位同学的家长和各位同学！"

　　女同学们为我拼命鼓掌。教师节，我收到了100多封女大学生的贺卡。每天中午，我从食堂把饭菜打到教员休息室，边吃边喝着啤酒，周围的几位年轻女老师喜欢与我聊天，似乎我每一句话都会令她们笑个不停，在她们秋波荡漾的美目中，我是一部最好看的传奇故事书。她们还笑着问过我："郁老师现在有老婆吗？"

我在社会上闯荡了十几年，蒙受了婚变，屡屡求偶不成，过着漫长苦涩的独身生涯。这里，是我的天堂，我已经预感到：要不了多久，我那宽敞、明亮的大房子，就会有一位漂亮的女大学老师或者是女大学生翩翩而至，与我相濡以沫……

但做推销员的激情，已经深入我的骨髓，浸入我的血液。听了有人请我去做推销员的电话，我一时兴奋得热泪盈眶，对着电话我狂呼："龙经理，非常感谢！——做推销员，想去，做梦都想啊！"我不顾一切地向校方提出辞呈，又一次踏上南下广州的火车。

据说我走后，有位美丽的女大学老师找到我长沙的大房子，在门口苦苦地等了我一个晚上。

我来梅花厂报到的那天正逢厂里每两个月一次的销售例会，各线推销员全部回厂，营销部门前小车排一溜，有凌志、丰田、奥迪……晚上老板请各线推销员到大酒店吃饭，然后卡拉 OK。我不会跳舞，更不会唱歌，就躲在角落里观望。老板怕我被冷落，每当跳着舞旋转到我的面前就阳光灿烂地笑着朝我招手："来呀，随便唱随便跳，进了梅花厂我们就是兄弟姐妹。"

这里不像广东珠三角一些老板厂、外资厂那样森严壁垒。进厂门时我就觉得这厂我似乎来过，在营销公司见了态度和蔼亲切的龙经理，我蓦然想起：若干年前的一个酷热的夏天我上门求职，我当时的样子衣着不整，满身是汗，被一路碰壁折磨得垂头丧气，自己都认为自己一文不值了。龙经理彬彬有礼地接待了我，给我倒了一杯茶，递了一支烟并用打火机给我点燃（龙经理不吸烟）。等我在有空调的办公室臭汗消失，渐渐恢复了精神的时候，龙经理抱歉地说："对不起！我们现在暂时不要人，你留下电话，等用人的时候我一定找你。"当时我想起一路找工作所遇到的那些绝对有本科以上文凭的人事先生、人事小姐、经理老板们寒气逼人的目光、居高临下的样子，我就觉得这位龙经理不一般，管理水平绝对高于哈佛博士！据说龙经理仅初中毕业，16 岁跟着老板闯天下，虽未曾"读万卷书"，却是在"行万里路"中学到了人不可貌相、海水不可斗量、人人皆才这样简单而又极容易被人忽视的真理。

从 20 世纪 80 年代梅花建厂开始，十多年的时间里，梅花厂的推销员只有进，没有出，推销员算我们新来的共 20 名，年龄在 30 岁至 45 岁之间，文化程度初中、高中占大多数，大学文凭只有我和另一个江西来的韦之华。老板授予营销部的权力很大，开展各类广告宣传、售后服务、处理客户问题，十万八万上百万的现金支出，龙经理铁笔一支！营销部配有两部接待客户的专用小车，来自全国各地的客户，只要你想来厂里看看，不管你做不做"梅花"生意，都派专车迎送。公司有规定：推销员回到广东招待客户，费用全额报销。龙经理对属下推销员的管理模式就像村委会给村民们分配土地一样，谁谁华北，谁谁华东，每人一大片，给你承包政策你自己去精耕细作。龙经理每天就在厂里看账本，监督货款回笼，3 个月没回笼取消推销员该笔业务的奖金，5 个月没回笼就要找你谈话了，限期追回，如果在限期内追不回就要罚该线推销员款了，然后委派律师诉诸法律。上班的第一天，龙经理给我和韦之华谈了一次话，对我俩提出的具体要求是：发型不能乱，学会微笑，要笑得真诚，夏天穿衬衣衣袖或者整齐地挽起来，或者把袖口上的纽扣系好，出差旅行，备两套服装，一套在车、船、飞机上穿，一套见客户时穿。

老板姓侯，40 多岁，中共党员，复员兵，原来是街区干部，长得慈眉善目，胖乎乎的一脸福相。他的经营宗旨是："企业不是我个人的，有钱大家赚，咱们走共同富裕的康庄大道！"我暗自庆幸我找到了一个好厂！以往的经验证明：找到一家好厂，你的事业就成功了一半。

营销部每位推销员办公桌上都装有一部电话，国内、国际长途随便拨，鼓励煲电话粥与全世界的人联络感情，老板的理论是家家户户都有可能成为我们的忠实客户。我与老同学联系了个遍，远在洛杉矶的同学都让我联系上了。这天，我想起在重庆那家大酒店曾安慰过我，使我重新振作起来的李虹，我想打电话告诉她我后来推销微波炉成功了，现在又找了家好厂。接电话的是女孩的姐姐，她告诉我："李虹一年前就回家了。"这时我才知道，女孩当时正在四川大巴山里一个小镇上读高中，是放暑假来重庆看她在酒店做总台服务员的姐姐时，才无意间发现我的，当时她们都以为我要寻短见。我拜托总台小姐，把我的 BP 机号码转告李虹。

在长沙时，龙经理在电话中给我的承诺是让我负责黑龙江市场。我曾为此欣喜若狂，黑龙江的小家电消费在全国占首位，那是我做推销员以来梦寐以求的市场。但来到厂里报到后，龙经理改变了他的初衷，也许是因为我脸上没肉，微笑得不够迷人。于是要我去负责内蒙古市场，黑龙江由与我同时来的韦之华负责。内蒙古我十分陌生，只知道它在中国的最北，东邻黑龙江，西邻新疆，东西跨越宁夏、青海、山西、河北、北京、天津、辽宁、吉林等省市，人口2000多万。顺德几家大型家电厂在内蒙古的销售额都是倒数第一，有些厂甚至把它丢弃。但从地理位置上分析，它有独一无二的优势。我有一种预感：内蒙古，经我邝勇夫之手，将是梅花牌小家电中国最大的市场！

1996年11月5日，我随前任推销员——负责山西、陕西、内蒙古的老推销员姜云辉从广州白云机场上了直抵内蒙古首府呼和浩特的班机。我已经一年没乘飞机了，又一次乘飞机，看着下边滔滔云海，头上瓦蓝的天空，想着我是去开辟一片新的疆土，神圣感又一次油然而生。

姜云辉是顺德本地人，45岁，脸色黝黑，小分头梳得油光锃亮，挺好相处，路上不断地给我介绍厂里的情况，他对我说："梅花厂的推销员全是老推销员，除了你和小韦，我算来得最晚的，1993年进厂，干了4年，赚了100万。告诉你吧，梅花是好厂，人际关系好处，不像别的厂那样，净搞阶级斗争，整天'文化大革命'。"途中，他还不断地打电话告诉龙经理，说我如何勤奋，如何嘴巴甜，会说话。很难相处的倒是与我同时进厂的韦之华，他和我同住一个宿舍，但从来不主动与我说话。他的面孔是天生不会微笑的那种，紧紧地绷着。但每天上班，面对营销部所有的老员工，包括小车司机、清扫工，他都会把紧绷绷的脸皮抖动一下，一龇牙，似笑非笑地问候一声，唯独那张脸遇到我时，抖动的脸皮冷不丁刹住。似乎他目中见到的不是与他同住一室的我，而是毫不相干的陌生人。有几次我有意迎接他脸上抖动出来的似笑非笑的笑容，却让我讨了个没趣。甚至在通往宿舍的路上，我正好与他走碰头，我主动打招呼，他竟然头一昂，目中无人地走过去……更令人无法容忍的是：我们共住一室的卫生间，偶尔下水道堵了，都是我去请人疏通，如果赶上我出差，没在厂里，卫生间堵了，他宁可不用，也不会请人来疏通，就那样堵着，任由污水四溢，臭气熏天。

我随姜云辉到了呼和浩特，一下飞机，冰天雪地，寒气逼人。我买了件大棉袄，那棉袄的面料是红色的，我想红色的好，身穿大红袄运气会火红，我要再创推销奇迹，像梅花厂的老推销员一样，买小车，盖别墅，财大气粗。姜云辉领着我走访他的老客户——内蒙古的各个大商场。呼市、海拉尔、包头、临河、乌海、集宁转了一圈，草原列车停在大同时，姜云辉下车与我告别，望着车窗外不断地拍打着窗子，喊"邰勇夫，祝你一路顺风！"的老姜，我忍不住泪水夺眶而下……半个月的朝夕相处，我们结下了深厚的友谊。老姜虽说只有小学毕业，但他举手投足间似乎有一种魔力，使客户都喜欢与他做生意，所到之处客户几乎都是打款进货，很少有货款拖欠，他生意做绝了！我刻意观察他谈生意的绝招：在海拉尔，客户请我们吃饭，客户是位女经理，女经理特喜欢看老姜微笑，不住地与老姜碰杯，不住地对旁边的伙伴们说："你看老姜那小嘴儿……"我注意到老姜那小嘴了，他善于微笑，笑得的确好看。在包头百货大厦，老姜把我推荐给商场的柜台长、业务员、经理……鸭蛋脸、梳着两根长辫的云小姐，张口就冲我表示不满："人家老姜干得挺好，怎么换你了？——你来我们不跟你们梅花厂做了！"我十分尴尬，老姜为我解围，从公文包里掏出一大把包装精美、进口的口香糖，这个分送一块，那个分送一块，小嘴甜蜜地笑着说："吃糖吃糖吃糖……"人家不要，他就硬往人家手里塞，"哎呀，吃吧吃吧吃吧……"他这口香糖走到哪派送到哪。他告诉我，这是他刚搞推销时跟一个广东老板学的。口香糖不贵，一次性买得多，可以讨价还价到0.35元一块。每次出差带上一大包100块，才35元钱。但这35元钱的收效可就不一般了。在呼市的天天商厦，等着要款的排成队，老姜带着我，夹着公文包，小分头梳得锃亮，进了经理办公室，又是一通派发口香糖。这里的经理派头最大，因为在内蒙古首府呼市他们是生意最好的零售商场，只电冰箱一项就年销售1亿！厂家趋之若鹜，都想把自己的产品挤入天天。这样大的经理竟然能够把老姜的口香糖笑着抿入口中……令我、令在场的所有厂家推销员心里直泛酸。老姜冲我眨眨眼睛，窃窃地笑了两声，那意思是好事还在后面呢！果然，财务小姐给他送来了一张20万元的现金汇票！我们走时，经理还特意送老姜出来，握握手，拍拍肩膀，但对我只是敷衍地点点头。到了内蒙古集宁，电子商场的女经理请了最漂亮的营业员郝小姐陪我们去吃饭，然后陪老姜跳舞，女经理要陪我跳，我脸涨得通红，惊惶失措地说："不会，不会。"老姜黑胖黑胖的像狗熊，舞跳得却十分潇洒，令我羡慕不已。内蒙古市场从东到西就集宁电子商场有2万元是老姜遗留给我的欠账。后来为了追讨这2万元欠账，我差点牺牲性命。

不过，老姜给我留下的最大的难题是：他生意做得好，很讨客户欢心，基本上全是款到发货，但货到了客户那里是否销得出去，他不管了。我发现"梅花"的货在所有大商场的柜台上，摆放的位置都是最不引人注意的地方。盘点库存，每家商场都有一半的货没有销出去。海拉尔商场的库存量最大——去年进了一个火车皮，120万元的货只销了20万元。

这一年是全国大型国营商场的倒闭年，内蒙古的第三大城市——赤峰，所有的国营大商场全部变成了小摊小贩经营的集贸市场。我去反反复复转了几次，除了从一位一脸善相说话比蜜还要甜的女孩手上买了瓶假洗发水，弄得一头黏糊糊外，没有任何收获。整个内蒙古的个体家电商还没有形成规模，尚处于原始积累的过程。我深知：刚到一个新厂，须在最短的时间内拿到订单，不然就很难站住脚，广东的企业看人是以成败论英雄，不管市场情况怎么样，你拉不到业务就得走人。与老姜分手后，我暂时避开老客户，重点寻找新客户，去老姜没有去过的城市，访老姜没有访过的客户。

鄂尔多斯高原，以盛产羊绒衫、精煤著称于世。我打电话与当地最大的一家商场联系上了，老总正好在包头，他驾车把我从包头宾馆接到鄂尔多斯谈生意。他带我参观了他的几家连锁店，生意挺火，场面也挺大，在鄂尔多斯堪称第一。老总请我到酒店吃饭，餐桌上还请了两位蒙古族姑娘陪客，轮流为我唱歌、献哈达……吃完饭，老总悄声对我耳语："要不要小姐来个脱衣舞，或带一个回宾馆里玩玩？"我慌了："不不不！"老总送我住进宾馆，离开时，一脸真诚地拍拍我的肩膀："明早8点过来吧。"看来生意谈成了一半，那一晚我做了一宿好梦。第二天我准时来到商场办公室，老总已经等候在这里了。老总说："怎么样，对我们商场感觉还行吧，有信心吧？做生意我们向来以诚为本。"这时我注意到办公室的墙壁上挂满了各种各样的荣誉证书：明星企业、重合同守信誉、文明经商、先进集体、先进党支部……我赶紧恭维说："当然有信心了，这么大的商场、这样著名的大公司！"老总说："签个合同吧，货到你来收款。"

我说："不行，一定要款到发货，这是本公司做生意向来的规矩。"

老总说："给了你款，你不给我发货怎么办？"

我说："这是不可能发生的事情，因为我们'梅花'也是著名品牌，不给你发货，我们怎么发展？"

老总说："这样吧，第一批货货到付款，第二批货开始款到发货，好吧？"

我想这样也未尝不可，鄂尔多斯在内蒙古目前是最富有的城市，市民的消费水平比较高，只要货好卖货款不愁回笼。我正要破口而出说行时，楼下商场的大门口传来一阵激烈的争吵，老总接了个电话让我等会儿，便匆匆出去了。我从窗口看下去——哇！那里剑拔弩张，一场血腥格斗一触即发。一辆满载冰箱的大货车上几个厂方雇佣的壮汉手持大棒菜刀嗷嗷直叫，车下商场的人想强行卸货，但又畏首畏尾，驾驶室里厂方推销员模样的人命令司机开车，大货车干吼，前不能开、后不能退，原来车轮子底下塞满了砖头！商场的人动手用砖头砸驾驶室的玻璃了，厂方推销员吓得脸煞白。一阵警车响，当地"110"出现了，厂方推销员像遇到救星一样跳下驾驶室，向警察呼喊："他们是诈骗公司，欠我们120万，拖了一年不给，还要抢货！"

老总出现了，嗓门更高："×！他骗了我100万，汇票刚拿到手就想把货拉跑不给卸。"

厂方推销员气得直哆嗦，跺着脚喊："你还欠我们20万，凭什么给你货？"

老总瞪着眼睛吼："你说好了，有合同，原来的120万做铺底了，然后打款进货，你想骗爷？——×！这是爷的地盘！"

"110"的警官执行公务了："经济纠纷你们找法院，动刀动棒扰乱治安，违反治安管理条例，都跟我们走一趟吧！"厂方推销员、车上的壮汉们都给请上了警车，当地商场一方只带走了砸驾驶室窗子的青年人。那一车货丢在这里任商场的人宰了……遭遇此事的不是我，我却吓出了一身冷汗，没等商场老总上楼来，我便逃之夭夭。

一路逃到包头东河，我发现了一家崭新的大商厦，装修得富丽堂皇，叫包头亚细亚。全部穿迷彩服的年轻员工们正在忙碌着打扫卫生，我为我的发现振奋不已，我赶紧跑进商厦，像闯入迷宫似的找到商场部门经理。经理是位女士，与我一见如故，她说："你来得正好，我刚刚还打电话找你们厂了，我们商厦马上开业，小家电指定要你们厂的'梅花'牌了。"我终于签下了第一笔款到发货的 10 万元的供货合同。但在女士去找领导申请办款的时候，出现了意外，女士说老总要与我谈谈。谈就谈吧，我想去见总经理，女士说："马上下班了，我跟总经理说好了，咱们找个地方在外边谈，这样我给你办款也好办些。"

我慷慨地说："行！我请客。"

在附近的一家酒店里，我宴请总经理。总经理衣冠楚楚，仪表堂堂，很礼貌地跟我握手，说"谢谢！谢谢！"吃饱喝完总经理和他手下的女士翩翩起舞，跳了一圈又一圈，把我这位宴客的主人冷落着。我急不可耐，在他们终于双双携手卿卿我我地返回到酒桌上时，我开门见山、直言不讳："总经理，我厂与贵商厦的业务，请您谈谈好吗？"

总经理说："你看到我们商厦了吧？营业面积包头市第一，购物环境全内蒙古也是数一数二的商业广场……"

我此刻被鄂尔多斯的骗子老板吓得仍惊魂未定，疑神疑鬼、草木皆兵，把这位总经理也当作了诈骗犯，我已经猜测出对方的意图，没等总经理说完，就一口回绝："对不起！代销我们不搞！"

总经理怔了一下，说："那算了，我们只搞代销，即使代销，我们还要进行严格筛选，而且你的货进来，我们还要入场费！——不过，你的'梅花'牌免了。"

白白破费了一餐饭！我悻悻地走了，我心里骂道："你还没店大就想欺客？——你等着吧！"

接下去所到之处，客户像是事先串通好了似的，见面第一句话就是："怎么结算？"我就说："款到发货。"客户马上摇头："不做，不做。"我不服气地问："你想怎么做？""代销。你看我们这么大的商场，又跑不了人。"连续谈不成生意，我气急败坏，便反唇相讥："你有货给我拿去代销，我去全世界给你开连锁店！"客户也发脾气了，说："你是在抬杠！"越谈越拧，我心里气呼呼地骂着："骗子，全是骗子！"但我不甘心，迎着内蒙古草原上凛冽的寒风继续走，去下一个城市、下一个客户……我终于发现目前的市场就是这样：客户不相信你，你又不相信客户。我冥思苦想，怎么样赢得客户的信任？最后总结出了一句话，还是：用真诚去感动上帝！再不能和人家抬杠了，也许这个上帝是魔鬼，居心巨测，企图坑害你、欺骗你，你也要沉着、冷静、巧妙地与之周旋，要学会与狼共舞。鄂尔多斯的那个骗子，既然在当地生意做得那样大，就要大胆地给他骗的机会，但要他永远也骗不到……我是推销员、是商人，要有胸怀，要有气量，绝不能小家子气！于是再往下走，与客户交谈的方式就有了改变：

"怎么结算？"

"这要看我们双方合作得怎么样了，合作得好、顺利，怎么结算都不成问题，厂方提供一定的资金支持也不是办不到的！"

这样一谈，客户有兴趣了，眼光也变得柔和了。给我敬烟、给我倒茶，请我去大酒店吃饭……但我不敢掉以轻心，始终保持高度的革命警惕性。商场如战场，酒桌上的笑脸有商机也有陷阱。大兴安岭脚下的林海小城牙克石市著名的家电商马大姐，是我在内蒙古认识的第一个最有诚意的个体户。在她开的富丽堂皇的大酒店里盛情地款待过我后，马上带着我到银行当着我的面往厂里电汇了20万元货款，我也心诚无比地在她的公司里当着她的面往厂里发了要货计划的传真，同时给龙经理打了个电话汇报牙克石的马大姐多么的有规模、多么的有魄力、多么的热情好客。然后把电话让给马大姐，让马大姐和我厂里的经理说几句话。接下来我前脚走，马大姐就随后一个电话接一个电话地催我赶紧发货，为企业负责的革命警惕性提醒我：慎重！我打电话通知厂里，款没到财务账之前，千万不可发货。马大姐催货催得情真意切："小郁弟呀，你刚走我就上电视台做了经销梅花产品的广告，现在天天有顾客来打听你的梅花货到了没有……"怕伤了客户的心，每接到马大姐的催货电话，我都热忱无比地劝慰："就发就发，马大姐你放心吧，我比您还急呀！"我每天都打电话到厂里求财务小姐去银行查询款到了没有。3天、5天、10天、半个月过去了，厂里财务小姐的回话令我失望：款始终也没到账！马大姐也不再打电话催我发货了……

我孤身只影像古代的侠客，怀着一颗不甘失落的心不停地奔波，用我的两条瘦腿为东西纵跨 3000 多公里、南北横贯 500 多公里的内蒙古大草原梳梳子，我不放过任何一个稍大一点的城市，任何一个小得不能再小的家电商。从锡林浩特到赤峰，一路风雪弥漫，那是一个破烂不堪的公共汽车，车厢里面像冰窖，当地人都穿着羊皮袄、大皮靴；我只穿着很薄的羽绒服、毛线裤，脚上穿的是只适合南方冬季穿的棉皮鞋。幸亏我的座位挺好，紧靠发动机，两只脚可以放在滚烫的发动机壳上取暖。草原上没有路，车只是朝着一个方向行驶，沿途没有过往的车辆。偶尔见到一两个穿着蒙古袍的蒙古族牧人骑着马匆匆而过……路经白毛风口了，车仿佛一下子掉进了北冰洋。窗外白茫茫一片，分不清哪是天，哪是地，更分不清东南西北，风雪铺天盖地，像巨涛骇浪袭来，气温从零下 20 度猛然下降到零下 42 度。车内一片沉寂，乘客们大声喘息都不敢，彼此间能感觉到对方紧张的心跳。突然一阵呼救声，车窗外肆虐的风雪中闪现出一群人在朝疾驶的车子拼命挥手、狂奔……车子在万般恐怖中冒着熄火抛锚的危险停下了，车门朝奔来的人群敞开。人们蜂拥着带着满身雪粉挤上车子，后边上来的几个咕咚咕咚倒在车上了，他们的双腿已经冻僵。有人说后边还剩下两人，司机要下车营救，我说："你不能下去！不能让车子熄火。"然后，我自告奋勇地跳下车冲进暴风雪。不远处，一辆中巴烧成了灰，只剩下一架黑铁壳。一男一女蹲在那里像是在烤火，火早已经熄灭了，只有埋没了灰烬的寒雪。我奔过去抓住那女人的衣领就往回拖，同时对那男的拼命喊："快上车！"但那男的背对着我，动都没有动一下。我手里抓着的女人也没有任何反应，她被我拖倒了，却仍保持着原来蹲着的姿势！我心一阵狂跳。我没有经历过战争，也没有经历过抢险救灾，这是我人生第一次亲手接触死亡！吓得我"嗷"的一声惨叫，灌了一口风雪，就要抛下这具僵尸往回跑，但我没有，而是哆哆嗦嗦地拦腰抱起僵尸，迎着像群狼一样呼啸着扑来的雪浪艰难地往回走，据说冻死的人能够复活。车上又冲下来两位救援的旅客……回到车上得知：昨夜 10 时中巴车在这里抛锚，车上的人就把中巴烧了取暖。一路的风雪严寒，一路出生入死，到了赤峰，原本十分陌生的城市，我见到满城的灯火，我热泪盈眶，像重返人间一样！后来得知：被我营救的"僵尸"在赤峰第一人民医院苏醒了，睁开了双眼……

　　第一次出差归来，销售例会上，各线推销员汇报工作，尽管我那条线上货款回笼是零，但是我签回了 100 万元的合同，我的发言因此而慷慨激昂："我有信心、有决心，用我辛勤的汗水，把内蒙古这片市场荒漠浇灌成一片绿洲！"

春节后开工，老姜开着摩托车，带我去给龙经理拜年。这是我平生第一次给领导拜年，我把这件事看得很重要，以往的失败，除了雇主本来就用心险恶外，在很大程度上也是由于与领导缺少沟通，与领导关系没处好。尽管我送的拜年礼很薄：八只苹果，一瓶洋酒，洋酒后来发现还是冒牌货。龙经理的年收入 200 多万元，是真正的打工皇帝。人家不在乎你送的礼，只看中你这份人情。龙经理很高兴，还说："咱们都是在同一条船上谋生。"我原本认为：只要工作努力，有突出的业绩，领导自然而然就会赏识你，支持你，直到今天我才领悟到其实并不是那么回事。现在韦之华不像刚来时那样对我冷漠了，他常常凑到我的办公桌前，打听我的销售情况，我摇头说："目前还不行。"这样他就非常开心，似笑非笑地说他黑龙江这个月回笼多少万，上个月回笼多少万，下个月又要回笼多少万。春节后吃开工饭，我尽量躲避老板，因为我的货款回笼是零，但偏偏没有躲避成，老板问我："生意怎么样？"我直言不讳："目前生意不够理想，在全厂倒数第一，无颜面对领导。"老板笑着说："没事，没事，只要努力做就行了。"

春节后又一次出征，这次又在内蒙古各个城市巡访了一个循环，包头东河的那家叫包头亚细亚的商业大厦，还没有开业就关门倒闭了，幸亏我没有给它代销，上次出差签订的 100 万合同，3 个月过去了，还没有一家履行。我直赴银川，银川归负责甘肃、新疆的推销员，但那位推销员从来不去，所以银川市场至今还是空白，我雄心勃勃地想填补这个空白：以内蒙古某家客户的名义把"梅花"产品打入宁夏，这样宁夏就是我的地盘了。如果首战告捷，我再以内蒙古为根据地把疆土开辟到大同、北京、天津、沈阳、哈尔滨、长春……那样，在梅花厂我就是霸主了，哈哈！我喜不自胜。古城银川风和日丽，街上漂亮女人真多，我幻想着她们中间最性感、最美丽的一位是我的妻子。迎面走来一位穿迷你裙、看上去很善良的妙龄女郎还温柔地回报了我一眼，我心为之颤动，凝神目送她很远……

在厂里时，正逢全国著名的科龙冰箱在中国大酒店召开规模盛大的订货会。我混迹其中，把内蒙古、宁夏的客户全部请到厂里，由侯老板在大酒店盛情宴请，然后侯老板带我陪他们洗桑拿浴。宁夏最大的国营百货商场的王经理可能是平生第一次接受这种款待，装模作样地拒绝："这干什么？这干什么？"待他东张西望发现伙伴们都像饿狼一样蹿进有小姐按摩的桑拿房时，也以最快的速度鱼贯而入，两个钟头后，客户们个个都嬉皮笑脸、满面红光地出来了，唯独不见王经理。大家在大堂里又等了两个钟头的时间，仍不见王经理，我担心发生意外，便去王经理进去过的按摩房寻找，这下真出问题了，王经理人已失踪。我急切地叫来服务生，装出一副黑社会老大的样子恐吓道："我们人呐？丢了人饶不了你们老板啊！"服务生吞吞吐吐，这更使我出了一身冷汗急得要命。我拿出手机想拨110报警，但这事怎么敢报警啊？服务生看我急得不知所措的样子，只好向我暗示走廊尽头的一间较大的按摩房。我急切地走过去正要推门查看，里边传出王经理粗重的喘息声和至少三个小姐痛苦的吟唤。王经理终于在我的惶惶不安中没事似的出来了，不断地对大家说："我啥也没干，睡了一觉。"

这次去银川我想首先找宁夏最大的国营百货商场的王经理，相信他会赏光。到了银川我找到了他，只7天时间，这位王经理竟然不认识我了！我只好屈尊自我介绍："王经理，您好！我是梅花厂的推销员。真诚地希望您能做做我们梅化厂的生意。"王经理看了我一眼，脸上没一点笑容，手往办公室外面一挥："不做，不做，免谈。"

我厚着脸皮说："不做谈谈总可以吧？"

王经理像狼一样绝情："没时间！"

在银川碰了壁，我的美好设想、勃勃雄心化作泡影。

我在这里转车又去内蒙古最西部的阿拉善盟寻找新的希望，这时已是4月底了，一路的戈壁、沙漠，我人生第一次亲眼目睹戈壁沙漠的苍凉、浩瀚，并身临其境……30年前，爸就曾经来过这地方，梦想在戈壁荒漠上找一块人迹罕至的地方，没有人追究他的历史问题，没有组织要他一次次地已经交代了一千次、一万次的历史问题，没有阶级斗争，没有人与人之间的倾轧。荒漠顷刻间变脸了，汽车出银川时的蓝天、艳阳，逃遁得无影无踪，只听得"嗡嗡嗡……"声音由小渐大，回头望去，我惊呆了，平地掀起一个硕大的黑幕，迅速拉开，遮住半个天空，翻腾着，挟着黄沙，席卷而来，我以为发生了核战争。长途客车内有人惊呼："沙尘暴！"一股沙浪扑来，汽车像撞进了一座古墓，一片黑暗，黄沙从窗口，从车门，从每一个缝隙飞扑而入。客车戛然停住了，待黑暗过去，"嗡嗡"声远去，我再次惊讶地发现，车子前方横亘着一座山一样的沙丘，多么可怕呀！我与车上的旅客们险些被飞来的沙丘吞没，变成木乃伊，留给后代人考古挖掘出来后赤身裸体、丑陋无比地在光天化日之下供人观赏了。

　　我这次冒着生命危险赶来阿拉善盟，又是一无所获。在返回包头的途中，我再次陷入空前的绝望。唉！我现在这样来形容自己：我是在希望与绝望之间挣扎、辗转，不断地诞生新的希望，希望又一个接一个地破灭，一次又一次地跌入绝望的泥沼。刚上火车时心情特别不好，看不到前途看不到希望，找到铺位倒头便睡。胃隐隐作痛，那个时候我的胃几乎天天痛，从广州痛到北京，从北京又痛到内蒙古，做梦都在痛。是一阵动听的歌声把我从痛苦的梦中唤醒，我感觉那歌声来自天上，是天籁之音。我睁开双眼，发现对面卧铺上背靠窗口半躺着一位漂亮女人。女人30岁左右的样子，穿戴整洁，看上去很有文化，很有魅力，具有一种成熟女人的美，她在打毛线衣，那天籁之音正是从她口里发出的低吟。我痴痴地偷觑：车厢里很热，她脱下外衣，解下围巾，露出一圈雪白的脖颈，一股女人的气息朝我袭来……她旁若无人，又换了一首更好听的歌。我一骨碌动作很猛地坐了起来，希望这样能引起她的注意。

　　我没话找话："小姐，请问现在几点了？"

　　这话问得十分拙劣，因为我刚刚阅读我BP机上的信息。她没在意，为我看了她腕上的手表，告诉我："11点45。"

　　我说声"谢谢"，然后我就搜肠刮肚玩命寻找话题："您到哪下车？""您做啥工作？""您在哪所大学毕业？"还傻傻地问人家："您爱人干啥？"开始一问一答，后来一问多答，再后来她停止了打毛线衣、停止了动听的天籁之音，专门答我这位"记者"问。在包头我们一块出的检票口，分手时她那双美丽的明眸瞪了我一眼，说："都怪你，本来我和陌生人从不说话，今天跟你说了差不多一路!"我想说:"我们一块打车走吧。"或者"您电话多少？以后……"我犹豫了一下，终于下决心想问这些的时候，她娇美的身影已经走远了……

第四十三章
驾驭上帝

这天，我的 BP 机响了，显示的电话区号是四川省达县。我的心一阵狂跳，我觉得那一串陌生的电话号码是那么温馨。电话拨通了，接电话的果真是那个我期待已久的温柔善良的叫作李虹的女孩。女孩在不住地笑："祝贺你呀，听我姐说，你在广东推销微波炉后来成功了，现在又换了个好厂，是吗？"这是 1997 年 5 月 1 日，正值"五一"节放假。电话里，女孩告诉我：她高中毕业了，参加了高考，本来接到了四川成都一所旅游专科学校的录取通知书，但她没有去，她要到成都打工，减轻一下父母的压力，因为妹妹有音乐天赋，与她同时考取了四川一所音乐专科学校。与女孩一番长谈，我阴郁的心情渐渐晴朗，地球上几十亿女人当中终于有一位想着我的纯情女孩了。我一扫悲观和绝望，重燃起新的希望，只要有百分之一的希望，我就做出百分之百的努力。

新客户一家没有联系成，主要原因是他们对经销"梅花"牌小家电尚缺乏足够的信心，对厂方信誉程度缺少了解。既然这样，我就在内蒙古的几家大商场做出个样子给他们看看。同时也可以考虑选几家重点客户主动发一批货去给他们试销，或者延期三个月付款。我想先重点抓住包头的百货大厦、呼和浩特的天天商厦、海拉尔的友谊商城，这三家目前是内蒙古生意最好、效益最好的大型国营商场，他们是我的前任姜云辉的老客户。我要回过头来逐家说服他们进我的货，但我学不会老姜的样子，老姜会微笑，笑起来小嘴特好看，会大量派送美国进口的 0.35 元一块的口香糖，还会空许诺："到广东去，我给你找个 18 岁的妞玩玩。"然后神灵活现地把回扣率写在手心上给经理看，本来厂里规定按货款回笼返利给商场经理 3%，他只在手心上写 2%，甚至更少 1%，中小客户只慷慨地回扣一片 0.35 元的口香糖和空许诺："到广东给你找个妞玩玩。"人家问回扣，老姜头摇得像拨浪鼓："没有没有真没有。"于是这些大小客户——厂家的上帝们就像群鱼一样，一条接着一条争先恐后地咬他喷香的钓饵，最后这些上帝们一个接着一个地垮掉或者库存与日俱增……我不会这样做，我只会埋头苦干，真诚地为客户着想，为客户负责，从客户的利益出发来赢得市场。

我去包百大厦，一进门被滚梯口两侧长相俏丽的迎宾小姐所吸引，我左看右看上看下看，竟然迷了心窍。我恋恋不舍地离开她们上了滚梯，两位迎宾小姐相视而笑，其中的一位还回头冲正在上电梯的我做了个鬼脸。

家电办公室的云小姐见了我冲口就说："你怎么又来了，人家老姜干得好好的，凭什么换你嘛？"

我忍了又忍才使自己没有发脾气："我找祁经理。"云小姐说："不在不在！"我不顾云小姐的白眼，就坐在这里等。其他厂家的推销员来了，云小姐又给倒茶又陪着说笑，唯独把我冷落着，还不时地用奚落的眼神驱赶我，我不走；其他厂家的推销员走了，云小姐拿起把扫帚赤裸裸地驱赶我了："下班了下班了！"云小姐的扫帚在地上狂舞，狼烟四起，我雷打不动。等到快下班的时候，祁经理终于来了，我提出我的想法："经理，我来帮你促销，明天开始站柜台，把您库存的'梅花'货在最短的时间内全部售出，减轻您的压力。"祁经理本来并没留意我，听我这样一讲，他全神贯注起来，还特意为我倒了一杯茶。我继续说："这样，分两步走，第一步把我们的产品，摆放在最佳位置；第二步，请示我厂领导，把你积压的产品全部打折，但有个条件，首先你要主动打笔款，把断档的货补全，让产品成系列，这样有利于促销。"祁经理说："好！就按你说的办。其实你们厂家早就应该这样做，以前老姜来了，就鼓励我进货，结果货越进越多，造成积压，你们厂家撒手不管了！"祁经理同意了。祁经理不仅是家电部的经理，也是包百大厦的总经理助理，我挥舞着祁经理的尚方宝剑在商场内上下活动。

第二天，商场刚开门，我带着两个搬运工来到包百大厦，我扛着一大卷条幅，两个搬运工一个抱着一台梅花牌电饭锅的大模型，另一个扛着一台梅花牌微波炉的大模型。我指挥两位搬运工把微波炉和电饭锅大模型分别放到两位漂亮的迎宾小姐的脚下。

我对两位小姐彬彬有礼、像位绅士那样说："请，请，这是我们梅花电器集团为二位小姐制作的迎宾台。站在迎宾台上，您二位小姐会更漂亮、更迷人。"

两位小姐犹豫不决。

我跑到鞋帽柜上给她们每人买来一双款式新颖的女装皮鞋，送给她们："请穿上！二位小姐的鞋我们厂也包了，你们随时关注，你们喜欢什么样的鞋我们厂就给你们买什么样的，随便穿，穿旧了换新的。"

两位小姐有些难为情了。

我说："没事，穿上吧。祁经理已经跟你们商场管理科联系好了。"两位小姐快乐地换上了我为她们买的新皮鞋，英姿飒爽地站到了我为她们制作的迎宾台上。

我来到小家电柜台。这时的包百大厦，还是传统的封闭式柜台：营业员的背后是货架，面前是柜台的那种。我指着货架上的梅花产品对柜长小姐说："您好，请把梅花样品全换成新的，另外再拿出一套样品来摆放在柜台上。"

柜长是位极有城府的少妇，抹搭着眼皮说："这样摆，就卖你一家的货，别人的货怎么办？"

我就拿他们的祁经理吓人："你们祁经理让这样搞的！"

柜长小姐仍不太情愿。两位搬运工过来了。我让搬运工把"梅花电器精品一族"的条幅给我挂上。但没有登高的工具，我就问柜长小姐："有梯子吗？"

柜长小姐说："没有。"

实际上柜台里边就放着一架梯子，一位营业员小姐用眼神指给了我。我欲进柜台搬梯子，柜长小姐拒绝："不给用不给用！"

我正色道："柜台长同志，我们厂家商家是平等互利的，您应该支持我才对！"

柜长小姐犹豫了一下，我趁机搬出梯子交给了搬运工开始一条又一条地挂条幅了。

柜长有意不帮我的忙，无非是以此来证明"县官不如现管"，你产品再好也要我柜台上支持才行！我就施以小恩小惠，但绝不是老姜的几块0.35元的口香糖，柜长终于配合我了，不声不响地从仓库里提出两套样品，一套陈列在货架上，一套陈列在柜台上。货架上那套老样品都是有明显质量问题，样子十分陈旧。祁经理过来问："这套老样品怎么处理？"

我爽快地说："全部退厂换新！"

祁经理高兴了："中午别走，请你吃饭。"

我突然发现营业员身后货架上方与天花板之间的一大块空间。赶紧拉住正要离开的祁经理："等等，我还要向您请示。"

祁经理："说吧，只要货好卖。"

我手指货架上方："这一大块空当让我给您美化一下可以吗？"

祁经理扔下一句"随你了"，转身走了。那时候大商场内部不花钱的广告资源还没有更多的厂家关注，商场内部也没把这些资源当回事，结果被我所用独领风骚。

中午祁经理请我去酒店吃饭，那位见了我就皱眉的俏丽无比的云小姐也在场，我特意敬了她一杯酒说："请云小姐多关照。"

云小姐第一次向我露出了好看的笑脸："祁头一句话，我们没说的。"

接下来我又做了6米长、1.5米高的灯箱广告立在货架上，请柜台上的全体营业员们吃了顿饭，也像老姜那样做了个承诺，但不是空的："柜台上所有营业员每人一台'梅花'牌电饭锅，拿回家去长期使用，坏了换新的，新的过时了，再换更新的换代产品……"

市场终端让我建设好了，当初对我来说的包百大厦绝对胜于若干年之后许多大厂搞的所谓"旗舰店"（主导地位的零售店）。尽管这是内蒙古的冬天，冷风刺骨，我却觉得阳光灿烂、春意盎然。

那阵我好像时而升上天堂，时而又跌落地狱。包百大厦先打款后发货久攻不下，祁经理每天都有那么多的著名厂家的推销员、销售老总前呼后拥，他们是内蒙古的主导商场，可以指点江山，祁经理进谁的货，推广谁的品牌，谁的品牌就可以横扫内蒙古大草原。我只好退一步货到付款了，祁经理终于往合同上盖了章，我马上把合同传真给龙经理，龙经理打来电话同意发货了！一发就是一个火车皮，这说明龙经理信任我，客户支持我，天时地利人和，我准赢！

我正在天堂之上飘飘欲仙，一火车皮的货到了，我又跌入地狱。我给祁经理打去电话，开始不接我的电话，后来关机，半夜12点打电话到他家里，他终于接了我的电话："哪位？""您好，我是老郧，货款办好了吗？""我上哪给你弄款去！""咔嚓"电话收线了，我眼前一黑，一屁股坐地下了。这一晚做了一宿上当受骗的噩梦。第二天商场一开门，我第一个进去，我要死磨硬缠，穷追猛打，没收到货款誓不罢休！祁经理屁股后边跟着一群厂家的人，各个都满脸谄笑，就像一群太监。那一手我就做不来，欠钱就要给钱，难道还要我叫你一声爸爸吗？——没门！我红着两只眼睛迎上去，拉住祁经理的衣角，一点都不客气："给办款啊！"祁经理没理我，我就跟着他，他在营业大厅里转一圈，我也陪着他转一圈，他上二楼，我也上二楼，他走哪我跟哪，反正我今天豁出去了。他乘电梯上了十楼，我仍扯着他的衣角不放，祁经理终于说话了："你那一火车皮的货——吭！甩过来了，我卖不动咋办？"

是啊，人家卖不动咋办，咋就没为人家想想呢？我松了祁经理的衣角跑去他们商场管理科买了一套该商场制服像模像样地穿在身上，为了让柜台上玩命推荐我的梅花牌，我从厂方的推销员，一下子变成了商场的员工，帮柜台上的小姐们从仓库往柜台上提货，我专捡大个的扛，电冰箱她们四个人抬都累得直喘，我一个人背，摇摇欲坠地背到目的地放下货，累得我大口喘粗气，咧着嘴上气不接下气地直"哎哟"，那天祁经理远远地看着我笑，我一下子又跃上天堂了，马上不喘了，我不失时机地凑上前去说："祁经理，给办款啊！"祁经理收敛了笑容："现在没钱！"我又回到了地狱。看来光为他们当苦力不行，得给祁经理点大贡献，我到包头小商品一条街上去寻找小零售商。我顺利地联系成了两家小户，我把他们引荐给祁经理，从包百大厦批发我的梅花货，祁经理对我笑口常开了。我说："这回该给钱了吧？"祁经理绷起面孔，让我差点儿又一屁股坐地下。祁经理说："你打电话回去问问吧。"厂里的财务小姐来电话了："郧男夫，包百大厦的款到了，一分钱都不差！""这是真的吗？"那一瞬间，我激动得涌出了眼泪，我提醒自己："别忘了，明天或是后天也许在另外一家客户那里再次跌入地狱，备受折磨！但熬过之后又将是天堂。做推销员啊！就是地狱天堂，天堂地狱……"

我又挺进内蒙古的首府呼和浩特。在天天商厦，我碰了壁。我发现，顾客退回来的"梅花"电水瓶一台又一台。我问营业员，为什么退货？营业员回答："顾客说有问题。"我问什么问题，营业员说："顾客说有问题就是有问题，我们商场的承诺，'不满意就退，一切为顾客'。"我发脾气了，找家电部戚经理提出最强烈的抗议："你们对顾客负责，也要对我们厂家负责。顾客不满意就退，这是损害我们厂家利益！"戚经理说："人家顾客说，你那电水瓶，插上电，声音比拖拉机还响！"我说您商场维修部检查了吗？戚经理支支吾吾，我把那些退回来的电水瓶一台一台地拿到戚经理办公桌上做煮水试验，结果都正常，没一台像戚经理夸张得那样严重。戚经理就把耳朵贴在正在煮水的电水瓶上，左听听右听听，水瓶只发出一种正常的、加热时才有的嗞嗞啦啦的声响，戚经理便小题大做："你听，你听！"一个浙江来的推销员，在那里故意添油加醋："听见了，听见了。像打雷，像放炮，像开火车！"

我发脾气了："您再夸张点儿——像原子弹爆炸得了呗！"

周围的人都笑了，我余怒未消，对那个浙江来的推销员穷追猛打："您也太会溜须拍马了。我们是精品一族——梅花电器，可不是军火制造商啊！"

大商场的经理是老虎屁股摸不得，这下我把戚经理给得罪了，戚经理双手抱拳："郜大经理，我向你谢罪总可以了吧？"

我说："不敢不敢，您这么大的商场，这么大的经理，哪能给我小推销员谢罪啊！不过我还是要说，您商场就是比天大比地大，也不能以牺牲厂家利益为代价来讨好顾客。"

戚经理对他手下的业务员发布了命令："那好，去盘点一下，他们梅花货还有多少，全部退货！"

这家内蒙古首府最大的商场——"梅花"的老客户，让我把关系搞砸了，无论如何是我的过错，我懊悔不迭。只好把希望寄托在马路对面的蒙古族商场，蒙古族商场是老牌的国营商场，目前生意虽然有些滑坡，但瘦死的骆驼比马大，在内蒙古首府唯一能够与天天商厦抗衡！不过，大商场的经理都同样难以接近，为了争夺这块阵地，反过来再收复"天天"，我绞尽脑汁，我想仍像几年前在东北康美厂办事处那样盯一回梢，到经理家里去谈！我从商场里提出了一台最好的微波炉，准备做拜访经理时的上门礼。但到经理家不能贸然而去，一是要他正好在家，二是要他家里正好没有外人，三是要最好和经理约好。但这很难做到。

这段日子里，我的胃又在隐隐作痛，痛得我吃不下饭，睡不好觉，我担心会发生最严重的病变，会危及我的推销事业！这天，我去呼市医院做胃镜检查，一条长长的管子，插入喉咙，直捣肠胃，令我一阵阵作呕，肠胃里面咕噜咕噜直响，苦不堪言。管子出来了，我不断地打着响嗝，"哎哟"着接过医生给我的检查报告，忧心忡忡地问："医生，我没事吧！"没等医生回答，我像吃了灵丹妙药那般，那一瞬间胃不痛了，眉头也舒展了。我的视线中出现了我日夜都在想求见的上帝——蒙古族商场家电部的王经理！王经理也和我刚才上床时一样忧心忡忡，一副痛苦不堪的表情。

我系腰带下床，王经理解腰带上床。

我说："王经理，您也做胃镜啊？哎哟。"

王经理说："是啊，30 年的老胃病了，哎哟！"

我说："我也十多年了。乘火车啊，从广东痛到北京，从北京又痛到内蒙古，哎哟！"

王经理说："痛得我呀，吃不下饭，睡不好觉，哎哟！"

我说："这与情绪有很大关系，心情好、睡眠好，就好点儿，哎哟！"

王经理说："是啊，这几天忙了点儿，就严重了，哎哟！"

我们同病相怜，共同"哎哟"，共同忧虑，感情一下子拉近了，我们不再是陌生人了，不再是"臣民"和"上帝"的关系了……

我等王经理做完胃镜出来，我俩互相问："没事吧？"我俩又互相回答："没事儿。"于是我俩都放心了，我不失时机地请求王经理在业务上给予支持。过去很难接近的王经理一口答应："我就给你办笔货款，小家电只销你一家了。"

果然，不过一周，蒙古族商场给我办了 30 万元的货款，比初来内蒙古时天天商厦给老姜办的那笔款还多！这堪称奇迹，全国的大型国营商场给厂家办款都是比登天还难，营业员做计划、柜台长签字、经理签字、负责办款的业务员又要拿去找财务、找副总、找老总审批，然后到内部银行……进春季商品的货款要办到天寒地冻、大雪纷飞，这一点儿都不夸张。我马上又去找蒙古族商场的广告部，要求做一幅"梅花"的广告布标，挂在商场的大楼外墙上。广告部的小姐问我做多大，我说能做多大做多大，最好能把蒙古族商场的整个一栋大楼包裹起来最好！——做这样的广告布标，很合算，我做了足有两个篮球场那样大的布标，挂了三个月，才花了两万元。我这块巨幅广告，影响力之大，令我震惊：就在我的大广告发布的当天，马路对面被我摸了老虎屁股的天天商厦的戚经理 Call 我，请我去喝茶。鄂尔多斯、乌海、临河、集宁的客户都主动来找我了，鄂尔多斯高原上的骗子老板也打电话找我，说上次怎么不辞而别？他们都知道了我的梅花牌在内蒙古的首府呼和浩特、最大的城市包头卖得热火朝天……

　　其实，这时候发给蒙古族商场的货尚在途中。"梅花"的货，呼和浩特除了"天天"有点陈货，其他商场都还没有，只是呼和浩特最热闹的商业中心有个"梅花"特显眼的大广告。

第四十四章
小品牌的胜利

内蒙古首府呼和浩特几家大商场都进了我推销的梅花牌，接下来我的战术是如何让各大商场勤进快销。我想仍旧采用几年前在湖南长沙、株洲曾经采用过的战术：逐家商场去站柜台。内蒙古地盘大，东西横跨9个省市。我要驰骋疆场，做当代商界成吉思汗，显然没有精力天天去站柜台；在销量没有上去之前，又不好向龙经理请示在当地聘用促销员。我唯一的办法就是把各大商场的关系搞好，争取他们的支持，把梅花牌作为各大商场的主导产品来推广。那段时间，我把全部精力投放在公关上，想方设法与各大商场的主管经理贴近感情，我送每位经理一台出厂价408元的梅花牌电脑电饭锅或者是1250元的微波炉（当时梅花厂正在搞买一赠一的促销活动，赠品我胆大包天地变换成其他货品或现金作为公关经费），各大商场经理们府上电话、家庭住址、个人喜好、父母和小孩生日，我都调查得一清二楚，在他们不经意间，会听到我一声问候，一份生日蛋糕，一份节日礼物或者是"干×呢？"这样一句痞话。对于女经理和还没有成为莫逆之交的客户我就不能说这样的痞话了，我赞美他们的小孩有多可爱，赞美他们的财运有多好。赞美的话无限夸大也不要紧，比老姜的口香糖"性价比"还要高。

天天商厦的戚经理喜欢算命看手相，老是问一些厂方业务员："你们那边有没有算命高手？"这天我就给他开了个不大不小的玩笑，原始动机是恶作剧，谁让他撤我们梅花货了！我在电话里故作神秘地对他说："戚经理，祝贺你！"

戚经理莫明其妙："祝贺我啥？"

我说："戚经理，你说怪不？回来的飞机上，坐在我旁边的是位高僧，高僧身披红色袈裟，见了我双手合十'阿弥陀佛，善哉！你的朋友戚某某财运亨通！'"

戚经理竟然信以为真，追问道："然后呢？"

"然后……然后他就不见了。我想高僧是不是上卫生间了？可是一路也没再见高僧回来，在广州下飞机时，我在机舱口特意等到最后也没再见到这位高僧。"

戚经理当了真，每见到我就询问此事，还向他的同事们炫耀："你说怪不？梅花厂老邰在飞机上遇到位高僧说了句'阿弥陀佛，善哉！你的朋友戚某某财运亨通！'就不见了！"

后来我与戚经理成了莫逆之交，我不忍心蒙骗朋友，就向他透露实情："戚经理，真对不起，飞机上偶遇神秘高僧的故事，是我搞笑的，您可千万别再当真了。"戚经理却深信不疑："我宁可信其有，不信其无，我相信那高僧迟早会露面。我也非常感谢你老邰的吉言。"

……

各大商场经理的关系被我搞通了，还要去攻克会计、出纳、柜组长、营业员、物价员、仓库保管员……这中间只要有一处关系没搞好，就会全线崩溃。呼市最大的商场"蒙古族"，我把它作为主阵地、制高点来坚守。

这天正值旺市，我来到蒙古族商场小家电柜上。营业员董小姐应接不暇。顾客 A 来了，"小姐，我想买台电饭锅，你帮我推荐推荐买哪个牌子好？"

董小姐茫然："您自己看吧，反正我们大商场进的货绝对没有伪劣商品。"

顾客 B 来了："营业员，哪种电水瓶质量比较好？"

董小姐说："都差不多。"

我来了，我直勾勾地盯住董小姐不放。董小姐不好意思了，我直言不讳："董小姐，您真好看啊！咋这么漂亮呢？凭您的身材，凭您的长相，凭您的素质，全国模特大奖赛您咋就不去呢？"

董小姐害羞了："我哪有那水平啊！"

我说："有，绝对有！您应该有这个信心！"

董小姐说："我们商场每年的店庆，倒是都请我去做升旗仪式。"

又有顾客来买货了，这次董小姐主动推荐："梅花的好，买梅花牌吧。"

顾客认定了另外某个牌子："买两台微波炉，就买这种，人家都说这个牌子好嘛。"

董小姐说："这个牌子不好，返修率高——梅花的好。"

顾客改变主意了："行啊，那就买梅花的，开票吧。"

我希望无论我在不在场，无论有没有我的赞美，一来顾客就推荐梅花牌成为董小姐的职业习惯。于是，那阵儿我一天几次去蒙古族商场的柜台上找董小姐聊天。董小姐有一头垂到腰际的披肩发，说话时白皙的脸上总闪现着一对漂亮的酒窝。她说她现在还没有男朋友，也十分想去广东闯闯，苦于没人引路，这正中我下怀。董小姐身材秀颀，面对面听她说话可以感觉到小姐薰香的鼻息，我的脸上时不时还会荣幸地沾上星点她的唾液，这唾液星对我这位老光棍而言，如同久旱的禾苗逢甘露。我不敢正视她楚楚动人的眼睛，那样我会想入非非，彻夜失眠。我只能垂首盯着她一双穿水红色休闲鞋没穿袜子的纤纤玉足……我时时都在渴望拥有一个美丽的女人，于是与董小姐聊天，成了我的精神盛宴。

这天我气喘吁吁地跑到董小姐面前："董小姐！"

董小姐甜甜地答应："哎——！"

我说："我们厂的新货已经到了，怎么还没有上柜？"

董小姐说："我去仓库提了，但仓库保管没找到你梅花的货。"

我急了，顾不上恭维董小姐多么漂亮了，而是急扯白脸地发脾气了："货到了竟然找不到，哎呀！"

我"咚咚咚"一口气跑到楼上经理办公室，找王经理投诉，王经理随着我一口气"咚咚咚"跑到楼下营业大厅，对董小姐说："去找，货到了怎么会找不到，你们知道不知道，这货都是给厂方付了款的！"

我陪董小姐来到仓库提货，我给仓库保管送了一包香烟，仓库保管终于在堆积如山的货品中找到了我的梅花货。

蒙古族商场的小家电柜上，梅花牌众多款式的电饭锅、电炒锅、食物加工机……终于上柜了。

有顾客来买货了，却没有标价，我问董小姐："咋回事？"

董小姐说："我也没办法，物价员不给作价。"

我又"呼哧呼哧"直上十楼经理办公室找王经理投诉，王经理又跟着我"咚咚咚"跑下一楼营业大厅，对董小姐发脾气："咋搞的，货上了柜没价钱!"

我又陪着董小姐去找物价员,物价员是位动一动身子都懒得费力的那一类肥姐。我冲肥姐点头哈腰,还答应她晚上我老邱请客。梅花商品终于逐一挂上了价签。

我松了口气,又来小家电柜讨好董小姐了。董小姐见了我,杏眼一立,狠狠地挖了我一眼,扭过头,一甩长发说:"哼,有点事你就去找经理打小报告,阴一套阳一套!"

我痛心疾首:"董小姐您可千万别误会。"

董小姐不理我,我像失恋了一样可怜兮兮。

一对青年夫妇来了,男的问:"小姐,消毒柜哪个牌子好?"

董小姐仍为我推荐:"梅花的!"

女的揿了揿男人不太合体的西装,对男的说:"买套好点儿的西装吧,西装哪个牌子好?"

董小姐顺口而出:"梅花的!"

女的诧异:"西装也有梅花牌?"

董小姐猛醒:"啊,对不起!是我说错了。"

青年夫妇走了,董小姐伸了下舌头。我笑逐颜开:"董小姐,我代表我们梅花厂老板感谢您!"

董小姐狠狠地瞪我:"都怪你,天天来这吹牛,我这张嘴巴为你长了。"

我不失时机地讨好:"下了班请您去对面大酒店吃饭!"

董小姐拒绝:"不去不去不去!"

物价员肥姐四平八稳地走来了说:"请我们去打保龄球,按进价给你卖了好几台呢!"

我这时才发现价格标错了——按进价标了!我比商场营业员还紧张:"赶紧改过来呀!"

肥姐一副懒散的样子:"快下班了,明天再换吧,反正也不要你负责。"

我比商场员工还要维护商场利益:"不行不行——那怎么行呢。"我从董小姐的手上抽出圆珠笔给梅花产品每个价签儿上的零售单价后边都加上一笔:"×20%(加价率)"。

　　晚上我请董小姐、物价员肥姐和其他几家大商场的营业员去打保龄球。我打保龄球与她们不一样，尽管当时是高兴取乐随意弄出的滑稽相，但收到了意想不到的效果，使我与她们的关系更加亲密无间。她们打保龄球都是规范的动作，举球，瞄准，跑上三步，甩球——"咚！"我是反其道而行之：举球，瞄准，向后转，倒退一、二、三，朝后甩球——"咚！"十球九偏。每轮到我打球就笑得他们前仰后合，尤其是董小姐，笑出了眼泪……

　　从这天起直到我离开内蒙古，这家内蒙古最大的城市中最大的百货商场小家电柜出现了这样的奇观：顾客买锅必买"梅花"锅，买微波炉必买"梅花"牌，因为顾客已经无从选择，商场外边的大楼上是"梅花"的广告条幅；进了大门，冲你微笑的迎宾小姐脚下站着的是巨型的"梅花电饭锅"、"梅花微波炉"；进了商场大厅，是"梅花"醒目的大灯箱广告；到柜台上，货架上陈列的是"梅花"，顾客眼皮底下的柜台上也是"梅花"；向营业员咨询哪个品牌的好，营业员们异口同声地为我做广告："梅花的好，用梅花锅煮饭特好吃，陈年老米也能煮出新米香。"

　　柜台上我的货卖光了，仓库及时上货；我的竞争对手柜台上没货了，仓库有意拖着不给上。包头百货大楼，由商场营业员卖货的小家电柜上，我推销的电饭锅、微波炉卖得风起云涌，而对面由厂家聘请促销员卖货的格兰仕专柜冷冷清清，堂堂格兰仕竟然卖不过我的小品牌——当然，这是1998年的故事。

　　商场经理对我说："你看，我们商场的上上下下，无论批发还是零售的营业员们的嘴巴都为你推销员邰勇夫长了！"

　　深夜，我精疲力竭地回到宾馆，服务员告诉我："你房间里又加了一个人，也是搞业务的，是一家叫什么'尼泊尔'的片区经理。"我走入房间时，"尼泊尔"经理正在用随身携带的手提电脑网上漫游。我主动打招呼，"你好，'尼泊尔'！"

　　"尼泊尔"抬起头，真是冤家路窄，正是那位曾在天天商厦拍戚经理马屁说我梅花电水瓶像打雷、像放炮的那位浙江推销员。

　　"尼泊尔"忘了我对他当初是多么忌恨，张口就是："我×！'梅花'真牛。内蒙古从东到西，到处是你的梅花牌，到处是你的广告条幅，到处可见你与商场的人打得火热，你东奔西走连轴转，你那些做法，敝人实在不敢恭维！"说话间，他系上领带，披上西装，风度十足地在房间里来回踱着步子，向我发表着高论："你那些做法过时了，现在是网络营销、品牌营销、派力营销、整合营销、游戏营销、媒体营销、差异营销、全员营销、关系营销……"

我说："得得得！你别给我背书了，无论什么营销，销售额上去了才是硬道理！"

"尼泊尔"趾高气扬地说："老先生你落伍了！你知道我们尼泊尔吗？我们尼泊尔整套的营销模式，包括见客户怎么样说话、怎么样点头、怎么样握手是花了1000万元请全世界最著名的营销咨询公司、美国哈佛最著名的营销大师策划的。我们见客户就三句话，多半句废话都没有。"

我虚心请教："咋说，给讲讲。"

"尼泊尔"做示范了："一，您好。二，我是中国著名的尼泊尔。三，诚蒙合作，请多关照。"

我说："四呢？"

"四？向后转，——走人回宾馆玩电脑去了，谁还理他？"

"那咋点头？咋握手？"我好奇地问。

"握手：女宾——轻抚，只握手指尖，千万不可把人家小姐整个一只手全握住，那样就是耍流氓，初次见面0.5秒，见面两次以上1至2秒；男宾——摇两下，用力，可以握整个手掌，面部表情——真挚。点头：女宾——轻轻颔首，颔首极限位置5度；男宾——深鞠躬，极限位置45度，面部表情——庄重。以上时间、角度误差不得超过1‰！"

我说："那怎么控制啊？"

"尼泊尔"说："细节决定成败！没这些真功夫在我们尼泊尔别想干推销员。"

我拿出笔和笔记本，想把"尼泊尔"这家现代大企业耗资千万购买的营销机密笔录下来。

"尼泊尔"惊惶失措："别别别，你可千万别记，这是我们尼泊尔的超级保密文件，公司一旦发现泄密，追查出来要送我上法庭的！"

我收起笔和本，并发誓："出卖朋友我'梅花'不是人！"

"尼泊尔"放松了，恢复了平静。他点燃了一支香烟，也没问我抽不抽，又开始居高临下了，问："老先生贵庚？"

我说："刚好不惑之年。"

"尼泊尔"："×！不火之年？没火了还出来搞啥营销？"

"三十而立四十而不惑的那个不惑。"

"尼泊尔"眼珠子瞪得像鸡蛋，"40？当爷爷的辈分了你还不退休！——在我们尼泊尔业务员只能做到 26 岁。"

"那么 26 岁以后干什么？"

"当经理、当老总啊。"

"当不上经理当不上老总又怎么办？"

"下岗。你 40 岁不下岗人家每年毕业的成千上万的大学生、研究生干什么去？"

我不服气："我还就想做一辈子推销员！"

"尼泊尔"讥讽道："你想做，人家老板会不会用你还是一回事呢。"

我的 Call 机响了，是同事老姜，我打去电话，老姜告诉我："郜勇夫，小心点儿啊，咱们厂来了个女特工——你们北方人，做财务科长，每天都在找咱们推销员的麻烦。今天把咱们营销公司的长途电话都给停了，只能打进来，不给打出去，打出去要在她的眼皮底下打电话。"

我心头一沉，看来我做推销员的黄金时代真的不会长久了，现在大企业招聘推销员越来越挑剔，普通大学的毕业生无论多么优秀都不要，一定要名牌大学成绩最好的，而且像当年"文化大革命"时期看待家庭出身那样歧视中年人。如果当不上经理、老总，又当不上老板，那么我以后就要讨饭了！我紧张我担忧，一种"狼撵兔子"的紧迫感朝我袭来……于是，我更加珍爱在梅化厂这份推销员的职业。我唯恐把买一赠一的礼品变成其他货品或现金用于我的公关经费的事情败露，那样我即刻会被指控为贪污、挪用公款，又一次被老板踢出门外，前功尽弃。这时，我已经像热爱自己的名字那样热爱梅花这个品牌了。在我每一次回厂坐在我的写字台前，稳定情绪准备向龙经理汇报工作之时我都会情不自禁地在办公纸上随意地写着："我爱梅花，我与梅花共存亡……"写着写着心头一热还要涌出一汪热泪，我祈祷上苍：让我在梅花厂干上 3 年、5 年、10 年，最好能长久地干下去！我担心的事情这一天终于降临了，龙经理突然通知我到他的办公室。什么事呢？我忐忑不安地来到龙经理的办公室，龙经理脸色严峻，我战战兢兢在他的老板台前的椅子上坐稳半个屁股之后，龙经理威严地说："你怎么搞小动作呢？"——天，我吓得尿湿了裤子，脸色煞白，脑瓜嗡嗡响，我正要坦白交代，争取从宽处理。眼看着龙经理把一张单据放在我的面前："你自己看看！"我看清了，这是我出差期间的一张电话费用单。金额 500 元。我冲天起誓，这 500 元电话费千真万确全是为公司的业务，只是那段时间我在呼和浩特搞公关、搞促销在一家酒店连续住了半个月，每次电话费用 10 元或者 20 元，这样积累起来的。我给我家打电话都是我自己掏腰包，没用过公司一分钱！我吓得哆哆嗦嗦地正要解释，龙经理却把手往外一摆："忙你的去吧，以后注意点，一张单据上的金额不要太大，可以多开几张单，不然新来的财务科长找麻烦。"我如释重负，万分感激龙经理对我的宽容。越是这样我越是不安。后来，我才发现：我的担忧和惧怕是多余的。龙经理在销售例会上公开地讲："买一赠一也好买一赠二也好，你们自由支配，灵活运用，一切都是为了销售，为了扩大市场份额！"

第四十五章
携妻追月

从 1997 年"五一"节那天起，我与女孩李虹通了一年电话，李虹在成都打工的每月薪水几乎全部支付长途电话费了。这些天，我又是一天一个新城市，从内蒙古的最西阿拉善左旗，纵横千万里，跨越 8 个省市，在一个漆黑的凌晨赶到内蒙古东北部的海拉尔市。住进酒店后的第一件事，就是给女孩打电话。女孩正在值夜班，听到我的声音，她嘤嘤地在电话中哭了，她埋怨道："这些天，我天天 Call 你，天天盼你的电话，你倒好，半个月没音讯，我还以为你出了什么事呢！"我告诉她："这些天我日夜兼程，根本来不及办漫游，所以收不到你的信息。"女孩松了口气："你平安无事就好，你现在在哪里呢？"我说："在距你 3000 多公里，地处边陲的海拉尔，刚刚下火车摸进一家酒店。"

女孩为我担心："你可要小心啊，深更半夜的！"

我说："没事，这家酒店叫友谊大厦，是我最好的客户、最真诚的朋友，人家是内蒙古效益最好的国营大商场，但人家从来不拖欠货款，我每次来，交电部的两个经理一个程子、一个小靳都特亲热，邵哥长邵哥短的陪我吃饭陪我聊天，每次都是我前脚走，他们后脚就把款电汇给厂里了。这里是我的人生驿站，一个家，今年的元旦、中国人的盛大节日香港回归，我都是赶到这里过的。明年的建国五十周年大庆、澳门回归、今后我的生日都准备来这里度过！每次我来到海拉尔友谊大厦，我都有一个极深刻的体会——人间自有真情在。"

女孩为我有这样一个充满真情的"家"，松了口气："那就好。"

我和女孩通完电话，友谊大厦交电部的两位经理程子和小靳微笑着出现在我的面前，程子大个，身材伟岸，小靳戴副眼镜，文质彬彬。他们已经为我订好了房间、点好了饭菜，等候了大半个晚上。我知道小靳新婚燕尔，程子媳妇刚生下个大胖小子……

1998 年 10 月金秋，在我与女孩互通了一年电话之后，女孩突然作出了一个决定，来广东看我，并要嫁给我为妻！我感动无比，欣喜若狂。那天，我早早地来到广州火车站，在站台上等候由成都开来的特快列车。列车进站了，接亲友的人都翘首以待。这时，我才发现我最大的一个疏忽：在电话中，我忘了问女孩是在哪一节车厢，穿什么颜色的服装了。

潮水般的人流渐渐散去，我茫然四顾，目光不时地变换着方向，一个又一个年轻美貌的小姐都对我探询的目光无动于衷，匆匆而过……我正想大声呼喊："李虹——"这时，我终于发现在已经变得空落落的站台尽头，最后一节车厢处，亭亭玉立着一位女孩，身高大约 1.62 米，白白净净的圆脸，风吹散了她的长发，海蓝色的连衣裙呼啦啦地随风飘动，女孩身体的风韵像潮起潮落，一双深情的眼睛在热切地期盼着。我感觉到了，她，就是千里迢迢赶来看我，并要嫁给我的女孩！那一瞬间，我似乎从寒冬步入春天，从荒漠步入绿洲，从干旱步入雨季，从此，我那一段漫长的苦涩的独身生涯就要结束了！我将拥有爱人，拥有妻子！

我说："你不嫌我年龄大吗？"

她说："你不大，比我爸爸年龄小！"

我说："你不嫌我贫穷？"

她说："凭你的勤奋，你的聪明，你会变得富有！"

我还想说："我有个亲爱的女儿啊！"但没说出来。我与女孩相拥，但我仍然感觉着这是在做梦，我努力睁大眼睛，再次认真地盯着美丽如画的女孩说："你为什么偏偏选中我啊？"

女孩戏谑道："老光棍也要有人疼啊！"

我要与女孩登记结婚，女孩的父亲专程从四川达县赶来。女孩为我系好领带，梳好发型，叫我在她父亲面前撒点儿谎，做点隐瞒。我在老人家的面前吞吞吐吐，竟然老实坦白，老人家一脸伤感地走了。不久，从四川拍来电报："母病速回！"女孩临走的前一天晚上，我想这一生就这一次了。那天晚饭，我和女孩心都阴阴的，滴酒不沾的女孩与我干了两杯广东米酒，女孩酩酊大醉，一张美丽的圆脸红扑扑，一双迷惘的眼睛凄楚动人。我将她背到我刚刚买下的大房子，我们一同度过了一个幸福难眠之夜……

第二天，女孩无怨无悔地走了。一天、两天……半个月过去了，杳无音讯，我给女孩在重庆的姐姐打电话，女孩的姐姐无情地说："你不要再找我妹了，你们的年龄差太大，不会幸福的，我要为我妹负责，我不会告诉你现在她在哪儿！"我度日如年，就在我做太监的决心下定，剪刀大中小买好三把，就待一咬牙，咔嚓一声解决问题的第十九日傍晚，在我的人生苦旅中，再度出现绚丽的奇观：女孩风尘仆仆满面春风地归来了，而且带来了盖有鲜红印章的结婚登记介绍信。

我泪流满面，傻傻地问："你是怎么说服你爸、你妈、你姐的？"

女孩说："我说我怀了……我家那个小镇上还像一百年前那样封闭。如果我不嫁给你，我爸妈可就没脸见人了。"

我说："就把那一天作为我们的结婚纪念日吧！"

女孩投入我的怀抱，委屈地闪出泪花："让你白捡个黄花姑娘做老婆，我同学们都会笑我——结婚照也没照，酒席也没办，就和人家上床了。"

我安慰女孩说："等到我们的小宝宝出生一块办吧！"

新婚之夜，正值盛夏，我们久久地相依在阳台上，沐浴着海风遥望天上的星星，后来我们又回到客厅相依着看电视。半夜里，我从冰箱里拿出个冷藏的大西瓜，一切两半，我喂妻一口，妻喂我一口。然后，我开出为妻买的崭新的名牌女式摩托车，把仅有的一个头盔戴在妻的头上，载着紧紧地搂抱着我的妻在街上兜风……

这之后，我不再做梦娶媳妇，不再盯街上的漂亮女人，再也不会因为看到个漂亮女人挽着个丑陋无比的男人而吃醋……唉！男人没有女人会死的。我真想狂呼：有老婆真好、有家真好，我热爱我妻、热爱我女儿、热爱我未来的小宝宝！家庭万岁！

婚后，我们的家是在火车上、长途汽车上，是在推销旅途中的旅社、宾馆里……妻伴我同行。坐火车，我要买两张卧铺，妻坚持只买一张，她去坐硬座。我出差背负的旅行袋比过去变大了、变重了，里边增加了许多晾衣架、餐具等生活用品。我们日夜兼程，为了赶火车，常常拼命地奔跑。我背上背着登山包，胸前挂着公文包，左右手都提着推销的产品样品，照顾不了妻，只在前边开路。妻的手上也提着个旅行袋，"呼哧呼哧"喘着紧紧跟着我跑，旅行袋里的物品还发出"叮叮当当"的声响。快过中秋了，往年的中秋，我都是在孤独的旅途中度过。妻儿离散的那个中秋，令我刻骨铭心，甚至令我痛恨那个月圆之夜。这个中秋，我要与妻在月光下相依，用300倍的望远镜寻找月中嫦娥。我早早买了广东最著名的月饼和福建名茶。妻喜欢在我热情高涨之时扫我的兴，她说："别高兴得太早，十五那天也许见不到月亮呢！"我说："那天要下雨，要阴天，也会推迟的！"

　　果然被妻言中，本来晴好的天空，突然阴云密布，天气预报报道，中秋期间有小到中雨！这雨还没下，已经淋到我心上。我携妻提前出差，顺路推销一个其他厂家的新产品。我已经预测到了我的命运，成功之后接踵而至的肯定又是失败，这已成定数！为了及早预防，我又找了一家厂做兼职，这家厂的老板就是几年前我做过推销的乐家厂的张副厂长。这家厂的新产品看似挺有市场，但推销起来就不像想象得那样顺利了：第一站长沙——阴天，走了10家客户没生意；第二站郑州——下雨，走了15家客户没订单；第三站北京——晴转多云，请一家商场的老总花了500元吃了一餐饭，吃完饭，老总嘴巴一抹——"以后再说吧！"妻的脸变得煞白，她不敢正视我，我知道自己一副沮丧的样子该是多么狼狈不堪！

　　我又把成功的希望寄托在下一个城市。我买了两张当天飞往内蒙古锡林浩特的机票，那是民航最古老的机型，就像一只小蜻蜓。我们乘坐的"小蜻蜓"在中秋节的傍晚降落在锡林浩特机场，好一派"风吹草低见牛羊"的草原风光，我们终于见到了万里晴空。晚上，蒙古族商人驾车陪我们到草原上的蒙古包里吃手抓羊肉、品奶茶，终于敲定一桩大买卖之后，我便偕妻欣赏草原上的一轮皓月。那草原上的中秋月啊，涤荡了蒙在我心头上多年的阴霾。当我和妻忘情地赏月之时，我突然发现了月亮旁边的一颗微弱的小星星，我想起女儿心里一阵惆怅……女儿诗诗已经回到了我的身边，但只能寄住在爷爷奶奶家。好在女儿的爷爷奶奶家门口就是中小学，而且教学质量极高。女儿正在长大，已经会用自己的一双小手洗自己的衣服了，只是洗得不够干净，要奶奶再帮她洗一遍……

　　我在内蒙古首府呼市大南街租住了一间小屋，作为根据地。妻为我守候根据地，我南征北战。每次回到小屋，我都筋疲力尽，妻看电视，我就躺在妻的怀里，呼呼大睡，睡得特香，还不时地说梦话。妻怪我："分别这么久，也不陪我看看电视。"我努力睁开惺忪的双眼，想陪陪妻，妻马上又像一位年轻的母亲，哄着怀里的大男孩："睡吧，明天你好有劲儿去推销！"

　　1999 年 5 月初的一个晚上，11 点多钟，突然一阵"咣咣"的踢门声。我心惊胆战地把门打开，闯进来一个手提对讲机的壮汉，他说他姓索，是警察却穿着便衣也没向我们出示警察证。他一双豹眼，审视了一眼我妻，然后牢牢地盯住我，轻谩道："老牛啃嫩草。"

　　我抗议："不允许你侮辱我！"

　　来人瞪着我说："请出示身份证和结婚证！"妻把我们的全部证件找出来，出示给他。他一边不怀好意地瞟着我妻，一边审查着证件。姓索的民警扣下了我们的身份证，让我明天到派出所补办暂住证。第二天我们去办了暂住证，但身份证还是不给，我好话说尽，索警察有意刁难："谁让你昨晚态度那么强硬了！"

　　我愤怒地说："昨晚你一没有穿警服，二没有出示警察的证件。我还以为你是流氓呢！"索警察跳了起来，吼道："你敢骂警察？""啪！"一个嘴巴扇得我两眼冒金星，我捂着被打的脸，喊道："你土匪，你畜生！"派出所所有在场的警察蜂拥而上，把我打倒在地，那一双双黑色的大皮鞋像雨点样朝我的身上、头上没命地踹！我妻在后边哭叫："你们不要打人！"一个训练有素的女警察冲上去对我妻拳脚相加，还怒喝着："不许动，举起手来！"我被警察们毒打一顿，然后被姓索的警察用手铐铐在楼梯扶手的铁栏杆上——整整一个上午！我妻为我四处找人，在当地客户的帮助下，派出所把我放了。我妻搀扶我回到我们租住的小屋，那份屈辱令我怎么也咽不下，我来到市公安局信访办投诉，接待我的女警察抢白得我说不出话来："怎么会呢？派出所的人都打你，你知道派出所有多少人？每人一脚，不早把你踩扁了，你还能安然无恙地来上访？"妻抚摸着我手腕上被手铐铐出的血印，安慰着我："要不，你打打电话吧，给你要好的朋友诉说诉说，心情就会好起来。"妻有生以来第一次挨打，白嫩的臂膀添了几道青痕。她倒反过来安慰我。我眼泪"吧嗒吧嗒"地滴在我们平时欢天喜地用来吃饭的小圆桌上……

第四十六章
集宁追款

我的前任姜云辉在集宁电子商场给我留下的唯一一笔 2 万元欠款，按公司规定：自发货之日，超过 5 个月货款没回笼，每月按货款金额 1.7% 扣罚推销员奖金。现在已经连续罚我半年了，我打电话追、上门追都无济于事。原来姜云辉带我第一次走访电子商场，请我们吃饭跳舞的女经理辞职去了蒙古国。电子商场是国有企业，现在柜组承包了，如果能把厂家的货款拖住，赖账不给，他们就可以私下分赃。这比原来在长沙中山商业大厦追款不知要难上多少倍。但不管有多难，我下定决心一定要把款追回来！先正面谈，不卑不亢，正义凛然；不行再求情、说小话、苦苦恳求、软磨硬泡；再不行就……我还真没想出更高的绝招来——花钱请黑社会搞恐吓、弄个结实的牛皮纸信封装把匕首或者子弹头之类的寄给现任经理，或者雇用民工强行撤货显然都不行。这事我还真得沉着冷静，别搞得款没追回自己却进了拘留所。况且我对狼道深恶痛绝，我要用人道解决我面临的问题。

集宁号称是内蒙古大草原上的风口，一下火车，一股强劲的寒冷气流迎面袭来，使我后退了好几步，我鼓足了劲，与寒风顶牛，一步一步地前行，像推一部重车……来到集宁电子商场时，还没有开门营业。虽然三月底了，这里仍是冬天，天寒地冻，脚和耳朵冻得生疼，我就用双手捂着耳朵，扛着大包转着圈小跑步，嘴里还数着：一圈、两圈、三圈……数到第 139 圈时，商场的门开了。我整理了一下装束，用手指梳理了一下被寒风吹散了的头发，掀起厚重的用大棉被做的门帘，昂首阔步、精神抖擞地挺进商场大厅。大厅里除了垂手而立的营业员没一个顾客，我要算是第一个顾客，然而不是买货的，而是讨账的。商场里的人一个个对我冷若冰霜，我厚着脸皮向她们逐个行注目礼……曾经和原来的女经理一块陪我和老姜吃饭跳舞的郝小姐朝我点点头，我赶紧报之以最真诚的微笑，郝小姐竟扭转脸，给我了一个乌黑的后脑壳，我主动上前搭讪："郝小姐，您好！"郝小姐漂亮的脸蛋微红了一下，用极细小的声音躲躲闪闪地说："你去找收款台上坐着的那个，她是经理——姓尤。"

我直奔那位病恹恹有着一张浮肿脸的半老徐娘，"尤经理，您好！"

尤经理没吱声，面无表情，两只没睡醒的眼睛呆呆地盯着大厅里某一个角落。我朝她微笑，并提高嗓门："尤经理，您好您好！"

尤经理终于被我唤醒了，像几天没吃饭那样有气无力："我不好，你别找我，我不管。"

"您不管，谁管？"

"管的人走了，去蒙古国了，你出国去找吧！"

我像头公牛那样倔强："我找你就是找你！"

"我们又不是跟你做的业务，是跟老姜做的。"

"不行，老姜也好我也好，我们都是代表广东顺德梅花电器集团公司。你们欠的是梅花厂的款，不是欠老姜的款。我今天是梅花厂内蒙古片的销售主管，我有权、有义务来处理我们之间的遗留问题，我们是大企业，也是著名品牌。希望您能够珍惜我们之间的老关系，为今后的长远利益，把账帮我搞平。"

我义正词严，嗓门极高。

"咋了！咋了！"随着这两声震山吼，从棉被门帘后边蹿进来一条汉子。这汉子矮小粗壮，30多岁。嘴巴上围拢着一圈杂草似的胡须，他瞪着两只凶悍的眼睛，像条野狼那样怒气冲冲地奔上前来。

半老徐娘阴冷地说："你找他吧，他也是经理——魏经理。"

魏经理那副凶狠的样子，就像提着屠刀的凶犯。如果不是出于责任感，为了维护公司利益，给老板追讨货款，我绝对会不顾一切地夺路而逃，避免不必要的牺牲。我稳了稳神，估计了一下我目前的境况：这是在光天化日之下，这是不断有顾客上门购物的商场，外边街上不断地有人来来往往，偶尔还有一队武警官兵走过……我不怕！我主动地朝张牙舞爪、穷凶极恶的魏经理示以最真诚的微笑，并友好地伸出手："亲爱的魏经理，您好啊！"不料，魏经理跳了起来，像狼叫那样喊着"干啥干啥"，并一把抓住我伸出的手，用力一拧，顷刻之间，毫无防范的我原地转了 180 度束手就擒，成了他的俘虏。这厮一点不讲优待俘虏，一只手玩命拧我的胳膊，另一只手玩命按我的后脖颈，疼得我直流眼泪。我大声抗议："放开我！我要控告你们电子商场！"我用脚往身后猛蹬。魏经理松了手，以为我会奋起反击，一边躲闪，一边大喊大叫："维修工呢？去叫维修工！"

几位维修工都出来了，他们都是男子汉。但他们只观看，眼里闪烁着善良和同情。魏经理反倒有恃无恐，更加嚣张，连推带搡把我驱之门外。我一心指望穿着能够走红运的大红羽绒服，被他"哗啦"一声撕了道大口子，像雪花样飞出片片灰白色的羽绒……我这上门讨债的如今反而成了被地主黄世仁逼债逼得走投无路的杨白劳，我望着漫天飞舞的羽绒想着喜儿盼父亲归来的那首歌："北风那个吹，雪花那个飘……"我在寒冷的集宁街头上徘徊，心里火辣辣的难受，痛苦不堪，浑身冒火，脸上发烧，这份屈辱令我难以下咽。我麻木了，感觉不到刺骨的寒风，听不到来往车辆的轰鸣，心里只有愤怒、愤怒、愤怒……一辆迎面驶来的大货车戛然刹住，好险，只距我一寸！司机推开车门破口大骂："×！不要命了？"

我来到电信局给厂里拨了个电话，想向厂里汇报此事，电话接通了，是龙经理的声音："邰勇夫，你好！现在在哪里呢？"

"我在集宁。"我有点哽咽，眼泪又一次涌了出来。龙经理这一声问候，像春风、像雨露平息了我心头上的愤怒。

龙经理在电话中说："你要的 180 万货到三个月之内付款的货都给你发了，你注意跟踪一下。"

我欣喜若狂，全面打开内蒙古市场，挺进周边省份，使我邰勇夫成为当代商界成吉思汗，将成为现实！我的背后，有信任我的龙经理，有可以依托的梅花厂，刚刚受到的那份屈辱，现在变成小菜一碟。我又一次为我今生能够成为梅花厂的一名推销员而深感荣幸。梅花厂的的确确是个好厂，它有一个良好的然而又不是刻意营造的真正"以人为本"的企业文化。这里没有人与人之间的倾轧、攻讦，没有阶级斗争。人与人之间真诚、团结、和睦相处、亲如一家。这里很有点儿像夜不闭户、路不拾遗的原始村落。然而却是以"精品一族梅花电器"驰名全国、效益极好的著名大企业。营销部管发货的严小姐，瘦瘦的，时不时开句文雅得体的玩笑，有时背着孩子来上班，像东北朝鲜族妇女那样用背带背孩子，一边像摇篮那样摇着身体哄着背上的孩子，一边听电话、发传真、下达发货指令。管理合同档案的胖小姐，我每次回厂，她都像个大领导那样冲我发布命令："郜勇夫，出差前把你的合同清理好啊，不然扣你的奖金！"然后把档案柜的一大串钥匙"哗啦"一声丢给我，对我的正派一点都不怀疑。有几次因为来访的客户多没顾上清理合同，也没见扣我的奖金。只有管客户往来账的梁小姐对我有意见，因为我分管的内蒙古客户全是零售商，一个10吨箱到货往往要分给五六家客户，入账麻烦。每次回厂对账，梁小姐都对我不断地发表不满："七西！七西！"我以为她说的是"气死气死"，后来得知：她说的不是"气死"，而是用广东话骂我神经病。这下我真的气死了，发了一次脾气："请你不要骂我啊！"但一点也没有影响同事关系，尽管后来的每次对账，她还是不断地"七西七西"，但又非常认真地与我核对，很配合，增值税发票错了马上想办法帮我重开。最惬意的是每次回厂报销完差旅费、核对完账目，领完工资、奖金——这里业务员领奖金特顺利，到财务按几下电脑奖金数额马上显示在你的账户上。然后摸着鼓鼓的腰包，志得意满地坐在冬天有暖风、夏天有冷气的样品大厅，惬意地喝喝茶，和凑过来的同事聊聊天……梅花的同事个个都是才，即使是被炒过100次鱿鱼的大笨蛋，只要你有幸来梅花厂做推销员、只要你努力、只要你肯动脑就能够把工作开展得有声有色。这里没有人监督，更没有人对你虎视眈眈，这里上班时间可以笑，可以时不时地说几句幽默的话，这里最会笑、笑得好听、笑得开心、妙语连珠的要数负责广告宣传的阿青，阿青特喜欢开玩笑，她那玩笑开得有水平，可以拿博士学位，人家那玩笑开得从不伤人，只能使你感受到轻松、快乐，像听相声、听幽默故事那样……我愿意在这样的企业工作一万年！

我要千倍万倍地珍爱梅花、用生命去维护梅花，无论如何我要把欠款追回来，绝不能让梅花厂在我郜勇夫的手上蒙受一丝一毫的损失！可是怎么追呢？唉！头疼。——头疼也要想办法，我就在集宁电信局大厅里冥思苦想。向当地法院起诉？这办法我已经想过100次了，过去也做过这样的尝试，但那实在是没有办法的办法。一是耗时间、耗精力，请厂里的律师来协助打官司，来往的飞机票、宾馆住宿费就要 2 万多；二是官司打赢也没用，要不到现款，只能退给你一批卖不出去的垃圾货，而且作价极高，我们给他们的货品是出厂价，他们退给我们抵账的垃圾货比零售价还要高几成。最后办法终于让我想出来了，打电话给姜云辉，他的口香糖、他的微笑特有力量，而且他和电子商场是老关系，请他来帮我追款肯定成功！电话通了，姜云辉正好在大同，离集宁很近，乘火车只需两个小时。他十分爽快地答应了我：“就上火车，帮你邰勇夫一把，你在火车站等吧，我老姜去马到成功！”

　　第二天，老姜陪我再去电子商场追讨欠款。老姜打头阵，小分头梳得油光锃亮，夹着个包，包里鼓鼓的，里边装着他的公关武器，我像个受气的随从。我们策划好了，今天他当主角，我当配角，一定演好今天这出双簧戏。好在今天天气特好，风和日丽，我信心十足。进了电子商场，老姜甜甜地带有几分诡秘地微笑着问候：“你好你好……”同时玩命派送口香糖，“吃糖吃糖吃糖……”当口香糖派送到一脸凶相的魏经理手上时，魏经理推托着：“不要不要不要！”老姜就硬往他的手里塞：“吃吧吃吧吃吧，别客气别客气别客气。客气啥？来一块来一块，尝尝。”魏经理只好尝一块，也许他平生第一次吃口香糖，嚼两下“咕噜”咽肚里去了。我挺解气，好！黏肠子上才好呢，最好疼得他嗷嗷叫，然后像武侠电影里常常看到的那样苦苦哀求朝我要解药，那时我就像稳操胜券的人侠不慌不忙：“疼一会儿吧，把欠款付清，吃了我这服药立马就好。”唉！为了追讨欠款，啥主意都在想。老姜开始当着这位欠账不给还动手打人的无赖教训起我了：“邰勇夫，客户是上帝，怎么能对魏经理耍态度呢？还不快给魏经理道个歉，好好检讨检讨。”我只好忍气吞声，我这手臂昨天被他拧得现在还生疼，我却要像个孙子那样给他道歉：“对不起魏经理！姜总已经批评我了。”

　　在场的营业员小姐们一阵惊叹：“哇，老姜高升了！”

　　老姜非常得意，便借题发挥：“是啊，当大片经理了，内蒙古还是归我来管，邰勇夫是我手下也是我的老朋友，承蒙各位关照。以后业务还按老规矩做，货到三个月付款。听到了没有邰勇夫？”

　　我赶紧说：“听到了听到了。”

　　我原本也想显示一下我“性价比”极高的赞美，但这帮人的背信弃义让我没办法言不由衷。

接下来我们和电子商场坐下来正式谈判。对方的谈判代表不是姓尤的半老徐娘，也不是穷凶极恶的魏经理，换成瘦长脸姓靳的女业务科长了，看来他们人人都有个头衔。经友好协商达成如下协议：需方明天就将 2 万元欠款办电汇给供方，供方收到 2 万元欠款平账后马上发一批新货给需方，货到三个月内付清全额货款。我们走出电子商场时，老姜非常得意地冲我嘿嘿笑："怎么样？老姜我够朋友吧。"然后嘱咐我："你在这里等，款拿到手再走。以后别跟他们做了。"

我在这里等到第二天，款没到手；第三天、第四天，款也没到手；我去呼市、包头转了一圈又回来讨账了。清晨，商场刚开门，我又是第一个进门，我向各位营业员问候："您好您好您好。"见了魏经理、尤经理、靳科长像没有发生过任何不愉快似的上前逐一握手寒暄，那个魏经理、尤经理不给手握，靳科长只给手背碰碰。

有顾客来购物了，顾客目光停留在我的梅花产品上："买一台梅花电水瓶。"

营业员正要开票，魏经理朝顾客摆手："梅花产品不好！买别的牌子吧。"

"我就是买梅花的，别的牌子我不要！"顾客不快地走了。

我很气愤，但我忍耐着对靳科长说："请给我们厂办款吧！"

靳科长推了："那要等我们赵经理回来。"

我无奈地摇头："你们到底有多少位经理啊？靳科长，咱们这样吧，请你们把梅花产品剩下的库存退给我平账就行了。好吧？"

魏经理远远地喊："不行，不给退。"

靳科长说："退也要等赵经理。"

我问："赵经理啥时候回来？"

靳科长说："你问我，我问谁去？"

我克制、忍耐，两眼泛红，真想疯狂地大骂他们一通："你们这帮无赖！你们这帮骗子！你们这帮狼！"

郝小姐始终都在关注着我，当她的目光与我无奈的目光偶遇时，她赶紧逃避。我气得要爆炸了，我来到商场门外小摊上买了包香烟，那烟贩对我说：

"你是厂家的吧?"

我点头。

烟贩忠告:"这商场他们柜台承包了,经营得不好,要垮台了!"

我点燃了一支烟,蹲到商场门前的台阶上,猛吸一口,呛得我一阵咳嗽。一位瘦高的中年男人迈着八字步从商场里面晃出来了,身后跟着漂亮的郝小姐。郝小姐朝我暗示眼神,无声地告诉我:"这是赵经理,真正管事的。"

我马上像被弹簧弹起来一样,给赵经理敬烟:"赵经理,您好!"

赵经理挺和气:"对不起啊!我刚刚回来。我去仓库看看。"

我拦了辆的士:"我陪您去。"

我坐在的士前边,有我为他们付的士票,赵经理挺高兴。他告诉我:"这商场我个人准备承包。"

我说:"我支持您,给您铺个10万、20万、100万的货没问题!"

赵经理对我口头上的承诺并不动心。我把前几天与靳科长签的协议拿出来给赵经理看:"赵经理,希望您履行合同,把您商场账上的拖欠款帮我搞平喽。"

赵经理说:"现在账上没钱。"

我铁起面孔:"您把我们梅花的库存退给我也行!"

赵经理说:"梅花货没了。"

郝小姐突然冒出了一句:"有,还有。"

赵经理瞪了一眼郝小姐,想把我甩掉:"要不这样吧,郝,中午了,我请你去吃饭。司机,停停。我们就在这找家餐馆。"

我说:"司机,不要停,去电子商场仓库。先看看库存,然后我请客。"

仓库的大门上锁着三把大铁锁,赵经理有一把钥匙,郝小姐却掌握着两把钥匙。郝小姐的两把锁开启了,赵经理慢腾腾、十分不情愿地开了他的那把锁。

我急不可耐地一头闯进去,好大的一个仓库,彩电、冰箱、洗衣机林林总总的各种商品堆积如山。我一眼发现了库存的梅花货,我奋不顾身、十万火急,抱起我的梅花货就一件一件地拼命往仓库外边甩。

赵经理阻拦:"不行不行要对对账。"

　　我眼睛瞪得比牛眼还大，我那样子是谁阻拦，我就要和谁拼了。我往仓库外边甩货，赵经理就往回拖，但他往回拖的速度没我快，我甩出去两件货，他一件还没拖回来，他手下的郝小姐胳膊肘往外拐，竟然跑到街上为我唤来了两部人力车。赵经理只好认输了。

　　我清点了一下经我抢出来的梅花货，合计金额 11000 元，还差 9000 元。我写好清单给赵经理，赵经理一反常态："以前你老邰每次来找的尤经理、魏经理、靳科长都不管事，是骗你的，还是我够意思吧？剩下那 9000 元我明天亲自给你送呼市去，你从呼市的大商场里给调点新货来给我卖卖。保证给钱，卖不动也像这些货一样退给你！"

　　两部人力车满载着我的梅花货走了，我想向郝小姐道个谢，郝小姐扭转头走回仓库了……

　　我心很诚，我始终笃信：人道之诚能够征服天下。

　　从集宁回到呼市，我就从呼市九洲商场调出了一批梅花新货，第二天，我和我妻早早地起来，在大南街租住的小屋专心恭候。一直在我心上吊着的石头就要落地了，我为此欢呼雀跃。我妻还化了淡妆准备陪我到呼市最豪华的大酒店宴请来宾。11 点 30 分我的 BP 机响了，我打去电话果然是集宁电子商场的赵经理。赵经理说："我们来了，款也给你带来了，你新货准备好了吗？"我大喜过望，冲着电话呼喊："准备好了准备好了，给你从九洲调出来了 2 万元的新货！"

　　赵经理也非常兴奋："好啊好啊！我这就开车过去装货，把 9000 元银行汇票也给你！"

　　我友好地说："先到酒店吧，我和我妻子请您吃饭。"

　　我和妻打的士来到我跟赵经理约好的大酒店。集宁电子商场的人比我们早到一步，浮肿脸的半老徐娘尤经理、瘦长脸姓靳的女科长、"凶犯"魏经理，还有雇用的司机、装卸工……

　　总共 11 人就是没有我要宴请的赵经理，靳科长告诉我赵经理中午有事。这 11 位客户对我最真诚的宴请一点都不客气，而且是充满敌意、是发泄、是整人，不吃白不吃，广东佬一概有的是钱，吃啊吃大户，吃得我心里眼泪横流，吃得我妻惊惶失措唯恐包里带的钱不够，十道菜眨眼间没了，我又点了十道菜，这回专找便宜的点：青椒土豆丝、蒜蓉包菜、麻辣豆腐、酸菜粉条……魏经理吃相令人恐怖，他那不叫吃应该叫吞！上次把老姜的口香糖整个咽进肚里，这次把粉条吸进了鼻孔，我真担心那粉条会吸进他的气管，造成生命危险……杯盘狼藉，吃"大户"的战斗以对方辉煌的胜利而告终，短短35分钟我付出了935元的餐费！

靳科长用餐巾纸擦着嘴巴说："你给我们的货呢？"

我说："汇票呢？"

靳科长说："在赵经理那呢。先装货吧，然后一块去找赵经理，他真给你办好了。"

我心里一阵狂跳，我悲哀地感觉到我上当了！他们酒足饭饱，打着饱嗝、放着响屁，一个接着一个扬长而去，最后一个离桌的是靳科长，她吃多了，肚子撑得有点走不动路了。她感觉到我的脸色在变，做贼心虚，挎起包要溜。我一时怒不可遏，一把夺过她挎在肩上的包说道："骗子！不拿钱来，别想走人。"

酒店里的食客和服务员都把脸转向我。我一只手高举着靳科长的包，不让她够着，另一只手就指着她的鼻子，大声数落："各位女士、各位先生，都瞧一瞧、看一看啊，这是个骗子，集宁电子商场的女骗子，拖欠我们梅花厂2万元货款不给，还想来骗一批货，货没让她骗走，骗了我一餐饭！"

半老徐娘尤经理、"凶犯"魏经理闻声都赶了回来。尤经理像只老母鸡那样挥舞着双手朝我扑了过来，靳科长看来了帮凶，胆子大了，嗷嗷叫着，碎屁一个接一个，她扬起尖利的手指挠我；魏经理紧随其后，手里高举着个手电筒想砸我……我妻吓呆了，不知怎样才好。我两只手扯住两个女人的长头发同时向妻子大喊："去，打110报警！"

我妻穿着筒裙、高跟鞋，跑不快，慌乱中还被自己绊了一跤，那一跤摔得可不轻。魏经理在两个女人的背后，一蹿一蹿地用手电筒砸我，但他个矮够不着，"咣咣"两下都砸在他的同伙头上了……我妻喊来了保安及时地制止了这场恶战。两个不要脸的泼妇披头散发跟着"凶犯"魏经理在人们的唾骂声中溜了。上次去集宁追款挨打，这次追款又上当受骗，反而激励了我一定要把款追讨回来的决心。回去的路上，我搀扶着一瘸一拐的妻子，一边安慰着她一边苦苦思索，我自信我会想出个绝妙的高招来，我自信我会成功。在公共汽车上我一拍大腿终于想出了办法。妻子急于知道，缠着我快点说给她听听。回到我们租住的小屋，我翻出一个大牛皮纸信封兴奋地对妻子说："办法就在这里！"妻子比我还要振奋，夺过大信封往床上一倒，"哗——"是一大堆名片！我告诉妻子："这些不是咱们的客户，但都是我的朋友。有火车软卧包厢里认识的，有飞机上认识的，有旅馆里认识的，还有问路或是打公用电话或是上医院门诊时认识的……这里可是什么样的大人物都有啊！"

我给妻子一张一张地介绍："杨国栋杨老师，古生物专家，国务院总理的大学同学。我们在新疆乌鲁木齐至西安的快速列车上相识，聊了一天一晚，谈古论今。我们谈的那个古啊，是比恐龙年代还要久远的那个古，从天体的演变，到地球的诞生，从人类的进化，到环境保护，还帮我鉴定了从西藏拉萨捡回来的古鳕鱼化石。到了西安，杨老师请我到他家里去吃饭，杨老师的老母亲、兄弟姐妹、女儿女婿都来陪我……我们是高山流水遇知音啊。——不过不行，为9000元欠账请人家帮忙找国务院总理？不行，显然不行！这个，国民党元老阎锡山的外孙，内蒙古铁路局管基建的副局长兼总工程师，蓄雪白长髯，仙风道骨，爱好书画，但不求功名。唉！也不行，人家是两袖清风，绝不滥用职权。哈，这个——乌兰盟长！内蒙古集宁的盟长，找他准行。我们是在草原列车（呼和浩特至海拉尔的往返特快列车）软卧车厢里相识。乌兰盟长对我这位走南闯北的推销员特感兴趣，他曾邀请我到乌兰察布大草原去骑马，感受一下扬鞭驰骋的感觉。希望我能够为草原上的牧民开发一下南方市场，帮他们推销活羊，还要请我去给他们的政府公务员上一场推销课！"

妻子忘情地盯着我，眼睛眨都不眨一下，充满了浓浓爱意。她忘了一身的伤痛说："咱们走，找乌兰盟长去。半夜里不是有趟经过集宁的火车吗？"

我说："先打个电话。"

按电话键时我还有几分犹豫，担心盟长大人早把我忘了，或者根本就没有时间理我这位无足轻重的小人物。——错了，我想错了。乌兰盟长对我记忆犹新，还说："我一直都在等你的电话。你这个忙我帮定了！"

我和妻振奋不已，连夜顶着星光、手挽着手赶往集宁。

第二天，乌兰盟长亲自出面，开着三菱越野车，带着我和妻子去找电子商场。营业大厅里的魏经理、尤经理、靳科长都惊愕得张大嘴巴，愣愣地盯着我和妻子。他们那样子似乎在说：这位推销员看来真欺负不得！

乌兰盟长脸色黑黑的："把你们领导叫来！"

赵经理屁颠儿屁颠儿地跑来了："乌兰盟长！您好您好！欢迎领导视察。我叫赵黑，电子商场的负责人。"

乌兰盟长骂人了："你赵黑×蛋，你们无法无天，败坏我们这个草原城市的信誉，以后还有×蛋生意做，喝你娘的西北风去吧！"

赵经理赶紧让财务从收款柜为我数了一沓现金，困扰了我两年的呆死账终于平了。我收了最后这笔拖欠款对赵经理说："账搞清了，您电子商场仍是我邰勇夫的上帝！"从此集宁电子商场还真成了我的长期客户。这倒有点儿像两个国家，今天打明天争，打来打去、争来争去，最后成友好邻邦了。

赵经理请我们吃午饭，宾主觥筹交错。乌兰盟长为我敬酒："推销员同志，你的问题帮你解决了，我的问题还要请你帮忙。下午，给我们集宁市工商界人士做一次报告会，就讲诚信！"

第四十七章
与狼共舞

当我领略了内蒙古浩瀚的沙漠、滔滔的林海、茫茫的大草原之后，发现按厂里在其他省份找总代理的做法不行。这里东西纵跨8个省市，没有一家能够覆盖全自治区的大批发商，而且根本就没有批发，全是零售。我决定：就由我单枪匹马面对全内蒙古十几个城市数百家大大小小的零售商供货了。我驰骋内蒙东西，像个陀螺那样不停地运转，恨不得像孙悟空那样会分身术。我逐家推销，一次性进1000元的货我都视若一笔了不起的大买卖。一个10吨箱的货要几家客户分。我把货统一发到自认为较安全较可靠的一家商场，然后通知这些客户携带办给厂方的汇票去某某商场提货。这样的"根据地"只能是临时的，万一商家翻脸不认账，只能打掉牙齿往肚里吞！内蒙东部牙克石的家电批发商马大姐把我领到银行当着我的面往我厂电汇了20万元，然后天天打电话催我发货，其实是骗我的，我前脚走，她后脚就去银行把电汇撤销了。

这个我明知道，但我途经牙克石时，还是坚定不移地去拜访马大姐。那天我一进马大姐公司的门，一条大黑狗猛扑过来，吓得我魂飞魄散，正欲躲不能，"哗啦"一声大黑狗被铁链子挣了回去，令我虚惊一场。我躲着狂吠的大黑狗进了办公室，马大姐一见面就怪起了我："你看你那货也没发呀！"

我装傻："对不起！马大姐。您那20万元货款始终也没到我厂财务账上，不知道是咋回事。"

马大姐一点都不心虚："是嘛？不会吧。等我问问财务咋搞的。要不这样吧，小郜弟啊，你先把货发来，少发点儿，发2万元的吧，货到立马就给你钱，不行吗？"

这次我答应了马大姐："行！就给你发！"

马大姐埋怨道："小郜弟，你头年如果把货发过来，是不是我都给你卖开了。"

我说："是啊，不过要有个条件，请马大姐给我做内蒙东部的落脚点革命根据地，几家货都发你这来，货到我通知他们来你这提货。"

马大姐高兴极了，说："行，大姐给你做办事处了！"其实马大姐看上去很厚道，每次见了我都请我去她开的大酒店吃饭。第一次牙克石的几家客户要的货我统一发给了她，第二次我又发给了她，货到后她都正常地通知客户提走了。第三次发货量翻了一番——一个火车皮。马大姐那一边有了微妙的变化：货到几天了，我打电话问几家客户货提走了吗？张三、李四、王二都着急了："没有啊，马大姐总拖着！"我想这下完了，这位马大姐开始磨刀霍霍宰猪羊了。我马上打去电话，照我的性子我会张口就骂："马大姐，你图谋不轨！货到了为什么不马上通知人家来提货？想独吞啊？没门儿！"

这可是万万使不得的呀！我在电话里亲亲热热地说："马大姐哎——"

电话里的马大姐心怀叵测："小郜弟您好哎——有啥指示？"

"那货到了吧？"

"嗯……"马大姐回答得很沉重。我马上热情万丈："马大姐，又给您发了一个整车 80 万。整个内蒙古东部区域请您做总代理了！"

我在电话里都感觉到了：马大姐欢喜得眉飞色舞，心里在说，这位傻兄弟终于上老娘的钩了！她嘴上却甜甜地说："哎呀，小郜弟啊，那我要马上清理一下仓库，不然货到了没地方放。"

我说："是啊，你要赶紧把上次发的一车皮的货分给他们。"

"照小郜弟的指示办，马上通知他们来提货。"

我如释重负。马大姐欣喜万分，把其他客户的货分给他们之后，便心怀不轨、确信无疑地等着我那一个整车 80 万的货。左等不来右等不来，打电话找我了："小郜弟哎，货咋还没到呢？"我说："就到就到。"后来马大姐期待的货始终也没到，我到了！只是下一轮的"革命根据地"转移到了另一家……

鄂尔多斯高原上的那个骗了冰箱厂的骗子老板，我冒险给他发了一批 20 万元的梅花货，货到他马上就把款电汇给厂里了。后来我又不断地给他发货，每次给他发货前后，我都走访一次骗子公司，我装傻、装作特别容易轻信，特别容易上当，喝酒咕嘟咕嘟玩命灌，本来挺清醒，却装作醉如一摊烂泥，然后酒气醺天地冲天发誓："好好做，我们梅花……侯老板说了，明年按今年的销售额给你铺底2%……20%！你知道二十是……是多少吗？销1000万就……就是200万！"令我瞠目的是货到10天之内，货款都正常回笼。这样做了一年，总共做了300万，骗子公司成了我内蒙古第二大客户。最后一次骗子老板打电话说："你的货在我这走得贼快，你别再10万20万地给我发了，给我发几个整车——300万，货到我马上给你钱！"这下我犹豫了，半天没敢说话，面对客户我第一次笨嘴拙舌："啊……啊……"骗子老板在电话中诡秘地引诱我："你尽量多发，我给你一半现金。别傻瓜一个，你们业务员在外边拖欠款越多，你在你厂里的地位越稳。"我心怦怦地跳，想了想说："这样吧，余款付清，我马上给你发两个火车皮！"我说得特肯定、特响亮，这是我平生第一次对客户撒谎，第一次没有守信。余款付清后，骗子老板天天催我发两个车皮，我没敢发。我只好再次对骗子老板撒谎："我亲爱的上帝，抱歉地向您通知：厂里现在资金紧张，货到付款暂时办不到了。"我推销的梅花货在鄂尔多斯高原已经卖开了，想换个品牌得不偿失，骗子老板骂了我一顿，只好打款进梅花货。后来得知：骗子老板开始那一年卖的梅花货全是贴本卖的，这是骗子老板惯用的手段，以此来吸引厂家铺一大批货来赊销，然后对热心的厂家说声"拜拜"，再去找个新品牌。据说骗子老板此法屡屡得手，唯独在我这没成功。

　　明知山有虎偏向虎山行，我就是要在这风云变幻云谲波诡中独领商海风骚！

第四十八章
走向推销巅峰

少年时代我就崇尚徐霞客，崇尚打开丝绸之路的张骞，崇尚毕生金戈铁马万里征战的成吉思汗。内蒙古的市场被我全面打开了，我因势利导，开始全面扩张所辖版图。在北京转车之际，我曾去过北京王府井百货大楼、西单商场、个体家电批发市场……发现我推销的梅花货在北京存有很大的市场空间。

我向妻子告别，我要去说服锡林浩特的家电商们进我的梅花货在北京设的中转站。这样厂里也会同意的，因为发货到锡林浩特只能在北京中转。

妻送我出了小屋门口，相互吻别之时，突然发现妻曾经白白嫩嫩的脸蛋上不知何时被塞外干燥凛冽的寒风吹起皮了，曾经光滑柔软的手背摸上去也像土豆皮一样，我一阵心酸，担心妻一个人留下来会发生意外，我恋恋不舍，拉起妻的手："跟我一起出差吧！"

妻说："省点钱吧。"

我说："不！我一天也不想再过那种苦苦思念的日子了，花点钱就花点钱吧，只要我们能在一块厮守着比什么都幸福。"

我们又回到房间里，妻已经跟我一样，行动军事化，眨眼间，收拾好了行李，将旅行袋挎到肩上时，里边"叮咣"响了一声，那是一台小型电饭锅，旅途上妻子喜欢为我做我爱吃的四川麻辣烫……我们再次走出小屋时，妻顺手提起门口的垃圾袋。我见里面有一张烂名片，便像宝贝一样把它捡了出来，连声说"这可不能丢，这可不能丢。"

妻说："这张刘刚的名片你丢了100次了。丢一次还骂人家一次，还踩人家一脚！"

我是不到黄河不死心的人，明明上次去亲眼目睹了这家商场已经人去楼空，下次来我仍然要热情万丈地跑过去看看，幻想着那地方又崛起个大商场，热闹非凡人如潮涌……我第一次去那家商场人气挺旺，大厅里人来人往，就是这张名片的主人刘刚经理跟我签的合同。走时还煞有介事地与我握手道别，说货款马上办电汇，叫你厂里准备发货吧，第一批货全部通过边贸把你的货打入蒙古国，再通过"乌托邦"（乌兰巴托）打入俄罗斯，再横扫欧洲……

我对妻说："咱们再去看看，他们公司曾经很辉煌。这位刘刚也许真的能把咱们的梅花电器打入'乌托邦'呢。"

异常拥挤的公共汽车上，我们与我们要找的刘刚邂逅相遇，只见他风尘仆仆，蓬头垢面活像个逃犯，他首先挤过来热情地拍我的肩膀："梅花郜经理！"

我吓了一跳，愣了愣神才认出了这位曾经与我签过合同的大公司经理刘刚："刘刚经理，您咋这样了？我们正要去你公司寻找打入蒙古国'乌托邦'的机会呢！"

刘刚唉声叹气："我们那个公司没指望了！跟这个合资跟那个合资，跟哪个也没合成，我现在出来自己闯荡天下了。"

公共汽车停了，刘刚挥挥手下车了。

公共汽车启动，妻问："还去吗？"

我坚定不移："还是去看看！"

妻笑了："你比他们经理还有信心！"

这是一个很大的国营批发公司的大院，院子里一片狼藉……似乎在拆建。我几经询问，找到了经理办公室。经理换了个年轻人，他简陋的办公桌上插着两面小旗，一面是中国国旗，一面是美国国旗。年轻人彬彬有礼，主动迎候："您好，我是本公司经理刘锦。"

我递上名片："我是顺德梅花电器的推销员郜勇夫。"

刘锦笑逐颜开："您好您好！您来过，我这还有您名片呢。"

刘锦从名片夹里抽出我的名片给我看："我正要打电话找你呢。签合同吧，要你50万的梅花系列小家电！"

我反而怀疑了，怎么这么顺利啊？我环顾四周：办公室是临时搭建的小工棚。

我将信将疑地拿出合同纸……合同签好了，刘锦盖了章，说："今天星期六，下个星期一来拿汇票，你通知你们厂里备货吧。"

我犹豫了："是上火车站呢还是回去？要不等星期一拿到汇票再走？"

妻说："这样吧，你去你的东北，我还留在呼市，给你守大本营！"

火车站月台上，我与妻难舍难离，我怆然泪下，妻用温柔的小手为我擦干了眼泪。

告别妻子，我第 21 次走访锡林郭勒草原上最大的个体家电商陈氏兄弟，陈氏兄弟买卖做得大，把当地的国营商场全部挤垮了。以前接待我的是老三陈兴，陈兴小头小脸，待人很热情，每次来都热情招待，说你的生意这回我做定了，然后猛砍价钱："厂价下浮几个点？"

"8 个点。"

"我给你打 10 万块钱呢？"

"8 个点。"

"我给你 20 万？"

"8 个点。"

"我给你打 100 万，一个车皮……一个专列！还 8 个点？"

我开始动摇了，而且信以为真，唯恐失去这桩大买卖，我马上当着老三的面打电话请示龙经理，龙经理也以为我真的拉到了大客户。当即拍板同意给对方按大户政策，下浮 16 个点！

陈兴说："好，签合同吧！"这样的合同来一次签一次，至今一次也没有履行，每次过后我都下决心再不去找陈氏兄弟谈生意了，那是浪费时间，做小孩玩的游戏。但天生爱做梦的我总也不甘心，总是抱着一线希望。这次来我不去找老三，老三滑头不实在，我去找做董事长的老大，老大一脸的络腮胡子，看上去老成持重值得信赖。

我找到董事长老大，说："大哥，给您提供一个对您意义十分重大的商业信息。"董事长老大注意了，放下案头的工作。我说："我们梅花产品在北京仍是空白，您完全可以以内蒙古梅花大户的名义，在北京设办事处做北京市场！我帮您——为您做不要工资的北京业务员！"

董事长老大双目生辉，绕过老板台和我热情握手，说："好好，这个设想太好了！"我挺激动，心想：精诚所至，金石为开。我的游说终于成功！但董事长老大只说了两句话，拍拍我的背出去了，我被冷落在那，我心里正骂着

"这哥几个都是一丘之貉，做生意没半点诚意"，老大回来了，命令我："你马上去把我们家老三叫上来。"老三被我请上来了，哥俩商议的结果：马上委派老二当天晚上乘飞机陪我前往北京考察市场。老二谈生意温文尔雅、彬彬有礼，极有说服力，与我访遍了北京的各个大商场，各大商场的家电部经理都同意接受由内蒙古的陈氏兄弟做梅花牌小家电的供货商。第三天我和老二凯旋而归，与董事长老大签了共同开发北京市场的协议，这是我与陈氏兄弟签订的第 23 份合同。

我又沿京哈线进军东北，每逢大站必下，开发内蒙古周边各大中心城市的市场。我躺在火车卧铺上也冥思苦想，怎么样把内蒙古东部的市场扩张到东三省，把内蒙古西部的市场扩张到山西、宁夏、甘肃……我思考问题时总习惯于专注地盯着某一个地方。我今天盯的某一个地方实在是太巧、太幸运了！那是一张与我一样也是在冥思苦想的中年男性的面孔。他想得比我还用心，皱着眉头，不停地咂着嘴巴发出"咝咝哈哈"的声响。开始他不停地瞅着窗外，当他不经意间调换了一下姿势的时候，双目正好与我相对。他笑了一下，点头示意。我马上报之以最热忱的注目礼："您好！"

"您好，从哪来啊？"

"广东顺德精品一族——梅花电器的推销员。我叫郜勇夫。"说着递去我的名片。他还了我一张他的名片："我姓洪，国家外贸进出口公司的，常驻欧洲，传统产品现在都不好做了。唉……想找点新项目又一时找不到。"我从卧铺上跳下来，从包里抽出梅花电器的图片和报价单，不失时机地坐到这位洪先生的对面。我说："正好，您可以做一下我们'梅花'电器的出口生意嘛！"洪先生看了我的图片，挺有兴趣，说："是啊，你别说，还真有外商问起过我中国广东的小家电呢。这样吧，你把资料多给我点儿，近期在日内瓦有个洽谈会，我给你做一下宣传。"

与洪先生告别，我直奔大庆。大庆是中国的石油城，那里的石油企业一家挨一家。我想逐家走访，寻找集团购买的机会。集团购买厂里不列入计划、不分区域、谁拉到算谁的。我找到了一家便宜但有市内电话的低档旅店安营扎寨。走了几家邮局买到当地电话本的那一瞬间，我心跳不已，尤其是看到电话本上的上千家企事业单位，我像是一位垂钓者钓到了一条大鱼！我跑回房间抱起电话一通猛拨："喂，您好！我找您办公室主任好吗？""喂，您好！我找主管员工福利的领导好吗？""喂，我找您……老总！"连着拨打了62个电话，其中有一半是空号，有1/3是"你打错了！"剩下那宝贵的1/6或者人家一听是推销，电话咔嚓一放，或者抱歉地说："对不起呀！我们效益不好，你去其他单位看看吧。"丢下电话，我赤膊上阵——逐家上门推销！大庆风沙大尘土飞扬，在街头上行走刮得人睁不开眼睛，沙粒子往脖颈里直灌。唉！现在的推销无孔不入，所以人们厌恶推销，见了推销的避之不及。差不多每一家企业的大门上都张贴着这样的告示："谢绝推销！"

我不甘心放弃我的推销计划，我处心积虑地想能不能像孙悟空那样摇身一变，变成他们的熟人朋友……暮色中，我回到旅馆。我喊服务员开门，服务员说："你房间有人。"有人就好，我现在就喜欢与陌生人同住一室，说不定就与这位陌生人成了莫逆之交，能帮我打进大庆的石油单位。

我叩门，门开了，给我开门的是一位穿西装系领带英俊潇洒的年轻人，年轻人主动打招呼："你好，邰先生。"

我挺高兴，看来有门，这年轻人这样热情，说不定大庆石油管理局的最高首长，他都能说上话呢！我满怀希望地问："您怎么知道我姓邰的？"

年轻人说："你是广东顺德的嘛。——来，哥们别客气，你们推销员在外边奔波不容易，缺钱用了拿去花！"

年轻人"哗啦"往我床上撒过来5张百元的人民币。

这世界上咋还有这样的大方慷慨之士啊？我正在疑惑，年轻人又"啪"的打开了床头柜上的一只高档密码箱，里面全是一摞摞崭新的百元钞票。我惊愕不已！年轻人拿出一摞钱来，用袖珍验钞机一张一张地验："看到没有？验钞机都验不出来，做这个买卖比你卖广东货要赚——3万块钱卖给你10万！"

我吓呆了，这年轻人干的不是贩卖假钞吗？当我醒过神来的时候，年轻人已经拎着密码箱吹着轻松的口哨、逍遥自在地走了，桌子上留下了他的牙具袋。我赶紧收拾东西跑到总台："服务员，换一间房，我自己包了。"

第二天，我惊魂未定正在旅馆餐厅埋头吃早饭，餐桌对面与我同样在吃早饭的30岁左右的男人盯住了我。他那一双猎犬一样机警的眼睛闪烁着友好。他冲我微笑："邰勇夫，认不出我了？"

我心怦怦跳，我把他看成与昨晚那个假钞贩子是一伙的，我想去拨打110，但我又怕犯罪分子施放暗器，射中我的心脏，致使我的推销事业毁于一旦。

他竟然凑到我的身旁，我正要撒腿逃跑，他牢牢地握住了我的手，笑着："忘了？咱们在广东小博士曾经共居一室啊！"

我瞪大眼睛，欣喜若狂地打量着他："你是郑俊？"

他说："是啊！"

我摇着他的手，"你怎么会在这里出现？您到底做什么工作？"

他左右看看，看没人留意我们的谈话，便闭上一只眼睛，右手做了一个持枪射击的姿势，嘴里还响着："叭——勾！叭——勾！"他收起"枪"，神秘莫测地说："知道了吧？小博士老板陷害经销商高老头的案子你走后不久就被我破了，整你的那个特务头三哥拒捕，被我击毙！"这是何等人物啊？我忐忑不安。他看出了我的疑惑，主动掏出证件来给我看，那是印有国徽的警官证，上边的职务是：某省公安厅侦察员。

"老邰，我在这蹲坑，有什么可疑情况随时和我联系，我住你对面房间。"

我赶紧把昨天晚上撞见的那个假钞贩子说给了郑俊。他立马从腰里掏出手枪，"走，带我去抓他！"服务员给郑俊打开昨晚我住过的房间，桌子上仍放着那位假钞贩子的牙具袋，还有床上他丢给我的5张假钞。

服务员说："这人昨晚出去了一直没回来。"

郑俊问我："如果见了他的面，你还能认出他来吗？"

我说："认得出来。"

郑俊说："好，这样，你帮我做眼线，我帮你推销！"

我高兴极了，我真的成了孙悟空，这么摇身一变，变成了各个石油单位的熟人朋友。于是郑俊带着我一家一家地访，到了哪一家单位的大门口，就对门卫说找你们某某领导，都畅通无阻，而且见的全是主任、科长、书记之类的领导。这里的领导跟他都特别熟，一见面，都笑脸相迎："来了？又出案子了？"

"不不不，哪有那么多案子，帮我这位朋友推销顺德小家电。"

我便不失时机地派送我的梅花产品宣传单。

大庆石油 N 公司生活福利部赵部长一干人马对郑俊隆重款待，我也借光荣幸地接受了总统级的礼遇。酒席间赵部长出去小便，郑俊向我使眼色："还不赶紧去陪赵哥！"我说："赵哥是去小便。"郑俊小声说："你傻瓜，一年多来几趟，陪赵哥喝喝酒，撒几泡尿啥都有了，还用得着你四处奔波？"我赶紧离开酒席，小跑着去陪赵部长，哇！出了包房我才发现，陪赵部长小便的排成了队，他们小便不去卫生间，而是径直来到大街上，吆五喝六地一字排开……

郑俊帮我推销，我帮郑俊大海捞针，寻找那个有过一面之交的假钞贩子。在一家大商场熙熙攘攘的人流中，我突然发现了假钞贩子的身影，我大喊一声："罪犯在这呢！"生性胆小懦弱如羔羊的我人生第一次有了勇敢无畏的壮举，我猛扑过去。假钞贩子被我扑倒在地，我骑了上去扭住了他的胳膊，正要以擒拿英雄的姿态在人广众多的大商场里亮相，为我的"精品一族"梅花牌小家电大做、特做广告："女士们先生们，魔高一尺梅花小家电道高一丈……"我这精彩的广告语还没等我说出来，假钞贩子一个鹞子翻身，我反而束手就擒。说时迟那时快，假钞贩子迅速地掏出把手枪来，像所有警匪片那样的惊险镜头再次降临到了我的头上，枪口抵住我的太阳穴威胁着郑俊："别过来，过来开枪了！"

商场内大乱。假钞贩子挟持着我往后退，退到商场门口了，我感觉到有点不对，抵在我太阳穴上的枪口怎么不是冷冰冰阴森森的啊？我又一声狂呼："别管我，他枪是假的！"

郑俊一个箭步冲上来，咔！锃亮的手铐拷住了假钞贩子。

郑俊押着假钞贩子与我道别："谢谢老郜帮我完成了任务！——这边的业务你放心好了，我给你盯着！"

我刚刚松了口气，我的 BP 机突然响了，是厂里龙经理找我："郜勇夫，你爱人帮你寄回来的 50 万元承兑汇票收到了，我们这边银行有疑问，汇票上的付款单位章怎么会是蓝色的呢？已经用特快专递退给你了，你马上去当地银行核实！"

我一路汽车、火车、飞机……慌慌张张地赶回包头，凌晨 6 点，我和妻抱着那装有银行汇票的绿色特快专递大信封诚惶诚恐冻得上下牙齿"咯咯咯"打架地守在银行的大门口，8点钟银行准时开门，我们第一时间进来请银行核对，银行也不知道这企业章怎么是蓝色的，但有一点是肯定的，这张50万汇票不是假的。我左看右看，妻说："你连国家银行都不相信了？"我一声惊呼"不好！"把妻吓得"妈呀"一声。我终于发现了一个疑点：这付款单位的注册地址怎么会是地处郊外的"劳改农场荒沙滩"？那"劳改农场荒沙滩"上怎么会有大商场啊！我十万火急，叫了一辆的士送我们去"劳改农场荒沙滩"，不弄个水落石出绝不收兵！

赶到"劳改农场荒沙滩"我意外地发现：在这片三个城区中间的旷野上，正像我时常幻想的那样：奇迹般地崛起了一个大商场。原来这是美国山姆大叔开进中国的第一家仓储式超市！我荣幸地成为山姆大叔第一个中国小家电最尊贵的供应商，实行全额打款进货，我却蒙在鼓里！后来接踵而至进入该超市的厂家全都需铺货，还要进场费。我让我的同行们望尘莫及。后来的情况还不只如此，山姆大叔又在成都、西安、上海等大城市开了数家这样的连锁超市，实行统一进货统一配送。

接下来，我的推销业绩出现了核聚变、核反应：内蒙古海拉尔的客户拉着我推销的梅花小家电经过一天一夜的路程翻越大兴安岭冲到了哈尔滨；内蒙古通辽的客户把梅花电器冲到了沈阳、长春；内蒙古乌海的客户把梅花电器冲到了宁夏、新疆；国家外贸进出口公司的洪先生把梅花电器做到了欧洲。锡林郭勒草原上的陈氏兄弟经我游说进北京后做我推销的梅花电器做得更是热火朝天，开着大货车来顺德进货返回的途中一路走一路卖，车到长沙货卖没了，再回顺德进货，车到了郑州又销售一空，再回顺德。这样反反复复几次，最后的一大车货才能最终顺利到达北京，山姆大叔的连锁超市把我推销的梅花电器卖到了全中国……

妻子怀孕了，我带她回顺德，当我牵着妻子的手随着汹涌人流走出广州火车站检票口。我说："我每次一回到这热闹繁华的广州啊，就热血沸腾，激情澎湃，这地方总是催人上进，想懒惰，懒惰不了；想消沉，消沉不了！"

妻说："你呀，走到全世界任何一个地方都会激情澎湃。"

1998年年底的一个清晨，郑俊从哈尔滨打电话通知我："大庆石油N公司终于决定购买微波炉给职工搞福利了，但他们一定要买格兰仕微波炉。客户赵部长正在顺德的乐从镇喝早茶。"我得知后马上找龙经理要了厂里最豪华的奔驰车，赶去乐从镇，见了赵部长，满腔热忱地说："赵部长，您好！今天特意赶过来为您做向导。顺德生产微波炉的公司有三家：第一家是全国有名的格兰仕；第二家是我过去工作过的成功微波炉厂，现在卖给美国了，主要销往国外；第三家就是我们梅花厂。我带专车陪您，您看好谁家的就买谁家的，我只为您服务，绝不影响您的选择！"尽管我无与伦比地真诚，与赵部长还有一餐盛宴、一泡尿，中间还有郑俊牵线的深情厚谊，但赵部长对我心存戒备，他老人家总认为我推销的梅花牌微波炉是不伦不类的小厂产品，弄不好还会发生爆炸，危及他在单位里的名誉，唯恐我会误导他。他说："不用不用，我已经打过电话，格兰仕会来车接我。"没有哪一家厂的推销员会比我更殷勤、更主动，等了一个小时也没等来接他的车，原来要送他过去的一位厂家老板也迟迟没有来，赵部长只好提出："那你先送我去格兰仕，然后再去看看你们厂。"我爽快地回答，"行！"

赵部长上了我带来的奔驰车，我给司机使了个眼神，司机心领神会，帮我拐了个弯，路经我厂大门口时，我说："赵部长，这就是我们厂，到厂里坐坐，喝杯茶，顺便看看我们厂的产品。"赵部长看我们梅花厂也挺有规模，巍峨的大厂门，鲜花盛开的大花坛，便勉强同意了。进了厂门，我请赵部长参观了车间、看了微波炉样品，还把侯老板请下来和赵部长喝了杯茶。再次上车去格兰仕时，我发现赵部长感情上起了明显的偏移，对我倍加防范的脸上袒露出笑容。再去看格兰仕的产品时，怎么看怎么觉得不如梅花牌的好，加上格兰仕厂不明真相，负责接待的先生微笑度、热情度与我差之千里。赵部长问："如果我们要得多可不可以优惠点儿？"接待先生不屑一顾地说："你要多少？不会一个专列吧！"赵部长马上不高兴了，反唇相讥道："我就是想要一个专列，恐怕还不止，牛啥？我不买你的！"最后终于选择了我推销的梅花牌微波炉。合同签了，一共16000台微波炉，1200万元货款全部款到发货。那要装满满的16个火车皮，那是何等地壮观啊——据知情者透露，这笔买卖如果成功，我就创造了截至目前顺德小家电销售史上一次性成交额之最！我激动得热泪盈眶，高呼："推销员万岁！"然而成功的来临是那么不容易，尤其是我！一夜之间 16000 台微波炉的合同搁浅了。第二天早晨，我去酒店请赵部长喝茶，赵部长非常礼貌地道歉："对不起！感谢你的热情和几天来为我们提供的方便，刚刚接上级文件，禁止年终突击消费，我单位财务已封账，货款打不出来。深深地向您表示歉意！再见，我们马上启程回东北。"我木然了大约有 1 分钟，但很快又恢复过来了："我去找经理要车，送您上飞机！"赵部长慌忙推辞说："算了，算了，我们已经很不好意思了。""不！"我坚定地说，"您能够选购我推销的梅花牌微波炉，这本身就是对我个人和我们公司的信任和支持！仅凭这一点，我也要送您，生意成不成，那是另外一回事。"

那天特别不凑巧，营销部的两部小车都出去了。我打电话给龙经理，龙经理在电话中"呼哧呼哧"直喘，我问龙经理怎么回事。龙经理说："正在上楼，去看一位客户，有事吗？"我说大庆石油 N 公司的买卖有变，赵部长要马上回东北，但厂里现在没车。龙经理说我开车去送，马上到。龙经理驾自己的车和我一起送赵部长，车正行驶着，龙经理突然把车停在路旁，下车到路边店买了瓶矿泉水，拧开瓶盖把矿泉水"哗哗"地往头上淋，我急忙问："龙经理，您怎么了？"龙经理说："这几天都在陪客户，昨晚一晚都没睡。"

此情此景，赵部长看在眼里非常感动，回去后打电话对我说："你们对客户真够朋友，有买卖不与你们梅花做，那叫有眼无珠！"

我由衷地说："无论有没有买卖做，我都是您最真诚的朋友。以后来广东无论大事小情只管吩咐。"

送走了赵部长，希望破灭了，失落了好一阵子。我想：这样一笔大采购，任何一家单位都不会是轻易决策的，那么也绝不会轻易放弃，我要乘胜追击，万一有可能绝不能让赵部长有机会去联系我的竞争对手——格兰仕或者别的什么更优秀的品牌，因为这种信息传播得特快，马上就会有众多厂家蜂拥而至。1999 年元旦刚过，我带着一台梅花牌电脑电饭锅作为小礼品专程赶去大庆拜访赵部长，我再次接受了总统级的礼遇，酒席间又一次陪赵部长出去撒了一大泡尿……第二年 9 月的一天，我刚买的手机突然响了，赵部长又来找我了，他这次带来了 1200 万元现金汇票，先购我厂 16000 台微波炉，然后再考虑购我厂一批消毒碗柜。由我创造的顺德小家电销售史上一次性成交额之最的大买卖终于成功了！但还有一批消毒碗柜尚需努力。几家比我厂更有优势的生产消毒碗柜的厂家已经闻风而动，四处打探赵部长的住处、去向，在赵部长驻守厂里等待发货的一个半月的时光里，我对赵部长进行封锁，除了他睡觉，我日夜相陪，陪他逛街、吃喝、去张家界观光旅游，那些天我累得要命，但察觉到赵部长并不满意，觉得厂方的接待还不够上档次，总想去别的厂看看消毒碗柜，因为每天陪伴他的都是——在他眼里仅仅是个小小推销员的我。我马上把这一察觉汇报给龙经理，老板和龙经理都不可能经常陪他，便委派了厂里的大闲人——退了休来厂里打工的前副镇长负责接待，赵部长这下满意了，一个劲儿地问我："这里的镇长够不够处级？"我说："不管够不够处级，这里的村长都是亿万富翁！"赵部长用双手握住前副镇长的手，惊呼："你比我们局长级别都要高啊！"16000台微波炉刚下生产线，赵部长马上往单位打电话要来了300万元货款购我推销的梅花牌消毒碗柜。我成了顺德的推销明星！

　　广州铁路货场出发站，浩浩荡荡的满载梅花产品的专列缓缓开动了。我望着远去的一长溜的车厢，感慨万千。我想："当年一代天骄成吉思汗征服天下靠百万铁骑长矛硬弓，我小小推销员横扫天下只靠一张嘴巴两条瘦腿！"

第四十九章
危机公关

正当我在梅花厂的推销事业走向巅峰的时候，梅花燃气热水器在我主管的内蒙古市场出现了一起爆炸事故。那天我正陪付了款等着发货的赵部长游览张家界，这么多年的走南闯北，我还是第一次游览祖国的风景名胜。怀孕三个月的妻也来了，我和妻都希望我们的宝宝健康漂亮聪明。关于宝宝未来的职业，是妻怀孕后我们经常讨论的话题。我说咱们的宝宝出国留学，拿了哈佛博士回来就当我们梅花电器集团公关部的经理。妻朝我撇嘴说你的期望也太低了吧！我们的宝宝至少要当广东卫视、四川卫视、央视的大腕明星！我说那样太累，你看她（他）爸爸当个小小推销员都这样辛苦，当个大明星就更可想而知了。那不把我们宝宝给累着了。妻说我们的宝宝如果像她（他）的爸爸一样那不太失败了，半生都过去了，就我给你个家长做，不然你还是个老光棍呢。我要精心培育我的宝宝，让她（他）能歌善舞能写会画有艺术天才！于是我们在张家界美不胜收的十里画廊流连忘返，赵部长也非常支持我们对未出世的宝宝进行美学方面的胎教。我们教宝宝在妈妈的怀里写生、画险峰画松柏画奇石画飞鸟……那雨后初晴的彩虹还没来得及画，我那像挎匣子枪一样挂在腰带正中间的手机突然响了，是内蒙古包头百货商厦的云小姐，云小姐说话像打冲锋枪，嗒嗒嗒十万火急："老邸不好了，你赶紧来，你那梅花热水器发生爆炸，把顾客耳朵炸飞了，我可告诉你受害人是全国人大代表，著名新闻记者……" ——震惊，我被我自己的冷静而震惊！平时在老板、在上司面前唯唯诺诺、动辄两腿筛糠生怕蒙受冤假错案或被无端炒鱿鱼的我此时此刻像个将军像个伟人。我避开赵部长避开妻异常镇定地说："别急，我明天必到！——请您转告受害者和他的家人，如果事故原因是由于产品质量造成的，哪怕天塌下来，我们厂方承担全部责任。万一受害人与厂方发生争议，我作为厂方代表，会坚决地站在受害者一边，全力维护消费者合法权益。还有请云小姐告诉受害者及其家人，哪怕本次事故与产品质量无关，纯属使用不当或其他原因造成的，但毕竟是由于用了我们的梅花牌才导致了伤害人的结果，我个人认为厂方也要承担全部责任！"电话里云小姐的声音软了下来，说："那好，不过你的话我可是全部给你录音下来了，你要对你的话负责啊。"我说："放心吧，我这话具有法律效力。让我签名发个传真给您都行。"

　　第二天，在张家界机场，我送赵部长上了飞回广州的飞机，又送妻子上了飞往重庆的飞机，我让妻子回娘家生了宝宝再回来。我十万火急地经北京转机直抵内蒙古包头。下了飞机赶到受害者入住的医院，已经深夜 10 点 30 分了。护士告诉我患者出院了，我又按护士提供的患者登记卡上的电话号码打电话给受害者："喂，林记者林老先生，您好些了吗？我代表梅花厂再一次向您道歉，我刚刚下飞机赶来医院，我要到府上去看望您可以吗？"电话里的声音怒气冲天是个年轻人："你那个烂梅花热水器轰隆一声响，吓死爷了，你过来，不过来我要找几个弟兄收拾你，卖伪劣产品的骗子！赔偿爷精神损失费医药费房屋装修费还要退钱给爷！"我碰上难缠的主了，听声音像是个混混！我有点害怕，别弄巧成拙。早就听说有司机见肇事车辆逃之夭夭自己救人到医院，反遭诬陷的说法。我又打电话向云小姐核实了一下。云小姐说："没错，接你电话的是受害顾客的儿子，人家可是位老知识分子。你的承诺我已转告受害者了，不然人家不会出院。"我铤而走险了，哪怕被那混混毒打一顿也要去。对于顾客，我倒没考虑对方的身份，对方哪怕是个囚犯，只要是我的顾客，我都要无条件负责！我打的士花了 50 元，事故发生地点，是郊外的一栋别墅。为我开门的正是接我电话的那个难缠的年轻人，只见他又黑又壮像座铁塔。那一双可怕的大手掌只要合拢来轻轻一捏就会让我的脑袋搬家！我胆战心惊地绕过他，进了客厅。受害的老先生耳朵上缠着绷带，正红光满面地看电视。我向老先生鞠躬，再次道歉并重申无条件承担全部责任。年轻人在一旁对我虎视眈眈，充满切齿仇恨，只要老先生一个手势一个眼神，他都会猛扑过来把我撕成碎片。我今晚的生与死全掌握在老先生的手心上了。老先生品着香茗认真地注视着我说："你就是广东来的叫郜勇夫的推销员同志？你让我对你们这个职业有了新的认识。过去在我的印象里，推销员就是那些巧舌如簧专卖假货的江湖骗子，我曾经想：好产品用不着推销，要推销的就一定不是好产品。看来我错了。昨天从包百商厦的同志哪里知道你们是正规的大企业，尤其是你作为推销员代表厂方的承诺，让我感动至深。出了事不逃避不推诿而是马上赶来承担责任，这不能不说是我们这个社会的一大进步！"老先生激动了，咳嗽了一阵。年轻人对我的仇视没有丝毫减弱，说："老爸，别跟他啰嗦，赔了钱走人，差点出人命！"

老先生瞪了儿子一眼，说："不要得理不饶人！咱们用的是未经处理的地下水，也许是水质有问题呢？你能怪人家厂家吗？"我主动赔偿了5000元，其儿子终于不再仇视我了，还骑摩托车送我回我常住的包头宾馆。我回厂里报销这5000元赔偿金时，也想过这件事我是否太主动了，也许正像老先生所说是水质的原因呢？但事隔不久发生在河南郑州的另一个著名品牌的燃气热水器爆炸事件证实了我的做法是多么的英明与伟大。

这次爆炸事故把消费者新装修的卫生间炸个稀烂，意大利进口的价值3万元的豪华浴缸炸裂。事故发生后厂方销售经理没有像我那样马上亲临现场，只派了维修人员去现场察看了一下。结论是：非厂方产品质量问题，厂方不承担任何责任。结果第二天某某牌燃气热水器爆炸事件就上了报。为了避免影响，这家著名大厂的宣传部门在全国性的报纸上刊登声明：我厂某某牌燃气热水器某月某日在郑州市的爆炸事故纯系当地水质问题……一石激起千层浪，当地自来水公司认为自己的名誉受到诋毁：我们为本市300万市民提供的绝对符合国家标准的生活用水，你广东的一个企业凭什么说有问题！告上法庭，自来水公司胜诉，这家厂赔偿自来水公司100万元。全国100多家媒体争相曝光，这家厂在全国的销售顷刻间土崩瓦解……好端端的一个著名大厂就这样垮了！

第五十章
暗 流

　　梅花厂正潜伏着一股暗流，昔日上下一团和气的氛围正在被打破，老板聘请来了位号称"女特工"的财务科长，此人一口京腔，据说来自北京一家大型石化公司，表面看上去文文静静，两只大眼睛水灵灵的，笑眯眯地向你套近乎，为你乱点鸳鸯谱，一会介绍她的外甥女一会介绍她的亲妹妹，最后不惜血本地向你暗示："我的婚姻生活也不愉快……"当你不经意间袒露心迹，说点儿"问题"出来，她马上作为重要情报颠儿颠儿地跑去向老板汇报，邀功求赏。原来推销员回厂里报销差旅费和各种销售费用很顺利，现在难如上青天！老板签了字的她都可以拒绝报销，你再去找老板，女特工说的明明是歪理，老板也说对，反正只要能把老板的钱截留在老板的钱袋里就是对的。现在推销员桌子上的长途电话都给关了，只许打进来，不许打出去。各位推销员一定要打长途电话那么用你自己的手机好了。

　　古往今来，雇员为雇主打工，雇主要承担雇员工资和各项业务开支，现在在侯老板这里被颠覆了！你愿意为我老侯打工吗？你愿意为梅花厂卖力吗？——对不起，自己掏腰包义务劳动吧。雇员们在这里只有自发自觉、日夜加班加点干活的权力，享受报酬的权力、享受劳动保障的权力被老板剥夺了。梅花厂已经被侯老板用一栋烂房子做抵押买断了。这次回厂，侯老板亲自召开销售例会，首先请营销部全体人员参观车间由于淡季而停止运转的生产线，然后让每个推销员写篇文章，叫《救救企业，救救下岗的员工》，韦之华看到龙经理一副心有余而力不足的样子，舍身护驾道："救救企业，救救下岗的员工，宏观上讲，那是国家领导人的事；微观上讲，要靠你的产品有竞争力！"侯老板生气了，骂韦之华："×你个老母，你没水平！"接下去，侯老板宣布："推销员提成减半，工资、差旅费减半！"再然后就极力推崇广东那家年年、月月、天天炒鱿鱼的大厂管理模式，说那家大厂的营销搞得多么多么好——业务员只有每月1800元的工资，没有提成、没有补助、没有电话费（出差打电话老板鼓励用客户的）、没有……什么都没有最好，全世界的钱就我老侯一个人来赚，别人都光干活不吃饭，给我老侯义务劳动。

侯老板崇拜得五体投地的那家大厂，年工业产值近100亿元，以电风扇起家，后来生产空调器、电饭锅等。它最成功的是几年前的一次所谓"事业部制改革"，改革出了一个成功的管理模式。在这个管理模式之下，企业就如同一台精密度极高的机器。每个员工在这台机器上都是一个小零件，生锈了，磨损了，年龄大了，健康和热情衰退了，或者有更好的"零件"了，就把你换掉。不会因为某些要害部门的员工走失而影响机器的正常运转。在这台大机器上，每个员工的个人因素对整体的影响微不足道，人员常常更换，在广东的人才市场上，这家企业常年招聘精英人物加盟，精英人物一旦被安装到这架大机器上，就不再是精英了，随时被炒鱿鱼，尤其是营销人员，据说在这家大企业能连续任职一年的营销代表都称得上是元老。企业形成铁打的营盘流水的兵。在全国每个大中城市都设有业务办事机构，人员素质都很高，至少都是大学以上文化程度，很多都是名牌大学毕业。营销代表工作都很积极，因为他们深知：现在找份理想的工作很难。但老板对他们不放心，在全国各个设有办事处的城市，都另外秘密安排一个"蹲坑"的市场调查员，专门监视办事处人员的所作所为。按向公司打小报告的次数、分量计酬，酬金从给办事处人员的工资奖金中扣罚。老板还有意在企业内部扶植相互对立的两派，一派叫"学院派"，另一派叫"企业派"。老板有句名言："我看一个人，不是从正面看，而是从侧面看，看他后面是否有一群人。"两派最激烈的角逐是竞选总经理：那天两派领袖当着老板和全公司2000多干部的面进行辩论。两派领袖都是雄辩家、铁嘴，不分胜负，最后为决一雌雄，两位领袖把教授和高级经济师的体面置之度外，一个甩下笔挺的西装外衣，一个挽起袖子。

高级经济师从口袋里掏出个小本本："某月某日你污蔑我们老板是花花太岁。"

教授早有准备，从怀里掏出个窃听器来："某月某日某时——你污蔑老板偷税漏税。"

"你说老板妻妾成群!"

"你说老板靠贪污受贿起家。"

"你你你,你王八蛋!"

"你你你,乌龟卵。"

……

高级经济师败北,教授上任后对"企业派"大开杀戒,凡与高级经济师有染者全部清理出去,毫不留情。"企业派"全线崩溃,"学院派"获胜。荣升为总经理的教授,白皙的脸上相当一段时间保留着抓痕。教授动口不动手,让高级经济师的鼻梁上留下了永久性的牙印……车间里有一位"老员工"是高级经济师的家乡人,老员工实际上并不老,只39岁,是个电焊工。"老"焊工被炒鱿鱼了,"老"焊工蒙在鼓里,流着泪向人们倾诉:"我在这间厂干了20年啊,从没有迟到、早退、旷工。他们嫌我老了,不用我了……"

梅花厂现在变成个人的了,老板的心态就变了,原来推销员拿到高额奖金,老板高兴;现在员工拿最基本的工资,老板都心疼,千方百计地拖欠。一位湖南来的维修工,原想来梅花厂赚点钱回家结婚,干了半年,只拿到了两个月的工资,奖金一分钱也没有,出差去黑龙江为公司摆平了一桩"梅花"电热水器电死顾客的重大事故,满心指望老板重奖,老板不但没有重奖,对维修工经他老板亲自批准花费的几万元公款,翻脸不认账,反咬一口说维修工贪污!可怜的小维修工跟我一样惧怕老板,吓尿了裤子,逃离厂大门时跑丢了一双准备结婚穿的新皮鞋……昔日热心带领群众共同致富的乡镇企业老总,企业所有制变了,马上翻脸不认人。难道人性真就这样脆弱?狼道就这么有诱惑力?

我的销售额从1997年的500万元、1998年的600万元、1999年直线上升到3000万元,是黑龙江市场的5倍。龙经理又给我增加了宁夏、吉林、黑龙江三个地区的市场。与我同时入厂又同居一室、总是自鸣得意比我强的韦之华被龙经理免职了,等待重新分配,他这3年的销售业绩直线下滑。

2000年元月,由"女特工"为侯老板挖来个姓许的营销大师,做梅花厂的总裁助理。据说营销大师做过侯老板极力推崇的年年、月月、天天炒员工鱿鱼的那家大厂的高级职员,有把泥巴变成钻石的真功夫,人家把营销不叫营销，叫"赢销"，赢销就是只赢不输，只要结果不要过程。唉！知识经济的时代，现代科技突飞猛进的时代，人们怎么就如此的荒唐，不讲科学，不按客观规律办事了呢？这世界上每一桩事件的成功，背后不都是经历了无数次的失败吗？没有失败就没有成功，拒绝失败、否认输，那么真的就永远也不会再赢了！

侯总、"女特工"陪同许大师考察厂区，侯总指着像竖立着九把利刃的大厂房得意地说："看出来没有，香港风水大师给我设计的——九把铡刀！"

许大师不置可否，一脸的庄严。他们在厂区内转了一圈，许大师对侯老板说："您想在一年之内把'梅花'厂的销售额翻一番，从3亿做到6亿吗？"

侯总三角眼陡然发亮："想啊！"

许大师沉吟一会又说："两年之内做到12亿！然后股票上市，成为全球家电帝国！——您想过吗？"

侯总一听这话，即刻顶礼膜拜："大师！知我者大师啊。不过，我就是没敢往太大去想啊，×他个老母！"

许大师推心置腹："要想！您是我的长辈。'大跃进'大炼钢铁的年代您是经历过的。据说当年有句顺口溜'人有多大胆，地有多高产'，这完全符合现代成功学！你想发财就能够发财，你想成为全球巨无霸，就能够成为全球巨无霸！"

侯总的眼睛变成狼眼了："我请你做我的职业经理人，年薪100万！"

许大师不屑地摇头："深圳一家大公司年薪200万我都没去。"

侯总大放血："我给你300万！"

大师拉开黑皮箱的拉链，里边装的是厚厚一摞复印件，其中有几页还带有鼻涕和浓痰的残迹。

许大师说："只要推广全世界最先进的从美国学来的大厂管理模式，我就能够把您梅花厂的泥巴统统变成钻石！"

老板就是这样迷信，建厂房请风水大师做总设计，好端端的大厂房非要弄出九把大铡刀，说是能避邪；每年厂庆一定要包个50万元的大红包请个气功大师来坐镇。

许大师亲自主持了新千年第一次销售例会，那天的会议场面、气氛的确不同凡响：全厂各部门、车间主管全部列席，墙壁上刷着大标语："向战斗在前方第一线的将士致敬！"实际上，这是引蛇出洞，为政变放的烟幕弹，我却蒙在鼓里还被这句口号煽动得热血沸腾。

许大师首先发表讲话："一个企业营销搞得好，臭狗屎都卖得出去。我们梅花这样好的企业，发展缓慢，销售额搞到3亿上不去了，为什么？管营销的人不懂营销，把营销做成了推销，把凤凰做成了乌鸦……下边请各位畅所欲言，我们集思广益。"

轮到我发言了，来梅花厂我第一次口若悬河侃侃而谈："我来顺德10年，干了七八个厂的推销员，说句心里话，在'梅花'干得最开心，最成功，最长久。为什么？——我们梅花厂有一个宽松的环境，能够让人自由伸展的空间，领导关系好处，老板用人不疑，上上下下非常和气，有一种亲情，走遍珠三角很难找到像我们这样的厂，营销人员只有进没有走，一干十几年，与企业共存亡！希望侯总能够珍视自己走出来的一套最成功的管理模式！更希望侯总能够珍爱亲自带出来的一支训练有素、特别能战斗的销售队伍，这是梅花厂最宝贵的财富。"

有人在无声地鼓掌。

我更加慷慨激昂："营销是科学，不是神学，一个企业营销搞得好，臭狗屎都卖得出去，这就是不讲科学嘛，引用一句美国营销学权威的话，市场营销的核心是有利益地满足社会需求。试问，我们生产小家电的企业卖臭狗屎干什么？蒙骗消费者啊？不要忘了，一个企业把商品转移到消费者手中这一段过程或者就叫企业运行的最后一道工序吧，你把它叫作营销也好推销也好那都无关紧要，关键是要有社会责任感，要绝对忠诚地为广大消费者服务！"

除了韦之华，我的推销员伙伴们再也遏制不住了，他们为我拼命地鼓掌。

侯总脸色不好，许大师马上黑着脸表态："我也十分欣赏'梅花'成功的一面，企业内部一团和气，但是，不能没有原则！下边请韦之华发言。"

韦之华话还没出口先哭上了，痛哭流涕了一阵子像翻身农奴一样诉苦把冤伸："我来梅花厂走了三年最黑暗的道路，北京往黑龙江冲货，辽宁往黑龙江冲货，就连最偏僻的内蒙古，成吉思汗子孙的铁蹄都要翻越大兴安岭践踏到哈尔滨！"

龙经理说："我们实行的是到岸价，内蒙古海拉尔能够经过一天一夜的路程，能够付出高额的运输费用翻越大兴安岭把我们的货冲到黑龙江，这说明你业务做得不好，篱笆没扎牢，给人家空子钻，这应该叫良性冲货！"

韦之华越发泣不成声，许大师向他投去青睐……晚上请韦之华出去吃饭。当韦之华再一次出现在我的面前，一扫往日的孤傲，天生不会微笑的脸，笑容可掬，阳光灿烂。他得意洋洋地对我说："郜勇夫你死定了，这叫写字楼政治，你玩政治的经验差远了！"

我反唇相讥："推销才是企业最大的政治，你所谓的写字楼政治只能让企业垮台！"

所谓写字楼政治，说穿了就是把一个好端端的企业变成屠宰场，老板玩弄帝王之术，让内部明争暗斗，相互倾轧，能者被淘汰，庸者见风使舵……最终的结果是企业垮台，殃及社会。

我经常觉得有点不可思议，这些年，怎么那么多教人做人的书报和培训里边，都不教人怎样做一个正直、正派和有道义的人，反过来都教人怎么做一个圆滑、世故和不吃亏的人。

如果更多的人像我一样敢于向侯老板直言，说真话，阻止许大师的倒行逆施，梅花厂就不至于几个月后轰然倒闭，让上千名员工丢了饭碗……

我深知：我的发言得罪了侯老板，尤其伤害了许大师，但我在所不惜，推销员创造物质财富，也创造现代文明，社会每向前一小步，都是要有无数正直、善良的人付出代价的。

梅花厂前办公室主任对大师的来路作过调查，大师既不是转世活佛，更不是企业经营高手。仅仅是一位来自安徽偏僻乡镇的司法员，因勒索村民鱼肉百姓而被开除公职。在大厂车间做了一年勤杂工，但千真万确是一位有心者，对大厂写字楼每天处理的废弃物格外留意，每天都要像个贼似的溜到写字楼里的洗手间蹲一会，他窥探到一个重要机密：写字楼里的白领们有一个极不卫生的坏毛病，蹲厕所时也争分夺秒地看文件，等出厕所时，顺手就把那文件往废纸篓里一丢……苍天不负有心人，终于拾得大厂管理体制复印件一套……但有一点毫无疑问：许大师和"女特工"一样，是整人高手，他对我们推销员逐个明察暗访，他不是了解我们每位推销员的业务能力，也不是了解谁谁是否称职，而是调查每位推销员与龙经理的关系亲疏远近，亲者近者，他要一网打尽，绝不留情。

我闷在心里的话一吐为快，我就是要戳穿大师的现代迷信：一套来自大厂厕所废纸篓中的管理体制复印件，无非是从老外那抄来的五花八门的表格，凭什么就能够变泥巴为钻石，难道许大师比点石成金的神匠、巫师都高明吗？

第五十一章
小草歌

2000年的大年初一，我从冰天雪地的大兴安岭北麓海拉尔带着一身的寒冷赶回株洲，决定在株洲爸妈家陪女儿过完年再回顺德，那时我将迎接第二个女儿诞生，欣慰地聆听第二首世上最动听的歌……

女儿诗诗已经14岁了。出了火车站，我一眼就看到了诗诗！女儿长高了，这让我想起女儿在电话中自豪地告诉我的话："爸爸，我已经1.65米了。"女儿一边大声地喊着爸爸，一边朝我跑来，从我手中接过我这次出差重点推销的新产品电磁炉，欢天喜地地拉着我回爷爷奶奶家过年……这是女儿第一次来火车站接我。在我东奔西走的10年推销生涯中，女儿长大了！回家的路上女儿向我汇报她的情况："爸爸，我今年考高中，我要考重点。"

我说："好，爸爸的女儿就该这样。不过，要注意锻炼身体。"

女儿说："我每天凌晨6点就起床，跑步、打篮球，然后背外语。"女儿又小声说："爸爸，过完年，你能不能不走了？"

是啊，我也问自己：能不能不走？把女儿接到广东读高中，陪伴着我的爱妻，还有我即将出世的女儿——月月（名字我已经提前起好了，如果是男孩就叫阳阳）过一种休闲的日子。十年了，女儿从小学到初中的每一次家长会我都没去过，爷爷、奶奶、伯父、伯母，甚至只比女儿大两岁的小堂姐都代替我做过家长。但推销员的职业就是走，不走就没有市场，没有市场就没有希望，我骨子里的愿望是做推销员走到80岁。然而，我不想让女儿失望。我安慰女儿说："爸爸再干几年，等手上有100万存款的时候，就不走了。"

女儿问："爸爸，什么时候能有100万啊？"

我充满信心地说："快，今年就差不多了。"

女儿灿烂地笑了："好喽，爸爸那时候你要带我去旅游。"

我在梅花厂苦苦耕耘了三年，已经迎来了收获的季节。过去不经意间留下的一张名片，不断地吸引着风尘仆仆远道而来的客户，有时我刚在广州下飞机或是走出火车站，马上就有内蒙古的电话跟踪而至："老邵，在哪呢？赶紧飞过来，我要你的梅花货！"现在即使不出差，每天在厂里轻轻松松地打电话，一年也能赚 20 万。

爸妈搬了新房子，仍住三楼，好大的客厅，宽敞明亮，女儿独居一室，放着我为女儿买的联想电脑。爸今年 78 岁，妈 77 岁，两位老人更加衰老了，跟爸说话要大声喊，妈的头发尽管没有白，但已经脱落得可以看清头皮了。过去每次回家都可以见到来串门的朱婶儿，这次不见了。妈悲伤地说："你朱婶儿走了，比我小好几岁呢，前天走的。临走就想吃我包的饺子，我和你爸送了一碗去，只吃了两个……我那大妹子哟，临走还在打听：'勇夫回来没有，媳妇找妥了没有？'"

十年了，我一次次风尘仆仆地归来，又马不停蹄地远征，除了爸妈，朱婶也历历在目。

我特别珍惜在家陪伴爸妈、陪伴女儿的分分秒秒，年初一刚到家放下行装就给爸妈和女儿拍照片。爸妈一生都喜欢照相，现在仍然兴趣十足，爸换上西装，系上领带，妈穿上自己最喜欢的新衣裳，女儿快乐地做出各种动作……我要按快门了，妈赶紧又叫我等等，说忘了戴假牙了。年初二我给爸妈的新房装上了热水器，从此爸妈洗澡再不用出门了。热热闹闹的春节一晃就过完了，临走，望着衰老的爸妈，我怆然泪下，说不定哪一天风尘仆仆地归来，就再也见不到爸或者是妈了。我祈求上苍：让爸妈成为一对幸福的百岁老人。爸妈的晚年应该说是幸运的。株洲的国营工业只有爸妈、哥嫂们所在的这间大厂最好，哥哥们的工资、爸妈的离休金成倍地增长。其他的国营厂矿一个接一个地垮台，即使没垮也发不出工资，昔日的工人老大哥们蜂拥着走上街头摆地摊。那年我在长沙摆地摊卖微波炉，陪伴我的只有卖小菜、收破烂的小贩，现在回来摆地摊，可就要像《小草》歌中唱的那样："从不寂寞，从不烦恼，你看我的伙伴遍及天涯海角……"

雪后初晴，街上的梧桐树戴上了晶莹的白帽子。我带女儿去公园拍照，回来的路上途经一家古色古香的老茶馆。女儿小声央求我："爸爸，我们进去坐一会儿好吗？"

我好生纳闷：怎么一个小小中学生竟喜欢泡茶馆啊？

女儿又求我："爸爸，我累了，进茶馆坐一会儿嘛。"

我只好牵着女儿的小手朝茶馆走去，一进门我怔住了，是吴春芳在这里等着我和女儿。女儿见了妈妈，抑制不住的喜悦马上溢满了圆圆的小脸。我在吴春芳的对面坐下了，女儿紧挨着她妈坐下，我与吴春芳久久地对视，吴春芳略显憔悴，但风韵依旧。

我笑了一下："你喝点啥？"

吴春芳看看茶水单对服务员说："来杯菊花茶吧。"

我点了一瓶啤酒，给女儿点了瓶她爱喝的果汁。

吴春芳问我："还好吗？"

我问吴春芳："你好吗？"

吴春芳说："我不好，企业垮了，每月才有 80 块钱的生活费。想请你帮我想想办法。"

我说："你……那位爱人呢？"

吴春芳眼圈红了："分手了，找来找去都不如你，我爸临去世的时候，让我去找你复婚，我爸说，邰勇夫虽然有很多缺点，但还是很负责任的。"

吴春芳哽咽着……

我安慰着前妻："别哭了，你还年轻、还漂亮，小诗诗也不用你操心，出去找找工作。也许会有更好的机会等着你那。"

吴春芳说："我现在没钱了，用了我妈一万多元开了个发廊生意不好关门了。"

我埋怨道："唉！你呀你呀，事先应该找我咨询一下，做生意要靠自己的特长，你适合做什么才去做什么，不要随大流，现在满街的发廊，你一没经验二没创意，那肯定必垮无疑！"

吴春芳问我："你说我能做什么？"

我说："你呀，适合做推销员！可能比我还要出色。"

吴春芳对自己信心不足："我没大学文凭，能行吗？"

我说："你行，肯定行，现在很多企业讲究实效，你漂亮，给人的第一印象好，连咱们的小诗诗都知道，现在是美女经济的时代，一张魅力四射的脸蛋比什么文凭都管用。你经常去人才市场走走，多看看报纸上的招聘广告。没钱，我这有。"我把衣兜里的钱都掏了出来慷慨地给了前妻。

　　分手时，我带女儿上了一辆公共汽车，一摸口袋——空了！幸亏女儿口袋里还有零钱。

第五十二章
政 变

正月初八，开工的第一天，我赶回广东顺德，第一个进了梅花厂大门，等待着老板给大家发红包，等待着一年一度的开工饭。往年的开工饭，我都有意避开老板和经理，因为我的销售成绩始终排在后面，觉得没面子，今年我要坐在最明显的位置上，给侯老板敬酒，给龙经理敬酒，给所有的同事敬酒……

营销部的人都到齐了，仍不见侯老板。最后侯老板终于从楼上下来了，尾随着他的是"女特工"、许大师，三个人都穿着与原来的厂服截然不同的黑色西装，面孔也是黑黑的。"女特工"现在可不像刚来那会儿，为刺探情报对谁都笑眯眯，现在是老板的大红人，再也不用乔装打扮不惜血本地搞地下活动了。龙经理和各线推销员争着向侯老板问过年好恭喜发财，但都讨了个没趣。侯老板在大厅内巡视了一圈，走了……侯老板变得不近人情，去年，一次性买了16000台微波炉、后来又买了8000台消毒碗柜的大庆石油N公司赵部长来，侯老板招待了两顿便餐，喝了两瓶啤酒，在我个人的奖金计提中扣出了7000元！现在即使客户做"梅花"买卖赚了钱，侯老板也不高兴，在销售会议上骂："×他个老母，戴的大钻戒比我的都大，戴的金项链比手指头还粗！"侯老板命令各线推销员不允许接受客户退货、换货，积压了活该，谁让你进了那么多的货！去年我最后一次出差前，和伙伴们排着队去找老板报销各种合理费用（原来几万元的广告费，龙经理签字就可报销，现在1000元的费用都要老板签字），老板这个不给报、那个不给报，然后骂我们："×！你们全吃里爬外，只知为客户说话，不为我老板说话。"我不识实务地忠告老板："我们为客户说话，就是为你老板说话；维护客户的利益，就是为你老板的前途负责！"

侯总一行人刚走，从营销公司的后门，开进来一队新人，全部穿黑色西装，带队的是大师请来的营销硕士、新上任的营销公司熊总经理，叉着腰，耀武扬威地宣布："除韦之华任命为营销公司副总经理外，营销公司其余人员，包括经理、副经理全部腾出写字台接受审计！"

女特工抱着一摞盖有公司审计印章的封条逐个写字桌查封，被封了抽屉的老姜急了："我车钥匙还在抽屉里呢！"

老姜原想把封条轻轻地揭开，拿出车钥匙再把封条重新封好，他故伎重演，曾经横扫市场所向披靡的微笑和口香糖在"女特工"这兵败如山倒，"女特工"一点儿都不通融，把老姜腆着脸派送口香糖的手狠狠地拨打了一下，声色俱厉："少给我来这套！"

营销公司所有老推销员都惊呆了。

熊总经理发出指令："新业务员各就各位！"

新业务员抢占刚刚被封的写字台位置，每个位上五名，一名坐四名站，原来的主人灰溜溜地靠边站。

熊总又喊话了："哪位是邰勇夫？"

我惶惶然几乎带着哭腔："到——！"

熊总说话不看人："人事部找你！"

我上楼，发现生产部、采购部……所有部门都一片混乱，到处都在搬动桌椅，人员交接。在人事部的门外我就听到新来的人事部经理在向许大师汇报："许总裁，经过调查核实，新招的业务员有一半是假文凭假身份证。是不是要把他们辞退？"

许大师的声音："算了，你我是真的吗？保密。千万不要让老板知道。"

我进来了，许大师出去了，年轻的人事部长对我说："经过评估你不适合营销工作。你可以走人了。"

我如同遭受雷击，傻了、呆了……很久很久，我宛若梦魇。"我被炒了？"

人事部长解释："不叫炒，这叫双向选择。"

我回到家，妻子从老家还没回来，屋内空荡荡如同幽谷。我神情沮丧，呆呆地坐在沙发上，不吃不喝，就那样任时光流逝……推销员的工资和奖金从去年11月份老板就交代财务冻结了。2000年春节前的2月初，我还蒙在鼓里，在冰天雪地的哈尔滨，庄严巍峨的俄罗斯大教堂曼哈顿附近的大街上，伴着悠扬的乐曲，看着飞飞落落成群的鸽子，夹着文件包一趔一趔地去寻找客户，不时地还摔一跤，沾一身雪粉……日落昏黄、斗转星移，窗外渐渐放亮，我呆坐了一个通宵……突然，电话响了，是妻姐异常兴奋的声音："郜勇夫，你听啊！"

电话里一阵强有力的婴儿的啼哭。妻姐在电话中喊着："你们生了个宝贝女儿——8斤重啊！"

我声泪俱下地狂呼："月月！我亲爱的月月！——"

窗外又是一片晴好博大的天空！

为了我新生的女儿，为了我亲爱的月月，我不想让我的汗水付诸东流，我要找侯老板讨个公道，我给你创造了辉煌的业绩，你为什么第一个把我炒掉？我像以往搞推销那样厚着脸皮"冒着敌人的炮火，前进……"我骑上摩托车一路狂奔，我昂着头、挺着胸、脚步"咚咚"地来到侯总办公室。办公室里面有许大师、熊总经理、女特工、龙经理。龙经理处境尴尬，像是被人劫持了一般。我不顾一切地闯了进去："侯总，我要找你讨个公道，我给你创造了那样辉煌的业绩，你为什么第一个把我炒掉？"

侯总无话可说，熊总玩命挡驾，把我朝外推："得得得，我们老板没时间给你说这些！"

我无奈地望着拥有高学历的营销硕士：堂堂营销硕士就这样一副德性，上任不过两天，老板成他的了！溜须舔屁股如此赤裸裸，令人叹为观止！

龙经理为我说话了："侯总，郜勇夫已经是我们梅花电器的一面旗，你可以把我一脚踢开，可以把任何一位老员工赶走，唯独郜勇夫你不能让他走！"

侯总看看许大师，又看看熊总，说："你们定吧。"

许大师冲熊总耳语了一阵，熊总说："行了，看在我们侯总面子上你暂时留用，黑龙江、新疆你不要再去了，你还去管你的内蒙古，等韦总去考察完你那块市场再说。"

我回到营销公司，这里一片新面孔，老面孔全躲在样品厅里等待着审计。韦之华居高临下气势逼人地命令我："马上去内蒙古等我。从现在开始，你的手机必须24小时开机，随叫随到。"

我到昔日的龙经理办公室去报销春节前最后一个差期的差旅费。龙经理的位置上现在坐着熊总，他喝醉了，两只脚放在老板台上，仰在老板椅上睡觉。我进来后，回手敲敲玻璃门。

熊总醒了，眼珠布满血丝，他像审贼一样翻了一遍我的报销票据，满脸骄横、不可一世地把我的报销单往我脸上一摔，接着又甩给我一沓表格，说："去！出差105天每天在哪，上午干啥、下午干啥、签了几份合同、谈成几桩生意、收回多少货款、解决多少问题、各商场的销售情况、普通锅卖多少、西施煲卖多少、电脑锅卖多少，还有消毒柜、微波炉、热水器等等……都给我一天一天地填写清楚，不然别想报销。"

天啊，这叫我怎么回忆？一万多元的出差费如果不能够一天一天地回忆清楚，详详细细地填写出来就会泡汤！我只好玩命回忆，出差的第21天在内蒙古集宁，前一天晚上在火车站旁边的一家小餐馆吃饭食物中毒上吐下泻，上午没干啥下午没干啥，我就只好如实填写："上午蹲厕所，下午蹲厕所，一天撒了三泡尿。"看来今后的推销工作更加艰巨了，以后出差光写回忆录填写大堆的表格都忙不过来。

营销公司"政变"后的第一次例会，人员比过去多了6倍，黑压压一片。龙经理和昔日的伙伴都走了，幸存者只有我和被伙伴们称作叛徒的韦之华。许大师在给新的营销队伍做动员报告："物竞天择，狼者生存！你们推销员出去一是骗，骗客户的钱袋；二是要流氓，陪客户吃喝嫖赌。"

侯总补充："关于销售政策只有一条，一手交钱，一手给货。"

我忍不住问："那么维修呢？促销呢？售前售后服务呢？"

侯总说："再有客户谈这些条件，你就问他是不是还要我老侯给他配送一个二奶啊？"

新推销员们都笑了，熊总、韦之华讨好地赔着笑，只有龟缩在角落里的我一脸苦相。

梅花厂那个夜不闭户、路不拾遗原始村落般的和谐融洽氛围一去不复返了，我心情沉重、步履蹒跚地出差来到呼和浩特蒙古族商场。远远地就看见董小姐在向顾客推荐我的梅花牌小家电："梅花的好，买梅花的吧！"

几位营业员小姐在议论着："好久没见老邺了，怕是不干了吧，他们广东的厂家现在业务员老是换。"

董小姐好像突然醒悟了："哎哟，那我还傻瓜似的推荐老邰的梅花牌干啥?"

又有顾客来问："小姐，给介绍介绍，哪个牌子的电饭锅好些?"

董小姐不管了："您自己看吧，都不错。"

其他厂家聘请的促销小姐争着拉顾客："这个好这个好!""我们这是名牌。""我们这是真名牌。"……

营业员们发现了我，一片欢呼："这不老邰来了吗?"

董小姐喜出望外："你可来了，我们都以为你失踪了呢!"

我萎靡不振："唉……真就差一点来不成了。"

营业员们笑着："咋了? 失恋了。"

我说："比失恋还要痛苦。经受了一次大地震。"

董小姐给了我一张请柬，说周末他们家电团支部搞活动，请我做特邀嘉宾。她又给了我一纸要货计划，得意地告诉我："你的梅花牌早都给你卖光了，只剩下样品了。赶紧通知你们厂里发货吧。"一有商家要货我就信心满怀，马上跑到电信局把董小姐的要货计划传真给厂里，以往主管发货的陈大姐收到我的要货计划，马上就会安排发货。这次不行了，我的手机始终保持沉默，我主动打电话给陈大姐，陈大姐的声音很压抑："不行啊，现在你要货要经韦之华同意。"

我打电话给韦之华，韦之华说："等我过去对商户资格考察了再说。"

我冲电话里喊："你要快点过来，不然内蒙古的市场就被格兰仕、美的、海尔抢占了!"

韦之华在电话里面牛："你说过来我就过来吗? 我现在是主管长江以北半壁河山的老总。"

我心里一阵悲凉，我和韦之华同时进的梅花厂，三年啊! 我的销售业绩从倒数第一上升至名列榜首，他韦之华却把梅花昔日最好的黑龙江市场给丢了。可是我们的命运呢? 他韦之华高高在上当了副总，我一落千丈，现在连发货权都没有了。这时从路边传来正热播的电视剧《宰相刘罗锅》中的主题歌："说你行你就行，不行也行，说你不行你就不行，行也不行。"

每当听到这首歌，我就情不自禁地把这首歌的歌词改成："说你行你就行，说你不行我更要行。"我高唱这首歌的时候，发现蓝天上有一只大鸟在展翅飞翔，这让我想到了一句格言：鹰说，只要飞翔，所有的天空都是道路。

一周后，韦之华打来电话，说他下午几点几分到呼和浩特。我提前一个小时进入站台恭候，春寒料峭，冻得我上牙打下牙。北京开过来的空调特快在我的翘首祈望中徐徐进站了。韦之华从软卧车厢下车了，我迎上前去："韦之华，你好！"

韦之华翻翻白眼："我韦之华有你叫的？"

我说："那我叫你什么？不会让我叫你爸爸吧？"

韦之华咬牙切齿："你要叫我韦总，你现在是我的马仔，懂吗？"

我忍气吞声："好好好，韦总韦总。"

出了检票口，我叫了一辆"的士"。韦之华学着当年蒋总裁训斥下属的口头禅："娘希皮，内蒙古你也干了三年，就弄个烂'的'来接我！"

住进五星级大酒店，韦之华命令我干的第一件事意想不到的是："去，给我找个妞来按摩。"

我说："我没那本事。"

韦之华指着我的鼻子尖："你真没用，还老江湖呢！"

我说："你自己去找好了。"

韦之华说："你还不服气，在厂里老板给你留了条生路，现在授权给我了，我说让你死你就得死！"

这天晚上，韦之华睡在五星级大酒店的双人床上，要多舒服有多舒服，我只能睡在大床下的地毯上，这是个很大的套间，房价1000块，但只有一张床。开始我可怜兮兮地说："开个双人间吧，要不我出去另开一个低档房。"韦之华说："不行，那丢我们梅花厂的面子，就要套房！"我蒙着薄薄的床罩蜷缩在大床下，别看这是五星级，但供暖条件并不好，冻得我抖个不停，翻来覆去，怎么也睡不着。身上冷，心里更冷，我干脆不睡了，起身穿上衣服出门，夜色沉沉，路灯下没一个人影。这时候北风呼啸，大雪纷飞，地上的积雪足有一尺厚，我就蹚着积雪"咯吱咯吱"围着酒店围墙绕圈子……天边露出了一线晨光，韦之华打来电话对我说："回来吧，邰勇夫，咱们聊聊。"

我回到酒店，韦之华假惺惺地拍了拍我的肩膀，"你老邰人还是不赖的，好好做我的马仔吧，有我的就有你的。我们组织一个狼团队，一致对付老板。"

我懵懂："对付老板干嘛啊?"

韦之华一针见血："老板是我们最大的敌人，其次才是客户。"

我反驳："老板和客户都是我们的衣食父母、是我们的上帝。自从我做推销员的第一天，我就常常在心里面朗诵这样一首诗：'我是用忠诚铸造的，哪怕有一天，我破了、我碎了，我片片都是忠诚!'忠诚已经溶入我的血液。"

韦之华摇头，一副不屑的神情："你老邰还真会唱高调，怪不得龙经理那么信任你，你这个超级大骗子。"

我反唇相讥："你不要以为所有人都跟你想的一样，君子爱财取之有道。我来顺德做推销员比你早，服务过的企业比你多，每年的销售额几百万、几千万，累计销售额也有七八个亿了，但没有给任何一家企业留下一笔呆死帐，没给任何一家企业任何一位老板丢失过一件小商品，更没有给任何一家客户造成损失。我与客户签约，首先向人家庄严宣誓：您做我的客户，我至少可以保证您的风险为零，我绝不会因为您进了我的货，造成积压、造成亏损，给您背上沉重的包袱，更不会给广大消费者留下质量问题而逃之夭夭。我这样说也是这样做的，客户购进了我推销的产品，滞销品种，放得时间久了、陈旧了的样品，质量有问题的产品，我都无条件包退包换，去年老板的营销政策变了，不给包退包换了，我宁可被老板扣奖金也想尽办法为客户解决问题。我为客户着想就是为老板着想。"

我言之凿凿，让韦之华一愣一愣的。

第五十三章
十面受敌

　　周末，我请韦之华去参加蒙古族家电商场共青团员举办的歌会。韦之华异常活跃，不断地学着著名歌星的模样，拿起麦克风为大家表演节目。不过，他这节目实在不合时宜，让年轻的共青团员们猜他的黄色谜语，两只眼睛还专睃漂亮女孩，他如痴如醉地跳艳舞，激情之处把外衣也甩了，丑态百出。有几个小伙子就要冲上去揍他了，我赶紧上台解围，从韦之华手上夺过麦克风，说："好了好了，我们韦总的精彩表演到此结束，我给大家献上一段当年的革命京剧样板戏《打虎上山》：穿林海跨雪原气冲霄汉……"

　　台下有人喝彩有人议论："广东那边的企业时兴狼文化了，所以派个姓韦的色狼过来。"

　　第二天大清早，我被韦之华一脚踢醒，昨晚我做了一宿好梦，为自己能够巧妙地解救韦之华而得意，我想：得饶人处且饶人，世界上最宽阔的是海洋，比海洋更宽阔的是天空，比天空更宽阔的应该是我郜勇夫的胸怀！但是我无论如何也没想到，韦之华扔给我的话却是："你喧宾夺主，大煞风景。你看我昨晚多活跃，把气氛搞得如火如荼，你妒忌是吧？现在给你一条唯一的出路——打辞职报告！"

　　我不服气："那厂里欠我的工资奖金怎么办？"

　　"你回去找老板去，我不管！"

　　我回到家，意想不到的是妻子抱着月月在看电视。月月正在母亲的怀里吃奶，两只小脚不停地蹬啊、踹啊……

　　我喜出望外："我月月回来了！虹，你怎么不告诉我就回来了？"

　　妻说："我就是要给你个意外的惊喜！"

　　我抱起月月，把小月月举过头顶："噢，我的小月月！"望着女儿的欢笑。满腔的痛苦和委屈抛到了九霄云外。

　　我去梅花厂向侯总要被冻结的 30 万元的工资奖金。

　　侯总黑着脸："你在梅花干了三年吧？这三年经你手报销的所有票据都要

拿出来重审，原来的都不算数了，你还要退赔给公司呢!"

我辛勤的耕耘又一次颗粒无收，我的热情、我的创造又一次白白付出。来广东做了10年推销员，干了数家企业，一次次总是面临这样的处境:辛辛苦苦、满怀热望地去奋斗，到头来总是落空，原来落了空还有希望，现在连希望都没有了。我计算了一下，这10年按正常的销售提成，我应得的回报是180万元，我实际拿到手的不足1/3!我痛心疾首，我把我关进家门，拉严窗帘，像100年前的阿Q那样蹦着高破口大骂:"侯老板，你不是人，你爷爷周扒皮比你好，人家不短长工的工钱，农忙季节还给长工加餐送白面馒头，你呢? ——王八蛋，让我喝西北风!我要把你那个东西割下来煲靓汤给四川民工喝了取暖解馋! ——"

妻抱着月月笑，月月也咯咯地笑，妻笑出了眼泪……我痛哭着捶打床铺:"侯扒皮，我打死你打死你打死你——"

月月吓哭了，一家人都哭了。

深夜，我心情灰暗地坐在床前看着妻儿在月光照耀下熟睡的样子，我想去保险公司买份保险，万一穷途末路……我就为妻儿捐躯!

我忍受着痛苦和无奈，又去找工作了。我的目标仍是那些大厂，第一家厂是中国著名的科龙集团，该集团小家电分公司的女老总听完了我的自我介绍，说:"你还推销呢，你呀，做我们的三流业务员都不够格。现在已经是'赢销'时代了，'赢销'时代策划为王。"第二家，胆小的人能吓死，胆大的人能吓尿裤子。人家已经不把自己的企业称之为厂、公司，集团都不是了，是国，还是联合国!巍峨的厂房上的巨型灯箱广告牌上赫然写着:"世界微波炉王国，世界冰箱强国，世界空调帝国，世界小家电超级大国。"形象酷似希特勒的余副总一目十行地看完了我的简历，说:"你干了几家厂都是失败的企业，你谈谈这几家企业失败的原因吧。"

我直言不讳:"一个企业的成败与老板的胸怀和个人品德有很大关系。"

余副总马上给我扣了顶大帽子:"那我们这些老板都没有胸怀都没有品德了，是吧?"

吓得我一连声地说:"老板您误会了!误会了……"

余副总说:"我要企业策划方面的人力，多少月薪能满足你的要求。"

我说："至少要 3000，这是我得以养家糊口的最低标准。"

余副总不容置疑地说："头 3 个月试用，我只能给你 250 元！"

我带着哭腔说："二百五？只够我一个人三天的饭钱，我还有老婆孩子。"

"三个月过后给你二千五。"

我想为了 3 个月之后的二千五就受点委屈吧。但我对 250 元的试用期工资待遇实在难以接受。我恳求道："余总，二百五是骂人啊。"

余副总说："我没有骂你，给你加多一块。去，给我叫下一个！"我正要遵命小跑着去为余副总叫下一个，但我觉得不是那么回事，你凭什么对我颐指气使，就因为你是大企业的副总吗？可你现在对我什么也不是。已经走到了门口的我又转过身来，正视着这位余副总说："我有一句忠告，对您企业的前途很重要。"余副总瞥了我一眼："讲！"——又是命令，牛硬得像砖头。我说："好吧，我无偿奉送，本来我这句对企业的忠告要精美地包装一下，还准备在中国的大报上花 10 万元做一个整版套红的广告。要价也不想太高，香港或者澳门一栋 500 平方米的花园别墅。今天我幸遇您好大个企业、好大个副老总，就当我巴结您了。我是位职业推销员，干了 15 年推销总结了一条最成功的经验，相信完全可以应用于您做老总的成功地经营您的企业，那就是：把人当人看，就是你们老板张口闭口常挂在嘴巴上的以人为本！"

我这话一点儿都不偏激，这个不可一世的全球"家电超级帝国"的老板口口声声说自己经营企业的理念是以人为本，但他们是怎样以人为本的呢？同行厂搞促销买一赠一，他们搞买一赠二，同行厂搞买一赠十，他们搞买一赠二十，您以为他们对消费者真有那样大方？他们这买一赠二十是从广州火车站叫卖哈密瓜的不良小贩那学来的把戏，小贩把一只哈密瓜先等分成八瓣，每一瓣再细分成无数个小薄片，但不切开，相互连着。刚下火车的旅客饥渴难耐也不细看："多少钱一瓣？""两块！"这么便宜？旅客还以为占了便宜，拿起一瓣"咔嚓"就是一口，给钱的时候就不是每瓣两块了，而是每个小薄片两块，多少个小薄片你数吧，10 片、20 片……数不清！这家"超级帝国"搞买一赠二十也是这样，消费者信以为真纷纷赶来购他们的微波炉，赠品仅仅是一台 10 块钱成本的小电风扇，这一台小电风扇他们可以解释成买一赠一、买一赠二十、买一赠二百……怎么呢？小风扇上的每一颗小螺丝他们都可以解释成是一件赠品。他们的推销员一年365天常年驻外，没有出差补助，春节都不可以回家与家人团聚；车间生产工更是没日没夜地加班，加班没有加班费。记得那一天，"帝国"每年一度的订货会盛典拉开帷幕，迎宾车数百辆，清一色的豪华奔驰，从广州白云机场到"帝国"的大厂门，绵延三十多公里，警车开路、浩浩荡荡……

卖盐鱼出身的老板致开幕词，仍在重复那句时髦的老话："呃，我们以人为本……"会场出现了骚乱，不知啥时候蹿进来个穿破旧厂服的年青打工仔，他挥舞着没了前臂的半截残肢"嗷嗷"哭泣，他想喊却喊不出声，脸憋得紫黑，他的嘴巴被一只玉拳顶着烂麻布给封住了，在这关键的时刻，是"帝国"的女文员、一位江西来的飒爽英姿的女大学生挺身而出表现出异常的勇武，一只玉拳用烂麻布顶着年青打工仔的嘴，另一只玉拳左右开弓像世界拳王一样猛击打工仔的双腮，跟随着两个往会场外押送打工仔的保安亦步亦趋……那位被女大学生拳击、被保安驱赶的年青打工仔的半截残肢，是在车间里加班加点累昏了头被机器轧掉的，帝国老板只一次性补偿2万元就一脚把人家踢出了厂大门！曾经有一段时间，这个"超级帝国"生产的微波炉在商场里面当着顾客的面一开箱，里边啥都有：发了霉的烂盒饭、死老鼠、粘有血污浸透汗水的工作衣……

当我走出这家"王国"、"强国"、"帝国"、"超级大国"的"国"门时，我万分惊讶地发现：前来应聘者排着长长的队伍，比春运期间广州火车站排队买票的人还要多！招聘台上的人事先生、人事小姐望洋兴叹，只好想要什么样的人力就呼喊什么样的人力了。

"市场营销专业的大本有没有?"

"有!"一片响应之声。

"学国际贸易专业的大本有没有?"

"有!"一片山呼海应。

"学计算机专业的硕士生有没有?"

"有——有——有啊!"高高扬起的手臂如同一片小树林。

"能够胜任大企业总裁的人选有没有?"

"有啊! 有啊! 有啊!"求职队伍出现了骚乱，众多西装革履或秃头或高挺啤酒肚的中年人狼奔豕突。其中的一位我看清了，正是脸上残留着抓伤把竞争对手咬断鼻梁的那位教授。据说，那家大厂企业派垮台之后，老板又扶持了新生派。新生派领袖是个天才，18岁考取博士，但没有去读，一定要来玩玩企业，进厂3个月就把学院派全面击溃。学院派领袖下台前夕，曾经打电话请我去做该大厂的区域经理，幸亏我没去。如果去了，在我的人生履历表上将又多出现一次被炒鱿鱼的惨痛经历。

找工作的途中，我不断地遇到梅花厂我被炒鱿鱼后入厂的新伙伴，他们来厂里十天八天，看出厂里形势不妙，阶级斗争残酷无情，狼道大师比旧中国天津资本家的狗腿子心还要黑，口口声声地说："三条腿的蛤蟆难找，两条腿的人到处都有！"新伙伴们要么借笔差旅费回家，要么又去找工作，他们跟我一样，坚信天下乌鸦不是一样的黑，即使全天下的乌鸦都是黑的，生存环境改变，它也要变成灰色的、褐色的，或者像美丽的鸽子那样是白色的。一位生物学家曾告诉我："在西北的千里沙漠上黑色的乌鸦就无法生存。"

这天我意外地与梅花厂曾经不可一世、耀武扬威、满脸骄横的营销硕士、新任营销部熊总经理狭路相逢。我装作不认识正欲躲开，他却主动拉住了我，一脸的谦卑："老邰，我现在深深感受到了你们那些老推销员离开梅花厂时的心情！"说这话的时候，他眼里涌出了泪水……怎么会想到呢？他刚刚出差归来，他总经理的宝座已经被一个陌生的、比他在任时更骄横、更苛刻的人占据了。据说梅花厂现任营销部总经理博士学位，管理推销员的招数更绝，我离厂时推销员出差回来一次性填20张表格就给报销，现在推销员平均每天就要填20张表，一张比一张烦琐……推销员在外地每天上午下午都要回电话，而且不能用手机，一定要用当地电话。我曾经十分厌恶这位短命的前总经理，现在却发自内心地同情起他了："这样吧，我骑摩托车带你一家厂一家厂地访，我刚刚访完了100多家厂，路比你熟悉，相信凭你的硕士文凭能找到一份更好的工作。"

营销硕士向我透露了实情："我不是营销硕士，是学挖煤的工程硕士。"

我鼓励他："大企业看重学历，不管什么专业，哪怕是假的，有张硕士文凭就比没有强。"

我帮"营销"硕士找到了一份他很满意的工作，我自己却迟迟找不到。中山小榄一家厂的老总看了我的个人简历，说："这怎么会呢？这怎么可能呢？干得那么好怎么会炒你呢？"

我说："我怎么知道，大换血，我还留用了几天，我那些同事都是在梅花厂干了十多年的老推销，我的领导龙经理16岁就跟着老板闯天下，还有我领导的领导副老总们全是厂里的元老，都被老板扫地出门了。"

总经理头摇得像拨浪鼓："这不可能！你心态有问题，凡事要在自己身上找原因。"

我气愤："好好好，如果有一天您遭遇不法之徒敲诈勒索、图财害命，您千万别去报案啊，肯定您也是心态有问题。"

我一次次地出去找工作，一次次地失望而归，但我仍不懈地努力着，我深知：在这个世界上，人们太喜欢按着一种固定的模式衡量一个人或是一件商品了，哪怕你是一块纯金，立在马路上，过往的人在你的身上踩来踩去，还不断地被你绊倒，遗憾的是他们就是发现不了你，对你视而不见，还往你的身上撒泡尿，踹上一脚，骂你是块绊脚石，往往这些人还是那些专事寻找金子的专家——人力资源总监之类的人物。只有你自己发现你自己——噢！我是块金子，我是世界上最伟大的推销员！于是我不断地去推销，不断地去碰壁。

我现在是四面楚歌十面受敌啊！我悲凉地发现，现在真的不是以销售为龙头了，策划大师们才是最吃香的，随便卖一个小点子几十万、上百万，甚至更多。不过，他们大部分都是"海吹派"，坐在茶楼里边每天都能吹出几个地球的财富。他们越是策划，烂尾楼越多，形象工程越多，卖不出去的产品越多，一位狼道大师为湖南张家界一旅游景点做招商策划，让飞机钻一个狭小的山洞，钻那山洞飞行员必死无疑，狼道大师自鸣得意："我的策划就是要飞行员死！"

日子一天天地过去，我的工作没找到，月月已经会满地跑了，会喊爸爸了，喊得不清楚，把爸爸喊成"发发"。每天我出门，月月送我到门口，喊："发发，拜拜！"

　　我走到楼下，月月又追到阳台上，向我挥舞着小手喊："发发，拜拜！"

　　我骑上摩托车在大院里转一圈朝可爱的女儿挥挥手喊着"月月，乖乖"，又满怀希望地出去……

第五十四章
"赢销"时代

吴天明打来了电话："老邰，过来过来，我做营销老总了，请你过来做我的开路先锋！"

吴天明就是1987年12月我在火车上相识、同去海南找工作处处碰壁的那位西安某飞机制造厂的工程师。吴天明后来也辗转来到珠三角，他现在混得有模有样，车子有了，别墅有了，而且拿到了中国营销界顶尖荣誉——金鼎奖。

他来珠三角的第一天就当上了一家大企业的策划部经理，那时候他还不懂啥叫策划。十几年的打工生涯，他过得风风光光，要多体面有多体面，国际级的体育盛会上，他做提供圣火的著名大厂的新闻发言人，在那规模空前隆重、令全世界瞩目的时刻，他距国际奥委会主席只有两米之遥；他现在像明星那样走穴打工，日薪千元！

吴天明在电话里催我："马上过来，机不可失，时不再来。我这里可是全世界最大的燃气具集团啊。"

我心花怒放，能到世界级的著名大厂做个最底层的推销员也值啊。我放下电话就直奔中山小榄镇的那家燃气具集团。傍晚，吴天明驾车带我在那家大厂所在的小镇上兜圈子，问我想吃点什么？我说随意随意。一家家灯红酒绿的大小酒店在车窗外流水般划过，我猜想着飞黄腾达的吴天明将会在多么富丽堂皇的大酒店款待我，吴天明与我一样，赚了钱请朋友吃饭乃人生一大快乐。车子在一家十分不起眼的东北餐馆门前停下了，吴天明说："老邰，请你尝尝你们东北的酱骨架吧。"

说话间两大盘酱骨架上来了，我戴上只塑料薄膜手套，试图大啃特啃猪骨头，遗憾的是全是瘦骨头，左啃右啃，啃了一大堆也没尝到肉滋味。吴天明两眼吝惜地盯着我啃过的骨头，连连说："白瞎了白瞎了，你简直就是在暴殄天物。你要这样……"他给我示范："唆、舔、吮，吮骨腔里的骨髓油，骨髓油最棒！"盘子里的骨头转眼间被他唆、舔、吮光了，就来收拾堆在我嘴巴下边被我啃剩下的骨头。我还以为他要把这些沾着我口水沾着我牙慧的残骨头找服务员丢掉，哪想到：我最崇拜的伙伴——日薪千元、万元的打工皇帝吴天明竟然把这些脏骨头一根接着一根往自己的嘴巴里回收……一块我嚼过两口没嚼动吐在桌上的软骨，他也丢进嘴里咯嘣咯嘣嚼得喷香，边嚼还边发表感慨："人啊，要不断地提升自己，我来这家大厂跟老板学到了许多经营法宝！"

我问都学到了啥？开始他不肯讲，经我再三恳求，并强烈要求两盘酱骨架由我买单，他才同意只传授我一条："低成本意识！——老板在全世界燃气具行业排行第一，几十个亿的身价。可人家低成本意识特强！"

"怎么个强法？"

"为了降低成本，人家几十亿身价的大老板不惜学《半夜鸡叫》里的老东家。"吴天明万分敬佩地讲给我这桩当代《半夜鸡叫》的故事：仓库里 A、B 两个盛漆的大罐，A 罐比 B 罐摊在每台燃气具产品的成本贵一毛钱。A 罐是采购经理坚持要进的，便宜一毛钱的 B 罐是老板看好的，但采购经理始终以 A 罐油漆各项指标都优于 B 罐为理由坚持进 A 罐的油漆。老板每天为那一毛钱耿耿于怀！这天半夜里就悄悄潜入仓库，把 A、B 两罐油漆调包，第二天，脸上、手上都缠满绷带的老板把采购经理叫到办公室，你说："A 罐油漆好还是 B 罐油漆好？"

采购经理说："那还用说，肯定是 A 罐好了。"

老板一拍桌子，"你去给我化验，到底哪个好！"

采购经理拿去一化验，怪了？怎么 A 罐不如 B 罐了？

为了降低这一毛钱成本，老板付出了比周扒皮还要惨重的代价，仓库里漆黑一团，把 A、B 两罐油漆调包并非易事，老板的双手、面部都被油漆烧伤了。

第二天，我在吴天明任职的"低成本"公司上班了。这家世界著名大企业的确非同一般，巍峨壮观的大厂房，厂区内有足球场那样大面积的绿色草坪，写字楼大堂宽大无比，前台小姐漂亮得像电影明星，装修豪华的大小会议室一间又一间，只是各部门的写字间太狭小了，白领丽人、白领先生们，无论多么尊严的屁股、多么娇嫩的臂膀一律都要屁股对屁股，背靠着背亲密无间地工作。我的办公位恰好在最里侧靠墙处，每倒一杯茶，每接听一次电话，每去一次洗手间，出去进来那么一次，我身边的一溜同人都要全体起立，停止办公，在众目睽睽之下，我表演一级跳、二级跳、三级跳……六级跳。六级跳结束，惊世骇俗、令我瞠目的事情发生了——进厕所和进饭堂吃饭一样要刷 IC 卡！上班待命的第一个月下来，工资扣了我一半，部门开会，业务员会见客户，凡使用大小会议室一概按分钟按人头扣费用。

我去吴天明的办公室想直言不讳："这样的'低成本意识'太过分了！"

咦！吴天明的办公室已经换了新主人。我怏怏不乐地回到那个需六级跳的小办公位，听到同事们在小声议论：老板换人换上瘾了，管营销的职业经理人原来是一年一换，现在是三两个月一换。据说老板这样频繁地更换职业经理也是为了低成本，让他们任何一位职业经理人都在试用期内卷铺盖，就可以省下老板承诺的高薪了。

取代吴天明的新任营销总监这天把我招去，对我说："念你是个老推销，我给你个分管一个城市的三级经理。"

我感恩戴德："行，只求您给我一个独立的市场。"

"你如果肯屈就，可以马上出差了。"总监把我介绍给我的小上司——粤西、海南片的二级经理。小上司是从一家空调大厂过来的，方头大耳狮鼻一脸的福相，如果早几年在那个所谓推销时代，小上司一定会发财，中午请我去吃盒饭，掏空了口袋没凑足十元钱。下午小上司为我去找老板申请差费，老板一口回绝："没这个先例，我给空间我给平台，差费自己垫！"

我自我安慰：行啊，为了长远利益，自己垫吧，按我过去推销时代的经验而论，几个月后，我的工资奖金什么都应该回来了！再问工资奖金，让我凉透了心，三个月试用期月薪八百元，转正后月薪一千五百元，没奖金。如果完不成当月销售任务，一千五百元要按百分比倒扣！那我也在所不惜，谁让我那么热爱推销呢？出差每天吃饭补助是二十元，只够低档饭店里的一餐饭，另两餐饭我策划好了——像反刍动物那样倒嚼！我被荣幸地派驻海南三亚，再次做起了我的老本行推销员。

准备出差的短暂时日里，我得以在营销公司写字间里与新招聘来的小青年们搭讪，"先生贵姓?""负责哪块市场?""那地方好玩吧?""咱哥俩还是老乡呢! 嘿嘿。"隔阂很快被我这位老推销员打破了，小青年们交头接耳躬着身与我小声交流，他们的年龄不大，刚出大学校门，但阅历一点都不比我差，海尔、联想、TCL、格力、美的、科龙、方太、格兰仕……中国的著名大企业让他们干了个遍。刚出差回来的小 B 很悲怆、很动情地为大家分送香烟:"咱们大家在这里相遇，不管一天、两天、哪怕半天，相遇就是缘啊!"

我的小上司对小 B 说:"我原来那家空调大厂每个月都换人，你能在一个城市干两个月已经不错了!"在一家冰箱集团任过职的小 C 说:"中国的营销大师在冰箱集团任老总时，黑龙江市场的区域经理一年换了十个，他手下的科长部长每周都换!"

我叹为观止，这样换来换去还做不做销售了? 小 C 受过大师现代营销理论的熏陶换过脑，他为大家背诵被营销界称之为"爸爸"的美国佬科特勒先生的语录:"市场营销不等于销售，营销的最终目的是使销售变为多余。"

我云里雾里:"那要我们这些推销员干什么?"

小 C 要为我纠正，我说:"好了，营销最终会让销售变为多余，那我们的产品又怎么样从企业转移到消费者手中呢? 飞翔啊?"

小青年们都乐了，小上司老诚，笑嘻嘻地说:"邰总，别细究了，生存是硬道理。"

下班大家回企业公寓的方式是搭摩托车或靠两条腿长途跋涉十多华里，企业的员工公寓比在外边租房还要贵。我和小青年们走得相当累，原来推销时代让我一口气走一百里我都不会累，那时推销员们回厂各个都有小车，即使暂时没小车，也有希望在年底或在不远的将来买部靓车。来珠三角做推销员的十年间，从广州到海南这样远的路程我是第一次乘长途汽车，渡琼州海峡折腾得我又呕又吐，过去那黄金般的推销时代我这位小小推销员出差坐飞机可以坐头等舱，乘火车可以坐软卧，下了飞机或火车可以一概打的，而且腰包里的公款借支足足的，背后像有座强大的靠山，现在呢，心虚虚的，唯恐老板翻脸不认人，辛辛苦苦地跑市场，回公司不但有可能拿不到那份微薄的薪水，自己垫支的差旅费老板也许不给报。唉，我与那些小青年们一样，心凉啊，凉也要奋斗，我的人生座右铭是: 珍爱上苍给我的每一寸空间! 失业在家时，我常常面壁狂呼："老板啊，再给我一次做推销员的机会吧，只要你给我一寸空间，我就给你放万丈光芒，给我一个小小支点，我就给你把地球撬起来！"

天涯海角到了，迎接我的是蓝天大海，办事处没有来接我这位三级经理，是我自己打电话摸上门的。一个海南省的三亚市比我过去做"四省总督"所管辖的市场至少要小五十倍，但我非常珍爱这个芝麻粒大的三级经理。新官上任三把火，我虽久经磨难但绝不例外。我召集全体办事处人员开会，"呼啦啦"业务主管、导购主管、维修主管、导购小姐一、二、三……来了十名，尚有十位缺席。我与大家寒暄，大家都客客气气，但我有一种感觉，似乎我这位三级经理缺少权威性。后来我像模像样各个卖场巡查一圈，请导购小姐帮我盘点一下库存，过了几天盘点表始终上不来，我再次召集办事处全体成员开会，没有谁把我的圣旨当回事。我打电话与我的小上司发牢骚，小上司笑了："邰总啊，不用管他们，我承认你是三亚老总就行了呗。"接二连三地碰壁我才知道我是多么的滑稽可笑，办事处只有导购主管有实权，掌握着一支导购团队，其他的几位同人都与我一样平起平坐：维修主管隶属公司售后服务部，营销代表甲隶属公司电热水器事业部，营销代表乙隶属燃气热水器事业部，营销代表丙隶属消毒碗柜事业部，营销代表丁隶属电饭锅事业部，我隶属我的小上司，小上司隶属电磁炉事业部，严格地讲我比他们几位营销代表还要小一个级别，我的小上司才是与他们平起平坐的。

小就小吧，受点委屈没关系，只要能干出成绩。我们同一家公司同一个办事处的甲乙丙丁戊……各路诸侯，在三亚唯一的客户是同一家总代理。我现在的工作不再是推销了，按我以往的经验推销是想方设法千方百计地让经销商勤进快销，随时帮助人家解决具体问题，我一到任就发现总代理下边大小零售商都压了一批销不出去的老品种，我想应该帮人家解决啊，公司让点利、争取总代理也让点利把那些老品种打折卖了。我请示我的小上司，小上司说："公司这头你就别指望了，你只能逼总代理，让他打折。我们的任务是千方百计、百计千方地套经销商的货款，你每天都要缠着他、逼着他。"

我说："搞推销——不！我说错了，是搞赢销，只赢不输的赢销还要逼人家的吗？逼急了人家不做了呢？"

小上司说："他不做拉倒，咱牌子响，有品牌优势对经销商有拉动力，那条街上咱们可轮着做。"我说："轮到最后谁都不做了呢？"小上司说："那时候你我早远走高飞了，也许升迁也许跳槽，管那么多干啥？当务之急是生存，你完不成当月的回款指标，郜总你就拿不到工资了！"我摸摸已经变得空扁的口袋，生存无着落的恐慌袭上心头！我不甘落后，硬着头皮去缠去磨去逼，逼那个捧着个烫手红薯吃不得又扔不得的总代理打款打款、进货进货……

出师得利，刚见总代理，话还没说呢，总代理就甩给我一纸要货计划："赶紧发一车电磁炉过来，我款在你们公司账上还有30多万呢！"我出门，办事处的几位同事接踵而入，各个都咄咄逼人："老板，这个月你消毒碗柜没完成！""电饭锅你还差一半！""热水器你一笔款没打！"接着就是大呼小叫："进货进货进货！""打款打款打款！""我要换总代理了！""老板炒鱿鱼我找你讨饭啊！"那个受气的总代理应接不暇。

时间就是金钱，回到办事处我用电脑飞快地打好发货计划立马往公司发了传真。我的同事甲乙丙丁……各路诸侯一个个垂头丧气地归来，我跷着二郎腿悠然自得地吸烟喝茶，幻想着我那一大货车电磁炉正开出公司大门……第二天，我计算着货正好该到的时候，小上司来电话了："郜总，你咋搞的？那货没给你发！""为什么？""你发那个传真没用公司的发货专用表格！""我用电脑打的不更好吗？""不行啊郜总，现在是赢销时代，赢销时代讲究规范！"

我到处找表格，那表格堆得像座山，什么申报促销物品、制作展柜、办事处人员去向、总代理动态……鸡零狗碎都有专用表格。发货的专用表格填了，传真回去了，货该发了吧？——慢着，小上司来电话了："货发不了，你赶紧去找总代理逼他打款！"

我说："人家在公司账上有30多万余款啊。"

小上司说："这不是赢销时代了吗？专款专用，他那余款是打在电饭锅账户上的。进电磁炉要另打款。"

小上司的吩咐照办！我去找总代理。总代理彻底泄气了："你们那个牌子我没法儿做了，左个账号右个账号、公开账号保密账号，事业部一大堆，营销代表一大堆。我那点儿有限的资金投给你们谁呀？"

第五十五章
自由推销人

我再一次濒临绝望之际，我的手机接二连三地爆响，中山、顺德许多小企业的老板不知是怎样得知我的电话号码的，都请我去做推销。第一个请我去做推销的是梅花厂的老同事姜云辉。我被炒鱿鱼时，一脸苍白无地自容，好像全世界的人都在嘲笑我。姜云辉可就不像我了，人家被人事部叫去，告诉他：你另寻出路吧。姜云辉说好！他转身匆匆走了，当他再回来面对老板面对昔日的伙伴们，他换了一身崭新的行头，脸刮得干干净净，还吹了个发型，开进厂里一台漂亮的凌志车。他这个丢根烟，那个丢根烟，最后没烟了，向炒他鱿鱼的老板用手指弹了个响，比以往任何时候都神气十足："看到了吗？过去开烂车，现在被炒鱿鱼了，咱们开新车、靓车！"

办完离厂手续，他钻进凌志，打火、加油门、长长地鸣了几声喇叭，开出厂大门时还从车窗里探出头来，向所有的人挥挥手……

我曾想，那是姜云辉财大气粗，在梅花赚足了钱。后来姜云辉开车来请我去喝茶，我见他开的车仍是过去的那部陈旧的二手车，我问他："你那新买的凌志呢？"

姜云辉说："那是我在汽车修理厂修车时，临时借的。"

姜云辉告诉我他开了一家实业公司，希望我一旦有老客户过来一定要带过去。后来有昔日的老客户过来我就领着去看他开办的实业公司。他的实业公司只是路边的一个小门面，陈列的产品与我们的前老板厂是同样的，也是电饭锅、消毒碗柜、电磁炉等厨房小家电，只是款式、品牌不一样。姜云辉给我的客户兴致勃勃地介绍他的产品，说他的产品如何如何好销，上个月销了多少，这个月销了多少，下个月的生产计划已经排满，工人都在加班加点。

客户脸上露出疑问，他心领神会："我们厂比较远，为了方便客户好找，特意把销售放在这。"

　　不管客户进没进他的小家电，他都豪情万丈地请客户去酒店吃饭喝酒，然后虔诚无比地开车请客户去他的"厂"参观。姜云辉的厂子的确一片繁忙，只是车间生产线上流动的产品并不是他的那个品牌，有些车间里生产的是与他的产品毫不相干的东西……

　　过了一段时日，又有老客户来找我了，我履行对姜云辉的承诺，带着老客户去他路边的门面，门面已经关门了，门上的"某某实业公司"的牌子也不见了，我心里咯噔一下，姜云辉刚刚开张不久的公司倒闭了吗？我给他打手机，手机里他谈笑风生："过来过来，我搬新厂了！"

　　很远的地方我就看到了姜云辉新厂的大红招牌。姜云辉满脸笑容地在厂门口迎候我和我的老客户。新厂的规模挺大，他陪着我和我的老客户参观着他的新厂。厂子的大门口有一整套总经理办公室、销售部、生产部等部门，然而姜云辉的总经理办公室却在厂子深处的一个偏僻的小角落。

　　这次姜云辉请我们吃饭去的是大排档，但姜云辉喝酒的豪情仍然依旧。谈起他的业务仍然兴高采烈：这个月出口西班牙多少、内销多少、贴牌多少……给人的感受他的公司每天都在蒸蒸日上、生意火热。

　　后来姜云辉无意间向我露底了：他的实业公司仅仅是去工商局注册了一个品牌，银行开了一个户头，委托他的那个"厂"为他加工生产。

　　姜云辉的做法令我非常钦佩，我说："你真行！注册个牌子就可以自己做老板，而且生意又这样好！"

　　姜云辉说："好什么呀，你没见生产小家电的厂一个接着一个地倒闭，没利润，销几千万出去也赚不了几个！不亏就不错了！"

　　我说："我每次来都看到你兴高采烈的样子，没有一点生意不好的迹象。"

　　姜云辉拍拍自己的胖脸说："不好还要放在脸上吗？你对别人哭说你没赚到钱活不下去了，谁会同情你？谁会可怜你？"

　　我想也是，整日哭丧个脸干啥？冻死迎风站，天无绝人之路！

　　这天很晚了，我的手机又响了："邰，我来顺德了，过来过来。"这是久违了的内蒙古鄂尔多斯高原上的那个骗子老板打来的。我心怦怦跳，这是我离开梅花厂唯一有几分对不住的客户，我经手时的一些残次品还没来得及给人家退换我便突然被韦之华炒了。我想骗子老板一定是来找我麻烦的。

骗子老板是蒙古族，厂家的推销员包括我都叫他老蒙古。老蒙古后来与我做业务很友好，很爽快，只是我总想着他的"历史问题"把他当作大灰狼来严加防范。每次去鄂尔多斯，老蒙古都带我去草原，他的车开得飞快，前边一辆大货车，左前方又迎面驶来一辆车，就那样一个一闪即逝的空间，他竟敢超车！对面司机吓得目瞪口呆正要弃车逃命，他"嗖——"地闪电般从两车之间的夹缝一闪而过！草原上有他的鹿群和蒙古包。车开进他的鹿群他便像个豹子那样跳下车，看准一只最健壮的公鹿玩命追逐，直追得那公鹿精疲力竭跑不动了，他便一个箭步飞跃上去，用膝盖按住公鹿，抽出腰刀寒光一闪，一脸盆冒着热气飘着血腥味的鹿血就送到我面前来了，老蒙古有喝鹿血的瘾，我奉陪，硬着头皮，端起盆子，像盛夏在酒店里喝扎啤那样仰脖"咕嘟咕嘟"喝下小半盆，剩下的一多半他一口气全干了，然后我俩抹着嘴巴上的鹿血一路说着下流话去他的蒙古包大口地吃水煮活鹿……

与我做了三年业务，老蒙古全是打款进货，想拖欠货款但我一直也没让他拖欠成，反而给人家留下了一些遗留问题，便宜了不仁不义的侯老板，坑了对我肝胆相照的老蒙古，想想我就后悔。我忐忑不安地叩开老蒙古下榻的宾馆房间。老蒙古刚冲完凉，赤条条地围着条浴巾，见了我"咚"就是一脚，说："郇，怎么一年也不给我电话，我还以为你失踪了呢！"我如实坦白："老哥真对不起！我无颜见你，你那些残次品我还没来得及……""行了行了，不就那点烂货吗？别再提了，我找西安的大户给换了。"我轻松了。老蒙古端坐下来，郑重其事地对我说："咱都是铁哥们，没路走了就该找我！"老蒙古甩给我一沓百元人民币，说："拿去用。"

我慌了，连声说："不不不，这怎么能行，无功不受禄！"

"拿着，这是我给你的业务费，我在西安开了家顺德小家电批发中心，你不是有那么多熟悉的小厂吗？电饭锅、热水器、食物加工机……你看着给我进吧！"

有众多姜云辉那样的小厂找我，又有老蒙古这样的客户找我，我心里猛然一亮，此处不留人自有留人处——我做自由推销人。不图哪一家老板是否给差旅费，是否给底薪，只要众多小厂的销售提成和销售权，不受制于任何一家企业！有了这个想法之后，我选好了几家产品有特点、有创意、质量好的小厂，帮老蒙古进了一批货，我便背负一个大旅行袋，两手各拎着一个大编织袋，胸前挂着个大书包，里面装着几家厂的产品图片，几款实物样品，告别我的娇妻幼女披挂上阵了。第一站武汉，我拜访了武汉最大的批发商，我把我推销的产品一一推荐给老总："这是某某牌的电饭锅，这是某某牌的炉具，这是某某牌的消毒碗柜，这是某某牌的电热水器……"总经理目不暇接地看着产品图片、价目表，越看越糊涂，他疑惑地注视着我："你到底是哪个厂的推销员？"我一连从书包里抽出七八张不同厂家的名片，用双手敬给总经理，总经理把我的名片连同一大摞的产品资料往我怀里一推，连连摆手："免谈，免谈。"我碰了一鼻子灰，讪讪地走了。我分析失败的原因，是自己太急于求成了。我吸取了这次失败的教训，走一家客户，只推销其中的一个品牌，走下一家客户时，再推销另一个品牌；在这个城市里专推销电饭锅，另一个城市里专推销电热水器……

这样，我从武汉到郑州，又去天津、唐山、大连、沈阳、长春、哈尔滨，然后，从大连渡过渤海湾到山东的烟台、潍坊、济南……每次出火车站的检票口，满身披挂的我横着出出不去、竖着出出不去，怎么样调整姿势怎么样挣扎也出不去，我就粗鲁地骂人："妈的，检票口都这么小！"

这一骂惹来了麻烦，检票员见我大包、小包累得满头是汗，就过来拽我，我还以为他们是帮我忙的，连连道谢！哪曾想，检票员是拉着我去称重、补行李票……一路辛辛苦苦，只在潍坊签了一单电饭锅的合同，但要商家到厂里实地考察后才能履行。

那一路50天，平均每天一个城市。我两手空空而归，第一个迎接我的是月月，月月为我开门冲我笑着，拍着小手："发发（爸爸）！发发（爸爸）！"我扔下满身披挂，抱起月月，想把月月举过头顶，但举不起来，两只臂膀又酸又疼。妻过来帮我脱下汗津津的上衣，两个肩胛骨被行李勒出了紫红色的印迹。

妻心疼地抚摸着问："拉到业务了吗？"

我不耐烦："你别问这些！"

妻平静的脸上出现了不安，一年多了，存折上的钱只有支出没有收入，妻说："要不我带月月回大巴山？"

　　我说："不！有你在、有月月在，我就会有智慧就会有创造力。"

　　我驾着摩托车一路狂奔，逐家小厂去向老板们如实汇报："对不起！这次出去没做成一笔买卖。"

　　有些老板对我没了出差前的热情，姜云辉仍对我信心十足，请我到酒店吃饭，请我到歌舞厅唱歌。无论老板对我的态度如何，我都向老板如实汇报："对不起！这次出去没做成一笔买卖，但我仍会不断地走、不断地寻找机会。走10家没生意，那么我走100家；走100家找不到客户，我走1000家！走1000家肯定会找到一家客户，走10000家就会找到10家客户，星星之火，可以燎原，希望老板能比我更有耐心，就是皇帝的女儿还要有一个出嫁的过程吧！"

　　有两家小厂的老板被我感动了，答应给我报3个月的差旅费，并每月给我1500元的底薪。差旅费是车船飞机票实报实销，极牌电饭锅厂每天补助我120元，航牌电热水器厂每天补助我110元，两家厂合计每天补助我230元——哈！在广东，在全国这已经是最高级别的待遇了。本来还有珠海一家生产食物切片机的美籍商人也同意给我差旅费和底薪，我没要，我说等拉到一两笔业务再说吧！

　　回到家，我把好消息汇报给妻子，妻子的脸上露出欣慰的笑靥。晚上，我生活的小镇商业街上灯火辉煌，我们一家人出去散步，我喜欢让月月高高地骑在我的脖颈上，但月月一到了街上就一定要下来自己走。我和妻手挽着手，月月雄赳赳气昂昂、背着小手在前边迈着正步走，我相信：亿万富翁、本市市长的女儿都没有我亲爱的月月走路神气。

　　我又一次出发了，这次第一站长沙，第二站湖南常德。那一天，常德发生了抢劫银行的惊天大案，沿途军警荷枪实弹，关卡林立。每道关卡都有头戴钢盔、身穿防弹衣、手持冲锋枪或平端手枪的武警官兵上车搜查逃犯，然后告诫司机和旅客："路上小心啊，逃犯携有枪支！"那一路险象环生、危机四伏，我唯恐在警匪枪战中饮弹身亡！路上，那两家答应给报差旅费的小厂老板一天几个电话，追问销售情况。他们打电话的时间选得准确无误，要么我在急着找厕所，要么我正在玩命赶火车……他们把推销看得太容易了，以为只要开个厂生产出产品就会有人买。

唉！湖南的几个家电批发市场访了个遍，除收了一摞客户的名片，两手空空。我又直赴太原，乘长途班车攀上恒山，穿过雁门关，跨越五台山到了大同。

在大同出现了转机，大同的春毅家电城欣然接受了我推销的极牌电饭锅，当我把合同和商家办给我的银行汇票往厂里发传真时，我激动得要哭，尽管这仅仅是7000多元的货，但这是大同最大的一家家电城，发展得好，有今天的7000元，就会有明天的7万、70万元！推销的路，有偶然，也潜伏着必然。到了呼和浩特，我走访了在呼和浩特唯一认识的个体家电批发商云布龙老板，我曾前前后后上门推销了一年，每次云布龙老板都热情地请我到大酒店吃饭，甚至还为我付旅馆费，但直到我离开我原来服务的梅花厂，一笔买卖也没跟我做。这次我又来了，换了一个新的品牌，而且是一个陌生的小厂的产品，我没抱太大的希望，云布龙老板仍像过去那样热情地请我到大酒店吃完饭，还要拖着我去唱歌，我说："我不去，我不好意思，您也该给我一次机会，让我能够为您的生意帮点什么，您看我推销的极牌电饭锅，有很多卖点！"

云布龙老板犹豫了。这时我才知道，我面临的挑战是多么严峻。我在梅花厂的竞争对手韦之华也来走访云布龙老板了，韦之华现在是梅花厂长江以北的大片经理，看来我们要在内蒙古做一次针锋相对的较量了。韦之华代表的是曾经赫赫有名的大厂，是以副总经理的身份出现，况且我在梅花厂时与云布龙老板的买卖已经快谈成了，云布龙老板明显倾向梅花，因此韦之华占有明显的优势。不过我深知：韦之华为人处世不行。也许用不着我竞争，他就会不攻自破。那天云布龙老板请众多厂方推销员、老总去草原旅游。

一辆三菱大吉普朝草原深处行驶着，驾车的是云布龙，副驾驶位上坐着趾高气扬的韦之华。云布龙边开车边讨好着韦之华："韦总，请夫人来咱们大草原玩玩。"韦之华："不行，我夫人是研究导弹的，一般不出来，自治区主席想请我夫人过来旅游都没请动。"

我坐在最后排的角落里，静观时势。

韦之华在炫耀："梅花厂长江以北的市场都归我管，我下边的马仔就有100多个，我说炒谁就炒谁！"

云布龙："韦总，做你们梅花产品，你都能给我什么政策？"

韦之华说："没政策，竞标！谁出钱多谁进货多，就给谁做。原来那个蒙古族、天天、包头百货一年做几十万一百来万，我现在尿都不尿他们。"

我有了自信。

三菱大吉普停在一座蒙古包前。

我下车正好与韦之华四目相对，我友好地笑着点头："你好，韦总，我们又见面了。"

韦之华仰面朝天，用两只鼻孔盯着我，牛皮哄哄地"哼"了一声，不屑理我。

"不理就不理呗，谁笑到最后还不知道呢！"我这样想。云布龙给厂方的业务员、经理、老总们拍照。韦之华发现旁边是我，忙闪开躲到另一边去……

云布龙开着车在草原上找蒙古包吃饭，每进一家蒙古包云布龙老板就征求韦之华的意见："韦总，这家行不行？"韦之华往里一探头，转身捂着鼻子便跑，连连嚷着："臭！臭啊！"换了几家，他都是掉头便跑，大喊："臭啊臭！"

最后一家蒙古包，韦之华还是捂着鼻子喊臭。厂方代表们都烦了，纷纷议论："算了算了，都挺好！"

一位厂家营销老总说："啥叫臭？——膻。老板请我们来不就是吃羊肉的嘛，哪有不膻的。"

蒙古包里，大家都在大碗地喝羊杂汤，大口地吃手抓羊肉；蒙古包外，只有韦之华一个人吃为他专做的没有油只放盐的水煮白菜……

我也不习惯吃手抓羊肉，半生不熟怎么嚼也嚼不烂。云布龙一边香喷喷地大口吃着一边关心着大家："怎么样？我们草原上的肥羊——真正的绿色食品啊！"

云布龙用那双油渍渍的大手割了一大块羊肉放进我的碗里，我说着"好吃好吃"，就把那大块羊肉塞进嘴里，嚼不烂就囫囵地吞。然后与云布龙吭吭碰杯，云布龙老板吃得满面红光，连连说："老邰，你是我们蒙古人最真诚的朋友。"

从草原回呼市的路上。云布龙老板对身旁的韦之华说："明天上午第一时间来店里签订合同吧，不过我不可能一次性进太多的货。"

韦之华神气十足地说："那我要好好考虑考虑。"

韦之华有个坚持了数年的爱好，就是每天的第一时间一定要去所在地邮政局盖一个邮戳，风雨不误。这正好给我提供了机会，这天恰好是星期天，邮政局人多，等韦之华志得意满地赶来之时，云布龙老板的小家电要货计划已经全部给了我，我出门他进门，我们又一次狭路相逢四目相对。我把手上刚刚拿到的50万元银行汇票朝韦之华晃了晃："你来晚了，韦总！"

韦之华气急败坏地找云布龙老板吵："我们这么大厂你不做，非跟那个姓邴的骗子做，那是我炒掉的马仔。"

云布龙两手一摊："我等了你一上午！都怪你太牛B！人家邴勇夫是个老实人，也是你同事，你升了官儿就把人家赶走还骂人家是骗子。做人不地道，我也不敢跟你做，算了算了以后找机会吧。"

接下来的包头、银川、兰州一路顺风，然后远征新疆乌鲁木齐，一下火车，就在火车站附近的商贸城找到了客户。这家客户的杨老板，小个，一双聪慧的眼睛，说话办事特果断。我怎么看怎么面熟，但一时想不起来，还是杨老板首先认出了我，说："老邴，咱们过去在顺德同一个厂啊！"

我终于记起来了，这怎么会呢？这怎么可能呢？这位杨老板就是当年我在成功厂时住同一间宿舍，厂里给他发了100万元的货，他便一去不归的那个推销员杨建初。他现在发达了，成了新疆有名的家电批发商，给自己的光棍老爸娶了个18岁年轻漂亮的俄罗斯小姐做太太。他跟我敲定了买卖，然后亲自驾车带我去天山游玩。路上，他说："我愿意跟你做，换个人来我理都不理，因为你这个人我了解——真诚、负责！"

在哈尔滨火车站附近的一家没有星的酒店。我意外地与我的前老板——侯老板邂逅相遇。他正在与总台大嫂砍房价，争得面红耳赤。总台大嫂最后发了脾气："再便宜就不要钱了，不要钱给住的地方你去好了！"

侯老板信以为真，收起行李："哪儿啊?"

"——收容所！"

曾以"精品一族"著称于世的梅花电器老板现在变得惶惶不可终日。一个人拎着包东奔西跑像个贼似的四处查访，唯恐他崇尚备至的能够变泥巴为钻石的"方士"、"神匠"——许大师做他的手脚。许大师推行大厂模式后，老员工全走了，面对一片陌生的新面孔，侯老板备感孤独，过去跟随他共同奋斗的老推销员都成了他强劲的对手，就连智商低下经常要面临被炒鱿鱼险境的我出来推销，都是首先找梅花的老客户……梅花厂销售形势直线下滑，营销部改革后的第二任"博士"总经理干了不到 3 个月，给侯老板留下了一套更丰富的监控、整治推销员的革命经验又被炒了。许大师现在亲自抓销售，每天从在大厂厕所废纸篓中捡得的复印件上引经据典，全盘照搬。在全国设立了 30 多个办事处，业务员猛增到 200 人，是原来的 10 倍，庞大的销售费用已经把侯老板压得屁滚尿流，任怎么样玩命喝靓汤、口嚼西洋参、请气功大师在地球那一侧发功发得咯血不止都无济于事。老板雄风不在，小妌二奶一个接一个地被辞退，桑拿、夜总会再也无心光顾……此后不久，我从梅花电器集团大门口经过时，悲哀地发现：昔日鲜花盛开的花坛一片枯萎，空荡荡的厂房里杂草丛生，鼠蛇穿梭，一群麻雀叽叽喳喳，戏语着昨天的故事。

酒店门口驶来一辆富康小轿车，不是接侯老板的是接我这位小推销员的。接我的是哈尔滨沟沿街著名的家电批发商张春燕小姐，是我昔日的推销员伙伴把我推荐给张小姐的："这位是原来梅花厂的金牌推销员，大庆一笔单做了 16 个火车皮！"

上了小车，张小姐从驾驶位上转身送我一张名片："久闻大名。"

我说："请张小姐多支持！"

张小姐驾着车说："行，只要我能做得到。"

张小姐请我和众多的厂方推销员去夜总会唱歌跳舞。张小姐不停地跳不停地唱，仿佛她有取之不尽、用之不竭的热情，时不时还过来与不会跳舞的我说说话，不怠慢每一位客人。她歌唱得好，舞跳得更好，那大概是在跳探戈，纤细的腰身朝后弯成一道美丽的虹……我欣赏着张小姐的舞姿，喝着啤酒，一瓶、两瓶……不知不觉喝空了一大堆啤酒瓶。那晚是我做推销员以来第一次酩酊大醉，酒醒后我想我怎么就会醉了？我努力回忆，昨晚是张小姐驾车送我回旅馆的，对我这样一位没有业务往来的杂牌推销员尚且能做到这一点，可见她的为人。我感觉：张小姐是位有魅力、有感召力的商人，她是东北小家电的一面旗，紧跟旗手没错。

　　回顺德后，我每天都热情地给她打个电话，我说张小姐您别光盯那些大厂、名牌厂，我服务的这些小厂杂牌厂说不定为您隐藏着真金呢！这天我又用心良苦地打电话，她说要来广州正好在哈尔滨前往机场的路上。我马上开着一家小厂老板的大面包车去接。张小姐拖着行李箱，款款地出现在白云机场出口，神采奕奕的样子真像女王陛下。迎接她的厂家正如我预料的那样争先恐后，都是些大厂。我望洋兴叹但不甘心失败地挤到前边与张小姐握握手，说："别忘了，我代表的小厂可是有一个系列，总会有合适您的！"张小姐用力点点头，说："放心吧老邵，我一定去看看。"回顺德的路上，浩浩荡荡的车队，奔驰、宝马、本田3.0……只有我开来的是国产大面包，排在车队的最后。

　　到了顺德，张小姐被那些名牌轿车接接送送，时而这家大厂，时而那家大厂，时而又进入富丽堂皇的大酒店……我的国产大面包始终紧随其后。张小姐从最后一家大厂写字楼下来，谢绝了所有的名牌车："行了行了，拜托各位，该给我点自由了。"

　　我在敞着车门的面包车旁垂手恭候。那副毕恭毕敬的样子令张小姐好感动。尊贵的女王陛下终于款款地上了我的面包车……

　　张小姐说到哪我就把车开到哪，很多本地人找不到的地方我都帮她找到了。有些厂十分机密，没厂牌只一个烂厂房，首先问你："买货吗？"我替张小姐说先看看："不给看，滚出去！"边儿都不让靠。保护着张小姐离去时，我偷窥了一眼，发现厂房里堆放的货品集全世界著名品牌之大成……

　　我劝张小姐："这样的冒牌货做起来风险很大，还是做我那些比较规范的小厂货。"

　　张小姐说："我还真不知道哪些厂靠得住。"

　　我说："我做您的保护神，以身家性命担保！"

　　张小姐冲我朗朗地笑了。在一家电饭锅厂，云集着七八个东北来的大批发商，他们见了张小姐个个欢呼雀跃："张总，我们的东北野战军司令！——就等你拿主意呢！"张小姐看着各种各样的样品一时拿不定主意，老板不明真相，有点不耐烦了，说："唉，有啥看的，这几位老板都看好了！"

张小姐摇动大旗一声令下："走，看看老邰他们厂去！"呼啦啦一班人马都随张小姐上了我开来的大面包车！

第五十六章
狼烟滚滚

　　长春一家国营商场的宁总宁书记来了，要订购我推销的桦天牌热水器。桦天王老板特别吩咐："宁老进货意向很强，而且人家又是老总又是书记，可以信赖，就看你的了！"我知道王老板的意思：给宁老回扣、找地方桑拿按摩。80年代，珠三角的乡镇企业家横扫全国上门谈业务时表情丰富，挤眉弄眼，带着当时内地人还听不习惯的广东口音，笑得相当可爱，谈话暧昧、说一半藏一半，藏的那一半最后握手道别时用圆珠笔写在手心上，暗示给你看：××%，以回扣为营销利器，让珠三角全靠银行贷款的乡镇企业一度欣欣向荣，回扣不断升级，最后乡镇企业没利润了，内地的国营大商场的经理们为了吃回扣，库存积压与日俱增，乡镇企业倒了一大片，内地的国营大商场也逐一关门。我请宁老吃饭，宁老雪白头发，60岁了仍一口雪白牙齿。一杯酒下肚，宁老对我语重心长："这个做人呐……"大道理一套一套的，令我额首不止。我想人家德高望重，为人表率、为儿孙表率，可不能乱说、更不能乱来；二杯酒下肚，宁老吐露真言，这次来是退休前的最后一次出差了，他想给儿孙们铺条路，自己在批发大市场租个门面办个小家电专营；三杯酒下肚，宁老谈起这些年做国营大商场老总的风光，中国香港、中国澳门、南韩、新加坡，他都去了，感触最深的就是人家那地方的夜生活……我装糊涂："宁老，咱老哥俩喝点小酒，聊点小天，这是最好的夜生活。"

　　宁老的国营商场付现款购了我厂一批货，我给宁老个人办的店子就发了一批货代销，宁老与我成了莫逆之交，我一口一个老前辈，老前辈喜欢向我炫耀他的儿孙，说儿子在省政府外贸部门做处长，孙女今年学校保送进清华。

　　我说宁老您教子有方，宁老说："那是，我们家风正。这个做人呐……"

　　宁老做人的大道理感动了我，我毫不犹豫地给宁老个人在长春办的小家电专营又发了一批货代销。开始那几个月，宁老的手机总开着，可以随时听到宁老的教诲："这个做人呐……"

后来宁老那家国营商场垮了，宁老的手机时开时关，手机开的时候，我与老人家约好时间去长春，到了长春他手机连续关机，几天找不到宁老人影，我走了。刚离开长春，他手机又开了，而且主动给我打来电话，又讲起关于做人的大道理："小邹，这个做人呐……怎么回事呢？来长春怎么招呼不打一个就走了呢？"

我哭笑不得："宁老啊，我等了你三天啊，你那个手机总关机！还有啊，我给你代销的货这么久了也该给我款了吧？"

宁老的手机又关机了，从此宁老的手机不止是关机而是停机，人消失了。我想起宁老向我炫耀过的他的儿女，我打电话找他儿子："喂，外贸处吧？……哎呀太好了！宁处长，我是您父亲的莫逆之交——小邹，请您转告宁老，请他老人家务必给我来个电话。好吗？"

宁老的儿子满口答应："行行行，好的好的好的。"

我知道，现如今当领导的都这口气，不管大事小情给不给你办，都满口答应，让你充满希望。我天天催、日日催，日夜电话骚扰、不断升级，宁处长被我催出国了，宁老仍杳无音信。我又想起宁老向我炫耀过的他的女儿，我打去电话："喂，某某大学吧？……哎呀太好了！宁校长，我是您父亲的莫逆之交——小邹，请您转告宁老，请他老人家务必给我来个电话。好吗？"我天天催日日催，办公室电话停机了，我就打到校长家里，宁老终于被我逼出水面："小邹啊，这个做人呐……"

我直言不讳："宁老，现在正好是银行上班时间，请您先把款付过来，咱们再探讨做人大道理。"

宁老终于像割自己身上的肉一样把货款付过来了！

我这位身兼数职的自由推销人，已经有六家厂的产品推销成功了！我想着要做好这些小企业的向导，引导他们走入市场，同时，我也做好了思想准备，这六家厂不见得都守信用，推销难，找客户难，最后回头找老板领自己那份应得的回报也许更难！桦天的王老板就让我上了当，王老板厂子也有些规模，家族企业，儿子管销售、儿媳管财务。王老板夫妇过去都是当地的小学老师为人师表，不说桃李满天下也是桃李满顺德，谈起做人大道理比宁老还要振聋发聩，他说经商之道无论怎么演变，还是老祖宗传下来的那两个字："诚信！"

我为王老板拉的第一笔单每件产品提成 30 元，第二笔单提成 50 元，第三笔单提成 80 元……王老板特爽快，亲自把提成包个大红包及时地送到我手上，然后拍拍我的肩膀："我就希望你发财！"费尽周折从长春宁老先生那里收回来一笔货款提成 1 万元。这下王老板不爽快了，想领这 1 万元提成比东奔西跑推销产品还难，难如上青天！王老板让我找他儿子小王老板，小王老板又让我找他弟媳妇少奶奶，少奶奶无比愤怒无比厌恶地开了张支票甩给我。我上午去银行，银行说没钱，下午顶着暴雨淋了个落汤鸡还是没拿到钱，第二天去银行，银行小姐说："他们是骗你呐，这账上根本没钱！"我把这张空头支票往王老板的面前一丢："王老板，您是不是逼我去找劳动仲裁所啊！"这位我奉为师表的王老板暴跳如雷，把杯子也摔了，干柴棍似的瘦手指直戳我的鼻子尖："你威胁我！你给我出去打听打听，我对不起过谁？"老板的儿子、儿媳妇，还有几条壮汉都围上来了，个个怒不可遏，吓得我两腿筛糠，魂飞魄散，但我要维护我的权益，维护我的尊严："我打听什么？你把我的劳动所得给我不就完了吗？"

王老板又摔了一只杯子："没钱！你爱找谁找谁去！"

我只好去找劳动仲裁所了。原来我只以为人广众多之处应该是车站、码头、机场，进了劳动仲裁所的大门我才知道：那已经是老观念了。在这里排长队讨要工钱的打工者洪流滚滚……

讨薪洪流中，有推销员、职业经理人、教师、医生、事业单位雇员，他们形单影只孤军奋战；人广众多成群结队的是那些生产线上的工人和建筑工地上的农民工们。很多农民工为讨薪被手持铁铲、斧头、钢管、马刀、扳手的蒙面大汉或身穿迷彩服的保安人员围追狂殴，黑心老板在后边像无数电影上的日寇汉奸围剿我抗日军民一样狂喊："打死一个奖 20 万！"可怜的讨薪者背井离乡被黑心老板当作畜生奴役，到头来一分钱没赚到反而被打死打伤、挑断脚筋、砍掉胳膊、砸出脑浆、血肉横飞！

农民工讨薪、白领讨薪，听说作家、文学家们著书写稿编电视剧也要讨薪！干活不给钱或者少给钱已经成为行行业业的习惯，甚至干活的权力都要拿钱买了，去药品、保健品企业求职做推销员，要交几万元押金，下岗员工谋个开出租车的营生也要交 2 万元……

这年头，流行干活不给钱，黑心老板们拍手称快，但一报还一报。身心备受摧残的农民工兄弟回家种菜猛施激素，养奶牛往鲜奶里面猛掺三聚氰胺；比如养猪：某年某月某日某生猪养殖村，清晨时分，一片宰猪之声，一位尚未被狼文化熏染的乡村教师把这一切用长焦镜头拍摄下来，准备向媒体透露，这里出现了生猪口蹄疫疫情。按国际惯例，患口蹄疫的生猪要深深掩埋，绝不能流入市场，但供应猪饲料又定点收购生猪的肉制品公司得知口蹄疫情报后，为了保护一己之利，马上伙同当地村委会和治安联防部门把乡村教师软禁并重金收买所拍资料，对疫情进行严密封锁……据闻，这批生猪全部制作成了腊肉腊肠流入珠三角。黑心老板们也是要吃肉、吃大米，生育子孙喂奶粉吧？

一些知识精英们还喜欢狼吗？还在讲坛上学狼叫吗？还传播狼道吗？巧取豪夺、大肆制假贩假、往酒水饮料食品保健品药品里面掺毒、盗取全世界的知识产权……这些都是狼性，狼性老板是把自己的幸福建立在打工者、消费者、上下游客户的痛苦之上。历史上曾大举入侵中原的匈奴人、突厥人崇尚狼，南京大屠杀的侵华日军崇尚狼，希特勒《我的奋斗》充满狼性，宣称唯我种群独尊，主张弱肉强食、优胜劣汰，组织狼团队向全世界进行大规模的掠夺战争。600 万犹太人惨遭纳粹毒手，他们的尸体被蒸炼成油做成肥皂，所余下的渣滓做成肥田粉，犹太女人的乳房被活剥下做成灯罩……

2004 年，广东省政府组织的某次综合治理整顿商业环境的会议，珠三角民营大企业老总没有一个到会的，善良的人们陷入深深的担忧：一股崇尚野蛮、歌颂暴力、倡导掠夺与征服、弘扬茹毛饮血的狼文化之风正在企业界大肆流行，并得到一些名流的广泛吹捧。

第五十七章
千里追妻

这天，妻拿出存折来对我说："你看看，两年了，只见你东奔西走，没见你赚多少，你就这样一条道跑到黑吧！"

妻一直鼓动我自己创业，当个小老板，动不动就说他们家乡的谁谁在广州开个大排档一年赚几十万。

我始终固执己见，说："我干推销员就是要干到80岁！"

妻着急了："现在是个人创业的时代了！你还天天做推销员，等你不惜血本帮这些小厂打开市场做大做强的时候，他们又会一脚把你踢开！你就这样靠吧！"妻又说她哪个同学投资3万做什么生意，半年多就赚了多少多少万！

好像全世界的人都在赚大钱，唯独我不得要领，像堂吉诃德那样：骑着小毛驴，挥舞着长矛，面对风车呐喊着不断地发起猛攻。我对妻子发火："我靠谁了？靠你了！"妻委屈地哭了，说："那么是我吃闲饭了，我走，马上就走！"妻子抱上月月真的就要走，我气愤至极"啪"地打了她一个嘴巴。月月在妻的怀里吓得哇哇直哭……其实，那一掌是打在我自己的心上，我痛苦得恨不得去死！

当我再次出差归来，我的家——我在广东与妻子像小鸟筑巢那样一滴水、一块泥、一枝木棍那样辛勤营筑起来的小屋再次出现十年前我与前妻分手的情景：室内空空如也，妻子不见了，我亲爱的月月不见了，抽屉里仅有的一张10万元存折也被拿走了。迎接我的只有家具、彩电、冰箱上厚厚的灰尘和妻留下的一张离婚协议书……

又一次被遗弃的我，心乱如麻，脑子一片空白，我颓然地倒在冰冷的地上，奄奄一息，我想要不了多久我就会死去……我想：我死也要死在妻儿的怀抱里。我一天一夜不吃不喝，但没有人发现我，更没有人安慰我，是我自己摇摇晃晃地站立起来，搜遍所有的衣兜口袋，翻遍所有的抽屉，刚好凑足了买一张飞往重庆打折机票的钱。在广州白云机场我突然感觉到饿了，机场候机大厅里最便宜的 30 元一份的盒饭我没钱吃，只好等上了飞机吃免费餐了。飞机上我饥肠辘辘，饿得几乎要虚脱了，总算盼来了空姐送餐的美好时光，那一小盒饭我几乎没有咀嚼两口就吞下去了，我问空姐还能给一盒吗？空姐说对不起，我们是配餐，每位旅客只一盒。我茫然四顾，惊喜地发现身旁的一位女乘客对小餐桌上的盒饭无动于衷，我想问小姐您这盒饭……但小姐睡意正酣。我有意转动身体，希望把小姐从美梦中惊醒，让她发现在她的旁边有位饥肠辘辘的饿汉，在苦等她的舍弃。小姐丝毫没有醒的预兆。我只好厚着脸皮，大胆地碰醒她，"小姐对不起！您这盒饭？……"小姐大概看出了我那样一双饥饿的眼睛，把盒饭推到我的小桌板上，不耐烦地说："你吃吧吃吧！"

岳父母一家人，已经离开了贫穷的大巴山，正在重庆的江北城承包一所中学食堂，生意还不错。找到岳父母承包的那家中学食堂。妻没有回避我，只是没了昔日的柔情，亲爱的女儿月月也不像过去那样见了我欢天喜地地喊："发发（爸爸）、发发（爸爸）！"我去抱月月，月月拼命地挣脱，我去亲吻月月，月月用可爱的小手推开我的嘴巴，"嗯——嗯——"拒绝着扑向妻，妻抱起月月怂恿着我亲爱的女儿："打爸爸、打爸爸，打、打……"

妻与我谈判："告诉你啊，我不会跟你回去的。"

我一厢情愿地说："不愿意回去就不回去吧，我在重庆找份工打，明天我就去租房子。"

妻说："要租房子你自己去住，我和月月不会去的！"

我说："为什么？"妻说："你不会有太好的运气了！"

回到岳父母承包的中学食堂，已经晚上 7 点了，我这三天两晚只中午在飞机上吃了两盒免费餐，岳父母一家人要晚上 9 点才能忙完吃晚饭。尤其现在和妻儿在一起我食欲大开，我在食堂要了一碗馄饨，出去买了瓶啤酒，正准备狼吞虎咽，开怀痛饮。岳母在那边扔过来一句话："你就吃得下去？"我没注意岳母的脸色，我还以为岳母会给我加个什么好吃的菜，我说："不用了不用了，饿了啥都好吃。"妻冷眼盯着我，令我心寒："哼！你也不叫叫我爸爸还有食堂的师傅！"我愕然，心里在呼喊："我已经饿得前心贴后背了！"妻又在查询电话显示器，我刚刚打了个成都的长途，但那头要找的人不在，一分钟都不到！妻大发脾气："你不是说不打长途吗？啊！"众目睽睽之下妻像是在审贼。我不由地想起过去的几个春节，妻的姐妹在我那里过年，打起长途来没完，妻还鼓励她们："打吧打吧，过年电话费打折！"结果每个春节过完，只电话费一项就是3000多元。但我高兴，我热爱亲情。妻仍在冷言冷语，岳父母不断横扫过来的目光寒气逼人。我突然失声恸哭，直呼妻的姓名："李虹！你你你……你是知道我是多么热爱妻儿，我视妻儿为我的生命，离开妻儿离开我的小宝宝我不知我怎么活！我我我……我失业了一时找不到合适的工作了，你就带着孩子离开我，我千里寻妻，把身上仅有的一点钱都买了飞机票，人都说一日夫妻百日恩，你却是这样薄情寡义！"

月月愣愣地盯着我，周围还有众多的中学生盯着我，有一男一女两位同学还掉了眼泪。我把一瓶啤酒一干而尽，抱起月月想深深地吻一口我亲爱的女儿，女儿拒绝着又哭又闹，被妻夺了过去……

我跟跟跄跄地走出了岳父母一家人承包的食堂，这个时候我想到死，中国20世纪六七十年代令人恐怖的出身歧视是由于计划经济时代的政策，现在市场经济企业用什么样的人完全自己说了算，却好像仍有个约定俗成的东西在左右着职场，那就是年龄歧视，还不满40岁的我每到一家企业应聘，还没容张口呢，招聘小姐或是人事先生就问了"老先生贵庚"，远远没到退休的年龄——社会却遗弃了我，失业了——妻儿又遗弃了我。上个世纪美国的那部名剧《推销员之死》将在新世纪伊始一位曾在广东顺德几家大企业创造过辉煌业绩的中国推销员郜勇夫的身上重演了！我脑子一片空白，一步一步地移向嘉陵江，秋风瑟瑟，一江愁绪向东流，此时我相信只有妻儿能够救我、能够挽留我的生命……我怀着一线希望回头看看，没有亲爱的女儿喊着"发发（爸爸）！"朝我跑来，更没有妻那双曾有过的一往情深的明眸。倒是那一男一女为我掉眼泪的两个中学生悄悄地跟踪着我……我在考虑死法，是这样一步一步地走进嘉陵江，让江水渐渐地淹没脖颈呢，还是乘坐嘉陵江上空的缆车等到江心时纵身一跃？我又后悔了，在此之前我该去保险公司投保，给我亲爱的月月，还有我的娇妻留下一大笔保险金，我死也心安！两位中学生走近了，他们清纯明亮的眼睛里闪烁着同情。女同学说："叔叔，我们想请你吃顿饭!"我慌了:"不不,我怎么好意思让你们请吃饭呢,叔叔现在口袋空了,不然我请你们。"男同学侠肠义胆拉住我的胳膊不由分说:"刚才食堂那碗馄饨你气得没吃,一定很饿了,我们请你去饭店,我陪叔叔痛痛快快地喝几瓶!"两位善良的中学生请我吃了饭,又护送我过了江。唉!这就是我的命运,我的一生中遇到的坏人多,遇到的好人也多,坏人让我绝望,好人又给我勇气和力量!两位中学生为我点的一份最好吃的菜是川味的红烧蚕豆,后来与两位中学生告别后,找了几个小店都没那道菜,唉!那份川味的红烧蚕豆是我终生的美味……

　　我又像数年前第一次与那个善良的女孩李虹相遇时一样,住进一家 20 元一晚的低档客房,我身心疲惫,躺在床上,感觉着自己正在跌入万丈深渊!

第五十八章
给自己颁大奖

在我东奔西走、固执己见、心存侥幸的推销征途中，我终于发现了：在20世纪中国的八九十年代做推销员凭实干凭信用凭好时机可以成为中产阶级。进入新世纪，不行了，想发财只有给大老板做职业经理人，但做职业经理人和当年我做推销员一样，同样存在着巨大的风险。老板答应给职业经理人年薪几十万几百万，但老板会以各种巧妙的方式让你干几个月就卷铺盖走人。我在江苏常州遇到一位四方大脸一脸福相的凌总，中国人民大学毕业，有MBA和博士学位，38岁，做市场能上能下宏图大略，面对老板连续三个小时拍桌吓耗子唾液横飞骂祖宗三代，他会毕恭毕敬点头哈腰，比越王勾践还能够忍辱负重地记笔记，这样胸怀宽广的人物私下里与我交心时居然泪水横流。他给我朗诵了一首在他挥泪离开第N家企业时写下的诗句："又一次拾起行囊，明天我又要转向他方，望天也苍苍，望地也茫茫，问一句，我的路又在何方？职业经理人的我啊，路在何方，满腔的热血与豪情，换来的却是空空的行囊！"

冥冥之中，好像有一个万能的主宰在向我暗示："别再一条路跑到黑了，换条路走吧！有那样一条更阳光更激情更好玩的大道在等着你去走呢！"我当时还蒙在鼓里，但我已经开始往那条属于我的阳光之路悄悄地接近了，但我还没有完全意识到我已在往那条光明之路奔跑。我当时只是在想：全世界有那么多的奖项，什么诺贝尔奖，奥斯卡奖，奥运会上的金牌、银牌、铜牌奖，国内有"五个一工程"奖、劳动模范奖、百花奖、金鸡奖，还有鲁迅文学奖等等数不清……我要给我自己评个奖！向全世界广而告之，让子孙后代们世代相传：中国的20世纪末、21世纪初曾经有过我这样一位忠诚敬业、富有创造精神的推销员！

我始终认为：这个世界上所有的人都否定你排斥你并不可怕，最可怕的是自己否定自己，那就完了，那就没救了！

我把我做推销员的故事，写了一篇 1 万字的稿件，我不知道谁会采用，我一稿 28 投，全部投给杂志社的总编。投稿的那一天是"五一"劳动节，阳光灿烂，街上游人如织。当几个月后我在街头上买到了刊有我推销员故事的《家庭》杂志时，我激动得热泪横流，那一段日子里，我的读者电话一个接一个……激情之下，我把我 15 年推销生涯中一边工作一边记录下来的生活全部输入了电脑，每天写作不止。

2001 年 5 月，我去海南某出版社校对我的书稿，这是我人生第一次出版图书，我想给自己举办一次小规模的只有我一个人的盛典，于是去了海南博鳌的一家五星级大酒店。我问了房价，标准间 780 元！我在大堂里转悠，是住呢还是不住？我为房价徘徊犹豫，总台小姐却把房卡送到了我手上，并轻声告诉我："是我们吴经理给你开的房！"

"你们吴经理？哪个吴经理？"让我意料不到的是，在这里我竟然与前妻吴春芳不期而遇，她在大堂吧里正在与人谈着什么，朝我优雅地挥了挥手，示意我先去房间。

吃午饭的时候，吴春芳往房间里打来了电话，请我出去吃海鲜。后来几天的一日三餐，都是她准时地把饭菜送到我的房间，她没有忘记我有个喝酒的嗜好，中午和晚上都会随餐送上一瓶啤酒。

傍晚，我和前妻坐在海滨浴场的沙滩上，看着海浪拍岸，听着汹涌的涛声，我们共同给正在爷爷奶奶家做作业的女儿打电话，女儿听到我们的声音，在电话的那一端高兴地喊着："爷爷、奶奶，爸爸和妈妈在一起。"

我问："你怎么来这了？"

她说："这要感谢你啊，不是你鼓励我出来找工作的吗？"前妻的命运正在这里悄悄地发生变化：她先是在员工食堂里做洗菜工，头三个月内只管吃住没工资，起早贪黑，娇嫩的双手已经变得粗糙不堪，她咬紧牙关坚持。酒店老总意外地发现了她，老总跟我的看法一致，认为前妻应该是位推销人才，于是给了她一次机会，让她去海口拉客户来酒店度假。一个月的时间里，她签到了厚厚的一沓团体订单，老总就把她调到了酒店销售部做经理，还常常有带团去新马泰旅游的机会，她说她正在办出国手续，准备去新加坡的一家大酒店做销售部主管。

我说："你真行，我做了15年推销员也只是在国内，你一做就是去国外。"

她笑了，眼里闪出了泪花，我突然觉得自己是个不可饶恕的罪人，我和吴春芳在一起的时候，常为一些鸡毛蒜皮的事情争吵不休，吴春芳摔一只碗我摔两只碗，互不相让，不断升级，原来的老领导曾劝慰我："小郁啊，夫妻之间没有那么多原则，忍让点。"

我后悔，做推销员这十几年来，我可以原谅任何一位客户，原谅任何一位欺骗过我的人，我为什么当初就不能宽容自己的妻子呢？结果，让吴春芳和我蒙受了那么多的苦难，而这些苦难又变本加厉地施加给了我们共同养育的女儿，让女儿稚嫩的心灵不堪重负。当年干嘛就那么争呢？干嘛就那么怄气呢？那年，当我得知吴春芳回心转意要与我重归于好，夜里一旦听到脚步声就以为是我回来了，结果一次次让她失望，让她心碎；尤其当我得知吴春芳的父亲临终时给女儿的一句话："还是跟郁勇夫复婚吧！"我无动于衷，还有点幸灾乐祸：怎么样？还是我好吧？都是你吴春芳的错！现在我悔悟了，但晚了，想去给老岳父道个歉已经没有机会了！

我去出版社交书稿的那一天，吴春芳送我到海口，一路上，她不停地让我等等，然后她走进一家又一家的公司大门去推销客房和他们的旅游度假。我被她的工作热情所感染，我让她分给我一些订单和她的名片，她再进入某一家公司大门的时候，我就找附近另外的一家公司，以她的名义去推销，我们或者她先走出公司或者我先走出公司，谁先出来就耐心等待，无论等多久，我们重逢时都会喜出望外。当我们这样在海口街头上分头推销又相互快乐地等待之际，人行立交桥上出现了这样一幕：一对年轻恋人正在怄气，女的应该是一张如花的脸庞扭曲了，撅着嘴，胸脯急剧地起伏；男的在一旁脸色铁青喘着粗气，牙咬得咯咯响；被他们赌气摔到地上的小物品散得到处都是……这多像十多年前我和吴春芳一起逛街经常发生的情景？那时候差不多每个星期天，我们都会手挽着手有说有笑地出去，我逛书店、她逛商店，在约定的地方相互等得不耐烦了见面就发脾气，然后气鼓鼓地一前一后地回家……我们从这对怄气恋人面前走过时，我不由自主地弯腰拾起被他们摔在地上的外衣，轻轻地拍去沾在上边的尘土交给那男的，劝说了他们一句："相爱一场多不容易？快回去吧！"做这件事的时候，吴春芳与我相互对视了一眼，没做声，但彼此心领神会：唉！这不就是当年我们的样子吗？

2001 年的八九月间，我的自传体小说《我推销我生存》出版了，陆续在全国各个省会城市的新华书店上市。我曾想：我的这部用两条腿作笔，用血汗做墨，用苍茫辽阔的大地做纸，用我艰辛的步履，一步一步历经十年风雨写出来的第一部中国推销员的真情故事，一定能够成为千万读者喜爱的畅销书！我做着这样那样的美梦，我每天等待屋里的电话接二连三地爆响，像上个世纪初《乱世佳人》在美国出版时，每隔 3 分钟一个电话，6 分钟一阵不停的门铃响一样，轰动全世界！

日子一天天地过去，我房间里的电话整天像个哑巴，我似乎被人遗忘了。我急不可待，我跑到新华书店转了几圈，竟然没见到我的书！我问营业员，营业员也没有帮我找到。我发脾气了，说："怎么搞的，一个月前打电话询问你们经理，你们经理说书已上架了，为什么连本书的影子也见不到呢？"

我发脾气的时候，蹲在书架下边一位蹭书看的小青年惊喜地跳了起来，说："你就是《我推销我生存》的作者邰老师吗？首先向您表示对不起，你那书我没买，但我在这里一口气看完了，午饭都没顾得上吃。你那书好看！我知道它放在哪！"

小青年引领着我来到书店最偏僻的一个角落，从埋没在最底层的书中抽出了我那难以被人发现的仅有一本的样书……我又去北京，在全中国最著名的王府井新华书店，我欣喜地发现：我的书摆放在最明显的位置上，而且堆了个漂亮的书码。许多读者在认真地翻看，我问营业员："我的书还有多少？"营业员为我查阅了电脑，告诉我："上架不到 20 天，卖了 200 册，还剩下 100 册。这本书卖得不错！"王府井新华书店不但给了我自信，2001 年 10 月 14 日还请我去北京劳动人民文化宫每年一度的北京书市上签名售书，坐在飞机上我还在想，像我这样一位名不见经传的推销员作者，谁会请我签书啊？当我提前半小时进入书市来到王府井新华书店展位上时，等着买我书的读者已排成了队，两个小时售书，竟然手忙个不停。买我书的人有一位是解放军的中将，他还不止买一本，一买就是 300 本，他是解放军驻天津某部的一位政委，他要把我的书发给他们部队军官。第二天，国家广电总局主管电影剧本创作的高尔纯副主任还请我去他的办公室谈了一次话，高尔纯副主任说："你的书震撼了我的心灵！"

我有了信心，又燃烧起了推销的热情，我想我就推销我的书，做这本书的推销员。我给深圳一家大报的女主编打电话："我是中国第一位写推销员的作者，我打造了一位时代英雄，当代活着的雷锋、活着的保尔·柯察金，中国的《把信送给加西亚》的罗文，一位敬业、负责、有极强使命感、拥有无限创造力的推销员！请您帮忙向深圳的广大读者推荐。"女主编不屑地说："推销员又不是明星又不是大老板谁会愿意看。"我说："这样吧，我还是把书用特快专递寄给您，请您翻翻，如果您没兴趣可以把我这本书扔垃圾桶，不过我告诉您，这书您前手把它扔进垃圾桶后手就会有热心的读者把它拾走，还会千方百计地找本作者签名。"

女主编笑了："你这样有信心？"

不久，一位做制片人的老客户给我寄来了大红请帖，邀我去参加他在北京人民大会堂举办的一部电视剧的新闻发布会。他让我趁此机会靠近首都各大新闻媒体前来采访的记者，请他们帮我这位名不见经传的推销员作者发布消息。遗憾的是，在新闻发布会上，蜂拥而至的记者们都忙于采访主演和导演，我根本没有机会与他们接触。

我怅然离开人民大会堂的那一刻，我爆发了一个灵感，诞生了一个崭新的设想，我自己开新闻发布会，而且要开得规模盛大，空前绝后，史无前例。中国的大地有多大，我的新闻发布会就要开多大，我要逐家媒体地上门去开"新闻发布会"！

离开北京后的第一站就是济南，《济南日报》的副刊部主任翻了一下我的书，听了我一通广告，当即答应了我："行，不容易，推销员写自己的生活很有新闻价值，给你发一篇消息。"

接下去青岛、烟台、大连、沈阳、长春、哈尔滨、天津、太原、西安、郑州……2001 年 12 月我徘徊在成都的街头，我连着走访了成都 5 家报社，希望他们能给我这位名不见经传的推销员作者发发消息或者连载，遗憾的是他们都没兴趣，晚报文化部的一位记者小姐看我一脸的憔悴，满目忧伤，对我这部书的来历还提出了质疑。

在离开成都的最后一天，我不甘失败地拨通了《天府早报》的电话，我简单介绍了我的书，意想不到地引起了主编的关注，主编热情地说："您过来谈吧。"我马上赶去主编的办公室，主编是来自沈从文家乡湖南湘西的苗族小伙子，他翻了一下我的书，只3分钟："比我预想得好，保证给你连载！"

归来的火车上，不断有记者打电话追踪采访，我乘火车从成都到昆明、贵阳、长沙，火车一会钻山洞，一会手机没信号，记者的电话采访不断地中断又不断地重新开始……坐在火车上，有很多旅客认识我："你是中国最伟大的推销员郤勇夫吧？我看过你的故事和你的照片，我们一家人都被你的故事打动了！"沿途每走出一个城市的火车站，就可以在当地报摊上看到刊有我大照片的报纸杂志。

我的电话开始不停地爆响，不断地有读者打来电话，台湾一位70岁的老先生从海峡对岸飞到湖南株洲来看我，老先生在株洲开了一间房与我聊了三天三夜，没聊够，觉得不过瘾又请我去他的故乡浙江玉环岛上玩了三天，那三天，老先生返老还童了一般，给我讲他初恋怎么样吹箫传情，怎么样钓螃蟹……

一位刑满释放的特大经济诈骗案主犯走出监狱大门第一件事是给我打电话，他说我的书在他迷惘的日子里给了他精神家园，让他知道了怎么样靠忠诚实干做一个好公民！

2002年4月12日下午2:30时，这是我人生最隆重的一天。由兰州西部商报社、甘肃省人才市场等单位联手举办的"推销员郤勇夫报告会"在甘肃省政府礼堂召开了。主办单位领导们的开场白之后，在激昂的音乐烘托下，我登台亮相，那一刻我晕了，只见上下两层能够容纳1300人的甘肃省政府大礼堂座无虚席，过道和两侧靠墙处挤满了人。据说听我报告会的门票：普通票50元，贵宾票200元，票贩子兜售的票价翻一番。天呐！我一名小小推销员的报告会竟然比美国大片的上座率还要高！甘肃卫视台记者采访我时对我说："任何一位著名的歌星、影星、作家来，我们兰州市也没有过这样大规模的宣传。你是胜过歌星、影星、著名作家的大明星——中国的推销员明星！"

读者蜂拥着走到台上让我签名留念，我逐个地签，因为当时我的书还是稀缺资源，要我往上签字的都是些记事簿、有的是名片的背面。我签字的手直哆嗦，字写得歪歪斜斜，但签到的读者都特满意，脸上洋溢着喜悦。一位女孩闪着一双漂亮的大眼睛在人群后面拼命地朝我挤着，眼看就要挤到我面前了，她手上准备给我签字的笔记本脱落了，想弯腰拾，在拥挤的人群中她没办法弯身，女孩急出了眼泪，索性解下脖颈上洁白的丝巾朝我高高地扬起……

2004 年 8 月 21 日傍晚 5 时，天上不时地下着小雨，广州新白云机场国际出发厅门口，这一瞬间，我就要和女儿诗诗告别了！我原想要帮女儿办好登机牌，送女儿进安检口再与女儿挥泪告别——女儿去新加坡就将见到她日夜想念的妈妈了！女儿兴奋得昨天一夜没睡，今天的一天也都是在期盼中度过的。

这里和国内出发厅不一样，在出发厅门口送行者就要止步。女儿拖着一个沉重的大行李箱，我多想再送女儿一段，哪怕 10 米 20 米……机场保安把我拦住了。

女儿拖着大行李箱刚走出几步远，我叫住了女儿："诗诗！等等！"

我把手机送给了女儿，我要与女儿在飞机起飞前的短暂时间里始终保持通话，我要听着女儿一步步离我而去的声音。女儿的身影在我的视线中消失的最后一刻，我跑到服务台买了一张 IC 卡迅速地将卡插进候机大厅的一台固定电话，拨通女儿的手机。

我不时地喊着："诗诗，告诉我到哪儿了？"

女儿不断地回应着我："爸爸，我在买机场建设票；爸爸，我在换登机牌；爸爸，我通过安检口了；爸爸，我等着上飞机了；爸爸，你放心吧，我认识了一个阿姨，她会帮我的……"

听着女儿一步步离我远去的呼唤，一幕幕揪心的往事在我脑海中回放……

电话里又传来了女儿的呼唤："爸爸，我已经上飞机了；爸爸，我找到我的座位了；爸爸，我关机了啊！"

过去东奔西走的生涯中，我每当回到株洲，都还有女儿陪伴，现在女儿出国了，回来一次不容易，我将更加孤独，我一阵从未有过的昏厥，我近乎绝望……那是我人生中最悲伤的日子，每天写作，写到暮色降临，我想起好像有件事没做，什么事呢？一阵饥肠辘辘，我想起了从早到晚还没吃饭呢，出去宵夜回来，写着写着又觉得有件什么事没做，仔细回想一下，当猛然想起我已经连续两晚没睡觉的时候，我伏在电脑桌上酣然入睡。当我被孤独与惆怅几乎挤压成碎片之时，电话响了，是一个女声。她说她在某一家报纸上看到了我的长篇连载，她每天追着看，追了几个月，当看完我的最后一篇连载，突然有一种失落的感觉。于是她想见见我。我心跳，我告诉了她我的地址。她在电话中调侃："我长得很丑，别把你吓跑了！"

第二天凌晨我还在睡梦中，突然电话铃把我吵醒，是昨天傍晚的那位女声："我来了！"

我以为她在开玩笑，因为昨晚她给我打电话的时候她人还在西安，我说："别逗了，哪有这么快！"

"真的，就在你的房门口。"她在门外按我的门铃："丁——零！丁——零！丁零零……"

我推开房门，她出现在我的面前。我愕然，一位婷婷玉立的女孩，照亮了我孤独的大房子，令我脏乱的房间蓬荜生辉！我请她去酒店吃饭，她给我讲述她不平凡的人生经历。她与我越谈越默契，不知不觉我们的脚下堆满了空啤酒瓶，我们醉眼朦胧之际，她对我说："我好想好好陪陪你，一个男人孤零零的好让我心疼。"

我与她回到我的大房子，在她脱下鞋子打赤脚的那一瞬间，我怦然心动，我已经又是连续几年没有抱过任何女人了，我内心深处最大的渴望就是与心爱的女人肌肤相亲，也曾有朋友指导我怎么样从网上勾女人，也曾有女孩在QQ上要与我一夜情或多夜情，不是我多么道德君子，我深知给一个男人最大的酷刑莫过于永远粘不到女人的边，但我总是希冀被我睡的女人能与我终生厮守，我就是蒙受一百次的婚姻失败，我也这样顽强地憧憬着。有女人陪伴的日子，睡觉香，吃什么都好吃……

我向她倾诉我内心的孤寂，她一双美目温柔地盯着我，轻轻地为我叹息，我像是要干一件天大的坏事一样，小声请求："我想抱抱你。"

她白皙的脸颊升起了红晕，也用极细小的声音说："去买避孕套。"我以为：她也许是假装让我去买避孕套，然后趁机逃脱我这条寂寞难耐而又孤独的野狼。我买了避孕套回来的时候，她不但没有走，还把我零乱的卧室简单地收拾了一下，床单拉得平平整整，像是位新娘背靠床背坐在床上温情似水地期待着我……

我吻她，她也吮我，她呻吟、她叫，我还是第一次听到女人这样销魂地叫！我像个可怜的孤儿那般乞求："从今天开始，你就别走了，永远陪伴我。"

她眼神迷离，和风细雨般地低语着："我可以做你红粉知己，我家里有了男朋友，都定亲了。他正在建房子，房子建好了我就回去跟他结婚。"

她两条圆润的胳膊像花瓣那样朝我张开，而我，却一动也不动地定格了，我泪如泉涌，无声地哭了，她安慰我："别哭，好女人多的是，在你没找到女人之前，我都来陪伴你。"

我说："算了，我不要了。这样不好，你还是好好爱你的男朋友吧。"

我们相拥了一个晚上，却没有发生真正的"一夜情"应该发生的事情。我又一次飞去重庆看我的女儿月月，月月正在一所幼儿园里玩耍，我接她到我住的酒店，月月兴高采烈地欢呼着，"爸爸，今晚我和妈妈都住这里，你睡左边，妈妈睡右边，我睡爸爸和妈妈中间!"

李虹来了，我们到餐厅吃饭，陪着活泼可爱的月月，几乎所有的服务员都会情不自禁地喜欢月月，夸月月真可爱。我们有说有笑，其乐融融，仿佛过去的事情都忘掉了，我劝说李虹带着月月陪我回去好好过吧，无论住广东还是住湖南，家门口就是小学，连横过马路都不用，何必总住在姐姐家呢，月月已经读幼儿园大班了，喊我不再是"发发"了，"噢，噢——和爸爸回家喽!"等回到我入住的宾馆客房，我进了趟卫生间出来的时候，月月突然变卦了，爬到妈妈的背上又吵又闹地要回家，我如何哄也留不住，我求助李虹，李虹也执意要走，她背上月月离去的那一瞬间，我悲哀地倒在了床上像是死去了一样……

第五十九章
走进直销

　　我已经无数次遭遇这样一个群体的骚扰了，无论我走到哪他们都会与我邂逅相遇，这是个无孔不入的行业——直销。当然，此直销非我那个时候抱着台微波炉逐门逐户扫楼式地上门厂价直销了，此直销的准确说法应该是传销。是有组织有计划细化到逢人怎样微笑、微笑时要暴露出几颗门牙、每天早晨出门要照着镜子狂喊几声"我一定要成功"的可复制的标准化操作。加入者都要接受潜能培训，上刀山下火海，培训过后的人们都会声音嘶哑地狂喊："死都死过了，还他妈怕什么？豁出去了！"这时候你让他们当众脱裤子他们都丝毫不害羞。感恩教育像"文化大革命"时代的忆苦思甜，一间大屋子，把窗子全部挡得严严实实，在一片黑暗中放音乐，台上有会演戏的培训师声情并茂哭天抹泪的诗朗诵，让所有的人闭上眼睛洗耳恭听，回忆自己从小到大历经的种种磨难，父母含辛茹苦的养育之恩，然后个个都像当年革命群众集体观看朝鲜影片《卖花姑娘》那样哭得死去活来，再然后又是个个争先恐后地蹦到台上高呼口号，口号不再是当年的"不忘阶级苦，牢记血泪仇"了，而是换成了大呼小叫："妈妈呀，我爱你！我要报答你！我要发财，我要做比尔·盖茨！"他们就是不知道人人都成为比尔·盖茨是不可能的，假如可能，则这地球就会爆炸，宇宙离毁灭就不远了。想想看，倘若这世界上印度贫民区里乞丐们都能够有一架私人飞机和一辆奔驰的时候，这天上哪还会有蓝天白云？这地上哪还会有森林和绿野？台上能说会道会演戏的培训师们还创造了个理论：中国的教授们、老师们都不配为人师表，因为他们都不是亿万富翁。按这样的理论所有个人资产没过亿的老师们都要下岗了，孔子、庄子、荀子……这些古代先哲圣贤们也该挖出来鞭尸："你们是亿万富翁吗？胆大包天给皇帝上课！"按这理论中学生也都别再学数理化文史地了，都来像当年的"天天读"那样跟大师们学习怎么样当比尔·盖茨吧。

　　人们都被直销大师们忽悠得鼻涕一把泪一把，大师们在台上还没张口呢，台下就热血沸腾地狂喊："哇噻！"台上的大师们动用催眠术了：

　　"我们是数以亿万颗精子中最有生命活力的一颗精子成就的我们，是吧？"

　　台下："是！"

　　"因此我们是独一无二的最伟大的，是吧？"

　　台下："是！"

　　"各位，热爱你们的爸爸妈妈吗？"

　　台下："热爱！"

　　"感恩我们的祖国吗？"

　　台下："感恩！"

　　"想报答吗？"

　　台下："想啊！"

　　"想成为比尔·盖茨吗？"

　　台下："想啊，做梦都想！"

　　"好！让我们拼命鼓掌！"

　　台下掌声雷鸣。

　　"用我们四只掌鼓掌！"

　　台下手掌、脚掌并用，尘土飞扬。

　　"想成功，头脑简单向前冲！消费会员1000元，经销商会员2万元，只要买了单，就有享受世袭制的消费增值，冲啊，名额有限！"

　　"不设围墙的成功大学"会场变战场，出现严重踩踏事件……人们不是在消费营养保健品了，而是争抢发大财的机会！企业也不是在卖有消费价值的商品了，而是在卖比尔·盖茨。于是就出现了大批直销难民，他们变得一无所有，只会悲怆地吟诵这样一段顺口溜："金章银章、穷得叮当，步步陷阱、环环相对，佣金制度、愚民到位，月月归零、周周开会，压货在家、不挣倒赔，出国旅游、激动流泪，一人成功、千人垫背。"这是怎样的一个行业？我一直想探个究竟。

　　……

　　这天，一个神秘电话再次光顾："喂，邰老师吗？"

我回答："是，你好！请讲……"

电话断了。

我打过去——无人接听，再打过去——关机，我以为没事了，电话又响了，一位先生在电话里问我："邰老师，五年之后，你觉得你将怎么样，你将走向何方？"

我不以为然，"我只知道明天、后天……至多三个月以后该干的事情。"

他在电话里为我惋惜了："邰老师啊邰老师，种瓜得瓜种豆得豆，你现在种植什么、接触什么，决定你五年后生活状况，如今的失业者或是成功者都是五年前种植的结果啊。我不能让你这样活着！"

这肯定又是位直销分子！

我说："别浪费您宝贵时间了，你们那些直销商品，再说一遍我没兴趣，也没需求！"

"邰老师，我说啥了？"电话里的声音有些激动，"我好像没提一个字关于我们的产品吧？虽说我们天狮产品会确确实实改善您的健康，虽说我们天狮六网互动，给直销商更多的赚钱机会，虽说我们天狮的国际大学将在天津落成，虽说我们天狮在上海建立了健康产业园，虽说我们天狮要把我们中华民族五千年养生文化传播到全世界所有有人的地方，虽说……"

我抗议了："得得得，我要放电话了！"

"别放，我是把您当作朋友当作知己啊！"

"你不怕交我这个朋友、交我这个知己会耽搁你的事业吗？"

"请不要误会，我可不是为了直销而直销啊，我要帮助您的事业更成功，帮助您的人生更幸福更美满！"

"谢谢！你这样真诚地要帮我对你有何意义？"

"这是我们天狮的理念：你帮助别人实现他的梦想的同时，也在实现自己的梦想，你成就了别人就等于成就了自己。你成功的程度在于你帮助了多少人实现了他的梦想。"

这话感动了我，我说："你说吧，我该怎样活着？"

"你要有梦想！"

我说："梦想？我梦想娶世界上最美丽的女人做妻子，可行吗？"

他说："可行啊！"

我又要放电话了，"你别给我玄乎了。"

他在电话中坚定不移地说："只要你邰老师有这个梦想，再为梦想付出行动，当然，这个实现目标的行动，要像盖大楼那样，从一砖一瓦开始，逐渐地获得辉煌的成功，成为像我们天狮老总那样的人物，前苏联总书记戈尔巴乔夫都在为他打工做顾问的人物，你就完全可以娶影星歌星奥运明星做妻子！"

我笑道："兄弟，你别逗了，说话实际点，你们那个行业之所以令人反感，就是因为喜欢吹牛浮夸，不要说请戈尔巴乔夫给我打工，我只想去握握佛山市市长的手、握握广东省省长的手，你说有这个可能吗？"

"有啊，我教你一招，别说市长、省长，党中央总书记的手你都能够握到！你等着，15分钟后在大福茶楼见面。"

15分钟后，电话里的人物出现在了我的面前，他大名陈荣，三十有三，浓眉大眼，目光如炬，走路虎虎生风，见面就教我与总书记握得上手的宏图大略："六层，不用超过六层你就可握上总书记的手。你想想看，能够和总书记握上手的都有哪些人？海尔张瑞敏可以吧；能够和张瑞敏握上手的都有哪些人？各地海尔经销商可以吧；能够和经销商握上手的有哪些人？一般的顾客就可以了吧……你就以一名顾客的身份一级级握上去——保你成功！这叫人际关系拓展六步骤。"

挺有意思，陈荣这样的直销商不可以小看，我情不自禁地摸摸口袋，真的想买他的梦想了，因为这样的人物值得我长期交往。他一句势利确又是实实在在的话又让我退缩了："没有永远的朋友，只有永远的利益；永远的利益维系着朋友，直销就是永远的利益。"

看我沉默不语，陈荣用激将法敲打我了："我是开快车的，没太多的时间等客，把握时机的人尽快上车。那些观念落后、不重视健康不爱惜自己的人爱上不上，直销这个行业就像是做董事会，你在找股东，谁会愿意那些没实力、没资金、拖拖拉拉的人加入啊？所以我对加入的人说太好了，不加入的人也说太好了。"

我笑："太好了！"

　　陈荣的目光更亮了，他从身后拿出他的文件包，放到茶桌上，我担心他要从包里拿出份合同来，死逼我签约加盟，我寻找厕所的方向，想借口上厕所趁机逃走。对直销商我仍心怀戒备！他从包里抽出来的不是什么合同，是一沓照片。那照片上都是各种激情会议的场面。他说："过去没经验，全靠我这张嘴，用老办法一对一地去说服活活累死，现在我学得高明了，利用系统运作，三个字——叫'真好玩'。"

　　我问："什么叫系统运作？"

　　他坦诚地说："直销最难办的两件事：一是把我的头脑里的思想装到你的头脑里，二是把你口袋里的钱装进我的口袋。书、VCD、录像带、影视资料、短信、E－mail、会议、团队一切传递信息的工具和人，我们把它统称为系统。人是最不愿意被他人说服的，那么就不要苦口婆心地去说服，那样适得其反、反招人烦，通过系统的力量转换人的思想，有些人我带他们去开会，传递工具给他们看，本来开始的时候他们也跟你一样拒绝直销，但慢慢地有一天，他们会自己主动打电话找上门来要求加盟。"

　　我请教陈荣作为直销商每天都怎样过？

　　他说："我每天必做七件事：一、用产品；二、分享产品给别人，也就是卖产品，随时随地生活化地向顾客卖产品；三、服务跟进；四、推荐事业，让更多的人加盟天狮；五、看书、看录像带、看 VCD；六、对上级经销商咨询；七、对下级经销商检查进度、业绩。还有一四七——二十一。"

　　"不对吧？是三七二十一啊！"

　　"No，No，No，卖了产品给顾客之后，第一天我要电话跟踪问人家吃了没有，第四天问人家吃得怎么样，第七天问状态怎么样，第二十一天见面分享。"

　　"还有呢？"

　　"还有就是我每天出门前必读'我的声明'，我已经背下来了。一般我不给外界人透露，不过您邸老师例外。"陈荣虔诚地向我背诵："我已充分意识到，这是一个充满风险和机遇的时代。我现在的财富和地位都不稳定，难能持久。除非我们建立在正确的理念和神圣的事业之上。因此，我选择了教育训练和营销工作。从此，我挺胸直立，骄傲而无所畏惧。我肩负着伟大的使命，我是一个终会受人尊敬的信使——我是运载梦想和机会之舟！我愿让每一个人和每一个家庭都梦想成真……"

茶楼里的所有客人和服务员都在好奇地观望着我们，我说："行了行了，到此为止吧！"

陈荣雷打不动，还站起身把脸转向好奇的观望者们，庄严地举起了手臂，这可是比我还要伟大的推销员啊！"从此，我决不从事对别人不利的行为。我要发挥天赋潜能，不断学习，不断行动，不断改变我的劣根性，从而走向成功。我要用我的爱心来争取大家的合作，我要用服务精神吸引各位朋友，为更多的人服务……声明人：天狮业务经理级直销商陈荣。"

"好！"一片喝彩。

陈荣不失时机地向周围的人交换名片，当他回头再次坐到我的对面时，志得意满地说："我现在不是一对一地推销了，是一对十、一对百、一对千地批发了！"

我问："干了一年天狮你收入怎么样了？"

他避而不谈而言它："你要知道直销的业绩是倍增的，去年的销售额80万，今年我会实现800万，去年我拿到了天狮的捷达奖。"

"奖品是飞机还是游艇？"

"笔记本电脑一台。"

第二次我与陈荣见面时，他板寸头变成了光亮的秃头；第三次见面，秃头又变成了像外国女郎那样的卷曲长发……

我说你干嘛这样？

他说："这你就不懂了吧？这叫包装，要给人视觉冲击，给人新奇感！我给团队讲课都是这样，两节课换两套西装，第一节课黑色西装大红领带，第二节课白色西装黑色领花。为什么有些人没开口已经被人拒绝了？就是因为他的形象，形象也是语言。你不是百万富翁，要千方百计装扮成百万富翁，装扮一辈子，你也就变成百万富翁了！"

陈荣来自革命老区江西南康，初中毕业，18岁闯荡珠三角。10年前，本地人看不起外地人，尤其他这位从江西大山里来的小木匠，每次给后来做了太太当初在一家厂里做质检员的女朋友打电话，接电话的本地人就嚷嚷：

"喂，靓女，那个山仔又在找你！"

他恨恨地想：有一天我要你叫我老板，叫我陈总！你本地人怎么了？无非得天独厚占了地理优势的光了。5年后我这个山仔一定要超越你，不仅要超越你，我还要给你洗脑、给你重新编程。那个时候，他已经加入了安利，接受安利培训的第一天，他看到安利的精英人物与总统握手的大照片，他燃烧起了梦想：我要融入团队超越自我，实现财富自由、时间自由，借助团队的力量、系统的力量创造我个人的辉煌！

自从接受了安利直销培训，他走到哪里都要显示自己的卓尔不群，上课坐第一排，回答讲师问题第一个举手，有分享个人心得的机会，第一个蹦上台，怯场说不出话脸红心跳，那么就英雄虎胆把那副尴尬相勇敢地亮给众人，再想不出要说的话来就振臂一呼："我要成功！"

陈荣教我的"人际关系拓展六步骤"，没能让我握上省长的手，让我握上了比省长头衔要大的"世界直销产业集团"董事会主席——中国著名直销大师尹乐的手。

被尹乐接见是在他的"世界直销产业集团"中国总部广州海珠区一座陈旧建筑物的16层，尹乐在他的办公室里与我谈话，他眼睛非常严肃地盯了我一小会，语气威严："你知道我跟你谈话一分钟要多少钱吗？一分钟10万，给你谈30分钟，就等于我在你身上付出了300万！"

我反感。你不是神吧！神能够点石成金，你谈30分钟话就值300万？但尹乐的事业让我震惊，他平静地告诉我："未来10年，是泛太平洋的世纪，是我们亚洲的世纪，亚洲有3.5亿的直销人口，欧洲有1.5亿，也就是说全世界有5亿的直销人，他们迫切地需要有一个公共的服务组织。那么由我们亚洲人创造发起的国际组织——世界直销产业集团便应运而生，我们集团现在有8个子公司、56个事业部，还有世界直销研究院、世界直销大学、世界直销电视台、世界直销出版公司四个项目正在进行前期资本运作。"

尹乐大块头，厚嘴唇，说每一句话都斩钉截铁不容置疑，他对传统企业的人员工资奖励制度不透明和随意性深恶痛绝，他说："国有企业的老总年薪可以拿到几千万，普通员工只能拿几千元，相差一万倍，这不是'普天之下，莫非王土；率土之滨，莫非王臣'吗？直销业最大的优势就在于分配制度体现多劳多得，公平公正。"他崇拜毛泽东，时不时惟妙惟肖地模仿毛泽东开国大典上的讲话："中国人民从此站起来了！"

我被委以集团机关刊物《世界直销》杂志首席记者，我心情像当年无数贫苦农民参加革命一样振奋，尹乐向我承诺："你放心吧，我们这里的每一位干部都会老有所依，老有所养。"

我想我终于也能够像父亲那样到了垂暮之年可以享受老干部待遇了。我心里暗暗发誓：一定珍惜这得来不易的机会，干出点样子来，让尹乐满意。这是一份书报摊上买不到、邮政局订不到的刊物，杂志的主管主办都是某省委权威部门，本刊驻各地联络机构除国内所有省会城市采编中心，还有驻美国、德国、加拿大、澳大利亚、日本、韩国等国外记者站，这些记者站多数都没联系电话，只有电子信箱。我自作聪明地向尹乐建议："我们的《世界直销》应该上书报摊，至少每期都往北京、上海、广州的各大机场放上几本，这样拉广告也容易。"尹乐不置可否，后来我才知道，尹乐的杂志根本不用走常规渠道。

我怀着强烈的好奇心走进了这家为世界直销业做师爷的"世界直销产业集团"。这里云集着众多的人才，有的是在直销企业做过培训讲师的，有的曾经是拥有几千人团队的直销商，有的曾经是寿险小姐、银行经理……还有一位是退了休的头发花白的监狱长。他们在一间间小方格子里面铺天盖地往全国各地不屈不挠地打电话，一张张红唇白齿飞快地张合，每个人的脚下都堆积着像小山一样封好了的邮件。他们在为20%的高额提成不遗余力，尹乐大师号召全员营销，以买杂志送企业或个人专访的方式每卖出1000本杂志赚3000元，每推销出去一张将在海南博鳌召开的"环球世界直销财富论坛"的门票或拉到一家赞助商，有20%的奖励。

……

我第一个采访的是中国直销业著名培训师王野教授，他让我肃然起敬。在海南，王野乔装打扮深入虎穴，发现被"成功学"诱惑加入传销组织的不仅有大学生、农民、下岗员工，竟然还有教师、军警、演艺明星、政府官员、专家学者等，他们带着迷惘的目光在别人的煽动下走进会场，讲台上的"成功学"大师们大讲特讲："要成功，先发疯"、"要想富，打地铺"、"只有想不到，没有做不到"…… 一位把自己亲生的三岁儿子卖了加盟传销大军的农村妇女在台上信心十足的告诉大家："儿子没有了可以再生；错过了成功机会要后悔一生。"王野要挽救这些上当受骗者，戳穿伪科学的真面目，他不顾一切、出乎主办方意料之外地宣讲："我们上当了！目前我们国家尚处于为解决温饱而追求小康的阶段，一夜暴富对大多数人来讲不可能也不现实；成功需要特定的环境、个人受教育的程度、社会经验、能力和专业知识，不是每天清晨把手塞进嘴巴里猛喊三声'我要成功！'就可以成功的；'成功学'告诉我们说许多大人物是因为'成功学'而成为富翁的，说美国总统里根、克林顿也是因为'成功学'才成为美国总统的。事实根本不是这样！告诉各位：里根、克林顿是在他们成为总统之后才无意间看到了'成功学'方面的书籍。许多大学生因为听了'成功学'的课，一毕业就把自己的人生目标定得很高，要做比尔·盖茨第二，努力奋斗多年后才发现自己仍然一无所有。当他们明白过来的时候，已经付出了沉重的代价。试问：从古到今有多少人是依靠'成功学'走上人生辉煌的？孔子靠的是周游列国、扎扎实实地做学问；李时珍靠的是翻山越岭的实践；比尔·盖茨、李嘉诚人家靠的是远见卓识、脚踏实地的创业。"

当戒备森严的会议组织者发现王野是在与他们唱对台戏，是在唤醒被欺骗的听众，要置王野于死地之时，2000多名来自全国各地的听众已经与王野众志成城。一场拉人头的传销活动，让王野变成了宣讲科学、倡导实事求是的创业课、励精图治的人生课。

这是一个扑朔迷离的行业，有陷阱有欺诈，但我从王野和一些直销巨头的身上，又让我感觉到这是一个充满智慧与激情、诚信与感恩、宽容与大爱的新兴行业。他们善于学习，最关心自己和别人的健康，他们不但注重身体健康更注重心态的健康。他们有强大的生命能量，时刻感染着身边的人；他们目标明确，不断地摈弃自身的劣根性，使自己变得更优秀；他们坚信把无数普通人的智慧集中到一起就是大智慧，把点点滴滴的小事做好就会成就大事业……

第六十章
震惊全国的直销论坛骗局

尹乐是赚钱魔术师，每个月全国各地飞一圈就能揣回来几十万上百万的银行汇票，他赚钱的绝技简直就是天方夜谭：陪一位总裁一把鼻涕一把泪地哭一场，5 万册杂志的团购顺利成交，50 万元的杂志款轻松到账！

尹乐不费吹灰之力就可以让你为他的事业肝脑涂地，比如送客户行走在大街上，见路旁有烤红薯的，马上让客户等等，他花 2 元钱买上一只用塑料袋认真地包好，塞到客户的手上，说："拿回去给嫂子吃，红薯可是好东西！"用一只烤红薯送人情让他达到的效果胜过 100 瓶马爹利 XO。

办公室方格子里的一位北大生，被尹乐一只烤红薯哄得热血沸腾。这位北大生进公司的第一天，尹乐就请他吃烤红薯，然后承诺："跟着我保你一年挣 20 万，挣不到 20 万，我会开除你，好好干，3 年之后我报董事局给你申请股东，让你当北京分公司老总或者出国深造，我这人看人从来不走眼。"北大生锁定了一位倒霉的亿万富豪，第一次打电话："老板你好！我是《世界直销》杂志广告部的……"电话里回应一句："我们不需要广告！"电话"咔嚓"放下了；第二次打电话："我是《世界直销》杂志社的记者，想过来采访报道一下您。"那头一句话："我很低调，不接受任何媒体采访。"把北大生顶南墙上去了！北大生换了个打电话的时间，锲而不舍，每天凌晨两点，当亿万富豪睡得正酣之际电话准时爆响，天天如此，亿万富豪全家人被北大生的推销电话折磨得死去活来彻夜失眠，报了 110，北大生被派出所拘留了 7 天，第 8 天的凌晨两点，亿万富豪家的电话准确无误不屈不挠地爆响，亿万富豪上门找尹乐大师兴师问罪，被尹乐提供的一组数据吓得屁滚尿流："1985年之前的亿万富豪，到今天为止，92% 都进了监狱，你知道吗？"尹乐目光逼人，言简意赅，一句一停："老兄，你聪明有点过头，再不进行调整的话，你将用自己的聪明和智慧把你自己送进牢狱，现在想转型还来得及，你自己考虑吧！"

亿万富豪没了脾气，紧张得满脑门是汗，求救似的等着尹乐继续点拨。尹乐说省长要他过去陪陪北京来的老首长，然后指示北大生："替我好好接待一下老板。"尹乐进了电梯间，北大生一通狂吹："我们尹总，呐！原来海军司令部一等秘书，管秘密电文，后来是南海舰队司令员的贴身秘书，干了9年，天天在战舰上写报道，评为全军十大优秀青年，保送北京大学进修，MBA毕业。1996年直销刚刚萌芽，我们尹总主办中国第一份直销大报，每个月发行量1000多万份，后来投资一个亿创办世界直销产业集团。我们尹总，呐！国家工商总局大门随便进，是局长的座上宾。"

亿万富豪心服口服："花钱免灾，多少钱我也赞助。"

我通过我的热心读者牵线搭桥，联系上了马来西亚一个直销企业的总裁"狼王"。"狼王"率领的直销团队正以每月一个国家的速度向世界各地迅速推进，他们连续数年被评为马来西亚五大直销企业。尹乐看好了这块肥肉，让我一定要咬住，我首先给这家企业在《世界直销》杂志上做了一篇报道，给他们吸引来了无数经销商，让"狼王"非常满意，邀我去马来西亚参加他们的周年庆典。但做我们论坛赞助商这样大投入的深度合作，"狼王"迟迟不敢轻举妄动……

这天尹乐深思着走过来，说："你给'狼王'中国区刘总打电话，请他们来公司谈合作。"然后又贴近我的耳朵拍拍我的肩膀诡秘地说："拉成这笔赞助有你20%提成，放心吧。"

我拨通了"狼王"中国区营销机构的刘总电话，再一次热情洋溢地邀请他们来公司坐坐，争取参加我们的论坛，刘总在电话里仍是老态度，支支吾吾，尹乐向我使眼色，我说了句："刘总，我们尹总跟您有话说。"就把电话交给了尹乐。

尹乐可不像我这样一味地恳求一味地说好话，尹乐接过电话说了一句你好，马上攻其软肋："最近听到了一些对你们十分不利的消息。"电话里的刘总马上追问："什么消息？"

"有人举报你们涉嫌传销！"

那边的刘总急了："是不是？是不是？"

"请你们'狼王'总裁过来谈吧！我时间不多，马上要去国家工商总局开会。"

"狼王"乖乖就范，第二天从马来西亚飞抵广州，我带着跟随我实习的武汉大学女硕士阳阳去机场迎接，我用心良苦地准备了一束鲜花，特别吩咐阳阳热情点，阳阳说："邰老师你放心吧！""狼王"走出机场，阳阳像一只蝴蝶迎上前去热情地献上鲜花，然后展开双臂向"狼王"行国际标准的拥抱礼，阳阳一双笑盈盈的美目顾盼生辉风情万种，让"狼王"赏心悦目……路上，狼王夸奖我在《世界直销》杂志上给他们写的报道，说影响很好，不断有中国大陆的直销商给他们打电话。

回到公司，尹乐宴请"狼王"一行。我和阳阳、公司顾问老监狱长，还有公司的几位高层作陪。尹乐抠门，菜点得特便宜，酒水饮料都舍不得给人家喝一口，但听尹乐谈话是盛餐，他谈话的声音是一个节奏，吐字非常清晰，两只眼睛非常严肃地盯着"狼王"，时不时也照顾一眼"狼王"的左右，他缓缓地讲："工商总局联合公安部又要清理整顿灰色市场了。"

"狼王"一行就怕这个，面色严峻。

"国家直销立法五次大会、五次讨论草案，我都参与了，我现在有几个身份，国家工商总局的调研员，商务部巡视员……"

"狼王"一行肃然起敬，仰视着尹乐。

"进入中国市场你们走的是灰色地带，不管你们现在是不是真的想规范操作，你们一定要通过我们的《世界直销》表示你们要拿牌，回归到阳光底下阳光操作，这样你们才能整合到更多的经销商更多的资源，不然，你们会被置身于死地。"

这时候尹乐的手机响了，他冲"狼王"歉意地点点头，接听手机，用浓重的湖南双峰土话与电话里的人谈了一会，冲老监狱长一副无奈地样子说："我舅妈，他们家大事小情都要找我。"

老监狱长心领神会地向"狼王"透露："我们尹总舅舅是中组部×××，也是我们湖南人。"

对中国官员有点了解的刘总马上肯定，"是是，我在网上查过，中组部×××是湖南湘乡人。"

尹总回到餐桌上，开始闲聊，让"狼王"一行听得神乎乎、一愣一愣的，这位尹乐到底是啥人物啊？一会总参，一会安全部，一会省委省政府，这些机关的各种机构设置，他如数家珍；国家哪个部委领导的小蜜是谁，在哪买了别墅，开的是什么车，说得特详细；国家工商总局局长谁谁要退了，人选将是谁谁，他也了如指掌。这一切不得不让"狼王"信服，管国家工商总局局长任免的领导是人家尹乐的舅舅！这了得吗？"狼王"被尹乐误导：在中国做生意，甭管你有多大能耐，你再有本事，你跟政府没点关系寸步难行，说白了，就是要靠政府吃饭，就是要攀上我尹乐这样有官方背景的人物。

吃完饭，"狼王"二话没说，马上给尹乐签了张 100 万元的支票——做尹乐精心策划的《环球世界直销财富论坛》第一赞助商。

临近峰会，"狼王"中国区刘总突然给我打来电话，像遭遇了空前绝后的劫机事件："喂！喂！邰先生请你赶紧如实告诉我，你们尹乐是什么人物？你们《世界直销》是不是骗子？我们因为相信你才给了尹乐 100 万元赞助，可是尹乐刚刚给我打电话，让我们不要去参加你们的博鳌直销论坛，说中国政府会抓我们，我们是合法企业，凭什么抓我们，你说我怎么向马来西亚公司总部交代？"

中国直销界冠冕堂皇的大师级人物怎么会是这样呢？放下电话，我怒气冲冲地去找尹乐，尹乐正好在办公室，我开诚布公："尹总！博鳌直销论坛怎么突然不让人家'狼王'来了？"

尹乐面色沉重："老邰，我们博鳌直销论坛不是谁给钱就可以参加的。"

我直言不讳："你不要人家来参加，就不要收人家的赞助！'狼王'是我联系的客户，你让我邰勇夫怎么做人？"

尹乐走过来，很关怀很体贴地拍拍我的肩膀："老邰啊！你是个好同志，就是人单纯，一个不懂得千方百计地追求利润的企业是不道德的企业。我们可以给他们提供其他服务，出书、做软文，他们现在最需要的是在中国申领直销牌照，别人都是三两百万，'狼王'是我们的战略合作伙伴，只收他们80 万就可以了，我派你率专家工作团驻马来西亚帮他们整理材料。"

我已知道公司内幕：尹乐给直销企业的服务全是假大空掺有无限水分的，比如对直销企业的操盘服务，收人家七八十万元的订金，没有一家实现尹乐给人家规划的一年赚几千万、两年赚几亿的宏伟蓝图，全是让人家以血本无归而告终。帮直销企业申请拿牌更假，收人家一两百万，完善资料 3 个月，递交资料初审 3 个月，报到工商总局又是一个季度，最后拿牌泡汤，让企业白花一两百万，尹乐反而成了有功之臣："正是因为我们帮你们积极申牌，才稳定了你经销商的军心，为你们争取到了宝贵的发展机会！"

不管服务的结果如何，没有人听了尹乐的谈话不认可，没有人不认为他有道理，有思想，有眼光，看问题透彻、深刻；尹乐为一家直销企业做操盘手，他自个赚了 1000 万，给企业亏了 2000 万，那家企业老板无怨无悔，不但一点不怪罪，还要感恩戴德。

我认准一个理：我们的服务一定要让被服务的企业有成效，没成效的服务就是忽悠！

尹乐让北大生来做我工作，北大生请我去吃饭："郐老师咱哥俩干一杯！尹总说了，要把咱郐老师好好包装包装，你听我怎么样推崇你老郐啊！你们知道郐勇夫是谁啊？不是本土的，不是湖南株洲或是广东顺德的小作家小推销员，是从天而降的大人物，是全球著名财经作家，声名远播，在港澳台东南亚一带影响很大，多少上全球富豪榜的人拜他为师啊，那文章写得！让多少濒临破产的企业起死回生，让多少滞销产品畅销国内远销欧美，全国 31 个省市自治区人民政府请大作家著名推销员郐勇夫参事，今儿能在广州抽出时间来跟你见见面陪你喝喝茶，是看得起你，要不是你一个月挣几百万，有几个亿资产，老郐绝对不见，我们郐勇夫从来不跟 1000 万以下的人谈话，1000 万以下那叫贫穷分子！——怎么样？我这样捧你，哪个大老板不想巴结你不想跟咱们合作？"

我说："得了，我就是我！"

北大生小声告诉我："你给公司拉的业务最多，你别胳膊肘儿往外拐，识时务者为俊杰，不然枪打出头鸟，最后你就白干了！"我说："那不行，我宁可白干也不能骗人家，你跟尹总去说，我这可是还有几家客户要打款过来，我一句话，他们谁也不会打款过来了！"

尹乐顾及到我手上还有很多欲合作的客户，终于同意"狼王"参会了，但接踵而至的是各地媒体对尹乐的一片讨伐。北京一家报纸于 2005 年 9 月 27

日报道：

工商总局发布公告辟谣博鳌直销论坛纯属欺骗

一个名为"世界直销财富论坛"的会议未经企业允许，就把十多家直销巨头的"掌门人"全部列成了"论坛副主席"，并借此召集开会、出书、拉广告。昨天，国家工商总局发布公告辟谣称：这一切行为都是冒用工商总局名义进行的，今后将对类似行为依法严厉查处。

8月中旬，安利、雅芳、玫琳凯、如新、康宝莱、仙妮蕾德、南方李锦记、上海富迪、欧瑞莲、宝健10家外资直销企业聚集北京，联名向商务部和国家工商总局反映：一个名为"世界直销财富论坛"的会议，将于9月在海南博鳌召开。这些直销巨头"掌门人"的名字都以论坛副主席身份，出现在与会名单上，但实际情况是：这些当事人均从未应允。

记者了解到，在该论坛的网站上公布的机构阵容相当庞大。其中名誉主席是世界直销联盟主席狄克·狄维士，组委会副主席则是由包括安利（中国）日用品有限公司总裁黄德荫等十多个业内重量级人物组成。

该论坛负责人告诉《东方早报》记者："我们已经发函邀请了这些大企业参会，他们并没有发函回来进行拒绝，或者这就算是默认了。"

9月22日，工商总局、商务部分别就海南博鳌"世界直销财富论坛"声明"未授权任何机构主办'世界直销财富论坛'"。

工商总局昨天发布的公告则称，这些单位或组织借《直销管理条例》和《禁止传销条例》出台之机，打着工商总局的名义举办所谓的"直销财富论坛"、研讨会，准备授牌、发奖，或以工商总局及其直属单位的名义推销直销法规书籍、拉广告等，"都是不属实的"。

工商总局有关负责人说："工商总局将会依法严厉查处。"

2005年12月，原计划在海南博鳌举办的"环球世界直销财富论坛"改在香港进行。我参与采访和接待，没见到任何一位官方与会者，来的都是一些中小直销企业和一些在中国内地见不得阳光的涉嫌传销的团伙。但连续三天的会议，每天都有党和国家某位前领导人光临的消息，前国家商务部部长×××都来了，说得有鼻子有眼，只是没有公开露面，全部与尹乐密谈。参会代表近半数是马来西亚"狼王"在全球各地的狼团队，"狼王"和他的中国区刘总非常满意，觉得100万没白花，这次峰会让他们大为风光，直销立法已经出台，一些无望拿到直销牌照企业的经销商们纷纷追随"狼王"！

活动圆满结束，尹乐赚了一大笔，一个月、两个月、三个月过去了，尹乐当初号召全员营销，承诺给所有员工的20%提成没了音讯。他还在会议上不断地点拨我："个别同志要调整心态，原来我们搞全员营销出了很多问题，现在不搞了，我们要自动自发、不要讲任何借口地为公司工作，公司给你了底薪（公司给所有员工的底薪都在1500元以下），给公司联系业务是你应尽的义务！"

这种背信弃义的老板我已经见怪不怪了，只是让我担忧的是，中国直销业有数不清的类似尹乐这样担当为直销企业和直销商们打造灵魂、设计公平公正酬金制度的大师，人们对他的谎言都已经习惯，就是尹乐说他是美国前总统尼克松的孙子人们都会宁可信其有不信其无，有什么办法呢？到处都在忽悠、浮夸、吹泡沫。

我是推销员，我不仅推销有价值的产品和服务，也要担当起社会责任。我对尹乐神秘背景进行追踪调查，追到了他的湖南老家，在那里发现的一幕让我触目惊心：偏僻的山村，土地荒芜，却是一栋栋气派、豪华的小洋楼，几辆跑车耀武扬威绝尘而过，不到500米长的一条小街开满了网吧、游戏厅、麻将馆、娱乐城，一些年轻人在聚众豪赌。

我问一位在街旁晒太阳的老汉："大爷您好！您知道尹乐吗？"

老汉面相很和善，他思索了一会，用浓重的当地话对我说："是乐伢子吧？他不姓尹……"

正欲继续说下去，一位抱小孩的妇女朝老汉机警地示眼神，老汉不说了，接下来就有一个壮汉不即不离地跟踪，街上的男女老少对我都充满敌视，目光中暗藏杀机，让我感受到了鬼子进村遭遇全民皆兵那样一种情景。

我被驱逐出村镇，进了一家距村镇几公里之外的一家小饭店尚惊魂未定。饭店老板指了指我刚离开的那个村镇，小声向我透露："那里是'元勋'镇，'开国元勋'们都是从那镇出来的！"

我还以为店老板说的"开国元勋"是某位老革命家,店老板吐了口唾沫,深恶痛绝地告诉我:"是做假证的'开国元勋'。假文凭、警官证……公安部、联合国证明他们都敢制作!"

店老板是位退了休的教师,正义感很强,他说他在这开饭店不是为做生意,是为了劝说他的学生们金盆洗手,不要再利令智昏、荣辱不分、祸国殃民了!

我问:"您认识尹乐吗?"

店老板痛心疾首:"那是个巨骗,他原名不叫尹乐,叫……"

我一纸诉状把尹乐告上广州海珠区法庭,开庭的那一天,我请了《南方都市报》、《法治周刊》的记者们旁听,无论官司输赢,我都要将尹乐大白于天下。

第六十一章
一篇小故事讲来两个亿

　　我离开尹乐的世界直销产业集团一个多月以后，我的同事们告诉我："你辞职后，公司公告栏里张贴了一张'永远开除邰勇夫'的大布告。"我诚心实意地服务过、捍卫过的"狼王"把我遗忘了，他们与尹乐结成了战略合作伙伴，我热忱服务过、采访过的湖南浏阳医药园里的那家直销企业对我也莫名其妙地冷落了。

　　不过，我一点都不遗憾，因为我发现了一根杠杆的使用方法。这根杠杆虽说撬不动地球，却可以为旅游景区撬来蜂拥而至的游客，可以为房地产楼盘撬来争先恐后的业主，可以为饭店撬来潮涌般的食客，为电影院撬来热情的观众，为好商品撬来纷至沓来的消费者，为学校撬来源源不断的学生，为政府招商引资撬来无数中外投资者……

　　2002年夏天，我每天给《南方都市报》写专栏时，一位读者找上门来，我们一见如故，他叫王挺奋，正在被黑社会围追堵截。我收留了他，每天晚上请他到顺德的大排档把衬衣一脱，头顶明月，沐浴着夏天的海风开怀畅饮啤酒，一边喝一边听这位逃匿者讲他的商海沉浮记，纵情讲述的时候，他戴上墨镜，嗓音压得很低，唯恐遭遇不测。他在内地曾经是位千万富翁，后来因为盲目上项目，资金链断裂，企业一夜之间垮了。每天晚上我听他的人生故事，有的充满商业智慧，有的催人泪下，第二天他的故事就会出现在《南方都市报》的邰勇夫专栏上：

　　　　他在心灵深处，常吟汉高祖刘邦的诗："大风起兮云飞扬，威加海内兮归故乡！"转眼之间，他的商业帝国像美国世贸大厦那样轰然倒塌……他现在是败走乌江的项羽，追兵的"嘚嘚"马蹄响由远而近从四面八方风驰电掣般朝他碾压而来……

　　这是火车站广场的一个僻静的角落，一个熟人带着神秘、怜悯，还有那么一丝讥笑的神情走过来悄悄告诉他："昨晚在舞厅看到了你的妻子，和一个男的勾肩搭背，要多亲热有多亲热……"

　　他忍着心灵的剧烈创痛打断了熟人的话："别说了！……我们已经办了离婚手续。"熟人讨了个没趣，但又不甘心似地："是吗？我怎么……我怎么没听说。"

　　"难道还要告诉你吗！"

　　那人灰溜溜地走了。他此时备感对不起妻。在他的商业帝国最为辉煌之时，他创业初期对妻的承诺没一件兑现。北京故宫、八达岭长城、张家界，这是妻梦幻已久的地方，念叨过无数次，但家门口的公园他都没有陪妻去逛过，这些年没有为妻买过一件女人喜爱的饰物，最后的一笔私房钱也被他搜刮出来遣散员工了。他出入这个城市最豪华的宾馆酒店，却让妻独守空房，在那栋空荡荡的老宿舍楼最高层的走廊尽头抱着女儿徒劳地期盼着他会伴着夕阳归来……

　　妻会做一手好菜，是个孤女，在孤儿院里长大，老实本分、不善言辞。当法院封了他的商城，昔日敬畏他的员工四散而去、他变得形影相吊孑然一身地归来之际，他发现妻去跳舞了，开始还邀他去，他哪还有心思跳舞，妻去得越来越频繁，回来得越来越晚，连她自己都不能控制自己了，常常说12点之前一定回来，结果深夜2点、3点，彻夜都不能归来……他不怪妻，妻已经孤独够了。那地方灯红酒绿，会有一拨又一拨风流倜傥的男士献殷勤，在陌生的异性怀抱里疯狂地旋转既新鲜又刺激，比起穷途末路的他和这不断地受到骚扰、恐吓的家那是九重天！这些天他都在东躲西藏，2岁的女儿寄放在一个侠肠义胆的朋友家里，他每次打去电话，只要电话铃响，女儿就会竖起耳朵瞪大眼睛倾听，他与女儿通话，女儿像个懂事的大孩子那样对他说："爸爸，我不会对人说我是爸爸的女儿。"朋友告诉他：女儿很听话，上桌吃饭时，总是第一个坐好，女儿知道那不是自己的家。

朋友送了他一张南下广州的火车票并为他通风报信：一伙债权
人打听到了他的下落，纠集了一伙黑社会正要对他实施绑架！火车
一声长鸣，他柔肠寸断，他生活了 35 年的城市——他的故乡渐渐远
去。大丈夫有泪不轻弹，他紧紧地闭上他的双眼，他似乎是在旷野，
头顶蓝天，疯狂地旋转，他大声疾呼："从此我浪迹天涯！——"

怎么会想到呢？这样一篇发表在我专栏上的小故事给四处逃债的王挺奋
引来了一个又一个的投资者。

一位山东的女老板打电话向我要这位主人公的手机号码。不久，山东女
老板飞来深圳与王挺奋见面了，女老板对王挺奋说："你是个人才，有策划能
力，你会东山再起的，我有 300 多万元，如果我们能够走到一起的话，我这
300 多万元怎么投资上什么项目就交给你了！"王挺奋谢绝说那不行，我有爱
人，如果你相信我的话可以借给我点钱，我会还你。女老板马上慷慨解囊甩
给他 10 万元，说不用还了，将来你有好的项目请我来合作就是了。当时这位
王挺奋请朋友吃顿饭的钱都没了，我这样一篇小故事，竟然让他一下子脱贫
致富了！不过，这位王挺奋更好的财运还在后边呢。不久，西安又飞来了一
位读者，他们在深圳的香格里拉见面了，西安这位读者也是位女老板，她对
王挺奋说："你是个人才，我现在多了没有，500 多万的现金随时拿得出，如
果……我们能够成为人生伴侣携手共创一番事业的话，我这 500 多万的现金
都归你了！"王挺奋谢绝，那不行，那我不成了吃软饭的了吗？如果你信得过
我的话……女老板二话没说，马上就给了他 20 万，说你不用还，以后遇到困
难的话只管找我。两个人话还没谈完哪，台湾又飞来了一位先生，这位先生
是一家国际投资公司总裁，总裁与王挺奋交谈之后，让王挺奋自己策划项目，
他承担投资，几十万、几百万、几千万、几个亿都没问题。

这么多的资金无怨无悔地朝王挺奋怀里面涌，他没有发高烧，选择了一
个满大街比比皆是他过去连想都没有想过的事业。

王挺奋开了一家发廊，命名为"新潮时尚专业美容美发形象设计中心"，
店面只有几十平方米，四张床，一个发型师、一个洗头妹、三个学徒，虽然
场面不大，但设施、装修和服务却是一流的，只是店址不好，街上冷冷清清

很少有人来往，没有路灯，到了晚上街上一团漆黑，且是深藏不露地躲在一张锈迹斑驳的大铁门里面的二楼上。

开张后的第一天，一位客人步履悠悠地光临了，王挺奋和五位员工笑脸相迎，异口同声地问顾客好，顾客突然有点慌神："别别，我只是打这路过，看到大铁门开了就好奇进来转转，刚刚发现是你们在这开了个店。"

王挺奋真诚地微笑着说："欢迎老总多来指导！"还真的让王挺奋言中了，客人真的就是位老总，而且就在前边外贸大楼里面任老总。老总看这里的装修、设备、用的产品都是在其他店里见不到的，就往其中的一张床上一躺，这一躺可就与王挺奋的"新潮时尚"结下了鱼水深情。那天天气很冷，店里的空调暖气不是很足，门又老是开着，老总刚躺下，正感觉着有点冷，怀里和脚下塞进来两只热水袋，老总咳嗽了两声打了个喷嚏，王挺奋马上派人给老总买来了感冒药，还送上来一碗热气腾腾的养颜汤。老总一觉醒来，面部变得光滑柔嫩，感冒也好了，皱巴巴的西装也给熨得板板正正，老总感动了："你们为客人想得真周到。"从那以后，外贸大楼里几家公司的员工剪头美容的福利就定点在这了。

这个原本冷清的店面很快热闹了起来，店面扩大了，从二楼搬到了一楼。从早上9点到晚上11点多，客人络绎不绝，他们来了不仅仅是为了剪个头发做个美容，他们都争着把王挺奋当作无话不说的知音，家里的大事小情，过年了该买件什么样的衣服，该给老爸老妈公公婆婆买件什么礼物，小孩快读书了上哪一所小学就读好，他们都想听一下王挺奋的意见。

2003年距圣诞节还有一个月的光景，王挺奋开车经过这个城市最高档的五星级大酒店，大酒店的新气象引起了他的注意。他转了一圈把车开进停车场，然后走进大酒店要看个究竟。

大酒店里面是什么吸引了王挺奋？大堂里有位年轻人正在指挥着几个装修工做迎接圣诞的布置呢，王挺奋饶有兴趣地看了看，对那年轻人说："这么早你们就准备圣诞节了？"

年轻人自豪地说："我们注重品牌形象，每年的圣诞、春节，我们都是提前一个月就开始策划活动。"王挺奋送给年轻人一张名片，邀年轻人有空到他的"新潮时尚"看看。这位年轻人叫肖军，是这家五星级大酒店的策划部部长。肖军起初没把王挺奋的这个"新潮时尚"当作一回事，在他的心目中全中国的服务业只有他供职的这家五星级大酒店！那天肖军按王挺奋名片上的地址找到了"新潮时尚"。

让肖军大吃了一惊，当时他发出这样的感慨：一个小小发廊店能够在很短的时间内做到这种地步，真是七十二行，行行出状元，看来任何行业只要钻到里面把它做好，都能创造出令人难以预料的奇迹。不过作为五星级大酒店的策划部部长还是找出了"新潮时尚"在服务上与五星级大酒店存在的差距和管理上的不足。王挺奋请肖军一边吃饭一边征求他对"新潮时尚"的看法和建议，最后高薪引进肖军，同时为他的发廊店引进五星级大酒店管理标准。

王挺奋请肖军按五星级大酒店的服务标准来管理自己的发廊了，客人从进店到消费结束，再到把客人送走等整个流程的每一个细节，用什么样的语气、什么样的声调、什么样的话语跟客人打招呼，见到客人要保持一种什么样的微笑，微笑时眼睛要注视客人，要很有精神很阳光，绝不能心不在焉；女孩子上班要化妆统一发型，在员工休息室里面也不允许嗑瓜子吃零食，时刻保持精神抖擞的工作状态，每天培训，擦玻璃窗都是严格按酒店标准：将清洁剂喷到玻璃上，用干净的抹布擦三遍，然后戴白手套检查，不放过任何死角，白手套上沾染一点点污迹都是不允许的。

东山再起的王挺奋对我念念不忘，时不时地请我过去吃饭喝茶，继续讲述他的创业历程，现在他不用戴墨镜压低嗓音了，也不用担心黑社会的围追堵截了。他讲着讲着会猛地一拍大腿或者一阵开怀大笑，一个新的思路便应运而生。那天我们两人的思路撞到了一块，像电焊时发出弧光一样闪亮。我们都想到了过去的国有企业，那时候每个企业都有宣传部，宣传部都养着几位叫作新闻干事的笔杆子，他们的岗位职责，除了每天要写些官样文章之外，就是挖掘企业内部各个角落的新闻，不停地往中央省市报刊广播电台大面积投稿，谁见诸报端的稿件多，谁就会得到重用和提拔，计划经济时代人事制度铁板一块，城乡户口把人画地为牢，一些大厂矿一旦发现社会上的新闻人才、优秀业余作者，会不惜一切代价把这样的人才农转非引进企业……为什么？他们创造价值，为企业创造无形资产。60 多年前，毛泽东在延安文艺座谈会上提出文艺为工农兵服务，为人民大众服务，为抗战服务，于是诞生了"我们都是神枪手，每一颗子弹消灭一个敌人；我们都是飞行军，哪怕那山高水又深……"这样不朽的《游击队之歌》；我们今天为什么不可以文艺为现实服务，为大众创业服务呢？

王挺奋请我继续用我的小故事为他创业服务。那天，我走在大街上，途经超市，一瞬间，五花八门的商业传单塞了我一手，我和周围的行人一样，连扫一眼的兴趣都没有顺手就把传单扔路边垃圾桶了。这是多大浪费，既污染环境又让商家白费了一番苦心，过后我突然想：我能不能把这些商业传单为王挺奋的发廊店做成像《读者》、像《故事会》那样有阅读价值的小报？而且这样传单式的小报不用办理任何政府批文，只要消费者喜闻乐见，对社会不形成危害。况且现如今的传统媒体正井喷不断，爆炸性地扩张，每个电视台都从原来有限的几个频道扩增到十到二十几个频道，每个频道又爆出不计其数的栏目组、节目组；原来的报纸杂志现在都迅疾膨胀为多报多刊外加一大网站的报业集团、期刊集团，原来每份报纸 4 到 8 个版现在全部扩增至30 到 100 多个版面，原来的一本杂志每月一期现在都变成了上中下旬三本杂志，除此外还有一大堆子刊、增刊……企业花大价钱做的广告被公众关注的机会越来越少……受众被不断分割细化，同样的黄金节目、同样的黄金栏目，广告效果被无限稀释，传统的王婆卖瓜、自吹自擂式的广告早已让大众望而生厌。

在这个被海量资讯和迅疾传播"踏平"的世界，如何在无处不在的媒介参与和舆情浪潮中长袖善舞，用最低的投入生产出最大的传播效益？我的创意是：一篇小故事、一份小报为企业夺天下。

我马上付诸实施，深入王挺奋的发廊体验生活，捕捉一个个生动鲜活的小故事、新闻点。几年前，从乡下来的纯朴女孩田霞，刚刚来到这个城市被五彩缤纷的都市灯火和喧闹吓得惊惶失措，像头受惊的小鹿，在"新潮时尚"的三年间，她从美容助理、美容师、美容顾问一路成长，现在是管理二百多名员工的部门经理。令田霞父母和家乡人备感骄傲的是，初中都没读完的乡下小姑娘，在"新潮时尚"这个温馨优雅的大家庭里不仅仅成长为一名优秀的美容专家、优秀的职业经理人，还得到了上层社会的认同。谁会想到呢？

不要说普通老百姓了，即使是田霞家乡的父母官县委书记想单独见见省长也不是件很容易的事，然而田霞会经常接到女省长、女市长的电话，请她到某一家茶楼某一个咖啡厅面对面地聊上一会家常，请教田霞一些美容和护肤方面的专业知识。

还有一件非常有意思的事，2003 年，正逢田霞休息，对田霞百般信赖的一位 30 多岁的顾客李女士打来电话，说要到田霞的宿舍有话讲，一个天大的事一定要征求一下田霞的意见。什么意见啊？无非就是关于她的眉毛，田霞做眉毛的第一位顾客就是这位李女士，那是田霞平生第一次给客人做如此昂贵的眉毛，用一根很细的针小心翼翼地绣这种眉毛的时候，她的手不停地发抖，短短的半小时度秒如年，等做成时她出了一身汗几乎虚脱了！王挺奋鼓励她，"没关系，你会做得更好！"

田霞住的宿舍很狭窄，李女士一点都不在意，完全把田霞看作可以倾吐衷肠的亲姐热妹，两个人面对面，一个坐小床的这头一个坐小床的那头，她要征求田霞的意见是该不该跟老公离婚？律师都已经请好了。田霞那年才 18 岁，对婚姻上的事情一点都不懂，更谈不出什么大道理。她仅仅出于一份善良纯朴的心愿劝说了一句："你们都多去宽容谅解一下对方吧。"就这样让夫妇俩和好如初，现在他们可爱的小宝宝都 1 岁了。李女士经常打电话给田霞，说多亏了你，否则我们早散了，哪还有今天的好日子。

我就把"新潮时尚"这样生动有趣的小故事一个个见诸我给"新潮时尚"制作的小报上，这样的小报满大街派送 100 万份，成本仅 10 万元，消费者的阅读率远比发表在报纸杂志上的软文阅读率高，每年一度的广州美博会上，王挺奋请大学生派送了 10 万份，竟然没有发现一份被当作垃圾丢掉，火车上、飞机上到处可见旅客在津津有味地阅读我为"新潮时尚"做的小报，我小报上的精彩故事不断有各大门户网站、各大知名报刊转载，还被广播电台请著名播音艺术家制作成广播故事在各地广播电台播放……

就这样，王挺奋的"新潮时尚"在这个城市里面做大做强，男士理个发最高 298 元；女士的一张美容美体会员卡从几万到十几万到几十万；从早晨 9 点开门营业到深夜 11 点关门，顾客上门美容美发要提前几个小时预订……省长、市长都来光顾。当人们从富丽堂皇的"新潮时尚"门前走过时，都会情不自禁地在明亮的大玻璃门前停下脚步，想看看里边的人做的是什么样的头发，享受的是什么样尊贵的服务，一些追求时尚的人士或是刚刚拿到第一个月薪水的大学生们的第一个想法，就是去"新潮时尚"剪个头吹个发型。

一位外国驻华参赞来这里理了个发不得不感叹："在'新潮时尚'理个发298元，我认为也不错，但它同花5块钱在路边小店理个发区别到底有多大呢？我想其中百分之九十九是宣传出来的，而只有百分之一是服务出来的。"

2006年8月，我把我对企业的采访称之为故事营销，我们至今都还记得小时候的故事吧？小猫钓鱼的故事，雷锋的故事……一部《圣经》何以能够支撑全世界十多亿不同种族、上至政界要员社会名流、下至平民百姓甚至身陷阶下囚的虔诚信徒的灵魂，并成为他们的行为准则？没有人监督没有人强制，完全是自觉自愿，这就是故事的力量！将企业领导人的趣闻轶事、心路历程、人格魅力、思想智慧、对事业对人生的真知灼见；将优秀经销商、优秀员工的感人故事，他们在企业这个大舞台上的人生转变、成长历程，打拼市场过程中发生的奇遇、幸遇、遭遇，让人忍俊不禁、拍案叫绝的乐事、趣事、美事、感人之事……挖掘、整理、提炼做成集故事性、纪实性、新闻性、知识性、趣味性、商业性于一体的系列精美软文，借助现代传媒进行不间断地大面积轰炸，企业实现了经济效益，读者满足了阅读兴趣，我实现了推销员的巨大价值。

美国一家营养保健品企业老总请我飞去香港，给我开了间最豪华的酒店客房，首付20万元订金让我为他们做"故事营销"；我给他们开了一个前提条件：拒绝杜撰，拒绝忽悠，拒绝狼道，拒绝伪科学，要以人为本，坚持科学发展观。否则给1000万也不干。

我讲述这位老总的人生传奇、创业智慧，发稿后，这篇文章在东南亚华人圈里引起强烈反响，编辑部的读者电话一个接一个。在这篇文章的推波助澜之下，这家企业开业还不到半年，营业额最高的一周达到了5000万，从周一到周五每天财务进账折合人民币平均1000万！半年之内这家企业的营业额达到两个亿。2005年，蒙牛作为湖南卫视超级女声最大赞助伙伴，掀起了一场传媒风暴，以1400万元赞助投入换来25亿元销量的业绩，而我用一篇小故事给美国那家企业换来两个亿的销量，企业只投入了5万元的软文广告费。

……

2006年春天，我人生第一次给自己放假，一个人去郊外踏青，啊！那一望无垠的绿野、一畦畦稻田、一座座小山、一丛丛翠竹、绿树掩映着的农舍、在蓝天上自由飞翔的小鸟……让我心旷神怡。这样美好的田园风光我已经久违了。我正走进一座青山怀抱、门前有一片桃树的农家院落，我的手机响了，显示的是我房间里的电话号码，谁啊？我的门是锁着的。我打开手机，是一个天使般清脆悦耳的童音："爸爸，我是月月。"

我的心灵，顷刻之间撒满了阳光，女儿已经读小学三年级了，我们常在QQ上见面，每一次，她都有好消息告诉我："爸爸，我考了全年级第一名；爸爸，我当正班长了；爸爸，我是国旗手……"

月月不止一次地对我说："爸爸，妈妈说不怪你，是妈妈的错。"

我对女儿说："是爸爸不对，是爸爸脾气坏，伤害了妈妈。"

前几天女儿还问我："你能原谅妈妈吗？"

我说："能，爸爸现在终于明白了，爸爸以往的过错、以往的悲剧都是因为总是拿人生最弥足宝贵的东西来赌气，总是把未来想得多么美好，生命不息地去求索啊，求索一辈子到了80岁的时候将会怎样呢？爸爸现在预测到了，那只能是一个可怜巴巴—无所有的老乞丐，爸爸想成为富翁只有经营好现在所拥有的和可以挽回的。"

月月在电话里说："爸爸，你说的我听不懂，但我会讲给妈妈听的，你快回来吧，妈妈给你带了好吃的。"

推销自己感动中国

《职业》杂志/彭子芸

自 2008 年初开始，北大、清华、武大、南京大学等一些著名高校的讲坛上，不断出现一位既不是明星大腕、政界要员，也不是袁隆平、余秋雨这样的科学家、文学家的人物的激情演讲："无论你学什么专业，无论你拥有什么样的绝活，无论你拥有多么高的学历、多么响亮的文凭，无论你职业生涯规划得多么曼妙，都要学会主动地推销自己，主动地去寻找伯乐，否则你就有可能怀才不遇，天生我才也许就没用。"

"少年强则国家强"，他要用他自己的亲身经历，凭着他的一张嘴两条腿，从高校开始，讲遍全中国每一个城市，掀起一股面对大学生和广大青少年的励志热潮。他叫郜勇夫，今年 45 岁，是位老牌推销员，因写作以自己为主人公原型的推销员故事成为"中国最伟大的推销员"，他的名字"郜勇夫"三个字现在也成了著名品牌，不断有文化传播、教育培训机构欲出天价购买。

失业 8 年成明星

这些年找工作难，不仅仅是大学生们面临的问题，就是郜勇夫这样的职场老手同样境遇尴尬，他曾经做梦都想做推销员做到 80 岁，不曾想在他 37 岁那一年就再也做不下去了，2000 年在广东顺德被一家企业老板无端炒鱿鱼之后，四处找做推销员的工作，没等开口呢，人家招聘人员就会问："老先生贵庚？"或者问："你那么优秀怎么没见你开辆宝马？"

气得他转身就走。接二连三的闭门羹，郜勇夫索性不再找工作了，闭门锁屋干起了给自己"颁大奖"的工作，用他的话说："全世界有那么多的奖项，什么诺贝尔奖，奥斯卡奖，奥运会上的金牌、银牌、铜牌奖，国内有'五个一工程'奖、劳动模范奖……我要给自己颁个大奖！"他要向全世界证明自己很优秀，向全世界广而告之自己是一名非常优秀、非常棒的推销员。

2001年7月，郜勇夫把自己做推销员的亲身经历写成图书推向市场，至今先后有600多家中外报纸杂志电台电视台等新闻媒体连载、选载、报道，只报刊连载选载的稿费就挣了80多万元，那两年，他的老爸老妈成了湖南株洲湘天桥社区里的名人，因为老两口每天都要去趟附近的邮政所，为他们的儿子领稿费。热情的兰州人民还为郜勇夫在甘肃省政府大礼堂举办了一次隆重的读者见面会和其个人专场报告会，甘肃卫视台记者说："任何一位著名的歌星、影星、作家来我们兰州市，也没有过这样大规模的宣传。郜勇夫是胜过歌星、影星、著名作家的大明星——中国的推销员明星！"

令人感到奇妙的是，前些年，他的图书刚刚热卖之时，每天全国各地给他发短信打电话的读者年龄偏大、职业人群居多，这两年给他打电话发短信的读者越来越年轻化，开始是大四、大三，后来是大二、大一，甚至还有正在读中学的少男少女们，湖北十堰市第二中学刚读高一的李峰同学发给他短信说："叔叔，您真的好伟大啊！看到您的人生历程，我真的惊呆了！我一定要向您学习，虽然我今年只有17岁，还在上学，但是我非常崇拜您，向往那份神圣的推销事业！"

原来，全国大部分学校图书馆里都收藏了他的自传，借阅率都是最高的。远在美国的哈佛大学、韩国首尔大学的图书馆里也收藏了他的推销员故事。

一次在香港举办的财富论坛上，郜勇夫无意之间与身旁的一位二十几岁的女孩交换名片，这位女孩接过名片不顾一切地一声惊呼："您就是郜勇夫老师？"把会场上1000多双目光齐刷刷地吸引了过来，在众目睽睽之下女孩毕恭毕敬地给郜勇夫鞠了一躬，发自内心地说："郜勇夫老师非常感谢您，是您的书让我有了今天的成功！"这位女孩叫孙彩霞，来自山东即墨市，读高二的时候在青岛书城买了郜勇夫的书，这本书虽然不像街头上到处可见的那些教人怎么样发财、怎么样为人处世的书那样教给她具体的方法，却让她燃烧起了创业的激情，她说当时读这本书的时候，觉得书中的每个字都是滚烫的！前一天高中毕业，第二天上街卖保健品，连续3年是那家保健品公司的销售冠军，她现在拥有了即墨市最大、最高档的一家茶艺馆，她的茶艺馆开业那天，为了表彰她的创业精神，当地市长出面为她剪彩……

昔日推销员立志上讲坛

有两件事让邰勇夫深深地感觉到在市场竞争、人才竞争异常激烈的今天，给千千万万的学子们进行"主动推销自己"的励志教育是多么有意义：他昔日的一位同事，是位很优秀的科技发明家，20世纪80年代湖南大学毕业的高材生，几年来不惜血本地搞着一个产品的开发，把自己的一个资产1000多万元的汽车修理厂全部亏了进去，仍然毫无回报。邰勇夫劝他在推销上投入些精力，他愤怒，他认为"推销"是对他好产品的亵渎，最后他的企业彻底垮了，倾家荡产、身无分文了，一天深夜，他突然给邰勇夫打来电话，"我终于想到了一个让市场接受我产品的好办法了，我现在就在湘江大桥上，我马上就要从这跳下去自杀！"

一位42岁的北大博士生在家待业7年，采访他的记者要帮他在大学找一个教数学的工作。这位博士却一口咬定："不可能，我没有熟人，世上哪里会有伯乐？"

一位是宁肯自杀也不肯推销，一位是还没上阵，就把自己给枪毙了！

于是邰勇夫就想做一名励志名师，以讲学为职业，他找了几个省的人才交流中心培训部，在广州的南方人才市场他碰了壁，培训部的主任翻了翻他的复印资料说："你是大师还要你自己上门推销？"一家旅游局的培训主管说得更尖刻："邰老师啊，我看过你的自传，你影响了无数的人，应该是成功人士才对，可是你怎么还要出来讲课啊？"

让邰勇夫不知如何回答，直到有一天邰勇夫听了台湾的一位"亚洲第一名嘴"的著名培训大师的演讲才找到了答案，那位大师在台上颐指气使、嬉笑怒骂："做老师的请举手，做大学老师的请举手，教工商管理的请举手，嗯，……还不少，是亿万富翁的老师请举手，怎么？没人！你们还配为人师表？不要误人子弟了，自己都没成功还教别人去成功？"

台下一片热烈掌声！

按这位台湾"亚洲第一名嘴"的说法：全中国几千万做教师的都要下岗，连这位"第一名嘴"都要下岗，因为福布斯全球富豪榜里面并没有这位"第

"一名嘴"的大名。这不是误导吗？按此说法，历史上许许多多为人类做出卓越贡献的哲学家、科学家、文学家比如马克思、伽利略、徐霞客、屈原、司马迁、曹雪芹，还有当代无数为社会不计回报默默奉献的人物都要下岗了，那样的话，我们这个民族不都成了势利小人了吗？国家的前途何在？如此3个小时的胡说八道，台下的老板们、白领们、教授们竟然洗耳恭听！

再听下去更让人受不了，旧中国半夜鸡叫的周扒皮，把杨白劳逼死把喜儿逼上山的黄世仁都成了现代企业管理的楷模人物。

一种维护社会公共道德的正义感和推进社会文明的责任感驱使着邰勇夫无论如何都要走上讲坛。一些对邰勇夫的推销传奇推崇备至的培训公司、顾问公司接二连三地找到邰勇夫，信誓旦旦地要给他包装、要给他策划，要给他组建团队，还要把他打造成像易中天那样的品牌人物推向市场，他们给邰勇夫出主意：买部世界名车法拉利，把自己装扮成有钱的大富豪。这些人只是不停地策划不停地重复着这样的说法："如果有大企业赞助就好了"、"如果省委省政府下文件就好了"、"如果被党和国家领导人接见就好了"、"如果上中央电视台春节晚会就好了"……

2006年，邰勇夫与一位旅游局的领导偶然相遇。当这位领导得知面前这位陌生人就是那位写推销员故事的作者时，非常高兴，在百忙中抽出了半天时间，请邰勇夫到郊外的旅游山庄喝茶，他说："我一直很关注你，凡见到你的作品就买来收藏，我们正在策划一个励志旅游的项目，这是政府工程，你来我们这个大平台上建功立业吧！就请你不断地向来自中外的游客们讲述你这位中国最伟大的推销员是怎样炼成的！"

邰勇夫渴望着，两年过去了，那位领导对他的承诺始终没有兑现，邰勇夫独一无二的大名倒是被这位领导作为商标悄悄地抢注了！

"由我，令好事件发生"

2007年4月的一天，邰勇夫的手机里传来一个响亮的女声："邰老师，我是华东交通大学党委宣传部吴琦，您的书在我们校园差点出人命！"

"什么？"邰勇夫诚惶诚恐。

电话里的吴琦爽朗地笑了，"是这样，我们一位叫谭洁的大三女同学，看你书看入迷了，她与同学到湖里面去划船，她只顾给大家朗诵你书中的精彩片断，还手舞足蹈，一不小心掉水里了！"

"没出事吧？"邰勇夫心提到了嗓子眼。

"没事了，幸亏同学及时把她救上来了，因为这件事，我们校党委书记也关注起您的书了，您的推销经历的确感人，当代大学生们需要的就是您这样的精神！所以我们计划请您来我校孔目湖讲坛给同学们做一场演讲。"

孔目湖讲坛是中国高校著名讲坛，省委书记、驻外大使等数不清的社会名流都曾在这里演讲。2007 年 5 月，邰勇夫来华东交通大学孔目湖讲坛演讲，演讲厅挤得水泄不通，讲台上、窗台上都坐满了人，就是这样一位推销员讲述自己的亲身经历，却能够轰动高校校园。

著名记者彭雅青曾经这样报道："中国需要张瑞敏，同样需要邰勇夫。"是的，一个国家的强盛、一个民族的振兴需要像海尔、联想、阿里巴巴这样创造巨大物质财富的优秀的现代企业，更需要一种精神！

在邰勇夫的职场生涯中，蒙受过无数次的失败，但他愈挫愈奋，犹如"凤凰涅槃"，每经历一次烈火的煎熬和痛苦的考验，都会获得新生。

现在邰勇夫不想再依赖任何只有策划没有行动的"大平台"了，他要依靠自己的力量，"由我，令好事件发生"——营建中国第一个以"邰勇夫"命名的推销员职业学院，他有信心，无论社会怎么变革，真善美的东西最后总会被社会主流接受，正如他的推销员故事拥有广泛的读者群一样。他一面从网上查找信息，一面往全国各地的大中专院校打电话推销自己，第一个电话是打给南京大学："喂，您好！我找校长！"

电话里回答："什么事请讲。"

邰勇夫底气十足、热情洋溢："太好了！我是高校学生们特别有兴趣的邰勇夫！希望有机会能给贵校同学们做一场对他们的人生有指导意义的如何推销自我的讲座。"

稍停顿了一会，电话里的声音比邰勇夫的声音还要热情响亮："好！非常好！我听说过我们国家出了位著名推销员，原来就是您啊，太好了！您说得对！不管学什么专业、不管是本科还是博士，都要学会推销自己。"不久，由南京市劳动和社会保障局与南京大学就业处联合在南京大学逸夫演讲厅请邰勇夫给全校师生做了一场别开生面的演讲。当邰勇夫讲道："15 年走南闯北的推销路上，我不仅一步一个脚印地从事着推销工作，还一步一个字地书写着中国推销员的英雄史诗……当我面临绝境不堪重负之时，我都是这样问自己：你还能站立吗？回答是：能。你还能行走吗？回答是：能。你还能喘息吗？回答是：能，能，能啊！那么就走下去！"

大学生们报以热烈的掌声。

美国哈佛大学一位韩国留学生打来电话："邰勇夫先生，我在我们哈佛图书馆看了您的书，我把您的书推荐给我们校长看了，校长让我转告您，他准备邀请您来我们哈佛给全世界的留学生们做演讲，推销您的智慧和您的职业精神！"

2008 年初夏的阳光下，邰勇夫走在大街上，他再一次找到了当年做推销员时的感觉，他说这感觉真好！

（中华人民共和国人力资源和社会保障部《职业》杂志 2008 年第 8 期）

邰勇夫教育机构
联系电话：0733—2566365
     13017337436